MUERTE DE TINTA

MUERTE DE TINTA

CORNELIA FUNKE

Ilustraciones de la autora

Traducción del alemán de
Rosa Pilar Blanco

SCHOLASTIC INC.
New York   Toronto   London   Auckland
Sydney   Mexico City   New Delhi   Hong Kong

First published in Germany as *Tintentod* by Cecilie Dressler Verlag, Hamburg, 2007
Translated by Rosa Pilar Blanco

ISBN: 978-0-545-09362-0

12 11 10 9 8 7 6 5 4 3 2 1   10 11 12 13 14 15/0

Printed in the U.S.A.   75
First Spanish Scholastic printing, January 2010

Book design by Elizabeth B. Parisi and Kevin Callahan

Índice

MUERTE DE TINTA

Quizá todo esté ensamblado únicamente
por la nostalgia.

Para Rolf, siempre, pues lo mejor de todo
fue estar casada con Dedo Polvoriento.

Para Ileen, que lo sabe todo sobre la pérdida
y siempre estuvo allí para comprender el dolor
y mitigarlo.

Para Andrew, Angie, Antonia, Cam y James,
Caroline, Felix, Mikki y por último, pero no por eso menos,
Lionel y Oliver, que tanta luz, calor
y amistad aportaron en días oscuros.

Y para la ciudad de Los Ángeles,
que me alimentó con su belleza y sus paisajes naturales
y la sensación de haber encontrado mi Mundo de Tinta.

Soy la canción que canta el pájaro.

La hoja que crea la tierra.

La marea que arrastra a la luna.

Soy el torrente que conjura a la arena.

La nube que mueve al viento;

La tierra que crea la luz del sol;

El fuego que golpea al pedernal.

Soy el barro que forma la mano.

Soy palabra que habla al hombre.

— **Charles Causley,** *I Am the Song*

EL CASTILLO
DEL LAGO

Campamento
de los Muertos
de Dedo Polvoriento

El árbol de
los nidos

La granja solitaria
de Mo
y Resa

La cueva de los niños

CASTILLO DE
UMBRA

Granja
de Roxana

El Monte de
los
Ahorcados

El cementerio
de los
juglares

EL MUNDO DE TINTA

Un simple perro
y una hoja de papel

Oíd, el paso de la noche muere
En el vasto silencio;
La lámpara de mi escritorio canta
Queda como un grillo.

Dorados sobre el estante
Brillan los lomos de los libros:
Pilares para los puentes
del viaje al país de las hadas.

Rainer Maria Rilke, «Larenopfer»

La luz de la luna cayó sobre la bata de Elinor, sobre su camisón, sobre sus pies descalzos y sobre el perro que yacía a sus pies. El perro de Orfeo. Cómo la miraba con esos ojos de sempiterna tristeza. Como si se preguntara por qué, ¡por todos los olores excitantes del mundo!, ella estaba sentada en plena noche en su biblioteca rodeada de libros silentes y con la mirada perdida.

—Sí, ¿por qué? —preguntó Elinor al silencio—. Porque no puedo dormir, perro bobo.

A pesar de todo, le palmeó la cabeza. «¡Hasta este punto has llegado, Elinor!», pensó mientras se levantaba con esfuerzo de su sillón. «Te pasas las noches hablando con un perro. Y eso que no soportas a los perros, y a éste menos porque cada uno de sus jadeos te recuerda a su abominable amo.»

Sí, se había quedado con el perro, a pesar de que despertaba recuerdos muy dolorosos, y también con el sillón, aunque la Urraca se hubiese sentado en él. Mortola… Cuántas veces creía oír su voz al adentrarse en la silenciosa biblioteca; cuántas veces veía a Mortimer y a Resa entre las estanterías o a Meggie sentada ante la ventana, un libro sobre el regazo, el rostro oculto detrás del liso cabello rubio… Recuerdos. Eso era todo cuanto le quedaba. Tan impalpables como las imágenes que evocan los libros. Pero ¿qué le quedaría si también perdía esos recuerdos? Una soledad perpetua, un corazón silencioso y vacío… y un perro feo.

Qué envejecidos se veían sus pies a la pálida luz de la luna. «¡Luz de la luna!», pensó mientras movía los dedos de sus pies. Cuántas historias había en las que poseía poderes mágicos. Todo mentira. Su cabeza estaba repleta de mentiras impresas. Ni siquiera podía mirar a la luna sin que las letras nublaran sus ojos. ¡Ojalá pudiera borrar todas las palabras del cerebro y del corazón y contemplar el mundo al menos una sola vez con sus propios ojos!

«¡Cielos, Elinor, vuelves a tener un estado de ánimo fabuloso!», pensó mientras caminaba a tientas hacia la vitrina en la que conservaba lo que Orfeo había dejado, además de su perro. «Te bañas en la autocompasión, igual que este perro tonto en los charcos.»

La hoja de papel situada bajo el cristal protector parecía insignificante, una hoja vulgar y corriente de papel lineado, escrita con una letra apretada y tinta azul desvaída. Sin comparación con los libros espléndidamente iluminados colocados en las otras vitrinas, aunque se notaba en cada letra lo mucho que Orfeo estaba impresionado por sí mismo. «¡Espero que los elfos de fuego le hayan borrado de los labios esa sonrisa de suficiencia!», pensó Elinor mientras abría la vitrina. ¡Confío en que la Hueste de Hierro lo haya ensartado… o mejor aun: que haya muerto de hambre en el Bosque Interminable muy, muy lentamente! No era la primera vez que se imaginaba el lamentable final de Orfeo en el Mundo de Tinta. Su corazón solitario paladeaba esas imágenes más que cualquier otra cosa.

La hoja amarilleaba. Papel barato. Encima. Y en verdad a las palabras sobre él no se les notaba que habían transportado a su autor a otro mundo, justo ante los ojos de Elinor. Al lado de la hoja yacían tres fotos, una de Meggie y dos de Resa, una de la infancia y otra, tomada pocos meses antes, en la que aparecía con Mortimer. Cómo sonreían ambos. Tan felices. No transcurría una noche sin que Elinor contemplase esas fotos. Al menos mientras lo hacía las lágrimas ya no corrían por su cara, aunque persistían en su corazón. Lágrimas saladas. Lo tenía anegado hasta los bordes. Una sensación horrible.

Perdidos.

Meggie.

Resa.

Mortimer.

Habían transcurrido casi tres meses desde su desaparición. En el caso de Meggie eran incluso unos días más…

El perro se desperezó y se le acercó trotando. Restregó el hocico en el bolsillo de su bata con la certidumbre de que dentro siempre había unas galletas para él.

—Sí, sí, vale —murmuró mientras introducía en su boca uno de esos pequeños chismes apestosos—. ¿Dónde está tu amo, eh? —le colocó la hoja de papel bajo la nariz y el ceporro la olfateó como si de hecho fuese capaz de oler a Orfeo en las letras.

Elinor clavó la mirada en las palabras, mientras las pronunciaba: «*En las callejuelas de Umbra…*». Cuántas veces durante las últimas semanas había permanecido así por la noche, rodeada de libros, que ya no significaban nada para ella desde que se había quedado sola. Los libros se negaban a hablarle, como si supieran que los habría cambiado en el acto por las tres personas a las que había perdido. Dentro de un libro.

—¡Aprenderé a hacerlo, maldita sea! —su voz sonó testaruda como la de un niño—. Aprenderé a leerlas para que también me traguen a mí. ¡Lo conseguiré!

El perro la miraba como si creyera sus palabras, pero Elinor no las creía. No. Ella no era Lengua de Brujo. Aunque lo intentara una docena de años o más… las palabras no resonaban cuando ella las pronunciaba. No cantaban. No como ocurría en el caso de Meggie y Mortimer… o el tres veces maldito Orfeo. A pesar de haberlas amado tanto durante toda su vida.

La hoja tembló entre sus dedos cuando se echó a llorar. Ah, las lágrimas retornaban, a pesar de haberlas contenido tanto tiempo, todas las lágrimas de su corazón. De su corazón sencillamente desbordado. Elinor sollozaba tan fuerte que el perro se encogió, asustado. Qué absurdo que gotease agua de los ojos cuando lo que le dolía era el corazón. En los libros, las heroínas trágicas solían ser terriblemente hermosas. Ni una palabra sobre ojos hinchados o una nariz enrojecida. «A mí siempre se me pone la nariz roja de llorar», pensó Elinor. «Seguramente por eso no aparezco en ningún libro.»

—¿Elinor?

Se volvió bruscamente, enjugándose a toda prisa las lágrimas del rostro. Darius estaba en la puerta, con la bata demasiado grande que ella le había regalado por su último cumpleaños.

—¿Qué pasa? —le espetó con aspereza. ¿Dónde demonios estaría el dichoso pañuelo? Sorbiendo, se lo sacó de la manga y se sonó la nariz—. Tres meses, llevan tres meses ausentes, Darius. ¿No es motivo suficiente para llorar? Sí. No me mires tan compasivo con esos ojos de búho. Da igual cuántos libros compremos —señaló con ademán ampuloso las estanterías repletas de libros—, da igual cuántos adquiramos en subastas, cambiemos, robemos… ni uno sólo de ellos me cuenta lo que anhelo saber. Miles de páginas, y ninguna dice una palabra de aquellos de quienes me gustaría oír algo. ¿Qué me importan todos los demás? ¡Sólo quiero escuchar su historia! ¿Cómo estará Meggie? ¿Y Resa? ¿Y Mortimer? ¿Serán felices, Darius? ¿Vivirán todavía? ¿Volveré a verlos algún día?

Darius deslizó su mirada por los libros, como si pudiera encontrar la respuesta en alguno de ellos. Pero después enmudeció, igual que las páginas impresas.

—Te preparé un vaso de leche con miel —dijo al fin, y desapareció dentro de la cocina.

Y Elinor volvió a quedarse sola con los libros, la luz de la luna y el horrendo perro de Orfeo.

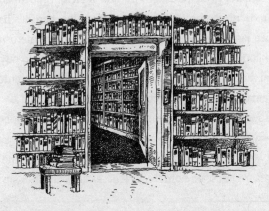

SOLAMENTE UN PUEBLO

El viento era un torrente de tinieblas entre los árboles danzantes,
La Luna era un galeón fantasmagórico vapuleado en mares borrascosos,
El camino era una cinta dibujada por la Luna sobre el morado páramo,
Y el bandolero se acercaba galopando...
Galopando... galopando...
El bandolero llegó galopando, hasta la puerta misma de la antigua posada.

Alfred Noyce, «The Highwayman»

Las hadas comenzaban ya a bailar entre los árboles, enjambres de diminutos cuerpos azules. Sus alas capturaban la luz de las estrellas, y Mo vio cómo el príncipe Negro miraba al cielo, preocupado. Estaba todavía tan oscuro como las colinas de alrededor, pero las hadas no se equivocaban jamás. En una noche tan fría, sólo los primeros albores de la mañana conseguían sacarlas de sus nidos, y el pueblo cuya cosecha querían salvar esta vez los bandidos estaba peligrosamente cerca de Umbra. Tenían que marcharse en cuanto amaneciera.

Una docena de chozas miserables, algunos campos pobres y pedregosos y un muro que apenas conseguiría mantener lejos a un niño, por no hablar de un soldado... eso era todo. Un pueblo como cualquier otro. Treinta mujeres, sin hombres, y tres docenas de niños sin padre. En el pueblo vecino los soldados del nuevo gobernador se habían llevado dos días antes casi toda la cosecha. Allí habían llegado demasiado tarde. Pero aquí aún quedaba algo que salvar. Llevaban horas cavando, enseñando a las mujeres a esconder bajo tierra animales y provisiones…

Recio traía el último saco de patatas desenterradas. Su rostro tosco estaba enrojecido por el esfuerzo. Su tez también se coloreaba cuando luchaba o se emborrachaba. Juntos bajaron el saco al escondite que habían construido justo detrás de los campos de labor. En las colinas circundantes, los sapos croaban con fuerza como si invitasen al día, y Mo arrastró encima de la entrada el entramado de ramas que ocultaba el cobertizo a los soldados y recaudadores de impuestos. Los centinelas deambulaban, inquietos, entre las chozas. También ellos habían visto a las hadas. Sí, ya iba siendo hora de marcharse, de retornar al bosque, donde siempre hallaban un escondite, a pesar de que el nuevo gobernador enviaba cada vez más patrullas a las colinas. Pardillo, así lo habían bautizado las viudas de Umbra. Un nombre adecuado para el flaco cuñado de Cabeza de Víbora. Pero su avidez por las escasas posesiones de sus súbditos era insaciable.

Mo se pasó el brazo por los ojos. Cielos, qué cansado estaba. Desde hacía días apenas había dormido. Sencillamente, había demasiados pueblos en los que aún podían anticiparse a los soldados.

—Pareces agotado.

Se lo había dicho Resa el día anterior, cuando se despertó a su lado, sin saber que no se había acostado hasta rayar el día. Y él le había hablado de malos sueños, de que había pasado las horas insomnes trabajando en el libro que encuadernaba a partir de los dibujos de su esposa sobre las hadas y los hombrecillos de cristal. También ese día confiaba en que Resa y Meggie durmiesen cuando él regresara a la granja solitaria en la que los había instalado el príncipe Negro, a una hora de camino al este de Umbra y muy alejada de los territorios donde todavía reinaba Cabeza de Víbora, convertido en inmortal por un libro que habían encuadernado sus manos.

«Pronto», pensó Mo. «Pronto dejará de protegerlo.» Cuántas veces se lo había repetido a sí mismo. Pero Cabeza de Víbora seguía siendo inmortal.

Una niña se aproximó hacia él titubeando. ¿Qué edad tendría? ¿Seis años, siete? Hacía mucho tiempo que Meggie había sido así de pequeña. Turbada, se detuvo a un paso de él.

Birlabolsas salió de la oscuridad y se acercó a la niña.

—¡Míralo, sí! —le susurró a la pequeña—. ¡Es él, en efecto! Arrendajo. Para cenar se zampa a las niñas como tú.

A Birlabolsas le gustaban esos chistes. Mo se tragó las palabras que se agolpaban en su boca. La niña era rubia, igual que Meggie.

—¡No creas ni una palabra! —advirtió a la niña en voz baja—. ¿Por qué no estás durmiendo como los demás?

La niña lo miró. Después le remangó la manga hasta que apareció la cicatriz. La cicatriz de la que hablaban las canciones…

Ella lo miró con los ojos como platos, con esa mezcla de respeto y temor que él había visto en mucha gente. Arrendajo. La niña corrió a reunirse con su madre y Mo se incorporó. Cada vez que le dolía el pecho en el lugar donde lo había herido Mortola, le parecía como si se le hubiera colado dentro… el bandido al que Fenoglio había dado su rostro y su voz. ¿O quizá siempre había formado parte de él y sólo había estado dormido hasta que el mundo de Fenoglio lo había despertado?

A veces, cuando transportaban carne o unos sacos de grano robados a los administradores de Pardillo a uno de los pueblos hambrientos, las mujeres se acercaban a besarle las manos.

—Dadle las gracias al príncipe Negro —les recomendaba él, pero el Príncipe se reía.

—Consíguete un oso —replicaba—, y te dejarán en paz.

Un niño comenzó a llorar en una de las chozas. La noche se teñía de rojo y Mo creyó oír golpeteo de herraduras. Jinetes, una docena por lo menos, acaso más. Qué deprisa aprendían los oídos a descifrar sonidos, mucho más deprisa de lo que aprendían los ojos a descifrar las letras. Las hadas se dispersaron. Las mujeres corrieron gritando hacia las chozas en las que dormían sus hijos. La mano de Mo desenfundó espontáneamente la espada. Como si nunca hubiera hecho otra cosa. Seguía siendo la espada que había recogido en el Castillo de la Noche, la espada que antes había pertenecido a Zorro Incendiario.

Alboreaba.

¿No decían que ellos siempre llegaban al amanecer porque les gustaba el rojo del cielo? Ojalá se hubieran emborrachado en una de las interminables fiestas de su señor.

El Príncipe hizo una seña indicando a los bandidos que acudieran al muro que rodeaba el pueblo, apenas unas capas de piedras planas. Tampoco las chozas ofrecerían demasiada protección. El oso resollaba y gemía, y de repente surgieron de la oscuridad: jinetes, más de una docena, el nuevo escudo de Umbra sobre el pecho, un basilisco sobre fondo rojo. Como es natural, no esperaban toparse con hombres. Con mujeres llorosas y niños vociferantes, sí, mas no con hombres, y encima armados. Perplejos, refrenaron sus caballos.

Sí, estaban borrachos. Bien. Eso los haría lentos. No vacilaron mucho tiempo. Comprendieron en el acto que estaban mucho mejor armados que los andrajosos bandidos. Y tenían caballos.

Estúpidos. Morirían antes de comprender que había algo más importante.

—Todos —dijo Birlabolsas a Mo en un susurro ronco—. Tenemos que matarlos a todos, Arrendajo. Confío en que tu blando corazón lo sepa. Si regresa a Umbra tan solo uno de ellos, mañana este pueblo será pasto de las llamas.

Mo se limitó a asentir. Como si no lo supiera.

Los caballos soltaron relinchos salvajes cuando sus jinetes los lanzaron contra los bandidos, y Mo volvió a percibir, igual que antaño en la Montaña de la Víbora, cuando había matado a Basta..., sangre fría. Fría como la escarcha a sus pies. El único miedo que sentía era el miedo a sí mismo. Pero después llegaron los alaridos. Los gemidos. La sangre. Los propios latidos de su corazón, ruidosos y demasiado veloces. Golpear y asestar estocadas, sacar la espada de la carne ajena, la humedad de sangre ajena en sus ropas, rostros deformados por el odio (¿o por el miedo?). Por suerte no se veía mucho debajo de los cascos. ¡A menudo eran tan jóvenes! Miembros destrozados, personas destrozadas. Cuidado, a tu espalda. Mata. Deprisa. No debe escapar ni uno.

Arrendajo.

Uno de los soldados susurró ese nombre antes de que él lo atravesara con la espada. Quizá con su último aliento pensó aun en la plata que recibiría en el castillo de Umbra por su cadáver, más plata que la que se puede reunir robando en una vida entera de soldado. Mo le sacó la espada del pecho. Habían llegado sin sus armaduras. ¿Para qué se precisaban armaduras contra mujeres y niños? Qué frío se volvía uno por matar, qué frío, a pesar de que ardiera la piel y la sangre fluyera como en la fiebre.

Sí, los mataron a todos. En las chozas reinaba el silencio mientras ellos empujaban los cadáveres cuesta abajo. Dos eran de los suyos y ahora sus huesos se mezclarían con los de los enemigos. No había tiempo para enterrarlos.

El príncipe Negro presentaba un corte en el hombro que tenía mal cariz. Mo lo vendó lo mejor que pudo mientras el oso se sentaba al lado, preocupado. De una de las chozas salió la niña que le había subido la manga. De lejos la verdad es que parecía Meggie. Meggie, Resa… ojalá durmieran todavía a su regreso. ¿Cómo iba a explicar si no la sangre? Tanta sangre.

«Llegará un momento en el que las noches ensombrecerán los días, Mortimer», pensó. Noches cruentas, días apacibles… días en los que Meggie le enseñaba todo aquello que le había referido en la torre del Castillo de la Noche: ondinas de piel escamosa en pantanos cubiertos de flores, huellas de pies de gigantes desaparecidos hacía mucho tiempo, flores que susurraban al rozarlas, árboles que se erguían hasta el cielo, mujercitas de musgo que aparecían entre sus raíces como si se hubieran desembarazado de su corteza… Días apacibles. Noches cruentas.

Se llevaron consigo los caballos y borraron lo mejor posible las huellas de la lucha. Las palabras de agradecimiento que balbucearon las mujeres como despedida traslucían temor. Habían comprobado con sus propios ojos que sus auxiliadores conocían el arte de matar tanto como sus enemigos.

Birlabolsas regresó con los caballos y la mayoría de los hombres al campamento, que trasladaban casi a diario, incluso de día. Mandarían a buscar a Roxana para que atendiera a los heridos. Mientras tanto, Mo regresaba al lugar en el que Resa y Meggie dormían, a la granja abandonada que el Príncipe había encontrado para ellos, porque Resa se negaba a vivir en el campamento de los bandidos y Meggie, después de tantas semanas sin hogar, también añoraba una casa.

El príncipe Negro acompañaba a Mo, como tantas veces.

—Pues claro. ¡Arrendajo nunca viaja sin séquito! —se burló Birlabolsas antes de separarse. A Mo le hubiera gustado derribarlo del caballo por ese comentario. El corazón seguía latiéndole apresurado por la matanza, pero el Príncipe lo contuvo.

Iban a pie. Así, el camino era dolorosamente largo para sus cansados miembros, pero sus huellas eran más difíciles de seguir que las de los caballos. La granja debía seguir siendo segura, pues todo lo que Mo amaba estaba allí.

La casa y los establos medio derruidos surgían cada vez tan de improviso entre los árboles como si alguien los hubiera perdido allí. Los campos que antaño habían alimentado a la granja ya no se veían. También el camino que un día había conducido al pueblo más cercano había desaparecido tiempo atrás. El bosque se lo había tragado todo. Aquí ya no se denominaba el Bosque Impenetrable, como al sur de Umbra. Allí tenía tantos nombres como pobladores: Bosque de las

Hadas, Bosque Oscuro, Bosque de las Mujercitas de Musgo. Donde se ocultaba el nido del Arrendajo se llamaba Bosque de las Alondras, si hay que dar crédito a Recio.

—¿Bosque de las Alondras? ¡Pamplinas! Recio pone a todo nombres de pájaros. Con él, hasta las hadas reciben nombres de aves, a pesar de que no pueden ni ver a los pájaros —se limitaba a decir Meggie al respecto—. Baptista afirma que se llama Bosque de las Luces. Eso le pega mucho más, ¿o acaso has visto alguna vez en un bosque tantas luciérnagas y elfos de fuego? Y encima todas las luciérnagas que están por la noche arriba, en las copas de los árboles…

Se llamara como se llamase el bosque, la paz bajo los árboles encantaba a Mo y le recordaba que también eso era el Mundo de Tinta, igual que los soldados de Pardillo. Las primeras luces del día se filtraron entre las ramas, salpicando los árboles de oro pálido, y las hadas bailaron como borrachas a los fríos rayos del sol otoñal, haciendo eses hacia el rostro peludo del oso, hasta que éste comenzó a lanzarles golpes. El Príncipe, con una sonrisa, sostuvo al oído a una de las pequeñas criaturas, como si pudiera entender lo que despotricaba con su aguda vocecilla.

¿Era igual el otro mundo? ¿Por qué apenas lo recordaba? La vida allí ¿se componía de la misma mezcla fascinante de oscuridad y luz, crueldad y belleza… de tanta belleza a veces casi embriagadora?

El príncipe Negro hacía que sus hombres vigilasen la granja día y noche. Ese día uno de ellos era Ardacho. Cuando ellos se aproximaban desde la zona de árboles, salió con expresión enfurruñada de la cochiquera derrumbada. Ardacho, un hombre bajito con ojos ligeramente saltones que le habían hecho acreedor a su apodo, siempre estaba moviéndose. Una de sus cornejas amaestradas se posaba encima de su hombro. El Príncipe utilizaba los pájaros como mensajeros, pero casi siempre robaban para Ardacho en los mercados. A Mo siempre le sorprendía la cantidad de cosas que podían llevarse en el pico.

Ardacho, al ver la sangre en sus ropas, palideció. Pero era evidente que la granja solitaria también había permanecido esa noche sin ser rozada por las sombras del Mundo de Tinta.

Mo, de puro cansancio, casi tropezó con sus propios pies cuando se dirigía al pozo, y el Príncipe alargó la mano hacia él aunque desfallecía de agotamiento.

—Hoy nos hemos salvado por los pelos —musitó temiendo que su voz pudiese ahuyentar la calma como si fuese un espectro, un espejismo—. Si no somos más cuidadosos, los soldados ya estarán esperándonos en el próximo pueblo. Con el precio que la Víbora ha puesto a tu cabeza podría comprarse todo Umbra. Yo apenas me fío ya de mis propios hombres y en los pueblos te conocen hasta los críos. ¿No deberías quedarte aquí durante algún tiempo?

Mo ahuyentó a las hadas que zumbaban encima del pozo y dejó caer el cubo de madera.

—No digas bobadas. A ti te reconocen igual.

El agua rielaba en las profundidades, como si la luna se hubiera escondido allí de la mañana. «Igual que el pozo de delante de la cabaña de Merlín», pensó Mo mientras se refrescaba la cara con el agua clara y se lavaba el corte en el brazo que le había asestado uno de los soldados. «Sólo falta que Arquímedes venga enseguida volando a posarse en mi hombro y que Wart salga a trompicones del bosque…»

—¿De qué te ríes? —el príncipe Negro se apoyó en el pozo a su lado, mientras su oso, resoplando, se revolcaba en el suelo húmedo de rocío.

—De una historia que leí una vez —Mo le puso al oso el cubo de agua—. Algún día te la contaré. Es una buena historia. Aunque tenga un final triste.

El Príncipe empero sacudió la cabeza y se pasó la mano por el rostro cansado.

—No, si tiene un final triste no quiero escucharla.

Ardacho no era el único que vigilaba la granja dormida. Cuando

Baptista salió del granero en ruinas, Mo sonrió. A Baptista no le gustaban mucho los combates, pero de todos los ladrones, Recio y él eran los preferidos de Mo, y le resultaba más fácil marcharse por la noche si uno de ellos velaba los sueños de Resa y Meggie. Baptista seguía actuando en las ferias como bufón, aunque a sus espectadores apenas les sobraba una simple moneda.

—Al fin y al cabo, no deben perder del todo la risa —aducía cuando Birlabolsas se burlaba de él por eso. Le gustaba ocultar su rostro picado de viruelas tras unas máscaras cosidas por él mismo, risueñas o llorosas, dependiendo de su estado de ánimo. Pero cuando se reunió con Mo junto al pozo, no le entregó ninguna máscara sino un fajo de ropas negras.

—Te saludo, Arrendajo —dijo con la misma reverencia profunda con la que saludaba a su público—. Perdona que tu encargo haya tardado algo más. Se me había terminado el hilo. Es una mercancía escasa en Umbra, como todo lo demás, pero por fortuna Ardacho —hizo una inclinación en dirección a éste— envió a una de sus emplumadas amigas para que robase unos carretes a uno de los comerciantes que todavía son ricos gracias a nuestro nuevo gobernador.

—¿Ropas negras? —el Príncipe lanzó una mirada inquisitiva a Mo—. ¿Para qué?

—Son ropas de encuadernador. Ése es todavía mi oficio, ¿acaso lo has olvidado? Además, de noche el negro es un buen camuflaje. Esto —Mo se quitó la camisa manchada de sangre—, también será mejor que lo tiña de negro. De lo contrario apenas podré usarlo.

El Príncipe lo miró, meditabundo.

—Lo repito, aunque no quieras escucharlo. Quédate aquí unos días. Olvida el mundo de ahí fuera igual que éste ha olvidado esta granja.

La preocupación que reflejaba su rostro sombrío conmovió a Mo, y por un momento estuvo tentado de devolver el hatillo de ropa a Baptista. Pero no lo hizo.

Cuando el Príncipe se hubo marchado, Mo ocultó la camisa y los pantalones manchados de sangre en la antigua hornera, que él había transformado en su taller, y se puso por encima las ropas negras. Le sentaban de maravilla y las llevaba puestas cuando entró de nuevo en la casa, junto con la mañana que penetraba por las ventanas carentes de cristales.

Meggie y Resa aún dormían. Un hada había entrado por equivocación en el cuarto de Meggie. Con unas palabras en voz baja, Mo la atrajo hasta su mano.

—Fijaos en eso —solía decir Birlabolsas—. Hasta las malditas hadas aman su voz. Yo debo de ser el único al que no embruja.

Mo condujo al hada hasta la ventana y la hizo aletear hacia fuera. Arropó los hombros de Meggie con la manta, como todas las noches en las que sólo existían ella y él, y contempló su rostro. Cuando dormía, seguía pareciendo muy joven. Despierta daba la impresión de ser mucho más adulta. Ella susurró un nombre en sueños. Farid. ¿Era uno adulto cuando se enamoraba por primera vez?

—¿Dónde has estado?

Mo se volvió sobresaltado. Resa, en el umbral de la puerta, se frotaba los ojos para despabilarse.

—Contemplando la danza matinal de las hadas. Las noches son cada vez más frías. Pronto dejarán de abandonar sus nidos.

Y no mentía. Las mangas de la bata negra eran lo bastante largas como para ocultar el corte de su brazo.

—Ven conmigo o despertaremos a nuestra hija mayor.

Él la condujo hasta la estancia donde dormían.

—¿Qué ropas son ésas?

—Ropas de encuadernador. Me las ha hecho Baptista. Negras como la tinta. Apropiadas, ¿no? También le he pedido que os haga algo a Meggie y a ti. Pronto necesitarás un vestido nuevo.

Le colocó la mano sobre el vientre. Aún no se notaba. Un nuevo hijo, traído desde el viejo mundo, pero no descubierto hasta éste. Apenas había transcurrido una semana desde que Resa se lo había contado.

—¿Qué te apetecería, una hija o un hijo?

—¿Puedo pedirlo? —había preguntado él a su vez, intentando imaginar cómo sería sostener de nuevo unos dedos diminutos en la mano, tan diminutos que apenas rodearían su pulgar. Justo en el momento adecuado… antes de que Meggie fuera tan mayor que ya no podría llamarla niña.

—Las náuseas aumentan. Mañana iré a caballo a casa de Roxana. Seguro que ella conoce algún remedio.

—Seguro que sí —Mo la estrechó entre sus brazos.

Días apacibles. Noches cruentas.

3

PLATA ESCRITA

Y al gozar, ante todo, con las cosas umbrías,
cuando en la habitación, con la persiana echada,
alta, azul, aunque llena de ásperas humedades,
leía su novela mil veces meditada,
cargada de ocres cielos y bosques sumergidos,
y de flores de carne que hacia el cielo se abrían,
¡vértigos y derrubios, fracaso y compasión!

Arthur Rimbaud, «Los poetas de siete años»

Como es natural, Orfeo no cavaba en persona, sino que, vestido con elegante atuendo, observaba cómo sudaba Farid. Ya lo había mandado a cavar en dos sitios, y el agujero en el que Farid se afanaba con la pala era tan hondo que le llegaba al pecho. La tierra estaba húmeda y pesada. Durante los últimos días había llovido en abundancia, y la laya que había conseguido Montaña de Carne no servía para nada. Además, por encima de Farid colgaba el ahorcado. El viento frío lo mecía de acá para allá en su soga podrida. ¿Qué pasaría si se caía y lo enterraba bajo sus huesos hediondos?

En la horca de la derecha se balanceaban otras tres tristes figuras. Al nuevo gobernador le gustaban los ahorcamientos. Decían que Pardillo se hacía confeccionar pelucas con el pelo de los ajusticiados… y las viudas en Umbra susurraban que por ese motivo también había tenido que colgar a alguna que otra mujer…

—¿Pero cuánto tiempo vas a necesitar todavía? ¡Que ya clarea! ¡Vamos, cava más deprisa! —rugió Orfeo enfurecido, chutando hacia la fosa uno de los cráneos que yacían como frutas horripilantes debajo de la horca.

En efecto, alboreaba. Maldito Cabeza de Queso. ¡Le había obligado a cavar casi toda la noche! Ay, ojalá pudiera retorcerle el pescuezo.

—¿Más deprisa? ¡Entonces, para variar, haz que maneje la pala tu refinado guardián! —le gritó Farid—. De ese modo sus músculos al menos valdrían para algo.

Montaña de Carne cruzó sus musculosos brazos y dirigió una sonrisa despectiva hacia abajo. Orfeo había encontrado al gigante en el mercado. Se dedicaba a sujetar a los clientes de un barbero mientras éste sacaba muelas inflamadas.

—¡Qué cosas dices! —se había limitado a contestar Orfeo, altanero, cuando Farid le había preguntado para qué necesitaba *otro* criado más—. Hasta los traperos de Umbra tienen un guardaespaldas debido a la chusma que ronda por las calles. ¡Y yo soy bastante más rico que ellos!

En eso seguramente tenía razón… y como Orfeo pagaba mejor que el barbero y a Montaña de Carne le dolían los oídos de los alaridos de los atormentados, se marchó con él sin decir palabra. Se llamaba Oss, un nombre muy corto para un tipo tan grande, pero adecuado para alguien que hablaba tan raramente que al principio Farid habría jurado que esa fea boca carecía de lengua. En cambio, esa boca comía en abundancia, y cada vez con más frecuencia Montaña de Carne se zampaba sin la menor dilación lo que las criadas de Orfeo servían a Farid. Al principio éste se quejó, pero después de que Oss le hubiera acechado en la escalera del sótano, prefería acostarse con el estómago gruñendo o robar algo en el mercado. Sí, Montaña de Carne sólo había hecho más desconsoladora la vida al servicio de Orfeo. Un puñado de vidrios rotos metidos en el jergón de paja de Farid, una zancadilla al final de una escalera, un repentino y fuerte tirón de pelo… Con Oss siempre había que estar en guardia. Con él sólo estabas tranquilo por la noche, cuando dormía, sumiso como un perro, delante de la alcoba de Orfeo.

—Los guardaespaldas no cavan —explicó Orfeo con voz aburrida mientras caminaba impaciente entre los agujeros abiertos—. Y si continúas remoloneando así, necesitaremos urgentemente un guardaespaldas. Dos cazadores furtivos serán conducidos hasta aquí antes de mediodía para ser ahorcados.

—¿Lo ves? Si es lo que siempre te digo: ¡busquemos los tesoros simplemente detrás de tu casa! —el Monte de los Ahorcados, cementerios, granjas quemadas… a Orfeo le gustaban los lugares que estremecían a Farid. No, a Cabeza de Queso ciertamente no lo asustaban los fantasmas, justo es reconocerlo. Farid se limpió el sudor de los ojos—. Al menos podrías describir con más exactitud bajo qué maldita horca está el tesoro. ¿Por qué demonios tiene que estar enterrado tan hondo?

—¡No tan hondo! ¡Detrás de mi casa! —Orfeo frunció los labios, blandos como los de una joven, con gesto desdeñoso—. ¡Qué original! ¿Es que eso suena como si pegara con esta historia? Ni siquiera Fenoglio incurriría en semejante disparate. Mas ¿para qué te lo explicaré una vez y otra? De todos modos no lo entiendes.

—Conque no, ¿eh? —Farid hundió la pala tan hondo en la tierra húmeda que se quedó encajada—. Una cosa comprendo y muy bien: que tú te traes con la escritura un tesoro tras otro, dándotelas de acaudalado comerciante y rondas a todas las criadas de Umbra, mientras Dedo Polvoriento sigue yaciendo entre los muertos.

Farid notó como se le saltaban las lágrimas. El dolor seguía tan reciente como la noche en la que Dedo Polvoriento murió por él. ¡Ojalá hubiera podido olvidar su rostro rígido! Si pudiera recordarlo como había sido en vida, pero siempre lo veía yaciendo en la mina en ruinas, tan frío, tan yerto, el corazón helado.

—¡Ya estoy harto de desempeñar el papel de criado! —vociferó en dirección a Orfeo. En su furia hasta se olvidó de los ahorcados, a los que seguramente no les complacía que gritasen en el lugar de su muerte—. Además, tampoco has cumplido tu parte del trato. Te has instalado en este mundo como un gusano en el tocino, en lugar de traerlo de vuelta de una vez. ¡Lo has enterrado igual que a todos los demás! Fenoglio tiene razón: eres tan útil como una vejiga de cerdo perfumada. Pienso decirle a Meggie que te envíe de regreso. ¡Y lo hará, ya lo verás!

Oss miró interrogante a Orfeo. Sus ojos suplicaban permiso para agarrar a Farid y molerlo a golpes, pero Orfeo no le prestaba atención.

—¡Ah, ya estamos otra vez con esa cantinela! —se limitó a decir con voz contenida—. La increíble, la insuperable Meggie, hija de un padre no menos fabuloso que ahora responde por el nombre de un pájaro y se oculta en el bosque con una banda de ladrones piojosos, mientras juglares harapientos componen una canción tras otra sobre él.

Orfeo se enderezó las gafas y alzó la vista al cielo, como si pretendiera quejarse de tantos honores inmerecidos. Le gustaba el apodo que le habían aportado las gafas: Cuatrojos. En Umbra lo susurraban con aversión y miedo, pero eso le gustaba aun más a Orfeo. Además, las gafas eran la prueba de que todas las mentiras que contaba sobre sus propios orígenes eran la pura verdad: que venía del otro lado del mar, de un país lejano cuyos monarcas tenían todos ojos dobles, lo que los capacitaba para leer los pensamientos de sus súbditos; que era el hijo bastardo del rey de allí y se había visto obligado a huir de su propio hermano después de que la esposa de éste se hubiera inflamado en amor imperecedero por él.

—¡Por el dios de los libros! ¡Qué historia tan paupérrima! —había exclamado Fenoglio cuando Farid se la refirió a los hijos de Minerva—. Menudo cursi y untuoso está hecho ese tipo. No alberga ni una idea original en su sesera pegajosa. Sólo sabe hacer chapuzas con las ocurrencias ajenas.

Pero Fenoglio pasaba los días y las noches compadeciéndose a sí mismo, mientras Orfeo trabajaba con absoluta tranquilidad en imprimir carácter a esta historia, una historia que parecía conocer mejor que su propio creador.

—¿Sabes lo que uno desea cuando le gusta tanto un libro que lo lee una y otra vez? —le había preguntado a Farid la primera vez que se encontraron ante la puerta de la ciudad de Umbra—. No, claro que no. ¿Cómo ibas a saberlo? Seguro que un libro sólo te recuerda que en las noches frías arde bien. A pesar de todo te revelaré la respuesta. Uno quiere tomar parte en el juego, ¿qué si no? Aunque sin duda no como el pobre poeta de corte. Ese papel se lo cedo de buen grado a Fenoglio... ¡aunque él mismo desempeña un personaje lamentable!

A la tercera noche, Orfeo se puso a trabajar en una posada mugrienta próxima a la muralla de la ciudad. Había ordenado a Farid que robase para él vino y una vela, había sacado de debajo de la capa un sucio trozo de papel y un buril... y el libro, el libro tres veces maldito. Sus dedos recorrieron las páginas cual Urracas en busca de objetos brillantes, espigando palabras. Y Farid había sido tan tonto como para creer que las palabras con las que Orfeo llenaba tan afanosamente la hoja de papel sanarían el dolor de su corazón y traerían de regreso a Dedo Polvoriento. Orfeo, empero, tenía en mente algo muy distinto. Había mandado marcharse a Farid antes de leer en voz alta lo que había escrito, y antes de las primeras luces del alba obligó a Farid a excavar la tierra de Umbra y sacar el primer tesoro, en el cementerio, justo detrás del hospital de incurables. Orfeo se alegró como un niño al ver las monedas. Farid, sin embargo, clavaba la vista en las tumbas mientras saboreaba sus propias lágrimas.

Con la plata Orfeo adquirió ropas nuevas, contrató a dos sirvientas y una cocinera y compró la espléndida casa de un comerciante en sedas. El anterior propietario se había marchado a buscar a sus hijos, que se habían ido con Cósimo al Bosque Interminable y no habían regresado jamás.

Orfeo también se hacía pasar por comerciante, un comerciante de deseos raros, y muy pronto llegó a oídos de Pardillo que el extranjero de fino pelo rubio y piel pálida como la de los príncipes era capaz de conseguir cosas insólitas: duendes moteados, hadas de colores como las mariposas, joyas hechas con alas de elfos de fuego, cinturones guarnecidos con escamas de ondinas, caballos píos dorados para carrozas principescas y otras criaturas que hasta entonces en Umbra sólo se conocían por los cuentos. El libro de Fenoglio encerraba las palabras correctas para muchas cosas. Orfeo sólo tenía que someterlas a distintas combinaciones. De vez en cuando lo que él creaba, moría, o se revelaba demasiado mordedor (Montaña de Carne solía llevar las manos vendadas), pero eso a Orfeo le traía sin cuidado. ¿Qué le importaba a él que en el bosque murieran de hambre unas docenas de elfos de fuego porque de repente les faltasen las alas, o que una mañana flotasen muertas en el río un puñado de ondinas sin escamas? Él extraía los hilos del delicado entramado que había hilado el anciano para tejer sus propios dibujos, los colocaba cual remiendos de colores en el gran tapiz de Fenoglio y se enriquecía con lo que su voz hacía surgir de las letras de otro.

Maldito sea. Mil veces maldito. Ya era suficiente.

—¡No haré nada más para ti! ¡Nada en absoluto! —Farid se limpió de las manos la tierra mojada por la lluvia e intentó salir del agujero, pero, a una señal de Orfeo, Oss lo hizo retroceder de un empujón.

—¡Cava! —gruñó.

—¡Cava tú! —Farid temblaba con la camisa empapada de sudor, no habría sabido decir si de frío o de furia—. ¡Tu fino señor es un estafador! Lo metieron una vez en la cárcel por sus mentiras y volverán a encerrarlo de nuevo.

Orfeo entornó los ojos. No le gustaba ni pizca que se hablase de ese capítulo de su vida.

—Apuesto a que eras uno de esos que con mentiras sacan el dinero del bolsillo a las ancianas. Y aquí te hinchas igual que una rana sólo porque de repente tus mentiras se tornan verdaderas, engatusas al cuñado de Cabeza de Víbora y te consideras más listo que nadie. Pero ¿qué sabes hacer, eh? Traer con la escritura a hadas que parecen haber caído en una tina de tintorero, cajas llenas de tesoros, joyas para Pardillo hechas de alas de elfo. Pero no sabes hacer aquello para lo que te trajimos. Dedo Polvoriento está muerto. Muerto. ¡Todavía está muerto!

Y las malditas lágrimas retornaron. Farid se las limpió con sus dedos sucios mientras Montaña de Carne le dirigía desde arriba la mirada inexpresiva del que no entiende ni una palabra. ¿Cómo iba a hacerlo? ¿Qué sabía Oss de las palabras que robaba Orfeo, qué sabía del libro y de la voz de Orfeo?

—¡Nadie-me-ha-traído! —Orfeo se inclinó sobre el borde de la fosa como si quisiera escupir sus palabras al rostro de Farid—. Y desde luego no tengo por qué escuchar peroratas sobre Dedo Polvoriento de aquel que le acarreó la muerte. Yo ya conocía su nombre cuando tú aún no habías nacido, y lo traeré de vuelta, aunque tú lo hayas alejado de esta historia de una forma tan concienzuda… El cómo y el cuándo es una decisión exclusivamente mía. Y ahora, cava. ¿O piensas acaso, dechado de sabiduría árabe —Farid creyó percibir que las palabras lo cortaban en finas rodajas—, que escribiré más si ya no puedo pagar a mis criadas y me lavo personalmente la ropa en el futuro?

Maldito, maldito sea. Farid agachó la cabeza para que Orfeo no captase sus lágrimas. *De aquel que le acarreó la muerte…*

—Dime por qué pago continuamente a los juglares con mi hermosa plata sus deplorables canciones. ¿Porque he olvidado a Dedo Polvoriento? No. ¡Porque tú todavía no has conseguido averiguar para mí cómo y dónde se puede hablar en este mundo con las Mujeres Blancas! Así que sigo escuchando canciones detestables, me planto junto a mendigos agonizantes y soborno a las curanderas de los hospitales de incurables para que me avisen cuando alguien está al borde de la muerte. Como es lógico, sería mucho más fácil si tú supieras llamar a las Mujeres Blancas con el fuego igual que tu maestro, pero eso ya lo hemos intentado con harta frecuencia sin ningún éxito, ¿verdad? Si al menos te visitasen, como por lo visto gustan hacer con aquellos a los que han rozado una vez. ¡Pero, no! Tampoco la sangre fresca de gallina que coloqué delante de la puerta sirvió de nada, ni los huesos infantiles que compré a un sepulturero por una bolsa de plata, sólo porque los centinelas que montan guardia ante la puerta de la ciudad te contaron que eso atraería en el acto a una docena de Mujeres Blancas.

Sí. Sí. Farid quería taparse los oídos con las manos. Orfeo tenía razón. Lo habían intentado todo. Pero las Mujeres Blancas sencillamente no aparecían, y ¿quién si no podía revelar a Orfeo cómo rescatar de la muerte a Dedo Polvoriento?

En silencio, Farid sacó la laya de la tierra y reanudó la tarea de cavar.

Tenía ampollas en las manos cuando al fin topó con madera. El arca que arrastró fuera de la tierra no era demasiado grande, pero, igual que la última, estaba repleta hasta los bordes de monedas de plata. Farid había espiado cómo Orfeo la había traído con la lectura: «*Debajo de la horca de la Colina Tenebrosa, mucho antes de que el príncipe Mantecoso hiciera talar allí los robles para el ataúd de su hijo, una banda de salteadores de caminos había enterrado un cofre lleno de plata. Después se pelearon y se mataron entre sí, pero la plata seguía allí, dentro de la tierra sobre la que se blanqueaban sus huesos*».

La madera del cofre estaba podrida y, al igual que en el caso de otros tesoros desenterrados, Farid se preguntó si la plata no habría estado ya debajo de la horca *antes* de que Orfeo escribiese esas palabras. Ante tales preguntas, Cabeza de Queso se limitaba a sonreír dándoselas de sabihondo, pero Farid dudaba que conociese la verdadera respuesta.

—¿Lo ves? ¿Quién lo dice, pues? Esto debería bastar para el próximo mes.

La sonrisa de Orfeo era tan pagada de sí misma, que a Farid le habría encantado borrársela de la cara con una paletada de tierra. ¡Para un mes! Con la plata que él y Montaña de Carne guardaban en bolsas de cuero se habría podido llenar durante meses la barriga hambrienta de todos los habitantes de Umbra.

—¿Cuánto tiempo durará eso? Seguramente el verdugo ya estará de camino hacia aquí con comida fresca para la horca —cuando Orfeo estaba nervioso, su voz no impresionaba demasiado.

Farid, sin decir palabra, cerró con una cuerda otra bolsa llena a reventar, empujó con el pie de nuevo hacia la fosa el arca vacía y lanzó una última mirada al ahorcado. La Colina Tenebrosa ya había sido antaño un patíbulo, pero sólo Pardillo la había declarado de nuevo escenario principal de ejecución. El hedor de los cadáveres ascendía con demasiada frecuencia hasta el castillo desde las horcas situadas ante la puerta de la ciudad, y ese aroma desentonaba de los exquisitos manjares que tomaba allí el cuñado de Cabeza de Víbora mientras Umbra pasaba hambre.

—¿Has conseguido juglares para esta tarde?

Farid se limitó a asentir con la cabeza mientras acarreaba las pesadas bolsas tras Orfeo.

—¡La verdad es que el de ayer era un prodigio de fealdad! —Orfeo hizo que Oss lo ayudara a montar a caballo—. ¡Igual que un espantapájaros que hubiera despertado a la vida! Y lo que brotaba de su boca casi desdentada era lo habitual: hermosa princesa ama a pobre juglar, lalalala, bello príncipe se enamora de campesina, lalalalí… Ni una palabra útil sobre las Mujeres Blancas.

Farid escuchaba a medias. Ya no tenía en buen concepto a los juglares, desde que la mayoría de ellos cantaban y bailaban para Pardillo y habían abjurado del príncipe Negro como rey porque luchaba con excesiva franqueza contra los invasores.

—Sin embargo —prosiguió Orfeo—, el espantapájaros conocía un par de nuevas canciones sobre Arrendajo. Me costó bastante sacárselas, y las cantó tan quedo como si Pardillo en persona estuviera debajo de mi ventana, pero había una que no había oído nunca. ¿Sigues estando seguro de que Fenoglio no ha vuelto a escribir?

—Completamente.

Farid se colgó su mochila y silbó entre dientes, como acostumbraba a hacer Dedo Polvoriento. Furtivo salió disparado de detrás de una de las horcas con un ratón muerto en el hocico. Sólo la marta más joven se había quedado con Farid. Gwin estaba con Roxana, como si quisiera permanecer en el lugar al que Dedo Polvoriento regresaría lo antes posible si la muerte lo soltaba de entre sus pálidos dedos.

—¿Y por qué estás tan seguro? —Orfeo torció el gesto, asqueado, cuando Furtivo saltó sobre los hombros de Farid y desapareció dentro de su mochila. Cabeza de Queso detestaba a la marta, pero la toleraba, seguramente porque un día había pertenecido a Dedo Polvoriento.

—El hombre de cristal de Fenoglio asegura que ya no escribe, y él lo sabrá, digo yo.

Cuarzo Rosa se lamentaba sin cesar de lo penosa que se había tornado su existencia desde que Fenoglio ya no vivía en el castillo, sino en el desván de Minerva; también Farid maldecía la empinada escalera de madera cada vez que Orfeo lo enviaba a ver a Fenoglio para preguntarle: ¿Qué países están al sur del mar que limita con el reino de Cabeza de Víbora? El príncipe que reina al norte de Umbra, ¿es pariente de la mujer de Cabeza de Víbora? ¿En qué lugar exacto moran los gigantes, o acaso se han extinguido? Los peces voraces de los ríos ¿también comen ondinas?

A veces, Fenoglio ni siquiera dejaba pasar a Farid, después de que éste se hubiera molestado en subir con esfuerzo los escalones, pero otras había bebido tanto que se encontraba con un ánimo parlanchín. Esos días el viejo le suministraba tal caudal de datos que a Farid le zumbaba la cabeza al regresar a casa de Orfeo, que encima volvía a interrogarlo. Era enloquecedor. Pero cada vez que los dos intentaban hablar directamente entre ellos, empezaban a discutir al cabo de pocos minutos.

—Bien, muy bien. ¡Que el viejo vuelva a preferir las palabras al vino complicará las cosas! Sus últimas ideas ya provocaron un funesto embrollo —Orfeo empuñó las riendas y miró al cielo. Tenía pinta de ser otro día lluvioso, gris y triste como los rostros en Umbra—. ¡Bandidos que llevan máscaras, libros de la inmortalidad, un príncipe que regresa de entre los muertos! —meneando la cabeza dirigió su montura al sendero que conducía a Umbra—. Quién sabe lo que se le habría ocurrido además. No, que Fenoglio se beba tranquilamente la poca cordura que le queda. Yo me ocuparé de su historia. La entiendo mucho mejor que él.

Farid volvía a no prestar atención mientras sacaba a su burro fuera de los matorrales. Que Cabeza de Queso hablara cuanto se le antojase. A él le daba igual quién de los dos escribiese las palabras que trajeran de vuelta a Dedo Polvoriento. ¡Con tal de que eso sucediera! Aunque al hacerlo se fuera al diablo toda esa maldita historia.

Como siempre, el burro intentó morder a Farid cuando éste subió a su huesudo lomo. Orfeo montaba uno de los caballos más hermosos de Umbra —a pesar de su figura tosca, Cabeza de Queso era un buen jinete—, pero, como es natural, avariento como era, para Farid había comprado un burro, mordedor y tan viejo que tenía la cabeza calva. Con Montaña de Carne no habrían podido ni dos burros, de manera que Oss trotaba junto a Orfeo como un perro colosal, la cara sudorosa por el esfuerzo, cuesta arriba y cuesta abajo por los estrechos senderos que recorrían las colinas que rodeaban Umbra.

—Está bien. Fenoglio ya no escribe —a Orfeo le gustaba pensar en voz alta. A veces daba la impresión de que sólo podía ordenar sus pensamientos escuchando su propia voz—. Pero entonces, ¿de dónde salen todas las historias sobre Arrendajo? Viudas protegidas, plata en los umbrales de los pobres, carne obtenida con la caza furtiva en los platos de niños sin padre... ¿Todo esto es obra de Mortimer Folchart, sin que Fenoglio le haya escrito al respecto algunas palabras beneficiosas?

Un carro vino hacia ellos. Orfeo, maldiciendo, condujo su caballo hacia los zarzales y Montaña de Carne miró fijamente con una sonrisa estúpida a los dos jóvenes arrodillados en el carro, las manos atadas a la espalda, los rostros medrosos. Uno tenía los ojos aun más claros que Meggie, pero ninguno era mayor que Farid. Claro que no. Si hubieran sido mayores, se habrían marchado con Cósimo y hacía mucho tiempo que estarían muertos. Pero esta mañana seguro que eso no les servía de consuelo. Sus cadáveres podrían verse desde Umbra, a modo de escarmiento para todos aquellos a los que el hambre inducía a practicar la caza furtiva, pero la nariz de Pardillo no los olería.

¿Se moría tan deprisa en la horca que a las Mujeres Blancas no les daba tiempo de acudir? Farid se tocó involuntariamente la espalda en la zona donde había entrado la navaja de Basta. En su caso, ellas tampoco habían venido, ¿verdad? No se acordaba. No recordaba ni siquiera el dolor, sólo el rostro de Meggie al recobrar el conocimiento y, al girarse, la imagen de Dedo Polvoriento tendido en el suelo…

—¿Por qué no escribes simplemente que me lleven a mí en su lugar? —le había preguntado a Orfeo, pero éste se había limitado a soltar una estruendosa carcajada.

—¿A ti? ¿Crees de verdad que las Mujeres Blancas cambiarían a Dedo Polvoriento por un aprendiz de ladrón zarrapastroso como tú? No, para eso tenemos que ofrecerles un cebo más suculento.

Cuando Orfeo picó espuelas a su caballo, las bolsas llenas de plata saltaron junto a la silla de montar de Orfeo, y la cabeza de Oss enrojeció tanto por el esfuerzo que parecía a punto de explotar encima del cuello carnoso.

«¡Maldito Cabeza de Queso! ¡Sí, Meggie tiene que hacerlo regresar!», pensaba Farid mientras golpeaba los flancos del asno con los talones. Hoy mejor que mañana. Pero ¿quién le escribiría las palabras adecuadas? ¿Quién podría rescatar a Dedo Polvoriento de entre los muertos salvo Orfeo?

«¡No regresará jamás!», susurró una voz en su interior. «Dedo Polvoriento está muerto, Farid. Muerto.»

«Bueno, ¿y qué?», increpó a la voz queda. «¿Qué importa eso en este mundo? Yo también regresé.»

Pero ojalá acertara a recordar el camino.

4

ROPAS DE TINTA

Todo me parece como ayer, cuando creía
que debajo de mi piel sólo había luz.
Que si me cortaban, relumbraría.
Pero hoy, en la senda de la vida,
Me golpeo las rodillas y sangro.

Billy Collins, «On Turning Ten»

La nueva mañana despertó a Meggie con su luz pálida cayéndole sobre el rostro y un aire tan fresco como si nadie lo hubiera respirado antes que ella. Las hadas trinaban delante de su ventana igual que pájaros que hubieran aprendido a hablar, y en algún lugar chilló un arrendajo, si es que era un arrendajo. Recio imitaba a cualquier pájaro de un modo tan engañoso que sonaba como si anidase dentro de su ancho pecho. Y todos ellos —alondras, oropéndolas, pájaros carpinteros, ruiseñores y las cornejas domesticadas de Ardacho— le respondían.

También Mo se había despertado. Ella oyó su voz procedente del exterior y también la de su madre. ¿Habría venido por fin Farid? Se levantó a toda prisa del jergón de paja sobre el que dormía (apenas acertaba a recordar lo que era dormir en una cama de verdad), y corrió a la ventana. Esperaba a Farid desde hacía días. Le había prometido que vendría. Pero en el patio sólo estaban sus padres y Recio, que le dirigió una sonrisa al divisarla junto a la ventana.

Mo ayudaba a Resa a ensillar uno de los caballos que a su llegada esperaban ya en uno de los establos. Los caballos eran tan bonitos que seguro que antes habían pertenecido a uno de los amigos nobles de Pardillo, pero al igual que en el caso de muchas cosas que les proporcionaba el príncipe Negro, Meggie evitó pensar con demasiado detalle cómo habían llegado a manos de los bandidos. Quería al príncipe Negro, a Baptista y a Recio, pero algunos de los demás, como por ejemplo Birlabolsas y Ardacho, le producían escalofríos, aunque eran esos mismos hombres quienes las habían salvado a ella y a sus padres en la Montaña de la Víbora.

—Los bandidos son bandidos, Meggie —solía decir Farid—. El Príncipe hace lo que hace por los demás, pero algunos de sus hombres sólo ansían llenarse los bolsillos sin tener que matarse a trabajar en un campo o en un taller.

Ay, Farid… lo añoraba tanto que se avergonzaba de ello.

Su madre parecía pálida. En los últimos días Resa había sentido un creciente malestar. Seguramente por eso quería cabalgar a casa de Roxana. Nadie conocía mejores remedios al respecto que la viuda de Dedo Polvoriento, excepto quizá Búho Sanador, pero a éste no le iba muy bien desde la muerte del Bailarín del Fuego, sobre todo desde que había oído que Cabeza de Víbora había ordenado incendiar el Hospital de Incurables que había dirigido durante tantos años al otro lado del bosque. Nadie sabía qué había sido de Bella y de todas las demás curanderas.

Un ratón con cuernos, igual que la marta de Dedo Polvoriento, pasó veloz cuando Meggie salió, y un hada voló hacia ella y la agarró del pelo, pero Meggie había aprendido a ahuyentarlas. A medida que aumentaba el frío, más les costaba salir de sus nidos, pero todavía se dedicaban a cazar pelo humano.

—¡Nada las mantiene más calientes! —decía siempre Baptista—. Excepto el pelo de oso. Y arrancarlo es peligroso.

La mañana era tan fresca que Meggie, tiritando, se rodeó el cuerpo con los brazos. Las ropas que les habían proporcionado los bandidos no calentaban ni la mitad que los jerseys en los que ella se había envuelto en un día similar en el otro mundo, y pensó, casi con nostalgia, en los calcetines calientes que le esperaban en los armarios de Elinor.

Mo se volvió y le sonrió mientras se aproximaba. Parecía cansado, pero feliz. No dormía mucho. A menudo trabajaba hasta muy entrada la noche en su taller provisional con las escasas herramientas que le había conseguido Fenoglio. Y continuamente se marchaba al bosque, solo o con el Príncipe. Pensaba que su hija no sabía nada de eso, pero Meggie ya había visto en ocasiones cómo iban a buscarlo los bandidos; cuando ella permanecía insomne junto a la ventana esperando a Farid. Llamaban a su padre con el grito del arrendajo. Meggie lo escuchaba casi todas las noches.

—¿Te encuentras mejor? —miró a su madre, preocupada—. A lo mejor han sido las setas que recogimos hace unos días.

—No, seguro que no —Resa miró a su hija y sonrió—. Seguro que Roxana conoce alguna hierba para esto. ¿Te apetece acompañarme? A lo mejor está allí Brianna. Ella no trabaja a diario en casa de Orfeo.

Brianna. ¿Por qué habría de querer verla? ¿Porque eran casi de la misma edad? Tras la muerte de Cósimo, Brianna había sido expulsada por la Fea, como tardío castigo por haber preferido la compañía de su marido a la suya. Después Brianna había ayudado a Roxana en sus campos, pero ahora trabajaba para Orfeo. Igual que Farid. Orfeo tenía ya media docena de criadas. Farid se burlaba diciendo que Cabeza de Queso ni siquiera se peinaba él mismo sus finos cabellos. Orfeo sólo empleaba a jóvenes hermosas y Brianna era maravillosa, tan bella que en su presencia Meggie se sentía como un pato al lado de un cisne. Pero había algo que lo empeoraba más: Brianna era hija de Dedo Polvoriento.

—¿Y qué? Yo ni siquiera hablo con ella —contestaba Farid cuando le preguntaba por la joven—. Me odia tanto como su madre.

Sin embargo… él veía casi a diario a Brianna y a todas las demás. Las jóvenes más hermosas de Umbra trabajaban en casa de Orfeo. Pero a ella llevaba ya casi dos semanas sin visitarla.

—Entonces, ¿vienes conmigo? —Resa seguía mirándola inquisitiva, y Meggie notó que se ruborizaba, como si su madre hubiera leído todos sus pensamientos.

—No —contestó—, no, prefiero quedarme. Recio cabalgará contigo, ¿no?

—Seguro —Recio se había impuesto la tarea de proteger a Resa y a ella. Meggie no estaba segura de si se lo había pedido su padre o lo hacía simplemente para mostrar su devoción a Arrendajo.

Resa dejó que la ayudase a montar. Solía quejarse de lo incómodo que era cabalgar con un vestido, y habría preferido vestir ropas masculinas en ese mundo, aun cuando eso la había convertido antaño en cautiva de Mortola.

—He regresado de la oscuridad —le dijo a Mo—. Quizá Roxana conozca algún remedio contra tus noches insomnes.

Después desapareció entre los árboles en compañía de Recio, y Meggie se quedó allí sola con Mo, igual que antes, cuando sólo existían ellos dos.

—La verdad es que no se encuentra bien.

—No te preocupes, Roxana conocerá algún remedio —Mo miró hacia la hornera en la que había instalado su taller. ¿Qué eran esos trajes negros que llevaba?—. Yo también he de irme, pero regresaré por la noche. Ardacho y Baptista están en el establo, y el Príncipe enviará además a Pata de Palo mientras dure la ausencia de Recio. Esos tres te cuidarán mejor que yo.

¡Qué rara sonaba su voz! ¿Le estaría mintiendo? Desde que Mortola había intentado matarlo había cambiado. Era más cerrado y con frecuencia estaba ausente, como si una parte de él se hubiera quedado en la cueva en la que estuvo a punto de fallecer, o en la mazmorra de la torre del Castillo de la Noche.

—¿Adónde vas? Iré contigo —Meggie notó su sobresalto cuando deslizó el brazo debajo del suyo—. ¿Qué sucede?

—Nada, nada en absoluto —su padre se pasó la mano por la manga negra y eludió su mirada.

—Has vuelto a ausentarte con el Príncipe. Lo vi ayer por la noche en la granja. ¿Qué ha pasado?

—Nada, Meggie. De veras —le acarició la mejilla con aire ausente, después dio media vuelta y se dirigió hacia la hornera.

—¿Nada? —Meggie lo siguió. La puerta era tan baja que Mo se vio obligado a agachar la cabeza—. ¿De dónde has sacado esas ropas negras?

—Son ropas de impresor. Me las ha hecho Baptista.

Mo se acercó a la mesa en la que trabajaba. Encima había piel, unos pliegos de pergamino, hilo, un cuchillo y el libro delgado que en las últimas semanas había encuadernado con los dibujos de Resa, imágenes de hadas, de elfos de fuego y hombres de cristal, del príncipe Negro y de Recio, de Baptista y Roxana. También había uno de Farid. El libro estaba atado con cuerda, como si Mo pretendiera llevárselo consigo en sus viajes. El libro, las ropas negras...

Oh, ella lo conocía tan bien.

—¡No, Mo! —Meggie agarró el libro y lo ocultó detrás de su espalda. Quizá fuese capaz de engañar a Resa, pero a ella, no.

—¿Qué? —él se esforzaba de veras por aparentar ignorancia, disimulaba mejor que antes.

—Quieres ir a Umbra, a ver a Balbulus. ¿Es que te has vuelto loco? ¡Es demasiado peligroso!

Durante unos instantes Mo pensó en seguir mintiéndole, pero después suspiró.

—Vale, vale, sigo sin ser capaz de mentirte. Pensé que ahora quizá sería más fácil, porque eres casi adulta. Tonto de mí.

La rodeó con sus brazos y le arrebató con suavidad el libro de las manos.

—Sí, me propongo ir a ver a Balbulus. Antes de que Pardillo haya vendido todos los libros de los que tanto me has hablado. Fenoglio me introducirá de matute en el castillo como encuadernador. ¿Cuántos barriles de vino recibirá Pardillo por un libro? ¿Tú qué crees? ¡Ya ha debido de desaparecer la mitad de la biblioteca para que él pueda pagar sus fiestas!

—¡Mo! ¡Es demasiado peligroso! ¿Qué pasará si alguien te reconoce?

—¿Quién? En Umbra nadie me ha visto jamás.

—Alguno de los soldados podría conocerte del Castillo de la Noche. ¡Y al parecer está allí Pájaro Tiznado! Ése no se dejará engañar por unas ropas negras.

—¡Qué va! Pájaro Tiznado me vio por última vez cuando yo estaba medio muerto. Y más le valdría no toparse conmigo —su rostro, más familiar que ningún otro, se convirtió por primera vez en el de un extraño. Frío, frío helador. Vamos, deja de mirarme con tanta preocupación —dijo, y su sonrisa borró la frialdad. Pero la sonrisa no duró mucho—. ¿Sabes que mis propias manos se me antojan extrañas, Meggie? —inquirió mostrándoselas, como si su hija pudiese apreciar el cambio—. Hacen cosas de que las que yo ni siquiera las creía capaces... y las hacen bien —Mo contempló sus manos como si fueran ajenas.

Cuántas veces las había observado Meggie cortando papel, encuadernando páginas, tensando el cuero... o pegando esparadrapo sobre una rodilla herida. Pero ahora sabía de sobra a qué se refería su padre. Ella lo había observado muchas veces cuando se ejercitaba detrás de los establos con Baptista o Recio con la espada que portaba desde el Castillo de la Noche. La espada de Zorro Incendiario. Él podía hacerla bailar como si fuera tan familiar para sus manos como un cortapapeles o una plegadera.

Arrendajo.

—Creo que debería recordarles a mis manos cuál es su auténtico oficio, Meggie. Me gustaría recordarlo. Fenoglio ha contado a Balbulus que ha encontrado un encuadernador que encuaderna sus trabajos como se merecen. Pero Balbulus desea verlo antes de confiarle sus obras. Por eso cabalgaré hasta el castillo y le demostraré que entiendo tanto de mi arte como él del suyo. ¡Tú tienes la culpa de que no pueda esperar a ver por fin su taller con mis propios ojos! ¿Te acuerdas de cómo me hablabas de los pinceles y las plumas de Balbulus allí arriba, en el torreón del Castillo de la Noche? —imitó la voz de Meggie—: *¡Es un iluminador de libros, Mo! En el Castillo de Umbra. ¡El mejor de todos! ¡Podrías examinar los pinceles y los colores…!*

—Sí —musitó su hija—. Sí, lo recuerdo.

Ella sabía incluso lo que él había contestado: *Me encantaría ver esos pinceles.* Pero ella también recordaba el miedo que había sentido entonces por él.

—¿Sabe Resa adónde piensas ir? —ella le colocó la mano encima del pecho, allí donde una cicatriz recordaba que había estado al borde de la muerte.

La respuesta sobraba. Su mirada culpable decía con la suficiente claridad que no había contado una palabra de sus planes a su madre. Meggie contempló las herramientas dispuestas sobre la mesa. Tal vez tuviera razón. Acaso había llegado el momento de recordar sus manos. Acaso pudiera realmente desempeñar también en este mundo el papel que tanto había amado en el otro, a pesar de que se decía que Pardillo consideraba los libros más superfluos que los forúnculos en la cara. Umbra, sin embargo, pertenecía a Cabeza de Víbora. Sus soldados pululaban por doquier. ¿Qué pasaría si uno de ellos reconocía al hombre que pocos meses antes había sido el prisionero de su siniestro señor?

—Mo —las palabras se agolpaban en la boca de Meggie. En los últimos días las había pensado con frecuencia, pero no se había atrevido a pronunciarlas pues no estaba segura de creerlas de verdad—. ¿No crees a veces que deberíamos regresar junto a Elinor y Darius? Ya sé que te convencí para quedarte, pero… Cabeza de Víbora sigue buscándote y tú sales por las noches con los bandidos. Resa a lo mejor no se entera, pero yo, sí. Nosotros lo hemos visto todo, las hadas y las ondinas, el Bosque Interminable y los hombres de cristal… —era tan difícil hallar las palabras adecuadas, unas palabras que también le explicasen a ella misma lo que sucedía en su interior—. A lo mejor… a lo mejor es hora. Lo sé, Fenoglio ya no escribe, pero podríamos preguntar a Orfeo. Él siente celos de ti. Seguro que se alegraría de que nuestra marcha lo convirtiera en el único lector de esta historia.

Su padre se limitó a mirarla, y Meggie supo la respuesta. Habían intercambiado los papeles. Ahora el que no quería volver era él. Sobre la mesa, entre el papel toscamente fabricado y los cuchillos que le había proporcionado Fenoglio, se veía una pluma de la cola de un arrendajo.

—Ven aquí —Mo se sentó sobre el borde de la mesa y la atrajo a su lado, igual que había hecho en innumerables ocasiones cuando todavía era una niña pequeña. Cuánto tiempo hacía de eso. Una eternidad. Como si hubiera sido otra historia y la Meggie de dentro de ella fuera otra Meggie. Pero cuando su padre le pasó el brazo por los hombros, ella estuvo por un instante de nuevo en esa historia, se sintió a salvo, protegida, sin la nostalgia que ahora anidaba en su corazón como si siempre hubiera estado allí… La nostalgia de un chico de pelo negro y dedos tiznados.

—Sé por qué quieres regresar —dijo Mo en voz baja. Quizá hubiera cambiado, pero aún lograba leer sus pensamientos tan bien como ella los suyos—. ¿Cuánto tiempo lleva Farid sin venir por aquí? ¿Cinco días, seis?

—Doce —contestó Meggie con voz lastimera, ocultando el rostro en el hombro de él.

—¿Doce? ¿Quieres que pidamos a Recio que le haga unos nudos en sus brazos delgados?

Meggie no pudo contener la risa. ¿Qué haría ella si algún día su padre no estuviera a su lado para hacerla reír?

—Todavía no lo he visto todo, Meggie —añadió—. Todavía no he visto lo más importante, los libros de Balbulus. Libros escritos a mano, Meggie, libros iluminados, sin manchar por el polvo de una infinidad de años, sin amarillear ni desvirar, de encuadernación todavía flexible… Quién sabe, a lo mejor Balbulus incluso me permite contemplar un rato su labor. ¡Imagínatelo! Cuánto he ansiado poder ver una sola vez cómo se plasma sobre el pergamino uno de esos rostros diminutos, cómo comienzan los pámpanos a enroscarse alrededor de una inicial, y…

Meggie no pudo evitar una sonrisa.

—Vale, vale —repuso apretándole la mano sobre la boca—. Vale —repitió—. Cabalgaremos donde Balbulus, pero juntos.

«Como antes», añadió ella en su mente. «Sólo tú y yo.» Y cuando su padre quiso protestar, volvió a taparle la boca.

—Tú mismo lo dijiste. Sí, en la mina derrumbada —la mina en la que murió Dedo Polvoriento… Meggie repitió en voz baja las palabras de Mo. Ella parecía recordar cada palabra de aquellos días, como si alguien se las hubiera escrito en el corazón—: *Enséñame las hadas, Meggie. Y las ondinas. Y al iluminador de libros del Castillo de Umbra. Veamos cuán finos son en realidad sus pinceles.*

Mo se levantó y comenzó a seleccionar las herramientas depositadas sobre la mesa, como hacía siempre en su taller del jardín de Elinor.

—Sí. Sí, seguro que ésas fueron mis palabras —repuso sin mirarla—. Pero ahora en Umbra reina el cuñado de Cabeza de Víbora. ¿Qué crees que diría tu madre si te expusiera a semejante peligro?

Su madre. Claro…

—Resa no tiene por qué saberlo. ¡Por favor, Mo! Tienes que llevarme contigo. O… o le diré a Ardacho que le revele al príncipe Negro lo que te propones. ¡Y entonces nunca llegarás a Umbra!

Apartó la cara, pero Meggie oyó su risa queda.

—¡Oh, es un chantaje! ¿Te he enseñado yo algo así? —se volvió suspirando y le dirigió una larga mirada—. De acuerdo —dijo al fin—. Veamos juntos las plumas y los pinceles. Al fin y al cabo también estuvimos juntos en el Castillo de la Noche. Comparado con él, el de Umbra no puede ser tan sombrío, ¿verdad? —dijo pasándose la mano por la manga negra—. Cómo me alegro de que los encuadernadores no usen aquí una indumentaria amarilla como el engrudo —comentó mientras guardaba el libro con los dibujos de Resa en una alforja—. Por lo que se refiere a tu madre, pienso ir a recogerla a casa de Roxana después de nuestra visita al castillo, pero no le cuentes nada sobre nuestra excursión. Seguro que has adivinado hace mucho tiempo por qué se encuentra mal por las mañanas, ¿me equivoco?

Meggie lo miró sin comprender… y en ese mismo instante se sintió como una tonta.

—¿Hermano o hermana? ¿Qué preferirías? —Mo parecía tan feliz de repente—. Pobre Elinor. ¿Sabes que llevaba esperando esa noticia desde que nos mudamos a su casa? Y ahora nos hemos llevado al niño a un mundo diferente.

Hermano o hermana… Cuando Meggie era pequeña, durante una temporada se comportó como si tuviera una hermana invisible. Le preparaba té de margaritas y galletas de arena.

—Pero… ¿cuánto hace que lo sabéis?

—Procede de la misma historia que tú, si es a eso a lo que te refieres. De la casa de Elinor, para ser exactos. Un niño de carne y hueso, no de palabras, ni de tinta y papel. A pesar de que… quién sabe. A lo mejor simplemente hemos pasado de una historia a otra. ¿Tú qué crees?

Meggie miró a su alrededor, contempló la mesa, las herramientas, la pluma y las ropas negras de Mo. Todo eso estaba hecho de palabras, ¿no? Las palabras de Fenoglio. La casa, la granja, el cielo, los árboles, las piedras, la lluvia, el sol y la luna. «Sí, ¿y nosotros qué?», pensó Meggie. «¿De qué estamos hechos Resa, yo, Mo y el niño que vendrá?» Ya no sabía la respuesta. ¿La había sabido alguna vez?

Parecía como si las cosas que la rodeaban susurrasen todo lo que sería y todo lo que había sido, y cuando Meggie se miró las manos, le pareció como si pudiera leer letras, unas letras que decían: *Y entonces nació un nuevo retoño*.

FENOGLIO
SE LAMENTA

«¿Qué es?», preguntó con voz temblorosa.

«¿Esto? Se llama *pensadero*», explicó Dumbledore. «A veces me parece, y estoy seguro de que tú también conoces esa sensación, que tengo demasiados pensamientos y recuerdos metidos en el cerebro.»

J. K. Rowling, *Harry Potter y el cáliz de fuego*

Fenoglio yacía en la cama, hecho harto frecuente durante las últimas semanas. ¿O eran meses? Daba igual. Malhumorado, alzó la vista hacia los nidos de hada situados por encima de su cabeza. Casi todos estaban abandonados excepto uno, del que brotaban incesantes parloteos y risitas contenidas. Brillaba tornasolado como una mancha de aceite sobre el agua. ¡Orfeo! En ese mundo las hadas eran azules, ¡diantre! Eso había que leerlo al pie de la letra. ¿Cómo se le había ocurrido a ese mentecato teñirlas de todos los colores del arco iris? Pero aun había algo peor: dondequiera que se instalaban, expulsaban a las azules. Hadas de colores, duendes moteados, por lo visto también correteaban por ahí unos cuantos hombres de cristal de cuatro brazos. A Fenoglio recordarlo le provocaba dolor de cabeza. Y apenas transcurría una hora sin hacerlo, sin preguntarse qué estaría escribiendo Orfeo en ese momento en su enorme y elegante mansión en la que mantenía una corte, como si fuera el hombre más importante de Umbra.

Casi todos los días enviaba allí a Cuarzo Rosa para espiar, pero el hombre de cristal no demostraba demasiado talento para esa tarea. No, desde luego que no. Además Fenoglio sospechaba que Cuarzo Rosa, en lugar de ir a casa de Orfeo, prefería vagabundear por la calle de las modistillas persiguiendo a sus congéneres femeninas. «Bueno, Fenoglio», pensó malhumorado, «deberías haber imbuido a esos cabezas de cristal algo más de sentido del deber en sus tontos corazones. Por desgracia no se trata de tu único error…».

Alargaba ya la mano hacia el jarro de vino tinto que estaba junto a su cama, para consolarse de ese deprimente reconocimiento, cuando una figurita algo sofocada apareció arriba, en la claraboya. ¡Al fin! Los miembros de Cuarzo Rosa, por lo general de un color rosa pálido, tenían una tonalidad carmesí. Los hombres de cristal no podían sudar. Cuando se esforzaban mucho, cambiaban de color (como es natural, también esa regla la había establecido él, aunque ni con su mejor voluntad acertaba a precisar por qué), pero ¿a santo de qué trepaba también por los tejados ese loco? ¡Qué imprudencia con unos miembros que se hacían añicos en cuanto esos bobos se caían de la mesa! Cierto, un hombre de cristal no era sin duda el protagonista ideal de un espía, aunque por otra parte su tamaño los hacía sumamente discretos… y, a pesar de poseer miembros muy frágiles, su transparencia era a buen seguro una cualidad muy sobresaliente para llevar a cabo sus pesquisas secretas.

—¿Y bien? ¿Qué escribe él? ¡Vamos, suéltalo de una vez! —Fenoglio cogió el jarro y se dirigió hacia el hombre de cristal caminando pesadamente con los pies descalzos.

Cuarzo Rosa exigía un dedal de vino tinto como pago por su labor de espionaje, que, no se cansaba de resaltar, no figuraba en modo alguno entre las tareas clásicas de un hombre de cristal y por tanto debía recibir una remuneración adicional. El dedal no era un precio demasiado elevado, debía reconocer Fenoglio, pero hasta entonces Cuarzo Rosa tampoco había averiguado gran cosa. Además, el vino no le sentaba bien. Sólo lo enojaba más… y lo obligaba a eructar durante horas.

—¿Puedo recuperar el aliento antes de presentar mi informe? —preguntó, mordaz.

¡Vaya! Lo enojaba más… ¡Con lo deprisa que se ofendía siempre!

—Estás respirando, hombre. Y es evidente que también puedes hablar —Fenoglio cogió al hombre de cristal de la cuerda que había sujetado en la claraboya para que se descolgara desde allí y lo trasladó hasta la mesa barata que había comprado hacía poco en el mercado—. Te lo preguntaré de nuevo —dijo mientras le servía un dedal del jarro de vino—. ¿Qué escribe?

Cuarzo Rosa olfateó el vino y arrugó la nariz teñida de color rojo oscuro.

—El vino también es cada día peor —constató con voz ofendida—. ¡Debería exigir otro pago!

Fenoglio, irritado, le arrebató el dedal de sus manos cristalinas.

—Todavía no te has ganado ni éste —se enfureció—. Admítelo. Otra vez que no has averiguado nada, ni lo más mínimo.

—¿Conque no, eh? —replicó el hombre de cristal cruzándose de brazos.

Era para volverse loco, pues ni siquiera podía sacudirlo, por miedo a partirle un brazo o incluso la cabeza.

Fenoglio depositó el dedal encima de la mesa con expresión sombría.

Cuarzo Rosa sumergió el dedo dentro y se lo chupó.

—Ha vuelto a conseguir un tesoro con la escritura.

—¿Otro? ¡Diablos, necesita más plata que Pardillo!

A Fenoglio aún le reconcomía que nunca se le hubiera ocurrido esa idea. Por otra parte, habría necesitado un lector para transformar sus palabras en monedas tintineantes, y no estaba seguro de que Meggie o su padre le prestaran su lengua para objetivos tan prosaicos.

—De acuerdo, un tesoro, ¿y qué más?

—Oh, escribe algunas cosas, pero al parecer se conforma con poco. ¿Te he contado ya que ahora trabajan para él dos hombres de cristal? Por lo visto al de cuatro brazos, con el que se pavonea por todas partes… —Cuarzo Rosa bajó la voz como si fuera demasiado terrible para contarlo— lo tiró de rabia contra la pared. Todos en Umbra se enteraron, pero Orfeo paga bien —Fenoglio ignoró la mirada cargada de reproche que le dirigió el hombre de cristal mientras lo comentaba—. Y por eso ahora trabajan para él esos dos hermanos, Jaspe y Hematites. El mayor es un demonio, él…

—¿Dos? ¿Para qué necesita dos hombres de cristal ese cenutrio? ¿Es que usurpa con tanta avidez mi historia que ya no le basta uno para afilarle las plumas?

Fenoglio percibía cómo la furia le agriaba el estómago. No obstante, era una buena noticia que el hombre de cristal de cuatro brazos hubiera abandonado el mundo terrenal. A lo mejor Orfeo comprendía poco a poco que sus creaciones no valían el papel sobre el que las escribía.

—Bien. ¿Algo más?

Cuarzo Rosa calló, cruzándose de brazos, ofendido. No le gustaba que lo interrumpiesen.

—¡Por los clavos de Cristo, no te pongas así! —Fenoglio le acercó el vino—. ¿Y qué es lo que está escribiendo? ¿Nuevas y exóticas piezas de caza para Pardillo? ¿Perritos con cuernos para las damas de la corte? ¿O acaso ha decidido que a mi mundo le faltan enanos moteados?

Cuarzo Rosa volvió a sumergir los dedos en el vino.

—Tienes que comprarme unos pantalones nuevos —afirmó—. Con todo este infame trajín me los he roto. Además están gastados. Tú puedes ir por ahí como te plazca, pero yo no vivo entre los humanos para ir peor vestido que mis primos del bosque.

Oh, algunos días a Fenoglio le habría encantado partirlo por la mitad.

—¿Tus pantalones? ¿Qué demonios me importan a mí tus pantalones? —le espetó, enfurecido, al hombre de cristal.

Cuarzo Rosa dio un profundo sorbo del dedal... y escupió el vino sobre sus pies cristalinos.

—¡El vinagre sabe mejor que esto! —puso el grito en el cielo—. ¿Por esto he permitido que me arrojaran huesos? ¿Por esto me he deslizado entre palominas y tejas rotas? ¡Sí, no me mires con tanta incredulidad! El tal Hematites me arrojó huesos de pollo cuando me sorprendió con los papeles de Orfeo. ¡Intentó tirarme por la ventana de un empujón!

Se limpió el vino de los pies suspirando.

—De acuerdo. Había algo sobre jabalíes con cuernos, pero apenas logré descifrarlo, después no sé qué sobre peces cantarines, bastante ridículo, he de reconocer, y luego algunas cosas sobre las Mujeres Blancas. Según parece Cuatrojos sigue recopilando todo lo que los juglares cantan sobre ellas...

—¡Ya, ya, eso lo sabe toda Umbra! ¿Y para esto te has pasado tanto tiempo fuera? —Fenoglio hundió la cara entre sus manos. La verdad es que el vino no era bueno. La cabeza parecía pesarle con el transcurso de los días. Maldición.

Cuarzo Rosa dio otro sorbo, con pesar, y torció el gesto. ¡Mentecato de cristal! Mañana a más tardar sufriría otro cólico.

—Bueno, sea como fuere, ¡éste es mi último informe! —anunció entre dos eructos—. No pienso volver a ejercer de espía. No mientras el tal Hematites siga trabajando allí. Es fuerte como un duende y dicen que ya ha partido los brazos a dos personas de cristal por lo menos.

—Bien, bien, vale. Eres un espía más bien lamentable —murmuró Fenoglio mientras regresaba con paso vacilante a su cama—. Reconócelo, te apasiona más acechar a las mujeres de cristal en la calle de las costureras. ¡No creas que no lo sé!

Con un gemido se tendió sobre su jergón de paja y clavó los ojos en los nidos de hada vacíos. ¿Había una existencia más lastimosa que la de un escritor al que se le habían agotado las palabras? ¿Había un destino peor que verse obligado a contemplar cómo otro tergiversaba tus propias palabras y emborronaba el mundo que habías creado con colores de pésimo gusto? Ninguna estancia más en el castillo, ningún arca llena de trajes elegantes ni ningún caballo propio para el señor poeta de la corte, sino de nuevo solamente el desván de Minerva. Y era un milagro que ella hubiera vuelto a admitirlo, después de que sus palabras y canciones se habían encargado de que ella ya no tuviera ni esposo ni un padre para sus hijos. Sí, toda Umbra conocía el papel que había desempeñado Fenoglio en la guerra de Cósimo. Era asombroso que aún no lo hubieran sacado fuera de la cama y matado a golpes, pero seguramente las mujeres de Umbra bastante tenían con no morirse de hambre.

—¿Adónde irás si no? —se limitó a preguntar Minerva cuando él apareció delante de su puerta—. En el castillo ya no necesitan poetas. Sin duda allí cantarán en lo sucesivo las canciones de Pífano.

Como es lógico, ella tenía razón. A Pardillo le gustaban los versos cruentos de Nariz de Plata, cuando no era él mismo el que trasladaba al papel unas líneas mal rimadas sobre sus aventuras cinegéticas.

Por fortuna, Violante aún llamaba a Fenoglio de vez en cuando. Como es natural, sin figurarse que él le llevaba palabras robadas a poetas de otro mundo. Pero al fin y al cabo la Fea tampoco pagaba muy bien. La hija de Cabeza de Víbora era más pobre que las damas de honor del nuevo gobernador, así que Fenoglio tenía además que trabajar de escribano en el mercado, lo que, como es natural, inducía a Cuarzo Rosa a contar a todo el que quisiera oírlo lo bajo que había caído su señor. Pero ¿quién prestaba atención a la voz de grillo de un hombre de cristal? ¡Que ese ceporro transparente hablase lo que se le antojara! Y por más que con gesto desafiante le colocase todas las noches un pergamino vacío sobre la mesa, Fenoglio había abjurado de las palabras para siempre jamás. No escribiría una sola más, excepto las que robaba a otros, y las sandeces secas y exánimes que tenía que llevar al papel o a pergamino en testamentos, documentos de venta y naderías similares. La época de las palabras vivas había pasado, pues eran traicioneras y criminales, monstruos negros como la tinta, chupadores de sangre que únicamente alumbraban desgracias. Él ya no contribuiría a eso, faltaría más. Tras un paseo por las calles sin hombres de Umbra necesitaba un jarro entero de vino para disipar la tribulación que desde la derrota de Cósimo le arrebataba la alegría de vivir.

Muchachos imberbes, ancianos achacosos, tullidos y mendigos, vendedores ambulantes que todavía no se habían enterado de que en Umbra no había ni una mísera moneda de cobre que conseguir o que hacían negocios con las sanguijuelas del castillo, eso era todo lo que uno se encontraba en las calles, antaño tan animadas. Mujeres con ojos enrojecidos por el llanto, niños sin padre, hombres del otro lado del bosque que confiaban en encontrar una viuda joven o un taller abandonado… y soldados. Sí. Los soldados ciertamente abundaban en Umbra y tomaban lo que les apetecía, día tras día, noche tras noche. Ninguna casa estaba a salvo. Ellos lo llamaban deudas de guerra, y… ¿acaso no tenían razón? Al fin y al cabo Cósimo había sido el agresor; Cósimo, su más bella e inocente criatura (al menos eso creía él). Ahora yacía muerto en el sarcófago que el príncipe Orondo había mandado construir para su hijo, y el muerto con la cara quemada que había yacido en él hasta entonces (seguramente el primer Cósimo, el auténtico) había sido enterrado entre sus súbditos en el cementerio situado por encima de la ciudad; no era un mal sitio en la opinión de Fenoglio, al menos ni la mitad de solitario que la cripta emplazada debajo del castillo. Aunque Minerva dijese que Violante bajaba allí a diario, oficialmente para llorar a su marido muerto, en realidad (eso al menos se cuchicheaba) lo hacía para reunirse allí con sus confidentes. Se decía que la Fea ni siquiera tenía que pagar a sus espías. El odio a Pardillo los atraía a docenas. Bastaba con mirar a ese tipo, a ese perfumado verdugo de pecho de gallina, gobernador por la gracia de su cuñado. Un huevo al que se le pintara una cara guardaba en el acto un enorme parecido con él. ¡No, Fenoglio no lo había inventado! Pardillo era un producto exclusivo de la historia.

En su primer acto oficial mandó colgar al lado de la puerta del castillo la lista de castigos que en el futuro se impondrían en Umbra por diversos delitos… con imágenes, para que los que no sabían leer también entendieran lo que los amenazaba. Un ojo por esto, una mano por aquello, azotes y cepo, marcas con hierros candentes, quemar los ojos… Fenoglio giraba la cabeza cada vez que pasaba junto al cartel, y cuando tenía que cruzar con los hijos de Minerva la plaza del mercado, donde se ejecutaban la mayoría de los castigos, les tapaba los ojos (a pesar de las continuas protestas de Ivo). No obstante, escuchaban los alaridos. Por fortuna no había muchos a los que aún se pudiera castigar en esa ciudad sin hombres. Numerosas mujeres habían huido con sus hijos, muy lejos del Bosque Interminable que ya no protegía a Umbra del príncipe del otro lado, el inmortal Cabeza de Víbora.

Sí, Fenoglio, eso era sin duda idea tuya. Pero los rumores de que al Príncipe de la Plata le alegraba poco su inmortalidad crecían.

Llamaron a la puerta. ¿Quién sería? Demonios, ¿es que para entonces ya comenzaba a olvidarse de todo? ¡Pues claro! ¿Dónde estaba la maldita nota que había traído esa corneja anoche? Cuarzo Rosa se llevó un susto de muerte al verla de repente posada en la claraboya. ¡Mortimer se proponía venir a Umbra! ¡Ese día! ¿No había querido encontrarse con él delante de la puerta del castillo? Esa visita era una condenada imprudencia. En cada esquina colgaba un cartel de Arrendajo. Por suerte la imagen que aparecía no guardaba el menor parecido con Mortimer, pero ¡aun así!

Llamaron de nuevo a la puerta.

Cuarzo Rosa dejó el dedo dentro del vaso de vino. ¡Ni siquiera para abrir la puerta valía un hombre de cristal! Seguro que Orfeo no tenía que abrir en persona la suya. Al parecer, su nuevo guardián era tan grande que apenas pasaba por la puerta de la ciudad. ¡Guardián! «Si vuelvo a escribir algún día», pensó Fenoglio, «haré que Meggie me traiga un gigante con la lectura, ya veremos lo que dice a eso el mentecato».

Las llamadas se tornaron muy impacientes.

—¡Ya voy, ya voy! —Fenoglio tropezó con un jarro de vino vacío cuando buscaba sus pantalones. Se los puso con esfuerzo. ¡Cómo le dolían los huesos! Maldita vejez. ¿Por qué no había escrito una historia en la que las personas fueran eternamente jóvenes? «Porque sería aburrida», pensó mientras se acercaba saltando a la puerta, una pierna metida en los pantalones rasposos. «Mortalmente aburrida.»

—¡Lo siento, Mortimer! —exclamó—. El hombre de cristal no me ha despertado a tiempo.

Cuarzo Rosa comenzó a despotricar detrás de él, pero la voz que contestó desde fuera no era la de Mortimer… aunque era casi igual de bella. Orfeo. ¡Hablando del rey de Roma…! ¿Qué buscaría allí? ¿Quejarse de que Cuarzo Rosa había estado espiando en su casa? «Si alguien tiene motivos para quejarse, soy yo», pensó Fenoglio. «Al fin y al cabo es mi historia la que él saquea y retuerce.» ¡Miserable mentecato, Cara de Leche, rana toro, nene…! A Fenoglio se le ocurrían muchos nombres para Orfeo, pero ni uno solo halagador.

¿No le bastaba con echarle al cuello continuamente al chico? ¿Es que además tenía que venir en persona? Seguro que pretendía plantear mil preguntas absurdas. ¡Culpa tuya, Fenoglio! Cuántas veces había maldecido para entonces las palabras que escribió en la mina a instancias de Meggie: *Así que llamó a otra persona más joven que él, de nombre Orfeo, hábil con las letras, aunque no supiera todavía colocarlas de una manera tan tan magistral como el propio Fenoglio, y decidió instruirlo en su arte, como cualquier maestro hace en cierto momento. Durante una temporada Orfeo debía jugar con las palabras en lugar de él, seducir y mentir con ellas, crear y destruir, expulsar y traer de vuelta, mientras Fenoglio esperaba a recobrarse* del cansancio, a que despertara de nuevo en él el placer por las letras y enviara a Orfeo de vuelta al mundo del que lo había llamado para mantener con vida su historia por medio de palabras frescas, jamás utilizadas.

—¡Ahora mismo tendría que escribir para mandarlo de regreso! —gruñó mientras apartaba la jarra de vino vacía de una patada—. ¡En el acto!

—¿Escribir? ¿Estoy oyendo algo de escribir? —se burló Cuarzo Rosa a su espalda.

Éste había vuelto a recuperar su color habitual. Fenoglio le tiró un trozo de pan seco, pero erró más de un palmo la cabeza de color rosa pálido, y el hombre de cristal soltó un suspiro compasivo.

—¿Fenoglio? ¡Fenoglio, sé que estás ahí! Abre de una vez.

Dios, cómo odiaba esa voz, que sembraba en su historia palabras como si fuesen mala hierba. ¡Sus propias palabras!

—¡No, no estoy! —gruñó Fenoglio—. No para ti, cretino.

Fenoglio, ¿la muerte es un hombre o una mujer? ¿Fueron alguna vez humanas las Mujeres Blancas? Fenoglio, cómo voy a traer de vuelta a Dedo Polvoriento, si ni siquiera puedes contarme las reglas más sencillas de este mundo? Demonios, ¿quién le había pedido que trajera de regreso a Dedo Polvoriento? Al fin y al cabo, habría tenido que estar muerto desde hacía mucho tiempo si todo hubiera sucedido como él, Fenoglio, había escrito originalmente. Y en lo concerniente a las «reglas más sencillas», por favor, ¿es que la vida y la muerte eran una cosa sencilla? ¿Cómo, por los verdugos (que con el paso del tiempo abundaban en Umbra), iba a saber él lo que funcionaba en este mundo o en cualquier otro? Él jamás se había preocupado por la muerte o por lo que vendría después. ¿Para qué? Mientras uno vivía, ¿qué podía interesarle de eso? Y cuando uno moría... bueno, entonces posiblemente no le interesara nada más.

—¡Claro que está en casa! ¿Fenoglio? —era la voz de Minerva.

Maldita sea, ese mentecato la había traído en su ayuda. No era tonto. Oh, no, Dios sabe que Orfeo no era tonto.

Fenoglio ocultó debajo de la cama los jarros de vino vacíos, introdujo la otra pierna en los pantalones y descorrió el cerrojo de la puerta.

—¡Ya decía yo! —Minerva lo examinó con desaprobación desde la cabeza despeinada hasta los pies descalzos—. Le he dicho a tu visitante que estabas aquí.

Qué aspecto tan triste tenía. Y qué agotada. Ella trabajaba ahora en la cocina del castillo. Fenoglio había rogado a Violante que la colocase allí. Pero como Pardillo tenía afición a las francachelas nocturnas, Minerva no solía regresar a casa hasta primeras horas de la mañana. Seguramente tarde o temprano caería muerta de extenuación, dejando huérfanos a sus pobres hijos. ¡Ay, qué calamidad! ¡En qué había devenido su maravillosa Umbra!

—¡Fenoglio! —Orfeo se deslizó junto a Minerva, con esa horrorosa sonrisa inocente en los labios que solía exhibir a modo de camuflaje.

Como es natural, traía notas, notas repletas de preguntas. ¿Y cómo pagaba el atuendo que lucía? Fenoglio nunca había vestido ropas semejantes ni en sus mejores tiempos de poeta de la corte. ¿Has olvidado los tesoros que se traen escribiendo, Fenoglio?

Minerva volvió a descender las empinadas escaleras sin pronunciar palabra, y detrás de Orfeo un hombre se comprimió al entrar por la puerta de Fenoglio, e incluso agachando la cabeza tuvo que esforzarse para no quedar atascado. Ajajá, su fabuloso guardián. La modesta estancia de Fenoglio se volvió todavía más estrecha cuando ese pedazo de carne irrumpió en ella. Farid, por el contrario, seguía sin ocupar demasiado espacio, a pesar de que en esa historia había desempeñado hasta entonces un papel relevante. Farid, el ángel de la muerte… Siguió a su señor con vacilación a través de la puerta, como si se avergonzase de su compañía.

—Bueno, Fenoglio, lo siento mucho —la sonrisa de suficiencia de Orfeo contradecía sus palabras—, pero me temo que he descubierto algunas incongruencias más.

¡Incongruencias!

—Te envié a Farid con las preguntas correspondientes, pero le diste unas respuestas muy raras.

Se enderezó las gafas haciéndose el importante y sacó el libro de debajo de la pesada capa de terciopelo. Sí, ese mentecato había traído consigo el libro de Fenoglio al mundo del que trataba: *Corazón de Tinta*, el último ejemplar. Pero ¿se lo había devuelto a él, al autor? Oh, no.

—Lo lamento de veras, Fenoglio —se había limitado a decir con esa expresión altanera que dominaba de forma tan magistral (Orfeo se había quitado enseguida la máscara del discípulo solícito)—, pero este libro me pertenece. ¿O pretendes afirmar con total seriedad que el autor es el propietario natural de cada uno de los ejemplares de los libros escritos por él?

¡Tarugo fatuo de cara de leche! ¡Cómo osaba dirigirse así a él, el creador de todo lo que le rodeaba, incluso del aire que respiraba!

—¿Quieres que vuelva a contarte algo sobre la muerte? —Fenoglio introdujo con esfuerzo los pies en sus botas gastadas—. ¿Por qué? ¿Para seguir engañando al pobre chico, diciendo que vas a traer a Dedo Polvoriento de entre las Mujeres Blancas, sólo para que continúe sirviéndote?

Farid apretó los labios. La marta de Dedo Polvoriento parpadeaba somnolienta desde su hombro… ¿o era otra?

—¿Qué nuevos disparates estás diciendo? —la voz de Orfeo denotaba irritación (era tan fácil ofenderlo)—. ¿Tengo pinta de esforzarme para encontrar criados? Tengo seis criadas, un guardaespaldas, una cocinera y al chico. Y si los necesitara, podría disponer de más criados. Sabes de sobra que no quiero traer de vuelta para el muchacho a Dedo Polvoriento. Pertenece a esta historia, que no tiene ni la mitad de valor sin él, una planta sin flores, un cielo sin estrellas…

—¿Un bosque sin árboles?

Orfeo se puso colorado como una amapola. Ah, qué divertido era burlarse de él, una de las pocas alegrías que le habían quedado a Fenoglio.

—¡Estás borracho, anciano! —rugió Orfeo. Su voz podía resultar muy desagradable.

—Borracho o no, de palabras entiendo cien veces más que tú. Te limitas a manejar lo usado. Deshaces lo que encuentras y vuelves a tejerlo de nuevo, como si una historia fuera un par de calcetines viejos. Así que no me digas cuál debería ser el papel de Dedo Polvoriento en esta historia. A lo mejor recuerdas que yo ya le había hecho morir, antes de que él mismo optara por irse con las Mujeres Blancas. ¿Quién te has creído que eres para venir aquí a instruirme sobre mi historia? ¡Sería preferible que mirases eso! —con ademán iracundo señaló el nido de hadas irisado emplazado encima de su cama—. ¡Hadas multicolores! Desde que han construido su horrendo nido encima de mi cama por la noche me asaltan las más espantosas pesadillas. Y además roban sus provisiones invernales a las azules.

—¿Y qué? —Orfeo encogió sus pesados hombros—. A pesar de todo son bonitas, ¿no? Simplemente me pareció aburrido que todas fuesen azules.

—¿Te pareció? —Fenoglio alzó tanto la voz que una de las hadas de colores interrumpió su eterno parloteo y se asomó por su nido carente de gusto—. Entonces escríbete tu propio mundo. Éste de aquí es mío, ¿entendido? ¡Mío! Y estoy harto de que te entrometas en él. Reconozco que he cometido algunos errores en mi vida, pero el peor ha sido, con diferencia, haberte traído aquí con mi escritura.

Orfeo se miraba las uñas con cara de tedio. Estaban comidas hasta la raíz.

—La verdad es que no puedo escucharlo más tiempo —dijo con voz amenazadoramente baja—, esa farfolla de «tú me has traído escribiendo, ella me ha traído leyendo». El único que actualmente lee y escribe soy yo. A ti hace ya mucho tiempo que no te obedecen las palabras, anciano, y lo sabes.

—Siempre me obedecerán. Y lo primero que pienso escribir es el billete de regreso para ti.

—¿Ah, sí? ¿Y quién leerá esas palabras fabulosas? Por lo que sé, tú, al contrario que yo, necesitas un lector.

—¿Y qué? —Fenoglio se acercó tanto a Orfeo, que éste lo miró irritado, entornando sus ojos hipermétropes—. Preguntaré a Mortimer. No en vano le llaman Lengua de Brujo, aunque actualmente ostente otro nombre. ¡Pregunta al chico! Sin Mortimer todavía estaría en el desierto, recogiendo estiércol de camello con la pala.

—¡Mortimer! —aunque con esfuerzo, Orfeo logró esbozar una sonrisa despectiva—. ¿Tienes la cabeza tan metida en la jarra de vino que ya no sabes lo que sucede en tu mundo? Él ya no lee. El encuadernador prefiere interpretar ahora el papel de bandido, el papel que tú le fabricaste a su medida.

El guardaespaldas soltó un gruñido, que seguramente pretendía ser una suerte de risa. Qué tipo más desagradable, ¿lo habría traído Orfeo escribiendo o él? Fenoglio, tras observar, irritado, unos instantes a aquel fanfarrón musculoso, volvió a dirigirse a Orfeo.

—¡No se lo hice a la medida! —replicó—. Es justo al revés: utilicé a Mortimer como modelo para el papel… Y por lo que oigo, lo interpreta a las mil maravillas. Pero eso no significa en modo alguno que Arrendajo no siga teniendo una lengua de brujo. Y su talentosa hija no digamos.

Orfeo volvió a clavar la vista en sus uñas, mientras su guardaespaldas se abalanzaba sobre los restos del desayuno de Fenoglio.

—¿Ah, sí? ¿Y sabes dónde está? —preguntó como de pasada.

—Por supuesto. Vendrá… —Fenoglio enmudeció de repente cuando el muchacho, plantándose ante él, le tapó la boca con la mano. ¿Por qué olvidaba siempre su nombre? Por culpa de la arterioesclerosis, Fenoglio…

—¡Nadie sabe dónde está Arrendajo! —qué reproche destilaban sus ojos negros—. ¡Nadie!

Naturalmente. ¡Majadero borrachín, tres veces maldito! ¿Cómo había podido olvidar que Orfeo se ponía verde de envidia en cuanto oía el nombre de Mortimer y que frecuentaba la casa de Pardillo? A Fenoglio le habría gustado arrancarse la lengua de un mordisco.

Sin embargo, Orfeo sonreía.

—¡No pongas esa cara de susto, anciano! Así que el encuadernador se acerca. Es muy audaz. ¿Quiere hacer realidad las canciones que celebran su temeridad antes de que lo ahorquen? Porque así es como acabará. Como todos los héroes. Nosotros dos lo sabemos, ¿verdad? No te preocupes: no tengo intención de entregarlo al patíbulo. De eso se encargarán otros. No, sólo quiero charlar con él sobre las Mujeres Blancas. No hay muchos que hayan sobrevivido a un encuentro con ellas, por eso verdaderamente me encantaría hablar con él. Corren rumores muy interesantes sobre esos supervivientes.

—Se lo haré saber, si lo veo —respondió, arisco, Fenoglio—. Pero no me lo imagino entrevistándose contigo. Al fin y al cabo, nunca habría conocido a las Mujeres Blancas si tú se lo hubieras traído leyendo tan complaciente a Mortola. ¡Cuarzo Rosa! —caminó hacia la puerta lo más dignamente que le fue posible con sus botas desgastadas—. He de hacer unos recados. Despide a nuestros invitados, pero mantente alejado de la marta.

Fenoglio bajó trastabillando la escalera del patio, casi a la misma velocidad que el día en que Basta le hizo una visita. ¡Seguro que Mortimer lo aguardaba ya ante la puerta del castillo! ¿Qué pasaría si Orfeo lo descubría allí cuando fuera al castillo para contar a Pardillo lo que había oído?

El chico lo alcanzó en la mitad de la escalera. Farid, sí, así se llamaba. Claro, la vejez.

—¿Es cierto que va a venir Lengua de Brujo? —le susurró sin aliento—. No hay por qué preocuparse, Orfeo no lo delatará. ¡Por ahora! ¡Pero Umbra es demasiado peligrosa para él! ¿Trae consigo a Meggie?

—¡Farid! —Orfeo los miraba desde lo alto de la escalera como si fuera el rey de ese mundo—. Si ese viejo idiota no comunica a Mortimer que deseo hablar con él, se lo dirás tú, ¿entendido?

«Viejo idiota», pensó Fenoglio. «¡Oh, dioses de las palabras, devolvédmelas de una vez, para que pueda erradicar de mi historia a ese maldito cretino.»

Quiso dar a Orfeo la respuesta adecuada, pero su lengua ya no hallaba las palabras pertinentes, y el chico, impaciente, se lo llevó con él.

TRISTE UMBRA

Los cortesanos me llamaban el príncipe feliz, y de hecho fui feliz,
si la diversión significa felicidad. Así viví y morí. Y ahora que estoy
muerto, me han colocado tan alto que puedo contemplar toda la
fealdad y toda la miseria de mi ciudad. Y aunque mi corazón es
como plomo, sólo puedo llorar.

Oscar Wilde, *El príncipe feliz*

Farid había hablado a Meggie de las dificultades que entrañaba entrar
en Umbra, y ella había repetido a Mo cada una de sus palabras:

—Los centinelas ya no son los bobos inofensivos de antes. Cuando
te pregunten a qué vienes a Umbra, medita bien tu respuesta. Te pidan
lo que te pidan, muéstrate siempre humilde y respetuoso. Son pocos los
que registran. A veces, con un poco de suerte, se limitan a dejarte pasar
con un gesto.

Ellos no tuvieron suerte. Los centinelas los obligaron a detenerse,
y a Meggie le habría gustado sujetar a su padre cuando uno de los
soldados lo obligó con un gesto a desmontar, exigiendo con rudeza una
prueba de su arte. Mientras el centinela examinaba el libro que Mo
había encuadernado con los dibujos de su madre, Meggie, aterrorizada,
se preguntaba si había visto antes esa cara debajo del yelmo oxidado

en el Castillo de la Noche y si encontraría el cuchillo que su padre ocultaba en el cinturón. Podían matarlo por el mero hecho de portar un cuchillo. Nadie en Umbra, excepto las tropas de ocupación, podía llevar armas, pero Baptista había cosido el cinturón con tanta habilidad que ni siquiera las manos desconfiadas del guardián de la puerta hallaron nada sospechoso.

Meggie se alegró de que Mo llevase consigo el cuchillo cuando atravesaron a caballo la puerta con herrajes de hierro, pasando junto a las lanzas de los centinelas, y se adentraron en la ciudad que ahora pertenecía a Cabeza de Víbora.

Desde que partiera con Dedo Polvoriento al campamento secreto de los titiriteros, Meggie no había regresado a Umbra. Parecía haber transcurrido una eternidad desde que había recorrido sus callejuelas con la carta de Resa en la mano en la que decía que Mortola había disparado contra su padre. Por un momento apretó el rostro contra la espalda de Mo, feliz de que él estuviera a su lado, vivo e indemne, y de que ella pudiera enseñarle al fin aquello de lo que tanto le había hablado: el taller de Balbulus y los libros del príncipe Mantecoso. Durante un momento sublime, Meggie olvidó el miedo y pareció como si el Mundo de Tinta sólo les perteneciera a ambos.

A Mo le gustaba Umbra. Meggie lo notó en su cara, en cómo acechaba a su alrededor, refrenando una y otra vez al caballo, recorriendo con la vista una calle tras otra. Aun cuando era imposible pasar por alto las huellas de los ocupantes, lo que los canteros habían esculpido en puertas, columnas y arcos seguía siendo Umbra. No habían podido llevarse su arte, y destruirlo ya no tenía más valor que las piedras de las calles. Así pues, las flores de piedra seguían floreciendo bajo las ventanas y balcones de Umbra, los pámpanos trepaban por columnas y cornisas, y desde los muros de color arena bocas grotescamente deformadas sacaban la lengua y los rostros lloraban lágrimas de piedra.

Sólo el escudo del príncipe Mantecoso había sido roto a golpes por todas partes y el león que lo adornaba ya sólo era reconocible gracias a los restos de su melena.

—Esa calle de la derecha conduce a la plaza del mercado —susurró Meggie a Mo, y éste asintió como un sonámbulo.

Seguramente, mientras continuaba a caballo, escuchaba las palabras que le habían descrito un día lo que le rodeaba ahora. Meggie sólo conocía el Mundo de Tinta por su madre, pero Mo había leído el libro de Fenoglio incontables veces, intentando encontrar a Resa entre las palabras.

—¿Es tal como te lo habías imaginado? —le preguntó su hija en voz baja.

—Sí —contestó el padre también en susurros—. Sí... y no.

En la plaza del mercado se apiñaban las gentes como si todavía reinase sobre Umbra el pacífico príncipe Mantecoso, sólo que ahora apenas figuraban hombres entre ellas y volvía a haber titiriteros que admirar. Sí, el cuñado de Cabeza de Víbora permitía juglares en la ciudad. Aunque la gente murmuraba que sólo podían actuar los que estuvieran dispuestos a espiar para Pardillo.

Mo condujo el caballo ante un grupo de niños. Había muchos niños en Umbra, aunque sus padres estuvieran muertos.

Meggie captó una antorcha remolineante por encima de las pequeñas cabezas, dos, tres, cuatro antorchas y chispas que se extinguían en el aire frío. «¿Farid?», se preguntó, aunque sabía que no actuaba desde la muerte de Dedo Polvoriento. Pero Mo se cubrió deprisa la cabeza con la capucha, y entonces ella vio también la cara untada de aceite con la eterna sonrisa.

Pájaro Tiznado.

Meggie clavó los dedos en la capa de Mo, pero su padre siguió cabalgando como si allí no estuviera el hombre que ya lo había traicionado una vez. A más de una docena de titiriteros les había costado la vida que Pájaro Tiznado conociera su Campamento

Secreto, y Mo estuvo a punto de contarse entre los muertos. Todo el mundo en Umbra sabía que Pájaro Tiznado entraba y salía del Castillo de la Noche como Pedro por su casa, que había hecho que Pífano en persona convirtiera en dinero su traición y que para entonces también se llevaba de maravilla con Pardillo... y a pesar de todo, ahí estaba, sonriente, en la plaza del mercado de Umbra, de nuevo sin rival desde que Dedo Polvoriento había muerto y Farid había perdido el gusto por escupir fuego. Sí, Umbra tenía ciertamente nuevos señores. Nada habría podido indicárselo a Meggie con mayor claridad que la cara sonriente como una máscara de Pájaro Tiznado. Se decía que los alquimistas de Cabeza de Víbora le habían enseñado algunas cosas sobre el fuego, que el fuego con el que jugaba era un fuego oscuro, traicionero y mortífero como los polvos con los que lo domesticaba, puesto que de lo contrario no le obedecía. Recio le había contado a Meggie que el humo ofuscaba los sentidos y de este modo Pájaro Tiznado hacía creer a sus espectadores que estaban contemplando al más grande de los tragafuegos.

Hubiese lo que hubiese de cierto en tales habladurías, los niños de Umbra aplaudían, a pesar de que las antorchas no subían ni la mitad de alto que con Dedo Polvoriento o Farid, porque les hacían olvidar durante un rato la tristeza de sus madres y el trabajo que les aguardaba en casa.

—¡Por favor, Mo! —Meggie apartó a toda prisa la cara cuando Pájaro Tiznado miró hacia ellos—. ¡Demos media vuelta! ¿Qué ocurrirá si te reconoce?

Cerrarían la puerta. Los cazarían por las callejuelas como a ratones en una ratonera.

Pero Mo se limitó a sacudir casi imperceptiblemente la cabeza mientras sujetaba a su caballo detrás de uno de los puestos del mercado.

—No te preocupes. Pájaro Tiznado está demasiado ocupado en mantener alejado el fuego de su bonita cara —le dijo a Meggie en susurros—. Pero desmontemos. A pie llamaremos menos la atención.

El caballo se asustó cuando Mo lo condujo entre el gentío, pero él lo tranquilizó en voz baja. Meggie descubrió entre los puestos a un malabarista que antes había seguido al príncipe Negro. Muchos titiriteros habían cambiado de señor desde que Pardillo llenaba sus bolsillos. No corrían malos tiempos para ellos, y también los vendedores del mercado hacían buenos negocios. Las mujeres de Umbra no podían permitirse nada de lo que ofrecían en los puestos, pero Pardillo y sus amigos compraban telas valiosas con lo que habían robado a las gentes de Umbra: joyas, armas y preciosidades cuyos nombres seguramente desconocía hasta el mismo Fenoglio. Se podían comprar incluso caballos… Y Mo contemplaba esa animación como si Pájaro Tiznado no existiera.

Parecía no querer perderse ningún rostro, ninguna mercancía expuesta a la venta, pero finalmente su mirada quedó prendida de los altos torreones que descollaban por encima de los tejados, y el corazón de Meggie se encogió. Su padre seguía decidido a ir al castillo, y ella renegaba de sí misma por haberle hablado de Balbulus y su arte.

Casi se le cortó la respiración cuando pasaron junto a un cartel ofreciendo una recompensa por Arrendajo, pero Mo lanzó una mirada divertida a la imagen que aparecía en él y se pasó la mano por el cabello oscuro que ahora llevaba corto como el de un campesino. A lo mejor creía que esa despreocupación tranquilizaba a su hija, pero no era así. La asustaba. Cuando él se comportaba así era Arrendajo, un extraño con las facciones de su padre.

¿Qué pasaría si estuviera allí uno de los soldados que lo habían vigilado en el Castillo de la Noche? ¿No los miraba aquél de hito en hito? Y la juglaresa de allá… ¿no parecía una de las mujeres que habían salido con ellos por la puerta del Castillo de la Noche? «¡Sigue andando, Mo!», se dijo, y quiso arrastrarlo con ella bajo uno de los arcos hacia cualquier calle, lejos de todas las miradas. Dos niños la agarraron de la falda y alargaron hacia ella sus sucias manos mendigando. Meggie les sonrió, desvalida. No tenía dinero, ni una mísera moneda. Qué hambrientos parecían. Un soldado se abría paso a través del gentío. De un rudo empujón apartó a un lado a los niños. «Ojalá estuviéramos con Balbulus», pensó Meggie... y tropezó con Mo cuando éste se detuvo de improviso.

Al lado del puesto de un curandero que a voz en grito y con la ayuda de dos juglares pregonaba su medicina milagrosa, unos chicos rodeaban un cepo. Dentro había una mujer, la cabeza y las manos sujetas en la madera, desvalida como una muñeca. En la cara y en las manos llevaba adherida verdura podrida, estiércol fresco, todo lo que los niños habían encontrado entre los puestos. Meggie ya había visto algo parecido, con Fenoglio, pero Mo parecía haber olvidado a qué había ido a Umbra. Palideció casi tanto como la mujer, en cuyo rostro se mezclaban la mugre y las lágrimas, y por un instante Meggie temió que su padre echara mano del cuchillo que ocultaba en el cinto.

—Mo —ella lo agarró del brazo y se lo llevó presurosa hacia la calle que subía en dirección al castillo, lejos de los niños boquiabiertos que ya se giraban hacia él.

—¿Es que has presenciado ya algo así? —cómo la miraba su padre. Como si no pudiera creer que ella hubiera podido contenerse al contemplarlo.

Su mirada avergonzó a Meggie.

—Sí —contestó su hija con timidez—. Un par de veces. Con el príncipe Mantecoso también había cepo.

Mo seguía mirándola.

—No me digas que uno se acostumbra a ese espectáculo.

Meggie agachó la cabeza. Sí. Sí, se acostumbraba.

Mo inspiró profundamente como si se hubiera olvidado de respirar al ver a la mujer llorosa. Después continuó su camino en silencio. No pronunció ni una sola palabra hasta que llegaron a la plaza situada delante del castillo.

Justo al lado de la puerta del castillo había otro cepo. El chico sujeto en él tenía elfos de fuego sentados sobre la piel desnuda. Mo entregó a su hija las riendas y antes de que Meggie pudiera detenerlo se encaminó hacia el muchacho. Sin prestar atención a los centinelas que lo observaban desde la puerta, o a las mujeres que, al pasar a su lado, giraban la cabeza asustadas, espantó a los elfos de fuego de los brazos escuálidos. El chico se limitó a mirarlo, incrédulo. Su rostro traslucía miedo, miedo y vergüenza. Meggie recordó entonces una historia que le había contado Farid: que Dedo Polvoriento y el príncipe Negro habían estado antaño metidos en un cepo igual, codo con codo, cuando apenas eran mayores que el chico que miraba tan asustado a su protector.

—Mortimer.

Hasta la segunda ojeada Meggie no reconoció al anciano que tiró de Mo alejándolo del cepo. El pelo gris de Fenoglio le llegaba casi hasta los hombros, sus ojos estaban inyectados en sangre, el rostro sin afeitar. Parecía avejentado; Meggie nunca había pensado eso de Fenoglio, pero ahora era lo único que se le ocurría.

—¿Es que te has vuelto loco? —increpó a su padre en voz baja—. ¡Hola, Meggie! —añadió distraído, y la niña notó cómo la sangre se le subía a la cara cuando Farid apareció a sus espaldas.

Farid.

«Muéstrate muy fría», se dijo, pero ya se había asomado a sus labios una sonrisa furtiva. ¡Fuera de ahí! Pero ¿cómo, cuando hacía tanto bien ver su rostro? Furtivo se sentaba en su hombro. Al verla, contrajo somnoliento el rabo.

—Hola, Meggie, ¿qué tal estás? —Farid acarició el espeso pelaje de la marta.

Doce días. Doce días sin que él hubiera dado señales de vida. ¿No se había propuesto firmemente no decir ni una palabra cuando volviera a verlo? Pero, sencillamente, no era capaz de enfadarse con él. Seguía aparentando tristeza. Ni rastro de la risa que antes formaba parte de su cara igual que los ojos negros. La sonrisa que le regaló era apenas una triste sombra de aquélla.

—Cuántas veces he deseado visitarte, pero Orfeo no me permitió irme.

El joven apenas oía lo que decía. Sólo tenía ojos para su padre. Arrendajo.

Fenoglio se había llevado a Mo lejos del cepo, lejos de los soldados. Meggie los siguió. El caballo estaba inquieto, pero Farid lo tranquilizó. Dedo Polvoriento le había enseñado a hablar con los animales. El joven caminaba pegadito a ella, tan cerca y sin embargo tan lejos.

—¿A qué ha venido eso? —Fenoglio seguía sujetando a Mo como si le preocupara que se acercara de nuevo al cepo—. ¿Quieres que los guardias también metan tu cabeza en ese chisme? Pero ¡qué digo! Seguramente la ensartarían enseguida en una lanza.

—Son elfos de fuego, Fenoglio. ¡Le queman la piel! —la voz de Mo sonaba ronca de ira.

—¿Te crees en la obligación de explicármelo? Yo inventé a esas pequeñas bestezuelas. El chico sobrevivirá. Seguramente es un ladrón, no quiero saber más.

Mo se soltó de Fenoglio y le dio la espalda bruscamente, como si tuviera que contenerse para no pegarle. Escudriñó a los guardias y sus armas, los muros del castillo y el cepo, como si buscara la forma de hacerlos desaparecer a todos. «¡No mires a los guardias, Mo!», pensó Meggie. Lo primero que Fenoglio le había enseñado en ese mundo fue a no mirar directamente a ningún soldado, a ninguno, ni a ningún noble, ni a nadie que tuviera permiso para portar un arma.

—¿Quieres que les haga perder el apetito por su piel, Lengua de Brujo? —Farid se deslizó entre Mo y Fenoglio.

Furtivo bufó al anciano, como si lo culpara de ser la causa de todos los males de su mundo. Pero Farid, sin esperar la respuesta de Mo, corrió hacia el cepo, donde los elfos se habían posado hacía mucho sobre la piel del muchacho. Chasqueando los dedos hizo brotar chispas que les chamuscaron las alas irisadas, obligándolos a marcharse con un zumbido furioso. Uno de los guardias levantó la lanza, pero antes de que se movilizase, Farid dibujó con el dedo un basilisco de fuego en el muro del castillo, se inclinó ante los guardias que contemplaban incrédulos el animal heráldico ardiendo de su señor… y regresó con indiferente lentitud al lado de Mo.

—Muy temerario, amiguito —gruñó Fenoglio con desaprobación, pero Farid no le prestó atención.

—¿Por qué has venido, Lengua de Brujo? —preguntó el joven en voz baja—. ¡Es muy peligroso! —sus ojos, sin embargo, brillaban. A Farid le gustaban las empresas peligrosas, y quería a Mo porque era Arrendajo.

—Deseo ver unos libros.

—¿Libros? —Farid puso una expresión de tal perplejidad que Mo no pudo reprimir una sonrisa.

—Sí, libros. Unos libros muy especiales —dijo alzando la vista hacia la torre más alta del castillo. Meggie le había descrito con exactitud dónde se encontraba el taller de Balbulus.

—¿Qué hace Orfeo? —Mo miró hacia los guardias, que en ese momento inspeccionaban el pedido de un carnicero en busca de algo que ni ellos mismos parecían saber con exactitud—. He oído decir que cada día es más rico.

—¡Así es, sin duda!

Farid acarició con su mano la espalda de Meggie. Siempre que Mo estaba presente, se dedicaba a hacer ternuras que no fueran demasiado evidentes. Farid sentía un enorme respeto por los padres. Pero seguro que a Mo no le pasó desapercibido el rubor de su hija.

—Es cada vez más rico, pero todavía no ha escrito nada para Dedo Polvoriento. Sólo tiene en la cabeza sus tesoros y lo que puede vender a Pardillo: jabalíes con cuernos, perros falderos de oro, mariposas araña, hombres hoja, y todo lo que se pueda imaginar.

—¿Mariposas araña? ¿Hombres hoja? —Fenoglio miró alarmado a Farid, pero éste no le prestaba atención.

—Orfeo quiere hablar contigo —informó a Mo en susurros—. Sobre las Mujeres Blancas. Por favor, ¡entrevístate con él! A lo mejor sabes algo que le ayude a traer de vuelta a Dedo Polvoriento.

Meggie vio compasión en el rostro de Mo. Él creía tan poco como ella en el regreso de Dedo Polvoriento.

—Eso es absurdo —dijo, mientras su mano tocaba involuntariamente el lugar donde lo había herido Mortola—. Yo no sé nada. Nada que no sepan los demás.

Los guardias habían franqueado el paso al carnicero y uno de ellos clavaba de nuevo los ojos en Mo. En el muro del castillo el basilisco que había pintado Farid sobre las piedras seguía ardiendo.

Mo le dio la espalda al soldado.

—¡Atiende! —susurró a Meggie—. No debería haberte traído. ¿Qué te parece si te quedas con Farid mientras voy a ver a Balbulus? Él puede llevarte junto a Roxana y yo me reuniré allí con Resa y contigo.

Farid rodeó los hombros de Meggie con su brazo.

—Sí, ve tranquilo. Yo la cuidaré.

Pero Meggie apartó su brazo con rudeza. No le gustaba que su padre fuese solo… aunque tenía que reconocer que le habría encantado quedarse con Farid. Cuánto había echado de menos su rostro.

—¿Cuidar? ¡Tú no tienes que cuidarme! —le increpó con más dureza de lo que pretendía. ¡La volvía tan tonta estar enamorada!

—No, claro. En eso tiene razón. Nadie tiene que cuidar a Meggie —Mo arrebató con delicadeza las riendas a su hija—. Pensándolo bien, me ha cuidado con más frecuencia que yo a ella. Regresaré pronto —le advirtió—. Te lo prometo. Y ni una palabra a tu madre, ¿de acuerdo?

Meggie se limitó a asentir con la cabeza.

—No me mires tan preocupada —le susurró a su hija con aire de conspirador—. ¿No dicen las canciones que Arrendajo no hace nada sin su preciosa hija? ¡Sin ti despertaré muchas menos sospechas!

—Sí, pero las canciones mienten —cuchicheó Meggie—. Arrendajo no tiene ninguna hija. No es un padre. Es un bandido.

Mo le dedicó una larga mirada. Después la besó en la frente, como si con ese gesto pudiera borrar sus palabras, y se dirigió al castillo con Fenoglio, que esperaba impaciente.

Meggie no le quitó la vista de encima cuando se detuvo junto a los guardias. Con sus ropas negras parecía de verdad un extranjero, el encuadernador procedente de un país remoto que había recorrido un largo camino para dotar al fin de ropajes adecuados a las ilustraciones de Balbulus. ¿A quién le importaba que durante el largo camino se hubiera convertido en un bandido?

Farid cogió la mano de Meggie en cuanto Mo les dio la espalda.

—Tu padre tiene la valentía de un león —le dijo en voz baja—, pero si me lo preguntas, también está un poco loco. Si yo fuera Arrendajo, ten por seguro que no traspasaría esa puerta, y mucho menos por unos libros.

—No lo entiendes —contestó Meggie con voz queda—. Él únicamente la traspasa por los libros.

En eso se equivocaba, pero no lo sabría hasta más adelante.

Los soldados franquearon el paso al poeta y al encuadernador. Mo se volvió nuevamente hacia Meggie antes de desaparecer por la puerta, la enorme puerta con el rastrillo de hierro que apuntaba más de dos docenas de puntas afiladas como venablos hacia todo aquel que pasaba por debajo. Desde que Pardillo moraba en el castillo, lo bajaban en cuanto oscurecía o una de las campanas del castillo tocaba a rebato. Meggie había oído una vez ese sonido, y sin querer esperaba volver a oírlo cuando Mo desapareció entre los poderosos muros: el tañido de las campanas, el estrépito de las cadenas al bajar el rastrillo, el golpeteo de las puntas de hierro...

—¿Meggie? —Farid colocó la mano bajo el mentón de la joven y giró su cara hacia él—. Créeme. Habría ido a visitarte hace mucho, pero Orfeo me mata a trabajar durante el día, y por las noches me escabullo en secreto hasta la granja de Roxana. ¡Ella acude casi todas las noches al lugar donde mantiene oculto a Dedo Polvoriento, lo sé! Pero me sorprende siempre antes de que pueda seguirla. Su estúpido ganso se deja sobornar con pan de pasas, pero si no me muerde Linchetto en su establo, me delata Gwin. Ahora Roxana hasta me permite entrar en su casa, y eso que antes le tiraba piedras.

Pero ¿de qué estaba hablando? Ella no quería hablar de Dedo Polvoriento o de Gwin. «Si me has echado de menos», es lo único que pensaba Meggie una y otra vez, «¿por qué no has ido a verme siquiera una vez, en lugar de escabullirte en secreto a casa de Roxana? Al menos una sola». Sólo había una respuesta. Que no la echaba de menos tanto como ella a él. Quería más a Dedo Polvoriento que a ella. Lo querría siempre, aunque estuviera muerto. A pesar de todo, dejó que la besara, mientras a unos pasos de distancia el chico con elfos de fuego encima de la piel seguía en el cepo. *No me digas que uno se acostumbra a ese espectáculo…*

Meggie no vio a Pájaro Tiznado hasta que apareció junto a los guardias.

—¿Qué pasa? —preguntó Farid cuando ella se quedó mirando por encima de su hombro—. Ah, Pájaro Tiznado. Sí. Frecuenta el castillo. ¡Sucio traidor! ¡Cada vez que lo veo, me gustaría rebanarle el pescuezo!

—¡Tenemos que prevenir a Mo!

Los guardias dejaron pasar al tragafuegos como si fuera un viejo conocido. Meggie dio un paso hacia ellos, pero Farid la obligó a retroceder.

—¿Adónde vas? ¡Él no verá a tu padre! El castillo es enorme y Lengua de Brujo va a reunirse con Balbulus. ¡Seguro que Pájaro Tiznado no aparece por allí! Tiene tres amantes entre las damas de palacio, con ellas quiere ir… si no lo pilla Jacopo. Tiene que dar para él dos funciones al día, y eso que sigue siendo un pésimo tragafuegos, a pesar de todo lo que cuentan sobre él y su fuego. ¡Miserable espía! Me pregunto de veras por qué no lo ha matado todavía el príncipe Negro… o tu padre. ¿Por qué me miras así? —preguntó al reparar en la mirada estupefacta de Meggie—. Al fin y al cabo, Lengua de Brujo también mató a Basta, ¿verdad? No es que yo lo viera…

Farid siempre miraba deprisa hacia un lado cuando hablaba de las horas durante las que había estado muerto.

Meggie miraba fijamente la puerta del castillo. Creía oír la voz de Mo. *Me vio por última vez cuando yo estaba medio muerto. Y más le valdría no toparse conmigo.*

«Arrendajo. ¡Deja de llamarlo así!», pensó Meggie. «¡Olvídalo!»

—Ven —Farid la cogió de la mano—. Lengua de Brujo ha dicho que te lleve a casa de Roxana. Fingirá que se alegra de verme y seguramente se mostrará amable porque tú estarás presente.

—No —Meggie soltó la mano de Farid, aunque le resultaba grato volver a estrecharla—. Me quedaré aquí. Justo aquí mismo, hasta que mi padre salga de nuevo.

Farid suspiró y puso los ojos en blanco, pero la conocía lo suficiente como para no contradecirla.

—¡Estupendo! —dijo en voz baja—. Por lo que conozco a Lengua de Brujo, seguro que pasará una eternidad contemplando esos malditos libros. Bueno, al menos déjame besarte, o los guardias no tardarán en preguntarse por qué continuamos aquí.

7

UNA VISITA PELIGROSA

La pregunta, suponiendo la mirada omnisciente de Dios, es:
¿Tiene que ser irremisiblemente verdad lo que Él prevé? ¿O me
está garantizada la libre elección: hacer algo o no hacerlo?

Geoffrey Chaucer, *Cuentos de Canterbury*

Humildad. Humildad y sumisión. Esas cosas no se le daban bien a Mo. «¿Observaste eso alguna vez en el otro mundo, Mortimer?», se preguntó. «Agacha la cabeza, no te mantengas demasiado erguido, deja que te miren desde arriba, aunque seas más alto que ellos. Compórtate como si te pareciera completamente natural que ellos manden y los demás trabajen…»

Qué difícil era.

—Así que eres el encuadernador de libros que está esperando Balbulus —murmuró uno de los guardias echando una ojeada a sus ropas negras—. ¿A qué ha venido lo del chico? ¿Acaso no te gustan nuestros cepos?

«¡Agacha más la cabeza, Mortimer! Vamos. Simula que tienes miedo. Olvida tu ira, olvida al chico y sus sollozos.»

—No volverá a suceder.

—¡Exacto! Él… viene de muy lejos —añadió con rapidez Fenoglio—.

Aún tiene que acostumbrarse al arte de gobernar de nuestro nuevo señor. Pero ahora, si lo permitís, Balbulus puede impacientarse mucho.

Y tras una reverencia, se llevó apresuradamente a Mo.

El castillo de Umbra… La entrada en el vasto patio sepultó el olvido. Cuántas escenas del libro de Fenoglio acaecidas en ese lugar acudieron a su memoria.

—¡Cielo santo, nos hemos librado por los pelos! —le susurró Fenoglio mientras conducían el caballo hacia los establos—. No quiero tener que recordártelo de nuevo: ¡estás aquí en calidad de encuadernador! ¡Vuelve a interpretar el papel de Arrendajo y serás hombre muerto! ¡Maldita sea, Mortimer, nunca debí acceder a traerte aquí! Fíjate en todos esos soldados. Es como si estuviéramos en el Castillo de la Noche.

—¡Oh, no, créeme, todavía hay una diferencia! —repuso Mo en voz baja.

Intentó no alzar la vista hacia las cabezas ensartadas en picas que adornaban los muros. Dos pertenecían a hombres del príncipe Negro, mas no los habría reconocido si Recio no le hubiera referido su destino.

—Por tu descripción, me imaginaba este castillo distinto —dijo en voz baja a Fenoglio.

—¡No me digas! —replicó éste susurrando—. Primero Cósimo mandó reformarlo todo, y ahora Pardillo deja su sello. Ha hecho derribar los nidos de los sinsontes dorados, y fíjate en todos esos barracones que han construido para guardar el producto de sus rapiñas. Me pregunto si Cabeza de Víbora se ha dado cuenta de lo poco que recibe el Castillo de la Noche. Si es así, su cuñado no tardará en tener problemas.

—Sí, Pardillo es muy osado —Mo agachó la cabeza cuando se les acercaron un par de mozos de cuadra. Hasta ellos iban armados. Su cuchillo no le serviría de mucho si alguien lo reconocía—. Hemos interceptado algunos envíos destinados al Castillo de la Noche —prosiguió en voz baja después de que pasaran—, y lo que hallamos en las arcas fue en todas las ocasiones muy decepcionante.

Fenoglio lo miró de hito en hito.

—¡Lo haces de verdad!

—¿Qué?

El anciano miró nervioso a su alrededor, mas nadie parecía prestarles atención.

—Pues todas las cosas que se cantan —susurró—. Quiero decir… la mayoría de las canciones están mal escritas, pero Arrendajo sigue siendo mi personaje, así que… ¿Qué se siente? ¿Qué se siente jugando a ser él?

Una criada pasó a su lado con dos gansos sacrificados. La sangre goteaba sobre el patio. Mo giró la cabeza.

—¿Jugar? ¿Eso es lo que sigue siendo para ti… un juego? —su respuesta traslucía más irritación de la que pretendía.

A veces habría dado lo que fuera por leer los pensamientos de Fenoglio. Y quién sabe… quizá algún día los leería de verdad, en negro sobre papel blanco, y allí volvería a encontrarse a sí mismo, rodeado por una telaraña de palabras igual que una mosca en la red de una vieja araña.

—Bueno, sí, lo admito, se ha convertido en un juego peligroso, pero me alegra sinceramente que tú hayas asumido el papel. ¿No tenía razón yo? El mundo necesita a Arr…

Mo le lanzó una mirada de advertencia. Un grupo de soldados pasó a su lado y Fenoglio se tragó el nombre que no hacía mucho había escrito por primera vez sobre un trozo de pergamino. Pero la sonrisa con la que siguió a los soldados era la de un hombre que había escondido un barril de pólvora en casa de sus enemigos y disfrutaba moviéndose entre ellos sin que lo identificaran con quien lo había colocado allí.

Anciano malvado.

Mo tuvo que constatar que el castillo interior tampoco era ya como lo había descrito Fenoglio. Repitió en voz baja las palabras que había leído en su día: «*La esposa del príncipe Orondo había replobado el jardín, porque estaba cansada de las piedras grises que la rodeaban. Plantó especies de países remotos cuyas flores la hacían soñar con mares lejanos, con ciudades y montes lejanos entre los que vivían dragones. Crió pájaros de pecho dorado que posados en los árboles parecían frutas aladas, y plantó un vástago del Bosque Impenetrable, cuyas hojas podían hablar con la luna».*

Fenoglio lo miró asombrado.

—Sí, me sé el libro de memoria —explicó Mo—. ¿Has olvidado cuántas veces lo leí en voz alta después de que tus palabras se tragasen a mi mujer?

Los pájaros de pecho dorado también habían desaparecido del patio interior. En una pileta de piedra se reflejaba la estatua de Pardillo, y el árbol que hablaba con la luna, caso de que hubiera existido, había sido talado. Donde antaño había un jardín, ahora había perreras, y los perros de caza del nuevo señor de Umbra olisqueaban las rejas plateadas con los hocicos apretados. «Hace mucho que ha dejado de ser tu historia, anciano», pensaba Mo mientras se dirigía con Fenoglio hacia el interior del castillo. Pero entonces ¿quién la relataba? ¿Quizá Orfeo? ¿O era Cabeza de Víbora el que se había hecho cargo de la narración, sustituyendo la tinta y la pluma por la sangre y la espada?

Tullio los condujo hasta Balbulus. Tullio, el criado de rostro peludo de quien el libro de Fenoglio decía que su padre había sido un duende y su madre una mujercita de musgo.

—¿Cómo te va? —le preguntó Fenoglio mientras Tullio los guiaba por los corredores. Como si alguna vez le hubiera interesado el devenir de sus criaturas.

Tullio contestó con un encogimiento de hombros.

—Me persiguen —respondió con voz apenas perceptible—. Los amigos de nuestro nuevo señor… y tiene muchos. Me espantan por los pasillos y me encierran con los perros, pero Violante me protege. Oh, sí, lo hace, aunque su hijo es casi el peor de todos.

—¿Su hijo? —susurró Mo a Fenoglio.

—Sí, ¿no te ha hablado Meggie de él? —respondió asimismo en

susurros—. Jacopo, un verdadero engendro del diablo. Su abuelo en miniatura, aunque cada día se parece más a su padre. No derramó ni una lágrima por Cósimo. Al contrario. Dicen que desfiguró su imagen de piedra en la cripta con los colores de Balbulus y que por las noches se sienta junto a Pardillo o en el regazo de Pájaro Tiznado en lugar de hacerlo al lado de su madre. Por lo visto incluso la espía por encargo de su abuelo.

Mo no había leído nada en el libro de Fenoglio sobre la puerta ante la que Tullio se detuvo sin aliento tras una interminable sucesión de peldaños empinados. Inconscientemente alargó la mano y acarició las letras con las que estaba guarnecida. «Son tan hermosas, Mo», le había referido Meggie en voz muy queda, cuando ambos estaban prisioneros en lo alto de la torre del Castillo de la Noche, «están entrelazadas, como si alguien las hubiera escrito con plata líquida sobre la madera».

Tullio llamó a la puerta alzando su pequeño puño peludo. La voz que los invitó a entrar sólo podía pertenecer a Balbulus. Fría, pagada de sí misma, orgullosa… Meggie no había descrito con palabras amables al mejor iluminador de libros de ese mundo. Tullio se puso de puntillas, aferró el picaporte… y lo soltó de nuevo, asustado.

—¡Tullio! —la voz que resonaba en la escalera parecía muy joven, pero parecía acostumbrada a mandar—. Tullio, ¿dónde te has metido? Tienes que sostener las antorchas a Pájaro Tiznado.

—¡Jacopo! —Tullio pronunció el nombre con un hilo de voz, como si fuera una enfermedad contagiosa. Acongojado, buscó sin darse cuenta protección detrás de la espalda de Mo.

Un niño, de unos seis o siete años, subía la escalera a toda prisa. Mo nunca había visto al bello Cósimo. Pardillo había mandado destruir todas sus estatuas, pero Baptista aún poseía unas monedas con su efigie. Un rostro casi demasiado hermoso para ser real, según descripción unánime. Su hijo, evidentemente, había heredado esa hermosura, que justo entonces se desplegaba en su rostro infantil todavía redondo.

No era un rostro amable. Los ojos miraban alerta y la boca estaba enfurruñada como la de un viejo. Su túnica negra estaba bordada con el animal heráldico de lengua sibilante de su abuelo. También su cinto estaba guarnecido de serpientes de plata, pero en el cordón de cuero que llevaba alrededor del cuello se bamboleaba una nariz de plata, la marca de Pífano.

Fenoglio lanzó una mirada alarmada y se situó ante él, como si así pudiera ocultarlo del chico.

Tienes que sostener las antorchas a Pájaro Tiznado. Y ahora ¿qué, Mo? Miró sin querer por la escalera abajo, pero Jacopo había venido solo, y el castillo era grande. A pesar de todo su mano se dirigió hacia el cinto.

—¿Quién es ése? —la terquedad de la voz clara denotaba infantilismo. Jacopo respiraba pesadamente tras subir por la escalera.

—Es… ejem… es el nuevo encuadernador, mi Príncipe —contestó Fenoglio con una reverencia—. Sin duda recordáis las veces que se ha quejado Balbulus de las chapucerías de nuestros encuadernadores locales.

—¿Y ése es mejor? —Jacopo cruzó sus cortos brazos infantiles—. Pues no tiene pinta de eso. Los encuadernadores son viejos y muy pálidos, porque siempre están metidos en casa.

—Oh, de vez en cuando también salimos —replicó Mo—, para comprar la mejor piel, sellos nuevos, buenos cuchillos o secar al sol el pergamino si se ha humedecido.

Le costaba sentir miedo del niño, a pesar de que había escuchado tantas cosas malas sobre él. El hijo de Cósimo le recordaba a un compañero suyo de colegio que había tenido la desgracia de ser el hijo del director. Se pavoneaba por el patio del colegio como una copia de su padre… y tenía miedo de todo y de todos. «De acuerdo, Mortimer», se dijo Mo. «Ése era tan sólo el hijo de un director de colegio. Éste es el nieto de Cabeza de Víbora, así que ándate con ojo.»

Jacopo frunció el ceño y alzó la vista hacia él con gesto de desaprobación. Era obvio que le desagradaba que Mo fuera mucho más alto que él.

—¡No me has hecho una reverencia! ¡Tienes que inclinarte ante mí!

Mo percibió la mirada de advertencia de Fenoglio e inclinó la cabeza.

—Mi Príncipe.

Fue difícil. Habría preferido perseguir a Jacopo por los pasillos del castillo, igual que había hecho con Meggie en casa de Elinor, para comprobar si quizá surgía el niño que con tanto cuidado se ocultaba detrás de las actitudes de su abuelo.

Jacopo aceptó su reverencia con una orgullosa inclinación de cabeza y Mo agachó la suya para que lo viera sonreír.

—Mi abuelo está disgustado con un libro —afirmó Jacopo con tono altanero—. Muy disgustado. Quizá tú consigas ayudarlo.

Disgustado con un libro. Mo sintió sobresaltarse su corazón. Creyó ver de nuevo el libro ante él, percibió el papel entre los dedos. Todas las páginas en blanco.

—Mi abuelo ha mandado ahorcar a muchos encuadernadores por culpa de ese libro —Jacopo observó a Mo sopesando tal vez el tamaño del lazo que se ajustaría a su cuello—. A uno, hasta le hizo arrancar la piel a tiras, porque le había prometido que lo restauraría. ¿Quieres intentarlo a pesar de todo? Tendrías que cabalgar conmigo hasta el Castillo de la Noche para que mi abuelo vea que te encontré *yo* y no Pardillo.

Mo se libró de responder. La puerta de las letras se abrió y salió un hombre de expresión enojada.

—¿Qué pasa aquí? —increpó a Tullio—. Primero llaman a la puerta, pero no entra nadie. Después hablan hasta que se me resbala el pincel. Dado que esta visita evidentemente no está destinada a mí, me sentiría muy agradecido si todos los implicados continuasen esta conversación en otro lugar. El castillo dispone de suficientes estancias en las que no se trabaja seriamente.

Balbulus… La descripción de Meggie había sido muy certera. El leve ceceo, la nariz corta, las mejillas toscas, el cabello castaño oscuro que ya comenzaba a clarear encima de la frente a pesar de su juventud. Un iluminador de libros y, por lo que Mo conocía de su trabajo, uno de los mejores que había existido jamás en este mundo o en el suyo. Mo olvidó a Jacopo, a Fenoglio, el cepo y al muchacho en él, a los soldados del patio y a Pájaro Tiznado. Ya sólo quería traspasar el umbral de esa puerta. La visión del taller, atisbada por encima del hombro de Balbulus, aceleró los latidos de su corazón como si fuera el de un niño de escuela. Igual de excitado había latido la primera vez que sostuvo en sus manos un libro de Balbulus, en el Castillo de la Noche, prisionero y en peligro de muerte. El trabajo de ese hombre le hizo olvidar todo eso. Letras tan fluidas como si la actividad más natural para la mano humana fuese la escritura, y después las imágenes. ¡Pergamino viviente, que alentaba!

—¡Yo hablo donde y cuando quiero! ¡Soy el nieto de Cabeza de Víbora! —la voz de Jacopo se tornó estridente—. ¡Informaré en el acto a mi tío de tu impertinencia! ¡Le diré que te quite todos tus pinceles! —y tras lanzar una postrera mirada a Balbulus dio media vuelta—. ¡Ven, Tullio, o haré que te encierren con los perros!

El pequeño criado, con la cabeza gacha, se puso al lado de Jacopo, y el nieto de Cabeza de Víbora volvió a observar a Mo de la cabeza a los pies antes de bajar a toda prisa las escaleras… de repente era tan solo un niño ansioso por acudir a una representación.

—¡Deberíamos largarnos, Mortimer! —musitó Fenoglio—. ¡Jamás habrías debido venir! Pájaro Tiznado está aquí, lo cual no augura nada bueno.

Pero Balbulus, preso de la impaciencia, invitaba con un gesto al nuevo encuadernador a entrar en su taller. ¿Cómo iba a preocuparse Mo por Pájaro Tiznado? Ya sólo pensaba en lo que le aguardaba detrás de la puerta recamada de letras.

Cuántas horas de su vida había pasado contemplando el arte de los iluminadores, inclinado sobre páginas manchadas hasta que le dolía la espalda, siguiendo con un cristal de aumento cada trazo del pincel y preguntándose cómo se podían eternizar tales milagros sobre pergamino... todos esos rostros diminutos, criaturas fantásticas, paisajes, flores... diminutos dragones, insectos tan auténticos que parecían arrastrarse por las páginas, letras tan artísticamente entrelazadas que las líneas parecían haber crecido en las páginas.

¿Le aguardaba todo eso en los atriles de allí?

Quizá. Pero Balbulus estaba delante de su obra como si fuera su guardián, y sus ojos eran tan inexpresivos que Mo se preguntó cómo un hombre que contemplaba el mundo con tanta frialdad era capaz de pintar semejantes imágenes. Unas imágenes tan vigorosas y fogosas...

—Tejedor de Tinta —Balbulus inclinó la cabeza hacia Fenoglio, con una mirada que parecía verlo todo: la barbilla sin afeitar, los ojos inyectados en sangre, el cansado corazón del anciano. «¿Qué verá en mí?», se preguntó Mo.

—Así pues, ¿sois vos el encuadernador? —Balbulus lo escudriñó tan minuciosamente como si se propusiera trasladar su imagen a pergamino—. Fenoglio refiere ciertamente cosas asombrosas sobre vuestro arte.

—¿Sí?

Mo no pudo evitar que su voz sonase ausente. Ansiaba contemplar por fin los dibujos, pero de nuevo el iluminador, como por casualidad, le impidió la visión. ¿Qué significaba eso? «¡Déjame ver tu trabajo de una vez!», se dijo Mo. «Debería halagarte que haya venido hasta aquí por él, a pesar de que me estoy jugando el cuello.» Cielos, esos pinceles eran tan impalpables, tan finos. Y allí estaban los pigmentos...

Fenoglio le propinó un codazo de aviso en el costado, y Mo dejó de contemplar todas esas maravillas para fijar la vista en los ojos inexpresivos de Balbulus.

—Disculpad. Sí, soy encuadernador, y seguro que deseáis ver una prueba de mi trabajo. No he dispuesto de un material excesivamente bueno, pero… —introdujo la mano debajo de la capa que había cosido Baptista (seguramente no había sido fácil robar tanta tela negra), pero Balbulus negó con la cabeza.

—No precisáis demostrarme vuestros conocimientos —dijo sin apartar la vista de Mo—. Tadeo, el bibliotecario del Castillo de la Noche, me ha contado con todo lujo de detalles la forma tan impresionante en que vos manifestasteis vuestra capacidad.

Perdido.

Estaba perdido.

Mo percibió la mirada horrorizada de Fenoglio. «¡Sí, mírame!», pensó él. «¿Llevo ya escrito con tinta negra en la frente "cretino imprudente"?»

Balbulus, sin embargo, sonreía, y su sonrisa era tan inexpresiva como sus ojos.

—Sí, Tadeo me ha hablado mucho de vos —qué bien imitaba Meggie la forma en que su lengua topaba con los dientes al hablar—. En realidad se trata de un hombre más bien reservado, pero me cantó vuestras loas incluso por escrito. Al fin y al cabo, no hay muchos en vuestro gremio capaces de encuadernar a la muerte en un libro, ¿verdad?

Fenoglio lo agarró por el brazo, tan fuerte que Mo captó el miedo del anciano. ¿Qué se creía? ¿Qué podían dar media vuelta y salir por la puerta sin más? Seguro que había guardia delante, y si no los soldados aguardarían al pie de la escalera. Qué deprisa se acostumbraba uno a su aparición súbita y repentina, dotados del poder de llevarse impunemente a alguien, de encarcelarlo, de matarlo a golpes.

¡Cómo brillaban los colores de Balbulus! Cinabrio, siena, sombra de hueso. Qué bellos eran. Una belleza que le había atraído a la trampa. A la mayoría de los pájaros se los cazaba con pan y algunos granos suculentos, y a Arrendajo con letras e ilustraciones.

—No sé de veras de que habláis, estimado Balbulus —tartamudeó Fenoglio. Sus dedos seguían aferrando el brazo de Mo—. ¡El… ejem…

bibliotecario del Castillo de la Noche? No. No, Mortimer nunca ha trabajado al otro lado del bosque. Procede del... del norte, sí. Así es.

Qué mal mentía el anciano. Un inventor de historias ¿no tenía que ser un experto en mentiras?

Sea como fuere, Mo no entendía nada de mentiras, así que calló. Calló y maldijo su curiosidad, su impaciencia, su imprudencia, mientras Balbulus seguía observándolo. ¿Cómo había podido creerse capaz siquiera de desprenderse del papel que le esperaba en ese mundo vistiendo unas ropas negras? ¿Cómo se le había ocurrido creer que podía implicarse hasta las cejas en esa historia y sin embargo volver a ser durante unas horas Mortimer, el encuadernador en el Castillo de Umbra?

—¡Bah, cállate de una vez, Tejedor de Tinta! —increpó Balbulus a Fenoglio—. ¿Acaso me consideráis estúpido? En cuanto me hablasteis de él supe en el acto de quién se trataba. Un verdadero maestro de su arte. ¿No lo expresasteis así? Sí, las palabras pueden delatarnos. En realidad, vos deberíais saberlo mejor que nadie.

Fenoglio calló. Y Mo tanteó en busca de su cuchillo. El príncipe Negro se lo había regalado cuando partieron de la Montaña de la Víbora.

—Llévalo siempre contigo —le aconsejó—, incluso cuando te tumbes a dormir.

Había seguido su consejo, pero ¿de qué le serviría allí un cuchillo? Estaría muerto antes de llegar al pie de la escalera. Quién sabe, quizá el mismo Jacopo, tras reconocer en el acto a quién tenía delante, había dado la voz de alarma. ¡Deprisa, venid! Arrendajo se ha metido volando voluntariamente dentro de la jaula. «Lo siento, Meggie», pensó Mo. «Tu padre es un necio. ¿Para eso lo sacaste del Castillo de la Noche... para que se deje atrapar en otro castillo?» ¿Por qué no le hizo caso cuando divisaron a Pájaro Tiznado en la plaza del mercado?

¿Había escrito Fenoglio alguna vez una canción sobre el miedo de Arrendajo? No lo experimentaba cuando tenía que luchar, oh, no, sino cuando pensaba en grillos, en cadenas y mazmorras y en la desesperación tras puertas cerradas. Igual que ahora. Paladeó el miedo en su boca, lo sintió en el estómago y en las rodillas. «Bueno, en cualquier caso para un encuadernador, el taller de un iluminador es el lugar apropiado para morir», se consoló. Pero Arrendajo había vuelto y maldecía al encuadernador por su imprudencia.

—¿Sabéis lo que más impresionó a Tadeo? —Balbulus se limpió una mota de polvo de color de la manga adherida como polen amarillo al terciopelo azul oscuro—. Vuestras manos. Le parecía asombroso que manos que tanto saben de matar, fuesen capaces de manejar con tanto cuidado las páginas de los libros. De hecho tenéis unas manos preciosas. ¡Fijaos por el contrario en las mías! —Balbulus estiró los dedos y los contempló lleno de aversión—. Son las manos de un campesino. Rudas y toscas. ¿Queréis ver lo que son capaces de hacer a pesar de todo?

Y al fin, con ademán invitador, se hizo a un lado, igual que un mago que levanta el telón. Fenoglio intentó retener a Mo, pero, ya que había caído en la trampa, quería saborear también el cebo que le costaría el cuello.

Y allí estaban. Páginas iluminadas, aun mejores que las que había visto en el Castillo de la Noche. En una Balbulus había adornado tan solo su propia inicial: la B, contoneándose sobre el pergamino, vestida de oro y verde oscuro, albergaba un nido de elfos de fuego. En la hoja contigua, hojas y flores trepaban por una ilustración apenas mayor que un naipe. Mo siguió los arabescos con los ojos, descubrió pistilos, elfos de fuego, frutos extravagantes, diminutas criaturas de nombres ignotos. Una imagen enmarcada con arte excelso mostraba a dos hombres rodeados de hadas delante de un pueblo, un grupo de hombres andrajosos a sus espaldas. Uno era negro y tenía un oso al lado, el otro llevaba la máscara de un pájaro y empuñaba un cuchillo de encuadernador.

—La mano negra y la mano blanca de la justicia. El Príncipe y Arrendajo —Balbulus contemplaba su obra con indisimulado orgullo—.

No obstante tendré que cambiarlo un poco. Vos sois más alto de lo que pensaba, y vuestro porte… Pero ¿qué estoy diciendo? Sin duda vos no estáis nada ansioso por que esta imagen se os parezca demasiado… aunque, como es natural, sólo está pensada para los ojos de Violante. Nuestro nuevo gobernador nunca la verá, pues por suerte no existe motivo alguno para torturarse subiendo tantos escalones hasta mi taller. Para Pardillo el valor de un libro se mide por el número de barriles de vino que se pueden comprar con él. Y caso de que Violante no esconda bien esta lámina, él no tardará en cambiarla, como todas las demás creaciones de mis manos, por esos barriles o una nueva peluca empolvada de plata. En verdad puede considerarse dichoso de que yo sea Balbulus, el iluminador de libros, y no Arrendajo, pues en ese caso convertiría en pergamino su perfumada piel.

El odio en la voz de Balbulus era tan negro como la noche en sus ilustraciones, y por un momento Mo vio en los ojos inexpresivos el fuego que convertía al iluminador en un maestro de su arte.

En la escalera se oyeron pasos pesados y regulares, como los que Mo había oído con harta frecuencia en el Castillo de la Noche. Pasos de soldados.

—Lástima. La verdad es que me habría gustado hablar más tiempo con vos —a Balbulus se le escapó un suspiro de pesar cuando la puerta se abrió de un empujón—. Pero me temo que en este castillo hay personas de mucho más alto rango que desean hablar con vos.

Fenoglio vio consternado cómo los soldados se situaban a ambos lados de Mo.

—Vos podéis iros, Tejedor de Tinta —dijo Balbulus.

—Pero esto… todo esto es un espantoso malentendido —Fenoglio se esforzaba de veras por no dejar traslucir su miedo, pero ni siquiera podía engañar a Mo.

—Bueno, quizá no deberíais describirlo con tanta exactitud en vuestras canciones —sentenció Balbulus con voz de tedio—. Por lo que sé, eso ya fue funesto para él en una ocasión. Por el contrario, contemplad mis dibujos. ¡Yo siempre le dejo la máscara!

Mo seguía oyendo las protestas de Fenoglio cuando los soldados lo condujeron a empellones escalera abajo. ¡Resa! No, esta vez no debía temer por ella. Por el momento estaba segura en casa de Roxana, y Recio la acompañaba. Pero ¿qué pasaría con Meggie? ¿La habría llevado Farid a la granja de Roxana? El príncipe Negro se ocuparía de ambas. Se lo había prometido en numerosas ocasiones. Y quién sabe, quizá encontrasen el camino de regreso hasta Elinor, hasta la vieja casa repleta de libros hasta el techo, al mundo en el que la carne no había sido creada a partir de letras. ¿O quizá sí?

Mo intentó no pensar dónde estaría él entonces. Sólo sabía una cosa: Arrendajo y el encuadernador morirían de idéntico modo.

EL DOLOR DE ROXANA

«Esperanzas», dijo Schliet con amargura, «con el correr del tiempo he renunciado a ellas».

Paul Stewart, *El cazatormentas*

Resa cabalgaba con frecuencia para reunirse con Roxana, aunque el trayecto era largo y los caminos alrededor de Umbra se tornaban más inseguros cada día. Recio era un buen protector, y Mo la dejaba ir porque sabía cuántos años había salido adelante en ese mundo sin él y sin Recio.

Resa había entablado amistad con Roxana mientras cuidaban juntas a los heridos en la mina debajo de la Montaña de la Víbora, y el largo camino a través del Bosque Impenetrable acompañando a un muerto había profundizado esa amistad. Roxana nunca preguntó a Resa por qué había llorado casi tanto como ella la noche en la que Dedo Polvoriento cerró su trato con las Mujeres Blancas. No se habían hecho amigas gracias a las palabras, sino compartiendo aquello para lo que no se necesitaban palabras.

Era Resa quien acudía a ver a Roxana por las noches, cuando la oía llorar bajo los árboles lejos de los demás, quien la abrazaba y consolaba, aunque sabía que el dolor de la otra mujer era inconsolable. No le habló a Roxana del día en el que Mortola disparó contra Mo y la dejó sola con el temor de haberlo perdido para siempre. Porque ella no lo había perdido, aunque así lo creyó durante unos instantes interminables. Ella sólo se había imaginado qué se sentiría al no verlo nunca más, al no volver a tocarlo ni escuchar su voz durante muchos días, durante muchas noches, mientras había permanecido en una cueva oscura refrescándole la frente que ardía de fiebre. Pero el miedo al dolor era muy diferente del dolor mismo. Mo vivía. Hablaba con ella, dormía a su lado, la rodeaba con sus brazos. Dedo Polvoriento, sin embargo, no volvería a abrazar a Roxana. Al menos en esta vida. A ella sólo le habían quedado los recuerdos. Y a veces eso quizá era peor que nada.

Ella sabía que Roxana experimentaba por segunda vez ese dolor. La primera, le había contado a Resa el príncipe Negro, el fuego ni siquiera le había dejado el muerto a Roxana. A lo mejor por eso cuidaba tan celosamente el cuerpo de Dedo Polvoriento. Nadie sabía adónde lo había llevado, dónde lo visitaba cuando la nostalgia le impedía conciliar el sueño.

Cuando Mo tenía reiterados accesos de fiebre por las noches y dormía mal, Resa cabalgó por primera vez a la granja de Roxana. Ella misma había tenido que recolectar a menudo plantas cuando estaba al servicio de Mortola, pero sólo las que mataban. Roxana le había enseñado a encontrar a sus hermanas curativas, le había enseñado qué hojas remediaban la falta de sueño, qué raíces calmaban el dolor de una herida antigua… y también que en su mundo era mejor dejar un cuenco de leche o un huevo cuando recolectabas algo entre las raíces de un árbol, pues de ese modo se propiciaba a los elfos que allí vivían. Algunas plantas desprendían un aroma tan extraño que mareaban a Resa. Otras las había visto a menudo en el jardín de Elinor sin imaginarse la fuerza que atesoraban sus tallos y sus hojas insignificantes. Así el Mundo de Tinta le enseñó a ver con más claridad el propio… y le recordó algo que

Mo había dicho tiempo atrás: «¿No piensas tú también que de vez en cuando se deberían leer historias en las que todo es distinto a nuestro mundo? Nada enseña mejor a uno a preguntar por qué los árboles son verdes y no rojos y por qué poseemos cinco dedos en lugar de seis».

Como es natural, Roxana sabía qué era bueno contra las náuseas. Le estaba explicando qué hierbas ayudarían más tarde a hacer fluir la leche de su pecho, cuando Fenoglio llegó a caballo a la granja. Resa, sin sospechar nada, se preguntó a qué se debería la mala conciencia que llevaba sobre el rostro arrugado como una de las máscaras de mal agüero de Baptista. Pero al divisar a Farid y a Meggie vio el miedo reflejado en el rostro de su hija.

Roxana la abrazó cuando Fenoglio con voz entrecortada contó lo que había sucedido. Pero Resa no sabía qué sentir. ¿Miedo? ¿Desesperación? ¿Furia? Sí, furia. Eso fue lo primero que sintió: furia por la imprudencia de Mo.

—¿Por qué lo has dejado ir? —increpó a Meggie con un tono tan duro que Recio se sobresaltó.

Las palabras salieron de sus labios antes de que ella pudiera lamentarlas. Pero la furia persistió, furia porque Mo hubiera cabalgado al castillo a pesar de conocer el peligro, furia por haberlo hecho a sus espaldas. No le había comentado una palabra de lo que se proponía, pero había llevado con él a su hija.

Cuando Resa comenzó a llorar, Roxana acarició sus cabellos. Unas lágrimas preñadas de furia, de miedo. Estaba cansada de tener miedo. Miedo al dolor de Roxana.

9

UNA TRETA TRAICIONERA

«¿Quiere poner fin a la crueldad?», preguntó ella. «¿Y a la avaricia
y a todas esas cosas? No creo que lo consiga. Es usted muy listo,
pero no lo conseguiría, no.»

Mervyn Peake, *Gormenghast,* libro primero: *El joven Titus*

Lo esperaba un calabozo, ¿qué si no? ¿Y después? Mo recordaba
demasiado bien la muerte que le había prometido Cabeza de
Víbora. *Puede durar días, muchos días y muchas noches.* La intrepidez
tan confiada que le había acompañado en las últimas semanas, la
fría calma sembrada por el odio y las Mujeres Blancas… habían
desaparecido, como si jamás hubieran existido. Desde su encuentro
con las Mujeres Blancas ya no temía a la muerte. Se le antojaba algo
familiar, en ocasiones incluso apetecible. Pero morir era diferente
y él casi temía más estar encerrado. Demasiado bien recordaba la
desesperación que lo esperaba tras las puertas enrejadas, y el silencio
en el que incluso el propio aliento era dolorosamente alto, en el que
cada pensamiento era una tortura y a cada hora surgía la tentación de
golpear la cabeza contra la pared hasta dejar de oír y de sentir.

Desde los días en la torre del Castillo de la Noche, Mo no

soportaba las ventanas y puertas cerradas. Meggie parecía haberse desprendido de su reclusión igual que una libélula de su vieja piel, pero a Resa le sucedía lo mismo que a él, y cuando el miedo despertaba a uno de los dos sólo volvían a conciliar el sueño abrazando al otro.

No, por favor, la mazmorra de nuevo, no.

Eso era lo que hacía tan fácil el combate... que en él uno siempre podía elegir la muerte en lugar del cautiverio.

A lo mejor podía arrebatarle la espada a uno de los soldados, en uno de los pasillos más oscuros, lejos de los otros centinelas de guardia. Éstos pululaban por doquier, con el escudo de Pardillo en el pecho. Tuvo que apretar los puños para que sus dedos no hicieran en el acto lo que estaba pensando. ¡Aún no, Mortimer! Otra escalera, antorchas encendidas a ambos lados. Claro, lo conducían hacia abajo, a las tripas del castillo. En lo más alto o en lo más profundo, ahí estaban las mazmorras. Resa le había hablado de las del Castillo de la Noche, tan hondas en la montaña que muchas veces creyó que se asfixiaba. Al menos no lo empujaban ni golpeaban, como habían hecho los soldados de allí. ¿Serían también más corteses en las torturas y descuartizamientos?

Peldaño a peldaño, siguieron descendiendo cada vez más hondo. Uno delante de él, dos detrás, su aliento en su nuca. Ahora. ¡Mortimer! ¡Inténtalo! ¡Sólo son tres! Eran tan jóvenes, tenían caras infantiles, imberbes, asustados por la artificial ferocidad. ¿Desde cuándo obligaban a los niños a interpretar el papel de soldados? «Desde siempre», se respondió a sí mismo. «Son los mejores soldados porque todavía se consideran inmortales.»

Eran sólo tres. Pero gritarían, aunque los matase deprisa, y llamarían a otros.

La escalera acababa delante de una puerta. El soldado que le precedía la abrió. ¡Ahora! ¿A qué estás esperando? Mo estiró los dedos, preparándolos. Su corazón latía más deprisa, como si quisiera marcarle el ritmo.

—Arrendajo.

El soldado se volvió hacia él. Se inclinó y le cedió el paso con expresión tímida. Sorprendido, Mo observó a los otros dos. Admiración, miedo, respeto. La misma mezcla que para entonces se había encontrado con harta frecuencia, nacida no de sus hechos, sino de las palabras de Fenoglio. Traspasó la puerta abierta con cierta vacilación… y sólo entonces comprendió adónde lo habían conducido.

A la cripta de los príncipes de Umbra. Oh, sí, Mo también había leído sobre ella. Fenoglio había encontrado hermosas palabras para ese lugar de los muertos, palabras que sonaban como si el anciano soñase con yacer algún día en un recinto similar. Pero en el libro de Fenoglio aún no existía el lujosísimo sarcófago. Las velas ardían a los pies de Cósimo, unas velas altas color de miel. Su aroma endulzaba el ambiente, y su imagen de piedra, tendida sobre rosas de alabastro, sonreía como si tuviera un bonito sueño.

Al lado del sarcófago, tiesa como una vela, intentando tal vez compensar su ternura, había una mujer joven, vestida de negro, el cabello recogido tirante hacia atrás.

Los soldados inclinaron la cabeza ante ella mientras murmuraban su nombre.

Violante. La hija de Cabeza de Víbora. Seguían llamándola la Fea, a pesar de que la marca que le había acarreado ese apelativo apenas era una sombra en su mejilla, desvanecida al parecer el día en que Cósimo había retornado de entre los muertos. Aunque para regresar muy pronto.

La Fea.

Menudo apodo. ¿Cómo se vivía con él? Los súbditos de Violante sin embargo lo pronunciaban con ternura. Se decía que por la noche ella enviaba a los pueblos hambrientos las sobras de la cocina del castillo, que alimentaba a los menesterosos de Umbra vendiendo platería y caballos de las cuadras principescas, aunque Pardillo la encerrase durante días enteros en sus aposentos. Ella intercedía por los condenados que eran transportados en carretas al patíbulo, y por los que desaparecían en las mazmorras… aunque sus palabras no hallaban eco. Violante era impotente en su castillo, según le había confesado muchas veces a Mo el príncipe Negro. Ni siquiera su hijo le pertenecía, pero Pardillo le temía pues seguía siendo la hija de su suegro inmortal.

¿Por qué lo habían conducido ante ella, al lugar en el que dormía su marido muerto? ¿Quería ganar ella la recompensa fijada por la cabeza de Arrendajo antes de que la reclamase Pardillo?

—¿Tiene la cicatriz? —ella no apartaba los ojos de su rostro.

Uno de los soldados dio un tímido paso hacia Mo, pero éste se levantó la manga, igual que había hecho la niña la noche anterior. La cicatriz que habían dejado los dientes de los perros de Basta, hacía mucho tiempo, en otra vida… Fenoglio se había inventado una historia al respecto, y Mo creía a veces que el anciano había pintado la cicatriz con sus propias manos con tinta pálida sobre la piel.

Violante se le acercó. La pesada tela de su vestido arrastraba sobre el suelo de piedra. Era realmente pequeña, bastante más baja que Meggie. Cuando cogió la bolsa bordada que pendía de su cinturón, Mo esperaba el berilo, del que le había hablado Meggie, pero Violante sacó unas gafas. Cristales tallados, armazón de plata; las gafas de Orfeo debían de haber servido de modelo. Seguro que no fue fácil encontrar a un maestro capaz de tallar lentes semejantes.

—En efecto. La tan mentada cicatriz. Un artilugio traicionero —los cristales de las gafas agrandaban los ojos de Violante. No eran los de su padre—. Así que Balbulus tenía razón. ¿Sabes que mi padre ha aumentado la recompensa que ofrece por tu cabeza?

—He oído hablar de ello —reconoció Mo, ocultando de nuevo la cicatriz debajo de la manga.

—Y a pesar de todo has venido hasta aquí para contemplar los dibujos de Balbulus. Me encanta. Evidentemente es cierto lo que las canciones dicen de ti: que careces por completo de miedo; es más, quizá incluso te gusta.

Ella lo examinaba con detenimiento, como si lo comparase con el hombre de los dibujos de Balbulus. Pero cuando le devolvió la mirada y ella se ruborizó, Mo no habría sabido decir si por timidez o enfadada por haberse atrevido a mirarla a la cara. Ella se volvió con brusquedad, se acercó al sarcófago de su esposo y recorrió con los dedos los pétreos capullos de rosa con mimo, como si quisiera despertarlos a la vida.

—Yo en tu lugar habría actuado igual. Siempre he creído que nos parecemos. Desde que escuché a los juglares la primera canción sobre ti. Este mundo incuba la desgracia como una charca los mosquitos, pero se puede combatir. Ambos lo hemos comprendido. Yo ya robaba oro de la recaudación de impuestos cuando nadie cantaba sobre ti. Para un nuevo hospital de incurables, un albergue para mendigos o un hospicio para los huérfanos… Yo simplemente me encargué de hacer recaer la sospecha de haber robado el oro sobre uno de los administradores. Todos ellos merecen la horca.

Con cuánta rebeldía adelantó el mentón al volverse de nuevo hacia él. Casi igual que Meggie en ocasiones. Parecía muy vieja y muy joven al mismo tiempo. ¿Qué se proponía? ¿Entregarlo a su padre para alimentar a los pobres con la recompensa o para comprar al fin pergamino y pigmentos suficientes para Balbulus? Todo el mundo sabía que ella había empeñado hasta el anillo de casada por sus pinceles. «¿Qué podría ser más adecuado?», pensó Mo. La piel de un encuadernador vendida para hacer nuevos libros.

Uno de los soldados seguía justo detrás de él. Los otros dos vigilaban la puerta. Evidentemente era la única salida de la cripta. Tres. Sólo eran tres…

—Conozco todas las canciones sobre ti. Yo las mandé escribir

—tras los cristales de las gafas los ojos eran grises, extraños y claros. Como si trasluciesen la carencia de fuerza. No, la verdad es que no se parecían en nada a los ojos de ofidio de Cabeza de Víbora. Tenían que ser los ojos de la madre de Violante. El libro que mantenía encerrada a la muerte había sido encuadernado en la estancia en la que ella, tras su caída en desgracia, había vivido con su fea hija pequeña. ¿Recordaría Violante todavía la cámara? Seguro que sí—. Las nuevas canciones no son muy buenas —prosiguió—, pero Balbulus lo compensa con sus dibujos. Desde que mi padre convirtió a Pardillo en señor de este castillo, él suele trabajar de noche, y yo siempre llevo los libros conmigo para evitar que los vendan como todos los demás. Los leo cuando Pardillo celebra fiestas en la sala grande. Los leo en voz alta, para que las palabras acallen el estrépito: el griterío de los borrachos, las risas estúpidas, el llanto de Tullio cuando vuelven a perseguirlo… Y cada palabra inunda mi corazón de esperanza, la esperanza de que algún día tú estés abajo, en la sala, con el príncipe Negro a tu lado, y los mates a todos, uno detrás de otro, mientras yo estoy al lado pisando su sangre.

Los soldados de Violante no se inmutaron. Parecían acostumbrados a tales palabras de su señora.

Violante dio un paso hacia él.

—Te he mandado buscar desde que supe por los hombres de mi padre que te escondías a este lado del bosque. Quería encontrarte antes que ellos, pero eres experto en permanecer invisible. Seguramente te esconden las hadas y los duendes, según dicen las canciones, y las mujercitas de musgo curan tus heridas…

Mo no pudo evitar una sonrisa. Durante un momento la cara de Violante le había recordado a la de Meggie cuando él le contaba una de sus narraciones favoritas.

—¿Por qué sonríes? —Violante frunció el ceño y a Mo le pareció que Cabeza de Víbora lo miraba con sus ojos claros. Ándate con ojo,

Mortimer—. Oh, ya lo sé, ella sólo es una mujer, piensas, casi una cría, sin poder, sin marido, sin soldados. Sí, la mayoría de mis soldados yacen muertos en el bosque porque mi marido se dio demasiada prisa en emprender la guerra contra mi padre. ¡Pero no soy tan tonta! Balbulus, repuse, pregona que buscas un nuevo encuadernador. A lo mejor de ese modo encontramos a Arrendajo. Si él es como dice Tadeo, vendrá, aunque sólo sea para ver tus dibujos. Después, cuando esté en mi castillo, cuando sea mi prisionero igual que antes lo fue en el Castillo de la Noche, le preguntaré si me ayuda a matar a mi inmortal padre.

Violante torció los labios divertida cuando Mo lanzó una rápida ojeada a sus soldados.

—¡No pongas esa cara de preocupación! Los soldados me son fieles. Los hombres de mi padre mataron a sus hermanos y padres en el Bosque Impenetrable.

—A vuestro padre no le durará mucho la inmortalidad.

Las palabras brotaron de los labios de Mo sin darse cuenta. «¡Estúpido!», se recriminó. «¿Has olvidado a quién tienes delante sólo porque algún rasgo de su rostro te recuerda a tu hija?»

Pero Violante sonreía.

—Así que es verdad lo que me comunicó el bibliotecario de mi padre —dijo tan bajo como si los muertos pudieran espiarla—. Cuando mi padre comenzó a sentirse mal, lo primero que se le ocurrió fue que una de sus criadas le había administrado veneno.

—Mortola —cada vez que Mo pronunciaba su nombre la veía levantando la escopeta.

—¿La conoces? —a Violante parecía disgustarle tanto como a él pronunciar su nombre—. Mi padre mandó que la torturaran para que confesara qué veneno le había administrado, y como ella no confesó, hizo que la encerraran en una mazmorra debajo del Castillo de la Noche, pero un buen día desapareció. Espero que haya muerto. Dicen que envenenó a mi madre —Violante se acarició la tela negra de su vestido, como si hubiera hablado de la calidad de la seda y no de la muerte de su progenitora—. Sea como fuere, con el correr del tiempo mi padre ha comprendido quién es el culpable de que se le pudra la carne sobre los huesos. Poco después de tu fuga, Tadeo notó que el libro desprendía un olor raro y las páginas se hinchaban. Los cierres lo ocultaron durante algún tiempo y seguramente tú así lo pretendías, pero ahora apenas consiguen mantener unidas las tapas de madera. Al descubrir el estado del libro, el pobre Tadeo estuvo a punto de morir del susto. Era el único, aparte de mi padre, que podía tocarlo y conocía su escondrijo… Conocía incluso las tres palabras que hay que escribir en él. Mi padre habría hecho matar a cualquier otro que las supiera. Pero él confía en el anciano más que en cualquier otra persona, acaso porque Tadeo fue su maestro durante años y años y lo protegió en innumerables ocasiones de mi abuelo cuando era niño. Quién sabe. Como es natural, Tadeo no le ha contado nada a mi padre sobre el estado del libro. Por tan malas noticias habría mandado ahorcar en el acto incluso a su viejo maestro. No. Tadeo llamó en secreto a todos los encuadernadores conocidos entre el Bosque Impenetrable y el Castillo de la Noche, y cuando supo que ninguno de ellos podía ayudarlo, por consejo de Balbulus ordenó encuadernar un segundo libro, completamente igual al tuyo, que mostraba a mi padre cuando éste se lo ordenaba. Mi padre, sin embargo, empeora de día en día. Todo el mundo está enterado. Su aliento hiede igual que el agua pantanosa estancada, y su cuerpo se estremece, como si las Mujeres Blancas estuvieran tan cerca que percibiese su aliento. ¡Menuda venganza, Arrendajo! Una vida interminable con sufrimientos interminables. Eso no parece obra de un ángel, sino de un demonio muy astuto. ¿Cuál de ambos eres tú?

Mo no le contestó. «¡No confíes en ella!», decía una vocecita en su interior. Pero curiosamente su corazón opinaba algo muy distinto.

—Como te decía, durante mucho tiempo mi padre sospechó de Mortola —prosiguió Violante—. Eso hizo que olvidara incluso tu búsqueda. Pero un día uno de los encuadernadores a los que Tadeo había pedido ayuda le reveló lo que sucedía con el libro, seguramente confiando en ser recompensado con plata por esa noticia. Mi padre lo mandó matar —al fin y al cabo nadie debe saber que es inmortal—, pero las novedades pronto se divulgaron. Ahora quedan pocos encuadernadores vivos al otro lado del bosque. La horca fue el castigo para todo aquel que no fuese capaz de curar al libro. Y a Tadeo lo ha encerrado en las mazmorras emplazadas debajo del Castillo de la Noche… «para que tu carne se pudra con la misma lentitud que la mía», cuentan que dijo mi padre. No sé si continúa con vida. Tadeo es un anciano y las mazmorras del Castillo de la Noche matan incluso a los jóvenes.

Mo sintió náuseas, igual que antaño en el Castillo de la Noche, cuando había encuadernado el Libro Vacío para salvar a Resa, a Meggie y a sí mismo. Ya entonces había intuido que él cambiaba sus vidas por las de muchos otros. Pobre y medroso Tadeo. Mo se lo imaginaba acurrucado en una de las mazmorras sin ventanas. También veía a los encuadernadores con claridad meridiana, figuras perdidas, balanceándose de un lado a otro arriba, en el aire… Cerró los ojos.

—Vaya. Es justo lo que cuentan las canciones —oyó comentar a Violante—. *Un corazón, compasivo como ningún otro, late en su pecho*. Te apena de veras que otros mueran por lo que tú hiciste. No seas tonto. A mi padre le gusta matar. De no haber sido los encuadernadores, habría mandado ahorcar a otros. Finalmente no fue un encuadernador, sino un alquimista quien halló el modo de conservar el libro. Por lo visto el método es muy desagradable y no consiguió anular del todo el daño que tú causaste, pero al menos el libro ha dejado de pudrirse, y mi padre te busca con ahínco, pues sigue creyendo que eres el único capaz de eliminar la maldición que con tanta habilidad ocultaste entre las páginas vacías. No esperes a que te encuentre. ¡Anticípate a él! Hazlo conmigo. Tú y yo, Arrendajo. Su hija y el bandido que ya le burló una vez. ¡Nosotros podemos ser su perdición! Ayúdame a matarlo, juntos será muy fácil.

¡Cómo lo miraba! Esperanzada como una niña que acaba de manifestar su deseo más ferviente. ¡Venga, Arrendajo, matemos a mi padre! «¿Qué hay que hacerle a una hija», se preguntó Mo, «para despertar en ella semejante deseo?».

—No todas las hijas aman a sus padres, Arrendajo —adujo Violante, como si ella, igual que hacía Meggie tantas veces, hubiera leído sus pensamientos—. Dicen que tu hija te adora, y tú a ella. Pero mi padre matará a tu hija, a tu mujer, a todos los que amas, y al final, a ti mismo. No permitirá que sigas convirtiéndolo en el hazmerreír de sus súbditos. Te encontrará, aunque te escondas con la habilidad de un zorro en su madriguera, porque su propio cuerpo le recuerda con cada aliento lo que le has hecho. Le duele la piel con la luz del sol, sus miembros están tan esponjados que le impiden montar a caballo. Le cuesta trabajo incluso andar. Día y noche se imagina lo que puede haceros a ti y a los tuyos. Ha ordenado a Pífano que escriba canciones sobre tu muerte, canciones tan espantosas que todo el que las escucha es incapaz de conciliar el sueño, y muy pronto enviará a Nariz de Plata para cantarlas también aquí… y para darte caza. Pífano ha esperado mucho tiempo esa orden, y te encontrará. Tu compasión hacia los pobres será su cebo. Matará a los que sea menester hasta que su sangre te saque del bosque. Pero, si yo te ayudo…

Una voz interrumpió a Violante. Una voz infantil, acostumbrada a que los adultos le prestasen atención, bajaba resonando por la escalera interminable que conducía a la cripta.

—¡Seguro que está con ella, ya lo verás! —qué excitado parecía Jacopo—. Balbulus es un mentiroso muy bueno, el mejor cuando miente por mi madre. Pero al mismo tiempo se da tirones de las mangas y mira con más vanidad de la habitual. Mi abuelo me ha enseñado a tener en cuenta esas cosas.

Los centinelas de la puerta miraron interrogantes a su señora. Pero Violante no les prestaba atención. Escuchaba con atención, y cuando una segunda voz penetró a través de la puerta, Mo vio por primera vez miedo en sus ojos intrépidos. Él también reconoció la voz, a pesar de que hasta entonces sólo la había escuchado a través de una niebla febril, y su mano tanteó el cuchillo oculto en su cinturón. Pájaro Tiznado hablaba como si el fuego que manejaba con tanta torpeza hubiera cauterizado sus cuerdas vocales.

—Su voz es como una advertencia —había dicho una vez Resa sobre él—, una advertencia de su bonita cara y de la eterna sonrisa que exhibe.

—¡Sí, sí, eres un chico listo, Jacopo! —¿percibiría el chico la burla en estas palabras?—. Pero ¿por qué no vamos a las habitaciones de tu madre?

—Porque ella no sería tan estúpida como para llevarlo allí. Mi madre es lista, mucho más lista que todos vosotros.

Violante se situó al lado de Mo y agarró su brazo.

—¡Esconde ese cuchillo! —le susurró—. Arrendajo no morirá en este castillo. No quiero escuchar esa canción. Acompáñame.

Con una seña ordenó al soldado situado detrás de Mo —un joven alto y ancho de hombros que empuñaba la espada como si no la utilizase con excesiva frecuencia— que se acercase a ella, y con paso decidido se introdujo entre los sarcófagos de piedra como si no tuviera que esconder por primera vez a alguien de su hijo. La cripta albergaba más de una docena de sarcófagos. Sobre la mayoría yacían durmientes de piedra, con las espadas sobre el pecho, perros a sus pies, cojines de mármol o granito debajo de las cabezas. Violante pasó presurosa a su lado sin dirigirles una sola mirada, hasta que se detuvo delante de uno cuya sencilla tapa estaba rajada justo por la mitad. Como si el muerto la hubiera resquebrajado de un empujón.

—Si Arrendajo no está aquí, asustaremos un poco a Balbulus, ¿eh? Regresaremos y tú harás que el fuego lama sus libros —Jacopo pronunció el nombre de Balbulus encelado, como si hablara de un hermano mayor que fuese el preferido de la madre.

La cara joven del soldado enrojeció por el esfuerzo cuando corrió a un lado la parte inferior de la tapa del sarcófago. Mo conservaba el cuchillo en la mano cuando se introdujo en el interior. Dentro no yacía ningún muerto, a pesar de lo cual Mo se quedó sin aliento al estirarse en aquella fría estrechez. El sarcófago estaba hecho sin duda alguna para un hombre más pequeño. ¿Había tirado Violante los huesos para ocultar a espías en su interior? La oscuridad era casi total cuando el soldado corrió la tapa rota devolviéndola a su lugar. Sólo por unos agujeros que formaban el dibujo de una flor penetraba algo de luz y aire. «Respira, Mo, tranquilo.» Seguía con el cuchillo en la mano. Lástima que no sirviera ninguna de las espadas de piedra de los muertos.

—¿Crees de verdad que merece la pena arriesgar la piel por unos cuantos pellejos de cabra pintados? —le había preguntado Baptista cuando le rogó que le cosiera las ropas y el cinturón.

«Oh, Mortimer, qué necio eres. ¿No te ha demostrado ya este mundo con harta frecuencia lo peligroso que es?» Sin embargo, las pieles de cabra pintadas habían resultado maravillosas.

Llamaron a la puerta. Descorrieron un cerrojo. Las voces llegaron con más claridad a sus oídos. Pasos… Mo intentó atisbar por los agujeros, pero sólo vio otro sarcófago y el ribete negro del vestido de Violante, que desapareció al alejarse ella. No, sus ojos no lo ayudarían. Inclinó la cabeza sobre la fría piedra y aguzó los oídos. Qué ruidoso era su aliento. ¿Había un sonido más sospechoso entre los muertos?

«¿Y si la aparición de Pájaro Tiznado precisamente ahora no es una casualidad?», susurró una voz en su interior. ¿Y si Violante lo estaba esperando? *No todas las hijas aman a sus padres.* ¿Y si la Fea quería hacer a su padre un regalo muy especial? Mira a quién he capturado para ti. A Arrendajo. Se disfrazó de cuervo. ¿A quién pensaría engañar con eso?

—Alteza —la voz de Pájaro Tiznado resonó por la cripta como si estuviera justo al lado del sarcófago donde yacía Mo—, disculpad que perturbemos vuestro luto, pero vuestro hijo está empeñado en que me reúna con un visitante que vos habéis recibido hoy. Cree que es un viejo y muy peligroso conocido mío.

—¿Visitante? —la voz de Violante sonó tan fría como la piedra bajo la cabeza de Mo—. Aquí abajo el único visitante es la muerte, y de poco sirve prevenir contra ella, ¿no es así?

Pájaro Tiznado soltó una risita desagradable.

—No, seguro que no, pero Jacopo me ha hablado de un visitante de carne y hueso, un encuadernador, alto, pelo oscuro…

—Balbulus ha recibido hoy a un encuadernador —respondió Violante—. Lleva mucho tiempo buscando a alguien que conozca el oficio mejor que los encuadernadores de Umbra.

¿Qué ruido era ése? Pues claro. Jacopo estaba saltando por las losas de piedra. Al parecer de vez en cuando se comportaba igual que otros niños. Los saltos se aproximaron. Qué poderosa era la tentación de levantarse. Es difícil mantener el cuerpo inmóvil como el de un muerto cuando uno todavía respira. Mo cerró los ojos para no ver la piedra a su alrededor. «Respira, Mortimer, lo más suave que puedas, con el mismo sigilo que las hadas.»

Los saltos se interrumpieron muy cerca de él.

—¡Lo has escondido! —la voz de Jacopo llegó a oídos de Mo como si hubiera pronunciado esas palabras exclusivamente para él—. ¿Quieres que revisemos los sarcófagos, Pájaro Tiznado?

La idea parecía muy atractiva, pero Pájaro Tiznado soltó una risita nerviosa.

—Bueno, seguro que cuando le expliquemos a tu madre con quién tiene que vérselas no será necesario. Ese encuadernador podría ser el que vuestro padre busca tan desesperadamente.

—¿Arrendajo? ¿Que Arrendajo está aquí, en el castillo? —la voz de Violante sonó tan incrédula que hasta Mo creyó en su asombro—. ¡Claro! Se lo he dicho a mi padre por activa y por pasiva: algún día la temeridad de ese bandido le resultará fatal. ¡No te atrevas a decirle nada a Pardillo! ¡Quiero capturar a Arrendajo *yo* para que mi padre comprenda por fin a quién pertenece el trono de Umbra! ¿Has reforzado la guardia? ¿Has enviado soldados al taller de Balbulus?

—Ejem… no… —Pájaro Tiznado parecía visiblemente confundido—. Quiero decir… él ya no está con Balbulus, él…

—¿Cómo? ¡Majadero! —la voz de Violante se tornó tan dura como la de su padre—. Hay que bajar la reja levadiza de la puerta. ¡Inmediatamente! Si mi padre se entera de que Arrendajo ha estado en este castillo, en mi biblioteca, y se ha marchado a caballo tan tranquilo… —cuán amenazadoramente dejó que se extinguieran sus palabras en el aire frío. ¡Oh, sí, era lista, su hijo tenía razón!

—¡Sandro! —debía de ser uno de sus soldados—. Di a la guardia de la puerta principal que bajen la reja levadiza. Nadie debe abandonar el castillo. Nadie, ¿me oyes? Confío en que no sea demasiado tarde. ¡Jacopo!

—¿Qué? —en la voz clara latía el miedo, la testarudez… y un punto de desconfianza.

—Si descubre que la puerta está cerrada, ¿dónde podría esconderse Arrendajo? Tú conoces todos los escondrijos de este castillo.

—¡Seguro! —respondió Jacopo, halagado—. Puedo enseñártelos uno a uno.

—Bien. Coge a tres guardias de arriba, de la puerta del salón del trono, y condúcelos a los mejores escondites que conozcas. Yo iré a hablar con Balbulus. ¡Arrendajo! ¡En mi castillo!

Pájaro Tiznado balbuceó algo. Violante lo interrumpió con aspereza y le ordenó acompañarla. Los pasos y las voces se alejaron. Mo creyó escucharlos durante un buen rato ascendiendo los interminables escalones que conducían arriba, lejos de los muertos, de regreso al mundo de los vivos, a la luz del día, donde se podía respirar…

Cuando reinó un completo silencio, se quedó tumbado unos instantes torturadores a la escucha, hasta que creyó oír las voces de los muertos. Después apoyó las manos contra la tapa de piedra… y agarró en el acto el cuchillo en cuanto resonaron nuevos pasos.

—¡Arrendajo! —era apenas un susurro.

La tapa rota se deslizó a un lado y el soldado que lo había ayudado a entrar en su escondite le tendió la mano.

—¡Hemos de apresurarnos! —susurró—. Pardillo ha dado la alarma. Hay guardias por todas partes, pero Violante conoce salidas de este castillo que ni siquiera Jacopo ha encontrado aún. Eso espero —añadió.

Mo seguía empuñando el cuchillo cuando salió del sarcófago, las piernas entumecidas por la estrechez.

—¿A cuántos habéis matado ya? —preguntó el joven mirándolo de hito en hito.

Su voz sonaba casi reverente. Como si matar fuese un arte tan excelso como el de Balbulus. ¿Qué edad tendría? ¿Catorce años? ¿Quince? Parecía más joven que Farid.

¿Cuántos? ¿Qué debía responder? Unos meses antes la respuesta habría sido muy fácil: quizá incluso habría soltado una carcajada al escuchar una pregunta tan absurda.

—No tantos como los que aquí yacen —se limitó a responder, a pesar de que no estaba seguro de decir la verdad.

El joven deslizó la mirada por los muertos, como si los contase.

—¿Es fácil?

A juzgar por la curiosidad que se reflejaba en sus ojos, él parecía no conocer de verdad la respuesta a pesar de la espada ceñida al costado y la cota de malla sobre el pecho.

«Sí», pensó Mo. «Sí, lo es… una vez que en tu pecho late un segundo corazón, frío y de aristas duras como la espada que portas. Unas gotas de odio y furia, unas semanas de miedo y de rabia desvalida bastan para que crezca dentro de ti. Te marca el compás cuando llega el momento de matar, salvaje y rápido. Y sólo después vuelves a sentir tu otro corazón, tan blando y cálido. Se estremece ante lo que has hecho al compás del otro. Duele y tiembla… Pero eso acontece después.»

El joven seguía mirándolo.

—Es muy fácil —repuso Mo—. Morir es más difícil.

Aunque la sonrisa de piedra de Cósimo dijera otra cosa.

—¿No has dicho que debíamos darnos prisa?

—Sí… sí, claro —el joven se puso colorado bajo su casco brillante.

Delante de un nicho, entre los sarcófagos, montaba guardia un león de piedra con el escudo de Umbra sobre el pecho… seguramente el único ejemplar que Pardillo no había mandado hacer trizas. El soldado introdujo la espada entre sus dientes regañados, y la pared de la cripta se abrió lo justo para permitir que un hombre adulto se colase por ella. ¿No había descrito Fenoglio esa entrada? A la cabeza de Mo acudieron palabras leídas hacía mucho tiempo sobre un antepasado de Cósimo al que ese pasadizo había salvado muchas veces de sus enemigos. «Y las palabras salvan a Arrendajo una vez más», pensó. Bueno, ¿por qué no? Estaba hecho de ellas. No obstante, acarició la piedra como si sus dedos tuvieran que asegurarse de que las paredes de la cripta no estaban hechas de papel.

—El pasadizo termina más arriba del castillo —le informó el joven en un murmullo—. Violante no ha conseguido sacar de las cuadras a vuestro caballo. Habría llamado demasiado la atención. Pero otro os aguardará allí. El bosque será un hervidero de soldados, de modo que tened cuidado. He de entregaros esto.

Mo introdujo la mano en las alforjas que le entregaba el otro.
Libros.

—Violante me encarga deciros que os brinda este regalo con la esperanza de que selléis con ella la alianza que os ofrece.

El corredor era interminable, casi tan angustiosamente angosto como el sarcófago, y Mo se alegró al divisar por fin la luz del día. La salida apenas era una hendidura entre unas peñas. El caballo esperaba abajo, entre los árboles. Mo contempló el Castillo de Umbra debajo de él, los centinelas sobre las murallas, los soldados saliendo por la puerta de la ciudad cual bandada de langostas. Sí, tendría que extremar las precauciones. A pesar de todo hurgó en las alforjas, se ocultó entre las peñas… y abrió uno de los libros.

COMO SI NO HUBIERA
PASADO NADA

Qué cruel la tierra, los sauces relucen,
los abedules se inclinan suspirando.
Qué cruel, qué inmensamente tierna.

Louise Glück, *Lamento*

Farid, sosteniendo la mano de Meggie, hundió el rostro femenino en su camisa, susurrando una y otra vez que todo se arreglaría. Pero el príncipe Negro aún no había regresado, y la corneja que había enviado Ardacho trajo la misma noticia que Doria, el hermano pequeño de Recio, que espiaba para los bandidos desde que Birlabolsas los librase de la horca a su amigo y a él: habían dado la alarma en el castillo. Habían bajado la reja levadiza y los centinelas de la puerta se jactaban de que muy pronto la cabeza de Arrendajo contemplaría Umbra desde las almenas del castillo.

Recio había conducido a Meggie y a Resa al campamento de los bandidos, a pesar de que ambas deseaban regresar a Umbra.

—Arrendajo lo querría así —se había limitado a decir.

El príncipe Negro había partido con Baptista hacia la granja que había sido su hogar durante las últimas semanas… unas semanas tan felices, tan engañosas y apacibles en el mundo de discordias de Fenoglio.

—Vamos a buscar vuestras cosas —se había limitado a responder el príncipe Negro cuando Resa le preguntó qué pretendía hacer allí—, vosotras no podéis volver.

Ni Resa ni Meggie preguntaron los motivos. Ambas conocían la respuesta: Pardillo interrogaría a Arrendajo y nadie estaba seguro de que Mo no revelase tarde o temprano dónde se había ocultado las últimas semanas.

También los bandidos trasladaron su campamento pocas horas después de haberse enterado de la captura de Mo.

—Pardillo dispone de un par de torturadores muy eficaces —afirmó Birlabolsas, y Resa se sentó, apartada, bajo los árboles y ocultó el rostro entre sus brazos.

Fenoglio se había quedado en Umbra.

—A lo mejor consigo una audiencia con Violante. Y Minerva trabaja esta noche en la cocina del castillo. Tal vez se entere de algo. Haré lo que pueda, Meggie —le había asegurado al despedirse.

—¡Qué va, se tumbará en la cama y se beberá dos jarros de vino! —se había limitado a comentar Farid… y calló, compungido, al comprobar que Meggie se echaba a llorar.

¿Por qué había permitido que Mo cabalgase hasta Umbra? ¡Si al menos hubiera entrado con él en el castillo! Pero ella había preferido quedarse con Farid a toda costa. En los ojos de su madre leía la misma acusación: tú eres la única que habría podido retenerlo, Meggie, sólo tú.

Cuando oscureció, Pata de Palo les trajo algo de comer. Su pierna tiesa le había dado el nombre. No era el más rápido de los bandidos, pero sí un buen cocinero, aunque ni Meggie ni Resa consiguieron probar bocado. Había bajado mucho la temperatura y Farid intentó convencer a Meggie de que se sentara con él junto al fuego, pero ella se limitó a negar con la cabeza. Quería quedarse en la oscuridad, a solas consigo misma. Recio le llevó una manta. Su hermano Doria lo acompañaba.

—No vale para la caza furtiva, pero es un espía de primera —le había musitado Recio al presentárselo.

Los dos hermanos apenas se parecían, aunque ambos tenían el mismo pelo castaño y espeso, y Doria era muy fuerte para su edad (lo que llenó de envidia a Farid). No era muy alto, Doria llegaba justo al hombro a su hermano mayor, y sus ojos eran azules como la piel de las hadas de Fenoglio, mientras que los ojos de Recio eran pardos como bellotas.

—Tenemos distintos padres —había explicado Recio a Meggie cuando ésta se asombró por el escaso parecido—, pero ninguno de ellos vale mucho.

—No debes preocuparte —la voz de Doria sonaba ya muy adulta.

Meggie levantó la cabeza.

Cubrió los hombros de Meggie con la manta que su hermano le había traído, y retrocedió con timidez cuando la chica alzó los ojos, pero no rehuyó su mirada. Porque Doria miraba a todo el mundo cara a cara, incluso a Birlabolsas, ante el que casi todos agachaban la cabeza.

—A tu padre no le sucederá nada, créeme. Vencerá a todos, a Pardillo, a Cabeza de Víbora y a Pífano.

—¿Después de que lo ahorquen? —preguntó Meggie. Su voz denotaba amargura, pero Doria se limitó a encogerse de hombros.

—Tonterías. A mí también quisieron ahorcarme —replicó—. ¡Él es Arrendajo! Él y el príncipe Negro nos salvarán a todos. Ya lo verás —parecía inevitable. Como si fuera el único que hubiese leído hasta el final la historia de Fenoglio.

Pero Birlabolsas, que se sentaba con Ardacho bajo los árboles apenas unos metros más allá, soltó una risa ronca.

—¡Tu hermano es tan pánfilo como tú! —le gritó a Recio—. Mas para su desgracia, no tiene tus músculos, así que seguramente no llegará a viejo. ¡Arrendajo se acabó! ¿Y qué nos deja como legado? ¡Al inmortal Cabeza de Víbora!

Recio apretó los puños y quiso abalanzarse contra Birlabolsas, pero Doria tiró de él hacia atrás cuando Ardacho sacó su cuchillo. A pesar de todo, Ardacho se levantó y dio un paso amenazador hacia Recio —los dos solían llegar a las manos—, pero de repente, ambos levantaron la cabeza y escucharon. En el roble, por encima de sus cabezas, se oyó el canto del Arrendajo.

—¡Ha vuelto, Meggie! ¡Ha vuelto! —Farid bajó tan deprisa de su atalaya que estuvo a punto de perder el equilibrio.

El fuego se había consumido, sólo las estrellas iluminaban la oscura garganta en la que los bandidos habían instalado el nuevo campamento, y Meggie no reconoció a Mo hasta que Pata de Palo se aproximó cojeando con una antorcha hacia él y el príncipe Negro. Baptista los acompañaba. Todos parecían ilesos... y entonces, Doria se volvió hacia Meggie. Bueno, hija de Arrendajo, decía su sonrisa, ¿no te lo había dicho?

Resa se levantó de un salto tan precipitado que tropezó con la manta que le había llevado Recio, y se abrió paso entre los bandidos que rodeaban a Mo y al Príncipe. Meggie la siguió como una sonámbula. Era demasiado bueno para no ser un sueño.

Mo seguía vistiendo las ropas negras que le había confeccionado Baptista. Parecía cansado, pero ileso.

—¡Está bien, todo está bien! —le oyó decir mientras él limpiaba a besos las lágrimas del rostro de su madre, y cuando Meggie se detuvo ante él, le dirigió una sonrisa, como si acabara de regresar, igual que antaño, de un breve viaje para sanar un par de libros enfermos y no de un castillo donde querían matarlo.

—Te he traído algo —le dijo a Meggie en un susurro, y por el fuerte y prolongado abrazo, Meggie supo que su padre había pasado tanto miedo como ella.

—¡Vamos, dejadlo en paz de una vez! —ordenó furioso el príncipe

Negro a sus hombres cuando éstos se apiñaron alrededor de Mo queriendo saber cómo Arrendajo, tras escapar del Castillo de la Noche, se había fugado también del Castillo de Umbra—. Conoceréis la historia sin tardanza. Y ahora, doblad la guardia.

Obedeciendo a disgusto, se sentaron gruñendo junto al fuego casi apagado o desaparecieron en el interior de las tiendas cosidas a partir de paños y ropas viejas, que ofrecían una precaria protección a medida que las noches se tornaban cada vez más frías. Mo indicó a Resa y a Meggie que se acercaran a su caballo (era distinto a aquel con el que había partido) y metió la mano en las alforjas. Sacó dos libros con exquisito cuidado como si fueran seres vivos. Entregó uno a Resa y el otro a Meggie... y se echó a reír cuando su hija lo agarró tan deprisa que estuvo a punto de caérsele.

—Hacía mucho que no teníamos un libro en las manos ¿verdad? —musitó con tono casi de conspirador—. Ábrelo. Te aseguro que jamás habrás visto nada más hermoso.

También Resa había cogido su libro, pero ni siquiera lo miró.

—Fenoglio dijo que ese iluminador de libros se prestó a hacer de cebo —dijo con voz apagada—. Nos contó que te detuvieron estando en su taller...

—No fue lo que parecía. Ya ves que no ha sucedido nada. ¿Estaría aquí si no?

Mo se calló. Y Resa dejó de preguntar. No pronunció palabra cuando su marido se sentó sobre la hierba corta delante de los caballos y atrajo a Meggie junto a él.

—¡Farid! —llamó, y el joven dejó plantado a Baptista, al que evidentemente intentaba interrogar sobre lo sucedido en Umbra, y corrió hacia Mo con la misma expresión de admiración que Meggie había visto en el rostro de Doria—. ¿Puedes alumbrarnos?

Farid se arrodilló entre ellos e hizo bailar al fuego encima de sus manos, aunque Meggie se daba cuenta con claridad meridiana de que él no comprendía cómo Arrendajo podía estar ahí sentado y enseñar antes que todo un libro a su hija, tras haberse librado de los soldados de Pardillo.

—¿Has visto alguna vez algo más hermoso, Meggie? —musitó Mo cuando su hija acariciaba con el dedo una de las ilustraciones doradas—. Aparte de las hadas, claro está —añadió con una sonrisa cuando una de ellas, azul pálido como el cielo de Balbulus, se posó somnolienta en las páginas.

Mo la espantó al estilo de Dedo Polvoriento —soplándole con suavidad entre las alas tornasoladas—, y Meggie se inclinó también sobre las páginas y olvidó el miedo que había pasado por su padre. Olvidó a Birlabolsas e incluso a Farid, que no se dignaba lanzar una simple ojeada a aquello de lo que ella no podía apartar los ojos: letras de color sepia y tan vaporosas como si Balbulus las hubiera soplado sobre el pergamino, dragones y aves de cuello largo que se estiraban en la cabecera de las páginas, iniciales, pesadas por el pan de oro, como botones brillantes entre las líneas… Y las palabras bailaban con las imágenes, y las imágenes cantaban para las palabras su canción de colores.

—¿Es ésta la Fea? —Meggie puso el dedo encima de una figura de mujer dibujada con delicadeza.

Se alzaba esbelta junto a las líneas, su rostro apenas la mitad de grande que la uña del meñique de Meggie, y sin embargo aún se distinguía la marca pálida en su mejilla.

—Sí, y Balbulus se ha asegurado de que se la reconozca también dentro de muchos centenares de años —contestó su padre señalando el nombre que el iluminador había escrito con toda claridad en color azul marino sobre la diminuta cabeza: Violante. La V tenía el borde de oro fino como un cabello—. La he conocido hoy. Creo que ostenta un apodo injusto —prosiguió Mo—. Es excesivamente pálida, y creo que puede ser muy rencorosa. Pero es una mujer muy intrépida.

Una hoja de árbol cayó sobre el libro abierto. Mo intentó apartarla pero ella se aferró a sus dedos con sus brazos delgados cual patas de araña.

—Fíjate —dijo Mo sosteniéndola ante sus ojos—. ¿Será uno de los hombres hoja de Orfeo? Por lo visto sus criaturas se propagan con rapidez.

—Y rara vez son simpáticas —precisó Farid—. Ten cuidado, éstos escupen.

—¿De veras? —Mo rió en voz baja y dejó salir volando al hombre hoja cuando éste fruncía ya los labios.

Resa siguió con la vista a la extraña criatura... y se incorporó bruscamente.

—¡Todo es mentira! —exclamó con voz temblorosa—. Toda esta belleza es pura mentira. Sólo pretende distraernos de la oscuridad, de la desdicha... y de la muerte.

Mo depositó el libro sobre el regazo de Meggie y se levantó, pero Resa lo rechazó.

—¡Esta de aquí no es nuestra historia! —dijo alzando tanto la voz que algunos de los bandidos giraron la cabeza—. Ésta te consume el corazón con su magia. Quiero regresar a casa. ¡Quiero olvidarme de toda esta fantasmagoría y no volver a recordarla hasta estar sentada en el sofá de Elinor!

También Ardacho se había vuelto y los miraba con curiosidad, mientras una de sus cornejas intentaba arrebatarle de la mano un trozo de carne. Birlabolsas también aguzaba los oídos.

—No podemos regresar, Resa —repuso Mo en voz baja—. Fenoglio ya no escribe. ¿Lo has olvidado? Y Orfeo no es de confianza.

—Fenoglio intentará escribir para hacernos regresar si tú se lo pides. ¡Te lo debe! ¡Por favor, Mo! Esto no puede acabar bien.

Mo miró a su hija, que seguía arrodillada al lado de Farid, con el libro en el regazo. ¿Qué esperaba? ¿Que contradijese a su madre?

Farid lanzó a Resa una mirada poco amistosa y apagó el fuego entre sus manos.

—¿Lengua de Brujo...?

110

Mo lo miró. Oh, sí, tenía ya muchos nombres. ¿Cuándo era Mo a secas? Meggie no acertaba a recordarlo.

—He de regresar. ¿Qué debo decir a Orfeo? —Farid lo miraba casi suplicante—. ¿Le hablarás de las Mujeres Blancas? —ahí estaba de nuevo, como una quemadura en su cara, su insensata esperanza.

—Ya te lo he dicho. No hay nada que contar —contestó Mo, y Farid, agachando la cabeza, se miró las manos tiznadas como si le hubiera arrebatado la esperanza de entre los dedos.

Se levantó. Todavía iba descalzo, a pesar de que algunas noches helaba.

—Que te vaya bien, Meggie —murmuró, dándole un beso fugaz. Después se volvió sin decir palabra. Meggie ya lo echaba de menos cuando se montó en su borrico.

Sí. Quizá deberían regresar...

Se sobresaltó cuando su padre le puso la mano en el hombro.

—Si no vas a seguir mirándolo, envuelve el libro en un paño —le aconsejó—. Las noches son húmedas.

Después pasó junto a su mujer y se dirigió hacia los bandidos que se sentaban alrededor de los rescoldos del fuego silenciosos como si estuvieran esperándolo.

Resa, sin embargo, contemplaba fijamente el libro de sus manos deseando quizá que fuese otro: el libro que se la había tragado, con pelo y uñas, hacía más de diez años. Después miró a su hija.

—Y tú, ¿qué? —le preguntó—. ¿También quieres quedarte aquí, como tu padre? ¿No echas de menos a tus amigas, a Elinor y a Darius? ¿Tu cama caliente, sin piojos, el café junto al lago, las carreteras pacíficas?

A Meggie le habría apetecido responder lo que Resa deseaba oír, pero no pudo.

—No lo sé —musitó.

Y era verdad.

LA NOSTALGIA HACE ENFERMAR

11

Hace poco perdí un mundo,
¿Lo ha encontrado alguien?
Lo conoceréis por la corona de estrellas
Que rodea su frente.

Un rico apenas se fijaría en él;
—Pero recompensa mi simple mirada
Con tesoros de ducados.
¡Oh, señor, encuéntralo para mí!

Emily Dickinson, «Lost»

Elinor había leído ya muchas, muchísimas historias en las que el personaje principal enfermaba tarde o temprano porque era desgraciado. Esa idea siempre le había parecido muy romántica, aunque la tildaba de mera invención del mundo de los libros. ¡Todos esos héroes y heroínas que de pronto perdían la vida por un amor desgraciado o por la añoranza de algo perdido! Elinor siempre se había solidarizado de buen grado con sus sufrimientos, tal como suele hacer un lector. Al fin y al cabo, eso era exactamente lo que uno buscaba en los libros: grandes sentimientos nunca experimentados, dolor que, si se tornaba demasiado agudo, podías dejar atrás cerrando el libro. Muerte y destrucción resultaban exquisitas si alguien las evocaba con las palabras adecuadas, y podías abandonarlas entre las páginas a discreción, sin costo ni peligro.

Sí, Elinor había saboreado en toda su complejidad el dolor descrito y sin embargo jamás había creído que en la vida real, tan gris y sin hechos notables como había acontecido durante muchos años, pudiera apoderarse de su corazón un dolor parecido. «¡Ahora pagas el precio, Elinor!», se decía a sí misma en ocasiones. «Estás pagando el precio por la felicidad de los últimos meses.» ¿No decían también los libros que siempre había que pagar un precio por la dicha? ¿Cómo había osado creer siquiera que podría encontrarla y conservarla con tanta facilidad? Una tontería. Tonta Elinor.

Cuando ya no quiso levantarse por las mañanas, cuando cada vez con más frecuencia su corazón tropezaba de repente, como si estuviera demasiado cansado de latir con regularidad, cuando ella misma ya no tenía apetito durante el desayuno (a pesar de que siempre había predicado que era la comida más importante del día) y Darius, que cada vez más preocupado por su salud, la interrogaba con su mirada de búho comenzó a preguntarse si no sería una invención de los libros que se pudiera enfermar de nostalgia. ¿Acaso no sentía ella en su fuero interno que era eso lo que le arrebataba las fuerzas y el apetito, incluso el placer por sus libros? La nostalgia.

Darius le propuso salir de viaje, acudir a subastas de libros, a famosas librerías que hacía mucho tiempo no visitaba. Elaboró listas de los libros que faltaban en su biblioteca, listas que un año antes habrían suscitado en Elinor un entusiasmo febril. Ahora, sin embargo, sus ojos recorrían los títulos con la misma indiferencia que si estuviera leyendo la lista de la compra de productos de limpieza. ¿Qué había sido de su amor a las páginas impresas y a las valiosas encuadernaciones, a las palabras sobre pergamino y papel? Añoraba el vuelco en el corazón que sentía antaño al contemplar sus libros, la necesidad de acariciar con ternura sus lomos, de abrirlos y perderse en su interior. Sin embargo, parecía como si de pronto su corazón ya no fuese capaz de saborear y sentir, como si el dolor lo hubiera tornado sordo para todo excepto para una cosa: la nostalgia de Meggie y sus padres. Oh, sí, con el paso del tiempo Elinor había comprendido que la nostalgia de los libros no era nada comparada con la nostalgia que podían despertar las personas. Los libros te hablaban de esa sensación, del amor, y era maravilloso escucharlos, pero no podían sustituir a aquello de lo que hablaban. No podían besar como Meggie, ni abrazar como Resa, ni reír como Mortimer. Pobres libros, pobre Elinor.

Comenzó a quedarse en la cama durante días enteros. Comía poco o en demasía. Le dolían el estómago y la cabeza, el corazón aleteaba en su pecho. Estaba malhumorada, ausente, comenzaba a llorar como un cocodrilo con las historias más cursis... sí, claro, seguía leyendo. ¿Qué iba a hacer si no? Leer y leer, pero se atiborraba de letras como un niño infeliz de chocolate. No sabía mal, pero la desdicha persistía. Y el feo perro de Orfeo yacía al lado de su cama, babeando sobre su alfombra y mirándola fijamente con sus ojos tristes como si fuera el único ser de este mundo capaz de comprender su dolor.

Bueno, quizá eso fuera injusto. Seguro que Darius también conocía de sobra su desolación interna.

—Elinor, ¿no te apetece dar un paseo? —le preguntaba cuando le llevaba el desayuno a la cama porque a las doce de la mañana aún no había aparecido en la cocina.

O bien:

—Elinor, mira, he descubierto en uno de tus catálogos esta maravillosa edición de *Ivanhoe*. ¿No te apetecería ir a echarle un vistazo? No queda lejos de aquí.

O como unos cuantos días antes:

—¡Elinor, te lo ruego, ve al médico! ¡Esto no puede continuar así!

—¿Al médico? —le había respondido al pobre, enfurecida—. ¿Y qué debo decirle? Sí, doctor, creo que es mi corazón. Me aqueja una absurda nostalgia de tres personas que han desaparecido dentro de un libro. ¿No tendrá usted alguna píldora contra eso?

Como es natural, Darius no replicó. Se limitó a depositar en silencio junto a su cama, entre las montañas de libros que se apilaban sobre su mesilla de noche, el té —con miel y limón, como a ella le gustaba— que le había traído, y volvió a bajar, con tal expresión de pesadumbre que Elinor sintió unos remordimientos terribles. A pesar de todo, no se levantó.

Se quedó en la cama tres días más, y al cuarto, cuando, arrastrando los pies, entró en su biblioteca todavía en bata y camisón para avituallarse con nuevas lecturas, sorprendió a Darius sujetando en la mano la hoja que había llevado a Orfeo al lugar en el que seguramente Resa, Meggie y Mortimer continuaban.

—¿Qué haces? —preguntó Elinor atónita—. Nadie toca esa hoja, ¿entendido? ¡Nadie!

Darius devolvió la hoja a su sitio y limpió con la manga una mancha en la vitrina.

—Sólo estaba mirándola —dijo con su voz meliflua—. La verdad es que Orfeo no escribe mal, ¿no crees? A pesar de que recuerda mucho a Fenoglio.

—Por lo que apenas cabe calificarlo de escritor —afirmó Elinor con desprecio—. Es un parásito. Un piojo en la piel de otros escritores, sólo que no se alimenta de su sangre, sino de sus palabras… Hasta su nombre se lo robó a otro escritor. ¡Orfeo!

—Sí, acaso tengas razón —opinó Darius volviendo a cerrar la vitrina con sumo cuidado—. Pero quizá debieras denominarlo más bien falsificador. Copia con tamaña perfección el estilo de Fenoglio que a primera vista apenas se nota la diferencia. Sería interesante ver cómo escribe cuando tenga que trabajar sin modelo. ¿Sabe dibujar sus propias imágenes? Unas imágenes que no se parezcan a las de ningún otro.

Darius miró las palabras bajo el cristal como si éstas pudieran contestarle.

—¿Y a mí qué me importa eso? Espero que esté muerto y pisoteado —Elinor se acercó con gesto hosco a las estanterías y sacó media docena de libros, vituallas para otro descorazonador día en la cama—. ¡Sí, pisoteado! Por un gigante. O mejor no, espera. Todavía mejor… espero que su hábil lengua le cuelgue, azulada, fuera de la garganta porque lo hayan ahorcado.

Esa perspectiva hizo aflorar como por arte de magia una sonrisa a la cara de búho de Darius.

—Elinor, Elinor —le dijo—. Creo que darías miedo incluso al mismísimo Cabeza de Víbora, a pesar de que Resa no se cansaba de decir que nada le hacía temblar.

—¡Pues claro que se lo daría! —contestó Elinor—. ¡Comparadas conmigo, las Mujeres Blancas son un grupo de ancianitas inofensivas! Pero estaré hasta el final de mi vida metida en una historia en la que no hay otro papel para mí que el de vieja ridícula.

Darius no replicó. Pero cuando Elinor volvió a bajar por la noche a buscar otro libro, se lo encontró nuevamente delante de la vitrina contemplando la letra de Orfeo.

DE NUEVO AL SERVICIO
DE ORFEO

Acércate y contempla las palabras.
Cada una
tiene mil caras secretas bajo el rostro neutral
y te pregunta, indiferente a tu respuesta,
ya sea mísera o espantosa:
¿Has traído la llave?

Carlos Drummond de Andrade,
«A la búsqueda de la poesía»

Como es natural, la puerta de la ciudad de Umbra estaba cerrada cuando Farid condujo por fin a su testarudo borrico por la última curva de la carretera. Una luna delgada brillaba por encima de las torres del castillo y los centinelas se distraían tirando piedras a los huesos que se bamboleaban en los patíbulos emplazados delante de la muralla de la ciudad. Pardillo había ordenado colgar los esqueletos, aunque los patíbulos ya no se utilizaban por consideración a su delicado olfato. Seguramente opinaba que un patíbulo completamente vacío era una visión demasiado tranquilizadora para sus súbditos.

—¿Eh, quién viene por ahí? —gruñó uno de los guardianes, un tipo alto y enjuto que se agarraba a su lanza como si sus piernas no pudieran sostenerlo—. ¡Caramba con el morenito! —exclamó sujetando con rudeza las riendas de Farid—. ¡Cabalgando por ahí en plena noche, más solo que la una! ¿No temes que Arrendajo te birle el burro debajo de tus escuálidas posaderas? Al fin y al cabo, hoy ha tenido que abandonar su caballo arriba, en el castillo, de manera que no le vendría mal un asno. ¡Y a ti te entregaría como pienso al oso del príncipe Negro!

—He oído decir que el oso sólo se come a los miembros de la Hueste de Hierro, por lo bien que crujen entre los dientes —la mano de Farid se deslizó con gesto previsor hacia su cuchillo.

Estaba muy cansado para mostrarse sumiso, y a lo mejor también el hecho de que Arrendajo hubiera conseguido regresar sano y salvo del castillo de Pardillo aumentaba su temeridad. Sí. Para entonces, también él llamaba cada vez más con ese nombre a Lengua de Brujo. A pesar de que Meggie se enfadaba mucho cada vez que lo pillaba haciéndolo.

—¡Jajaja, escucha lo que dice este muchachito, Rizzo! —gritó un centinela a otro—. Seguro que ha robado el burro para malvendérselo a los salchicheros de la calle de los carniceros… antes de que el pobre animal se desplome muerto debajo de él.

Rizzo se aproximó con una sonrisa maligna y enarboló su lanza hasta que la fea punta señaló justo el pecho de Farid.

—Conozco a este muchachito —anunció. La falta de dos dientes delanteros le hacía sisear como una serpiente—. Lo he visto escupir fuego un par de veces en el mercado. ¿No eres el que aprendió el oficio con el Bailarín del Fuego?

—Sí, ¿y qué? —el estómago de Farid se contrajo como cada vez que alguien mencionaba a Dedo Polvoriento.

—¿Y qué? —Rizzo le tocó el pecho con la punta de la lanza—. Desmonta de tu pollino achacoso y distráenos un rato. Quizá luego te dejemos entrar en la ciudad.

Al final le abrieron la puerta… tras obligarlo durante casi una hora a convertir la noche en día para ellos y a hacer florecer el fuego, como había aprendido de Dedo Polvoriento. Farid seguía amando las llamas, aunque sus voces chisporroteantes le recordaban con dolor al que le había enseñado todo sobre ellas. Pero ya no las hacía bailar en público, sino únicamente para sí mismo. Las llamas eran lo único que le había quedado de Dedo Polvoriento, y a veces, cuando lo añoraba tanto que su corazón se entumecía por la nostalgia, escribía su nombre con fuego en algún muro de Umbra y contemplaba las letras hasta que se extinguían dejándolo solo, igual que había hecho Dedo Polvoriento.

Por la noche, desde que había perdido a sus hombres, Umbra solía estar silenciosa como un camposanto. Pero esa noche Farid volvió a caer varias veces en medio de un grupo de soldados. Arrendajo los había movilizado, y todavía zumbaban iracundos en su guarida como un enjambre de avispas que pretendiera obligar a retroceder al descarado intruso. Con la cabeza gacha, Farid pasó a su lado tirando de su montura y se alegró al encontrarse por fin ante la mansión de Orfeo.

Era un edificio espléndido, uno de los más suntuosos de Umbra, y el único en esa noche agitada por cuyas ventanas salía la luz de velas. Junto a la entrada ardían antorchas —Orfeo tenía un miedo sempiterno a los ladrones— y con su luz convulsa despertaban a la vida a las máscaras de piedra situadas sobre la puerta. Farid siempre se estremecía al ver cómo lo miraban fijamente desde arriba con sus ojos saltones, sus bocas muy abiertas y las aletas de la nariz infladas, como si fueran a resoplarle en la cara. Él intentaba adormecer a las antorchas con un susurro, imitando a Dedo Polvoriento, pero el fuego no lo obedecía. Eso sucedía cada vez con más frecuencia… como si quisiera recordarle que un discípulo cuyo maestro había muerto seguiría siendo un simple aprendiz para siempre.

Qué cansado estaba. Los perros le ladraron cuando condujo al burro a la cuadra atravesando el patio. De vuelta. De vuelta al servicio de Orfeo. Habría preferido con creces reposar la cabeza en el regazo de Meggie o sentarse junto al fuego con su padre y el príncipe Negro. Sin embargo regresaba allí una y otra vez por Dedo Polvoriento. Una y otra vez.

Farid dejó que Furtivo saliera de la mochila y trepase sobre sus hombros y alzó la vista hacia las estrellas, como si pudiera encontrar allí arriba el rostro lleno de cicatrices de Dedo Polvoriento. ¿Por qué no se le aparecía en sueños y le revelaba el modo de traerlo de vuelta? ¿No hacían eso a veces los muertos por aquellos a los que querían? ¿O quizá Dedo Polvoriento, cumpliendo su promesa, sólo visitaba a Roxana y a su hija? No, si a Brianna la visitaba un difunto, sería Cósimo. Las otras criadas decían que ella susurraba su nombre en sueños y que a veces alargaba la mano hacia él, como si yaciera a su lado.

«A lo mejor no se me aparece en sueños porque sabe que me aterrorizan los espíritus», pensó Farid mientras subía las escaleras de la puerta trasera, pues como es natural la entrada principal del edificio, que daba directamente a la plaza junto a la que se alzaba, estaba reservada al propio Orfeo y a sus finos clientes. Los criados, titiriteros y proveedores tenían que abrirse camino entre el estiércol del patio y tocar la campanilla junto a la modesta puerta oculta en la cara posterior.

Farid llamó tres veces, pero nada se movió. Por todos los demonios del desierto, ¿dónde se habría metido Montaña de Carne? No tenía otro quehacer que abrir una puerta de vez en cuando. ¿Estaría roncando como un perro delante de la habitación de Orfeo?

Pero cuando por fin descorrieron el cerrojo, no fue Oss quien apareció, sino Brianna. La hija de Dedo Polvoriento llevaba varias semanas trabajando para Orfeo, pero seguramente Cabeza de Queso ni se imaginaba de quién era hija la que le lavaba la ropa y fregaba los pucheros. Qué ciego estaba Orfeo.

Brianna mantuvo la puerta abierta sin decir palabra y Farid pasó a su lado, también en silencio. Entre ellos no había palabras, sólo las que no se pronunciaban: *Mi padre murió por ti. Por ti nos dejó solos, sólo por ti.* Brianna lo culpaba de cada lágrima que su madre había derramado, según le confesó en susurros el primer día que pasaron juntos al servicio de Orfeo.

—¡De cada una de sus lágrimas!

Y esta vez también Farid creyó percibir su mirada como una maldición en la nuca cuando le dio la espalda.

—¿Dónde te has metido tanto tiempo? —Oss lo agarró justo cuando se disponía a bajar a hurtadillas a su lecho en el sótano. Furtivo bufó y se alejó de un salto. Con su última patada, Oss casi le rompió las costillas a la marta—. ¡Ha preguntado cien veces por ti! Me ha hecho recorrer las malditas calles en tu busca. ¡Llevo toda la noche sin poder dormir por tu culpa!

—¿Y qué? Bastante duermes ya.

Montaña de Carne le soltó una bofetada.

—No seas tan descarado. Vamos, tu señor te espera.

Al subir por la escalera salió a su encuentro una de las criadas. Se ruborizó cuando se estrechó al pasar junto a Farid. ¿Cómo se llamaba? ¿Dana? Era simpática, ya le había proporcionado algún que otro delicioso trozo de carne cuando Oss le había birlado la comida, y por ello Farid la había besado un par de veces, en la cocina. Pero no era ni la mitad de guapa que Meggie. O Brianna.

—Espero que me permita zurrarte un poco la badana —le dijo Oss en voz baja antes de llamar a la puerta del escritorio de Orfeo.

Orfeo había bautizado con ese nombre a la cámara, aunque la utilizaba con mucha mayor frecuencia para meter las manos debajo de las faldas de una criada o atiborrarse con las opíparas comidas que obligaba a la cocinera a prepararle a cualquier hora del día o de la noche. Pero esa noche se sentaba de verdad a su pupitre, la cabeza muy inclinada sobre una hoja de papel, mientras sus hombrecillos de cristal discutían con voz queda si era mejor remover la tinta a la derecha o a la izquierda. Ambos eran hermanos, Jaspe y Hematites, y tan distintos como el día y la noche. A Hematites, el mayor, le gustaba aleccionar y dar órdenes a su hermano menor. Por esa razón a Farid le habría gustado en ocasiones retorcer su cuello cristalino. Él mismo tenía dos hermanos mayores, que fueron una de las razones por las que se escapó de casa para unirse a los bandidos.

—¡Callaos! —bufó Orfeo a los hombrecillos de cristal que discutían—. ¡Sois unas criaturas ridículas! ¡Que si a la derecha, que si a la izquierda! Más os valdría procurar no salpicarme otra vez todo el pupitre mientras removéis la tinta.

Hematites lanzó a Jaspe una mirada acusadora… ¡Claro! Si alguien había salpicado tinta sobre el escritorio de Orfeo, sólo podía haber sido su hermano pequeño… y se sumió en un silencio enfurruñado mientras Orfeo colocaba de nuevo la pluma sobre el papel.

—Farid, tienes que aprender a leer —cuántas veces se lo había repetido Meggie.

Y ella también le había enseñado con esfuerzo algunas letras: la B de bandidos, la R de Roxana («¿Lo ves, Farid? Esa letra también está en tu nombre»), la M de Meggie, la F de fuego (¿no era maravilloso que su nombre comenzase por la misma letra?) y la D… la D de Dedo Polvoriento. El resto siempre las confundía. Y es que ¿cómo podía uno recordar esas cosas extrañas con sus miembros garabateantes que se estiraban en todas direcciones? AOUIKTNP… Sólo con mirarlas le entraban dolores de cabeza, ¡pero tenía que aprender a leerlas! ¿Pues de qué otro modo iba a averiguar si Orfeo intentaba de veras escribir para traer de regreso a Dedo Polvoriento?

—¡Recortes, meros recortes! —con un juramento, Orfeo apartó de un empujón a Jaspe cuando el hombrecillo de cristal se le acercó para esparcir arena sobre la tinta fresca. Con expresión furiosa, rompió en mil jirones la hoja escrita.

Farid estaba acostumbrado a esa escena. Orfeo rara vez se sentía satisfecho con lo que trasladaba al papel. Arrugaba, rasgaba, lanzaba entre imprecaciones al fuego lo que había escrito, amenazaba a los hombrecillos de cristal y bebía en exceso. Pero cuando algo le salía bien, era aun más insufrible. Entonces se inflaba como una rana toro, paseaba muy ufano por Umbra igual que un rey recién coronado, besaba a las criadas con sus labios húmedos, pagados de sí mismos, y proclamaba que no había nadie como él.

—¡Que llamen Tejedor de Tinta al viejo! —gritaba entonces por toda la casa—. Sí, el apelativo le pega, pero es un simple artesano. Yo, empero, soy un mago. Mago de Tinta, sí, así deberían llamarme. Y así me llamarán algún día.

Pero esa noche parecía que de nuevo le salían mal los encantamientos.

—¡Sandeces de sapo! ¡Graznidos de ganso! ¡Palabras de plomo! —despotricó sin alzar la cabeza—. ¡Papilla de palabras, sí, eso es lo que salpicas hoy sobre el papel, Orfeo, sosa, aguada, insípida y viscosa papilla de palabras!

Los dos hombrecillos de cristal se descolgaron a toda prisa por las patas del escritorio y comenzaron a recoger las páginas hechas trizas.

—¡Señor, el muchacho ha vuelto! —nadie tenía un tono más servil que Oss. Su voz se inclinaba de buen grado igual que su cuerpo voluminoso, pero sus dedos rodeaban el pescuezo de Farid como una tenaza de carne.

Orfeo, girándose con expresión sombría, miró a Farid como si acabara de descubrir la causa de su fracaso.

—¿Dónde demonios estabas? ¿Es que te has pasado todo el tiempo con Fenoglio? ¿O has ayudado al padre de tu amada a entrar y salir del castillo a hurtadillas? Sí, ya me he enterado de su más reciente aventura. Seguramente mañana cantarán las primeras y detestables canciones al respecto. A decir verdad, ese cretino de encuadernador interpreta el ridículo papel que el viejo ha escrito para él con una pasión conmovedora —la envidia y el desprecio se mezclaban en la voz de Orfeo, como siempre que hablaba de Lengua de Brujo.

—Él no interpreta. Él *es* Arrendajo.

Farid dio a Oss un pisotón tan fuerte en el pie que éste soltó su cuello, y cuando quiso volver a cogerlo lo repelió de un empujón. Montaña de Carne alzó su tosco puño con un gruñido, pero Orfeo lo contuvo con una mirada.

—¿De veras? ¿Y ahora también te has sumado al tropel de sus admiradores? —colocó una nueva hoja de papel sobre su pupitre y la miró fijamente, como si pudiera llenarla con las palabras adecuadas—. Jaspe, ¿qué andas haciendo ahí debajo? —increpó al hombrecillo de cristal—. ¿Cuántas veces tendré que repetíroslo? ¡Los trozos de papel que los barran las criadas! ¡Afílame otra pluma!

Farid colocó a Jaspe sobre el pupitre y cosechó una sonrisa agradecida. El hombrecillo de cristal más joven tenía que acometer todas las tareas ingratas, así lo había establecido su hermano. Afilar las plumas era la más desagradable de todas, pues la diminuta cuchilla que utilizaban se resbalaba con excesiva facilidad. Unos días antes Jaspe se la había clavado en el brazo, delgado como una cerilla, y Farid aprendió que los hombrecillos de cristal también sangran. La sangre de Jaspe, transparente, claro está, goteó como cristal líquido sobre el papel de Orfeo, y Hematites había abofeteado a su hermano, llamándolo torpe y majadero. Para desquitarse, Farid le mezcló cerveza en la arena que comía. Desde entonces los miembros de Hematites, claros como el agua (de los que se enorgullecía), eran amarillos como orines de caballo.

Orfeo se acercó a la ventana.

—La próxima vez que vuelva a perderte de vista tanto tiempo —advirtió a Farid por encima del hombro—, ordenaré a Oss que te apalee como a un perro.

Montaña de Carne sonrió, y Farid les dedicó a ambos mudas maldiciones. Pero Orfeo aún continuaba mirando malhumorado al negro cielo nocturno.

—¡Imagínate! —exclamó—. Fenoglio, ese viejo payaso, ni siquiera se tomó la molestia de poner nombre a las estrellas de este mundo. ¡No es de extrañar que a mí se me agoten siempre las palabras! ¿Qué nombre tiene aquí la luna? Uno podría pensar que por lo menos con eso se habría roto su cabeza dura, ¡pues no! La llamó sencillamente «luna», como si fuera la misma que uno veía en el otro mundo desde su ventana.

—A lo mejor es la misma. En mi historia no era distinta —comentó Farid.

—¡Qué estupidez! ¡Pues claro que lo era! —Orfeo se volvió de nuevo hacia la ventana, como si tuviera que explicar a todos lo mal hecho que estaba el mundo de ahí fuera—. «Fenoglio», le pregunté —continuó con su voz enamorada de sí misma, que Hematites siempre escuchaba con expresión tan devota como si anunciara una sabiduría inédita—, «¿la muerte en este mundo es hombre o mujer? ¿O acaso no es más que una puerta por la que se entra a una historia completamente distinta que por desgracia has olvidado escribir?». «¡Y yo qué sé!», respondió. ¡Y yo qué sé! ¿Quién va a saberlo sino él? Pero en su libro no figura.

En su libro. Hematites, que había trepado al antepecho de la ventana, junto a Orfeo, lanzó una mirada respetuosa al escritorio donde reposaba el último ejemplar de *Corazón de Tinta*, justo al lado de la hoja en la que escribía Orfeo. Farid no sabía si el hombrecillo de cristal comprendía realmente que de ese preciso libro había surgido todo su mundo, incluido él mismo. Casi siempre permanecía abierto, pues Orfeo, cuando escribía, lo hojeaba continuamente con dedos incansables en busca de las palabras correctas. Jamás utilizaba ni una sola que no figurase en *Corazón de Tinta*, pues estaba firmemente convencido de que en ese mundo sólo aprendían a respirar las palabras del libro de Fenoglio. Todas las demás eran mera tinta sobre papel.

—«Fenoglio», le pregunté, «¿las Mujeres Blancas son sólo servidoras?» —prosiguió Orfeo, mientras Hematites estaba pendiente de sus labios—. «¿Los muertos se quedan con ellas o se los llevan a otro lugar?» «Es posible», contestó el viejo payaso. «Una vez conté a los hijos de Minerva algo acerca de un castillo de huesos, para consolarlos por Bailanubes, pero fue pura palabrería.» ¡Hablar por hablar! ¡Ja!

—¡Viejo payaso! —repitió Hematites como un eco, aunque no muy impresionante teniendo en cuenta su fina voz de hombrecillo de cristal.

Orfeo se volvió y regresó a su escritorio.

—Con tantas idas y venidas ¿no habrás olvidado al menos decir a Mortimer que deseo hablar con él? ¿O estaba muy ocupado jugando al héroe?

—Dijo que sobre eso no había nada que hablar. Que no sabe de las Mujeres Blancas nada que no sepan los demás.

—¡Maravilloso! —Orfeo agarró una de las plumas que Jaspe había afilado con tanto esfuerzo y la rompió—. ¿Le preguntaste al menos si sigue viéndolas a veces?

—Seguro que sí —la voz de Jaspe sonaba tan delicada como sus miembros—. Las Mujeres Blancas jamás abandonan a aquellos a los que han tocado alguna vez. Al menos, eso afirman las mujercitas de musgo.

—¡Lo sé, lo sé! —replicó Orfeo, impaciente—. Intenté preguntar sobre ese rumor a una de esas mujercitas, pero la horrenda criatura se negó a hablar conmigo. Se limitó a clavar en mí sus ojos de ratón y anunció que mis comidas son muy grasientas y que bebo demasiado.

—Ellas hablan con las hadas —informó Jaspe—. Y las hadas con los hombrecillos de cristal. Aunque no con todos —añadió lanzando una mirada de reojo a su hermano—. He oído que las mujercitas de musgo cuentan otra cosa más sobre las Mujeres Blancas. Dicen que acuden a la llamada de todo aquel cuyo corazón ya han tocado ellas con sus dedos fríos.

—¿De veras? —Orfeo contempló, meditabundo, al hombrecillo de cristal—. Eso nunca lo había oído.

—¡No es cierto! ¡Yo he intentado llamarlas! —exclamó Farid—. ¡En incontables ocasiones!

—¡Tú! ¿Cuántas veces tendré que explicarte que te moriste demasiado deprisa? —le increpó Orfeo con desprecio—. Tuviste tanta prisa en morir como en regresar. Además eres un botín tan banal que seguramente ellas ni te recuerdan. No. Tú no eres la persona adecuada —Orfeo se aproximó a la ventana—. ¡Ve y prepárame un té! —ordenó a Farid sin volverse—. Necesito reflexionar.

—¿Té? ¿Qué tipo de té?

Farid se colocó a Jaspe encima del hombro. Siempre que podía se lo llevaba con él, para ponerlo a salvo de su hermano mayor. Los miembros de Jaspe eran tan finos que Farid siempre temía que Hematites pudiera rompérselos en una pelea. Hasta Cuarzo Rosa, el hombrecillo de cristal de Fenoglio, le sacaba la cabeza a Jaspe. A veces, cuando Orfeo no los necesitaba porque estaba refocilándose con alguna de las criadas o probándose trajes nuevos en su sastre, Farid se llevaba consigo a Jaspe a la calle de las costureras, donde las mujeres de cristal ayudaban a las humanas a enhebrar hilos en agujas afiladas, a alisar dobladillos pisándolos con sus pies diminutos y a coser puntillas sobre valiosa seda. Porque entretanto Farid también había aprendido que los hombrecillos de cristal, además de sangrar, se enamoraban, y Jaspe estaba prendado de una chica de miembros amarillo pálidos, a la que contemplaba arrobado y en completo secreto a través de la ventana del taller de su maestra.

—¿Qué tipo de té? ¿Y yo qué sé? Uno que sirva contra el dolor de estómago —contestó Orfeo, malhumorado—. Llevo todo el día sintiendo pellizcos en el cuerpo, como si tuviera dentro ciervos volantes. Así, ¿cómo va a consignar uno algo razonable en el papel?

Claro. Orfeo siempre se quejaba del dolor de estómago o de cabeza cuando no conseguía nada escribiendo.

«Confío en que le duela toda la noche», pensó Farid al cerrar tras de sí la puerta del despacho. «Espero que le duela hasta que por fin escriba algo para Dedo Polvoriento.»

EN MEDIO
DEL CORAZÓN

Para él la amena y gozosa superficie del mundo centelleante de rocío no mostraba el menor indicio de dolor o de pena.

T. H. White, *Camelot*, libro segundo

—Al menos no ha pedido que vayas a buscar al barbero —la verdad es que Jaspe se tomaba muchas molestias para animar a Farid cuando bajaban juntos las empinadas escaleras hacia la cocina.

Ah, ya, el barbero que vivía detrás de la muralla de la ciudad. Apenas unos días antes Orfeo le había mandado a buscarlo. Cuando iban a buscarlo por la noche, tiraba leños o salía a la puerta con una de las tenazas que usaba para sacar muelas.

—¡Dolores de cabeza! ¡Dolores de estómago! —rugía Farid—. Cabeza de Queso ha vuelto a empacharse, eso es todo.

—Tres zarceros dorados asados a la miel, rellenos de chocolate, nueces de hada y medio lechón relleno de castañas —enumeró Jaspe, que se encogió, asustado, al vislumbrar a Furtivo sentado junto a la puerta de la cocina. La marta ponía nervioso a Jaspe, aunque Farid

128

le aseguraba una y otra vez que a pesar de que las martas gustaban de cazar a los hombrecillos de cristal, seguro que no se los comían.

En la cocina sólo quedaba una criada. Farid se detuvo en el umbral de la puerta, indeciso, al comprobar que se trataba de Brianna. Lo que faltaba. Estaba fregando las cazuelas de la cena, su hermoso rostro gris de cansancio. Para las criadas de Orfeo la jornada de trabajo comenzaba antes de la salida del sol y no terminaba hasta que la luna estaba muy alta en el cielo. Cada mañana Orfeo efectuaba una ronda de inspección por toda la casa en busca de telarañas y polvo, una mancha en alguno de los espejos que colgaban por doquier, una cuchara de plata oxidada o una camisa que ostentase una mancha después de la colada. Si lo encontraba, descontaba en el acto a todas las criadas parte de su magro jornal. Y Orfeo casi siempre encontraba algo.

—¿Qué quieres? —Brianna se giró secándose en el delantal las manos mojadas.

—A Orfeo le duele el estómago —murmuró Farid sin mirarla—. Dice que le prepares un té.

Brianna se acercó a una de las estanterías y cogió un recipiente de barro del estante más alto. Farid no sabía adónde mirar mientras ella infusionaba las hierbas. Su cabello tenía el mismo color que el de su padre, pero se ondulaba y brillaba a la luz de las velas como el oro rojo que al administrador tanto le gustaba lucir como adorno en sus delgados dedos. Los juglares cantaban canciones sobre la hermosura de la hija de Dedo Polvoriento y sobre su corazón roto.

—¿Qué miras? —de improviso dio un paso hacia él. Su voz sonó tan dura que Farid retrocedió sin querer—. ¿Me parezco mucho, verdad?

Parecía como si ella hubiera tallado las palabras con el silencio de las últimas semanas hasta convertirlas en cuchillas capaces de atravesar su corazón.

—¡Pues tú no te pareces ni pizca! Siempre se lo digo a mi madre: no es más que un vagabundo zarrapastroso que simuló ser hijo de mi padre hasta que se creyó en la obligación de morir por él.

Cada palabra, una cuchillada. Farid sentía cómo le cortaban el corazón en rodajas.

Los ojos de Brianna no eran los de su padre, sino los de su madre, y escrutaban a Farid con tanta hostilidad como los de Roxana. A él le habría encantado golpearla o taparle su preciosa boca. Pero ella se parecía demasiado a Dedo Polvoriento.

—Eres un demonio, un espíritu maligno que sólo trae desgracias —añadió ella tendiéndole el té preparado—. Toma, llévaselo a Orfeo. Y dile que coma menos, así mejorará su estómago.

Las manos de Farid temblaban al coger la taza.

—¡Tú no sabes nada! —exclamó con voz ronca—. ¡Nada en absoluto! Yo no quería que me trajese de vuelta. Era mucho más agradable estar muerto.

Pero Brianna se limitó a mirarlo, con los ojos de su madre y la expresión de su padre.

Farid regresó a trompicones con la taza caliente a la estancia de Orfeo. Mientras, Jaspe, lleno de compasión, le acariciaba el pelo con su diminuta mano de cristal.

NOTICIA DE UMBRA

Y alguna vez en un viejo libro
está tachado algo de inconcebible oscuridad.
Ahí estuviste un día. ¿Adónde has escapado?

Rainer Maria Rilke,
«Improvisaciones del invierno de Capri III»

A Meggie le gustaba estar en el campamento de los bandidos. A veces Resa creía que su hija había soñado siempre con vivir entre tiendas andrajosas. Miraba cómo Baptista cosía una nueva máscara, hacía que Recio le enseñase a hablar con una alondra, y aceptaba con una sonrisa las flores silvestres que le traía el hermano menor de éste. Reconfortaba ver sonreír a Meggie con más frecuencia, a pesar de que Farid aún seguía con Orfeo.

Resa, sin emabargo, añoraba la granja abandonada. Añoraba el silencio, la vida retirada y la sensación de estar sola con Mo y Meggie tras tantas semanas separados. Semanas, meses, años…

En ocasiones, cuando la veía sentada con los dos bandidos junto al fuego, le daba la impresión de que estaban jugando a un juego practicado en los años en los que ella no había estado con ellos. *Venga, Mo, vamos a jugar a los bandidos…*

El príncipe Negro aconsejó a Mo que por el momento permaneciera en el campamento de los bandidos, y durante unos días obedeció el consejo. Pero a la tercera noche volvió a desaparecer en el bosque, completamente solo, como si quisiera emprender la búsqueda de sí mismo. A la cuarta noche salió de nuevo con los bandidos.

Baptista les había cantado las canciones que circulaban por Umbra desde la visita de Mo. Decían que Arrendajo había escapado volando, que había huido en el mejor caballo de Pardillo. Al parecer, había matado a diez centinelas, encerrado a Pájaro Tiznado en la cripta y robado a Balbulus uno de sus libros más bellos.

—¿Y qué hay de cierto en todo eso? —le había preguntado ella a Mo.

Su marido rió.

—Lo de volar, por desgracia, no es cierto —le había contestado en susurros, acariciándole el vientre en el que crecía el niño. A continuación se marchó con el príncipe Negro.

Y allí yacía ella todas las noches, escuchando las canciones que Baptista cantaba fuera, delante de la tienda, muerta de miedo por su marido.

El príncipe Negro había montado dos tiendas para ellos justo al lado de la suya, cosidas con restos de ropas y teñidas por los bandidos con corteza de roble para que no destacaran demasiado de los árboles circundantes, una para Meggie y otra para Arrendajo y su esposa. Las esteras de musgo seco sobre las que se tendían estaban húmedas, y cuando Mo se ausentaba por la noche, Resa dormía con su hija para darse calor mutuamente.

—Este invierno será malo —advirtió Recio cuando una mañana la hierba apareció tan blanca por la helada que se percibían en ella las huellas de los hombrecillos de cristal.

En la garganta donde se levantaba el campamento aún se veían huellas de gigantes. La lluvia de las últimas semanas las había convertido en charcas donde nadaban ranas con pintas doradas. En las pendientes de la garganta los árboles se alzaban hacia el cielo casi a la misma altura que los del Bosque Impenetrable. Sus hojas marchitas cubrían de oro y grana flameante el fresco suelo otoñal, y los nidos de hada pendían de las ramas como frutas maduras. Mirando hacia el sur se divisaba a lo lejos un pueblo, los muros claros como la carne de seta entre los árboles cada vez más desnudos, pero era un pueblo pobre, tan pobre que ni siquiera los ávidos recaudadores de Pardillo se desviaban hasta allí por su causa. Por la noche los lobos aullaban en los bosques vecinos. Por encima de las míseras tiendas volaban búhos de color blanco grisáceo como pequeños fantasmas, y ardillas con cuernos robaban los restos de comida entre las fogatas.

Cincuenta hombres vivían de seguro en el campamento. A veces más. Los más jóvenes eran los dos chicos que Birlabolsas había librado de la horca y que ahora espiaban para el Príncipe: Doria, el hermano de Recio, que traía flores silvestres a Meggie, y su amigo huérfano Luc, que ayudaba a Ardacho a amaestrar sus cornejas. Seis mujeres cocinaban y zurcían para los bandidos, pero ninguna los acompañaba cuando los hombres partían por la noche. Resa dibujaba para casi todos —chicos, hombres y mujeres (Baptista le había procurado papel y pintura al pastel; dónde, no lo reveló)— y al ver cada rostro se preguntaba si realmente las líneas habían sido trazadas tan solo por las palabras de Fenoglio o si en ese mundo no había, pese a todo, un destino independiente del anciano.

Cuando los hombres se reunían para departir entre ellos, las mujeres estaban presentes en contadas ocasiones. Resa percibía las miradas de desaprobación cada vez que ella y Meggie se sentaban con naturalidad al lado de Mo y del príncipe Negro. A veces ella aguantaba las miradas de Birlabolsas, de Ardacho y de todos los demás, que sólo permitían mujeres en el campamento para cocinar y remendar la ropa… y maldecía las sempiternas náuseas que la impedían acompañar a Mo al menos mientras recorría con el Príncipe las colinas circundantes para encontrar un escondrijo más protegido para el invierno.

Permanecieron cinco días y cinco noches en el campamento que Meggie había bautizado con el nombre de «Campamento de los gigantes desaparecidos», cuando Doria y Luc regresaron a eso del mediodía con una noticia de Umbra que era evidentemente tan mala que Doria no se la confió ni siquiera a su hermano, sino que la llevó derechito a la tienda del príncipe Negro. Poco después el Príncipe mandó llamar a Mo, y Baptista reunió a los hombres.

Doria miró a su forzudo hermano antes de penetrar en el círculo de los ladrones, como si necesitase hacer acopio del valor necesario para lo que tenía que informar. Sin embargo, cuando empezó a hablar, su voz sonó clara y firme. Parecía mucho mayor de lo que era.

—Pífano vino ayer del Bosque Impenetrable —refirió—, por la senda que conduce hasta Umbra desde el oeste. Se dedica a incendiar y saquear y anunciar por doquier que está aquí para cobrar los impuestos, pues Pardillo ha enviado demasiado poco al Castillo de la Noche.

—¿Cuántos miembros de la Hueste de Hierro lo acompañan? —la voz de Birlabolsas denotaba la aspereza de siempre. A Resa no le gustaba su voz. No le gustaba nada de él.

A Doria tampoco parecía gustarle el hombre que le había salvado la vida, a juzgar por la mirada que le dedicó.

—Muchos. Más que nosotros. Muchos más —añadió—. No sé el número exacto. Los campesinos a quienes Pífano incendió las casas no tuvieron tiempo de contarlos.

—Bueno, aunque hubieran tenido tiempo no habría servido

de mucho —replicó Birlabolsas—. Todo el mundo sabe que los campesinos no saben contar.

Ardacho rió y con él algunos otros que siempre se encontraban cerca de Birlabolsas: Embaucador, Agarrado, Carbonero, Espantaelfos y algunos otros más.

Doria apretó los labios. Él y Recio eran hijos de campesinos y Birlabolsas lo sabía. Al parecer, su padre había sido mercenario.

—Cuéntales lo que has oído, Doria —la voz del príncipe Negro sonó tan cansada como Resa había oído en pocas ocasiones.

El chico miró de nuevo a su hermano.

—Cuentan a los niños —dijo—. Pífano registra a todos los que tienen más de seis años y miden menos de cinco pies.

Un rumor se alzó entre los bandidos, y Resa observó cómo Mo se inclinaba hacia el Príncipe para decirle algo en voz baja. Cuánta confianza parecía existir entre ambos, y con qué naturalidad se sentaba Mo entre los andrajosos bandidos. Como si formara parte de ese mundo igual que del de ella y Meggie.

El príncipe Negro se incorporó. Su pelo ya no era largo como el día en que Resa lo conoció. Tres días después de la muerte de Dedo Polvoriento se había afeitado la cabeza, siguiendo la costumbre en ese mundo después de la muerte de un amigo, pues al tercer día, se decía, el alma de un muerto entraba en el reino sin retorno.

—Sabíamos que Pífano se presentaría tarde o temprano —dijo el príncipe Negro—. A la Víbora no le podía pasar desapercibido que su cuñado se queda con la mayor parte de los tributos que recauda. Pero, como habéis escuchado, no viene únicamente por los impuestos. Todos sabemos de sobra para qué necesitan a los niños al otro lado del bosque.

—¿Para qué? —la voz de Meggie sonó clara entre tantas voces masculinas. Una voz a la que no se le notaba que con un par de frases ya había transformado algunas veces ese mundo.

—¿Para qué? Los túneles de las minas de plata son estrechos, hija de Arrendajo —contestó Birlabolsas—. Alégrate. Eres demasiado grande para ser de utilidad allí abajo.

Las minas. La mano de Resa se dirigió inconscientemente hacia el lugar donde crecía el niño nonato, y Mo la miró como si le hubiera asaltado el mismo pensamiento.

—Naturalmente. Cabeza de Víbora ya ha enviado a demasiados niños a las minas. Sus campesinos comienzan a defenderse. Cuentan que Pífano acaba de aplastar una sublevación —la voz de Baptista sonaba tan cansada como la del Príncipe; no eran suficientes para combatir tamaña injusticia—. Ahí abajo los niños mueren deprisa —continuó Baptista—. Es un milagro que a la Víbora no se le haya ocurrido antes venir a por los nuestros, niños que carecen de padre, y tan sólo tienen madres inermes, desarmadas.

—¡Entonces debéis ocultarlos! —la voz de Doria no traslucía miedo como ocurre a los quince años—. Igual que habéis hecho con la cosecha.

Resa vio asomar a los labios de Meggie una sonrisa furtiva.

—¡Ocultarlos, pues claro! —Birlabolsas soltó una risita sarcástica—. Una propuesta fabulosa. Ardacho, di a este barbilampiño cuántos niños hay en Umbra. Ya sabes, es hijo de campesinos y no sabe contar.

Recio quiso levantarse, pero Doria le lanzó una mirada de advertencia y su hermano volvió a sentarse.

—Puedo levantar al pequeño con una sola mano —solía repetir siempre Recio—, pero es cien veces más listo que yo.

Evidentemente Ardacho no tenía la menor idea de cuántos niños había en Umbra, amén de que tampoco sabía mucho de cuentas.

—¡Bueno, pues muchos! —balbuceó mientras la corneja posada sobre su hombro picoteaba su pelo, seguro que esperando encontrar un par de piojos—. Moscas y niños, eso es lo único que todavía abunda en Umbra.

Nadie rió.

El príncipe Negro calló, y todos siguieron su ejemplo. Si Pífano quería a los niños, se los llevaría.

Un elfo de fuego se posó en el brazo de Resa. Ella lo espantó y sintió tal nostalgia de la casa de Elinor que le dolió el corazón, como si el elfo se lo hubiera quemado. Añoró la cocina, siempre repleta del zumbido de la aparatosa nevera, el taller de Mo en el jardín y el sillón de la biblioteca en el que podías sentarte y visitar mundos lejanos sin perderte dentro de ellos.

—A lo mejor es una simple añagaza —aventuró Baptista rompiendo el silencio—. Ya sabéis que a Pífano le gusta poner cebos, y sabe de sobra que no permitiremos que se lleve a los niños por las buenas. A lo mejor —miró a Mo—, a lo mejor confía en atrapar por fin a Arrendajo de ese modo.

Resa vio cómo Meggie se aproximaba sin darse cuenta a su padre. Pero el rostro de éste permaneció impasible, como si Arrendajo fuera otro.

—Violante me comunicó que Pífano se pondría pronto en camino hacia aquí —refirió Mo—. Pero no dijo nada de niños.

La voz de Arrendajo… la voz que había burlado a Cabeza de Víbora y que fascinaba a las hadas. En Birlabolsas no causaba un efecto parecido. A éste sólo le recordaba que él se sentaba antes en el lugar que ahora ocupaba Arrendajo, al lado del príncipe Negro.

—¿Así que has hablado con la Fea? Asombroso. De manera que eso fue lo que hiciste en el castillo de Umbra: conversar con la hija de la Víbora —Birlabolsas torció su tosca cara en gesto de desaprobación—. ¡Y como es natural, ella no te contó una palabra de los niños! ¿Por qué iba a hacerlo? Aparte de que seguramente ni siquiera sabe nada del asunto. En el castillo, la Fea manda menos que una pinche de cocina. Así ha sido siempre, y así seguirá siendo.

—Estoy cansado de repetírtelo, Birlabolsas —la voz del príncipe Negro sonó más dura de lo acostumbrado—. Violante tiene más poder del que tú crees. Y más hombres… aunque todos sean muy jóvenes —hizo una inclinación de cabeza a Mo—. Cuéntales lo que pasó en el castillo. Ya va siendo hora de que lo sepan.

Resa miró a Mo. ¿Qué sabía el príncipe Negro que ella ignoraba?

—Eso, Arrendajo, cuéntanos de una vez cómo saliste indemne en esta ocasión —la voz de Birlabolsas traslucía tal hostilidad que algunos bandidos cruzaron miradas de desazón—. Ciertamente linda con la brujería. Primero te dejan salir sano y salvo del Castillo de la Noche y ahora también del de Umbra, a pesar de que allí corren malos tiempos bajo el yugo de Pardillo. ¡No me digas que también has hecho inmortal a éste para liberarte!

Algunos bandidos rieron, pero su risa sonó incómoda. Resa estaba segura de que muchos de ellos consideraban a su marido una suerte de brujo, uno de esos hombres cuyo nombre era mejor susurrar, porque al parecer eran expertos en magia negra y con una simple mirada podían embrujar a los mortales normales y corrientes. ¿Cómo si no un hombre que había surgido de la nada podía manejar la espada con más destreza que la mayoría de ellos? Y encima sabía leer y escribir.

—Dicen que Cabeza de Víbora no se siente muy satisfecho de su inmortalidad —terció Recio.

Doria se sentó a su lado, la mirada sombría clavada en Birlabolsas. No, la verdad es que el muchacho no tenía cariño a su salvador. Su amigo Luc, por el contrario, seguía a Birlabolsas y Ardacho igual que un perro.

—Bueno, ¿y qué? ¿En qué nos ayuda eso? Pífano saquea y asesina más que nunca —Birlabolsas escupió—. La Víbora es inmortal.

Su cuñado ahorca casi todos los días a alguno de los nuestros. Y Arrendajo cabalga hasta Umbra y regresa indemne.

Se hizo un silencio sepulcral. Para muchos bandidos el trato que Arrendajo había hecho con Cabeza de Víbora en el Castillo de la Noche era muy inquietante, aunque al final hubiera sido Mo quien había burlado al Príncipe de la Plata. No obstante, Cabeza de Víbora era inmortal. Una de sus diversiones favoritas consistía en poner una espada en manos de algún hombre capturado por Pífano y hacérsela clavar en el pecho… para herir después al atacante con la misma espada de manera que precisase para morir bastante tiempo para llamar a las Mujeres Blancas. Ése era el modo en que Cabeza de Víbora pregonaba que ya no temía a las hijas de la Muerte. Aunque se decía que todavía evitaba acercarse demasiado a ellas. *La muerte es sierva de la Víbora*, había mandado escribir encima de la puerta del Castillo de la Noche con letras de plata.

—No. No tuve que hacer inmortal a Pardillo —la voz de Mo revelaba frialdad al contestar a Birlabolsas, mucha frialdad—. Fue Violante quien me sacó sano y salvo del castillo, después de rogarme que la ayudase a matar a su padre.

Resa se puso la mano sobre el vientre, como si así pudiera mantener las palabras alejadas de su hijo nonato. Un pensamiento le pasó por la cabeza: «Ha contado al príncipe Negro lo que sucedió dentro del castillo, y a mí no». Recordó lo ofendida que parecía Meggie cuando Mo les refirió al fin lo que había hecho con el Libro Vacío antes de entregárselo a Cabeza de Víbora.

—¡Humedeciste una página de cada diez! ¡Eso es imposible, yo estuve todo el rato a tu lado! ¿Por qué no dijiste nada?

A pesar de que Mo le había ocultado durante esos años el paradero de su madre, Meggie seguía creyendo que no tenía secretos para ella. Eso Resa no lo había creído jamás. A pesar de todo le dolía que hubiera confiado más cosas al príncipe Negro que a ella. Y mucho.

—¿La Fea pretende matar a su padre? —la voz de Baptista sonó incrédula.

—¿Qué hay de raro en eso? —Birlabolsas alzó la voz como si hablase en nombre de todos—. Ella es de la ralea de la Víbora. ¿Qué le contestaste, Arrendajo? ¿Que primero tienes que esperar a que tu maldito libro deje de protegerlo de la muerte?

«Odia a Mo», pensó Resa. «Sí, lo odia.» Pero la mirada con la que Mo observaba a Birlabolsas denotaba no menos hostilidad, y Resa se preguntó por vez primera si le había pasado desapercibida la ira en él o ésta era tan reciente como la cicatriz de su pecho.

—El libro todavía protegerá mucho tiempo al padre de Violante —advirtió Mo con amargura—. Cabeza de Víbora ha encontrado una manera de salvarlo.

Un nuevo murmullo se alzó entre los bandidos. El príncipe Negro no pareció sorprenderse. Así que Mo también se lo había contado. A él y no a ella. «¡Está cambiando!», pensó Resa. Las palabras lo cambian. Esta vida lo cambia. Aunque sólo sea un juego. Suponiendo que lo sea…

—Pero eso es imposible. Si lo has mojado, se enmohecerá, y tú mismo has repetido una y otra vez que el moho mata a los libros tan concienzudamente como el fuego.

¡Qué reproches traslucía la voz de Meggie! Secretos… Nada devora más deprisa el amor.

Mo miró a su hija. Eso era en el otro mundo, Meggie, decía su mirada. Pero su voz dijo algo diferente.

—Bien. Cabeza de Víbora me abrió los ojos. El libro seguirá protegiéndolo contra la muerte… si sus páginas siguen sin ser escritas.

«¡No!», pensó Resa. Sabía lo que vendría ahora, y quiso taparse los oídos con las manos a pesar de que no había nada en el mundo que ella amase más que la voz de Mo. Casi había olvidado la cara de él durante los años transcurridos al servicio de Mortola, pero siempre había recordado su voz. Ahora sin embargo no parecía la de su marido, sino la de Arrendajo.

—Cabeza de Víbora todavía cree que sólo yo puedo salvar el libro —Mo no hablaba alto, pero todo el Mundo de Tinta parecía henchido de su voz. Ésta parecía haber estado siempre allí, entre los árboles de altura infinita, los hombres harapientos, las hadas adormiladas en sus nidos—. Si yo fuese a verlo con la promesa de curarlo, me lo daría. Y entonces… un poco de tinta, una pluma, sólo cuesta unos segundos escribir tres palabras. ¿Qué ocurriría si su hija me proporcionase esos segundos?

Su voz dibujó la escena en el aire, y los bandidos escucharon atentos como si vieran ya el devenir de los acontecimientos. Hasta que Birlabolsas rompió el hechizo.

—¡Estás loco! ¡Loco de remate! —exclamó con voz ronca—. Seguramente te has creído lo que dicen sobre ti todas las canciones… que eres invulnerable, el invencible Arrendajo. La Fea te venderá y su padre te arrancará la piel a tiras si vuelves a caer en sus manos. Sí, eso hará, y se tomará para ello algo más que unos segundos. ¡Pero tu afición a jugar al héroe también nos costará el cuello a todos nosotros!

Resa vio cómo los dedos de Mo se cerraban alrededor de la empuñadura de su espada, pero el príncipe Negro le puso una mano sobre el brazo.

—A lo mejor tendría que jugar menos al héroe si tú y tus hombres lo hicierais con más frecuencia, Birlabolsas —le dijo.

Birlabolsas se levantó con amenazadora lentitud, pero antes de que pudiera decir nada Recio alzó su voz con la rapidez de un niño que desea arreglar la riña de sus padres.

—¿Y si Arrendajo tuviese razón? ¡A lo mejor es verdad que la Fea quiere ayudarnos! Ella siempre se ha portado bien con los titiriteros.

Antes incluso venía a vernos a nuestro campamento. Y da de comer a los pobres y hace acudir a Búho Sanador al castillo cuando Pardillo ha mandado cortar la mano o el pie de algún pobre desgraciado.

—¡Uy, sí, qué generosidad! —Ardacho esbozó una mueca de sarcasmo, como tantas veces en las que Recio decía algo, y la corneja que se apoyaba en su hombro soltó un graznido burlón—. ¿Qué hay de sublime en regalar las sobras de la cocina y las ropas que ya no te apetece ponerte? ¿Acaso va por ahí la Fea envuelta en harapos como mi madre y mis hermanas? ¡No! Seguramente a Balbulus se le ha terminado el pergamino y ella quiere comprar más con la recompensa que ofrecen por Arrendajo.

Algunos bandidos rieron de nuevo. Pero Recio miró inseguro al príncipe Negro. Su hermano le susurró unas palabras y lanzó una mirada de animadversión a Ardacho. «¡Por favor, Príncipe!», pensó Resa. «Di a Mo que se olvide de las palabras de Violante. ¡A ti te hará caso! ¡Y ayúdalo también a olvidarse del libro que encuadernó para el padre de ésta! ¡Te lo suplico!»

El príncipe Negro la miró como si hubiera escuchado su muda súplica. Sin embargo, su rostro oscuro siguió impenetrable, tan impenetrable como solía ser para ella el rostro de su marido.

—Doria —dijo él—, ¿crees que podrías pasar junto a los guardianes del castillo y tratar de averiguar algo con los soldados de Violante? A lo mejor uno de ellos escuchó cuál es la misión exacta de Pífano.

Recio abrió la boca como si quisiera protestar. Amaba a su hermano y hacía lo imposible para protegerlo, pero a la edad de Doria a uno ya no le apetece que lo protejan.

—Seguro. Eso es fácil —respondió con una sonrisa que mostraba cuán gustosamente ejecutaba el encargo del Príncipe—. Conozco a algunos desde que tengo uso de razón. La mayoría apenas es mayor que yo.

—Bien —el príncipe Negro se levantó. Sus siguientes palabras estaban dirigidas a Mo, aunque no lo miró—. Por lo que se refiere a la oferta de Violante, coincido con Ardacho y Birlabolsas. Es posible que Violante sienta debilidad por los titiriteros y compasión por sus súbditos, pero es hija de su padre y no debemos confiar en ella.

Todas las miradas se dirigieron a Arrendajo.

Pero éste calló.

Para Resa su silencio fue más elocuente que las palabras. Conocía ese silencio tan bien como Meggie. Resa vio el miedo dibujado en el rostro de su hija cuando ésta comenzó a tratar de convencer a Mo. Sí, seguro que para entonces también Meggie percibía cuán fuertemente había enredado a su padre esa historia, aunque él mismo la había prevenido en su día precisamente contra eso. Las letras lo arrastraban cada vez más hacia abajo, como si fuesen un remolino de tinta, y de nuevo rondó a Resa el espantoso pensamiento que le había acometido con tanta frecuencia a lo largo de las últimas semanas: el día que Mo había yacido en la fortaleza quemada de Capricornio, herido de muerte, las Mujeres Blancas se habían llevado consigo una parte de él al lugar en el que también había desaparecido Dedo Polvoriento, y ella no volvería a ver esa parte de él mas que allí. En el lugar en el que terminan todas las historias.

PALABRAS EN VOZ ALTA, PALABRAS EN VOZ BAJA

Si te vas, el espacio se cierra tras de ti como en el agua,
No mires atrás: estás solo a tu alrededor,
El espacio es sólo tiempo que se visualiza de otra forma.
No podemos abandonar los lugares que amamos.

Ivan V. Laliç, «Places We Love»

—¡Por favor, Mo! ¡Pregúntale a él!

Al principio Meggie creyó que sólo había oído en sueños la voz de su madre, en uno de los sueños tenebrosos que en ocasiones le enviaba el pasado. Resa parecía tan desesperada… Pero cuando Meggie abrió los ojos, escuchó su voz. Y al atisbar fuera de la tienda, vio a sus padres parados entre los árboles, separados por apenas unos pasos de distancia, dos simples sombras en medio de la noche. El roble en cuyo tronco se apoyaba Mo era de un tamaño que Meggie sólo conocía en el Mundo de Tinta, y Resa aferraba su brazo como si quisiera obligarlo a prestarle atención.

—¿No lo hemos hecho siempre así? Cuando a uno de nosotros ya no le gustaba una historia, cerrábamos el libro. ¿Has olvidado, Mo, cuántos libros hay? Encontremos otro que nos cuente su historia, una historia cuyas palabras sigan siendo palabras y no nos conviertan en carne de su carne.

Meggie echó un vistazo a los bandidos que yacían a escasos metros de distancia, bajo los árboles. Muchos de ellos dormían al raso, a pesar de que las noches eran ya muy frías, pero la voz desesperada de su madre no parecía haber despertado a ninguno.

—Si no recuerdo mal, fui yo quien quiso cerrar este libro hace mucho tiempo —la voz de su padre era tan gélida como el aire que penetraba hasta Meggie a través de las bandas de tela deshilachadas—. Pero Meggie y tú no queríais oír otra cosa.

—¿Cómo iba a saber yo en qué te convertiría esta historia? —a juzgar por el tono de voz, Resa parecía incapaz de contener las lágrimas.

«Acuéstate», se dijo Meggie. «Deja solos a esos dos.» Pero se quedó sentada, helada en el aire frío de la noche.

—¿Qué estás diciendo? ¿En qué me ha convertido?

Mo hablaba tan bajo como si no quisiera turbar el silencio nocturno, pero Resa parecía haber olvidado dónde estaba.

—¿En qué te ha convertido? —ella levantaba más la voz a cada palabra—. ¡Llevas una espada al cinto! Apenas duermes y pasas fuera noches enteras. ¿Crees que no sé distinguir el grito de un genuino arrendajo del de una persona? Sé cuántas veces venían a buscarte Baptista o Recio cuando estábamos en la granja... Y lo peor de todo, sé lo a gusto que los acompañas. ¡Te complace el peligro! Cabalgaste hasta Umbra a pesar de las advertencias del Príncipe. ¡Y a tu regreso, después de haber estado a punto de caer preso, te comportas como si todo eso fuera un juego!

—¿Y qué es si no? —Mo todavía hablaba tan bajo que su hija apenas lo entendía—. ¿Has olvidado de qué se compone este mundo?

—¡Me da igual de qué se compone! ¡Tú puedes morir en él, Mo! Lo sabes mejor que yo. ¿Has olvidado acaso a las Mujeres Blancas? No. Hablas de ellas hasta en sueños. A veces me inclino a creer que las echas de menos...

Mo callaba, pero Meggie sabía que Resa tenía razón. Mo únicamente le había hablado una vez de las Mujeres Blancas.

—Están hechas de nostalgia, Meggie —le había dicho—. Te llenan de nostalgia el corazón, hasta que ya sólo deseas acompañarlas, te lleven donde te lleven.

—¡Por favor, Mo! —la voz de Resa temblaba—. Pide a Fenoglio que escriba para devolvernos a nuestro mundo. Él lo intentará por ti. ¡Te lo debe!

Uno de los bandidos tosió en sueños, otro se acercó más al fuego... y Mo callaba. Cuando al fin respondió, parecía que hablaba con un niño. Ni siquiera a Meggie se dirigía así.

—Fenoglio ya no escribe, Resa. Ni siquiera estoy seguro de que sepa hacerlo todavía.

—Entonces acude a Orfeo. Ya has oído lo que dice Farid. Ha traído con la escritura a hadas multicolores, unicornios...

—¿Y qué? Orfeo quizá pueda incorporar algo a la historia de Fenoglio con la escritura. Pero para devolvernos junto a Elinor tendría que escribir algo de su cosecha. Dudo que sea capaz de hacerlo. ¡Y aunque así sea! Por lo que cuenta Farid, lo único que le interesa es convertirse en el hombre más rico de Umbra. ¿Tienes dinero para pagarle por sus palabras?

Esta vez Resa calló... durante tanto tiempo que parecía haberse quedado muda como antaño, cuando perdió su voz en este mundo.

Fue Mo quien finalmente rompió el silencio.

—Resa —dijo—. Si regresamos ahora, estaré en casa de Elinor y pensaré un día sí y otro también en la continuación de esta historia. ¡Pero eso no podrá contármelo ningún libro del mundo!

—No sólo quieres saber cómo continúa —ahora era su esposa la que hablaba con tono gélido—. Quieres determinar lo que sucede. Quieres intervenir en ella. Pero ¿quién te dice que volverás a encontrar algún día la salida de las letras, si cada vez te enredas más en ellas?

—¿Más? ¿Cómo es eso? He visto aquí la muerte, Resa... y he recibido una nueva vida.

—Si no quieres hacerlo por mí —Meggie percibió lo que le costaba a su madre continuar—, entonces vuelve por Meggie... y por nuestro segundo hijo. ¡Quiero que tenga un padre! Y que viva cuando nazca, y que siga siendo el mismo hombre que crió a su hermana.

Resa tuvo que esperar otro buen rato la respuesta de Mo. Gritó un mochuelo. Las cornejas de Ardacho graznaron, somnolientas, en el árbol en que se acomodaban durante la noche. Qué pacífico parecía el mundo de Fenoglio. Mo acarició con ternura la corteza del árbol en que se apoyaba, igual que solía hacer con el lomo de un libro.

—¿Y por qué sabes que Meggie no quiere quedarse aquí? Es casi adulta. Y está enamorada. ¿Crees que le apetece regresar mientras Farid se queda aquí? Y él se quedará.

Enamorada. La cara de Meggie comenzó a arder. Ella no quería que su padre dijese lo que ella misma nunca había traducido a palabras. Enamorada... sonó como una enfermedad para la que no había cura. ¿Y a veces no la consideraba también exactamente eso? Sí, Farid se quedaría. Cuántas veces se lo había repetido a sí misma cuando le había asaltado el deseo de regresar: «Farid se quedará, aunque Dedo Polvoriento permanezca entre los muertos. Él continuará buscándolo y añorándolo, mucho más que a ti, Meggie». Pero ¿qué se sentiría al no volver a verlo? ¿Dejaría ella su corazón allí y en el futuro viviría con un agujero en el pecho? ¿Permanecería sola —igual que Elinor— limitándose a leer libros sobre el amor?

—Lo superará —oyó decir a Resa—. Se enamorará de otro.

Pero ¿qué decía su madre? «¡No me conoce!», pensó Meggie. «No me ha conocido jamás.» ¿Cómo podía conocerla si estuvo ausente?

—¿Y qué hay de tu segundo hijo? —prosiguió Resa—. ¿Quieres que nazca en este mundo?

Mo escudriñó a su alrededor, y Meggie volvió a percibir lo que ya sabía desde hacía mucho tiempo: que para entonces su padre amaba mucho ese mundo, igual que les había ocurrido en su día a Resa y a ella. A lo mejor lo amaba incluso más.

—¿Por qué no? —inquirió él a su vez—. ¿Quieres que nazca en un mundo en el que sólo encuentre aquello que añora en los libros?

La voz de Resa tembló al contestar, pero sólo la furia resonaba en ella.

—¿Cómo puedes decir eso? Todo lo que encuentras aquí nació en nuestro mundo. ¿De dónde si no lo sacó Fenoglio?

—¿Y yo qué sé? ¿De verdad sigues creyendo que sólo existe un mundo real y los demás son pálidos reflejos suyos?

En alguna parte aulló un lobo, y otros dos contestaron. Uno de los centinelas salió de entre los árboles y echó leña al fuego moribundo. Se llamaba Azotacalles. A ninguno de los bandidos se los conocía por su nombre de pila. Tras una mirada curiosa hacia Mo y Resa desapareció en la espesura.

—No me apetece volver, Resa. Ahora, no —la voz de Mo demostraba decisión, pero al mismo tiempo halagaba a su madre, como si confiase en lograr convencerla de que estaban en el lugar adecuado—. Faltan muchos meses para que nazca el niño. Quizá para entonces todos hayamos retornado a casa de Elinor. Ahora, sin embargo, el lugar en el que deseo estar es éste.

Besó a Resa en la frente. Después se marchó, dirigiéndose hacia los centinelas apostados entre los árboles, al otro extremo del campamento. Resa se dejó caer en la hierba, y enterró la cara entre sus manos. Meggie intentó seguirla para consolarla, pero ¿qué iba a decir? «Quiero quedarme con Farid, Resa. No quiero encontrar a otro.» No, eso no habría consolado a su madre. Y Mo tampoco volvió.

16

LA OFERTA DE PÍFANO

Llega un momento en el que un personaje hace o dice algo sobre
lo que no habías meditado. En ese momento está vivo y te deja el
resto a ti.

Graham Greene, *Advice to Writers*

Al fin. Ahí venían. Las fanfarrias resonaron desde la puerta de la ciudad, metálicas y arrogantes. Fenoglio consideró que sonaban tan bien como el hombre al que anunciaban. Pardillo: el pueblo siempre encontraba los nombres más adecuados. Ni siquiera a él se le habría ocurrido uno mejor, pero en fin, tampoco habría inventado siquiera a ese pálido advenedizo. Ni siquiera Cabeza de Víbora anunciaba su llegada con trompetas de tallo largo, pero en cuanto su cuñado de pecho estrecho cabalgaba alrededor del castillo, empezaban a oírse.

Fenoglio se acercó más a Despina e Ivo. Despina lo dejó hacer complaciente, pero Ivo, liberándose de la mano de Fenoglio, trepó, raudo como una ardilla, a un saliente del muro para atisbar la calle por la que pronto subirían Pardillo y su séquito, también llamado la Jauría. ¿Habrían informado ya al cuñado de la Víbora de que casi todas las mujeres de Umbra lo esperaban ante la puerta del castillo? Seguro que sí.

¿Por qué cuenta Pífano a nuestros hijos? Habían venido por esa pregunta. Se la habían gritado a los guardianes, pero éstos, con rostros inexpresivos, se habían limitado a dirigir sus lanzas contra las mujeres enojadas, que a pesar de todo no se habían marchado a casa.

Era viernes, día de caza, y ellas esperaban desde hacía horas el regreso de su nuevo señor, que desde el momento mismo de su llegada trabajaba para esquilmar el Bosque Impenetrable. Sus sirvientes volverían a traer a la hambrienta Umbra docenas de perdices ensangrentadas, jabalíes, ciervos y liebres, pasando ante mujeres que apenas sabían qué comerían al día siguiente. Por eso normalmente los viernes Fenoglio no traspasaba la puerta, pero ese día lo había arrastrado la curiosidad. Curiosidad, qué molesta sensación…

—Fenoglio, ¿puedes cuidar de Ivo y Despina? —le había preguntado Minerva—. Tengo que ir al castillo. Todos acudirán. Queremos obligarlos a que nos revelen por qué cuenta Pífano a nuestros hijos.

«¡Ya sabéis la respuesta!», intentó decir Fenoglio. Pero la desesperación en el rostro de Minerva lo hizo callar. Que confiase en que no necesitaban a sus hijos para las minas de plata. «Deja que sean Pardillo y Pífano quienes le arrebaten la esperanza, Fenoglio.»

¡Ay, qué harto estaba de todo! El día anterior había vuelto a intentar escribir, después de encolerizarse por la sonrisa de arrogancia con la que Pífano había entrado en Umbra. Empuñó una de las plumas afiladas que el hombre de cristal le colocaba con gesto invitador; se había sentado delante de una hoja de papel en blanco y al cabo de una hora de inútil espera había regañado a Cuarzo Rosa por haber comprado papel al que se le notaba que estaba hecho de pantalones viejos.

Ay, Fenoglio, ¿cuántas excusas tontas se te ocurrirán por haberte convertido en un viejo ayuno de palabras?

Sí, lo reconocía. Quería ser el dueño y señor de esta historia, aunque desde la muerte de Cósimo lo había negado a voz en grito. Cada vez con más frecuencia emprendía, provisto de pluma y tinta, la búsqueda de la vieja magia, casi siempre cuando el hombre de cristal roncaba en su nido de hada, porque le resultaba demasiado penoso que Cuarzo Rosa se convirtiera en testigo de su fracaso. Lo intentaba cuando Minerva tenía que servir a sus hijos una sopa que apenas sabía mejor que el agua de la colada, cuando las horrorosas hadas multicolores parloteaban tan ruidosamente dentro de su nido que le impedían conciliar el sueño, o cuando una de sus criaturas —como Pífano el día anterior— le recordaba la época en la que él, embriagado por su propio arte literario, había tejido con letras ese mundo.

Pero el papel quedaba vacío, como si todas las palabras se hubieran marchado a hurtadillas con Orfeo sólo porque éste las tomaba en su lengua y las lamía. ¿Había tenido antes la vida un sabor tan amargo?

En su tribulación había barajado incluso la idea de regresar al pueblo del otro mundo, tan apacible y bien alimentado, tan carente de acontecimientos y de hadas, junto a sus nietos, que a buen seguro echaban de menos sus historias (¡y menudas historias fabulosas podría relatarles!). Pero ¿de dónde iba a sacar las palabras para regresar? Seguro que de su cabeza vieja y vacía no, y tampoco podía pedir a Orfeo que se las escribiera. No, aún no había caído tan bajo.

Despina le dio un tironcito en la manga. Cósimo le había regalado la túnica, pero para entonces también estaba apolillada y tan polvorienta como su cerebro, que ya se negaba a pensar. ¿Qué hacía él allí, delante de aquel maldito castillo cuya mera visión ensombrecía su ánimo? ¿Por qué no estaba durmiendo en su cama?

—Fenoglio, ¿es verdad que uno escupe sangre sobre la plata que se saca de la tierra? —la voz de Despina le recordó la de un pajarillo—. Ivo dice que tengo la estatura justa para las galerías que encierran la mayor parte de la plata.

¡Maldito arrapiezo! ¿Por qué le contaba tales historias a su hermana pequeña?

—¿Cuántas veces te he dicho que no creas una sola palabra de lo que te cuente tu hermano? —Fenoglio retiró a Despina el espeso pelo negro por detrás de las orejas y lanzó a Ivo una mirada de censura. Pobre criaturita sin padre.

—¿Por qué no he de contárselo? Ella me preguntó —Ivo estaba en la edad en la que se desprecian incluso las mentiras piadosas—. A ti seguramente no se te llevarán —dijo inclinándose hacia su hermana pequeña—. Las niñas mueren demasiado rápido. Pero a mí, sí; y a Beppo, y a Lino, incluso a Mungus a pesar de su cojera. Pífano nos llevará a todos consigo. Y después nos traerán de vuelta muertos, igual que a nuestros…

Despina le apretó deprisa la mano sobre la boca, como si su padre pudiera volver a la vida si su hermano no pronunciaba la terrible palabra.

A Fenoglio le habría gustado agarrar al chico y sacudirlo. Pero Despina se habría echado a llorar en el acto. ¿Por qué todas las hermanas pequeñas adoraban a sus hermanos?

—¡Se acabó! ¡Deja de trastornar a tu hermana! —increpó a Ivo—. Pífano está aquí para capturar a Arrendajo. Nada más. Y para preguntar a Pardillo por qué no envía más plata al Castillo de la Noche.

—¿Ah, sí? Entonces ¿por qué nos cuentan?

El chico se había hecho mayor en las últimas semanas. Era

como si la pena hubiera borrado la niñez de su rostro. Ivo, con diez años apenas, era ahora el padre de familia, aunque Fenoglio a veces intentaba quitarle ese papel de sus delgados hombros. El chico trabajaba con los tintoreros, ayudaba a sacar la tela mojada de las tinas apestosas día tras día, y por la noche traía consigo a casa el hedor. Pero de ese modo ganaba más que Fenoglio haciendo de amanuense en el mercado.

—Nos matarán a todos —prosiguió el chico, impávido, sin apartar la vista de los centinelas que apuntaban sus lanzas contra las mujeres que esperaban—. Y a Arrendajo lo descuartizarán, igual que hicieron la semana pasada con el titiritero que le tiró verdura podrida al gobernador. Los trozos se los echaron de comida a los perros.

—¡Ivo! —el chico se estaba pasando.

Fenoglio intentó agarrarlo de las orejas, pero el chico fue más rápido y se alejó de un salto antes de que lo consiguiera. Pero su hermana apretaba con fuerza la mano de Fenoglio como si fuese la única capaz de brindarle sostén en ese mundo arruinado.

—¿No lo capturarán, eh? —la voz de Despina sonaba tan temerosa que Fenoglio tuvo que inclinarse para entenderla—. Ahora el oso protege a Arrendajo igual que al príncipe Negro, ¿verdad?

—Pues claro —respondió Fenoglio acariciándole el pelo negro como la noche.

Por las calles subía un estrépito de herraduras y las voces se abrieron paso entre las casas, tan alborozadas como si se burlaran del mutismo de las mujeres que esperaban, mientras tras las colinas circundantes se ponía el sol, tiñendo de rojo los tejados de Umbra.

Los nobles caballeros regresaban tarde de su diversión cinegética, las ropas bordadas en plata salpicadas de sangre, los corazones aburridos agradablemente excitados por matar. Sí, la muerte podía constituir un buen entretenimiento… siempre que se tratase de la muerte de otros.

Las mujeres se apiñaron más. Los guardianes las alejaron de la puerta, pero ellas permanecieron delante de los muros del castillo, mujeres viejas, jóvenes, madres, hijas, abuelas. Minerva era una de las situadas en primera fila. En las últimas semanas había adelgazado. ¡La historia de Fenoglio, esa cosa caníbal, la estaba devorando! Sin embargo, ella habría sonreído de haber escuchado que Arrendajo contempló unos libros en el castillo y se marchó sin recibir un castigo.

—¡Él nos salvará! —había susurrado ella, y por las noches cantaba en voz baja las deplorables canciones que circulaban por Umbra.

Sobre la mano blanca y la mano negra de la justicia, Arrendajo y el Príncipe… Un encuadernador y un lanzador de cuchillos contra Pífano y su ejército de incendiarios acorazados. Pero ¿por qué no? ¿Acaso no tenía pinta de ser una buena historia?

Fenoglio cogió a Despina en brazos cuando los soldados que custodiaban a los cazadores pasaron a caballo. Tras ellos bajaban por la calle titiriteros, flautistas, tamborileros, malabaristas, domadores de duendes y, como es natural, Pájaro Tiznado, que no se perdía diversión alguna (aunque decían que se ponía enfermo presenciando los cegamientos y descuartizamientos). Después seguían los perros, moteados como la luz en el Bosque Impenetrable, con los criados que se encargaban de que el día de caza estuvieran hambrientos, y finalmente los cazadores, con Pardillo al frente, un mozalbete flaco sobre una montura enorme, tan feo como al parecer hermosa era su hermana, con una nariz afilada demasiado corta para su cara, y una boca ancha y amargada. Nadie sabía por qué Cabeza de Víbora lo había convertido en señor de Umbra. A lo mejor accedió a los ruegos de su hermana que, al fin y al cabo, había dado al Príncipe de la Plata su primer hijo. Aunque Fenoglio sospechaba más bien que Cabeza de Víbora había escogido a su débil cuñado porque estaba seguro de que nunca se alzaría en armas contra él.

«¡Qué figura tan pálida!», pensó Fenoglio despectivo cuando

Pardillo pasó cabalgando a su lado con expresión de jactancia. Al parecer, para entonces los papeles principales de esa historia los desempeñaban actores secundarios baratos.

El botín de tan finos señores, como era de esperar, había sido abundante: perdices bamboleándose como frutas recién caídas de los palos a los que las habían atado los monteros, media docena de venados que él había inventado ex profeso para ese mundo, la piel pardo rojiza moteada igual que la de un corcito aunque fuesen adultos (¡y no es que ésos hubieran llegado a ser muy viejos!), liebres, ciervos, jabalíes…

Las mujeres de Umbra miraban con rostro inexpresivo las piezas abatidas. Algunas se llevaron una mano delatora al estómago vacío o miraron hacia sus hijos perpetuamente hambrientos que esperaban a sus madres en los quicios de las puertas.

Y luego… pasaron con el unicornio.

¡Maldito Cabeza de Queso!

No había unicornios en el mundo de Fenoglio, pero Orfeo había traído con la escritura uno para que Pardillo pudiera degollarlo. Fenoglio tapó deprisa los ojos de Despina cuando lo condujeron ante ellos, con la piel blanca llena de heridas y cubierta de sangre. Cuarzo Rosa le había informado apenas una semana antes de ese encargo de Pardillo. El pago había sido espléndido, y todo Umbra conjeturaba de qué lejano país habría traído Cuatrojos a esa criatura fabulosa.

¡Un unicornio! ¡Qué historias se habrían podido referir sobre él! Pero Pardillo no pagaba por las historias. Aparte de que Orfeo no habría podido escribirlas. «¡Lo ha creado con mis palabras!», pensó Fenoglio. «¡Con las mías!» Notó que la ira se apelotonaba como una piedra en su interior. ¡Ojalá tuviera dinero para contratar a unos ladrones que robasen el libro que suministraba palabras a ese parásito! ¡Su propio libro! Si al menos él mismo pudiera traerse escribiendo algunas frases. Pero ni de eso era capaz… ¡él, Fenoglio, antaño poeta de Cósimo el Guapo, y creador de ese mundo antes tan magnífico! A sus ojos afloraron lágrimas de autocompasión y se imaginó que pasaban ante él conduciendo a Orfeo, tan herido y sangrante como el unicornio. ¡Sí!

—¿Por qué contáis a nuestros hijos? ¡Dejad de hacerlo!

La voz de Minerva arrancó a Fenoglio de sus sueños, ebrios de venganza.

Cuando vio a su madre aparecer entre los caballos, Despina rodeó tan fuerte el cuello de Fenoglio con sus delgados bracitos que casi le cortó la respiración. ¿Se había vuelto loca Minerva? ¿Pretendía dejar huérfanos a sus hijos?

Una mujer que cabalgaba justo detrás de Pardillo señaló con su dedo enguantado a Minerva, sus pies desnudos y las míseras ropas. Los centinelas se dirigieron hacia ella con sus lanzas.

¡Minerva, demonios! Fenoglio tenía el corazón en un puño. Despina se echó a llorar, pero no fueron sus sollozos los que hicieron retroceder trastabillando a Minerva. Encima de la puerta, entre las almenas, había aparecido de improviso Pífano.

—¿Por qué contamos a vuestros hijos? —gritó a las mujeres abajo.

Vestía suntuosos ropajes, como siempre. Comparado con él, hasta Pardillo parecía un ayuda de cámara. Estaba entre las almenas reluciente como un pavo, con cuatro ballesteros a su lado. A lo mejor llevaba mucho rato arriba, observando cómo el cuñado de su señor se las arreglaba con las mujeres que esperaban. Su voz llegó lejos en el silencio que de repente se cernió sobre Umbra.

—¡Contamos todo lo que nos pertenece! —gritó—. Ovejas, vacas, gallinas, mujeres, niños, hombres… aunque de éstos ya no tengáis demasiados. Campos, graneros, establos, casas, contamos cada árbol de vuestro bosque. Al fin y al cabo, Cabeza de Víbora desea saber sobre qué gobierna.

En su cara ostentaba la nariz de plata como un pico. Corrían historias de que Cabeza de Víbora había mandado fabricar un corazón de plata a su heraldo, pero Fenoglio estaba seguro de que en el pecho de Pífano latía un corazón humano. Nada había más cruel que un corazón de carne y sangre, porque sabía qué provoca dolor.

—¿No los queréis para las minas? —la mujer que alzó la voz esta vez no se adelantó como Minerva, sino que permaneció oculta entre las demás.

Pífano no contestó. Se miraba las uñas, pues se sentía orgulloso de sus uñas sonrosadas, cuidadas como las de una mujer, según descripción de Fenoglio. Ay, qué emocionante era siempre que ellos se comportasen exactamente como él había ideado.

«¡Por las noches te las lavas en agua de rosas, miserable!», pensó Fenoglio mientras Despina clavaba sus ojos en Pífano, igual que un pájaro en el gato que se dispone a devorarlo. «Y las llevas tan largas como las mujeres que hacen compañía a Pardillo...»

—¿Para las minas? ¡Es una magnífica idea!

Se había hecho un silencio tal que Nariz de Plata no precisó siquiera alzar la voz. El sol poniente proyectaba su sombra larga y negra sobre las mujeres. «Muy efectista», se dijo Fenoglio. Y qué cara de imbécil se lo había puesto a Pardillo. Pífano lo hacía esperar ante su propia puerta igual que a un criado. Menuda escena. Pero no era suya...

—¡Ah, ya entiendo! Creéis que Cabeza de Víbora me ha enviado aquí por eso —Pífano apoyó las manos en el muro y miró desde las almenas igual que un animal de rapiña preguntándose qué le resultaría más sabroso, una de las mujeres o Pardillo—. Pues no. Estoy aquí para capturar un pájaro, y todas vosotras conocéis el color de su plumaje. Aunque, según he oído decir, en su última desvergüenza era negro como un cuervo. En cuanto haya atrapado a ese pájaro, regresaré al otro lado del Bosque, ¿no es verdad, gobernador?

Pardillo alzó los ojos hacia él y enderezó la espada sangrienta.

—¡Así será si tal decís! —gritó con voz contenida mientras lanzaba una mirada furibunda a las mujeres congregadas ante la puerta como si jamás hubiera presenciado un espectáculo semejante.

—Bien, pues lo digo —Pífano dedicó una sonrisa de superioridad a Pardillo—. Pero si ese pájaro —volvió a dirigir la vista sobre las mujeres, y la pausa que hizo pareció interminable—, si ese pájaro no se deja atrapar —nueva pausa, tan larga como si deseara observar con detenimiento a cada una de las mujeres que esperaban—, si algunas de las aquí presentes lo ocultaran y le dieran cobijo, le avisasen de nuestras patrullas y compusieran canciones sobre cómo nos burla... —el suspiro que profirió salió de lo más hondo de su pecho—, bien, en ese caso me vería obligado a llevarme a vuestros hijos en vez de a él, porque, como comprenderéis, no puedo regresar al Castillo de la Noche con las manos vacías, ¿no es cierto?

¡Oh, maldito bastardo de nariz de plata!

«¿Por qué no lo creaste más estúpido, Fenoglio? Porque los malvados idiotas son mortalmente aburridos», se contestó a sí mismo, y se avergonzó de ello al ver la desesperación reflejada en los rostros de las mujeres.

—Ya lo veis, depende por entero de vosotras —la voz contenida aún mostraba indicios de la dulzura untuosa que antes tanto había gustado a Capricornio—. Ayudadme a capturar al pájaro que a Cabeza de Víbora tanto le gustaría oír en su castillo, y podréis conservar a vuestros hijos. De no ser así —aburrido, hizo una seña a los centinelas y Pardillo cabalgó con el rostro rígido de ira hacia la puerta que se abría—, de no ser así tendré que recordar, por desgracia, que en nuestras minas de plata existe una constante demanda de mano de obra infantil.

Las mujeres alzaban la vista hacia él con rostros tan inexpresivos como si ya no cupiera más desesperación en ellos.

—¿Qué hacéis ahí todavía? —gritó Pífano, mientras debajo de él los criados atravesaban la puerta con las piezas cobradas por

Pardillo—. ¡Largaos! O mandaré que os arrojen agua caliente. Lo que sin duda no sería mala idea, ya que seguro que todas vosotras necesitáis un baño.

Las mujeres retrocedieron como atontadas, mirando hacia las almenas temerosas de que ya estuvieran calentando los calderos en ellas.

La última vez que el corazón de Fenoglio había latido tan deprisa fue cuando los soldados aparecieron en el taller de Balbulus para llevarse a Mortimer. Cuando se fijó en las caras de las mujeres, de los mendigos acurrucados junto al cepo ante el muro del castillo y de los niños aterrorizados, el temor se apoderó de él. Todas las recompensas ofrecidas por la cabeza de Mortimer no habían logrado comprar en Umbra un traidor para el Príncipe de Plata. Mas ¿qué sucedería ahora? ¿Qué madre no delataría a Arrendajo para salvar a su hijo?

Un mendigo se abrió paso entre las mujeres, y cuando pasó cojeando al lado de Fenoglio, éste reconoció en él a un espía del príncipe Negro. «¡Estupendo!», pensó. Así que Mortimer sabrá pronto qué trato ha ofrecido Pífano a las mujeres de Umbra. Pero después, ¿qué?

La comitiva de caza de Pardillo siguió traspasando la puerta abierta del castillo y las mujeres emprendieron el camino de regreso a casa, las cabezas gachas, como si ya se avergonzasen de la traición a que las había invitado Pífano.

—Fenoglio —una mujer se detuvo ante él, pero no la reconoció hasta que se retiró el pañuelo que llevaba sobre el pelo recogido, igual que una campesina.

—Resa, ¿qué haces aquí? —Fenoglio, sin querer, escudriñó preocupado a su alrededor, pero al parecer la mujer de Mortimer había acudido sin su marido.

—Te he buscado por todas partes.

Despina aferraba la mano de Fenoglio y miraba a la extraña muerta de curiosidad.

—Esta mujer se parece a Meggie —le susurró.

—Sí, porque es su madre.

Fenoglio depositó a Despina en el suelo cuando Minerva se le acercó. Caminaba despacio, como si estuviera mareada, e Ivo corrió hacia ella y la abrazó con gesto protector.

—¡Fenoglio! —Resa lo cogió del brazo—. He de hablar contigo. ¿De qué? Seguro que de nada bueno.

—Minerva, adelántate —le advirtió—. Todo se arreglará, ya lo verás —añadió.

Pero Minerva se limitó a mirarlo como si fuera uno de sus hijos. Después tomó a su hija de la mano y siguió a su hijo, que se había adelantado corriendo con paso tan inseguro como si las palabras de Pífano fueran esquirlas de cristal bajo sus pies.

—Dime que tu marido se esconde en lo profundo, en lo más profundo del bosque y que no se propone cometer más estupideces como la visita a Balbulus —musitó Fenoglio a Resa, mientras se adentraba con ella en la calle de los panaderos.

Allí olía a pan recién hecho y a bizcochos, un aroma torturador para la mayoría de los habitantes de Umbra, pues hacía mucho que no probaban semejantes exquisiteces.

Resa volvió a cubrirse el pelo con el pañuelo y acechó a su alrededor, temiendo quizá que Pífano hubiera descendido de las almenas y la hubiera seguido, pero sólo un gato flaco se deslizó, sigiloso, a su lado. Antes también había muchos cerdos en las calles, pero habían sido consumidos hacía mucho, la mayoría arriba, en el castillo.

—¡Necesito tu ayuda! —Dios, qué desesperación traslucía su voz—. ¡Tienes que escribir para mandarnos de regreso! ¡Nos lo debes! Mo está en peligro por culpa de tus canciones, y la situación empeora cada día. Ya has oído lo que ha dicho Pífano.

—¡Alto, alto, alto! —aunque para entonces el mismo Fenoglio se hacía frecuentes reproches, aún le desagradaba escucharlos de labios ajenos. Y la verdad es que era realmente injusto—. ¡Fue Orfeo quien trajo a Mortimer, no yo! La verdad es que no preví que mi modelo para Arrendajo se paseara de pronto por aquí en carne y hueso!

—Pero ha sucedido.

Por la calle bajaba uno de los serenos que encendían las farolas. La oscuridad se abatía pronto sobre Umbra, no tardarían en comenzar las fiestas en el castillo y los fuegos de Pájaro Tiznado se alzarían al cielo malolientes.

—Si no lo haces por mí —Resa se esforzaba al máximo por aparentar calma, pero Fenoglio percibía las lágrimas en sus ojos—, entonces hazlo por Meggie… y por el hermano o hermana que tendrá pronto.

¿Otro hijo? Fenoglio miró sin querer el vientre de Resa, como si ya pudiera contemplar al nuevo actor. ¿Es que los embrollos no tenían fin?

—¡Te lo ruego, Fenoglio!

¿Qué podía contestarle? ¿Debía hablarle de la hoja de papel que aún reposaba vacía sobre su escritorio o reconocer que le gustaba cómo su marido interpretaba el papel que había escrito para él, que Arrendajo era su único consuelo en esos tiempos sombríos, la única de sus ideas que funcionaba de verdad? No, mejor no.

—¿Te envía Mortimer?

Ella rehuyó su mirada.

—Resa, ¿él también desea irse?

«¿Marcharse de mi mundo?», añadió en su mente. «¿De mi mundo fabuloso, aunque de momento ande algo revuelto?» Sí, demasiado bien lo sabía Fenoglio; él todavía lo amaba, a pesar de su oscuridad. A lo mejor precisamente por eso. No. Por eso, no… ¿o sí?

—¡Él *tiene* que marcharse! ¿Es que no lo comprendes? —en las calles moría la última luz del día. Hacía frío entre las casas muy pegadas y reinaba el silencio como si todo Umbra meditase en la amenaza de Pífano. Resa, tiritando, se cerró el manto que llevaba—. Tus palabras... ¡lo cambian!

—¡Bah, las palabras no cambian a las personas! —la voz de Fenoglio sonó más alta de lo que pretendía—. A lo mejor gracias a mis palabras tu marido se entera de cosas sobre sí mismo que ignora, pero ya están ahí, y si ahora le gustan, ¡no es mi culpa! Cabalga, pues, de regreso, cuéntale lo que ha dicho Pífano, dile que será mejor que en los próximos tiempos se olvide de visitar a gente como Balbulus y, por los clavos de Cristo, no te preocupes. ¡Interpreta su papel a las mil maravillas! Mucho mejor que todos los demás personajes que inventé, excepto quizá el príncipe Negro. ¡Tu marido es un héroe en este mundo! ¿Qué hombre no desearía eso?

Resa lo miró como si fuera un viejo idiota e ignorante.

—Sabes de sobra cómo acaban los héroes —le dijo conteniéndose a duras penas—. No tienen mujeres ni hijos y no llegan a viejos. Búscate a otro que haga el papel de héroe en tu historia, y deja en paz a mi marido. ¡Tienes que escribir para que todos regresemos a nuestro mundo! ¡Esta misma noche!

Él no sabía dónde mirar. La mirada de Resa era tan clara... igual que la de su hija. Meggie también lo miraba siempre de ese modo. En la ventana que estaba encima de ellos se encendió una vela. Su mundo se hundió en la oscuridad. Se hizo de noche... abajo el telón, mañana continuará.

—Lo siento, pero no puedo ayudarte. Nunca volveré a escribir. No trae más que desgracias, y a decir verdad lo que sobra aquí son desgracias.

¡Qué cobarde era! Demasiado para confesar la verdad. ¿Por qué no le decía que las palabras lo habían abandonado, que se estaba dirigiendo a la persona equivocada? Pero Resa parecía saberlo de todos modos. Cuántos sentimientos se mezclaban en su rostro despejado: furia, desilusión, miedo… y obstinación. «Igual que su hija», volvió a pensar Fenoglio. Tan inquebrantable, tan fuerte. Las mujeres eran diferentes. Sí, sin duda. Los hombres se quebraban mucho antes. A las mujeres no las quebraba la pena. Las desgastaba, las vaciaba, muy despacio, como a Minerva.

—De acuerdo —repuso Resa con voz contenida, aunque temblorosa—. En ese caso acudiré a Orfeo. Ha traído con la escritura unicornios, nos trajo a todos nosotros. ¿Por qué no iba ser capaz de enviarnos a casa?

«Si puedes pagarle…», pensó Fenoglio, mas se contuvo. Orfeo la echaría. Él guardaba sus palabras para los señores del castillo, que pagaban sus ropas caras y sus criadas. No, ella tendría que quedarse, con Mortimer y con Meggie… y eso estaba bien así, pues ¿quién si no leería sus palabras si volvían a obedecerlo algún día? ¿Quién mataría a Cabeza de Víbora, sino Arrendajo?

Sí, tenían que quedarse. Era mejor así.

—Bien, ve a ver a Orfeo —le contestó—. Que tengas suerte —le dio la espalda para no ver por más tiempo la desesperación reflejada en sus ojos. ¿No descubrió también en su mirada un asomo de desprecio?—. Pero será mejor que no regreses cabalgando en la oscuridad —añadió—. Los caminos son cada vez más inseguros.

Después se marchó. Seguro que Minerva aguardaba ya con la cena. Ni siquiera se volvió. Sabía de sobra que Resa lo seguiría con la vista. Igual que su hija.

17

EL FALSO MIEDO

Deseas algo distinto de lo que quieres, dice el sueño.
Sueño malo. Castígalo. Échalo de casa.
Átalo a los caballos, haz que corra tras ellos.
Ahórcalo. Se lo ha merecido.
Aliméntalo con setas venenosas.

Paavo Haavikko, *La respiración leve de los árboles*

Durante dos días y dos noches, Mo, en compañía de Baptista y del príncipe Negro, buscó un lugar donde esconder a cien o más niños. Con ayuda del oso hallaron al fin una cueva. Pero había un largo trecho hasta ella. El flanco de la montaña donde se escondía la cueva era empinado e intransitable, sobre todo para pies infantiles, y en la garganta más próxima moraba una manada de lobos; pero de hecho cabía esperar que ni los perros de Pardillo ni Pífano los encontrarían allí. Aunque no era una esperanza grande.

Por primera vez desde hacía muchos días el corazón de Mo sentía cierto alivio. Esperanza. Nada embriagaba más. Y no conocía esperanza más dulce que la de dar a Pífano una desagradable sorpresa y humillarlo ante su inmortal señor.

No podrían esconder a todos los niños, por supuesto que no, pero sí a muchos, muchísimos. Si todo transcurría de acuerdo con el plan, Umbra estaría muy pronto desprovista no sólo de hombres sino también de niños, y para robar niños Pífano tendría que recorrer las granjas apartadas, esperando que los hombres del príncipe Negro no hubieran llegado allí antes que él y ayudado a las mujeres a ocultar a sus hijos. Sí. Si conseguían poner a salvo a los niños de Umbra habrían ganado mucho, y durante el regreso al campamento Mo casi no cabía en sí de gozo. Pero cuando Meggie corrió a su encuentro con expresión preocupada ese estado de ánimo se disipó al instante. Saltaba a la vista que traía malas noticias.

La voz de Meggie temblaba cuando le habló del trato que Pífano había propuesto a las mujeres de Umbra. *Arrendajo a cambio de vuestros hijos...* El Príncipe no necesitó explicar a Mo lo que eso significaba. En lugar de ayudar a esconder a los niños tendría que esconderse él mismo de cada mujer que tuviera un hijo en la edad adecuada.

—¡Lo mejor será que a partir de ahora vivas encima de los árboles! —le dijo balbuceando Ardacho. Estaba borracho, seguramente del vino que la semana anterior habían robado a unos amigos de Pardillo que estaban cazando—. Puedes subir volando sin más. ¿No dicen que huiste así del taller de Balbulus?

A Mo le habría encantado golpear su boca de borracho, pero Meggie lo cogió de la mano y la furia, que por entonces se apoderaba de él enseguida, se aplacó al ver el rostro temeroso de su hija.

—¿Qué vas a hacer ahora, Mo? —susurró la niña.

Eso, ¿qué? No conocía la respuesta. Sólo sabía que prefería cabalgar al Castillo de la Noche antes que esconderse. Apartó deprisa la cara para que Meggie no pudiera leer sus pensamientos, pero ella lo conocía bien. Demasiado bien.

—¡A lo mejor Resa tiene razón! —le susurró su hija, mientras Ardacho lo miraba con los ojos inyectados en sangre; ni el mismo príncipe Negro podía ocultar su preocupación—. A lo mejor —añadió con voz apenas audible— es verdad que tenemos que regresar, Mo.

Su hija había oído la discusión entre Resa y él.

Involuntariamente se volvió buscando a Resa, pero no logró descubrirla por ninguna parte.

¿Qué vas a hacer ahora, Mo?

Eso, ¿qué? ¿Es que la última canción sobre Arrendajo tendría que decir así?: *Pero nunca capturaron/ al llamado Arrendajo,/ por mucho que lo buscaron./ Desapareció sin dejar rastro,/ como si no hubiera existido./ Pero se dejó el libro/ que había encuadernado/ para Cabeza de Víbora,/ ese inmortal tirano.* No, ésa no podía ser la última canción. ¿Ah, no, Mortimer? Entonces, ¿cuál? *Pero un buen día,/ una madre/ que por sus hijos temía/ traicionó a Arrendajo/ y por esta felonía/ padeció una de las muertes/ más atroces y doloridas/ que un hombre hubiera sufrido/ en el Castillo de la Víbora.* ¿Era éste un final mejor? ¿Había uno mejor?

—Ven —Baptista le pasó la mano por el hombro—. Como primera medida ante la noticia propongo que nos emborrachemos. Suponiendo que los otros hayan dejado algo del vino de Pardillo. Olvida a Pífano, a Cabeza de Víbora, a los niños de Umbra, ahoga tus penas en vino tinto.

Pero Mo no estaba de humor para beber. Pese a que el vino quizá haría enmudecer de una vez la voz que escuchaba continuamente en su interior desde la discusión con Resa: «¡No quiero volver! No. Todavía no…».

Ardacho regresó tambaleándose junto al fuego y se acomodó entre Birlabolsas y Espantaelfos. Pronto volverían a pegarse, como siempre que se emborrachaban.

—Me echaré a dormir, eso aclara las ideas más que el vino —anunció el príncipe Negro—. Hablaremos mañana.

El oso se tumbó delante de la tienda en la que desapareció su señor, y miró a Mo.

Mañana.

¿Y ahora qué, Mortimer?

Con el paso de los días el frío aumentaba. El aliento se condensaba blanco delante de su boca cuando inspeccionó a su alrededor en busca de Resa. ¿Dónde estaba? Le había traído una flor, plana y de color azul pálido, una de las pocas que no había dibujado aún. La llamaban Espejo de las Hadas porque por las mañanas se acumulaba tanto rocío entre las hojas blandas que las hadas la utilizaban como espejo.

—Meggie, ¿has visto a tu madre?

La interpelada no contestó. Doria le había traído un trozo del jabalí que se asaba encima del fuego. Tenía pinta de ser especialmente suculento. El chico le susurró algo, y… ¿eran imaginaciones suyas o su hija acababa de ruborizarse? En cualquier caso no había oído su pregunta.

—Meggie… ¿sabes dónde está Resa? —repitió su padre esforzándose por contener la risa cuando Doria le dirigió una mirada fugaz y algo preocupada.

Era un tipo apuesto, algo más bajo pero más fuerte que Farid. Seguramente se preguntaba si era verdad lo que cantaban sobre Arrendajo: que protegía a su hija como a la niña de sus ojos. «No, más bien como al más hermoso de todos los libros», pensó Mo, «y espero que no le des tantas preocupaciones como Farid, porque si no Arrendajo te echará sin vacilar como comida al oso del Príncipe».

Por fortuna en esta ocasión Meggie no leyó sus pensamientos.

—¿Resa? —probó la carne asada y dio las gracias a Doria con una sonrisa—. Se ha marchado a caballo a ver a Roxana.

—¿A Roxana? Pero si está aquí —Mo miró hacia la tienda de los enfermos, donde uno de los ladrones se retorcía de dolor, seguramente por haber comido setas venenosas. Roxana estaba delante de la tienda hablando con las dos mujeres que se ocupaban del enfermo.

—Pues Resa dijo que tenía una cita con Roxana —repuso Meggie, confundida, mirando a la mujer.

Mo le prendió en el vestido la flor destinada a su madre.

—¿Cuánto tiempo hace que se marchó? —se esforzaba al máximo por aparentar indiferencia, pero Meggie no se dejó engañar. No por él.

—¡Partió hacia el mediodía! Si no está con Roxana, ¿dónde ha ido?

Con qué desconcierto lo miraba. Y de verdad que desconocía la respuesta. Él siempre olvidaba que Meggie conocía a Resa mucho peor que él. Un año no era un periodo demasiado largo para conocer a la propia madre.

«¿Has olvidado nuestra discusión?», intentó contestar. «Se ha ido a ver a Fenoglio.» Pero se tragó las palabras. El miedo atenazaba su pecho, y le habría encantado creer que era por Resa. Pero no se le daba bien engañarse a sí mismo, como hacía con otros. No, él no tenía miedo por su mujer, aunque desde luego le sobraban motivos para ello. Tenía miedo de que en algún lugar de Umbra alguien estuviera leyendo las palabras que lo devolverían a su viejo mundo, como el pez que capturan en un río para devolverlo a la charca de la que procede... «¡No seas ridículo, Mortimer!», pensó irritado. ¿Quién leerá las palabras, aunque Fenoglio las haya escrito para Resa? «¿Eso, quién las leerá?», susurró una voz en su interior.

Orfeo.

Meggie seguía mirándolo preocupada, mientras Doria permanecía a su lado indeciso, sin apartar los ojos del rostro de la joven.

—Regresaré pronto —dijo Mo, dando media vuelta.

—¿Adónde vas? ¡Mo!

Meggie corrió tras él al observar que se dirigía hacia los caballos, pero su padre no se volvió.

«¿A qué viene tanta prisa, Mortimer?», decía una voz burlona en su interior. «¿Crees acaso que puedes cabalgar más deprisa de lo que tarda Orfeo en pronunciar las palabras con su lengua aceitosa?» La oscuridad cayó del cielo como un paño, un paño oscuro que lo ahogaba todo, los colores, el piar de los pájaros... Resa. ¿Dónde se había metido? ¿Estaba en Umbra o venía ya de regreso? De pronto vino el otro miedo... tan terrible como el miedo a las palabras. El miedo a salteadores de caminos e íncubos, el recuerdo de mujeres que habían encontrado muertas en la espesura. ¿Se habría llevado ella siquiera a Recio? Mo profirió una ligera maldición. No, claro que no. Estaba sentado junto al fuego con Baptista y Azotacalles, tan borracho ya que comenzaba a cantar.

Tendría que haberlo adivinado. Resa se había mantenido muy silenciosa después de su discusión. ¿Había olvidado él lo que eso significaba? Mo conocía ese silencio. Pero se había ido con el príncipe Negro en lugar de discutir con ella lo que la tornaba muda... casi tan muda como cuando había perdido la voz.

—¡Mo! Pero ¿qué haces? —en la voz de Meggie latía un débil temor.

Doria los había seguido. Meggie le dijo algo al oído y él salió corriendo hacia la tienda del Príncipe.

—¡Maldita sea, Meggie! ¿A qué viene eso? —Mo apretaba la cincha. ¡Ojalá no le temblaran tanto los dedos!

—¿Dónde pretendes buscarla? ¡No puedes irte! ¿Te has olvidado de Pífano?

Ella lo sujetó. Doria regresó con el Príncipe. Mo masculló una maldición y pasó las riendas por encima de la cabeza del caballo.

—¿Qué haces? —el príncipe Negro se detuvo tras él, con el oso a su lado.

—Tengo que ir a Umbra.

—¿A Umbra? —el Príncipe apartó a su hija con suavidad y agarró las riendas.

¿Qué podía decirle? «Príncipe, mi mujer pretende pedirle a Fenoglio que escriba unas palabras que me hagan desaparecer delante de tus ojos, unas palabras que volverán a convertir a Arrendajo en lo que fue un día... ¿la sarta de palabras de un anciano, desaparecido tan repentinamente como apareció?»

—Eso es un suicidio. Tú no eres inmortal, como afirman las canciones. Esto es la vida real. ¿Acaso lo has olvidado?

«La vida real. ¿Eso qué es, Príncipe?»

—Resa ha marchado a Umbra. Ya hace horas. Está sola, y anochece. He de seguirla.

«...y averiguar si las palabras han sido escritas y leídas.»

—¡Pero si allí está Pífano! ¿Quieres convertirte en un regalo para él? Déjame que envíe a un par de hombres tras ella.

—¿Quiénes? Están todos borrachos.

Mo aguzó los oídos. Creía oír las palabras que lo enviarían de regreso... tan poderosas como las que en su día lo habían protegido de las Mujeres Blancas. Por encima de su cabeza el viento murmuraba en las hojas marchitas, y desde la fogata le llegaban las voces de los bandidos. El aire olía a resina, a follaje otoñal y al musgo aromático que crecía en el bosque de Fenoglio. Incluso en otoño seguía cubierto de diminutas flores blancas que sabían a miel si las aplastabas entre los dedos. «Yo no quiero volver, Resa.»

Un lobo aulló en las montañas. Meggie giró la cabeza, asustada. Tenía miedo de los lobos, igual que su madre. «Ojalá se haya quedado en Umbra», pensó Mo. Aunque eso significaba que tendría que sortear a los centinelas. ¡*Volvamos, Mo, te lo suplico!*

Subió a su montura. Antes de que pudiera impedirlo, su hija se sentó a la grupa. Tan decidida como su madre... Lo ciñó tan fuerte con sus brazos que ni siquiera intentó convencerla de que se quedase.

—¿Ves esto, oso? —preguntó el Príncipe—. ¿Sabes qué significa? Que pronto se oirá una nueva canción… sobre la testarudez de Arrendajo y la necesidad del príncipe Negro de protegerlo a veces de sí mismo.

Aún había dos hombres lo bastante sobrios para cabalgar. Doria los acompañó. Sin decir palabra, montó a caballo detrás del príncipe Negro. Llevaba una espada demasiado grande para él, pero la manejaba muy bien, y era tan arrojado como Farid. Llegarían a Umbra antes del amanecer, aunque la luna ya estuviese alta.

Pero las palabras eran mucho más veloces que un caballo.

UN AYUDANTE PELIGROSO

Durante todo el día sudaba obediencia; muy
inteligente; sin embargo ciertos tics oscuros, algunos rasgos
suyos ponían al descubierto acres hipocresías.
A la sombra de los pasillos de enmohecidas colgaduras
sacaba la lengua al pasar (...).

Arthur Rimbaud, «Los poetas de siete años»

Farid acababa de servir a Orfeo la segunda botella de vino cuando llegó Resa. Cabeza de Queso lo celebraba. Se celebraba a sí mismo y su genialidad, según su propia denominación.

—¡Un unicornio! ¡Un unicornio perfecto, resollando y escarbando con los cascos, dispuesto a depositar en cualquier momento su estúpida cabeza en el regazo de una virgen! ¿Por qué crees que no había ninguno en este mundo, Oss? ¡Porque Fenoglio no supo escribirlos! Hadas aladas, duendes peludos, hombres de cristal, sí. Pero ni rastro de unicornios.

A Farid le habría encantado derramarle el vino encima de la camisa blanca, para que ésta se tiñera de rojo igual que la piel del unicornio que Orfeo había traído a este mundo únicamente para que Pardillo se diera el gusto de matarlo. Oh, sí, Farid lo había visto. Se dirigía a casa del sastre de Orfeo, para arreglar los pantalones de Cabeza de Queso, que le habían vuelto a quedar estrechos. Tuvo que acuclillarse en el umbral de una puerta cuando pasaron con el unicornio, tan mal se sintió al contemplar los ojos vidriosos. Asesino.

Farid había escuchado con suma atención cuando Orfeo lo trajo con su lectura, con palabras tan maravillosas que se quedó petrificado a la puerta del escritorio. «*Apareció entre los árboles, blanco como las flores del jazmín silvestre. Y las hadas lo rodearon revoloteando en nutridas bandadas, como si esperasen ansiosas su llegada…*»

La voz de Orfeo hizo ver a Farid el cuerno, las crines onduladas, oír los resoplidos del unicornio y el escarbar de sus cascos en la hierba helada. Durante tres días había creído de verdad que acaso hubiese sido una buena idea traer a Orfeo. Tres días, si no había contado mal, eso es lo que había vivido el unicornio antes de que los perros de Pardillo lo hostigaran para conducirlo hasta las lanzas. ¿O había acontecido como Brianna había relatado en la cocina: que una amante de Pájaro Tiznado lo había atraído con una sonrisa?

Oss abrió la puerta a Resa. Cuando Farid atisbó más allá de él, picado por la curiosidad de averiguar quién llamaba a la puerta a horas tan intempestivas, en un primer momento creyó que la cara pálida que surgió de la oscuridad era la de Meggie, tanto se parecía por entonces a su madre.

—¿Está Orfeo en casa?

Resa habló muy bajo, como si se avergonzase, y al descubrir a Farid detrás de Montaña de Carne agachó la cabeza igual que un niño sorprendido en falta.

¿Qué quería ella de Cabeza de Queso?

—Por favor, dile que la mujer de Lengua de Brujo necesita hablarle.

Cuando Oss le indicó con una señal que pasara al vestíbulo, Resa dirigió una leve sonrisa a Farid, pero evitó mirarlo. Montaña de Carne le indicó con un gesto que aguardase y subió las escaleras con torpeza. La actitud huidiza de Resa informó a Farid de que no le contaría una palabra sobre el motivo de su visita, así que siguió a Oss con la esperanza de enterarse de algo más en el cuarto de Orfeo.

Cabeza de Queso no estaba solo cuando su guardaespaldas le anunció a la visitante nocturna. Lo acompañaban tres jovencitas un poco mayores que Meggie, que desde hacía horas regalaban los oídos a Orfeo diciéndole lo listo, importante e irresistible que era. La más joven se sentaba sobre sus toscas rodillas, y Orfeo la besaba y manoseaba con tanto detenimiento que a Farid le habría encantado retorcerle los dedos. Continuamente le encargaba traer a las chicas más bonitas de Umbra.

—¿A qué vienen tantos remilgos? —había replicado, enfurecido, a Farid cuando éste se negó en principio a cumplir su encargo—. Ellas me inspiran. ¿No has oído hablar de las musas? ¡Vamos, ve de una vez, o no hallaré jamás las palabras que con tanta añoranza ansías!

Y Farid obedecía y traía a casa de Orfeo a las chicas que se lo comían con los ojos en el mercado y en las calles. Lo miraban muchas. Al fin y al cabo, prácticamente todos los jóvenes de Umbra estaban muertos o servían a Violante. La mayoría se marchaban con él por unas monedas. Todas ellas tenían hermanos hambrientos y madres necesitadas de dinero. Algunas deseaban, sencillamente, comprarse por fin un vestido nuevo.

—¿La esposa de Lengua de Brujo?

Por el tono de voz se notaba que Orfeo había trasegado una botella entera de vino tinto, pero sus ojos seguían asombrosamente atentos tras los cristales redondos de sus gafas. Una de las chicas rozó las copas con el dedo, con exquisita cautela, como si temiera verse convertida en el acto en cristal.

—Interesante. Haz que pase. Y vosotras tres, largaos.

Orfeo apartó a la joven de sus rodillas y se alisó la ropa. «¡Sapo vanidoso!», pensó Farid, y simuló que tenía problemas con el corcho de la botella de vino para que Orfeo no lo obligara a abandonar la estancia.

Cuando Oss condujo a Resa al interior, las tres chicas se apiñaron al pasar junto a ella, como si su madre las hubiera pillado en el regazo de Orfeo.

—Caramba, esto es lo que yo llamo una sorpresa. Toma asiento, por favor —Orfeo señaló una de las sillas con sus iniciales, encargadas ex profeso, y enarcó las cejas para acentuar aun más su sorpresa. Ensayaba ese gesto… y algunos más. Farid lo había sorprendido con frecuencia fingiendo expresiones ante el espejo.

Oss cerró la puerta y Resa se sentó indecisa, como si no supiera bien si de verdad quería quedarse.

—Espero que no hayas venido sola —Orfeo se sentó detrás de su escritorio y contempló a su huésped igual que la araña a una mosca—. Umbra no es precisamente un lugar seguro durante la noche, sobre todo para una mujer.

—He de hablar contigo —le dijo Resa en voz muy baja—. A solas —añadió mirando de reojo a Farid.

—¡Lárgate, Farid! —ordenó Orfeo sin mirarlo—. Y llévate a Jaspe contigo. Ha vuelto a embadurnarse de tinta. Lávalo.

Farid se tragó la maldición que asomaba a la punta de su lengua, colocó al hombre de cristal encima de su hombro y se encaminó hacia la puerta. Resa agachó la cabeza cuando pasó a su lado, y Farid captó el temblor de sus dedos al alisarse la sencilla falda. ¿Qué buscaría allí?

Como siempre, Oss intentó ponerle la zancadilla delante de la puerta, pero para entonces Farid ya estaba prevenido contra tales bromas. Incluso había encontrado una manera de vengarse de ellas. Una sonrisa suya bastaba para que las criadas de la cocina se encargasen de que a Montaña de Carne no le sentase bien su próxima comida. La sonrisa de Farid era mucho más atractiva que la de Oss.

No obstante, la esperanza de escuchar junto a la puerta se frustró. Oss se colocó delante. Pero Farid conocía además otro lugar desde el que enterarse de lo que acontecía en la habitación de Orfeo. (Las criadas afirmaban que la esposa del anterior propietario espiaba desde allí a su marido.)

Jaspe lanzó a Farid una mirada medrosa cuando, en lugar de acompañarlo a la cocina, se dirigió muy despacio a la escalera que conducía a la planta superior. Oss no sospechó nada, pues Farid subía a menudo a buscar una camisa limpia para Orfeo o a limpiarle las botas. La ropa de Orfeo tenía su propia habitación debajo del tejado, justo al lado de su dormitorio, y el agujero para escuchar se encontraba debajo de las perchas de las que colgaban las camisas de Orfeo. Mientras se arrodillaba entre ellas, su intenso olor a rosas y violetas le provocó náuseas. Una de las criadas le había enseñado el agujero en el suelo, una vez que lo atrajo al cuarto para besarlo. El agujero era del tamaño de una moneda, pero apretando la oreja contra él se captaba todo lo que se decía en el escritorio, y acercando el ojo se columbraba la mesa de Orfeo.

—¿Que si podré hacerlo? —Orfeo rió, como si nunca hubiera contestado una pregunta tan absurda—. ¡De eso no hay duda! Pero mis palabras tienen un precio, y no precisamente barato.

—Lo sé —la voz de Resa seguía denotando indecisión como si odiara cada palabra que pronunciaba—. Yo no tengo plata como Pardillo, pero puedo trabajar para vos.

—¿Trabajar? Oh, no, muchas gracias, no necesito criadas.

—¿Queréis mi anillo de boda? Seguro que tiene cierto valor. El oro escasea en Umbra.

—No. Consérvalo. Me sobra el oro y la plata. Pero hay otra cosa… —Orfeo dejó oír una corta risita. Farid conocía esa risa. No auguraba nada bueno.

—A decir verdad a veces es portentoso el devenir de los acontecimientos —prosiguió Orfeo—. Sí, de veras. Cabría decir que me vienes como anillo al dedo.

—No te comprendo.

—Por supuesto que no. Disculpa. Hablaré claro. A tu marido... no sé muy bien cómo llamarlo, tiene tantísimos nombres... —Orfeo se rió de su propio chiste—, a tu marido se le aparecieron no hace mucho las Mujeres Blancas y, lo reconozco, no del todo sin mi intervención. Cuentan que ya ha sentido sus dedos en el corazón, mas por desgracia se niega a hablar conmigo de esa notable experiencia.

—¿Qué tiene que ver eso con mi ruego?

Farid reparó por primera vez en el gran parecido entre la voz de Meggie y la de su madre. El mismo orgullo, la misma vulnerabilidad cuidadosamente escondida tras ese orgullo.

—Bueno, seguro que recuerdas que hace apenas dos meses juré en la Montaña de la Víbora que rescataría de la muerte a un amigo común.

El corazón de Farid comenzó a latir con tal fuerza que tuvo miedo de que Orfeo lo oyera.

—Sigo decidido a cumplir ese juramento, mas lamentablemente he tenido que constatar que en este mundo es tan difícil como en el nuestro conocer las cartas de la muerte. Nadie sabe nada, nadie dice nada, y las Mujeres Blancas a las que con razón denominan Hijas de la Muerte no se me muestran, por más que las busque. ¡Es evidente que ellas no hablan con mortales sanos, aunque dispongan de mis extraordinarias aptitudes. Seguro que has oído hablar del unicornio, ¿eh?

—Oh, sí. Y llegué a verlo.

¿Percibió Orfeo la aversión en la voz de Resa? De ser así, seguro que debió de sentirse halagado.

Farid notó cómo Jaspe, preso del nerviosismo, le clavaba en el hombro sus dedos cristalinos. Se había olvidado por completo del hombre de cristal. Jaspe tenía un pavor espantoso a Orfeo, más aun que a su hermano mayor. Farid lo depositó a su lado sobre el suelo polvoriento y se llevó un dedo a los labios a modo de advertencia.

—Sí, era un ser sin tacha —prosiguió Orfeo con voz henchida de orgullo—, absolutamente sin tacha... En fin, dejémoslo. Volvamos a las Hijas de la Muerte. Dicen que no se toman a la ligera que alguien se les escape de entre los dedos, que siguen a esos mortales hasta en sueños, que los despiertan de su descanso con sus susurros, que se les aparecen incluso cuando no duermen. ¿Duerme mal Mortimer desde que se escapó de las Mujeres Blancas?

—¿A qué vienen tantas preguntas? —la voz de Resa revelaba irritación... y miedo.

—¿Duerme mal? —repitió Orfeo.

—Sí —la respuesta de Resa fue casi inaudible.

—¡Bien! ¡Muy bien! ¡Qué digo... excelente! —Orfeo levantó tanto la voz que Farid apartó la oreja del agujero espía, pero volvió a apretarla a toda prisa—. En ese caso, quizá sea cierto lo que he oído decir hace poco sobre las damas pálidas... y con esto llegamos a mis honorarios.

Sí, Orfeo estaba muy excitado, pero esta vez parecía no guardar relación alguna con perspectivas económicas.

—Corre el rumor, y los rumores, seguramente ya lo sabes, suelen esconder una verdad en este mundo y en cualquier otro —Orfeo hablaba con voz aterciopelada como si deseara que Resa saboreara cada una de sus palabras—, de que una persona cuyo corazón han tocado las Mujeres Blancas —hizo una breve pausa efectista— puede llamarlas en cualquier momento. No es necesario el fuego, como lo utilizó Dedo Polvoriento, ni el miedo a la muerte, sino solamente la voz que les es familiar, el latido conocido por sus dedos... ¡y aparecen! Creo que adivinas de qué precio hablo, ¿verdad? A cambio de las palabras que he de escribir para ti, quiero que tu esposo invoque a las Mujeres Blancas para que pueda preguntarles por Dedo Polvoriento.

Farid contuvo el aliento. Creía escuchar una negociación del demonio en persona. No sabía qué pensar o sentir. Ira, esperanza, miedo, alegría… Todas esas sensaciones lo asaltaban al mismo tiempo. Pero al final un pensamiento se sobrepuso a todos los demás: ¡Orfeo quiere traer de vuelta a Dedo Polvoriento! ¡Quiere traerlo de veras!

Abajo, en la estancia, reinaba un silencio sepulcral que obligó a Farid a acercar un ojo al agujero en lugar de la oreja. Pero sólo vio la raya meticulosamente trazada en el pelo rubio pálido de Orfeo. Jaspe se arrodilló a su lado con expresión preocupada.

—Lo mejor será que lo intente en un cementerio —Orfeo derrochaba optimismo como si el trato ya estuviera cerrado—. Allí las Mujeres Blancas llamarán menos la atención, suponiendo que en efecto se muestren… y los juglares podrían escribir una canción de gran repercusión sobre la aventura más reciente de Arrendajo.

—¡Eres repulsivo, tan repulsivo como dice Mo!

La voz de Resa temblaba.

—¿Ah, eso dice? Lo consideraré un cumplido. ¿Y sabes qué? Creo que las invocará complacido. Como ya he dicho, se puede componer una espléndida epopeya sobre el asunto que refiera cosas asombrosas sobre su valor y la magia de su voz.

—Invócalas tú mismo, si tanto lo deseas.

—Por desgracia, no me es posible. Creí que lo había manifestado con suficiente clarid…

Farid oyó el portazo. ¡Resa se iba! Agarrando a Jaspe, se abrió paso entre los trajes de Orfeo y bajó la escalera a saltos. Oss se quedó tan boquiabierto cuando pasó disparado a su lado que olvidó ponerle la zancadilla. Resa alcanzó el vestíbulo. Brianna le estaba tendiendo su manto.

—¡Por favor! —Farid se interpuso en el camino de Resa hacia la puerta, ignorando la mirada de hostilidad de Brianna y el grito asustado de Jaspe, a punto de resbalar de su hombro—. ¡Por favor! A lo mejor Lengua de Brujo puede convencerlas. Sólo tiene que invocarlas para que

Orfeo les pregunte cómo podemos rescatar a Dedo Polvoriento. Seguro que tú también ansías su regreso, ¿no? Él te protegió de Capricornio. Él se deslizó por ti hasta las mazmorras del Castillo de la Noche. Su fuego os salvó a todos cuando Basta os esperaba en la Montaña de la Víbora.

Basta, la Montaña de la Víbora… Por un instante el recuerdo hizo enmudecer a Farid, como si la muerte lo hubiera atrapado de nuevo.

Pero después siguió balbuceando, a pesar de que Resa permanecía ausente.

—¡Por favor! ¡No es como entonces, cuando Lengua de Brujo estaba herido… y ni siquiera pudieron ellas hacerle nada en aquella ocasión! ¡Es Arrendajo!

Brianna clavaba sus ojos en Farid como si éste hubiera perdido el juicio. Ella, igual que todos los demás, creía que Dedo Polvoriento se había ido para siempre, ¡y Farid los habría molido a palos por eso!

—Ha sido una equivocación venir hasta aquí —Resa intentó apartarlo, pero Farid se lo impidió.

—¡Sólo tiene que invocarlas! —le gritó—. ¡Pregúntaselo!

Pero Resa lo apartó de otro empujón, esta vez tan fuerte que Farid tropezó contra la pared y el hombre de cristal se aferró a su blusón.

—¡Si le cuentas a Mo que he estado aquí, juraré que mientes! —le adivirtió ella.

Ya había abierto la puerta, cuando la voz de Orfeo la detuvo. Seguramente llevaba un buen rato en lo alto de la escalera, esperando el desenlace de la discusión. Oss estaba tras él, con la expresión hierática que adoptaba siempre que no entendía de qué iba el asunto.

—¡Deja que se vaya! Es evidente que no quiere dejarse ayudar —cada palabra de Orfeo traslucía desprecio—. Tu marido perecerá en esta historia. Eso lo sabes, o no habrías venido aquí. Quizá fue el mismo Fenoglio quien escribió la canción adecuada antes de que se le acabasen las palabras, *La muerte de Arrendajo*, conmovedora y muy dramática, heroica, como conviene a un personaje semejante, pero

al final seguro que no dice: *Y vivieron felices hasta el fin de sus días.*
Sea como fuere… Pífano ha entonado hoy la primera estrofa. Y astuto
como es, ha trenzado el lazo para ese nobilísimo bandido con el amor
materno. ¿Existe un material más letal? Seguro que tu marido se meterá
de un traspié en el lazo con idéntica pasión con la que interpreta el
papel que Fenoglio escribió para él, y su muerte proporcionará materia
para otra impresionante canción. Pero cuando su cabeza esté ensartada
en una pica encima de la puerta del castillo, ojalá recuerdes que yo
habría podido mantenerlo con vida.

La voz de Orfeo perfiló con tal claridad la imagen que describía que
Farid creyó ver correr por los muros del castillo la sangre de Lengua
de Brujo, y Resa se quedó en la puerta con la cabeza gacha, como si las
palabras de Orfeo le hubieran roto el cuello.

Por un momento la historia de Fenoglio pareció contener el
aliento.

Después, Resa levantó la cabeza y miró a Orfeo.

—¡Maldito seas! —exclamó—. Ojalá pudiera invocar yo misma a
las Mujeres Blancas para que te llevaran en el acto.

Bajó los peldaños de la casa de Orfeo con paso inseguro, con
temblor de piernas, pero no se volvió.

—Cierra la puerta, hace frío —ordenó Orfeo, y Brianna obedeció
mientras Orfeo continuaba en lo alto de la escalera con los ojos clavados
en la puerta cerrada.

—¿Crees de verdad que Lengua de Brujo es capaz de convocar a
las Mujeres Blancas? —preguntó Farid alzando, inseguro, la mirada
hacia él.

—Ah, así que has estado escuchando. Bien.

¿Bien? ¿A qué venía eso?

—Seguro que conoces el escondrijo de Mortimer, ¿me equivoco?
—inquirió Orfeo, pasándose la mano por el pelo claro.

—¡Desde luego que no! ¡Nadie…!

—¡Ahórrate las mentiras! —le increpó Orfeo—. Ve a verlo. Cuéntale por qué ha acudido a mí su mujer, y pregúntale si está dispuesto a pagar el precio que exijo a cambio de mis palabras. Si deseas volver a ver a Dedo Polvoriento, es mejor que me traigas una respuesta afirmativa. ¿Entendido?

—El Bailarín del Fuego está muerto —la voz de Brianna no revelaba que hablaba de su padre.

Orfeo dejó escapar una risita.

—Bueno, hermosa mía, también lo estaba Farid, pero las Mujeres Blancas se avinieron a negociar. ¿Por qué no habrían de hacerlo de nuevo? Sólo hay que sazonar el trato, y creo que ya sé cómo. Es igual que pescar. Sólo necesitas el cebo adecuado.

¿Cuál sería el cebo? ¿Qué era más deseable para las Mujeres Blancas que el Bailarín del Fuego? Farid no quería saber la respuesta. Sólo le apetecía pensar en una cosa: que quizá todo tuviera arreglo. Que había sido acertado traer a Orfeo…

—Pero, bueno, ¿qué demonios haces ahí plantado? ¡Ponte ahora mismo en camino! —vociferó Orfeo desde arriba—. ¡Y tú tráeme algo de comer! —gritó a Brianna—. Creo que ya va siendo hora de escribir una nueva canción sobre Arrendajo. ¡Y esta vez su autor será Orfeo!

Farid lo oyó tararear entre dientes mientras regresaba a su escritorio.

19

MANOS DE SOLDADO

¿Escoge el caminante al camino o el camino al caminante?

Garth Nix, *Sabriel*

Umbra parecía más que nunca una ciudad muerta cuando Resa regresó al establo en el que había dejado su caballo, y en el silencio que reinaba entre las casas volvió a escuchar la voz de Orfeo pronunciando las mismas palabras con igual claridad que si caminara detrás de ella. *Pero cuando su cabeza esté ensartada en una pica encima de la puerta del castillo, ojalá recuerdes que yo habría podido mantenerlo con vida.* Casi la cegaron las lágrimas mientras caminaba a trompicones en plena noche. ¿Qué iba a hacer? ¿Qué podía hacer? ¿Desistir? No. Jamás.

Se detuvo.

¿Dónde estaba? Umbra era un laberinto de piedra y los años en los que había aprendido a orientarse por las estrechas callejuelas quedaban muy atrás.

Cuando prosiguió su camino, sus propios pasos resonaban en sus oídos. Llevaba las mismas botas que el día en que Orfeo los trajo con la lectura a Mo y a ella. Él estuvo a punto de matarlo. ¿Lo había olvidado?

Un siseo por encima de su cabeza la sobresaltó. A continuación, un sordo crepitar, y por encima del castillo la noche se tiñó de un rojo escarlata, como si hubieran prendido fuego al cielo. Pájaro Tiznado entretenía a Pardillo y a sus invitados alimentando las llamas con veneno de alquimista y maldad hasta que éstas se retorcían, en lugar de bailar como hacían con Dedo Polvoriento.

Dedo Polvoriento. Sí, ella también deseaba su retorno, y se le helaba el corazón al pensar que yacía con los muertos. Pero aun se le helaba más al pensar que las Mujeres Blancas alargaban de nuevo sus manos hacia Mo. No obstante... ¿no se lo llevarían si permanecía en ese mundo? *Tu marido perecerá en esta historia...*

¿Qué debía hacer?

El cielo se tiñó de un verde sulfuroso. El fuego de Pájaro Tiznado era multicolor, y la calle por la que bajaba con pasos cada vez más presurosos terminaba en una plaza que nunca había visto. Las casas eran pobres. En el umbral de una puerta yacía un gato muerto. Indecisa, se acercó a la fuente que había en medio de la plaza... y se volvió sobresaltada al oír pasos a su espalda. Tres hombres surgieron de las sombras entre las casas. Soldados con los colores de Cabeza de Víbora.

—Vaya, ¿a quién tenemos deambulando por ahí a una hora tan tardía? —dijo uno, mientras los otros dos, en un par de zancadas, le cortaban el paso—. ¿No os lo dije? En Umbra se encuentran cosas más interesantes que el rollo de escupefuego de Pájaro Tiznado.

Y ahora ¿qué, Resa? Llevaba un cuchillo, pero ¿de qué le serviría contra tres espadas? Y uno encima portaba una ballesta. Había visto con harta frecuencia lo que hacían sus flechas. ¡Tendrías que haberte puesto ropa de hombre, Resa! ¿No te ha contado mil veces Roxana que ninguna mujer de Umbra sale de casa tras oscurecer por miedo a los hombres de Pardillo?

—¿Qué? Seguro que tu hombre está tan muerto como todos los demás, ¿no? —el soldado apenas era más alto que ella, pero los otros dos le sacaban la cabeza.

Resa alzó la vista hacia las casas, pero ¿quién iba a acudir en su ayuda? Fenoglio vivía al otro lado de Umbra, y Orfeo... aunque pudiera oírla, ¿la ayudarían él y su gigantesco criado después de haber rechazado su trato? Inténtalo, Resa, ¡grita! A lo mejor Farid te echa una mano. Pero su voz no la obedecía, igual que entonces, la primera vez que se perdió en este mundo...

En las casas circundantes sólo se veía una ventana iluminada. Una anciana asomó la cabeza y retrocedió deprisa al divisar a los soldados. «¿Has olvidado de qué está hecho este mundo?», creyó oír decir a su marido. Pero suponiendo que sólo se compusiera de palabras, ¿qué decían de ella esas palabras? *Pero allí había una mujer que se extravió nada menos que dos veces en el mundo situado detrás de las letras, y la segunda vez ya no halló el camino de regreso...*

Ahora dos de los soldados estaban justo detrás de ella. Uno le puso las manos en las caderas. A Resa se le antojó que había leído una vez lo que sucedía, en algún lugar, en algún momento... «¡Deja de temblar! Pégale, métele los dedos en los ojos.» ¿No le había explicado a Meggie hacía poco cómo defenderse si le sucedía algo parecido? El más bajo de los tres se aproximó con una sucia sonrisa de esperanza en los delgados labios. ¿Qué se sentía regocijándose con el miedo ajeno?

—¡Dejadme en paz! —al menos la voz volvía a obedecerla. Pero por las noches seguro que se oían con frecuencia voces similares en Umbra.

—¿Por qué tendríamos que hacerlo?

El soldado situado a su espalda olía al fuego de Pájaro Tiznado. Sus manos se deslizaron más arriba, hacia sus pechos. Los otros reían; la risa era casi peor que aquellos dedos inquisitivos. Pero además de las risas, Resa creyó oír algo diferente. Pasos ligeros, rápidos. ¿Farid?

—¡Aparta esas manos! —esta vez ella gritó las palabras tan alto como pudo, pero no fue su voz la que obligó a los hombres a volverse.

—Soltadla. Inmediatamente.

La voz de Meggie sonó tan adulta que Resa no comprendió en el acto que pertenecía a su hija. Meggie surgió de entre las casas erguida, igual que había aparecido en la plaza de la fiesta de Capricornio. Sólo que esta vez no vestía el horrible atuendo blanco que le había impuesto Mortola.

El soldado que sujetaba a Resa dejó caer las manos como un chico pillado en falta, pero al ver salir de la oscuridad a una chica, la agarró con más brutalidad aun.

—¿Otra más? —el más bajo se volvió y lanzó a Meggie una mirada apreciativa—. Bueno, tanto mejor. ¿Lo veis? Es cierto lo que os conté de Umbra. Es un nido de mujeres.

Fueron sus últimas y necias palabras. El príncipe Negro le lanzó su cuchillo a la espalda. Mo y él surgieron de la noche como sombras despertadas a la vida. El soldado que mantenía sujeta a Resa la alejó de un empujón y desenfundó su espada. Gritó al otro una advertencia, pero Mo los mató a ambos tan deprisa que Resa creyó que no había tenido tiempo de respirar. Sus rodillas cedieron y tuvo que apoyarse en el muro más próximo. Meggie corrió hacia ella y le preguntó, preocupada, si estaba herida. Su marido se limitó a mirarla.

—¿Qué? ¿Ya está escribiendo Fenoglio? —fue todo lo que dijo.

Él sabía por qué había cabalgado hasta allí su mujer. Faltaría más.

—No —respondió Resa en susurros—. No, y tampoco escribirá nada. Ni él, ni Orfeo.

Cómo la miraba él. Como si no supiera si creerle. Nunca la había mirado de ese modo. Después se volvió en silencio y ayudó al Príncipe a arrastrar a los muertos a una de las calles adyacentes.

—Iremos por el arroyo de los tintoreros —le susurró Meggie—. Mo y el Príncipe han matado a los centinelas de esa zona.

Muertos y más muertos, Resa. Sólo porque quieres ir a casa. El empedrado estaba cubierto de sangre, y mientras Mo arrastraba al soldado que la había sujetado, sus ojos la observaban. ¿Le daba pena?

No. Pero la naturalidad con la que hasta su hija hablaba de matar la estremecía. ¿Y Mo? ¿Qué sentía al hacerlo? ¿Nada? Lo vio limpiar la sangre de su espada con el manto de uno de los muertos y mirarla. ¿Por qué no acertaba ella a leer en sus ojos igual que antes?

Porque tenía delante a Arrendajo. Y esta vez lo había llamado ella misma.

El camino hacia la calle de los tintoreros parecía interminable. El fuego de Pájaro Tiznado aún brillaba en el cielo, y en dos ocasiones tuvieron que esconderse de un tropel de soldados borrachos, pero al fin llegó a sus narices el olor acre del agua de los tintoreros. Resa presionó la manga contra su boca y su nariz cuando llegaron al arroyo que conducía hasta el río las aguas residuales a través de una reja en la muralla de la ciudad, y cuando ella siguió a Mo a ese caldo hediondo sintió tales náuseas que apenas consiguió coger el aire suficiente para atravesar la reja por debajo sumergiéndose.

Mientras el príncipe Negro la ayudaba a llegar a la orilla, vio a uno de los centinelas muertos tendido entre los arbustos. La sangre sobre su pecho parecía tinta en la noche sin estrellas, y Resa prorrumpió en sollozos. No podía parar, ni siquiera cuando al fin llegaron al río y se lavaron por encima el agua apestosa del cabello y de las ropas.

Dos bandidos aguardaban con caballos más abajo junto a la orilla, allí donde nadaban las ondinas y las mujeres de Umbra tendían la ropa sobre las piedras planas de la orilla. Doria también estaba allí. Sin su forzudo hermano. Al ver lo mojada que estaba, cubrió los hombros de Meggie con su raída capa. Mo ayudó a Resa a subir a la silla, pero seguía sin decir palabra. Su silencio la hacía estremecerse más que sus ropas mojadas, y no fue él, sino el príncipe Negro, quien le trajo una manta. ¿Le había revelado Mo lo que ella pretendía hacer en Umbra? No, seguro que no. ¿Cómo contárselo sin explicarle el poder que en ese mundo tenían las palabras?

Meggie también sabía por qué había cabalgado su madre a Umbra. Resa lo veía en sus ojos. Estaban alerta, como si su hija, presa de la inquietud, se preguntase cuáles serían sus próximos pasos. ¿Qué pasaría si Meggie se enteraba de que su madre había ido a ver a Orfeo? ¿Comprendería que la única razón había sido el miedo por su padre?

Cuando se alejaban, comenzó a llover. El viento arrastró hasta su rostro las gotas heladas, y encima del castillo el cielo brillaba rojo oscuro como si Pájaro Tiznado les enviara una advertencia. Por indicación del Príncipe, Doria retrocedió para borrar sus huellas, mientras Mo cabalgaba a la cabeza silencioso. Cuando giró la cabeza, su mirada fue para Meggie, no para ella, y Resa agradeció la lluvia en su cara, porque así nadie veía sus lágrimas.

UNA NOCHE SIN SUEÑO

Siempre que me desespero por el mundo
Y el más leve rumor me despierta en la noche
Temiendo por mi vida y la de mis hijos,
Acudo donde el gran lagarto
Hermoso reposa sobre el agua
y donde pesca la garceta.
Hallo entonces la paz de los seres salvajes,
De vida no menoscabada por la preocupación.
Me presento ante el agua mansa
Y siento en lo alto las estrellas, ciegas de día,
Quietas en su luz. Descanso un momento
En la sublimidad del mundo, y soy libre.

                        Wendell Berry, «The Peace of Wild Things»

—Lo siento —Resa dijo lo que pensaba.
Lo siento.

Musitaba una y otra vez estas dos palabras, pero detrás de ellas, Mo percibía los auténticos pensamientos de Resa: que volvía a estar atrapada. La fortaleza de Capricornio, su pueblo en las montañas, los calabozos del Castillo de la Noche… demasiadas prisiones. Ahora era un libro lo que la retenía, el mismo libro que ya la había apresado una vez. Y cuando había intentado escapar de él, la había traído de vuelta.

—Yo también lo siento —decía él con la misma frecuencia que ella… y, sin embargo, sabía que su esposa esperaba otras palabras muy distintas. *De acuerdo, Resa, volvamos. Ya encontraremos el modo.*

Pero no las pronunció, y esas palabras no dichas generaron un silencio que ellos no habían conocido ni siquiera cuando Resa perdió la voz.

Al final se echaron a dormir, a pesar de que fuera ya alboreaba, agotados por el miedo que ambos habían pasado y por lo que no se dijeron el uno al otro. Resa se durmió enseguida, y mientras él contemplaba su rostro dormido recordó los años en que había añorado precisamente eso. Pero ni siquiera ese pensamiento le aportó serenidad… y al final dejó sola a Resa con sus sueños.

Salió fuera, pasó junto a los centinelas que se burlaron de él por el hedor a tintorero que continuaba adherido a sus ropas, y caminó por el barranco en el que había levantado el campamento, como si el Mundo de Tinta pudiera susurrarle lo que debía hacer si escuchaba con la debida atención.

De sobra sabía lo que debía hacer…

Al final se sentó junto a una de las charcas que habían sido un día las huellas de los pies de un gigante, observando a las moscas dragón que revoloteaban por encima del agua turbia. En ese mundo parecían realmente dragones alados diminutos y a Mo le gustaba sentarse, seguir con la vista sus figuras extravagantes e imaginarse cuán grande debió haber sido el gigante que dejó semejante huella del pie. Apenas unos días antes había vadeado con Meggie una de las charcas para averiguar la profundidad de las huellas. El recuerdo suscitó una sonrisa, aunque malditas las ganas que tenía de reír. Aún percibía en su interior el horror que provocaba matar. ¿Lo sentiría todavía el príncipe Negro, después de tantos años?

La mañana llegó vacilante, con una mezcla de tinta y leche, y Mo no acertó a precisar cuánto tiempo había estado allí sentado, esperando a que el mundo de Fenoglio le revelase la continuación, cuando una voz familiar pronunció, quedo, su nombre.

—No deberías estar aquí solo —dijo Meggie, sentándose a su lado sobre la hierba blanquecina por la escarcha—. Es peligroso, tan alejado de los centinelas.

—¿Y tú? ¿Debería ser un padre más severo y prohibirte pasear fuera del campamento sin mí?

—Bobadas. Siempre llevo encima un cuchillo. Farid me enseñó a utilizarlo —contestó dedicando a su padre una sonrisa indulgente mientras se rodeaba las rodillas con los brazos.

Qué adulta parecía. Era una tontería pretender protegerla todavía.

—¿Te has reconciliado con Resa?

La mirada preocupada de su hija lo turbó. En ocasiones era mucho más fácil estar solo con ella.

—Sí, claro —Mo alargó el dedo y una de las moscas dragón, que parecía hecha de hierba azul verdosa, se posó encima.

—¿Y? —Meggie lo miró inquisitiva—. ¿Preguntó a los dos, verdad? A Fenoglio y a Orfeo.

—Sí. Pero afirma que no se puso de acuerdo con ninguno de los dos —la mosca dragón curvó su esbelto cuerpo, cubierto de escamas diminutas.

—Claro que no. ¿Qué se figuraba? Fenoglio ya no escribe y Orfeo es caro —Meggie frunció el ceño, despectiva.

Él se lo acarició sonriendo.

—Ten cuidado, o las arrugas permanecerán, lo cual sería un poco prematuro, ¿no crees?

Cuánto amaba él su rostro. Cuánto lo amaba y anhelaba que fuera feliz. Nada deseaba más en el mundo.

—Dime una cosa, Meggie, pero con sinceridad, con absoluta

sinceridad —ella sabía mentir mucho mejor que él—. ¿Tú también deseas regresar?

Ella inclinó la cabeza, se echó el pelo liso por detrás de las orejas.

—¿Meggie?

Su hija seguía rehuyendo su mirada.

—No lo sé —respondió al fin la joven en voz baja—. Quizá. Es doloroso pasar miedo con tanta frecuencia, miedo por ti, por Farid, por el príncipe Negro, por Baptista, por Recio —alzó la cabeza y lo miró—. Ya sabes que a Fenoglio le gustan las historias tristes. Quizá tanta desdicha se debe a eso, a que es sencillamente una historia de ese tipo…

Una historia. Sí. Pero ¿quién la contaba? Fenoglio, no. Mo contempló la escarcha en sus dedos. Fría y blanquecina. Como las Mujeres Blancas… A veces se despertaba sobresaltado en medio del sueño creyendo que las oía susurrar. Otras notaba sus dedos gélidos en su corazón, y a veces, sí, a veces casi ansiaba volver a verlas.

Alzó la vista hacia los árboles, lejos de toda la blancura. El sol disipaba la neblina matinal, y en las ramas, cada vez más desnudas, brillaban las últimas hojas como oro pálido.

—¿Qué hay de Farid? ¿No es un motivo para quedarse?

Meggie agachó la cabeza. Se esforzó al máximo por aparentar indiferencia.

—A Farid le importa un bledo que yo esté aquí. Sólo piensa en Dedo Polvoriento. Desde que éste murió, la situación ha empeorado.

Pobre Meggie. Se había enamorado del chico equivocado. Pero ¿desde cuándo importaba eso en el amor?

Ella se esforzó por ocultar su tristeza cuando volvió a mirarlo.

—¿Tú qué crees, Mo? ¿Nos echará de menos Elinor?

—A ti y a tu madre, sin duda. En mi caso ya no estoy tan seguro —imitó la voz de Elinor—. ¡*Mortimer, has colocado el Dickens en el*

lugar equivocado! Y ¿en qué cabeza cabe que tenga que explicar a un
encuadernador que no se come pan con mermelada en una biblioteca?

Meggie rió. Bueno, algo es algo. Cada día que pasaba costaba más hacerle reír.

Pero un instante después su rostro había recuperado la seriedad.

—Echo mucho de menos a Elinor. Añoro su casa, la biblioteca y el café a orillas del lago donde siempre me llevaba a tomar un helado. Echo de menos tu taller y que me lleves en coche al colegio por las mañanas y mientras tanto imites las discusiones entre Elinor y Darius, y que mis amigas siempre quieran venir a mi casa porque tú las haces reír… Me encantaría contarles todo lo que nos ha sucedido, aunque, como es lógico, no creerían una palabra. Aunque… quizá podría llevarme como prueba un hombre de cristal.

Por un momento pareció lejos, muy lejos, devuelta al pasado no por las palabras de Fenoglio o las de Orfeo, sino por las suyas propias. Sin embargo, continuaban sentados junto a una charca en las colinas de Umbra, y un hada revoloteó hacia el pelo de Meggie y estiró con tanta fuerza que la chica dio un grito. Mo ahuyentó rápidamente a la pequeña criatura. Era una de las hadas de colores, creación de Orfeo, y Mo creyó descubrir en su rostro diminuto vestigios de la maldad de su creador. Con una risita feliz, el hada trasladó su botín rubio pálido arriba, a su nido, que relucía tan multicolor como ella misma. Al contrario que a las hadas azules, el invierno que se avecinaba no parecía adormecer a las criaturas de Orfeo. Recio aseguraba incluso que robaban a sus congéneres azules cuando éstas dormían en sus nidos.

De las pestañas de Meggie pendía una lágrima. Quizá fue el hada la causa, o quizá no. Mo se la limpió con delicadeza.

—Total que sí. Quieres regresar.

—¡No! ¡Ya te digo que no lo sé! —con cuánta desdicha lo miraba—. ¿Qué será de Fenoglio si nos vamos? ¿Qué pensarán el príncipe Negro y Recio y Baptista? ¿Qué será de ellos? ¿Y de Minerva y sus hijos, de Roxana… y de Farid?

—Eso, ¿qué? —intervino su padre—. ¿Cómo continuaría la historia sin Arrendajo? Pífano se llevará a los niños, porque ni siquiera las madres desesperadas conseguirán encontrar a Arrendajo. Como es lógico, el príncipe Negro intentará salvar a los niños, será el verdadero héroe de esta historia e interpretará bien su papel. Pero lleva ya demasiado tiempo haciendo de héroe, está cansado… y no cuenta con suficientes hombres. Así que la Hueste de Hierro lo matará a él y a todos sus seguidores, uno detrás de otro: al Príncipe, a Baptista, a Recio, a Doria, a Ardacho y a Birlabolsas… bueno, la verdad es que en el caso de estos dos seguro que no es una lástima. A continuación Pífano seguramente mandará al diablo a Pardillo y durante un tiempo gobernará Umbra en persona. Orfeo, con la lectura, le traerá unicornios o un par de máquinas de guerra… Sí, seguro que éstas gustarían más a Pífano. Fenoglio, de la pena, se matará con la bebida. Y Cabeza de Víbora será inmortal y algún día reinará sobre un pueblo de muertos. Creo que acabaría más o menos así, ¿verdad?

Meggie lo miró. A la luz del alba el pelo de ella parecía oro hilado. El pelo de Resa tenía ese mismo color cuando él la vio por primera vez en la casa de Elinor.

—Sí, quizá —contestó Meggie en voz baja—. ¿Pero terminaría la historia de un modo muy diferente si se queda Arrendajo? ¿Cómo va a depender únicamente de él un final feliz?

—¡Eh, Arrendajo! —unos sapos saltaron asustados al agua cuando Recio se abrió camino a través de la maleza.

Mo se incorporó.

—Quizá no deberías pronunciar muy alto ese nombre en el bosque —advirtió en voz baja.

Recio miró asustado a su alrededor como si la Hueste de Hierro estuviera ya entre los árboles.

—Perdona —murmuró—. Mi cabeza no trabaja tan temprano, y

luego, el vino de ayer… Es el chico. Ya sabes, el que trabaja en casa de Orfeo y al que Meggie… —enmudeció al ver la mirada de Meggie—. ¡Ay, no digo más que tonterías! —gimió apretando con la mano su cara redonda—. Simples tonterías. Pero las palabras salen así de mi boca. No puedo evitarlo.

—Farid. Se llama Farid. ¿Dónde está? —la cara de Meggie se iluminó, a pesar de sus esfuerzos por simular indiferencia.

—Farid, es verdad. Un nombre extraño. Como de una canción, ¿verdad? Está en el campamento. Pero desea hablar con tu padre.

La sonrisa de Meggie se borró tan bruscamente como había nacido. Mo le pasó un brazo por los hombros, pero el abrazo de un padre no mitiga las penas de amor. Maldito chico.

—Está muy alterado. Su burro apenas puede tenerse en pie, tan deprisa ha debido venir. Ha despertado a todo el campamento. «¿Dónde está Arrendajo? ¡Tengo que hablar con él!» No pudimos sacarle nada más.

—¡Arrendajo! —Mo nunca había percibido tanta amargura en la voz de Meggie—. Le he repetido mil veces que no te llame así. ¡Es un imbécil!

El equivocado. Pero ¿desde cuándo se preguntaba eso una enamorada?

21

MALAS PALABRAS

¡Oh, por favor!, sintió decirse a su corazón. ¡Oh, por favor, deja
que me *vaya*!

John Irving, *El consejo de Dios y la aportación del diablo*

—**D**arius —Elinor ya no soportaba su propia voz. Le parecía
horrible... malhumorada, furiosa, impaciente... Antes no
sonaba así, ¿verdad?

Darius casi dejó caer los libros que traía en ese momento, y el perro
levantó la cabeza de la alfombra que Elinor le había comprado para que
no arruinase del todo el suelo de madera con sus babas pegajosas. Aparte
de que resbalaba continuamente en ellas.

—¿Dónde está el Dickens que compramos la semana pasada?
¿Cuánto tiempo necesitas para colocar un libro en su sitio? ¡Demonios!
¿Te pago acaso para que te sientes en mi sillón a leer? Admítelo, eso es lo
que haces cuando no estoy.

Oh, Elinor. Cómo odiaba las palabras que salieron de su boca, tan
amargas y venenosas. Babas de su desdichado corazón.

Darius agachó la cabeza, como siempre que no quería que ella notase
lo ofendido que se sentía.

—Está donde debe estar, Elinor —respondió con su voz suave, que la enloquecía más. Con Mortimer se discutía de maravilla, y Meggie era una auténtica pequeña guerrera. ¡Pero Darius! Hasta Resa la contradecía más, a pesar de no poder hablar.

Cobardica con cara de lechuza. ¿Por qué no la insultaba? ¿Por qué no tiraba a sus pies los libros que estrechaba tan abnegadamente contra su pecho de pollo, como si necesitara protegerlos de ella?

—¿Dónde estará? —repitió—. ¿Crees que últimamente ni siquiera sé leer?

Con cuánta preocupación la miraba el memo del perro. Después, con un gruñido, volvió a dejar caer su tosca cabeza sobre la alfombra.

Darius descargó la pila de libros que traía en la vitrina más cercana, se acercó al estante donde Dickens se arrellanaba entre Defoe y Dumas (el hombre había escrito demasiados libros), y con ademán seguro sacó el ejemplar aludido.

Se lo entregó a Elinor sin decir palabra. Después comenzó a clasificar los libros con los que había entrado en la biblioteca.

Qué tonta se sintió Elinor, qué tonta. Odiaba sentirse tonta. Era casi peor que la tristeza.

—¡Está sucio! —déjalo ya, Elinor. Pero no podía. Las palabras simplemente brotaban de su boca—. ¿Cuándo limpiaste por última vez el polvo a los libros? ¿Es que también he de ocuparme personalmente de eso?

Darius seguía dándole su delgada espalda. Recibía las palabras impertérrito, como un castigo corporal injusto.

—¿Qué pasa? ¿Es que tu lengua balbuceante rehúsa ahora servirte? A veces me pregunto para qué tienes lengua. Habría tenido que llevársete Mortola en lugar de a Resa… siendo muda, era más locuaz que tú.

Darius colocó el último libro en el estante, enderezó otro y se dirigió hacia la puerta, tieso como un palo y con paso decidido.

—¡Darius! ¡Vuelve!

Pero ni siquiera se giró.

Maldita sea. Elinor salió presurosa tras él, en la mano el Dickens que, tuvo que reconocer, no estaba demasiado polvoriento. A fuer de sincera… no tenía ni una mota de polvo. «¡Claro que no, Elinor!», se dijo. «Como si no supieras con qué fervor los libera Darius todos los jueves y todos los viernes de la más diminuta motita de polvo.» Su asistenta se carcajeaba con regularidad del fino pincel que utilizaba para dicho menester.

—¡Darius, por todos los santos, no te pongas así!

Silencio.

Cerbero la adelantó en la escalera y la miró con la lengua fuera desde el escalón más alto.

—¡Darius!

«Por las babas del perro tonto… ¿dónde se había metido?»

Su cuarto estaba justo al lado del antiguo despacho de Mortimer. La puerta estaba abierta y sobre la cama yacía abierta la maleta que ella le había comprado para el primer viaje que hicieron juntos. Siempre le había gustado comprar libros con Darius (y tenía que reconocer que él ya la había librado de cometer alguna que otra tontería).

—¿Qué…? —qué pesada sintió de pronto su malvada lengua—. Por todos los diablos, ¿qué estás haciendo?

¿Pues qué iba a ser? Era obvio: empaquetar en la maleta la poca ropa que poseía.

—¡Darius!

Él colocó sobre la cama el dibujo de Meggie que le había regalado Resa, el libro de notas que le había encuadernado Mortimer, y el marcapáginas que le había confeccionado Meggie con las plumas de un arrendajo.

—La bata —murmuró con voz entrecortada mientras depositaba en el interior de la maleta la foto de sus padres, que siempre colocaba junto a su cama—, ¿tienes algo que oponer a que me la lleve?

—¡No preguntes esas tonterías! ¡Claro que no! ¡Fue un regalo, maldita sea! Pero ¿adónde pretendes llevártela?

Cerbero entró trotando en la habitación y corrió hacia la mesilla de noche situada junto a la cama, en cuyo cajón Darius siempre guardaba unas cuantas galletas.

—Todavía no lo sé.

Dobló la bata con el mismo cuidado que el resto de la ropa (esa prenda le estaba demasiado grande, pero ¿cómo iba a saber ella su estatura?), colocó el dibujo, el cuaderno de apuntes y el marcapáginas en la maleta y la cerró. Como es natural, no consiguió cerrar las cerraduras. ¡Era tan torpe!

—¡Deshaz la maleta ahora mismo! Esto es ridículo.

Darius negó con la cabeza.

—¡Cielos, no puedes dejarme sola! —la propia Elinor se asustó de la desesperación que traslucía su voz.

—Tú también te sientes sola conmigo, Elinor —respondió Darius acongojado—. ¡Eres tan desgraciada! No lo soporto más.

El perro bobo dejó de olfatear la mesilla de noche y se quedó sentado con la mirada triste. Él tiene razón, decían sus llorosos ojos perrunos.

¡Como si Elinor no lo supiera! No se aguantaba ya ni a sí misma. ¿Había sido así antes... antes de que Meggie, Mortimer y Resa se mudaran a vivir a su casa? Quizá. Pero entonces allí sólo había libros, y los libros no se quejaban. A pesar de que, para ser sincera, nunca había sido tan ruda con los libros como con Darius.

—¡Vale, pues vete! —era ridículo, pero su voz comenzó a temblar—. Déjame sola tú también. Tienes razón. ¿Para qué tienes que presenciar cómo me vuelvo más inaguantable cada día que pasa y sigo esperando que ellos vuelvan por algún milagro? A lo mejor, en lugar de ir muriendo muy lentamente y del modo más lamentable, debería pegarme un tiro o ahogarme en el lago. Los escritores lo hacen de vez en cuando y en los cuentos también queda muy bien.

Cómo la miraba él con sus ojos hipermétropes (la verdad es que habría debido comprarle hacía mucho otras gafas. Ésas eran sencillamente ridículas). Después abrió la maleta e inspeccionó sus pertenencias. Sacó el marcapáginas que le había confeccionado Meggie, y acarició las plumas con motas azules. Plumas de arrendajo. Meggie las había pegado sobre una banda de cartón amarillo claro. Era precioso…

Darius carraspeó. Tres veces.

—De acuerdo —dijo al fin, conteniéndose a duras penas—. Has ganado, Elinor. Lo intentaré. Tráeme la hoja. Porque si no, es posible que un buen día te pegues un tiro de verdad.

¿Cómo? ¿Qué estaba diciendo? El corazón de Elinor comenzó a latir desbocado, como si quisiera anticiparse a ella, trasladarse al Mundo de Tinta para reunirse con las hadas y los hombres de cristal y con aquellos a los que ella amaba mucho más que a cualquier libro.

—¿Quieres decir que…?

Darius asintió, resignado como un guerrero cansado de librar batallas.

—Sí —repuso—. Sí, Elinor.

—¡Voy por ella! —Elinor se volvió.

Todo lo que en las últimas semanas había vuelto su corazón tan pesado como el plomo, convirtiendo sus miembros en los de una anciana… había desaparecido. ¡Sin dejar rastro!

Darius la llamó.

—Elinor, también deberíamos llevarnos algunos libros de notas de Meggie… y un par de cosas prácticas como… por ejemplo un mechero.

—Y un cuchillo —añadió Elinor. Al fin y al cabo, pensaban dirigirse donde Basta estaba, y ella se había jurado que la próxima vez que se encontrase con él también empuñaría un cuchillo.

De la prisa que tenía por volver a la biblioteca casi se cayó por las escaleras. Cerbero saltó tras ella, jadeando de excitación. ¿Adivinaría en algún rincón de su corazón canino que se dirigían al lugar en el que había desaparecido su antiguo amo?

¡Va a intentarlo! ¡Va a intentarlo! Elinor no pensaba en otra cosa. Ni en la voz perdida de Resa, ni en la pierna rígida de Cockerell, ni en la cara deforme de Nariz Chata. «Todo se arreglará», se decía mientras con dedos temblorosos sacaba de la vitrina las palabras de Orfeo. «Esta vez no está aquí Capricornio para atemorizar a Darius y leerá a las mil maravillas. ¡Oh, Dios, Elinor, volverás a verlos!»

22

HA PICADO EL ANZUELO

Si Jim hubiera sabido leer, quizá hubiera reparado en un hecho extraño… Pero Jim no sabía leer.

Michael Ende, *Jim Botón y los Trece Salvajes*

Un enano, cosa del doble de tamaño que un hombre de cristal, y en modo alguno peludo como Tullio, no, debía tener la piel alabastrina, cabeza muy grande y piernas torcidas. Bueno, por lo menos Pardillo sabía siempre lo que quería… aunque sus encargos hubieran disminuido claramente desde la llegada de Pífano a la ciudad. Orfeo meditaba si el pelo del enano debía ser rojo como el de un zorro o blanco albino, cuando Oss llamó a la puerta y tras oír «adelante» asomó la cabeza. Los modales de Oss en la mesa eran repugnantes y no le gustaba lavarse, pero jamás olvidaba llamar a la puerta.

—Ha llegado otra carta para vos, señor.

Ay. ¿No sentaba bien ser llamado así? Señor…

Oss entró, inclinó su calva cabeza (a veces exageraba su servilismo) y entregó a Orfeo un papel sellado. ¿Papel? Qué raro. Habitualmente las personas distinguidas enviaban sus encargos sobre pergamino; y el sello tampoco le parecía conocido. Bueno, qué más daba. Ya era el tercer pedido del día, los negocios iban viento en popa. La llegada de Pífano tampoco había cambiado demasiado las cosas. ¡Ese mundo, sencillamente, parecía hecho a su medida! ¿No lo había sabido siempre, desde que con sudorosos dedos de escolar abrió por vez primera el libro de Fenoglio? Allí, por sus magistrales mentiras, no iba a parar a la cárcel por falsificador o estafador, allí apreciaban su talento… y todo Umbra se inclinaba cuando recorría el mercado con sus ropas elegantes. Fabuloso.

—¿De quién es la carta?

Oss encogió sus hombros de una anchura casi ridícula.

—No lo sé, señor. Me la entregó Farid.

—¿Farid? —Orfeo se levantó—. ¿Por qué no me lo has comunicado enseguida? —con un brusco ademán arrancó la carta de los toscos dedos de Oss.

Orfeo: (él, por supuesto, no ponía «querido» o «estimado», Arrendajo no mentía ni en el tratamiento) *Farid me ha informado de lo que pides por las palabras que te solicitó mi mujer. Acepto el trato.*

Orfeo leyó tres, cuatro, cinco veces esas líneas, y sí, ahí lo ponía, negro sobre blanco.

Acepto el trato.

¡El encuadernador de libros había picado el anzuelo! ¿Podía ser de verdad tan fácil?

Sí. ¿Por qué no? Los héroes son unos mentecatos. ¿No es lo que él había dicho siempre? Arrendajo había caído en la trampa y él sólo tenía que cerrarla. Con una pluma, algo de tinta… y su lengua.

—¡Vete! ¡Quiero estar solo! —increpó a Oss, que con aire aburrido arrojaba nueces a los dos hombres de cristal—. ¡Y llévate a Jaspe!

Orfeo sabía que le gustaba demasiado hablar consigo mismo en voz alta mientras elaboraba sus ideas, de modo que el hombre de cristal no podía permanecer en la habitación. Jaspe se sentaba con demasiada frecuencia sobre los hombros de Farid, y el chico no debía enterarse bajo ningún concepto de lo que Orfeo pensaba escribir. Aunque ese estúpido botarate ansiaba el regreso de Dedo Polvoriento aun más que él, era dudoso que a cambio estuviera dispuesto a sacrificar al padre de su amada. No. Para entonces Farid adoraba a Arrendajo tanto como todos los demás.

Hematites lanzó a su hermano una mirada de perversa alegría cuando Oss, con sus dedos carnosos, recogió del escritorio a Jaspe.

—¡Pergamino! —ordenó Orfeo en cuanto la puerta se cerró tras ellos, y Hematites comenzó a extender sobre el pupitre el mejor pliego con enorme diligencia.

Orfeo se acercó a la ventana y contempló las colinas de las que probablemente procedía la carta de Arrendajo. Lengua de Brujo, Arrendajo… le habían dado nombres magníficos, y desde luego Mortimer era con toda seguridad mucho más noble y valiente que él mismo, pero ese dechado de virtudes no podía competir con él en astucia, pues la virtud entontecía.

«¡Agradéceselo a su mujer, Orfeo!», pensó, mientras comenzaba a caminar de un lado a otro (nada ayudaba más a pensar). «Si su mujer no tuviera tanto miedo a perderlo, quizá nunca habrías conseguido el cebo que necesitas.»

¡Oh, sería fantástico! ¡Su mayor triunfo! Unicornios, enanos, hadas multicolores… todo eso no estaba mal, pero no era nada comparado con lo que iba a lograr a continuación: rescatar de entre los muertos al Bailarín del Fuego. Orfeo. ¿Había sido alguna vez tan adecuado el nombre que se había dado? Pero él sería más listo que el cantor al que le había robado el nombre. Él enviaría en su nombre a otro al reino de los muertos… y se encargaría de que no regresase jamás.

—Dedo Polvoriento, ¿me escuchas en el país gélido en que te encuentras? —susurró Orfeo mientras Hematites, diligente, removía la tinta—. ¡He atrapado el cebo que te rescatará, el más maravilloso de los cebos, adornado con las más espléndidas plumas azul pálido!

Comenzó a tararear entre dientes, como siempre que se sentía satisfecho de sí mismo, y tomó de nuevo la misiva de Mortimer. ¿Qué más escribía Arrendajo?

Será como deseas (por las barbas del diablo, él escribía ya al estilo de los bandos públicos, igual que los bandidos de épocas pretéritas): *Intentaré llamar a las Mujeres Blancas, y a cambio tú escribirás las palabras que devuelvan a mi mujer y a mi hija a la casa de Elinor. De mí sólo cabe decir que las seguiré más tarde.*

¡Caramba! ¿Qué significaba eso?

Orfeo dejó la hoja, sorprendido. ¿Mortimer quería quedarse? ¿Por qué? ¿Porque tras la amenaza de Pífano su noble corazón de héroe no le permitía largarse a hurtadillas? ¿O se debía simplemente a que le gustaba demasiado el papel de bandido?

—Bueno, sea como fuere, noble Arrendajo —dijo Orfeo en voz baja (¡ah, cómo le gustaba el sonido de su voz!)—, todo transcurrirá de manera muy distinta a como imaginas. ¡Porque Orfeo ha forjado sus propios planes para ti!

¡Majadero magnánimo! ¿Es que nunca había leído hasta el final una historia de bandidos? No hubo final feliz para Robin Hood, ni para Angelo Duca, ni para el Pernales o como quiera que se llamasen. ¿Por qué iba a tenerlo Arrendajo? No, él interpretaría un único papel: el cebo en el anzuelo, sabroso… y condenado a una muerte segura.

«¡Y yo le escribiré la última canción!», pensaba Orfeo mientras caminaba de un lado a otro, animado, como si sintiera en los dedos de sus pies las palabras adecuadas. Oíd, gentes, la muy portentosa historia de Arrendajo, que rescató a Dedo Polvoriento de la muerte y al mismo tiempo pereció él, por desgracia. Desgarrador. Como la muerte de Robin Hood a manos de la monja traidora o el fin de

Duca en el patíbulo, a su lado el amigo muerto y sobre los hombros el verdugo, que cabalga en él hasta su muerte. Sí, todo héroe necesita una muerte así. Ni el mismo Fenoglio la escribiría de otro modo.

¡Oh, la carta no terminaba ahí! ¿Qué más escribía el más noble de todos los bandidos? *Cuelga en la ventana un trozo de tela azul cuando hayas escrito las palabras* (¡qué romántico! Una genuina idea de bandido. La verdad es que parecía convertirse cada vez más en el personaje que Fenoglio le había diseñado a la medida), *y a la noche siguiente me reuniré contigo en el cementerio de los titiriteros. Farid sabe dónde está. Ven solo, con un criado a lo sumo. Sé que haces buenas migas con el nuevo gobernador y no me dejaré ver hasta estar seguro de que no te acompaña ninguno de sus hombres. Mortimer* (Fíjate, todavía firma con su antiguo nombre. ¿A quién pretende engañar con eso?)

¡Ven solo! «Oh, sí. Iré solo», pensaba Orfeo. ¡Pero tú no verás las palabras que habré enviado por anticipado!

Enrrolló la carta y la depositó debajo de su escritorio.

—¿Todo listo, Hematites? ¿Una docena de plumas afiladas, la tinta removida durante sesenta y cinco respiraciones, una hoja del mejor pergamino?

—Una docena. Sesenta y cinco. La mejor —confirmó el hombre de cristal.

—¿Qué hay de la lista? —Orfeo contempló sus uñas mordidas. Últimamente se las lavaba todas las mañanas con agua de rosas, pero eso por desgracia las convertía en más apetitosas—. El inútil de tu hermano ha dejado las huellas de sus pies sobre las palabras con B.

La lista. La tabla ordenada por orden alfabético de todas las palabras que Fenoglio había empleado en *Corazón de Tinta*. Hacía poco que había encomendado a Jaspe su elaboración (el hermano de éste tenía una letra horrenda). Mas por desgracia el hombre de cristal sólo había llegado hasta la letra D. Así que Orfeo tenía que seguir consultando el libro de Fenoglio si quería estar seguro de que las palabras que utilizaba figuraban también en *Corazón de Tinta*. Una labor muy molesta pero ineludible, y hasta entonces ese método había dado óptimos resultados.

—¡Todo revisado! —Hematites asintió, solícito.

¡Bien! Ya venían las palabras. Orfeo las sintió como un cosquilleo debajo de la piel de la cabeza. En cuando tomó la pluma en la mano, la sumergió deprisa en el tintero. Dedo Polvoriento. Aún se le llenaban los ojos de lágrimas al recordar que lo había visto muerto en la mina. Sin duda alguna uno de los peores trances de su vida.

Y cómo le había perseguido la promesa que había hecho a Roxana, con el muerto a sus pies: *Encontraré palabras, tan exquisitas y fascinadoras como el aroma de los lirios, palabras que aturdan a la muerte y le abran los dedos fríos con los que ha agarrado su cálido corazón*. Las había buscado desde su llegada a este mundo, aunque Farid y Fenoglio creyesen que escribiendo únicamente traía unicornios y hadas de colores. Sin embargo, tras los primeros intentos fallidos se apoderó de él la amarga certeza de que allí no bastaba con un sonido melodioso, que palabras con aroma a lirio nunca traerían de vuelta a Dedo Polvoriento y que la muerte exigía un precio más sólido: un precio de carne y hueso.

Era increíble que no hubiera pensado antes en Mortimer, el hombre que con un libro vacío había convertido a la muerte en el hazmerreír de los vivos.

¡Sí, fuera con él! Ese mundo sólo necesitaba una lengua de brujo, y sería la suya. Cuando Mortimer hubiera sido pasto de la muerte y el cerebro de Fenoglio estuviera destruido por el alcohol, sólo él seguiría contando esa historia, más y más… con un papel más adecuado para Dedo Polvoriento y otro de mucho mayor fuste para sí mismo.

—¡Sí, llámame a las Mujeres Blancas, Mortimer! —musitó Orfeo mientras llenaba el pergamino, palabra a palabra, con su elegante caligrafía—. Nunca sabrás lo que yo les susurré previamente en sus pálidos oídos. ¡Ved a quién os he traído! A Arrendajo. Llevadlo a vuestra gélida señora con un cariñoso saludo de Orfeo y entregadme a cambio al tragafuego. ¡Ay, Orfeo, Orfeo, de ti cabe decir muchas cosas, excepto que seas tonto!

Con una risita hundió la pluma en la tinta... y se volvió sobresaltado cuando se abrió la puerta a su espalda. Entró Farid. ¡Maldición! ¿Dónde estaba Oss?

—¿Qué quieres? —le espetó, grosero, al muchacho—. ¿Cuántas veces he de decirte que llames antes de entrar? La próxima vez te tiraré el tintero a tu estúpida cabeza! ¡Tráeme vino! ¡El mejor que haya!

Cómo lo miraba aquel granuja mientras cerraba la puerta tras él. «Me odia», pensó Orfeo.

La idea le gustó. Según su experiencia, sólo se odiaba a los poderosos, y en eso pensaba convertirse él en ese mundo. En un poderoso.

23

EL CEMENTERIO
DE LOS TITIRITEROS

Él se sienta en una colina y canta. Son canciones mágicas, tan poderosas que pueden devolver la vida a los muertos. Su canto se alza leve y cauteloso, después se torna más alto y exigente, hasta que se abre el suelo de turba y la tierra fría muestra grietas.

Tor Age Bringsværd, *Los dioses salvajes*

El Cementerio de los Titiriteros estaba situado más arriba de un pueblo abandonado. Carandrella. Todavía conservaba su nombre, a pesar de que sus moradores habían desaparecido hacía mucho tiempo. Cómo y por qué, nadie lo sabía. Una epidemia, decían unos; el hambre, afirmaban otros, y algunos más hablaban de dos familias enemistadas que se habían matado y expulsado entre sí. El libro de Fenoglio no decía qué historia era la verdadera, ni tampoco el cementerio donde los moradores desaparecidos habían enterrado a sus muertos entre los del Pueblo Variopinto para que durmiesen juntos por los siglos de los siglos.

Una estrecha senda pedregosa que partía de las casas abandonadas subía, serpenteando, por la ladera cubierta de retama y terminaba en un saliente desde el que se divisaba el sur por encima de las copas de los árboles del Bosque Interminable, allí donde en algún lugar detrás de las colinas se extendía el mar. Los muertos de Carandrella, decían en Umbra, disfrutan de las mejores vistas.

Un muro derruido rodeaba las tumbas. Las lápidas eran las mismas con las que se construían las casas. Piedras para los vivos y para los muertos. Algunas ostentaban nombres grabados con torpeza, como si el que los escribió se hubiera limitado a aprender las letras para arrancar del silencio que entrañaba la muerte el eco de un nombre amado.

Meggie creía que las lápidas le susurraban los nombres cuando pasaba ante las tumbas: Farina, Rosa, Lucio, Renzo… Las lápidas sin nombre parecían bocas cerradas, bocas tristes que habían olvidado el habla. Pero a lo mejor a los muertos les daba completamente igual cómo se llamasen en otro tiempo.

Mo seguía hablando con Orfeo. Recio examinaba a su guardaespaldas como si quisiera comprobar cuál de ellos tenía el pecho más ancho.

No lo hagas, Mo. ¡Por favor!

Meggie miró a su madre… y giró la cabeza bruscamente cuando Resa le devolvió la mirada. Qué furiosa estaba con ella. Mo estaba allí ahora por las lágrimas de Resa, y porque ella había ido a ver a Orfeo.

Además de Recio, también les había acompañado el príncipe Negro… y Doria, a pesar de que su hermano se lo había prohibido. Estaba entre las tumbas, igual que Meggie, acechando a su alrededor y contemplando las cosas colocadas delante de las lápidas: flores marchitas, un juguete de madera, un zapato, una flauta. Sobre una de las tumbas reposaba una flor fresca. Doria la recogió. Era blanca igual que las Mujeres a las que esperaban. Al notar que Meggie lo miraba, fue hacia ella. La verdad es que no se parecía a su hermano.

Recio llevaba corto el pelo castaño, pero el de Doria se ondulaba hasta los hombros, y a Meggie se le antojaba a veces que él había salido de uno de los antiguos libros de cuentos que le había regalado su padre cuando acababa de aprender a leer. Sus ilustraciones amarilleaban, pero Meggie las contemplaba durante horas, firmemente convencida de que las hadas de las que hablaban algunos cuentos las habían pintado con sus manos diminutas.

—¿Sabes leer las letras de las lápidas? —Doria seguía sosteniendo la flor blanca cuando se detuvo ante ella.

Dos dedos de su mano izquierda estaban rígidos. Se los rompió su padre borracho, cuando Doria quiso defender a su hermana. Eso al menos había contado Recio.

—Sí, claro.

Meggie volvió a mirar a Mo. Fenoglio le había remitido una nota a través de Baptista. *¡No confíes en Orfeo, Mortimer!* Todo en vano.

No lo hagas, Mo. ¡Por favor!

—Busco un nombre —la voz de Doria revelaba más timidez de la habitual—. Pero… pero no sé leer. Es el nombre de mi hermana.

—¿Cómo se llama?

Si Recio tenía razón, Doria había cumplido quince años justo el día en que Pardillo había intentado ahorcarlo. Meggie comentó que parecía mayor.

—Bueno —había dicho Recio—, es posible que sea mayor. A mi madre no se le dan muy bien las cuentas. De mi cumpleaños no se acuerda en absoluto.

—Se llamaba Susa —Doria miró a las tumbas, como si el solo nombre pudiera conjurar a aquella de la que hablaba—. Mi hermano asegura que está enterrada aquí, aunque no recuerda dónde.

Encontraron la lápida. Estaba cubierta de hiedra, pero el nombre aún se leía con claridad. Doria se agachó y apartó las hojas.

—Tenía el pelo claro como el tuyo —informó—. Lázaro afirma

que mi madre la echó de casa porque ella quería vivir con los titiriteros. Él no se lo perdonó jamás.

—¿Lázaro?

—Mi hermano. Recio, como lo llamáis vosotros —precisó Doria, repasando las letras con el dedo. Parecía como si alguien las hubiera grabado en la piedra con un cuchillo. El musgo crecía en la primera S.

Mo continuaba hablando con Orfeo. Éste le entregó una hoja: las palabras que Resa le había encargado. ¿Las leería Mo esa misma noche, si aparecían de verdad las Mujeres Blancas? ¿Estarían quizá en casa de Elinor antes de que amaneciera? Meggie no sabía si ese pensamiento la llenaba de tristeza o de alivio. Tampoco le apetecía pensar en ello. Sólo quería una cosa: que Mo montase en su caballo y se alejase cabalgando; que las lágrimas de su madre nunca lo hubieran inducido a acudir allí.

Farid se mantenía un poco apartado, con Furtivo encima del hombro. Al mirarlo, a Meggie se le helaba el corazón igual que al ver a Resa. Farid había traído a Mo la demanda de Orfeo, sabiendo el peligro que entrañaba para su padre, aparte de que los dos acaso nunca volvieran a verse debido a ese trato. Pero a Farid todo eso le daba igual. A él sólo le importaba una persona: Dedo Polvoriento.

—Dicen que Arrendajo y tú venís de muy lejos —Doria se había sacado el cuchillo del cinto y rascaba el musgo del nombre de su hermana—. ¿Es diferente?

¿Qué podía responderle?

—Sí —musitó al fin—. Muy diferente.

—¿De veras? Farid dice que allí hay carruajes que viajan sin caballos, y música que sale de una diminuta caja negra.

Meggie no pudo evitar una sonrisa.

—Sí, es verdad —contestó en voz baja.

Doria depositó la flor blanca sobre la tumba de su hermana y se incorporó.

—¿Es verdad que en ese país también hay máquinas voladoras? —con cuánta curiosidad la miraba—. Una vez intenté construirme unas alas. Volé un poco con ellas, mas no llegué muy lejos.

—Sí… allí también hay máquinas voladoras —contestó Meggie con voz ausente—. Resa puede dibujártelas.

Mo había doblado la hoja que le había entregado Orfeo. Resa se acercó a él y comenzó a hablarle con insistencia. ¿Para qué? Él no le haría caso.

—No hay otro camino, Meggie —se había limitado a contestar cuando ella le suplicó que no aceptara la oferta de Orfeo—. Tu madre tiene razón. Es hora de regresar. La situación se torna más peligrosa cada día.

¿Qué habría podido aducir ella? En los últimos días los bandidos habían trasladado tres veces su campamento por culpa de las patrullas de Pífano, y, según decían, al castillo de Umbra afluían numerosas mujeres que confiaban en salvar a sus hijos afirmando que habían visto a Arrendajo.

Ay, Mo.

—No le pasará nada —dijo Doria a sus espaldas—. Ya lo verás, hasta las Mujeres Blancas aman su voz.

Disparates. ¡Sólo son imaginaciones disparatadas!

Cuando Meggie se acercó a su padre, sus botas dejaron huellas en la escarcha, como si un espíritu hubiera caminado por el cementerio. Qué serio estaba. ¿Tendría miedo? ¡Pues qué te figuras, Meggie! ¡Va a llamar a las Mujeres Blancas! *Ellas sólo están hechas de nostalgia, Meggie.*

Farid se limitó a apartar la vista, confundido, cuando ella pasó a su lado.

—¡Por favor! ¡No estás obligado a hacerlo! —la voz de Resa sonó demasiado alta entre los muertos y Mo, con un gesto de delicadeza, le puso la mano sobre los labios.

—Quiero hacerlo —replicó—. No temas. Conozco a las Mujeres Blancas mejor de lo que crees —deslizó en el cinturón de ella la hoja doblada—. Toma. Vigílala bien. Si por alguna razón no puedo leerla yo, lo hará Meggie.

Si por alguna razón no puedo leerla yo... es decir: si me matan, igual que a Dedo Polvoriento, con sus gélidas manos blancas. Meggie abrió la boca, y volvió a cerrarla cuando su padre la miró. Conocía esa mirada. *No hay discusión. Olvídalo, Meggie.*

—En fin, concretemos. He cumplido mi parte del trato. Yo... ejem, creo que no deberíamos esperar más —Orfeo ardía de impaciencia y bailoteaba sobre sus pies con una sonrisa pegajosa en los labios—. Dicen que a ellas les gusta el brillo de la luna antes de que desaparezca detrás de las nubes...

Mo se limitó a asentir e hizo una seña a Recio, tras lo cual Resa tiró suavemente de Meggie arrastrándola lejos de las tumbas, hasta una encina que crecía al borde del cementerio. A una señal de su hermano, Doria se reunió con ellas.

También Orfeo retrocedió unos pasos, como si ahora fuera peligroso estar al lado de Mo.

Mo cruzó una mirada con el príncipe Negro. ¿Qué le había contado? ¿Que sólo quería llamar a las Mujeres Blancas por Dedo Polvoriento? ¿O estaba enterado el Príncipe de las palabras que Arrendajo pretendía comprar con esa acción? No, seguro que no.

Codo con codo, se adentraron entre las tumbas. El oso trotaba detrás de ambos. Orfeo se dirigió apresuradamente con su guardaespaldas hacia la encina bajo la que se cobijaban Meggie y Resa. Sólo Farid permaneció en su sitio, como si hubiera echado raíces. En su rostro se reflejaba el miedo a aquellas a las que pretendía llamar Mo y la nostalgia del que ellas se habían llevado consigo.

Un viento suave recorrió el cementerio, frío como el aliento de las mujeres a quienes esperaban, y Resa dio un paso adelante sin querer, pero Recio la hizo retroceder.

—No —advirtió en voz baja, y Resa se detuvo, a la sombra de las ramas, y al igual que su hija observó a los dos hombres situados en medio de las tumbas.

—¡Mostraos, hijas de la Muerte!

La voz de Mo sonó tan indiferente como si hubiera pronunciado esa invocación en incontables ocasiones.

—Me recordáis, ¿verdad? Recordáis la fortaleza de Capricornio, la cueva a la que me seguisteis, los débiles latidos de mi corazón en vuestros dedos. Arrendajo querría preguntaros por un amigo. ¿Dónde estáis?

Resa se apretó el corazón con la mano. Seguramente latía tan veloz como el de Meggie.

La primera Mujer Blanca apareció justo al lado de la lápida ante la que estaba Mo. Sólo necesitaba alargar el brazo para tocarlo, y así lo hizo, con la misma suavidad que si saludara a un amigo.

El oso gimió y agachó la cabeza. Después retrocedió paso a paso, e hizo lo que nunca había hecho antes: abandonar a su señor. El príncipe Negro, sin embargo, permaneció quieto, muy cerca de Mo, a pesar de que su cara oscura denotaba un miedo que Meggie jamás había visto en ella antes.

El rostro de Mo no reveló nada cuando los pálidos dedos acariciaron su brazo. La segunda Mujer Blanca apareció a su derecha y le tocó el pecho, justo donde latía su corazón. Resa soltó un grito y volvió a dar un paso adelante, pero Recio la obligó a retroceder.

—No le hacen nada. ¡Fíjate! —le susurró.

Apareció una tercera Mujer Blanca, y luego una cuarta, y una quinta. Rodearon a Mo y al príncipe Negro hasta que para Meggie fueron sombras entre las figuras neblinosas. Qué bellas... y pavorosas eran. Por un momento Meggie deseó que Fenoglio pudiera contemplarlas. Sabía el orgullo que habría sentido ante esa visión, orgullo de los ángeles sin alas que había creado.

Seguían apareciendo más. Parecían formarse a partir del aliento blanco suspendido delante de los labios de Mo y del Príncipe. ¿Por qué venían tantas? Meggie distinguió también en el rostro de Resa el hechizo que ella misma percibía, e incluso en el de Farid, que tanto temía a los espíritus. En ese momento comenzó el cuchicheo... de voces que parecían tan incorpóreas como las mismas mujeres pálidas. Fue aumentando poco a poco de volumen, y el hechizo se convirtió en miedo. La silueta de Mo se difuminó, como si se disolviera en tanta blancura. Doria dirigió a su hermano una mirada de alarma. Resa gritó el nombre de Mo. Recio intentó retenerla, pero ella se soltó y echó a correr.

Meggie la siguió, sumergiéndose en la niebla de cuerpos transparentes. Rostros pálidos como las piedras en las que tropezaba se volvieron hacia ella. ¿Dónde estaba su padre?

Intentó apartar a las figuras blancas a empujones, pero una y otra vez topaba con la nada, hasta que por fin chocó con el príncipe Negro, que permanecía allí plantado con la cara cenicienta, la espada en la mano temblorosa, escudriñando a su alrededor como si hubiera olvidado quién era. Las Mujeres Blancas dejaron de susurrar y se disolvieron como humo disipado por el viento. La noche pareció más oscura cuando se fueron. Y fría, horriblemente fría.

Resa gritó una y otra vez el nombre de Mo, y el Príncipe miró desesperado a su alrededor, la espada inútil en la mano.

Pero Mo había desaparecido.

24

CULPA

Tiempo, hazme desaparecer. Entonces se unirá lo que nosotros desunimos mientras existimos.

Audrey Niffenegger, *La mujer del viajero en el tiempo*

Resa esperó entre las tumbas hasta el alba, pero Mo no regresó.

El dolor de Roxana era el suyo. Sólo que a ella ni siquiera le quedó un cadáver al que llorar. Mo se había ido como si jamás hubiera existido. Se lo había tragado la historia, y ella tenía la culpa.

Meggie lloraba. Recio la sostuvo en los brazos mientras las lágrimas corrían por su ancha cara.

—¡Vosotros tenéis la culpa! —repetía Meggie a gritos, apartando de un empujón a Resa y Farid, sin dejar que el Príncipe la tranquilizara—. ¡Vosotros lo convencisteis! ¿Para qué lo salvé entonces, si ahora ellas han acabado por apoderarse de él?

—Cuánto lo siento. Me produce un dolor infinito, de veras.

La voz de Orfeo todavía se adhería a la piel de Resa como un veneno dulzón. Cuando desaparecieron las Mujeres Blancas, se quedó expectante, ocultando con esfuerzo la sonrisa que afloraba una y otra vez a sus labios. Pero Resa la había visto. Oh, sí... Y Farid, también.

—¿Qué has hecho? —éste había agarrado a Orfeo por sus ropas elegantes y había golpeado su pecho con los puños. El guardaespaldas de Orfeo intentó agarrar a Farid, pero Recio lo sujetó.

—¡Sucio embustero! —gritó Farid entre sollozos—. ¡Serpiente de lengua bífida! ¿Por qué no les preguntaste nada? No querías preguntarles nada, ¿verdad? Sólo querías que se llevasen a Lengua de Brujo. ¡Preguntadle! Preguntadle qué más escribió. ¡Yo lo vi! No sólo escribió las palabras que le prometió a Lengua de Brujo. ¡Había además otra hoja! Él cree que no sé lo que hace, porque no sé leer, pero sé contar. Eran dos hojas… ¡y su hombre de cristal dice que anoche leyó en voz alta!

«Tiene razón», Resa sintió esas palabras como un susurro en sus oídos. «¡Oh, Dios, Farid tiene razón!» Pero Orfeo se afanó con todas sus fuerzas por aparentar sincera indignación.

—¡Qué palabrería tan necia! —exclamó—. ¿Creéis que no estoy desilusionado? ¿Qué culpa tengo yo de que se lo hayan llevado? Yo cumplí mi parte del acuerdo. Escribí punto por punto lo que me pidió Mortimer. ¿Tuve oportunidad de preguntarle por Dedo Polvoriento? ¡No! No exigiré la devolución de mis palabras, pero espero que quede claro para todos los presentes —y al mismo tiempo miró al príncipe Negro, que continuaba empuñando la espada— que soy yo el que se ha ido de vacío en este trato.

Sus palabras seguían dentro del cinturón de Resa. Ésta pensó en tirárselas cuando él se alejaba a caballo, sin embargo las mantuvo en su cinturón. Las palabras que debían llevarlas a ellas de regreso… ni siquiera las había leído. Habían costado demasiado caras. Mo había desaparecido y Meggie no la perdonaría jamás. Por ella había vuelto a perder a los dos.

Apoyó la frente en la lápida que tenía a su lado. Era la de un niño, una camisita yacía sobre la tumba. *Cuánto lo siento*. De nuevo creyó escuchar la voz meliflua, oscura de Orfeo, mezclada con los sollozos de su hija. Sí, Farid tenía razón. Orfeo mentía. Había escrito lo que sucedió y lo hizo verdad con su voz, había quitado de en medio a Mo, por celos, como siempre había dicho Meggie... y ella lo había ayudado a hacerlo.

Con dedos temblorosos desdobló el papel que Mo le había metido en el cinturón. Estaba húmedo de rocío y el escudo de Orfeo campaba por encima de las palabras. Farid les había contado cómo se lo había encargado a un dibujante de escudos de Umbra: una corona, por la mentira de que procedía de una familia real, palmeras, por el país lejano del que afirmaba venir, y un unicornio, el cuerno retorcido negro de tinta.

También el emblema de Mo era un unicornio. Resa sintió cómo se desbordaban de nuevo las lágrimas. Las palabras se desvanecieron ante sus ojos cuando inició la lectura. La descripción de la casa de Elinor parecía un tanto torpe, pero Orfeo había encontrado las palabras correctas para su nostalgia, y también para el miedo a que esa historia convirtiese a su marido en otra persona... ¿Cómo sabía con tal exactitud lo que acontecía en su corazón? «Por ti misma, Resa», pensó con amargura. «Le entregaste toda tu desesperación.» Al proseguir la lectura, se quedó perpleja: *Y madre e hija se pusieron en camino, de regreso a la casa repleta de libros, pero Arrendajo se quedó... prometiendo seguirlas cuando llegase el momento, tras desempeñar su papel...*

Escribí exactamente lo que pidió Mortimer, oyó decir a Orfeo, la voz rebosante de inocencia ofendida.

No. Eso era imposible. Mo deseaba irse con ellas. ¿O no?

«Nunca conocerás la respuesta, Resa», pensó, encorvándose sobre la pequeña tumba, tanto le dolía el corazón. Creyó también oír llorar al hijo que llevaba en su seno.

—¡Vámonos, Resa! —el príncipe Negro extendió la mano hacia ella.

Su rostro no traslucía el menor reproche, a pesar de que lo invadía una inmensa tristeza. Él tampoco preguntó por las palabras que había escrito Orfeo. A lo mejor creía que Arrendajo había sido un brujo. El príncipe Negro y Arrendajo, las dos manos de la justicia, una negra, la otra blanca. Ahora de nuevo sólo quedaba el Príncipe.

Resa agarró su mano y se incoporó con esfuerzo. ¿Irse? «¿Adónde?», quiso preguntar. «¿De vuelta al campamento en el que espera una tienda vacía y en el que tus hombres me mirarán con mayor hostilidad aun?»

Doria trajo su caballo. Recio continuaba junto a Meggie, su cara tosca tan llorosa como la de la joven. Él rehuyó su mirada. Así que también él la culpaba de lo sucedido.

¿Adónde? ¿De regreso?

Resa seguía sosteniendo en la mano la hoja con las palabras de Orfeo. La casa de Elinor. ¿Qué se sentiría regresando allí sin Mo? Suponiendo que Meggie leyera las palabras. *Elinor, he perdido a Mo. Intenté protegerlo, pero...* No, no quería tener que relatar esa historia. Así que no había posibilidad de regreso. No había nada.

—Ven, Meggie —el Príncipe hizo una seña llamándola. Quiso levantarla sobre la montura de Resa, pero Meggie retrocedió.

—No. Cabalgaré con Doria —informó.

Doria condujo su caballo hasta situarse junto a Meggie. Farid lanzó una mirada poco amistosa al otro chico cuando éste montó a la joven a la grupa de su caballo.

—¿Y tú por qué sigues aquí? —le increpó Meggie—. ¿Aún esperas que Dedo Polvoriento aparezca de repente ante ti? No volverá, igual que mi padre, pero Orfeo seguro que te readmite después de todo lo que has hecho por él.

Farid se encogía a cada palabra como un perro apaleado. Después se giró en silencio para encaminarse hacia su burro. Llamó a la marta, pero Furtivo no acudió y Farid se alejó sin ella.

Meggie no lo siguió con la vista.

Se volvió hacia Resa.

—¡No creas que regresaré contigo! —le espetó, furiosa—. Si necesitas un lector para tus valiosas palabras, recurre a Orfeo. ¡Al fin y al cabo, ya lo has hecho una vez!

Tampoco en esta ocasión preguntó el príncipe Negro a qué se refería Meggie, a pesar de que Resa captó la pregunta en su rostro cansado. Permaneció al lado de Resa mientras cabalgaban de vuelta, durante el largo trayecto. El sol fue conquistando una colina tras otra, pero Resa sabía que la noche nunca terminaría para ella. Desde entonces moraría en su corazón. Siempre la misma noche sin fin. Negra y blanca a la vez, como las mujeres que se habían llevado a su marido.

FINAL Y COMIENZO

UNA PEQUEÑA ANOTACIÓN AL MARGEN
Moriréis.

Markus Zusak, *La ladrona de libros*

Ellas le devolvieron todo: el recuerdo del dolor y el miedo, el ardor de la fiebre y el frío de sus manos junto a su corazón. Pero esta vez todo fue diferente. Las Mujeres Blancas tocaron a Mo sin que él se asustase. Susurraron el nombre que consideraban suyo, y sonó como una bienvenida. Sí, ellas le daban la bienvenida con sus voces quedas, pesadas por la nostalgia, que él escuchaba con tanta frecuencia en sueños… como si fuera un amigo largo tiempo añorado que por fin había vuelto.

Eran muchas, muchísimas. Sus caras pálidas lo rodearon como una niebla tras la que desapareció todo lo demás, Orfeo, Resa, Meggie y el príncipe Negro, que momentos antes estaban a su lado. Desaparecieron hasta las estrellas y el suelo firme bajo sus pies. De repente se encontró sobre hojas en descomposición cuyo aroma se cernía, pesado y dulce, en el aire gélido. Entre ellas yacían huesos, pálidos y descarnados. Cráneos. Miembros del cuerpo. ¿Dónde estaba?

«Te han llevado con ellas, Mortimer», pensó. «Igual que a Dedo Polvoriento.»

¿Por qué no le aterraba ese pensamiento?

Escuchó pájaros por encima de su cabeza, muchos pájaros, y cuando las Mujeres Blancas se apartaron, divisó raíces aéreas que colgaban desde una altura oscura al modo de las telarañas. Estaba en el interior de un árbol, hueco como el tubo de un órgano, alto como las torres del Castillo de Umbra. En los flancos de madera crecían setas que despedían una luminosidad verde pálida que se proyectaba sobre los nidos de pájaros y de hadas. Mo alargó la mano hacia las raíces para averiguar si sus dedos conservaban la sensibilidad. Sí, la conservaban. Se acarició la cara, sintiendo su propia piel, incólume y cálida. ¿Qué significaba eso? ¿Es que aquello no era la muerte?

¿Qué era entonces? ¿Un sueño?

Se volvió, todavía como en sueños, y vio lechos de musgo. Encima dormían mujercitas de musgo, las caras arrugadas tan carentes de edad en la muerte como en vida. Pero en el último yacía una figura conocida, el rostro tan sereno como la última vez que lo vio: Dedo Polvoriento.

Roxana había cumplido la promesa que había hecho en la mina en ruinas: *Y parecerá que duerme cuando mis cabellos lleven mucho tiempo siendo blancos, porque sé por Ortiga cómo hay que hacer para conservar un cuerpo, incluso si hace mucho que lo abandonó el alma.*

Mo se aproximó, titubeante, a la figura inmóvil. Las Mujeres Blancas se apartaron en silencio.

¿Dónde estás, Mortimer? ¿Estás todavía en el mundo de los vivos aunque aquí duerman los muertos?

Dedo Polvoriento, en efecto, parecía dormido. Un sueño apacible, sin pesadillas. ¿Lo visitaba Roxana en ese lugar? Seguramente. Pero ¿cómo había llegado él mismo hasta allí?

—Éste debe de ser el amigo por el que querías preguntar, ¿no? —la voz procedía de arriba, y cuando Mo levantó la vista hacia la oscuridad, vio un pájaro posado en el entramado de raíces, de color oro, con una mancha roja en el pecho, que lo miraba fijamente desde arriba con sus ojos redondos de pájaro, pero la voz que salía de su pico era la voz de una mujer—. Tu amigo es un huésped que vemos con agrado. Él nos trajo el fuego, el único elemento que no me obedece. A mis hijas también les gustaría mucho llevarte con ellas, porque aman tu voz, pero saben que esa voz necesita el aliento de la carne. Y cuando a pesar de todo les ordené que fueran a buscarte, en castigo por haber encuadernado el Libro Vacío, me convencieron de que te perdonase, y me explicaron que te habías propuesto algo que me aplacaría.

—¿A qué se refiere? —a Mo le resultaba extraña su propia voz al oírla en ese lugar.

—¿No lo sabes? ¿A pesar de estar dispuesto a separarte de todo lo que amas? Tú me traerás al que me arrebataste. Tráeme a Cabeza de Víbora, Arrendajo.

—¿Quién eres? —Mo miró a las Mujeres Blancas. Contempló el rostro sereno de Dedo Polvoriento.

—Adivínalo.

El pájaro esponjó su plumaje dorado, y Mo se dio cuenta de que la mancha de su pecho era sangre.

—Eres la Muerte —Mo notó la ominosa palabra en la punta de la lengua. ¿Había otra más ominosa?

—Sí, así me llaman, con la cantidad de nombres distintos que me he ganado —el pájaro se sacudió y plumas doradas cayeron sobre las hojas a los pies de Mo. Le cayeron sobre el pelo y los hombros, y cuando volvió a alzar la vista, únicamente divisó el esqueleto de un pájaro en las raíces—. El final y el principio, eso soy yo —la piel cubrió los huesos. Nacieron orejas afiladas sobre el cráneo desnudo. Una ardilla miraba a Mo desde arriba. Con manos diminutas se aferró a las raíces, y de la pequeña boca brotó la misma voz con la que había hablado el pájaro—. La Gran Transformadora, ése es el nombre que me gusta.

La ardilla también se sacudió, perdió pelo, rabo y orejas, convirtiéndose en una mariposa, en una oruga a sus pies, en un gato, moteado como la luz del Bosque Impenetrable... y finalmente en una marta que saltó sobre la cama de musgo donde yacía Dedo Polvoriento, y se enroscó a los pies del muerto.

—Yo soy el principio y el fin de todas las historias —dijo la marta con la voz del pájaro, con la voz de la ardilla—. Desaparición y renovación. Nada nace sin mí, porque nada muere sin mí. Pero tú, Arrendajo, perturbaste mi trabajo al encuadernar el libro que me ata las manos. Por eso me enfurecí mucho contigo, muchísimo.

La marta enseñó los dientes, y Mo notó cómo las Mujeres Blancas se aproximaban de nuevo a él. ¿Venía la Muerte? El pecho se le encogió. Le costaba respirar, igual que entonces, cuando la sintió muy de cerca.

—Sí, me enfurecí —susurró la marta. La voz con la que hablaba era todavía la de una mujer, pero ahora súbitamente envejecida—. Mis hijas, sin embargo, me apaciguaron. Ellas aman tu corazón tanto como tu voz. Dicen que es grande, muy grande; que sería una lástima quebrarlo tan pronto.

La marta enmudeció, y de repente reaparecieron los susurros que Mo nunca había olvidado. Lo rodearon, estaban por todas partes.

—¡Cuídate! ¡Cuídate, Arrendajo!

¿De quién? Las caras pálidas lo miraban. Eran hermosas, pero se esfumaban en cuanto intentaba contemplarlas con más detenimiento.

—¡De Orfeo! —susurraban los pálidos labios.

Y de repente, Mo escuchó la voz de Orfeo. Su sonido melodioso llenó el árbol hueco como un aroma demasiado dulzón.

«*Escúchame Maestra del Frío*», *decía el escritor.* «*Escúchame, Maestra del Silencio. Te ofrezco un trato. Te envío a Arrendajo, que te ha convertido en objeto de burla. Él creerá que sólo debe llamar a tus pálidas hijas, pero yo te lo ofrezco a cambio del Bailarín del Fuego. Llévatelo y devuelve a Dedo Polvoriento al mundo de los vivos, pues su historia aún no ha concluido. A la de Arrendajo, empero, sólo le falta un capítulo, y éste deben escribirlo tus Mujeres Blancas.*» *Así leyó y escribió el escritor, y sus palabras se tornaron verdaderas, como siempre. Arrendajo, osado como era, invocó a las Mujeres Blancas, y la Muerte no volvió a dejarlo escapar. Pero el Bailarín del Fuego regresó, y su historia se inició de nuevo.*

Guárdate...

Mo tardó unos instantes en comprender. Maldijo su estupidez, que le había hecho confiar en el hombre que ya había estado a punto de matarlo en una ocasión. Intentó recordar desesperado las palabras que Orfeo había escrito para Resa. ¿Qué ocurriría si también pretendía eliminar a Meggie y a Resa igual que a él? ¡Recuerda, Mo! ¿Qué escribió Orfeo?

—Sí, fuiste estúpido, muy estúpido —se burló la voz de mujer—. Pero él aun lo fue más. Cree que puede atarme con palabras, a mí, que gobierno el país en el que no existen las palabras y del que sin embargo proceden todas ellas. Nada puede atarme, salvo el Libro Vacío, porque tú llenaste sus páginas de blanco silencio. Aquel al que protege me envía casi todos los días a un hombre al que ha matado como emisario de su burla. ¡Me gustaría derretirte por ello la carne de los huesos! Pero mis hijas leen tu corazón como un libro desde que lo tocaron, y me aseguran que no descansarás hasta que aquel al que protege tu libro vuelva a pertenecerme. ¿Es así, Arrendajo?

—Así es —musitó Mo.

—Bien. Entonces regresa y retira del mundo ese libro. Llénalo de palabras antes de que llegue la primavera, o no verás el fin del invierno. Y no tomaré sólo tu vida a cambio de la de Cabeza de Víbora, sino también la de tu hija, pues ella ayudó a encuadernar el libro. ¿Lo has entendido, Arrendajo?

—¿Por qué dos? —inquirió Mo con voz ronca—. ¿Cómo puedes exigir dos vidas por una? Con la mía tienes bastante.

La marta lo miró de hito en hito.

—Yo fijo el precio —sentenció la Muerte—. Tú sólo tienes que pagar.

«Meggie. No. No. ¡Vuelve, Resa!», pensaba Mo. «Haz que Meggie lea las palabras de Orfeo. Todo es mejor que esto de aquí. ¡Regresad! ¡Deprisa!»

Pero la marta reía. Y de nuevo su voz se asemejó a la de una anciana.

—Todas las historias terminan en mí, Arrendajo —precisó—. A mí me encontrarás en todas partes —y para probarlo se transformó en el gato de una sola oreja al que le gustaba deslizarse por el jardín de Elinor para cazar pájaros. Dio un salto elástico desde el pecho de Dedo Polvoriento y se frotó contra las piernas de Mo—. Así pues… ¿qué contestas, Arrendajo? ¿Aceptas mis condiciones?

Y no me tomaré sólo tu vida a cambio de la de Cabeza de Víbora, sino también la de tu hija.

Mo miró a Dedo Polvoriento. Muerto, su rostro parecía mucho más apacible que en vida. ¿Había encontrado al otro lado a su hija menor, a Cósimo y al primer marido de Roxana? ¿Estaban todos los muertos en el mismo lugar?

El gato se sentó delante de él, y clavó sus ojos en él.

—Acepto —respondió Mo con voz tan ronca que apenas entendía sus propias palabras—. Pero yo también pongo una condición: entrégame al Bailarín del Fuego. Hace mucho tiempo mi voz le robó diez años de su vida. Déjame devolvérselos. Además... ¿no dicen las canciones que la muerte de Cabeza de Víbora vendrá del fuego?

El gato se encogió. Su pelaje rojo cayó sobre las hojas en putrefacción. Los huesos volvieron a cubrirse de carne y plumas y el sinsonte dorado de pecho ensangrentado aleteó hasta el hombro de Mo.

—¿Te gusta hacer realidad lo que dicen las canciones, verdad? —le susurró—. De acuerdo. Te lo entrego, que el Bailarín del Fuego vuelva a la vida. Pero si llega la primavera y Cabeza de Víbora sigue siendo inmortal, su corazón dejará de latir al mismo tiempo que el tuyo... y el de tu hija.

Mo sintió vértigo. Le habría gustado agarrar al pájaro y retorcerle el cuello dorado, para no tener que volver a oír aquella voz, tan vieja e impasible, tan sarcástica. Meggie. Casi tropezó cuando volvió a situarse al lado de Dedo Polvoriento.

Esta vez las Mujeres Blancas se apartaron con cierta vacilación.

—Ya lo ves, a mis hijas no les complace dejarlo marchar —precisó la voz de anciana—, aunque saben que volverá.

Mo contempló el cuerpo inmóvil. El rostro, efectivamente, era mucho más apacible de lo que había sido en vida, y de pronto ya no estuvo seguro de si hacía un favor a Dedo Polvoriento llevándolo de regreso.

El pájaro seguía posado sobre su hombro, ligero y con las garras muy afiladas.

—¿A qué esperas? —preguntó la Muerte—. ¡Llámalo!

Y Mo obedeció.

229

26

UNA VOZ FAMILIAR

¿Qué le ha quedado?, se pregunta Sombralarga. ¿Qué pensamientos, qué olores, qué nombres? ¿O acaso pueblan su cabeza sólo vagas sensaciones y un montón de palabras inconexas?

Barbara Gowdy, *El tesoro blanco*

Se habían marchado. Lo habían dejado solo con el azul, que tan mal armonizaba con el rojo del fuego. El azul del cielo nocturno, el azul de las flores de la hierba de san Roberto, el azul de los labios de los ahogados, el azul del corazón de una llama ardiendo demasiado caliente. Sí, en ocasiones también hacía calor en ese mundo. Un mundo a la vez caluroso y frío, claro y oscuro, terrible y bello. Era falso que no se sintiera nada en el país de la Muerte. Uno percibía y oía y olía y veía, pero mientras tanto el corazón mantenía una extraña indiferencia... como si descansara antes de que comenzase otro baile.

Paz. ¿Era ésa la palabra?

¿La sentían también las guardianas de ese mundo, o tenían nostalgia del otro? Del dolor que no conocían, de la carne que no habitaban. Quizá sí. O quizá no. Él no lo averiguaba en sus caras. Veía en ellas ambas cosas: paz y nostalgia, alegría y dolor. Como si ellas, que se componían de todos los colores a la vez, de todos los colores fundidos entre sí hasta formar una luz blanca, lo supieran todo de ese mundo y del otro. Ellas le contaron que el país de la Muerte también conocía otros lugares, más oscuros que ése al que lo habían llevado, y donde nadie permanecía mucho tiempo… salvo él. Porque él invocaba el fuego para ellas…

Las Mujeres Blancas temían y amaban el fuego. Se calentaban en él sus manos pálidas… y reían como niñas cuando él lo hacía bailar para ellas. Eran niñas, jóvenes y viejas a la vez, tan viejas. Ellas le hacían formar árboles y flores de fuego, el sol y la luna, y él formaba rostros con las llamas, los rostros que veía cuando las Mujeres Blancas se lo llevaban con ellas al río donde lavaban los corazones de los muertos. ¡Mira en su interior!, le susurraban. Mira en su interior, y los que te aman te verán en sus sueños. Y él se inclinaba sobre el agua clara y azul y contemplaba al chico y a la mujer y a la niña cuyos nombres había olvidado, y los veía sonreír en sueños.

—¿Por qué ya no sé sus nombres? —les preguntaba.

—Porque hemos lavado tu corazón —le respondían ellas—. Porque lo hemos lavado en el agua azul que separa este mundo del otro, el agua del olvido.

Cierto. Así era, desde luego, pues siempre que intentaba recordar sólo quedaba el color azul, acariciador y refrescante. Sólo cuando llamaba al fuego y se extendía el rojo regresaban las imágenes, las mismas imágenes que vislumbraba en el agua. Pero la nostalgia de ellas se dormía antes de despertar del todo.

¿Cómo me llamaba?, preguntaba a veces, y ellas reían. Bailarín del Fuego, le susurraban. Ése era tu nombre y siempre lo será, pues te quedarás con nosotras para toda la eternidad y no te marcharás como todos los demás, a otra vida…

A veces le traían una niña, una niña pequeña, que le acariciaba el rostro y sonreía como la mujer que él veía en el agua y en las llamas.

¿Quién es?, preguntó él. Estuvo aquí y se ha vuelto a marchar, le respondieron. Era tu hija.

Hija… La palabra dolía, pero su corazón era puro recuerdo, no sentimiento. Sólo sentía amor, puro amor. Sólo eso.

¿Dónde estaban ellas? Todavía no lo habían dejado nunca solo, desde que estaba allí… dondequiera que fuese.

Se había acostumbrado tanto a las caras pálidas, a su belleza y a las voces quedas.

De repente escuchó otra voz, muy distinta a las de ellas. Una voz conocida. Y también le resultaba conocido el nombre que gritaba.

Dedo Polvoriento.

Odiaba esa voz… ¿O la amaba? Lo ignoraba. Sólo sabía una cosa: que le devolvía todo cuanto había olvidado… como un dolor violento que hizo latir de nuevo su corazón inmóvil. Esa voz, ¿no había provocado ya una vez dolor, tanto que estuvo a punto de partírsele el corazón? ¡Sí, lo recordaba! Se apretó las manos contra las orejas, pero en el mundo de los muertos no sólo se oye con los oídos, y la voz penetró en él hasta lo más profundo, a modo de sangre fresca que fluía por venas coaguladas hacía mucho tiempo.

—¡Despierta, Dedo Polvoriento! —clamaba la voz—. Vuelve. La historia aún no ha terminado.

La historia… Sintió cómo el azul lo apartaba de un empujón, cómo la carne firme lo envolvía de nuevo y el corazón volvía a latir en el pecho demasiado estrecho.

«Lengua de Brujo», pensó. «Es la voz de Lengua de Brujo.» Y de repente recordó todos los nombres: Roxana, Brianna, Farid… y reapareció el dolor, y el tiempo, y la nostalgia.

PERDIDO Y HALLADO

Porque no he logrado convencerme de que los muertos están definitivamente muertos.

Saul Bellow, *El rey de la lluvia*

Todavía estaba oscuro cuando Gwin despertó a Roxana. Ésta seguía sin tener cariño a la marta, pero no tenía corazón para echarla. La había visto demasiadas veces sentada encima del hombro de Dedo Polvoriento. A veces creía percibir todavía en el pelaje pardo el calor de sus manos. Desde que su amo había muerto, la marta permitía a Roxana que la acariciara. Antes jamás lo había hecho, pero antes también le había arrebatado sus gallinas. Ahora las respetaba, como si eso formase parte de su mudo acuerdo... de su agradecimiento por que Roxana le permitiera, a ella y sólo a ella, acompañarla cuando iba a ver a su amo. Gwin era la única que compartía su secreto, la que le hacía compañía cuando se sentaba al lado del muerto, una hora, a veces dos, y se perdía en el rostro yerto.

—¡Ha vuelto! —dijo la piel erizada de Gwin cuando le saltó al pecho, pero Roxana no entendió.

Ella la apartó de un empujón, cuando comprobó que fuera todavía estaba oscuro, pero Gwin no cejó, bufó y arañó la puerta. Como es lógico, Roxana pensó en el acto en las patrullas que Pardillo solía enviar por las noches a las granjas aisladas. Con el corazón palpitante, sacó el cuchillo de debajo de su almohada y se puso el vestido, mientras la marta arañaba la puerta con mayor impaciencia cada vez. Por suerte no había despertado a Jehan. Su hijo dormía a pierna suelta. Tampoco su ganso dio la alarma… lo que era extraño.

Corrió a la puerta con los pies descalzos, cuchillo en mano, y escuchó, pero fuera no se oía nada, y cuando salió con cautela al exterior, fue como si percibiera la respiración de la noche, profunda y regular como la de una durmiente. Las estrellas derramaban su resplandor sobre ella como flores de luz, y su belleza dañó su cansado corazón.

—Roxana…

La marta salió disparada a su lado.

Imposible. Los muertos no regresan, aunque lo hayan prometido. Pero la figura que se destacaba en la sombra junto al establo era muy parecida.

Gwin bufó al vislumbrar a la otra marta sobre el hombro de su amo.

—Roxana —él pronunciaba su nombre como si quisiera paladear algo que hacía mucho no saboreaba.

Era un sueño, uno de los sueños que a ella le asaltaban casi todas las noches, sueños en los que veía su rostro con tal claridad que creía tocarlo, y sus dedos recordaban su piel incluso al día siguiente. Ni siquiera cuando él la rodeó con sus brazos, tan cuidadosamente como si no estuviera seguro de recordar sostenerla, se movió… porque sus manos no creían que pudiera sentirlo de verdad, ni sus brazos creían poder abrazarlo. Sus ojos, sin embargo, sí lo veían y sus oídos oían su respiración. Su piel sentía la suya, tan cálida como si el fuego estuviera dentro de ella, después de haber estado tan fría, tan espantosamente fría.

Él había mantenido su promesa. E incluso si sólo iba a verla en sueños, eso era mejor que nada, mucho mejor.

—Roxana. ¡Mírame! ¡Mírame de una vez!

Tomó su rostro entre las manos, acarició sus mejillas, enjugó las lágrimas que ella notaba tantas veces encima de la piel al despertar. Sólo entonces lo estrechó Roxana contra sí y dejó que sus manos demostraran que no estaba abrazando a un fantasma. Era imposible. Ella lloraba mientras apretaba su cara contra la de él. Quiso pegarle por haberla abandonado por el chico, por todo el dolor que había experimentado por su culpa, tanto dolor, pero su corazón la traicionó, como la primera vez que él regresó. Siempre la traicionaba.

—¿Qué sucede? —él volvió a besarla.

Las cicatrices. Habían desaparecido, como si las Mujeres Blancas las hubieran eliminado lavándolas antes de devolverlo a la vida.

Ella le cogió las manos y las colocó junto a sus propias mejillas.

—¡Fíjate! —exclamó él, recorriendo con los dedos su propia piel como si fuera la de un extraño—. Han desaparecido de veras. Esto no le gustará nada a Basta.

¿Por qué lo habían dejado marchar? ¿Quién había pagado el precio por él, el mismo precio que él había pagado por el chico?

¿A qué venían tantas preguntas? Había vuelto. Eso era lo único que importaba, había vuelto del lugar de donde no se vuelve. De donde estaban todos los demás. Su hija, el padre de su hijo Jehan, Cósimo... Todos muertos. Pero él había regresado. Aunque ella veía en sus ojos que esta vez había estado tan lejos que algo de él se había quedado allí.

—¿Cuánto tiempo te quedarás esta vez? —musitó ella.

Él tardó en responder. Gwin frotó la cabeza contra su cuello y lo miró como si también ansiara conocer la respuesta.

—Hasta que la Muerte lo permita —contestó al fin, colocando la mano femenina sobre su corazón palpitante.

—¿Qué significa eso? —susurró ella.

Pero él cerró su boca con un beso.

UNA NUEVA CANCIÓN

Del bosque oscuro procede
la luz de la esperanza,
Que enfurece a los príncipes
Y el pueblo llano demanda.
Su pelo negro de topo
Hace temblar a los poderosos.

Fenoglio, *Las canciones de Arrendajo*

—A rrendajo ha regresado de entre los muertos —fue Doria quien comunicó la noticia al príncipe Negro. Poco antes del alba el chico entró a trompicones en su tienda, tan sin aliento, que apenas lograba articular las palabras—. Una mujercita de musgo lo ha visto. Junto a los Árboles Huecos, donde las curanderas entierran a sus muertos. Y también ha traído consigo al Bailarín del Fuego. ¡Por favor!, ¿puedo contárselo a Meggie?

Palabras inconcebibles. Demasiado portentosas para ser ciertas. El príncipe Negro, sin embargo, partió en el acto hacia los Árboles Huecos... después de hacer prometer a Doria que no revelaría a nadie lo que le había dicho: ni a Meggie, ni a su madre, ni a Birlabolsas, ni a ningún otro bandido, ni siquiera a su propio hermano que dormía como un lirón junto al fuego.

—¡Pues por lo visto Pífano ya se ha enterado! —balbuceó el chico.

—Tanto peor —replicó el Príncipe—. Entonces he de encontrarlo antes que él.

Cabalgó deprisa, tan deprisa que el oso pronto comenzó a resollar, disgustado. ¿A qué venía tanta prisa? ¿Por una esperanza disparatada? ¿Por qué su corazón sólo quería seguir creyendo en una luz en medio de tanta oscuridad? ¿De dónde renacía la esperanza, a pesar de haber sufrido tantas desilusiones? *Tienes el corazón de un niño, Príncipe.* ¿No le decía eso siempre Dedo Polvoriento? *Y ha traído consigo al Bailarín del Fuego.* Era imposible. En las canciones sucedían esas cosas, y en los cuentos que las madres contaban a sus hijos al anochecer para quitarles el miedo a la oscuridad...

La esperanza te vuelve descuidado, habría debido saberlo. El príncipe Negro no vio a los soldados hasta que aparecieron ante él entre los árboles. Eran muchos. Diez, contó. Los acompañaba una mujercita de musgo. Su fino cuello ya estaba lastimado por los raspones de la cuerda de la que la arrastraban. Seguramente la habían capturado para que los condujese hasta los Árboles Huecos. Pocos conocían el lugar donde las curanderas enterraban a sus muertos. Se decía que ellas mismas se encargaban de que la maleza ocultara el camino hasta allí, pero el príncipe Negro lo conocía desde que ayudó a Roxana a trasladar a Dedo Polvoriento.

Era un lugar sagrado, pero la mujercita de musgo, impulsada por el miedo, había guiado hasta allí a la Hueste de Hierro. Ya se divisaban a lo lejos las copas muertas de los árboles, extendiéndose, grises, entre los robles todavía de un amarillo otoñal, como si la mañana las hubiera devorado hasta dejarlas calvas, y el príncipe Negro rezó para que Arrendajo no estuviera allí. Mejor con las Mujeres Blancas que en manos de Pífano.

Tres miembros de la Hueste se abalanzaron por detrás hacia él, espada en mano. La mujercita de musgo se desplomó sobre sus rodillas cuando sus guardianes desenvainaron también las espadas, volviéndose hacia su nueva presa. El oso se irguió enseñando los dientes. Los caballos se espantaron y dos de los soldados retrocedieron, pero seguían siendo muchos, demasiados para un cuchillo y unas garras.

—¡Mirad, al parecer no sólo Pífano es lo bastante idiota como para creer en la palabrería de las mujercitas de musgo! —el jefe, casi tan pálido como las Mujeres Blancas, tenía el rostro cubierto de pecas—. ¡El príncipe Negro! Yo renegando de mi suerte por tener que cabalgar al maldito bosque a capturar un fantasma, y ¿quién me sale a trompicones al camino? ¡Su negro hermano! La recompensa por él no es tan generosa como la de Arrendajo, pero bastará para enriquecernos a todos.

—Te equivocas. Si lo tocáis, sois hombres muertos.

Y su voz despierta de su sueño a los muertos y hace dormir al lobo al lado de la oveja... Arrendajo surgió con tal naturalidad desde detrás de un haya como si hubiera estado esperando a los soldados. *No me llames así, ése es un nombre para las canciones.* Cuántas veces se lo había dicho al Príncipe, mas ¿cómo debía llamarlo si no?

Arrendajo. Cómo susurraban ellos su nombre, las voces roncas de miedo. ¿Quién era él? Con cuánta frecuencia se lo había preguntado a sí mismo el Príncipe para entonces. ¿Procedía de veras del país en el que Dedo Polvoriento había estado tantos años? ¿De qué país se trataba? ¿Del país en el que las canciones se hacían realidad?

Arrendajo.

El oso gruñó un saludo de bienvenida que hizo encabritarse a los caballos, y Arrendajo desenfundó su espada, muy despacio, como hacía siempre, una espada que antes había pertenecido a Zorro Incendiario y que a tantos hombres del príncipe Negro había matado. Bajo el pelo oscuro el rostro parecía más pálido de lo habitual, pero el Príncipe no logró descubrir el menor vestigio de miedo en él. Cuando uno había visitado a la Muerte, seguro que olvidaba lo que era el miedo.

—Sí, como véis, he regresado de la Muerte, pero aún siento sus garras —parecía ausente, como si una parte de él siguiera con las Mujeres Blancas—. Puedo mostraros de buen grado el camino, si así lo deseáis. Depende enteramente de vosotros. Pero si amáis la vida —Arrendajo blandió la espada en el aire como si estuviera escribiendo sus nombres—, dejadlo marchar. A él y al oso.

Ellos se limitaban a mirarlo fijamente, mientras sus manos temblorosas sujetaban las espadas como si agarrasen su propia muerte. Nada provoca más pavor que la ausencia de miedo, y el príncipe Negro se plantó junto a Arrendajo y percibió las palabras como un escudo, unas palabras que se cantaban en voz baja por toda la comarca: la mano negra y la mano blanca de la justicia.

«A partir de hoy habrá una nueva canción», pensó el Príncipe desenvainando su espada, y su corazón se sentía tan alocadamente joven que hubiera luchado contra cien hombres. Pero los secuaces de Pífano hicieron retroceder bruscamente a sus caballos y huyeron… de dos hombres… y de las palabras.

Cuando desaparecieron, Arrendajo se dirigió hacia la mujercita de musgo que continuaba de rodillas en la hierba, las manos apretadas contra la cara parda como corteza de árbol, y le soltó la cuerda del cuello.

—Hace unos meses una de vosotras me curó una herida muy mala —explicó—. Tú no fuiste, ¿verdad?

La mujercita de musgo permitió que la ayudara a levantarse, pero lo miró con escasa amabilidad.

—¿Qué quieres decir con eso? ¿Que para los ojos humanos todas nosotras somos iguales? —preguntó con rudeza—. Pues a nosotras nos ocurre lo mismo con vosotros. Así que ¿cómo voy a saber si te he visto antes? —después se alejó cojeando, sin dedicar una sola mirada a su salvador, que la siguió con la vista, como si hubiera olvidado dónde estaba.

—¿Cuánto tiempo he estado ausente? —inquirió cuando el príncipe Negro se le acercó.

—Más de tres días.

—¿Tanto? —sí, había estado lejos, muy muy lejos—. Claro. El tiempo transcurre de modo diferente cuando te topas con la Muerte. ¿No es eso lo que se dice?

—Ahora tú sabes de eso más que yo —contestó el Príncipe.

Arrendajo calló.

—¿Has oído a quién he traído conmigo? —preguntó al fin.

—Me cuesta dar crédito a tan buenas noticias —dijo con voz ronca el Príncipe Negro, pero Arrendajo, sonriendo, le pasó la mano por el pelo cortado al rape.

—Puedes dejártelo crecer de nuevo —le aconsejó—. Aquél por el que te lo rapaste respira de nuevo. Sólo ha dejado entre los muertos sus cicatrices.

No podía ser verdad.

—¿Dónde está? —su corazón sangraba todavía desde la noche en que había velado a Dedo Polvoriento acompañando a Roxana.

—Seguramente con Roxana. Yo no le pregunté adónde iba. Ninguno de los dos estábamos demasiado locuaces. Las Mujeres Blancas traen silencio, Príncipe, no palabras.

—¿Silencio? —exclamó el príncipe Negro riendo y atrayéndolo contra sí—. Pero ¿qué dices? ¡Han traído felicidad, pura felicidad! ¡Y esperanza, una nueva esperanza! Me siento tan joven como hace años y capaz de arrancar árboles de cuajo, quizá no esa haya de ahí, pero sí otros. Esta misma noche todos cantarán que Arrendajo teme tan poco a la muerte que va a visitarla, y Pífano se arrancará de rabia su nariz de plata.

Arrendajo volvió a sonreír, pero su mirada era seria, muy seria para alguien que ha vuelto de la muerte indemne. Y el príncipe Negro comprendió que detrás de todas las buenas noticias había una mala, una sombra detrás de tanta luz. Pero no hablaron de eso. Todavía no.

—¿Qué hay de mi mujer y mi hija? —preguntó Arrendajo—. ¿Ya… se han marchado?

—¿Marcharse? —el príncipe Negro lo miró atónito—. No, ¿adónde iban a ir?

El alivio y la preocupación se mezclaron a partes iguales en la cara del otro.

—Algún día te lo explicaré —contestó—. Algún día. Es una larga historia.

VISITA AL SÓTANO DE ORFEO

Tantas vidas,
Tanto que recordar.
Yo fui una piedra en el Tíbet.

Un trozo de corteza
En lo más hondo del corazón de África,
Que se tornó poco a poco más oscuro...

Derek Mahon, *Lives*

Cuando Oss comunicó a Farid, agarrándolo con fuerza por el cuello, que Orfeo quería hablarle de inmediato en su escritorio, el chico subió de paso dos botellas de vino. Desde que regresaron del cementerio de los titiriteros, Cabeza de Queso bebía como una cuba, pero a Orfeo el vino no lo volvía locuaz como a Fenoglio, sino malvado e impredecible.

Como tantas veces, estaba junto a la ventana cuando Farid entró en el escritorio, tambaleándose ligeramente, en la mano la hoja de papel que había contemplado, maldecido, arrugado y vuelto a alisar con tanta asiduidad los últimos días.

—Aquí lo dice negro sobre blanco, cada letra bonita como un cuadro, y también suena bien, endiabladamente bien —dijo con la lengua pastosa, mientras su dedo tamborileaba sin cesar sobre las palabras—. ¿Por qué entonces, por todos los espíritus del infierno, ha regresado el encuadernador?

¿De qué hablaba Cabeza de Queso? Farid depositó las botellas de vino sobre la mesa y permaneció a la espera.

—Oss dice que quieres hablar conmigo —dijo luego.

Jaspe, sentado al lado del tarro de las plumas, le hacía señas agitadas, pero Farid no las entendía.

—Ah, sí. El ángel de la muerte de Dedo Polvoriento —Orfeo depositó el papel en su escritorio y se volvió hacia él con una sonrisa perversa.

«¿Por qué regresaste con él?», pensó Farid, pero en cuanto recordó la cara rebosante de odio de Meggie en el cementerio, supo la respuesta. «¡Porque no sabías adónde ir si no, Farid!»

—Sí, te he mandado llamar —añadió Orfeo escudriñando la puerta.

Oss había entrado en la estancia detrás de Farid, con un sigilo increíble para una persona de su tamaño; y antes de que Farid comprendiera por qué Jaspe volvía a hacerle señas agitadas, las manos carnosas ya lo habían agarrado.

—De modo que todavía no has oído la noticia —dijo Orfeo—. Claro que no. Pues de otro modo habrías corrido de inmediato junto a él.

¿Junto a quién? Farid intentó liberarse, pero Oss lo agarró por los pelos con tanta brutalidad que el dolor hizo que las lágrimas brotasen de sus ojos.

—En efecto, aún no lo sabe. Qué conmovedor —Orfeo se le acercó tanto que Farid sintió náuseas al oler su aliento a vino.

—Dedo Polvoriento —dijo con voz aterciopelada—, Dedo Polvoriento ha regresado.

Farid olvidó los dedos brutales de Oss y la malvada sonrisa de Orfeo.

Ya sólo quedaba la dicha, como un dolor violento, demasiado para su corazón.

—Sí, ha vuelto —continuó Orfeo—, gracias a mis palabras, pero la chusma de ahí fuera —señaló hacia la ventana con gesto despectivo— dice que Arrendajo lo ha traído de vuelta. Malditos sean. ¡Ojalá Pífano los convierta a todos en carne para los gusanos!

Farid no lo escuchaba. Su propia sangre le rugía en los oídos. ¡Dedo Polvoriento había vuelto! ¡Había vuelto!

—¡Suéltame, Montaña de Carne! —Farid clavó los codos en la tripa de Oss y tiró de sus manos—. ¡Dedo Polvoriento soltará el fuego sobre vosotros dos! —vociferó—. Sí, lo hará en cuanto se entere de que no me habéis dejado acudir enseguida a su lado.

—¿De veras? —Orfeo volvió a echarle a la cara su aliento de vino—. Creo más bien que me estará agradecido, ¿o deseas tal vez acarrearle de nuevo la muerte, desgraciado? Ya lo previne contra ti en una ocasión. Entonces se negó a escucharme, pero ahora será más listo, créeme. Si tuviera aquí el libro del que procedes, hace mucho que habría leído para devolverte a tu vieja historia, pero lamentablemente en este mundo está agotado —Orfeo rió, le gustaba reírse de sus propios chistes—. ¡Enciérralo en el sótano! —ordenó a Montaña de Carne—. Y en cuanto anochezca, llévalo al Monte de los Ahorcados y retuércele el pescuezo. Allí unos huesos de más o de menos no llamarán la atención.

Jaspe se cubrió los ojos con las manos cuando Oss agarró a Farid y se lo echó al hombro. Farid gritó y pataleó, pero Montaña de Carne lo abofeteó con tal violencia que del golpe casi perdió el conocimiento.

—¡Arrendajo, Arrendajo! ¡Yo lo envié con las Mujeres Blancas! ¡Fui yo! —la voz de Orfeo resonaba a sus espaldas por las escaleras—. ¡Por los cuernos del diablo, ¿por qué la Muerte no se apoderó de él? ¿No hice apetitoso a ese noble majadero con las palabras más armoniosas del mundo?

Al pie de la escalera, Farid intentó liberarse de nuevo, pero Oss volvió a atizarle tan fuerte que la sangre brotó de su nariz, y se lo echó al otro hombro. Una criada, asustada, asomó la cabeza por la puerta cuando éste pasó junto a la cocina con Farid —era la pequeña de pelo castaño que le susurraba continuas manifestaciones de amor—, pero no lo ayudó. ¿Qué habría podido hacer?

—¡Lárgate! —se limitó a rugir Oss antes de bajar a Farid al sótano.

Tras atarlo a uno de los pilares que sustentaban la casa de Orfeo e introducirle en la boca un trozo de trapo sucio, lo dejó solo, no sin haberle propinado antes una fuerte patada.

—Nos veremos cuando caiga la noche —le dijo en voz baja antes de subir pesadamente la escalera, y Farid quedó abajo, sintiendo la frialdad de la piedra en la espalda y el sabor de sus propias lágrimas en la lengua.

¡Qué doloroso era saber que Dedo Polvoriento había regresado y que, a pesar de todo, él no volvería a verlo! «¡Pero así será, Farid!», pensó, «y, quién sabe, tal vez incluso tenga razón Cabeza de Queso. ¡A lo mejor volverías a provocar su muerte!».

Las lágrimas quemaban su cara, tan herida por los golpes de Oss. ¡Si al menos hubiera podido invocar al fuego para que devorase a Orfeo junto con su casa y con Montaña de Carne, aunque también lo abrasara a él! Pero no podía mover las manos y su lengua no era capaz de pronunciar ninguna palabra de fuego, así que se quedó acurrucado, sollozando, como la noche de la muerte de Dedo Polvoriento, esperando la llegada de la oscuridad y que Oss fuera a buscarlo para retorcerle el pescuezo bajo los patíbulos en los que había cavado en busca de plata para Orfeo.

Por suerte la marta había desaparecido. Seguro que Oss la había matado. Pero Furtivo estaría ya con Dedo Polvoriento. La marta había percibido su regreso. ¿Por qué tú no, Farid? Daba igual. Al menos Furtivo estaba a salvo. Pero ¿qué sería de Jaspe cuando él ya no pudiera protegerlo? Cuántas veces había encerrado Orfeo al hombre de cristal sin luz ni arena en un cajón, sólo por haberse mostrado torpe al cortar el papel o haberle salpicado de tinta una manga.

—Dedo Polvoriento.

Reconfortaba pronunciar su nombre y saber que estaba vivo. Cuántas veces se había imaginado Farid el reencuentro. La nostalgia de él lo hizo temblar, como si lo estremeciera la fiebre. ¿Quién habría saltado primero a su hombro para lamerle la cara surcada por las cicatrices? ¿Gwin o Furtivo?

Transcurrieron las horas y en cierto momento Farid logró escupir la mordaza. Intentó roer la cuerda con la que Oss lo había atado, pero hasta un ratón lo habría hecho mejor. ¿Lo buscarían cuando yaciera muerto y enterrado en el Monte de los Ahorcados? Dedo Polvoriento, Lengua de Brujo, Meggie… Oh, Meggie. Nunca más volvería a besarla. Bueno, la verdad es que en los últimos tiempos tampoco la había besado con mucha frecuencia. A pesar de todo… ¡Traicionero Cabeza de Queso! Farid le dedicó todas las maldiciones que fue capaz de recordar, de este mundo, del suyo anterior y de aquel en el que había encontrado a Dedo Polvoriento. Las pronunció todas en voz alta, pues sólo así surtían efecto… y cuando oyó abrirse arriba la puerta del sótano, enmudeció asustado.

¿Ya era de noche? Seguramente. ¿Cómo iba a notarse eso en aquel agujero húmedo y mohoso? Le partiría Oss la nuca como a un conejo o simplemente le taparía la boca con sus toscas manos hasta que dejase de respirar? «No pienses en ello, Farid, no tardarás en averiguarlo.» Apretó la espalda contra el pilar. A lo mejor podía soltarle una patada en la nariz. Una patada bien certera en su estúpido rostro, mientras le quitaba las ligaduras, y su nariz se quebraría como una rama seca.

Desesperado hizo fuerza contra la áspera cuerda, mas por desgracia Oss era experto en ataduras. «¡Meggie! ¿No puedes enviarme algunas palabras salvadoras, como a tu padre?» Oh, cómo debilitaba sus miembros el miedo. Escuchó pasos descendiendo por la escalera. Eran extraordinariamente leves para pertenecer a Montaña de Carne, y de repente dos martas corrieron presurosas hacia él.

—¡Por todas las hadas, Cara de Pan ha hecho dinero de verdad!
—susurró una voz desde la oscuridad—. ¡Qué casa tan elegante!
—empezó a bailar una llama, después otra, y otra, y otra, y otra… Cinco
llamas lo bastante claras para iluminar la cara de Dedo Polvoriento… y a
Jaspe, que con una sonrisa tímida se sentaba sobre su hombro.

Dedo Polvoriento.

El corazón de Farid se volvió tan liviano que no le habría asombrado
verlo salir volando de su pecho. ¿Pero qué pasaba con la cara de Dedo
Polvoriento? Parecía distinta. Como si todos esos años hubieran sido
lavados de ella, todos los años malos, solitarios y…

—¡Tus cicatrices… han desaparecido! —susurró Farid. La felicidad
se posaba como algodón sobre sus palabras. Furtivo saltó hacia él y lamió
sus manos atadas.

—Sí, y además… imagínate… creo que Roxana las echa de menos
—Dedo Polvoriento descendió el último escalón y se arrodilló a su lado.
Unas voces agitadas llegaron hasta ellos—. ¿Oyes? Temo que Orfeo no
tardará en enterarse de que tiene visita —Dedo Polvoriento extrajo un
cuchillo del cinto y cortó sus ligaduras.

Farid se frotó las muñecas adormecidas. No podía apartar sus ojos
de él. ¿Y si sólo era un espíritu o —peor todavía— un sueño? ¿Habría
percibido entonces su calor y el latido de su corazón cuando Dedo
Polvoriento se inclinó sobre él? Ya no había nada del espantoso silencio
que había rodeado en la mina a Dedo Polvoriento. Y olía a fuego.

Arrendajo lo había traído de vuelta. Sí, seguro que había sido él.
Dijera lo que dijera Orfeo.

¡Oh, él escribiría su nombre con fuego en las murallas de Umbra!
¡Lengua de Brujo, Arrendajo, el que fuera! Farid alargó la mano y rozó
vacilante aquel rostro conocido y al mismo tiempo tan extraño.

Dedo Polvoriento soltó una risita contenida y lo puso de pie.

—¿Qué pasa? ¿Quieres convencerte de que no soy un espíritu?

¿Porque sigues teniéndoles miedo, eh? ¿Qué pasaría si yo fuera uno de ellos?

Por toda respuesta, Farid lo rodeó tan impetuosamente con sus brazos, que Jaspe, con un agudo alarido, resbaló del hombro de Dedo Polvoriento. Por fortuna éste atrapó al hombre de cristal antes que Gwin.

—¡Cuidado, cuidado! —susurró Dedo Polvoriento, depositando a Jaspe sobre el hombro de Farid—. Sigues siendo tan fogoso como un ternero joven. Agradécele a tu amigo de cristal mi presencia aquí. Él le contó a Brianna lo que Orfeo pretendía hacerte y ésta cabalgó a casa de Roxana.

—¿Brianna? —Farid colocó sobre su hombro al hombre de cristal, que se ruborizó—. Gracias, Jaspe.

Se volvió deprisa. La voz de Orfeo resonaba por la escalera del sótano.

—¿Un extraño? ¿Qué dices? ¿Cómo ha podido pasar a tu lado?

—La culpa es de la criada —oyó Farid protestar a Oss—. La criada peligrosa lo dejó entrar por la puerta trasera.

Dedo Polvoriento escuchaba con aquella vieja sonrisa burlona en los labios que Farid tanto había añorado. Sobre sus hombros y cabellos bailaban chispas. Parecían brillar incluso debajo de su piel, y la propia piel de Farid estaba caliente como si desde que había tocado a Dedo Polvoriento hubiera sido lamida por el fuego.

—El fuego —susurró el chico—. ¿Está en tu interior?

—Quizá —contestó Dedo Polvoriento también en voz baja—. Ya no soy el mismo de antes, pero sé hacer unas cuantas cosas nuevas muy interesantes.

—¿Cosas?

Farid lo miró con los ojos como platos, pero arriba volvió a resonar la voz de Orfeo.

—¿Que huele a fuego dices? ¡Déjame pasar, rinoceronte humano! ¿Y tiene cicatrices en la cara?

—No. ¿A qué viene eso? —la voz de Oss sonó ofendida.

Los pasos descendieron por la escalera, esta vez pesados e inseguros. Orfeo odiaba subir o bajar escaleras, y Farid lo oyó maldecir.

—Meggie trajo a Orfeo mediante la lectura —susurró mientras se acercaba mucho a Dedo Polvoriento—. Yo se lo pedí, porque creía que él podría traerte de vuelta.

—¿Orfeo? —Dedo Polvoriento volvió a reír—. No. Yo sólo he oído la voz de Lengua de Brujo.

—Su voz, quizá, pero fueron mis palabras las que te trajeron de vuelta —Orfeo descendió trastabillando los últimos peldaños, el rostro enrojecido por el vino—. Dedo Polvoriento. ¡Eres tú de verdad! —su voz expresaba auténtica dicha.

Oss apareció detrás de Orfeo, miedo y rabia en su rostro grosero.

—Miradlo, señor —masculló—. No es una persona. Es un demonio o un íncubo. ¿Veis las chispas sobre su pelo? Cuando he intentado sujetarlo, he estado a punto de quemarme los dedos… como si el verdugo me hubiera puesto carbones ardiendo en las manos.

—Sí, sí —repuso Orfeo—. Viene de lejos, de muy lejos. Un viaje así transforma a cualquiera —miró fijamente a Dedo Polvoriento, como si temiera que al momento siguiente se desvaneciera en el aire o, más probablemente, en unas palabras sin vida sobre un pliego de papel—. Cuánto me alegro de tu regreso —balbuceó con voz torpe por la nostalgia—. ¡Y tus cicatrices han desaparecido! Portentoso. De eso no escribí nada. Bueno, da igual… ¡Has vuelto! Sin ti este mundo sólo es la mitad de valioso, pero ahora todo volverá a ser tan maravilloso como entonces, cuando leí de ti por primera vez. Siempre fue la mejor de las historias, pero a partir de ahora tú serás el héroe, sólo tú, gracias a mi arte, que te trajo a casa y ahora incluso te ha arrancado de la muerte.

—¿Tu arte? Más bien será el de Lengua de Brujo —Dedo Polvoriento hizo bailar encima de su mano una llama que adoptó la forma de una Mujer Blanca tan nítida que Oss, asustado, se apretó contra la pared del sótano.

—¡Qué disparate! —por un momento la voz de Orfeo pareció la de un muchacho ofendido, pero recuperó el control enseguida—. ¡Qué disparate! —repitió, esta vez con tono más contenido, aunque su lengua aún estaba algo torpe por el vino—. Te haya contado lo que te haya contado, no es verdad. Fui yo.

—Él no me ha contado nada. No tenía que hacerlo. Él estaba allí, él y su voz.

—Pero la idea se me ocurrió a mí… ¡yo escribí las palabras! Él sólo fue mi instrumento —Orfeo soltó la última palabra, iracundo, como si la escupiera a la cara de Lengua de Brujo.

—Oh, sí… tus palabras. Unas palabras muy insidiosas, a juzgar por lo que él me ha contado —sobre la mano de Dedo Polvoriento seguía ardiendo la imagen de la Mujer Blanca—. Quizá debería llevar esas palabras a Lengua de Brujo para que relea de nuevo el papel que le habías asignado en todo eso.

Orfeo se puso tieso como una vela.

—¡Yo lo escribí así por ti! —exclamó con voz ofendida—. Sólo me interesaba una cosa… tu regreso. ¿Qué me importa a mí ese encuadernador? Al fin y al cabo, tenía que ofrecerle algo a la Muerte.

Dedo Polvoriento sopló suavemente la llama que ardía en su mano.

—Oh, lo comprendo, vaya si lo comprendo —dijo en voz baja, mientras el fuego formaba un pájaro, un pájaro dorado con una mancha roja en el pecho—. Desde que estuve en el otro lado entiendo algunas cosas, y hay dos que sé de cierto: que la Muerte no se atiene a palabras y que quien fue a ver a las Mujeres Blancas no fuiste tú, sino Lengua de Brujo.

—Sólo él podía llamarlas. ¿Qué podía hacer yo? —exclamó Orfeo—. Y lo hizo únicamente por su mujer. ¡No por ti!

—Bueno, es un buen motivo —el pájaro de fuego se deshizo en la mano de Dedo Polvoriento—. Y en lo referente a las palabras… para ser sinceros… su voz me gusta mucho más que la tuya, aunque no siempre me haya hecho feliz. La voz de Lengua de Brujo está llena de amor. La tuya sólo habla de sí misma. Aparte de que te gusta en demasía leer palabras que nadie conoce, u olvidar otras que habías prometido leer. ¿No es verdad, Farid?

Farid miraba fijamente a Orfeo con la cara petrificada de odio.

—Bueno, lo mismo da —continuó Dedo Polvoriento mientras la llama en su mano volvía a brotar, serpenteante, de la ceniza y formaba una calavera diminuta—. Me llevaré las palabras. Y el libro.

—¿El libro? —Orfeo retrocedió como si el fuego en la mano de Dedo Polvoriento se hubiera transformado en una serpiente.

—Sí, tú se lo robaste a Farid, ¿no lo recuerdas? Pero eso no lo convierte en propiedad tuya… aunque pareces utilizarlo con mucha aplicación, según he oído. Hadas de colores, duendes moteados, unicornios… Al parecer ahora hay hasta enanos en el castillo. ¿A qué viene eso? ¿No te parecían lo bastante bellas las hadas azules? Pardillo da patadas a los enanos, y sólo traes unicornios para que mueran.

—¡No, no! —Orfeo levantó las manos en gesto de rechazo—. ¡Tú no lo entiendes! Proyecto algo grande con esta historia. Todavía trabajo en ello, pero créeme, será una maravilla. Fenoglio dejó tantas cosas sin utilizar, tantas sin describir… yo pienso modificar, mejorar todo eso…

Dedo Polvoriento giró la mano provocando una llovizna de ceniza sobre el suelo del sótano de Orfeo.

—Te comportas como Fenoglio… pero posiblemente eres muchísimo peor que él. Este mundo teje sus hilos por sí mismo. Vosotros sólo lo confundís, lo deshacéis, ensambláis lo que no casa entre sí, en lugar de confiar su mejora a aquellos que lo habitan.

—¿Ah, sí? ¿A quién, por ejemplo? —la voz de Orfeo denotaba rencor—. ¿A Arrendajo? ¿Desde cuándo pertenece él a este mundo?

—Quién sabe. A lo mejor ninguno de nosotros pertenecemos exclusivamente a una historia —respondió Dedo Polvoriento con un encogimiento de hombros—. Y ahora, tráeme el libro. ¿O debo pedir a Farid que vaya a por él?

Orfeo lo miraba con el encono de un amante desdeñado.

—¡No! —profirió al fin—. Lo necesito. El libro se queda aquí. No puedes arrebatármelo. Te lo advierto. No sólo Fenoglio puede escribir palabras que te perjudiquen. Puedo…

—Yo ya no temo a las palabras —lo interrumpió impaciente Dedo Polvoriento—. Ni a las tuyas ni a las de Fenoglio. Ellas tampoco pueden prescribirme mi muerte. ¿Lo has olvidado? —alargó la mano hacia el aire y una antorcha encendida surgió de ella—. Trae el libro —dijo entregándosela a Farid—. Trae todo lo que haya escrito. Hasta la última palabra.

Farid asintió.

Había vuelto. ¡Dedo Polvoriento había vuelto!

—Tenéis que llevaros también la lista —la voz de Jaspe era tan fina como sus miembros—. La lista que me obliga a confeccionar. ¡De todas las palabras utilizadas por Fenoglio! Ya voy por la letra F.

—Ah, muy astuto. Una lista. Muchas gracias, hombre de cristal —Dedo Polvoriento sonrió.

No, a decir verdad su sonrisa no había cambiado. Farid estaba muy contento de que no se hubiera quedado con las Mujeres Blancas.

Se puso a Jaspe encima del hombro y corrió hacia la escalera. Furtivo saltó en pos suyo.

Orfeo intentó interponerse en su camino, pero cuando la antorcha empañó los cristales de sus gafas y la llama chamuscó su camisa de seda retrocedió. Oss fue más valiente que su señor, pero a un susurro de Dedo Polvoriento la antorcha alargó hacia él unas manos de fuego, y antes de que Oss se hubiera recuperado del susto, Farid ya había pasado a su lado y subía por las escaleras con la agilidad de una gacela, el corazón rebosante de felicidad y el dulce sabor de la venganza en la lengua.

—¡Jaspe, te partiré en esquirlas tan pequeñas que no se distinguirá ni siquiera tu color! —gritó Orfeo a sus espaldas.

El hombre de cristal clavó los dedos en el hombro de Farid, pero no se volvió.

—¡Y a ti, pequeño camellero falaz —la voz de Orfeo soltó un gallo—, te haré desaparecer en una historia llena de horrores, escrita expresamente para ti!

La amenaza hizo detenerse un momento a Farid, pero después oyó la voz de Dedo Polvoriento.

—Ten cuidado con a quién amenazas, Orfeo. Si al chico le sucediera algo o desapareciese repentinamente, como es obvio que pretendías hacer con él ahora, volveré a visitarte. Y yo nunca vengo sin el fuego, de sobra lo sabes.

—¡Por ti! —oyó Farid gritar a Orfeo—. Lo he hecho todo por ti, ¿y así me lo agradeces?

Hematites cubrió a Farid y a su hermano menor de terribles imprecaciones en cuanto se dio cuenta de lo que buscaban en el escritorio de su señor. Jaspe, sin embargo, ayudó impertérrito a Farid a recoger primero el libro y después cada jirón de papel escrito por Orfeo. Hematites les arrojó arena, plumas afiladas, deseó a Jaspe todas las enfermedades que pudiera padecer un hombre de cristal, y finalmente se arrojó con gesto heroico sobre la última hoja que Jaspe enrollaba sobre el pupitre de Orfeo, pero Farid se limitó a apartarlo sin miramientos.

—¡Traidor! —gritó Hematites a su hermano cuando Farid cerraba la puerta de la estancia—. ¡Ojalá te hagas trizas, te rompas en mil pedazos! —pero Jaspe no se volvió, igual que había hecho ante las amenazas de Orfeo.

Dedo Polvoriento esperaba ya ante la puerta de la calle.

—¿Dónde están? —preguntó Farid, preocupado, cuando corrió

hacia él. No se veía ni rastro de Orfeo ni de Oss, pero oía sus voces enfurecidas.

—En el sótano —contestó Dedo Polvoriento—. He perdido algo de fuego en la escalera. Para cuando se extinga, estaremos en lo más profundo del bosque.

Farid asintió y al ver aparecer a una de las criadas en lo alto de la escalera se volvió. Pero no era Brianna.

—Mi hija no está aquí —dijo Dedo Polvoriento, como si hubiera adivinado sus pensamientos—. Y no creo que regrese jamás a esta casa. Está con Roxana.

—¡Ella me odia! —balbuceó Farid—. ¿Por qué me ayudó?

Dedo Polvoriento abrió la puerta y las martas corrieron sigilosas hacia el exterior.

—Quizá quiera a Orfeo aun menos que a ti —respondió.

EL FUEGO DE PÁJARO TIZNADO

La vida no es más que una sombra que pasa,
Un pobre cómico que se pavonea y se agita
Una hora sobre la escena y después no se le oye más…;
Un cuento narrado por un idiota
Con gran aparato y que nada significa.

William Shakespeare, *Macbeth*

Fenoglio era feliz. Oh, sí, era feliz, aunque a Ivo y a Despina se les hubiera metido en la cabeza arrastrarlo hasta la plaza del mercado, donde Pájaro Tiznado ofrecía otra representación. Los pregoneros la anunciaban desde hacía días, y, como es natural, Minerva no dejaba ir solos a los niños. Pardillo había mandado construir ex profeso un estrado para que todos pudieran presenciar las chapuzas de su tragafuegos principesco. ¿Esperaban que de ese modo el pueblo olvidase que había regresado el Bailarín del Fuego? Sea como fuere… ni siquiera Pájaro Tiznado podía enturbiar el humor de Fenoglio. Desde que había partido con Cósimo hacia el Castillo de la Noche nunca había vuelto a sentir su corazón tan liviano. En los sucesos posteriores no quería pensar, no, ese capítulo estaba cerrado. Su historia había entonado una nueva canción, y ¿a quién había que agradecérselo? ¡A él! ¿Quién si no había metido en el juego a Arrendajo, el hombre que había puesto en ridículo a Pífano y a Pardillo y rescatado al Bailarín del Fuego de entre los muertos? ¡Qué personaje! ¡Qué grotescas eran en comparación las creaciones de Orfeo: hadas de colores chillones, unicornios muertos, enanos de pelo azul intenso! Sí, Cabeza de Queso lograba a duras penas tales criaturas, pero sólo él, Fenoglio, podía crear hombres como el príncipe Negro y Arrendajo. Bueno, sí, justo era reconocer que sólo Mortimer había convertido a Arrendajo en un personaje de carne y hueso. Pero al principio siempre había sido la palabra, y las palabras habían sido escritas por él, ¡todas y cada una de ellas!

—¡Ivo! ¡Despina!

Maldita sea, ¿dónde se habrían metido? ¡Era más fácil capturar a las hadas de colores de Orfeo que a esos niños! ¿No les había dicho que no se adelantaran corriendo? La calle era un hervidero de niños que salían de todas las casas para olvidar al menos durante una o dos horas el peso que el mundo había cargado sobre sus débiles hombros. No era una broma ser niño en esos tiempos sombríos. Los niños se habían convertido en hombres demasiado pronto y las niñas soportaban la penosa tristeza de sus madres.

Al principio, Minerva se negó a dejar salir a Ivo y Despina. Había demasiados soldados en la ciudad. Tenía demasiado trabajo en casa, pero Fenoglio la convenció, aunque le horrorizaba el hedor que volvería a esparcir Pájaro Tiznado. En un día en que él era tan feliz, también deberían serlo los niños, y mientras Pájaro Tiznado se dedicara a hacer sus mamarrachadas, él soñaría simplemente que Dedo Polvoriento no tardaría en escupir fuego en el mercado de Umbra. O se imaginaría a Arrendajo entrando a caballo en Umbra y expulsando de la puerta a Pardillo como a un perro sarnoso, quitando de un puñetazo a Pífano la nariz de plata y fundando con el príncipe Negro un reino de justicia, el poder del pueblo… Bueno, acaso no del todo. Seguramente ese mundo no estaba preparado para aquello, pero daba igual. Sería grandioso, conmovedor, y él, Fenoglio, había abierto el camino salvador el día en que escribió la primera canción sobre Arrendajo. ¡Al final lo había hecho todo bien! Acaso Cósimo fuese un error, pero ¿cómo podía ser emocionante una historia si no adquiría de vez en cuando tintes sombríos?

—¡Eh, Tejedor de Tinta! ¿Dónde estás? —Ivo le hacía señas con impaciencia.

¿Qué se figuraba ese arrapiezo? ¿Que un viejo como él podía abrirse paso por ese raudal de cuerpos infantiles serpenteando como una anguila? Despina se volvió y sonrió aliviada cuando Fenoglio agitó la mano en su dirección. Pero después su cabecita desapareció de nuevo entre las demás.

—¡Ivo —gritó Fenoglio—, vigila a tu hermana, demonios!

¡Santo cielo, no se figuraba la cantidad de niños que había en Umbra! Muchos tiraban de sus hermanos y hermanas pequeños y avanzaban apiñados hacia la plaza del mercado. Fenoglio era el único hombre a la vista, y madres también habían venido pocas. La mayoría de los niños seguramente habría salido a hurtadillas… de talleres y tiendas, del trabajo doméstico o del establo. Habían acudido incluso de las granjas circundantes con sus míseros harapos. Sus voces agudas se colaban entre las casas como los trinos de una bandada de pájaros. Posiblemente Pájaro Tiznado jamás había tenido un público tan entregado.

Pájaro Tiznado ya estaba sobre el podio, con la indumentaria negra y roja de los tragafuegos, pero sus ropas ya no estaban hechas de harapos cosidos entre sí como las de sus hermanos de gremio, sino del más fino terciopelo, como correspondía al favorito de un príncipe. Su rostro, siempre sonriente, brillaba por la grasa que lo protegía de las llamas, pero para entonces el fuego lo había lamido tantas veces que se parecía a las risueñas máscaras de cuero que cosía Baptista. Sí, Pájaro Tiznado también sonreía ahora, mientras bajaba los ojos hacia el mar de cabecitas que se apiñaban con avidez alrededor del estrado, como si él pudiera librarlas de todas sus penas, del hambre, de la tristeza de sus madres y de la añoranza de sus padres muertos.

Fenoglio vio a Ivo muy delante, pero ¿dónde estaba Despina? Ah, sí, allí, justo al lado de su hermano mayor. Ella lo saludó muy excitada y él le devolvió el saludo, mientras se reunía con las madres que esperaban delante de las casas. Las oyó cuchichear sobre Arrendajo y de cómo éste protegería a sus hijos, ahora que había rescatado de la muerte al Bailarín del Fuego. Sí, el sol volvía a lucir sobre Umbra. Había retornado la esperanza y él, Fenoglio, le había dado un nombre: Arrendajo.

Pájaro Tiznado se despojó de la capa, tan pesada y valiosa que con lo que costó seguro que habrían podido alimentarse durante meses todos los niños que se apiñaban en la plaza del mercado. Un duende trepó al estrado con bolsas llenas de polvo de alquimista colgadas, con las que el chapucero alimentaba las llamas para que lo obedecieran. Pájaro Tiznado aún temía al fuego. Se le notaba a las claras. A lo mejor para entonces hasta lo temía más, y Fenoglio observó con desagrado el comienzo de la función. Las llamas brotaron y sisearon, respiraron un humo de color cardenillo que hizo toser a los niños, y se cerraron formando puños amenazadores, garras y bocas que lanzaban dentelladas. Sí, Pájaro Tiznado había aprendido. Ya no blandía un par de antorchas ni escupía las llamas a una altura tan paupérrima que todos musitaban el nombre de Dedo Polvoriento. El fuego con el que jugaba parecía radicalmente distinto. Era su hermano oscuro, una pesadilla de llamas, pero los niños admiraban ese espectáculo de abigarrada maldad fascinados y atemorizados al tiempo, se sobresaltaban cuando se abalanzaban sobre ellos con sus garras rojas y suspiraban aliviados cuando se convertían en humo… aunque sus nubes irritantes quedaban suspendidas en el aire y les hacían llorar. ¿Era verdad lo que se murmuraba? ¿Que ese humo nublaba de tal modo los sentidos que uno veía más de lo que realmente había allí? «Bueno, pues de ser así, a mí no me hace efecto», pensó Fenoglio frotándose los ojos escocidos. «¡Una farsa lamentable, eso es todo lo que veo!»

Las lágrimas corrían por su nariz, y cuando se volvió para limpiarse el humo y el hollín de los ojos, vio salir a trompicones de la calle que subía hasta el castillo a un muchacho, mayor que los niños de la plaza, lo suficiente para ser uno de los soldados imberbes de Violante. Mas no vestía uniforme. Su rostro le resultó a Fenoglio de lo más familiar. ¿Dónde lo había visto antes?

—¡Luc! —gritó—. ¡Luc! ¡Corre! ¡Corred todos!

Tropezó, cayó al suelo… y se arrastró justo a tiempo dentro de la entrada de una casa, antes de que el jinete que iba detrás de él lo atropellase con su caballo.

Era Pífano. Refrenó su montura mientras detrás de él una docena de hombres de la Hueste de Hierro surgía de la calle que ascendía hasta el castillo. Salían de todas partes, de la calle de los herreros y de la de los carniceros, salían de todas las callejuelas que desembocaban en el mercado, casi sosegadamente, sobre sus poderosos caballos, tan acorazados como sus amos.

Pero los niños seguían desprevenidos, con la vista fija en Pájaro Tiznado. No habían oído los gritos de advertencia del muchacho. Tampoco veían a los soldados. Sólo miraban al fuego, mientras las madres gritaban sus nombres. Cuando los primeros giraron la cabeza, ya era demasiado tarde. La Hueste de Hierro hizo retroceder a las mujeres llorosas, mientras cada vez más soldados brotaban de las calles para formar un cerco de hierro alrededor de los niños.

Con qué horror se daban la vuelta los pequeños. De repente el asombro se trocó en puro terror. Y cómo lloraban. ¡Fenoglio jamás olvidaría ese llanto! Permanecía allí impotente, con la espalda apoyada contra un muro, mientras cinco miembros de la Hueste apuntaban sus lanzas contra él y contra las mujeres. No hacía falta más. Cinco lanzas para mantener en jaque a ese pequeño grupo. A pesar de todo, una de las mujeres corrió hacia ellos, pero un soldado la derribó con el caballo. Luego cerraron el cerco de espadas, mientras Pájaro Tiznado, a una inclinación de cabeza de Pífano, apagaba las llamas y, sonriendo, hacía una reverencia a los niños que lloraban.

Los condujeron arriba, al castillo, igual que un rebaño de ovejas. Algunos de los niños sintieron tal pánico que corrieron entre los caballos. Quedaron tirados sobre el empedrado como juguetes rotos. Fenoglio gritó los nombres de Ivo y Despina, pero su voz se fundió con todas las demás, con todos los alaridos, con todos los llantos. Cuando la Hueste de Hierro dejó libres a las madres, corrió a trompicones con ellas hacia los niños ensangrentados que habían dejado atrás, observó sus rostros blanquecinos, embargado por el miedo de reconocer a Despina o a Ivo. No figuraban entre ellos, pero a Fenoglio le pareció como si no obstante conociera sus caras, esas caras diminutas. Demasiado jóvenes para morir, demasiado jóvenes para el dolor y el espanto. Aparecieron dos Mujeres Blancas, sus ángeles de la muerte, y las mujeres se inclinaron sobre los niños y les taparon los oídos contra los susurros blancos. Habían muerto tres niños, dos varones y una niña. Ellos ya no necesitaban a las Mujeres Blancas para pasar al otro lado.

Junto a uno de los niños muertos se arrodillaba el que había salido gritando de la calle con su inútil advertencia. Alzaba los ojos clavándolos en el estrado, su joven rostro poseído por el odio. Pero Pájaro Tiznado había desaparecido, como si se hubiera esfumado en el humo venenoso que continuaba suspendido formando espesos jirones sobre la plaza del mercado. El duende, sin embargo, seguía allí, mirando atontado a las mujeres que se inclinaban sobre los niños. Después, despacio como si estuviera fuera del tiempo, comenzó a recoger las bolsas vacías que había dejado Pájaro Tiznado.

Algunas mujeres habían echado a correr detrás de los soldados y de los niños secuestrados. El resto permanecían arrodilladas, limpiando a los heridos la sangre de la frente y palpando sus pequeños miembros.

Fenoglio, incapaz de soportarlo más, se dio la vuelta y regresó tambaleándose a la calle que conducía hasta la casa de Minerva. Las mujeres, sacadas de sus casas por los gritos, pasaban a su lado en veloz carrera. ¡Ya era suficiente! ¡Suficiente! Minerva llegaba corriendo hacia él. Fenoglio balbuceó unas palabras incomprensibles, señalando hacia el castillo. Ella se alejó corriendo, detrás de las demás mujeres.

Hacía un día precioso. El sol calentaba como si el invierno estuviera muy lejano.

¿Podría olvidar alguna vez los llantos?

Fenoglio se asombró de que sus piernas lograsen subir por la escalera su corazón pesado por las lágrimas.

—¡Cuarzo Rosa!

Apoyado en su escritorio, buscó pergamino, papel, algo sobre lo que se pudiera escribir.

—¡Maldita sea, Cuarzo Rosa! ¿Dónde te has metido?

El hombre de cristal atisbaba desde el nido donde vivían las hadas de colores de Orfeo. ¿Qué demonios hacía allí arriba? ¿Retorcerles sus estúpidos pescuezos?

—¡Si piensas enviarme de nuevo a espiar a casa de Orfeo, olvídalo! —le gritó—. El tal Hematites tiró por la ventana al hombre de cristal que Orfeo trajo en sustitución de su hermano. Quedó tan hecho añicos, que lo tomaron por los restos de una botella de vino.

—No te necesito para espiar —rugió Fenoglio con la voz ahogada por el llanto—. ¡Afílame las plumas! ¡Remueve la tinta! Vamos, ¿a qué esperas?

Ay, el llanto.

Dejándose caer en la silla, enterró la cabeza entre las manos. Las lágrimas corrían entre sus dedos y goteaban sobre su escritorio. Fenoglio no se acordaba de haber llorado nunca así. Sus ojos permanecieron secos incluso cuando murió Cósimo. ¡Ivo! ¡Despina!

Oyó cómo el hombre de cristal caía de golpe sobre su cama. ¿No le había prohibido saltar sobre el saco de paja desde los nidos de hada? Bueno, daba igual, que se partiera su cuello de cristal.

¡Ay, tanta desgracia tenía que terminar o acabaría destrozando de verdad su viejo corazón!

Oyó cómo Cuarzo Rosa trepaba a toda prisa por el pupitre.

—Toma —musitó el hombre de cristal tendiéndole una pluma recién afilada.

Fenoglio se limpió las lágrimas de la cara con la manga. Sus dedos temblaban cuando cogió la pluma.

El hombre de cristal colocó una hoja de papel y empezó a remover la tinta con celeridad.

—¿Dónde están los niños? —preguntó—. ¿No querías ir con ellos al mercado?

Otra lágrima cayó sobre la hoja en blanco, y el papel la absorbió con avidez. «¡Sí, sí, así es esta maldita historia!», pensó Fenoglio. «Se alimenta de lágrimas.» ¿Y si Orfeo hubiera escrito lo que había sucedido en el mercado? Se decía que desde que Dedo Polvoriento le había hecho una visita, apenas salía de casa y tiraba botellas por la ventana. ¿Acaso movido por la furia había escrito palabras capaces de matar a unos niños?

«¡Basta, Fenoglio, deja de pensar en Orfeo! ¡Escribe tú!» Ojalá la hoja no estuviese tan vacía.

—Vamos, hombre —musitó—. Acudid ya, malditas palabras. Son niños. ¡Niños! Salvadlos.

—¿Fenoglio? —Cuarzo Rosa lo miraba preocupado—. ¿Dónde están Ivo y Despina? ¿Qué ha ocurrido?

Fenoglio se limitó a enterrar su rostro entre las manos. ¿Dónde estaban las palabras que volvieran a abrir la malhadada puerta del castillo, que rompieran las lanzas y tostasen a Pájaro Tiznado en su propio fuego?

Cuarzo Rosa se enteró por Minerva de lo sucedido, cuando ésta regresó del castillo sin sus hijos. Pífano había soltado otro discurso.

—Dice que está harto de esperar —contó Minerva con voz átona—. Que nos da una semana para entregarle a Arrendajo. Si no, se llevará a nuestros hijos a las minas.

Después bajó a la cocina vacía, donde seguramente seguirían sobre la mesa los cuencos del desayuno de Ivo y Despina.

Fenoglio siguió sentado ante la hoja virgen, en la que únicamente se veían las huellas de sus lágrimas. Una hora, y otra, y otra. Hasta muy entrada la noche.

LA RESPUESTA
DE ARRENDAJO

«Quiero ser útil», comenzó a decir Homer, pero Larch no quiso escuchar.

«Entonces no te está permitido esconderte», repuso Larch. «Ni apartar la vista.»

John Irving, *El consejo de Dios y la aportación del diablo*

Resa escribía, con la cara pálida y su mejor letra. Igual que antaño, cuando se sentaba en el mercado de Umbra vestida de hombre para ganarse el pan escribiendo. El antiguo hombre de cristal de Orfeo le removía la tinta. Dedo Polvoriento había llevado a Jaspe al campamento de los bandidos. Y a Farid.

Ésta es la respuesta de Arrendajo, escribió Resa mientras Mo estaba a su lado.

Dentro de tres días se entregará a Violante, viuda de Cósimo y madre del legítimo heredero de Umbra. A cambio, Pífano dejará libres a los niños de Umbra, de los que se apoderó con artes taimadas, y rubricará su seguridad para siempre con el sello de su señor.

En cuanto se haya cumplido esta condición, Arrendajo se mostrará

dispuesto a curar el Libro Vacío que encuadernó para Cabeza de Víbora
en el Castillo de la Noche.

Meggie veía cómo la mano de su madre escribía con cierta vacilación. Los bandidos, a su alrededor, la observaban. Una mujer que sabía escribir... Ninguno de ellos dominaba ese arte, excepto Baptista. Ni siquiera el príncipe Negro. Todos ellos habían intentado disuadir a Mo de su decisión, hasta Doria, que había intentado advertir a los niños de Umbra, y que después había tenido que presenciar cómo Pífano los capturaba y al mismo tiempo era asesinado Luc, su mejor amigo. En vano.

Pero había uno que no había intentado disuadir o convencer a Mo. Era Dedo Polvoriento.

Parecía casi como si nunca hubiera estado ausente, aunque su rostro estaba ahora libre de cicatrices. La misma sonrisa enigmática de siempre, la misma inconstancia. A veces se quedaba, para volver a desaparecer después. Como un fantasma. Meggie se sorprendía continuamente pensando en eso... y sin embargo percibía al mismo tiempo que Dedo Polvoriento estaba más vivo que nunca, más vivo que cualquier otro.

Mo miró en su dirección, pero Meggie no estuvo segura de si la veía realmente. Desde que había regresado de las Mujeres Blancas, parecía haberse convertido más que nunca en Arrendajo.

¿Cómo podía entregarse prisionero? ¡Pífano lo mataría!

Resa terminó de escribir la carta. Miró a Mo, como si por un momento confiase en que arrojaría el pergamino al fuego. Pero no, sólo le arrebató la pluma de la mano y puso su emblema bajo las palabras mortales... una pluma y una espada, formando una cruz, como ponían los campesinos en lugar de su nombre porque no entendían nada de letras.

No.

¡No!

Resa agachó la cabeza. ¿Por qué callaba? ¿Por qué esta vez no derramaba lágrimas que le hicieran cambiar de opinión? ¿Las había gastado todas en la noche interminable entre las tumbas en las que ellas habían esperado en vano su regreso? ¿Sabía Resa lo que Mo había prometido a las Mujeres Blancas para que les permitieran regresar a Dedo Polvoriento y a él?

—Es posible que tenga que ausentarme pronto.

Eso era todo cuanto había dicho a Meggie, y cuando a continuación ella preguntó aterrorizada:

—¿Ausentarte? ¿Adónde?

Él se limitó a responder:

—¡Deja de preocuparte! Dondequiera que sea... yo ya he visitado a la Muerte y he regresado sano y salvo. No creo que haya nada más peligroso, ¿verdad?

Meggie tendría que haber seguido preguntando, pero estaba demasiado alegre por no haberlo perdido para siempre, tan indescriptiblemente alegre...

—¡Estás loco, lo digo y lo repito!

Birlabolsas estaba borracho. Colorado como un tomate, cortó el silencio opresivo con su voz bronca, tan abruptamente que del susto al hombre de cristal casi se le cayeron las plumas que le había entregado Mo.

—¡Ponerse en manos de la ralea de la Víbora, confiando en que pueda protegerte del de la nariz de plata! Bien pronto te desengañará. Y aunque Pífano te deje vivir... ¿crees acaso que la hija de su señor te ayudará a escribir en el maldito libro! ¡La Muerte debió apoderarse de tu discernimiento! La Fea te venderá por el trono de Umbra. Y Pífano, a pesar de todo, enviará a los niños a las minas.

Muchos bandidos murmuraron asintiendo, pero enmudecieron cuando el príncipe Negro se situó al lado de Mo.

—¿Y pretendes sacar tú a los niños del castillo, Birlabolsas?

—preguntó con voz serena—. A mí tampoco me gusta que Arrendajo atraviese voluntariamente la puerta del Castillo de Umbra, pero ¿qué pasará si no se entrega prisionero? Yo tampoco he podido responder a esta cuestión, y créeme, desde que Pájaro Tiznado dio su función, ¡no pienso en otra cosa! ¿Debemos atacar el castillo con los pocos hombres que tenemos? ¿Quieres tenderles una emboscada cuando atraviesen el Bosque Impenetrable con los niños? ¿Cuántos miembros de la Hueste de Hierro los vigilarán? ¿Cincuenta? ¿Cien? ¿Cuántos niños calculas que morirán si intentas liberarlos de ese modo?

El príncipe Negro examinó a los hombres andrajosos situados a su alrededor. Muchos de ellos agacharon la cabeza. Pero Birlabolsas adelantó, porfiado, el mentón. La cicatriz de su cuello estaba roja como un corte reciente.

—Te lo preguntaré de nuevo, Birlabolsas —dijo el Príncipe en voz baja—. ¿Cuántos niños morirían si los liberamos de ese modo? ¿Lograríamos salvar siquiera a uno?

Birlabolsas no contestó. Miraba fijamente a Mo. Después soltó un escupitajo, se volvió y se alejó en silencio con torpeza, seguido por Ardacho y una docena de hombres. Resa tomó en silencio el pergamino descrito y lo dobló de manera que Jaspe pudiera sellarlo. Lo hizo con un rostro inexpresivo y hierático, igual que el de Cósimo el Guapo en la cripta de Umbra, pero sus manos temblaban… tanto que Baptista acabó por acercarse a ella y doblar el pergamino en su lugar.

Tres días. Ése era el tiempo que Mo había pasado con las Mujeres Blancas… tres días interminables en los que Meggie creyó que su padre había muerto, esta vez irremisiblemente, por culpa de su madre y de Farid. Ni una sola palabra había cruzado con ambos durante esos tres días. Había apartado a Resa de un empujón cuando acudía a su lado, le había gritado.

—Meggie, ¿por qué miras así a tu madre? —le había preguntado Mo justo el primer día después de su regreso.

«¿Por qué? Las Mujeres Blancas te llevaron por su culpa», le habría gustado responder, pero no lo hizo. Sabía que era injusta, pero la frialdad entre ella y Resa persistía. Y tampoco perdonaba a Farid.

Éste estaba con Dedo Polvoriento y era el único que no parecía desalentado. Claro. ¿Qué le importaba a Farid que su padre fuera a entregarse muy pronto a Pífano? Dedo Polvoriento había regresado. Nada más importaba. Él había intentado reconciliarse con ella...

—Venga, Meggie. A tu padre no le ha pasado nada, ¡y ha traído con él a Dedo Polvoriento!

Sí, eso era lo único que le interesaba. Y así sería siempre.

Jaspe dejó gotear el lacre sobre el pergamino, y Mo apretó con el sello que había tallado en madera para el libro que había encuadernado con los dibujos de Resa. La cabeza de un unicornio. El sello del encuadernador para la promesa del bandido. Mo entregó la carta a Dedo Polvoriento, cruzó unas palabras con Resa y el príncipe Negro... y se aproximó a su hija.

Cuando ésta era todavía tan pequeña que apenas le llegaba al codo, había deslizado a menudo la cabeza debajo de su brazo cuando algo le daba miedo. Pero de eso hacía mucho tiempo.

—¿Qué aspecto tiene la Muerte, Mo? —le preguntó ella a su regreso—. ¿La has visto de verdad?

El recuerdo no pareció asustarlo, pero su mirada se había alejado en el acto, muy muy lejos...

—Tiene muchas formas, pero voz de mujer.

—¿De mujer? —había preguntado Meggie asombrada—. ¡Pero Fenoglio nunca le daría un papel tan importante a una mujer!

—No creo que Fenoglio haya escrito el papel de la Muerte, Meggie —contestó Mo echándose a reír.

Meggie no lo miró cuando se detuvo ante ella.

—Meggie —le puso la mano debajo de la barbilla hasta que no le quedó otro remedio que mirarlo—. No pongas esa cara de tristeza, por favor…

Detrás de él, el príncipe Negro se llevó aparte a Baptista y a Doria. Meggie se imaginó qué indicaciones quería darles. Los enviaba a Umbra para que difundiesen la noticia entre las madres desesperadas de que Arrendajo no dejaría en el atolladero a sus hijos secuestrados. «Pero sí a su hija», pensó Meggie, y tuvo la seguridad de que su padre captó el reproche en sus ojos.

Sin decir palabra, la cogió de la mano y se la llevó lejos de las tiendas, lejos de los bandidos, lejos también de Resa, que continuaba junto al fuego. Su madre se limpiaba la tinta de los dedos, frotaba y frotaba, mientras Jaspe la observaba con expresión compasiva, como si pudiera eliminar de ese modo las palabras que había escrito.

Mo se detuvo debajo de uno de los robles cuyas ramas de hojas amarillentas cubrían el campamento como un cielo de madera. Sostuvo la mano de Meggie y pasó el índice por encima, asombrado de lo mayor que se había vuelto mientras tanto. Aunque las manos de su hija eran todavía mucho más estrechas que las suyas. Unas manos infantiles…

—Pífano te matará.

—No, qué va. Pero si lo intentase, le demostraré, complacido, lo bien que corta un cuchillo de encuadernador. Baptista volverá a coserme un escondite para él, y créeme, me alegraría mucho que ese asesino de niños me diera ocasión de probarlo en él —el odio ensombreció su rostro. Arrendajo.

—El cuchillo no te servirá de nada. Te matará a pesar de todo —qué tonta sonaba su voz, como la de una niña terca. Pero sentía tanto miedo por él…

—Han muerto tres niños, Meggie. Dile a Doria que te cuente otra vez cómo los acorralaron. Los matarán a todos si Arrendajo no se presenta.

Arrendajo. Parecía como si hablara de otra persona. ¿Tan tonta la consideraba?

—No es tu historia, Mo. Deja que el príncipe Negro salve a los niños.

—¿Cómo? Si lo intenta, Pífano los matará a todos.

Cuánta ira traslucían sus ojos. Meggie comprendió entonces por primera vez que Mo no sólo cabalgaría al castillo por los niños vivos, sino también para vengar a los muertos. Esa idea aun la atemorizó más.

—Bien, quizá tengas razón. Quizá no exista de verdad ningún otro camino —reconoció—. Pero déjame al menos ir contigo. Para que pueda ayudarte. Como en el Castillo de la Noche —parecía ayer, cuando Zorro Incendiario la había empujado dentro de la celda junto a él. ¿Había olvidado Mo lo bien que le había sentado su compañía? ¿Que ella lo había salvado con la ayuda de Fenoglio?

No, seguro que no. Pero a Meggie le bastaba mirarlo para saber que a pesar de todo en esta ocasión iría solo. Completamente solo.

—¿Recuerdas las historias de bandidos que te contaba antes? —le preguntó su padre.

—Pues claro. Todas terminan mal.

—Y ¿por qué? Es siempre lo mismo. Porque el bandido quiere proteger a alguien a quien ama, y por eso lo matan a él. ¿Cierto?

Oh, qué listo era. ¿Le había dicho lo mismo a su madre? «Pero yo lo conozco mejor que Resa», pensó Meggie, «y sé muchas más historias que ella».

—¿Y qué me dices de la poesía del *Highwayman*? —preguntó ella. Elinor le había leído en voz alta el poema montones de veces: «Ay, Meggie, ¿por qué no lo lees tú para variar?», la oía suspirar aún. «No tenemos que decirle nada de esto a tu padre, pero me encantaría ver a ese bandido galopando por mi casa.»

—¿Qué quieres decir? —preguntó Mo, retirándole el cabello de la frente.

—Su amada lo previene de los soldados y él escapa. Las hijas también pueden hacer algo así.

—Oh, sí, las hijas son muy buenas salvando a sus padres. Nadie lo sabe mejor que yo —Mo no pudo reprimir una sonrisa. Ella amaba su sonrisa. ¿Qué pasaría si no volvía a verla nunca más?—. Pero tú también recordarás cómo termina la amada en el poema, ¿no?

Pues claro que Meggie lo recordaba. *Su escopeta destrozó la luz de la luna, le destrozó a ella el pecho a la luz de la luna.* Y los soldados, al final, mataban al bandido. *Y él yacía en medio de su sangre en la calle, el bulto de encaje alrededor de su cuello.*

—Meggie…

Ella le dio la espalda. Ya no le apetecía verlo. Ya no quería tener miedo por él. Ya sólo deseaba estar furiosa con él. Y con Farid, y con Resa. Querer a alguien sólo provocaba dolor. Nada más que dolor.

—¡Meggie! —Mo la agarró por los hombros y la giró—. Suponiendo que no cabalgue… ¿te gustaría la canción que cantarían entonces? *Y una mañana Arrendajo desapareció y nunca más se le volvió a ver. Pero los niños de Umbra murieron, como sus padres, al otro lado del bosque, y Cabeza de Víbora reinó toda la eternidad gracias al Libro Vacío encuadernado por Arrendajo.*

Sí, él tenía razón. Era una canción espantosa, pero Meggie conocía otra más espantosa aun: *Pero Arrendajo cabalgó al castillo para salvar a los niños de Umbra, y murió allí. Y a pesar de que el Bailarín del Fuego escribió con letras de fuego su nombre en el cielo, y las estrellas lo susurran cada noche, su hija no volvió a verlo más.*

Sí, sucedería. Pero Mo oía otra canción.

—Fenoglio no nos escribirá esta vez un buen desenlace, Meggie —anunció—. Tengo que escribirlo yo, con hechos en lugar de palabras. Arrendajo es el único capaz de salvar a los niños. Sólo él puede escribir las tres palabras en el Libro Vacío.

Ella continuaba sin mirarlo. No quería oír sus palabras. Pero su padre siguió hablando, con la voz que ella tanto amaba, que había cantado hasta dormirla, consolado cuando estaba enferma y referido historias sobre su madre desaparecida.

—Tienes que prometerme algo —dijo él—. Que tú y tu madre os cuidaréis mutuamente durante mi ausencia. No podéis volver. ¡No confiéis en las palabras de Orfeo! Pero el Príncipe os protegerá, y Recio. Me lo ha prometido por la vida de su hermano, y seguro que es mucho mejor protector que yo. ¿Me oyes, Meggie? Suceda lo que suceda, quedaos con los bandidos. No vayáis a Umbra, ni me sigáis al Castillo de la Noche si me conducen allí. Si me entero de que estáis en peligro, el miedo me impediría pensar. ¡Prométemelo!

Meggie agachó la cabeza para evitar que él leyera la respuesta en sus ojos. No. No, no se lo prometería. Y seguro que Resa tampoco. ¿O sí? Meggie miró hacia su madre. Parecía muy apesadumbrada. Recio estaba a su lado. Al contrario que Meggie, él había perdonado a Resa desde que Mo había regresado sano y salvo.

—¡Meggie, te lo ruego, préstame atención! —normalmente, cuando le parecía que la cosa se ponía demasiado seria, Mo comenzaba a bromear, pero era obvio que también había cambiado en este punto. Su voz sonaba tan seria y objetiva como si estuvieran hablando de una excursión escolar—. Si no vuelvo —prosiguió—, convencerás a Fenoglio de que escriba para devolveros a nuestro mundo. Al fin y al cabo, él no puede haberlo olvidado del todo. Y después tú leerás para llevaros de vuelta a vosotros tres, a ti y a Resa… y a tu hermano.

—¿Hermano? Yo quiero una hermana.

—¿En serio? —ahora sonrió él—. Eso está bien. Yo también quiero una hija. La primera ha crecido demasiado para cogerla en brazos.

Se miraron, y las palabras se apelotonaban en la boca de Meggie, pero ninguna expresaba realmente lo que sentía.

—¿Quién llevará la carta al castillo? —preguntó en voz baja.

—Todavía no lo sabemos —contestó su padre—. No será fácil encontrar a alguien al que le permitan comparecer ante Violante.

Tres días. Meggie lo abrazó tan fuerte como cuando era pequeña.

—¡Por favor, Mo! —rogó en voz baja—. ¡No vayas, por favor! Regresemos. ¡Resa tenía razón!

—¿Regresar? Pero, Meggie, ¿justo ahora que se está poniendo emocionante? —susurró.

Total, que tampoco había cambiado tanto. Seguía haciendo chistes cuando la situación se ponía seria. Y ella lo adoraba.

Mo tomó entre las manos el rostro de su hija. La miró como si quisiera decirle algo, y por un momento Meggie creyó leer en sus ojos que sentía tanto miedo por ella como ella por él.

—¡Créeme, Meggie! —remachó—. Cabalgo a ese castillo para protegerte. Algún día lo comprenderás. ¿No sabíamos nosotros dos ya en el Castillo de la Noche que yo encuadernaba para Cabeza de Víbora el Libro Vacío tan sólo para escribir algún día en él las tres palabras?

Meggie sacudió la cabeza con tanta fuerza que su padre volvió a estrecharla contra él.

—¡Sí, Meggie! —insistió con voz queda—. Sí que lo sabíamos.

POR FIN

En la noche que no permite escuchas
Yazgo solo en mi nido de cazador,
Leo libros leídos tiempo atrás, hastiado,
Hasta que el reloj me induce al sueño.

He aquí las colinas, los vastos bosques,
He aquí mis soledades cubiertas de estrellas
Y allí el río, en cuyas riberas
Leones rugientes se reúnen para beber.

Robert Louis Stevenson, *The Land of Story Books*

Darius era un lector espléndido. Aunque sus palabras sonaban muy distintas de las de Mortimer (y, por supuesto, de las de ese profanador de libros llamado Orfeo). Acaso el arte de Darius fuera el que más se asemejaba al de Meggie. Leía con la inocencia de un niño, y a Elinor se le antojó que veía por primera vez al chico que fue un día, un chico flaco con gafas que amaba los libros con idéntica pasión que ella, aunque en su caso las páginas despertaban a la vida.

La voz de Darius no era tan redonda y tan bella como la de

Mortimer. Carecía del entusiasmo que confería vigor a la voz de Orfeo. No, Darius articulaba las palabras con exquisito cuidado, como si pudieran romperse o perder su sentido si se las pronunciaba en tono demasiado alto y categórico. La voz de Darius encerraba toda la tristeza del mundo, el encanto de los débiles, de los tranquilos y prudentes, y su conocimiento de la crueldad de los fuertes…

El sonido melodioso de las palabras de Orfeo dejó estupefacta a Elinor como el día en el que lo había oído leer por primera vez. Esas palabras no sonaban al vanidoso mentecato que había arrojado sus libros contra las paredes. «¡Porque había robado a otro cada una de esas palabras, Elinor!», se dijo. Y luego no pensó en nada más.

A Darius no se le trabó la lengua ni una sola vez… quizá porque en esta ocasión no leía por miedo, sino por amor. Darius abrió con tal suavidad la puerta entre las letras, que Elinor creyó que se deslizaban dentro del mundo de Fenoglio igual que dos niños que se cuelan en una habitación prohibida.

Cuando de repente sintió tras de sí un muro, no se atrevió a creer lo que palpaban sus dedos. *Primero crees que es un sueño*. ¿No lo había descrito así Resa? «¡Pues si esto es un sueño», pensó Elinor, «no tengo intención de despertar nunca más!». Sus ojos registraban con avidez las imágenes que de pronto se abalanzaban sobre ella: una plaza, una fuente, casas apoyadas unas contra otras como si fueran demasiado viejas para mantenerse en pie, mujeres con vestidos largos (bastante pobres, la mayoría), una bandada de gorriones, palomas, dos gatos flacos, un carro sobre el que un hombre viejo cargaba la basura a paletadas… Cielos, el hedor era casi insoportable, pero a pesar de todo Elinor lo aspiró a fondo.

¡Umbra! ¡Estaba en Umbra! ¿Qué otra cosa si no era lo que la rodeaba? Una mujer que sacaba agua de la fuente se volvió y examinó con desconfianza el vestido de pesado terciopelo rojo oscuro que llevaba Elinor. ¡Maldición! Lo había sacado de una tienda de alquiler de trajes, igual que el blusón que vestía Darius.

—Medieval —había exigido ella, pero allí estaba ahora, llamando la atención como un pavo en medio de una bandada de cornejas.

Da igual, Elinor. ¡Estás aquí! Cuando algo le tiró del pelo con cierta rudeza, lágrimas de felicidad brotaron de sus ojos. Con mano experta agarró al hada que se disponía a huir con un mechón gris. ¡Oh, cuánto había echado de menos a esos diminutos seres aleteantes! Pero ¿no eran azules? Ésta era irisada, de tantos colores como una pompa de jabón. Elinor, entusiasmada, cerró las manos alrededor de su presa y contempló al hada a través de sus dedos. La pequeña criatura parecía bastante adormilada. ¡Ah, qué maravilla! Cuando se le escapó, clavando en su pulgar sus dientes diminutos, Elinor soltó tal carcajada que dos mujeres asomaron al momento la cabeza por las ventanas vecinas.

¡Elinor!

Ella se tapó la boca con la mano, pero continuaba notando la risa como polvos efervescentes encima de la lengua. Oh, se sentía tan feliz, tan estúpidamente feliz. La última vez que había experimentado ese sentimiento había sido a los seis años, cuando entró a hurtadillas en la biblioteca de su padre a leer los libros que le había prohibido. «¡A lo mejor deberías morir, Elinor!», pensó justo en este momento. ¿Cómo iban a mejorar las cosas?

Dos hombres de llamativo atuendo cruzaban la plaza. ¡Juglares! No parecían tan románticos como se los había imaginado, pero en fin... Un duende los seguía con los instrumentos. Su rostro peludo mostró tal perplejidad al divisar a Elinor que ésta, inconscientemente, se tocó la nariz. ¿Le había pasado algo a su cara? No, su nariz siempre había sido igual de grande.

—Elinor.

Se volvió deprisa. ¡Darius! Cielo santo, se había olvidado por completo de él. Pero ¿cómo había ido a parar debajo del carro de estiércol?

Salió de entre las ruedas confundido y se quitó del blusón unas pajas no demasiado limpias. Oh, Darius. Entre todos los lugares del Mundo de Tinta era típico de él aterrizar precisamente bajo un carro de inmundicias. ¡Era un cenizo, eso es todo! Y cómo escudriñaba a su alrededor. Como si hubiera caído entre los bandidos. Pobre Darius. Maravilloso Darius. Aún sostenía en la mano la hoja con las palabras de Orfeo, pero ¿dónde estaba la bolsa con todo lo que pretendían transportar?

«Un momento, Elinor, tenías que traerla tú.» Miró a su alrededor, buscando… y en lugar de la bolsa descubrió a Cerbero, que justo a su lado olfateaba el empedrado desconocido con enorme interés.

—Él… él… él habría muerto de hambre si lo hubiésemos abandonado —balbuceó Darius, que seguía limpiándose pajas del blusón—. Ade… además seguramente nos conducirá hasta su amo, y éste quizá conozca el paradero de los otros.

«No es ninguna tontería», pensó Elinor. «A mí nunca se me habría ocurrido.» Mas ¿por qué volvía a tartamudear?

—¡Darius, lo has conseguido! —lo abrazó tan fuerte que se le resbalaron las gafas—. ¡Te lo agradezco, te lo agradezco en el alma!

—¡Eh, vosotros! ¿De dónde ha salido este perro?

Cerbero, gruñendo, se apretó contra las piernas de Elinor. Dos soldados aparecieron ante ellos. *Los soldados son peores que los salteadores de caminos.* ¿No lo había contado Resa? *En cierto momento a la mayoría les gusta matar.*

Sin darse cuenta, Elinor retrocedió un paso, pero su espalda tropezó con el muro de la casa.

—¿Qué, se os ha comido la lengua el gato? —uno pegó a Darius un puñetazo tan rudo en la tripa que se dobló.

—¿Qué significa esto? ¡Dejadlo en paz! —la voz de Elinor no sonó ni la mitad de intrépida que esperaba—. Éste es mi perro.

—¿Tuyo? —el soldado que se le acercó era tuerto. Elinor miraba fascinada el lugar que un día había ocupado el otro ojo—. Las princesas pueden poseer perros. ¿Pretendes acaso hacerme creer que tú lo eres?

Desenfundó su espada y acarició con la hoja el vestido de Elinor.

—¿Qué ropas son éstas? ¿Crees que con ellas pareces una mujer elegante? ¿Dónde vive la costurera que te ha cosido esto? Merece el cepo.

—¡Los actores llevan vestidos así! —exclamó el otro soldado echándose a reír—. Es una cómica entrada en años.

—¿Una cómica? Es demasiado fea para eso —el tuerto observaba a Elinor como si quisiera quitarle el vestido.

Ella ansiaba decirle lo que opinaba sobre su aspecto, pero Darius le dirigió una mirada implorante y la punta de la espada apretó su barriga como si el tuerto quisiera perforar un segundo ombligo. «¡Baja los ojos, Elinor! Recuerda las palabras de Resa. En este mundo las mujeres bajan los ojos.»

—¡Por favor! —a Darius le costó incorporarse—. Nosotros… nosotros somos extranjeros. Veni… venimos de muy lejos.

—¿A Umbra? —los soldados rieron—. ¿Quién, por la plata de la Víbora, vendría aquí por propia voluntad?

El tuerto miró fijamente a Darius.

—Observa esto —dijo, quitándole las gafas de las orejas—. Lleva el mismo armazón que Cuatrojos, el que le consiguió a Pardillo el unicornio y el enano —y con sumo cuidado se puso las gafas sobre la nariz.

—Eh, tú, quítate eso —el otro retrocedió, inquieto.

El tuerto lo miró parpadeando a través de los gruesos cristales y exhibió una sonrisa sarcástica.

—Veo todas tus mentiras. Todas tus negras mentiras —con una carcajada arrojó las gafas a los pies de Darius—. Vengáis de donde vengáis —dijo estirando la mano hacia el collar de Cerbero—, regresaréis sin el perro. Los perros son privativos de los príncipes. Éste de aquí es un bicho muy feo, pero a pesar de todo a Pardillo le gustará.

Cerbero mordió tan fuerte la mano enguantada que el soldado cayó de rodillas con un grito. El otro desenvainó su espada, pero el perro de Orfeo era mucho más listo que feo. Dio media vuelta, el guante del soldado todavía en el hocico, y corrió para salvar su vida.

—¡Deprisa, Elinor! —Darius recogió sus gafas dobladas y la arrastró, mientras los soldados, profiriendo maldiciones, corrían a trompicones detrás de ese perro del demonio. Elinor no acertaba a recordar la última vez en que había emprendido carrera tan veloz, y aunque su corazón parecía el de una chica joven… sus piernas eran las de una mujer demasiado gorda y vieja.

«Elinor, no te imaginabas así tus primeras horas en Umbra», pensó mientras seguía a toda prisa a Darius por una calle tan estrecha que tenía miedo de quedarse atascada entre las casas. Le dolían los pies y aún notaba en su barriga la punta de la espada de ese cafre tuerto… pero ¿qué importaba eso? ¡Estaba en Umbra! ¡Estaba al fin detrás de las letras! Sólo eso contaba. Y apenas cabía esperar que allí fuera todo tan apacible como en su casa… aparte de que en los últimos tiempos también habían acaecido algunas perturbaciones… Bueno, en cualquier caso… Estaba allí. ¡Por fin! En la única historia cuyo final ansiaba conocer porque todos los que amaba intervenían en ella.

«¡Qué rabia que se haya marchado el perro!», pensó cuando Darius se detuvo, indeciso, al final de la calle. El feo hocico de Cerbero habría sido realmente muy útil en ese laberinto… aparte de que seguro que lo echaría de menos. Resa, Meggie, Mortimer…

le habría encantado gritar con fuerza sus nombres por las calles. «¿Dónde os habéis metido? Estoy aquí, por fin estoy aquí.»

«Pero a lo mejor *ellos* ya se han ido, Elinor», musitó una voz en su interior, mientras el cielo extraño se oscurecía. «A lo mejor los tres han muerto hace mucho tiempo. Silencio», le pasó por la mente. «Silencio, Elinor.» Ese pensamiento todavía no estaba permitido. Aún no.

HIERBAS PARA LA FEA

El alma calla.
Y si alguna vez habla
Lo hace en sueños.

Louise Glück, «Child Crying Out»

Violante bajaba varias veces al día a los calabozos, en los que Pardillo había mandado encerrar a los niños, con dos criadas que todavía le eran fieles y uno de los chicos que le servían como soldados. Pífano los llamaba niños soldado, pero el padre de Violante se había encargado de que esos chicos dejaran de ser niños cuando ordenó matar a sus padres y hermanos en el Bosque Impenetrable. También los niños que estaban en el calabozo abandonarían muy pronto la infancia. El miedo te convertía en adulto con enorme celeridad.

Cada mañana las madres se apostaban delante del castillo suplicando a los guardianes que al menos las dejasen reunirse con los más pequeños. Traían ropas, muñecas, algo de comida, con la esperanza de que al menos algo de eso fuese a parar a las manos de sus hijos e hijas. Pero los centinelas tiraban la mayoría, aunque Violante enviaba continuamente criadas a recoger esas dádivas.

Por suerte, Pífano lo permitía. Burlar a Pardillo era fácil. Él era más tonto aun que su hermana de cuerpo de muñeca, y nunca se había enterado de los hilos que Violante tejía a su espalda. Pífano sin embargo era listo… y sólo dos cosas lo hacían vulnerable: el miedo al padre de Violante y su vanidad. Violante adulaba a Pífano desde el día en que éste entró a caballo en Umbra. En su presencia fingía que se alegraba de su llegada, que estaba harta de la debilidad y estupidez de Pardillo, informaba de sus derroches, y encargó a Balbulus que iluminase en el mejor pergamino las sombrías canciones de Pífano (aunque el primero, enfurecido por semejante encargo, rompió ante la propia Violante tres de sus pinceles más valiosos).

Después de que Pájaro Tiznado, siguiendo órdenes de Pífano, atrajese a los niños a la trampa, Violante alabó al de la nariz de plata por su astucia… y después vomitó en sus aposentos. Tampoco dejó que él notase que ya no podía dormir porque de noche creía oír los llantos procedentes de las mazmorras. Oh, no.

Violante contaba apenas cuatro años cuando su padre las encerró a su madre y a ella en la vieja cámara, pero su madre le había enseñado a caminar con la cabeza muy alta.

—Tienes el corazón de un hombre, Violante —le había dicho su suegro en cierta ocasión.

Viejo estúpido. Violante ignoraba si con ello quiso hacerle un cumplido o manifestar su desaprobación. Pero sí sabía una cosa. Que todo lo que anhelaba pertenecía a los hombres: libertad, conocimiento, fuerza, inteligencia, poder…

¿Era también masculina la sed de venganza, el placer por el mando, la impaciencia con los demás? Todo eso lo había heredado de su padre.

La Fea.

La marca que la deformaba se había desvanecido, pero el nombre había permanecido. Le pertenecía igual que la cara pálida y su cuerpo de una ridícula delicadeza.

—Habría que llamaros *la Astuta* —decía a veces Balbulus.

Nadie la conocía mejor que Balbulus. Nadie adivinaba mejor sus intenciones, y Violante sabía que cada zorro que Balbulus escondía en sus dibujos era una alusión a ella. La Astuta. Sí, lo era. La visión de Pífano le daba náuseas, aunque le sonreía igual que a su padre: con un desprecio trufado de una pizca de crueldad. Violante se ponía zapatos que la hacían parecer más alta (siempre había maldecido su corta estatura), y no hacía nada para embellecer su rostro, porque opinaba que las mujeres bellas quizá sean deseadas, pero no respetadas, y mucho menos temidas. Aparte de que se habría sentido ridícula si se hubiera teñido los labios de rojo o depilado las cejas.

Algunos de los niños presos estaban heridos. Pífano había permitido que Violante mandara recado a Búho Sanador, pero no consintió que lo hiciera ella.

—¡Sólo cuando hayamos atrapado el pájaro del que sois el cebo! —respondió a sus ruegos.

Y Violante presenció con sus propios ojos cómo arrastraban a Arrendajo hasta el castillo, sangrando como el unicornio que había abatido Pardillo en el bosque, delatado por las madres que lloraban abajo, junto a la puerta. La imagen permaneció, más nítida que los dibujos que le pintaba Balbulus, pero en sus sueños percibía otra distinta. En ella Arrendajo daba muerte a su padre y colocaba una corona sobre su pelo, sobre su pelo pardo como el de un ratón…

—Arrendajo pronto será hombre muerto —le había informado Balbulus el día anterior—. Sólo espero que su muerte posibilite al menos un buen cuadro.

Violante lo abofeteó por esas palabras, pero a Balbulus nunca le había impresionado su ira.

—Guárdese Su Fealdad —le había dicho él en voz baja—. Siempre concedéis vuestro amor a los hombres equivocados, aunque el último al menos tenía sangre azul.

Por ese atrevimiento habría debido mandar que le cortasen la lengua —su padre lo habría hecho en el acto—, pero ¿quién le diría entonces la verdad, por mucho que le doliera? Antes lo hacía Brianna, pero se había ido.

Fuera comenzó para los niños la tercera noche en las mazmorras. Violante acababa de pedir a una de sus criadas que le trajera vino caliente, confiando en que éste le hiciera olvidar al menos por unas horas las manitas que se agarraban a su falda, cuando Vito entró en la estancia.

—Alteza —el joven, de apenas quince años, era hijo de un herrero, un herrero muerto, por supuesto, y el mayor de sus soldados—. A la puerta del castillo está vuestra antigua criada, Brianna, la hija de la curandera.

Tullio dirigió una mirada insegura a Violante. Él había llorado cuando despidió a Brianna. Y en castigo por ello Violante no lo dejó entrar en su cuarto durante dos días.

Brianna. ¿La habrían traído sus pensamientos? El nombre le resultaba muy familiar. Seguramente lo había pronunciado más veces que el de su hijo. ¿Por qué latía más deprisa su ridículo corazón? ¿Había olvidado ya cuánto dolor le había ocasionado esa visitante? Su padre tenía razón. El corazón era un órgano débil, voluble, interesado únicamente en el amor, y nada resultaba más fatal que convertirlo en tu maestro. El maestro tenía que ser la razón, pues te consolaba de las locuras del corazón, inventaba canciones satíricas sobre el amor, lo escarnecía por ser un capricho de la naturaleza y efímero como las flores. Entonces ¿por qué a pesar de todo obedecía ella una y otra vez los dictados de su corazón?

Fue su corazón el que se alegró al escuchar el nombre de Brianna, pero su razón preguntó: ¿Qué busca aquí? ¿Echa de menos la buena vida? ¿Está harta de fregar suelos en casa de Cuatrojos que se inclina tanto ante Pardillo que su barbilla casi choca con sus toscas rodillas? ¿O pretende convencerme de que le permita bajar a la cripta a besar los labios de mi marido muerto?

—Brianna dice que trae hierbas medicinales de su madre, Roxana, para los niños encarcelados. Pero quiere entregároslas a vos en persona.

Tullio la miró suplicante. No era orgulloso, pero tenía un corazón fiel, muy fiel. El día anterior unos amigos de Pardillo habían vuelto a encerrarlo con los perros. También su propio hijo había participado en el asunto.

—Bien, ve a buscarla, Tullio.

La voz traiciona, pero Violante sabía simular indiferencia. Sólo en una ocasión había desvelado su voz sus sentimientos: cuando Cósimo había vuelto… para después avergonzarse mucho más cuando él prefirió a su criada.

Brianna.

Tullio, solícito, salió disparado, y Violante se acarició su pelo recogido muy tirante y contempló, insegura, el vestido y las joyas que llevaba. Brianna provocaba ese efecto. Era tan hermosa que todos en su presencia se sentían vulgares y sosos. Antes a Violante le gustaba esconderse detrás de la belleza de Brianna y disfrutar de que otros, a causa de su criada, experimentaran lo que ella se sentía siempre: fea. Le gustaba que tal beldad la sirviera, la admirara, quizá incluso la quisiera.

Tullio esbozaba una sonrisa bobalicona en su cara peluda cuando regresó con Brianna. Ella entró, vacilante, en la estancia en la que había pasado tantas horas. Se decía que alrededor del cuello portaba una moneda con el rostro de Cósimo y que la besaba con tal asiduidad que apenas se distinguía ya el rostro. Pero la pena sólo había incrementado su hermosura. ¿Cómo podía suceder? ¿Cómo iba a haber justicia en el mundo, si ni siquiera la belleza estaba repartida con equidad?

Brianna se inclinó con una profunda reverencia —nadie lo hacía más seductoramente que ella— y entregó a Violante una cesta con hierbas medicinales.

—Mi madre se ha enterado por Búho Sanador de que algunos niños están heridos y muchos se niegan a probar bocado. Acaso estas hierbas ayuden. Ella os ha anotado cómo actúan y cómo deben administrarse —y sacando de entre las hojas una carta lacrada se la entregó a Violante con una nueva reverencia.

¿Un sello para las indicaciones de una curandera?

Violante mandó marcharse a la criada que estaba abriéndole la cama —no confiaba en ella—, y tomó sus nuevas lentes. Se las había confeccionado —en oro, por supuesto— el mismo maestro que había montado sus nuevos cristales a Cuatrojos. Ella le había pagado con su último anillo. Las lentes no le revelaban las mentiras, como se decía de las que usaba Cuatrojos. Ni siquiera las letras de Balbulus se tornaban más nítidas que a través del berilo que ella utilizaba habitualmente, pero el mundo ya no era rojo, y al fin y al cabo veía mejor con los dos ojos, aunque tras llevar las lentes mucho tiempo su vista se fatigase.

—Leéis demasiado —le decía siempre Balbulus, pero ¿qué podía hacer? Sin palabras se moriría, se moriría más deprisa aun que su madre.

En el lacre de la carta se distinguía la cabeza de un unicornio impresa. ¿De quién sería ese sello?

Violante lo rompió… y cuando comprendió quién le había escrito, miró sin querer hacia la puerta. Brianna siguió su mirada. Había vivido lo suficiente en ese castillo para saber que los muros y las puertas tenían oídos, pero por fortuna las palabras escritas eran inaudibles. No obstante, Violante creía escuchar la voz de Arrendajo mientras leía, y entendía perfectamente sus palabras, aunque el autor había ocultado con suma habilidad su auténtico significado.

Las palabras escritas hablaban de los niños y de que Arrendajo se ofrecía a cambio de su liberación. Prometían a su padre sanar el Libro Vacío si Pífano liberaba a los niños. Pero las palabras ocultas decían algo diferente, algo que Violante sólo podía leer entre líneas. Decían que Arrendajo aceptaba por fin el trato que ella le había ofrecido junto al sarcófago de Cósimo.

Quería ayudarla a matar a su padre.

Juntos será muy fácil.

¿Lo sería? ¿De veras? Violante apartó la misiva. ¿En qué pensaba cuando le hizo esa promesa a Arrendajo?

Sintió la mirada de Brianna y le dio bruscamente la espalda. «¡Piensa, Violante!» Se imaginó lo que sucedería, paso a paso, dibujo a dibujo, como si hojeara uno de los libros de Balbulus.

En cuanto Arrendajo se hubiera entregado, su padre viajaría a Umbra. De eso no había duda. Al fin y al cabo, confiaba en que el hombre que le había encuadernado el Libro Vacío pudiera curarlo. Y como no confiaba el libro a nadie, debía traérselo en persona a Arrendajo. Como es lógico, su padre vendría con el propósito de matar a Arrendajo. Estaba desesperado, enloquecido por lo que le causaban las páginas en putrefacción, y durante el viaje se imaginaría con todo lujo de detalles la forma más dolorosa y atroz de matar a su enemigo. Pero antes debía confiarle su libro. Y en cuanto Arrendajo lo tuviera en sus manos, todo dependería de ella. ¿Cuánto tiempo se precisa para escribir tres palabras? Ella tenía que proporcionárselo. Sólo tres palabras, unos segundos, una pluma y algo de tinta, y ya no moriría Arrendajo, sino su padre... y Umbra sería suya.

Violante percibía cómo se aceleraba su pulso y su propia sangre rugía en los oídos. Sí, podía dar resultado. Pero era un plan peligroso, mucho más peligroso para Arrendajo que para ella. «¡Tonterías, todo saldrá bien!», le decía su razón, pero su corazón latía tan deprisa que se mareaba y sólo gritaba una cosa: ¿Cómo piensas protegerlo cuando esté en el castillo? ¿Qué hay de Pífano y de Pardillo?

—¿Alteza?

La voz de Brianna sonaba distinta. Como si se hubiera roto algo dentro de ella. Bien. «¡Espero que sufra pesadillas!», pensó Violante. «Espero que se marchite su belleza mientras se arrodilla para fregar suelos.» Pero cuando se volvió y miró a Brianna, sólo deseo atraerla a su lado y volver a reír juntas igual que antes.

—Una cosa más debo deciros —Brianna la miró a los ojos. Qué orgullosa era todavía—. Estas hierbas tienen un sabor muy amargo. Sólo ayudarán si las utilizáis correctamente. En el peor de los casos pueden ser incluso mortales. Todo depende de vos.

¡Como si tuviera que explicárselo! Brianna continuaba mirándola. «¡Protegedlo!», decían sus ojos. «O todo estará perdido.»

Violante se irguió más tiesa que una vela.

—Lo comprendo —replicó con aspereza—. Estoy segura de que dentro de tres días los niños habrán mejorado mucho. Sus males terminarán, y yo utilizaré las hierbas con todo el cuidado necesario. Comunícalo así. Y ahora, vete. Tullio te acompañará hasta la puerta.

Brianna hizo otra reverencia.

—Os lo agradezco. Sé que con vos están en las mejores manos —se incorporó, titubeante—. Sé que tenéis muchas servidoras —añadió en voz baja—, pero si alguna vez os apeteciera de nuevo mi compañía, hacedme llamar, por favor. Os echo de menos —pronunció la última frase en voz tan baja que Violante apenas la entendió.

«Yo también te echo de menos», las palabras se apiñaron en la boca de Violante, pero no permitió que se asomaran a sus labios. ¡Calla, corazón, órgano estúpido y olvidadizo!

—Te lo agradezco —contestó—. Pero de momento no estoy de humor para canciones.

—No. Claro que no —Brianna palideció casi tanto como antaño, cuando Violante la castigó… después de haber estado con Cósimo y haberle mentido al respecto—. Pero ¿quién os lee? ¿Quién juega con Jacopo?

—Leo yo misma —Violante se sentía orgullosa de la frialdad y distanciamiento que traslucía su voz, a pesar de los sentimientos tan distintos que albergaba su corazón—. Y por lo que concierne a Jacopo, no suelo verlo con excesiva frecuencia. Anda por ahí con una nariz de hojalata que le encargó al herrero, se sienta en el regazo de Pífano y cuenta a todo el que quiere oírlo que él nunca habría sido tan tonto como para dejarse atraer a la plaza del mercado por Pájaro Tiznado.

—Sí, es típico de él —Brianna se pasó la mano por el pelo, recordando las veces que Jacopo le había dado tirones. Durante unos instantes interminables ambas callaron, separadas por el muerto que también las había desunido en vida.

Brianna se llevó la mano al cuello. En efecto, llevaba una moneda.

—¿También vos lo veis a veces?

—¿A quién?

—A Cósimo. Yo lo veo todas las noches, en mis sueños. Y de vez en cuando, durante el día, me parece como si caminara detrás de mí.

Estúpida. Enamorada de un muerto. ¿Qué amaba todavía en él? Su hermosura era pasto de los gusanos, y ¿qué otro rasgo había podido amarse en él? No, Violante había enterrado su amor con él, que se había disipado como la embriaguez después de una jarra de vino.

—¿Te apetece bajar a la cripta? —a Violante le resultaba increíble que hubieran brotado de su boca esas palabras.

Brianna la miró, incrédula.

—Tullio te acompañará. Pero no esperes demasiado… allí abajo sólo encontrarás muertos. Dime, Brianna —añadió ella (Violante la

Fea, Violante la Cruel)—, ¿te sentiste decepcionada cuando Arrendajo trajo a tu padre y no a Cósimo de entre los muertos?

Brianna agachó la cabeza. Violante jamás había logrado averiguar si amaba a su padre o no.

—Me encantaría bajar a la cripta —reconoció en voz baja—. Si dais vuestro permiso.

Violante hizo una inclinación de cabeza a Tullio y éste cogió de la mano a Brianna.

—Tres días más y todo se arreglará —dijo Violante cuando Brianna ya estaba junto a la puerta—. La injusticia no es inmortal. ¡No puede serlo!

Brianna asintió, ausente, como si no hubiera oído.

—Hacedme llamar —repitió.

Después se marchó. Violante ya la echaba de menos cuando se cerró la puerta. Bueno, ¿y qué? ¿Existe acaso hay un sentimiento que conozcas mejor? Pérdida y nostalgia… de eso se compone tu vida.

Dobló la carta de Arrendajo y se acercó al tapiz que ya colgaba en su habitación la primera vez que durmió en ella a los siete años. Mostraba la caza de un unicornio, tejido en una época en que los unicornios eran seres fantásticos y no eran conducidos por Umbra como botín de caza. Pero hasta los unicornios de la fantasía habían muerto. La inocencia no duraba demasiado en ninguno de los mundos. Desde que Violante había encontrado a Arrendajo, el unicornio le recordaba a él. Había visto en su rostro la misma inocencia.

¿Cómo lo protegerás, Violante? ¿Cómo?

¿No sucedía lo mismo en todas las historias? Las mujeres no protegían a los unicornios. Les acarreaban la muerte.

Los guardianes apostados delante de su puerta parecían cansados, pero se irguieron a toda prisa cuando salió. Niños soldados. Ambos tenían hermanos abajo, en las mazmorras.

—¡Despertad a Pífano! —les ordenó—. Decidle que tengo importantes noticias para mi padre.

Mi padre. Esa palabra siempre surtía efecto, pero ninguna palabra sabía peor. Apenas cinco letras bastaban para hacerla sentirse pequeña, débil y tan fea que otros evitaban mirarla. Recordaba muy bien su séptimo cumpleaños, el único día en que su padre mostró una alegría ostensible y franca por tener una hija tan mal parecida.

—También se puede tomar venganza dándole como esposa a tu hija más fea al apuesto hijo de tu enemigo —le había dicho a su madre.

Padre.

¿Cuándo no existiría por fin nadie a quien llamar así?

Apretó contra su corazón la carta de Arrendajo.

Pronto.

34

QUEMADA

Desearía más tiempo para pensar antes de que ella desapareciera,
por el largo camino abajo; mi razón no podía respirar por todos
los pensamientos que aún tenía que pensar.

Margo Lanagan, *Black Juice*

Partirían a la salida del sol. Pífano había aceptado las condiciones de
Mo: los niños de Umbra quedarían en libertad en cuanto Arrendajo
cumpliera su promesa y se entregase a la hija de Cabeza de Víbora.
Algunos bandidos disfrazados de mujeres pensaban esperar delante del
castillo con las madres, y Dedo Polvoriento acompañaría a Mo hasta
Umbra, como ígnea advertencia a Pífano. Pero sólo Arrendajo entraría a
caballo en el castillo.

¡No lo llames así, Meggie!

Faltaban unas horas hasta el amanecer. El príncipe Negro se sentaba
insomne junto al fuego con Baptista y Dedo Polvoriento, que no parecía
necesitar dormir desde que había regresado de la muerte. A su lado se
sentaban Farid y Roxana. Pero la hija de Dedo Polvoriento se había
trasladado al castillo de Umbra. Violante había vuelto a admitir a Brianna la
misma mañana en que Pífano había anunciado su acuerdo con Arrendajo.

Mo no se sentaba junto al fuego. Se había echado a dormir, y Resa con él. ¿Cómo podía conciliar el sueño? Recio se sentaba delante de la tienda como si tuviera la obligación de vigilar a Arrendajo.

—Acuéstate, Meggie —le había aconsejado su padre al verla sentada apartada de todos, bajo los árboles, pero su hija se había limitado a menear la cabeza. Llovía y sus vestidos estaban tan húmedos como su pelo, pero en las tiendas no se estaba mucho mejor, y ella no quería permanecer tumbada dejando que la lluvia le narrase cómo recibiría Pífano a su padre.

—Meggie —Doria se sentó a su lado en la hierba húmeda—, ¿cabalgarás con nosotros a Umbra?

Ella asintió. Farid los observaba.

—En cuanto tu padre haya traspasado la puerta me introduciré a hurtadillas en el castillo. Te lo prometo. Y Dedo Polvoriento también permanecerá cerca del castillo. ¡Nosotros lo protegeremos!

—Pero ¿qué me estás contando? —la voz de Meggie demostró más dureza de la que pretendía—. ¡Vosotros no podéis protegerlo! Pífano lo matará. Claro, piensas que sólo soy una chica a la que basta contarle unas cuantas mentiras para consolarla. Yo he estado con mi padre en el Castillo de la Noche. Y en presencia de Cabeza de Víbora. ¡Lo matarán!

Doria calló durante un buen rato, y ella lamentó haberle hablado de ese modo. Le daba pena, pero guardó silencio igual que él, la cabeza gacha, para que no viera las lágrimas que ella contenía desde hacía horas y que ahora las palabras del joven habían desbordado. ¡Claro!, pensaría él. Su llanto es lógico. Es una chica.

Notó la mano de Doria sobre su pelo, acariciándolo con suavidad como si deseara limpiarle la lluvia.

—No lo matará —le susurró—. Pífano tiene demasiado miedo a Cabeza de Víbora.

—Pero odia a mi padre. A veces el odio es más poderoso que el miedo. Y si no lo mata Pífano, lo hará Pardillo o el propio Cabeza de Víbora. Jamás volverá a salir de ese castillo, jamás.

Las manos le temblaban como si todo el miedo estuviera concentrado en sus dedos. Pero Doria se los rodeó tan fuerte con sus manos que dejaron de temblar. Tenía unas manos fuertes, aunque sus dedos apenas eran más largos que los de ella. En comparación, los de Farid eran más finos.

—Farid dice que curaste a tu padre cuando estaba herido. Dice que lo hiciste con palabras.

Sí, pero esta vez ella no tenía palabras.

Palabras…

—¿Qué ocurre? —Doria soltó sus manos y la miró, inquisitivo.

Farid seguía mirándolo, pero Meggie no le prestaba atención. Le dio a Doria un beso en la mejilla.

—Te lo agradezco —dijo ella, levantándose apresuradamente.

Como es lógico, él no entendió por qué le daba las gracias. Palabras. ¡Las palabras de Orfeo! ¿Cómo había podido olvidarlas?

Corrió por la hierba mojada hacia la tienda en la que dormían sus padres. «¡Papá se cabreará muchísimo!», pensó. ¡Pero vivirá! ¡No había relatado ella la continuación de esa historia más de una vez? Ya iba siendo hora de hacerlo de nuevo, aunque no terminase como quería su padre. Eso tendría que contarlo el príncipe Negro. Ya encontraría él la manera de que todo saliese bien, incluso sin Arrendajo. Porque Arrendajo tenía que irse… antes de que su padre muriera con él.

Recio se había quedado dormido. La cabeza se le había caído sobre el pecho y dejaba oír un leve ronquido cuando Meggie se deslizó a su lado.

Su madre estaba despierta. Había llorado.

—Tengo que hablar contigo —le susurró Meggie—. ¡Por favor!

Mo estaba profundamente dormido. Resa lanzó una mirada a su marido y luego siguió a su hija al exterior. Todavía no hablaban mucho entre ellas. Sin embargo, Meggie se disponía a hacer exactamente aquello por lo que su madre había cabalgado en secreto a Umbra.

—Si es por lo de mañana —Resa le cogió la mano—, no se lo cuentes a nadie, pero iré a Umbra, lo quiera tu padre o no. Al menos deseo estar cerca de él cuando entre a caballo en el castillo…

—No entrará en el castillo.

La lluvia caía a través de las hojas que se iban marchitando, parecía el llanto de los árboles, y Meggie añoró el jardín de Elinor. Allí la lluvia era apacible. Aquí sólo hablaba de muerte y de peligros.

—Voy a leer las palabras.

Dedo Polvoriento se volvió, y por un momento Meggie temió que leyera en su mente lo que pretendía, y que se lo contase a Mo, pero Dedo Polvoriento se volvió de nuevo y besó el pelo negro de Roxana.

—¿Qué palabras? —Resa la miraba sin comprender.

—Las que Orfeo escribió para ti.

Las palabras por las que Mo estuvo al borde de la muerte, quisó añadir y que ahora le salvarían la vida.

Resa echó un vistazo a la tienda donde dormía Mo.

—Ya no las tengo —confesó—. Las quemé cuando tu padre no volvía. No.

—De todos modos, no habrían podido protegerlo.

Un hombre de cristal, verde pálido como muchos de los hombres de cristal que aún vivían en el bosque, asomó entre las ortigas empapadas. Estornudó y, asustado, huyó deprisa al divisar a Meggie y a Resa.

Su madre le colocó las manos sobre los hombros.

—Él no quería venir con nosotras, Meggie. Había pedido a Orfeo que escribiera algo sólo para las dos. Tu padre prefiere quedarse, incluso ahora, y ni tú ni yo podemos obligarlo a regresar. Nunca nos lo perdonaría.

Resa quiso retirarle de la frente el pelo mojado, pero Meggie apartó su mano de un empujón. Imposible. Mentía. Mo nunca se quedaría allí sin su mujer y su hija. ¿O sí?

—A lo mejor resulta que tiene razón. A lo mejor se soluciona todo

—aventuró su madre en voz baja—, y nosotras le contamos un día a Elinor cómo tu padre salvó a los niños de Umbra —pero la voz de Resa no sonaba ni la mitad de esperanzada que sus palabras—. Arrendajo…

—susurró mientras miraba a los hombres sentados junto al fuego—. Ése fue el primer regalo que me hizo tu padre. Un marcapáginas de plumas de arrendajo. ¿No es extraño?

Meggie no contestó. Resa le acarició de nuevo la cara mojada y volvió a la tienda.

Quemada.

Todavía estaba oscuro, pero unas hadas ateridas iniciaban sus bailes. Mo partiría pronto, y nada podría retenerlo. Nada.

Baptista, sentado solo entre las raíces del corpulento roble al que los centinelas subían por la noche, pues desde las ramas más altas casi se divisaba hasta Umbra, cosía una máscara nueva. Meggie vio las plumas azules en su regazo y supo quién la llevaría pronto.

—Baptista… —Meggie se arrodilló a su lado. La tierra estaba fría y mojada, pero entre las raíces el musgo era blando como los cojines de casa de Elinor.

Él le sonrió, los ojos llenos de compasión. Su mirada consolaba más aun que las manos de Doria.

—¡Ah, la hija de Arrendajo! —exclamó con una voz que Recio opinaba que se parecía a la de un pregonero—. Qué hermosa visión en hora tan oscura. He cosido a tu padre un buen escondrijo para un cuchillo afilado. ¿Puede un pobre cómico aliviar tu corazón de algún otro modo?

Meggie esbozó una tímida sonrisa. Estaba tan harta de las lágrimas…

—¿Puedes cantarme una canción? ¿Una de las que el Tejedor de Tinta escribió sobre Arrendajo? ¡Tiene que ser de él! La más bonita que conozcas. Una llena de fuerza y…

—¿Esperanza? —Baptista sonrió—. Seguro. A mí también me apetece una canción así. Aunque —añadió bajando la voz con aire conspirador— a tu padre no le gusta que se canten en su presencia. Sin embargo, entonaré tan bajo que mi voz no lo arrancará, sobresaltado, de su sueño. Veamos, ¿cuál es la adecuada para esta noche sombría? —acarició, meditabundo, la máscara casi terminada que tenía en el regazo—. Sí —susurró al fin—. ¡Ya lo tengo! —y comenzó a cantar con voz queda:

Guárdate, Pífano,
tu final se acerca.
la víbora se retuerce,
desaparece su fuerza.
Poco a poco Arrendajo
se la ha quitado entera.
Arrendajo al que no hiere
ni espada ni lanza férrea,
ni lo persiguen los perros,
de aquesta la vuestra tierra,
que por más que lo buscáis
no lo encontraréis de veras,
pues el vuelo emprende raudo
cuando maldecís su estrella.

Sí. Ésas eran las palabras correctas. Meggie obligó a Baptista a repetir la canción hasta que se la aprendió de cabo a rabo. Después se sentó apartada bajo los árboles, allí donde el resplandor del fuego apenas lograba disipar la oscuridad de la noche, y escribió la canción en el cuaderno de notas que Mo le había encuadernado hacía mucho tiempo, en la otra vida, después de una discusión que ahora le resultaba extrañísima. *Meggie, acabarás por perderte en ese Mundo de Tinta. ¿No es lo que le había dicho entonces?* Y ahora él mismo no quería volver a marcharse de ese mundo, quería quedarse allí solo, sin ella.

Negro sobre blanco. Hacía mucho tiempo que no leía en voz alta,
tanto tiempo. ¿Cuándo había sido la última vez? ¿Cuando trajo a Orfeo?
No pienses en eso, Meggie. Piensa en otras cosas, en el Castillo de la
Noche, en las palabras que lo ayudaron cuando estaba herido…

Guárdate, Pífano,
tu final se acerca.

Sí, aún era capaz de hacerlo. Meggie sintió cómo las palabras adquirían
peso en su lengua, cómo se entrelazaban con lo que la rodeaba…

la víbora se retuerce,
desaparece su fuerza.
Poco a poco Arrendajo
se la ha quitado entera…

Y Meggie envió las palabras al sueño de Mo, tejió con ellas una coraza
para su padre, impenetrable incluso para Pífano y su siniestro señor…

…Arrendajo al que no hiere
ni espada ni lanza férrea,
ni lo persiguen los perros,
de aquesta la vuestra tierra,
que por más que lo buscáis
no lo encontraréis de veras,
pues el vuelo emprende raudo
cuando maldecís su estrella.

Meggie leyó repetidas veces la canción de Fenoglio. Hasta que salió
el sol.

LA ESTROFA SIGUIENTE

Este mundo lleno de fatigas,
Sólo lo cruzo una vez;
Por eso si puedo hacer
Una buena acción para alguien,
Si alguien se queja, ya sea hombre o mujer,
Lo haré mientras pueda,
Sin demora, pues por este valle
No pasaré una segunda vez.

Anónimo, «I Shall Not Pass This Way Again»

El día amaneció frío, neblinoso e incoloro. Umbra parecía llevar un vestido gris. Al alba las mujeres habían aparecido ante el castillo, mudas como el propio día, y ahora estaban allí, esperando silenciosas.

No se oía la menor manifestación de alegría, ni risas, ni llantos. Reinaba el silencio. Resa estaba entre las madres, como si también ella esperase a un hijo y no a perder a su marido. ¿Percibía la criatura que llevaba en su doliente vientre la desesperación de su madre aquella mañana? ¿Y si nunca llegase a conocer a su padre?

¿Había hecho vacilar a Mo ese pensamiento? Resa no se lo había preguntado.

Meggie estaba a su lado, la expresión tan contenida que a Resa le daba más miedo que si llorase. Doria estaba junto a ella. Vestido con el traje de una criada y un pañuelo cubriendo su cabello castaño, porque para entonces los jóvenes de su edad llamaban la atención en Umbra. Su hermano no lo acompañaba. Ni siquiera las artes del disfraz de Baptista habrían podido convertir a Recio en una mujer, pero más de una docena de bandidos habían podido pasar a hurtadillas ante los centinelas apostados delante de la puerta de la ciudad, con rostros rasurados, vestidos robados y pañuelos sobre el pelo. Ni siquiera Resa los distinguía entre tantas mujeres. El príncipe Negro había indicado a sus hombres que acudieran junto a las madres en cuanto los niños estuvieran libres, y las convencieran de que al día siguiente llevasen al bosque a sus hijos e hijas, con el fin de que los bandidos los escondieran antes de que Pífano rompiera su palabra y los condujera a las minas. Pues ¿quién los rescataría una vez que Arrendajo cayera preso?

El príncipe Negro no los había acompañado a Umbra. Su tez oscura habría llamado demasiado la atención. También Birlabolsas, que había hostigado hasta el final a Mo por lo que se proponía hacer, se había quedado en el campamento, igual que Farid y Roxana. Como es natural, Farid había querido acompañarlos, pero Dedo Polvoriento se lo prohibió, y desde lo sucedido en la Montaña de la Víbora, Farid ya no discutía semejantes prohibiciones.

Resa volvió a mirar a Meggie. Sabía que si ese día podía encontrar consuelo, sería únicamente en su hija. Meggie era adulta. Resa lo comprendió aquella mañana. No necesito a nadie, decía su rostro, se lo decía a Doria que estaba a su lado, a su madre, y quizá sobre todo a su padre.

Un murmullo recorrió la multitud expectante. En las murallas del castillo se reforzó la guardia, y detrás de las almenas situadas encima de la puerta apareció Violante, tan pálida que parecían ciertos los rumores que afirmaban que la hija de Cabeza de Víbora no abandonaba prácticamente nunca el castillo de su difunto esposo.

Resa nunca había visto a la Fea, aunque había oído hablar de la señal que desfiguraba su rostro como una quemadura y que se había desvanecido con el regreso de Cósimo. En efecto, apenas se distinguía ya, pero Resa reparó en que Violante, sin darse cuenta, se llevaba la mano a la mejilla al comprobar que todas las mujeres alzaban la vista hacia ella. La Fea. ¿Le habían gritado antes ese nombre en cuanto aparecía en las almenas? También ahora lo susurraron algunas mujeres. A Resa le pareció que Violante no era ni fea ni guapa. Se mantenía muy erguida, como si quisiera compensar su corta estatura, pero entre los dos hombres que se situaron a su lado parecía tan joven y vulnerable que el miedo atenazó el corazón de Resa como una garra. Pífano y Pardillo. Entre ambos, Violante parecía una niña.

¿Cómo iba a proteger esa niña a Mo?

Un chico se situó junto al de la nariz de plata. También él portaba una nariz de metal en la cara, pero debajo de ésta seguramente se ocultaba otra de carne y hueso. Debía de ser Jacopo, el hijo de Violante. Mo había hablado de él. Era evidente que prefería la compañía de Pífano a la de su madre, a juzgar por la mirada de admiración que dirigió al heraldo de su abuelo.

Resa sintió vértigo al ver a Nariz de Plata tan orgulloso allí arriba. No, Violante no podía proteger de él a Mo. Él era ahora el señor de Umbra, no ella, ni Pardillo, que contemplaba orgulloso a sus súbditos como si su mera presencia les provocara náuseas. Pífano, por el contrario, estaba satisfecho de sí mismo como si ese día fuese de su exclusiva propiedad. «¿No os lo había dicho?», decía su mirada burlona. «Atraparé a Arrendajo y luego me llevaré a vuestros hijos, mal que os pese.»

¿Por qué había ido? ¿Por qué se comportaba así? ¿Para convencerse a sí misma de que todo era real, de que no era una mera lectura?

La mujer que estaba a su lado la cogió del brazo.

—¡Ya viene! —le susurró a Resa.

—¡Ya viene! ¡De verdad! —susurraban por doquier, y Resa observó cómo los centinelas situados en las torres de vigilancia junto a la puerta hacían señas a Pífano.

Por supuesto que venía. ¿Qué se figuraban? ¿Que no mantendría su promesa?

Pardillo se enderezó la peluca y sonrió a Pífano con aire triunfal como si hubiera conducido con sus propias manos hasta él la presa tanto tiempo perseguida, pero Pífano, en lugar de prestarle atención, escudriñaba la calle que subía desde la puerta de la ciudad, los ojos tan grises como el cielo e igual de fríos. Resa recordaba muy bien esos ojos. También se acordaba de la sonrisa furtiva que ahora se asomó a sus labios. En la fortaleza de Capricornio, cuando se fijaba una ejecución, había sonreído igual.

Y entonces divisó a Mo.

De repente apareció a la salida de la calle, sobre el caballo negro que el Príncipe le había regalado después de que se viera obligado a abandonar el suyo en el castillo de Umbra. Alrededor de su cuello colgaba la máscara que le había cosido Baptista expresamente, pero ya no la necesitaba para ser Arrendajo. Para entonces el encuadernador de libros y el bandido tenían idéntico rostro.

Dedo Polvoriento lo seguía en el caballo que había llevado a Roxana hasta el Castillo de la Noche, a ella y a las palabras salvadoras de Fenoglio. Pero para lo que iba a suceder a continuación no había palabras. ¿O sí? ¿Estaba hecho de palabras el espantoso silencio que lo cubría todo?

«No, Resa», pensó ella. «Esta historia ya no tiene autor. Lo que sucede ahora lo escribe Arrendajo con su carne y con su sangre», y por un momento, cuando él salió de la calle, ni ella misma fue capaz de dar a Mo otro nombre. Arrendajo. Con qué vacilación le hicieron sitio las mujeres, como si de pronto también a ellas les pareciera demasiado elevado el precio que él iba a pagar por sus hijos. Pero al final se formó una calle, de la anchura justa para dejar pasar a los dos jinetes, y a cada golpeteo de las herraduras Resa aferraba convulsamente su vestido con los dedos.

«¿Qué sucede? ¿No te ha gustado siempre leer precisamente ese tipo de historias?», se decía sintiendo un nudo en la garganta. «¿No te gustaría también ésta? El bandido que libera a los niños entregándose él mismo a sus enemigos… Sé sincera. ¡Te habría gustado hasta la última sílaba!» Sólo que en esas historias los héroes casi nunca tenían esposa. Ni hijas.

Meggie continuaba allí como si todo aquello no fuese con ella, pero sus ojos no se despegaban de su padre, como si su mirada pudiera protegerlo. Mo pasó tan cerca de ellas que Resa habría podido rozar su caballo. Se le doblaron las rodillas. Aferró el brazo de la mujer más próxima, apenas podía tenerse en pie de náuseas y debilidad. «¡Míralo, Resa!», pensó. «Para eso has venido. Para verlo otra vez. ¿O no?» ¿Tenía él miedo? ¿El mismo miedo que tantas noches lo despertaba sobresaltado, miedo a las rejas y a las ataduras? *Resa, deja la puerta abierta…*

«Dedo Polvoriento está con él», se dijo intentando consolarse. «Está justo detrás de él, y ha dejado todo su miedo con la Muerte. ¡Pero Dedo Polvoriento sólo lo acompañará hasta la puerta, detrás aguarda Pífano!», susurraba su corazón, y sus rodillas flaqueaban, hasta que de pronto sintió el brazo de Meggie debajo del suyo, fuerte y vigoroso como si su hija fuese la mayor de las dos. Resa apretó el rostro contra el hombro de Meggie, mientras a su alrededor las mujeres miraban expectantes hacia la puerta cerrada del castillo.

Mo refrenó a su montura. Dedo Polvoriento estaba muy cerca de él, el rostro tan inexpresivo como podía. Ella aún no se acostumbraba a la ausencia de cicatrices. Parecía mucho más joven. Muchas miradas se posaban en el Bailarín del Fuego, rescatado por Arrendajo de entre los muertos.

—Pífano no puede hacerle nada —susurró una mujer a su lado. Su susurro era una especie de conjuro—. ¡No! ¿Cómo va a retener a Arrendajo si ni siquiera pudo hacerlo la Muerte?

A lo mejor Pífano es más mortífero que la Muerte, quiso responder Resa, pero calló mientras alzaba la vista hacia el de la nariz de plata.

—¡En efecto! Es Arrendajo en persona —su voz contenida llegó lejos en el silencio que se cernía sobre Umbra—. ¿O todavía sigues afirmando que eres otra persona, como hiciste en el Castillo de la Noche? Eres un harapiento. Un sucio vagabundo. En verdad, pensé que enviarías a un sustituto, confiando en que no tardaríamos en apartar la máscara.

—Oh, no. No te considero tan estúpido, Pífano —el rostro de Mo rebosaba desprecio cuando alzó los ojos hacia el de la nariz plateada—. ¿O será mejor que en el futuro te llamemos por tu nuevo oficio? Mataniños. ¿Qué te parece, eh?

Resa nunca había percibido tanto odio en su voz. Una voz capaz de hacer regresar a los muertos. Cómo la escuchaban todos. A pesar del odio y de la furia que vibraban en ella, comparada con la de Pífano aún era blanda y cálida.

—¡Llámame como quieras, encuadernador de libros! —Pífano apoyó las manos enguantadas en las almenas—. De matar, también tú sabes algo, según afirman. Pero ¿por qué has traído contigo al tragafuego? No recuerdo haberlo invitado. ¿Dónde están sus cicatrices? ¿Las dejó con los muertos?

La almena en la que se apoyaba Pífano se inflamó, y las llamas cuchichearon palabras que sólo entendía Dedo Polvoriento. Nariz de Plata retrocedió mascullando maldiciones e intentando apartar las chispas que se depositaban en sus ropas elegantes, mientras el hijo de Violante buscaba protección detrás de él y contemplaba, fascinado, el murmullo del fuego.

—He dejado algunas cosas con los muertos, Pífano. Y me he traído otras —Dedo Polvoriento no habló alto, pero las llamas se extinguieron como si volvieran a deslizarse de nuevo en la piedra para aguardar allí nuevas órdenes—. Estoy aquí para advertirte de que no debes maltratar a tu invitado. El fuego es ahora tan amigo suyo como mío, y no necesito explicarte su poder.

Con la cara pálida de rabia, Pífano se limpió el hollín de los guantes, pero Pardillo se inclinó encima de las almenas antes de que pudiera responder.

—¿Invitado? —gritó—. ¿Es ése el calificativo adecuado para un bandido al que ya espera el verdugo del Castillo de la Noche? —su voz recordó a Resa la del ganso de Roxana.

Violante lo apartó a un lado como si fuera uno de sus criados. Qué baja era.

—¡Arrendajo se entrega como prisionero a mí, gobernador! Así está acordado. Y hasta la llegada de mi padre está bajo mi protección.

Su voz sonó dura y clara, asombrosamente enérgica para un cuerpo tan delicado, y durante unos instantes Resa sintió renacer la esperanza. «A lo mejor sí que puede defenderlo», pensó... y vio la misma esperanza reflejada en el rostro de su hija.

Mo y Pífano seguían mirándose. El odio parecía tejer hilos entre ambos, y Resa recordó el cuchillo que Baptista había cosido tan cuidadosamente a las ropas de Mo. No sabía si la asustaba o la tranquilizaba que lo llevase consigo.

—¡De acuerdo! Considerémoslo nuestro invitado —vociferó Pífano—. Lo que significa que también le manifestaremos nuestra peculiarísima forma de hospitalidad. Al fin y al cabo, lo llevamos esperando mucho tiempo.

Levantó la mano, todavía tiznada por el fuego de Dedo Polvoriento, y los guardianes de la puerta apuntaron sus lanzas contra Mo. Algunas mujeres gritaron. Resa creyó oír también la voz de Meggie, pero ella misma estaba muda de miedo. Los centinelas de las torres aprestaron sus ballestas.

Violante apartó a su hijo de un empujón y dio un paso hacia Pífano. Pero Dedo Polvoriento hizo que el fuego lamiera sus dedos como un animal cautivo, y Mo desenfundó la espada de la que Pífano sabía de sobra a quién había pertenecido antes.

—¿Qué significa esto? ¡Manda salir a los niños, Pífano! —gritó, y esta vez su voz era tan fría que a Resa le resultó casi irreconocible—. Mándalos salir, ¿o prefieres comunicar a tu señor que su carne seguirá pudriéndose sobre sus huesos por haberle entregado muerto a Arrendajo?

Una de las mujeres empezó a sollozar. Otra se tapó la boca con la mano. Detrás de las dos, Resa descubrió a Minerva, la patrona de Fenoglio. Claro, también habían capturado a sus hijos. Resa, sin embargo, no quería pensar en los hijos de Minerva o de las demás mujeres. Ella sólo veía las lanzas dirigidas al pecho descubierto de Mo, y las ballestas apuntándole desde los muros.

—¡Te lo advierto, Pífano! —la voz de Violante le hizo soltar a Resa un suspiro de alivio—. Deja marchar a los niños.

Pardillo lanzó una mirada ansiosa a las ballestas. Por un instante, Resa temió que diera orden de disparar únicamente para depositar a los pies de Cabeza de Víbora su personalísima pieza cobrada: Arrendajo. Pero en lugar de eso, Pífano se inclinó e hizo una seña a los guardianes.

—¡Abrid la puerta! —gritó con voz de aburrimiento—. Dejad salir a los niños y que entre Arrendajo.

Resa volvió a ocultar el rostro en el hombro de su hija. Meggie parecía contenerse igual que su padre, pero seguía mirándolo fijamente como si temiera perderlo en el momento en que sus ojos se apartasen de él.

La puerta se abrió despacio. Chirrió, se atascó y los guardianes la abrieron a empujones.

Entonces aparecieron los niños. Una multitud. Salían a borbotones, como si llevasen días esperando detrás de la pesada puerta. Los pequeños tropezaban, tanta prisa tenían por abandonar los muros, pero los mayores volvían a levantarlos. Todos ellos llevaban el miedo escrito en la cara, un pánico atroz. Los más jóvenes echaron a correr en cuanto vieron a sus madres, se arrojaron en los brazos que esperaban y se apiñaron entre las mujeres a modo de escondite protector. Pero los mayores regresaban a la libertad despacio, casi vacilantes. Llenos de desconfianza escudriñaron a los guardianes ante los que tenían que pasar, y al reconocer a los dos hombres que esperaban sobre sus monturas ante la puerta, se detuvieron.

—¡Arrendajo! —fue apenas un murmullo, pero brotaba de muchas gargantas, y fue creciendo poco a poco hasta que el nombre pareció escrito en el cielo—. Arrendajo, Arrendajo.

Los niños, dándose codazos, señalaban con sus dedos a Mo… y clavaban sus ojos reverentes en las chispas que rodeaban a Dedo Polvoriento como una nube de hadas diminutas.

—El Bailarín del Fuego.

Cada vez más niños se detenían delante de ambos caballos, rodeaban a los hombres, los tocaban intentando comprobar que eran de carne y hueso, esos hombres a los que sólo conocían por las canciones que sus madres cantaban en secreto junto a sus camas.

Mo se inclinó desde su caballo, hizo una seña a los niños indicando que se apartasen y les dijo algo en voz baja. Después se volvió por última vez hacia Dedo Polvoriento y condujo su montura hacia la puerta abierta.

Ellos no lo dejaban marchar.

Tres niños se interpusieron en su camino, dos niños y una niña. Agarrando las riendas, se negaron a dejarlo ir al lugar de donde ellos venían, en el que se perdería detrás de los muros, igual que ellos. Cada vez más se apiñaban en torno suyo, sujetándolo, cubriéndolo con sus cuerpos frente a las lanzas de los guardianes, mientras sus madres los llamaban.

—¡Arrendajo!

La voz de Pífano hizo girar la cabeza a los niños.

—¡Cruza la puerta o volveremos a capturarlos a todos y colgaremos a una docena en jaulas encima de la puerta para que sirvan de alimento a los cuervos!

Los niños, sin moverse, se limitaban a mirar fijamente hacia arriba, a Nariz de Plata y al chico situado a su lado, más joven que ellos. Pero Mo asió las riendas y se abrió camino con exquisito cuidado como si todos los niños fueran hijos suyos, y los pequeños lo siguieron con la vista mientras los llamaban sus madres y él cabalgaba hacia la enorme puerta. Completamente solo.

Mo giró la cabeza antes de pasar ante los guardianes, como si se diera cuenta de que su mujer y su hija lo habían seguido, y Resa vio el miedo reflejado en su rostro. Seguro que Meggie también lo percibió.

La puerta comenzaba a cerrarse cuando él reanudó la marcha.

—¡Desarmadlo! —oyó gritar Resa a Pardillo, y lo último que vio fue a los soldados bajando a Mo del caballo.

36

VISITA SORPRENDENTE

Dios respiró profundamente. ¡Una nueva queja! ¿Acaso había comparecido alguna vez Hombre ante él sin quejarse? Pero se limitó a enarcar las cejas y preguntar con una sonrisa de satisfacción: «Hombre, ¿qué tal crecen las zanahorias?».

Ted Hughes, «The Secret of Man's Wife»

¡Ay, Despina! Reconfortaba tanto volver a ver su carita, aunque exhibiese una mirada cansada, triste, asustada como un pájaro caído del nido. E Ivo... ¿había sido ya tan alto antes de que esa basura de Pájaro Tiznado se dedicase al rapto de niños? Qué delgado estaba... ¿Y a qué se debía esa sangre en su blusón?

—Nos mordieron las ratas —dijo aparentando ser un adulto e impávido, como tantas veces después de la muerte de su padre. Pero Fenoglio vio el miedo en sus ojos infantiles. ¡Ratas!

Ay, él no podía parar de besarlos y achucharlos, tan aliviado se sentía. Sí, era cierto. Se perdonaba muchas cosas, se perdonaba con facilidad, pero si su historia hubiera matado encima a los hijos de Minerva... no estaba seguro de si habría logrado sobreponerse a eso. Pero vivían, y él había devuelto la vida a su salvador.

—¿Qué le harán ahora?

Despina se liberó de su abrazo, los ojos oscuros rebosantes de preocupación. ¡Maldita sea!, había algo molesto en los niños: que siempre hacían las preguntas que uno evitaba cuidadosamente. ¡Y encima ofrecían después las respuestas que no querías oír!

—Lo matarán —afirmó Ivo, y los ojos de su hermana pequeña se inundaron de lágrimas.

¿Cómo podía llorar por un desconocido? Ella había visto ese día por vez primera a Mortimer. Porque tus canciones le enseñaron a amarlo, Fenoglio. Todos ellos lo quieren, y en este día ese amor se instalará en sus corazones para siempre. Le hiciera lo que le hiciera Pífano… Arrendajo era desde entonces tan inmortal como Cabeza de Víbora. Su inmortalidad era incluso mucho más fiable, pues a Cabeza de Víbora aún podían matarlo tres palabras. A Mortimer sin embargo las palabras lo mantendrían con vida, aunque muriese tras los muros del castillo… todas las palabras que ya se musitaban y cantaban abajo, en las calles.

Despina se enjugó las lágrimas de los ojos y miró a Fenoglio, confiando en que contradiría las palabras de su hermano, y desde luego lo hizo, por ella y por sí mismo.

—¡Ivo! —exclamó con tono severo—. ¿Qué disparates dices? ¿Crees acaso que Arrendajo se entregó sin tener un plan concreto? ¿Crees que iba a caer en manos de Pífano igual que un conejo en la trampa?

Una sonrisa de alivio asomó a los labios de Despina y en el rostro de Ivo se vislumbró la sombra de la duda.

—¡No, claro que no! —repuso Minerva, que todavía no había abierto la boca desde que había subido a los niños a la habitación de Fenoglio—. Es un zorro, no un conejo. Los burlará a todos.

Y Fenoglio también notó crecer en su voz la simiente que habían sembrado sus canciones: la esperanza… Arrendajo todavía la encarnaba, en medio de tanta oscuridad.

Minerva se llevó a los niños. Primero les daría de comer, con todo lo que hallase en la casa y en el patio. Pero Fenoglio se quedó solo con Cuarzo Rosa, que se había limitado a remover la tinta en silencio mientras Fenoglio cubría de besos a Despina e Ivo.

—¿Que los burlará a todos? —preguntó con su voz aguda en cuanto Minerva hubo cerrado la puerta—. ¿Cómo? ¿Sabes lo que creo? ¡Que tu bandido fabuloso se acabó! Y va a tener una ejecución muy muy desagradable. ¡Oh, sí! Espero que acontezca en el Castillo de la Noche. Nadie se imagina lo que todos esos alaridos de dolor provocan en la cabeza de un hombre de cristal.

¡Tipejo sin corazón de miembros de cristal! Fenoglio le tiró un corcho, pero Cuarzo Rosa estaba acostumbrado a tales disparos y se agachó a tiempo. ¿Por qué le habría tocado precisamente a él un hombre de cristal tan pesimista? Cuarzo Rosa llevaba el brazo izquierdo en cabestrillo. Tras la función de Pájaro Tiznado, Fenoglio lo había convencido para que espiase de nuevo en casa de Orfeo, y el horrendo hombre de cristal de éste había tirado por la ventana al pobrecillo. Por fortuna Cuarzo Rosa había aterrizado en el canalón, pero Fenoglio aún ignoraba si la escena de apresar a los niños se le había ocurrido a Orfeo. ¡No! Era imposible que la hubiera escrito él. Orfeo no hacía nada sin el libro, y —eso sí lo había averiguado Cuarzo Rosa— Dedo Polvoriento se lo había arrebatado. Aparte de que la escena era demasiado buena para ese cabeza de ternero, ¿no?

Los burlará a todos...

Fenoglio se acercó a la ventana mientras el hombre de cristal se enderezaba el cabestrillo con un suspiro cargado de reproches. ¿Habría preparado Mortimer un plan? Maldita sea, ¿cómo iba a saberlo? Mortimer no era su personaje, aunque interpretase a uno. «¡Todo esto es muy enojoso!», pensó Fenoglio, pues si fuera uno de ellos, yo seguramente podría decir lo que ahora sucede detrás de esos muros tres veces malditos.

Alzó la vista hacia el castillo con expresión sombría. Pobre Meggie. Seguro que volvería a echarle la culpa de todo. Su madre sin duda lo haría. Qué bien recordaba Fenoglio la mirada suplicante de Resa. *¡Tienes que escribir para hacernos regresar! ¡Nos lo debes!* Sí, quizá habría debido intentarlo. ¿Qué ocurriría si mataban a Mortimer? ¿No sería entonces mejor para todos ellos regresar? ¿Qué iba a hacer entonces él allí? ¿Contemplar cómo la Víbora inmortal y Nariz de Plata continuaban relatando su historia?

—¡Claro que es aquí! ¿No has oído lo que ha dicho ella? Que subamos la escalera. ¿Ves por aquí otra escalera? ¡Darius, por Dios!

Cuarzo Rosa olvidó su brazo roto y atisbó hacia la puerta. ¿Qué voz de mujer era ésa?

Llamaron, pero antes de que Fenoglio pudiera contestar «adelante», la puerta se abrió y una mujer bastante robusta entró tan precipitadamente en la estancia que Fenoglio retrocedió sin querer, golpeándose la cabeza contra la vertiente del tejado. A juzgar por su atuendo, la mujer parecía venir derechita de una función de teatro barata.

—Ahí lo tienes. ¡Es él! —anunció ella examinándolo con tal desprecio que Fenoglio fue consciente de cada uno de los agujeros de su blusón. «Conozco a esa mujer», se dijo. Pero ¿de qué?

—¿Qué pasa aquí, hmmm? —ella lo golpeó muy fuerte en el pecho con el dedo, como si quisiera clavárselo en su viejo corazón. Y también había visto ya a ese tipo flaco que estaba detrás de ella. Pues claro, en…

—¿Por qué han izado en Umbra la bandera de Cabeza de Víbora? ¿Quién es ese individuo repugnante de la nariz de plata? ¿Por qué han amenazado a Mortimer con sus lanzas, y desde cuándo, ¡por todos los santos!, porta una espada?

La devoradora de libros. ¡Claro! Elinor Loredan. Meggie le había hablado muchísimo de ella. Él mismo la había visto por última vez a través de una reja, en una de las perreras de la plaza durante las fiestas de Capricornio. Y ese tipo amedrentado de mirada de búho era el lector tartamudo de Capricornio. Aunque ni con su mejor voluntad acertaba ya a recordar su nombre. ¿Qué hacían allí esos dos? ¿Es que entretanto había una visa turista para participar en su historia?

—Reconozco que respiré aliviada al ver vivo a Mortimer —prosiguió su imprevisto huésped (¿es que nunca necesitaba coger aire?)—. Sí, de veras, gracias a Dios parece sano y salvo, aunque no me gustó nada que entrase solo a ese castillo. Pero ¿dónde están Resa y Meggie? ¿Y qué hay de Mortola, Basta y Orfeo, ese imbécil ensoberbecido?

¡Cielo santo, era una persona tan espantosa como se la imaginaba! Su acompañante… —¡Darius! Sí, justo así se llamaba él…— miraba tan embelesado a Cuarzo Rosa que éste, halagado, se pasó la mano por su pelo de cristal de color rosa pálido.

—¡Silencio! —bramó Fenoglio—. ¡Por los clavos de Cristo, cierre usted la boca!

Ni caso.

—¿Les ha sucedido algo? ¡Confiéselo! ¿Por qué Mortimer estaba solo? —le clavó de nuevo el dedo en el pecho—. Ay, sí, a Meggie y a Resa les ha sucedido algo, algo atroz… Las ha pisado un gigante, las han ensartado…

—¡No les han hecho nada! —la interrumpió Fenoglio—. Están con el príncipe Negro.

—¿Con el príncipe Negro? —sus ojos se volvieron casi tan grandes como los de su acompañante con gafas—. ¡Oh!

—Así es. Y si aquí va a sucederle algo horrible a alguien, será a Mortimer. Por eso —Fenoglio la cogió sin miramientos por el brazo y la condujo hacia la puerta—, déjeme solo ahora mismo, demonios, para que pueda reflexionar.

Eso la hizo callar. Pero su silencio no duró mucho.

—¿Algo horrible? —inquirió ella.

Cuarzo Rosa apartó las manos de sus oídos.

—¿A qué se refiere? ¿Quién escribe entonces lo que aquí sucede? Usted, ¿no es cierto?

¡Maravilloso! ¡Y ahora, encima, hurgaba con sus dedos toscos en su peor herida!

—¡Pues no! —respondió furioso—. Esta historia se cuenta sola, y Mortimer ha impedido que hoy tomase un giro muy desagradable. Pero por desgracia eso seguramente le costará el cuello, y en ese caso sólo puedo aconsejarle que coja a su esposa y a su hija y regrese con ambas lo antes posible al lugar de donde procede. Porque es obvio que ha encontrado usted una puerta, ¿no es así?

Con estas palabras, Fenoglio abrió la suya, pero la señora Loredan volvió a cerrarla sin miramientos.

—¿Que le va a costar el cuello? ¿Qué significa eso? —y de un tirón, liberó el brazo de su mano (¡cielos, esa mujer tenía la fortaleza de un hipopótamo!).

—Eso significa que lo ahorcarán, o lo decapitarán, o lo descuartizarán o cualquier otra modalidad de ejecución que se le ocurra a Cabeza de Víbora como modo de ejecutar al hombre que se ha convertido en su peor enemigo.

—¿Su peor enemigo? ¿Mortimer? —con cuánta incredulidad fruncía el ceño esa mujer… como si él fuera un viejo idiota que no sabía de qué hablaba.

—Él lo convirtió en un bandido.

Cuarzo Rosa. Miserable traidor. Su dedo de cristal apuntaba tan despiadadamente a Fenoglio que a éste le habría gustado cogerlo y partirlo por la mitad.

—Le gustan las canciones de bandidos —Cuarzo Rosa informó en voz baja a sus dos visitantes con absoluta familiaridad, como si los conociera de toda la vida—. Está obsesionado con ellos, y el pobre padre de Meggie se enredó en sus bellas palabras como una mosca en una telaraña.

Aquello era demasiado. Fenoglio se dirigió hacia Cuarzo Rosa, pero la devoradora de libros se interpuso en su camino.

—¡No se atreva a poner las manos encima a este indefenso hombre de cristal! —ella lo miraba como un bulldog. ¡Cielos, qué mujer tan espantosa!—. ¿Mortimer un bandido? Si es la persona más pacífica que conozco.

—¿Ah, sí? —Fenoglio levantó tanto la voz que Cuarzo Rosa se tapó sus orejas ridículamente pequeñas con las manos—. Bueno, a lo mejor incluso la persona más pacífica deja de serlo si están a punto de matarlo de un tiro, lo separan de su mujer y lo encierran cuatro semanas en una mazmorra; vamos, digo yo. Y todo eso, diga lo que diga este embustero hombre de cristal, no fue obra mía. Al contrario, sin mis palabras, Mortimer a buen seguro habría muerto hace mucho.

—¿Un tiro? ¿Mazmorra? —la señora Loredan lanzó una mirada atónita al tartamudo.

—Es una larga historia, Elinor —contestó éste con voz suave—, y quizá deberías oírla.

Pero antes de que Fenoglio pudiera decir nada al respecto, Minerva asomó la cabeza por la puerta.

—Fenoglio —dijo echando un breve vistazo a sus visitantes—. No hay manera de calmar a Despina. Está muy preocupada por Arrendajo y quiere que le cuentes cómo se salvará.

Lo que faltaba. Fenoglio exhaló un profundo suspiró e intentó pasar por alto el resoplido burlón de Cuarzo Rosa. Tenía que abandonarlo en el Bosque Impenetrable, sí, eso debía hacer.

—Mándamela aquí —dijo, aunque no tenía la menor idea de lo que le iba a contar a la pequeña.

Ay, ¿qué había sido de los días en que su cabeza rebosaba de ideas? Unas ideas, sin embargo, que ahora se ahogaban en tanta desdicha, eso era.

—¿Arrendajo? ¿No llamó así a Mortimer ese tipo de la nariz de plata?

Cielos, por un momento había olvidado por completo a su visitante.

—¡Fuera! —vociferó—. ¡Fuera de mi habitación, fuera de mi historia, que ya tiene demasiados visitantes!

Pero esa mujer desvergonzada se sentó en la silla delante de su pupitre, se cruzó de brazos y plantó los pies en su suelo como si pretendiera echar raíces.

—De eso, nada. Deseo escuchar la historia —insistió—. De cabo a rabo.

La cosa se ponía cada vez mejor. Qué día tan desafortunado... y eso que aún no había concluido.

—¿Tejedor de Tinta? —Despina estaba en la puerta, con la cara llorosa.

Al ver a los dos desconocidos, dio involuntariamente un paso atrás, pero Fenoglio se le acercó y la cogió de la mano.

—Minerva dice que quieres que te hable de Arrendajo.

Despina asintió avergonzada, sin apartar la vista de los visitantes de Fenoglio.

—Bien, pues presta atención —dijo Fenoglio, sentándose en su cama y poniéndola en su regazo—. Mis dos visitantes también quieren oír algo sobre Arrendajo. ¿Qué te parece si nosotros dos les contamos la historia entera?

Despina asintió.

—¿Cómo burló a Cabeza de Víbora y rescató al Bailarín del Fuego de entre los muertos? —musitó la niña.

—Exacto —precisó Fenoglio—. Y después, los dos averiguaremos la continuación. Sencillamente seguiremos tejiendo la canción. Al fin y al cabo, soy el Tejedor de Tinta, ¿no es cierto?

Despina asintió y lo miró tan esperanzada que su viejo corazón se agitó en su pecho. «Un tejedor al que se le han acabado los hilos», pensó. Pero, no, los hilos seguían allí, todos, y él ya no podía anudarlos.

De repente la señora Loredan guardó silencio, contemplándolo tan esperanzada como Despina. También Cara de Búho lo miraba ardiendo de impaciencia por escuchar las palabras de sus labios.

Sólo Cuarzo Rosa le dio la espalda y continuó removiendo la tinta, como si quisiera recordarle el tiempo que llevaba sin utilizarla.

—Fenoglio —rogó la niña pasándole la mano por su cara arrugada—, empieza.

—Sí, empiece usted —coincidió la devoradora de libros.

Elinor Loredan. Fenoglio todavía no le había preguntado cómo había llegado hasta allí. Como si no hubiera bastantes mujeres en esa historia. ¡Y el tartamudo no sería precisamente una mejora!

Despina le tiró de la manga. ¿De dónde procedía la esperanza que reflejaban sus ojos llorosos? ¿Cómo había sobrevivido esa esperanza a la perfidia de Pájaro Tiznado y al miedo en el oscuro calabozo? «Niños», pensó Fenoglio mientras estrechaba con firmeza la manita de Despina. Si alguien podía traer de vuelta las palabras, seguramente sería ella.

UNA SIMPLE URRACA

Y en el tiempo posterior, en el más sutil, ¿qué aventuras
ocurrieron?
Oh, ella fue un pájaro y una maga y señora del agua y del fuego.

Franz Werfel, *Beschwörungen 1918—1921*

La casa en la que vivía Fenoglio le recordó a Orfeo otras en las
que había residido no hacía mucho tiempo: una construcción
miserable, torcida e inclinada, con moho en los muros y ventanas,
a través de las cuales se veían otras casas igual de miserables... y
encima llovía dentro, porque en ese mundo los cristales eran cosa de
ricos. Miserable. Cómo odiaba esconderse en el rincón más oscuro
del patio trasero, donde las arañas se deslizaban por sus mangas de
terciopelo y las cagadas de gallina arruinaban sus caras botas, sólo
porque la patrona de Fenoglio atacaba con la horquilla del estiércol
a cualquiera que anduviera por su patio desde que Basta había
matado allí mismo, ante sus ojos, a un titiritero. Pero ¿qué remedio
le quedaba? Tenía que saberlo. ¡Tenía que saber si Fenoglio volvía a
escribir!

¡Ojalá regresara ese inútil hombre de cristal antes de que él se hundiera en el lodo hasta las rodillas! Una gallina flaca cruzó con paso torpe y desgarbado, y Cerbero gruñó. Orfeo le cerró el hocico a toda prisa. Cerbero. Por supuesto que se había alegrado cuando arañó de repente su puerta, pero su pensamiento siguiente había atenuado mucho la alegría: ¿cómo había llegado el perro hasta allí? ¿Había retomado la escritura Fenoglio? ¿Había llevado Dedo Polvoriento el libro al anciano? Todo eso no tenía sentido, pero necesitaba saberlo. ¿Quién sino Fenoglio podía haber inventado la conmovedora escena que había representado Arrendajo delante del castillo? ¡Ah, cómo lo amaban todos por ella! Aunque en el ínterin seguro que Pífano lo habría medio molido a golpes... cuando el encuadernador de libros cruzó a caballo esa maldita puerta del castillo se convirtió en un dios. ¡Arrendajo, noble víctima propiciatoria! ¡Eso sonaba a Fenoglio como que él se llamaba Orfeo!

Como es natural, Orfeo había enviado primero a Oss con el hombre de cristal, pero había dejado que la patrona de Fenoglio los sorprendiera. No había ningún rincón oscuro en el que cupiera ese tarugo, y Hematites ni siquiera había llegado a la escalera de Fenoglio. Una gallina lo persiguió por el barro y un gato estuvo a punto de arrancarle de un bocado su cabeza de cristal... no, la verdad es que, aunque los hombres de cristal no fueran los espías ideales, su tamaño era muy práctico. Lo mismo cabía afirmar de las hadas, pero éstas olvidaban cualquier encargo antes incluso de haber salido revoloteando por la ventana. Al fin y al cabo, también Fenoglio utilizaba a su hombre de cristal para espiar, aunque demostrase una lamentable torpeza en esas lides.

No, Hematites era mucho más ingenioso. Aunque, al contrario que el hombre de cristal de Fenoglio, padecía de vértigo, lo que excluía caminar por los tejados, y también en el suelo se las arreglaba tan mal que lo mejor era depositarlo enseguida ante la escalera de Fenoglio, si querías asegurarte de que no se extraviase inexorablemente. ¿Dónde demonios se habría metido? Admitido, para un hombre de cristal esa escalera equivalía a una escalada, pero no obstante… En el cobertizo detrás del que estaba Orfeo baló una cabra —seguramente olfateaba al perro— y a través de la piel de sus botas se filtraba un líquido cuyo sospechoso olor complacía sobremanera a Cerbero, pues olfateaba tan ansioso por el barro que Orfeo tenía que tirar de él una y otra vez.

¡Vaya, ahí llegaba por fin Hematites! Saltaba de peldaño en peldaño con la agilidad de un ratón. Fabuloso. Sí, para ser un hombre de cristal era un pequeño tipo duro. Ojalá sus descubrimientos compensaran las botas que había echado a perder.

Orfeo soltó la cadena del collar de Cerbero, que a falta de correa había mandado fabricar en la calle de los herreros, y el can trotó hasta la escalera y recogió al hombre de cristal, que protestaba, del último escalón. Hematites afirmaba que las babas del perro le provocaban una erupción cutánea en su piel de cristal, pero ¿cómo si no iba él a caminar por el barro con sus miembros torpes? Una vieja acechaba por la ventana cuando el perro trotó de vuelta hacia Orfeo, mas por fortuna no era la casera de Fenoglio.

—¿Y bien? —Cerbero dejó caer al hombre de cristal en las manos extendidas de Orfeo. Puaj, la baba de perro era horrible.

—No escribe. Ni una línea —Hematites se pasó la manga por la cara mojada—. Ya os lo dije, maestro. La bebida le ha hecho perder el juicio. Le tiemblan los dedos con sólo mirar una pluma.

Orfeo alzó los ojos hasta el cuarto de Fenoglio. Por debajo de la puerta salía luz. Hematites siempre se deslizaba por la ancha ranura de debajo con la rapidez de una anguila.

—¿Estás seguro? —dijo atando de nuevo la cadena al collar de Cerbero.

—Por completo. Y tampoco tiene el libro. Pero sí visita.

La vieja tiró un cubo de agua por la ventana. Suponiendo que fuese agua. Cerbero volvió a olfatear muy interesado.

—¿Visita? ¿Y a mí qué me importa? ¡Demonios, estoy seguro de que ha vuelto a escribir!

Orfeo contempló las casas miserables. En todas las ventanas ardía una vela. Ardían por todo Umbra. Por Arrendajo. ¡Maldito sea! ¡Malditos todos ellos: Fenoglio, Mortimer, su estúpida hija... y Dedo Polvoriento! Sí, a él lo maldecía más que a nadie. Lo había traicionado, le había robado, a él, Orfeo, que durante tantos años había puesto su corazón a sus pies, que había leído para devolverlo a su historia y lo había arrancado de la muerte. ¿Cómo le llamaban ahora? La sombra de fuego de Arrendajo. ¡Su sombra! Le estaba bien empleado. Él, Orfeo, lo habría convertido en bastante más que una sombra en esa historia, pero ahora eso se había acabado. Les había declarado la guerra a todos ellos. Y les escribiría una historia a su gusto... ¡en cuanto recuperase el libro!

Un niño salió de la casa. Tras correr descalzo por el patio embarrado, desapareció en uno de los establos. Era hora de largarse. Orfeo limpió con un pañuelo a Hematites la baba de perro del cuerpo, se lo puso encima del hombro y se alejó a hurtadillas, antes de que el niño saliera del establo. Ante todo olvidar esa porquería... aunque las calles tampoco estaban mucho mejor.

—Hojas vacías, maestro, sólo hojas vacías —le susurraba Hematites mientras se apresuraban a regresar a casa de Orfeo en medio de la noche—. Nada más que un par de frases tachadas... eso es todo, ¡os lo juro! Hoy por poco me descubre su hombre de cristal, pero he tenido el tiempo justo para ocultarme en una de las botas de su señor. ¡No podéis figuraros qué hedor!

Oh, se lo imaginaba.

—Mandaré a las criadas que te enjaboten.

—Oh, no, mejor no. La última vez me pasé más de una hora eructando por el agua jabonosa y los pies se me quedaron blancos como la leche.

—Bueno, ¿y qué? ¿Crees que voy a tolerar que patee mi pergamino un hombre de cristal con olor a pies?

Un sereno se acercó tambaleándose hacia ellos. ¿Por qué estarían siempre borrachos esos tipos? Orfeo le puso unas monedas de cobre en la mano arrugada antes de que se le ocurriera llamar a una de las patrullas que recorrían Umbra de día y de noche desde que Arrendajo estaba preso en el castillo.

—¿Y qué hay del libro? ¿De verdad lo buscaste con detenimiento?

En la calle de los carniceros nada menos que dos letreros ponderaban la carne fresca de unicornio. Ridículo. ¿De dónde iba a proceder? Orfeo dobló adentrándose en la calle de los cristaleros, aunque Hematites odiaba ese camino.

—No fue nada fácil —Hematites miró nervioso los carteles que recomendaban miembros artificiales para hombres de cristal rotos—. Como os he dicho, tenía visita, y con tantos ojos no me resultó fácil deslizarme por su habitación. A pesar de todo, inspeccioné incluso entre sus ropas. Por poco me encierra en el arca. Pero nada. ¡Él no tiene el libro, maestro, os lo juro!

—¡Muerte e infierno! —Orfeo sintió unas ganas casi irrefrenables de tirar o romper algo. Hematites ya conocía esos arranques y se agarró previsoramente a su manga.

¿Quién podía tener el libro si no era el viejo? Aunque Dedo Polvoriento se lo hubiera entregado a Mortimer… seguro que éste no se lo había llevado al calabozo. No, tenía que haberlo conservado el propio Dedo Polvoriento. Orfeo sintió un dolor lacerante en el estómago, tan atroz como si una de las martas de Dedo Polvoriento le mordiera los intestinos por dentro. Conocía esos achaques que le acometían siempre que algo no salía a su gusto. Úlcera de estómago, sí, eso era. Seguro. «¿Y qué?», se dijo furioso a sí mismo. «No lo empeores más todavía, ¿o es que quieres tener que acudir algún día a uno de esos curanderos que se limitan a hacer sangrías a todo quisque?»

Hematites se acurrucaba, agobiado y silencioso, encima de su hombro. A buen seguro pensaba en el inminente baño de jabón. Cerbero, sin embargo, olfateaba todos los muros junto a los que pasaba trotando. Bueno, no era de extrañar que a un perro le gustase ese mundo, apestaba que era un primor. «Yo también cambiaría eso», pensó Orfeo. «Y me traería con la escritura un espía mejor, diminuto como una araña y seguro que no de cristal.» «¡No traerás escribiendo nada en absoluto, Orfeo», susurraba una voz dentro de él, «porque ya no posees el libro!».

Aceleró el paso entre maldiciones, tirando impaciente de Cerbero... y pisó una mierda de gato. Barro, cagadas de gallina, mierdas de gato... Las botas estaban arruinadas, pero ¿de dónde iba a sacar plata para unas nuevas? Su último intento de escribir para hallar una caja en el Monte de los Ahorcados había cosechado un fracaso lamentable. Las monedas eran finas como papel de plata.

Bueno, por fin. Allí delante estaba, en todo su esplendor. Su casa. La más bonita de Umbra. Su corazón latió más fuerte cuando vio brillar los peldaños de alabastro y el escudo encima de la entrada que hacía creer incluso a él en su origen principesco. No, después de todo las cosas no le habían ido tan mal hasta entonces. Debía recordarlo siempre que le entrasen ganas de romper hombres de cristal o desear la peste bubónica a árabes flacos y jóvenes. Por no hablar de los ingratos tragafuegos.

Orfeo se detuvo bruscamente. Un pájaro se había posado en la escalera, como si pretendiera construir su nido encima de los escalones. Cuando se acercó Orfeo, en lugar de alejarse aleteando, se limitó a mirarlo con sus negros ojos como botones.

Asquerosos bichos emplumados. Por todas partes dejaban sus cagadas. Y el eterno aleteo, los picos afilados, las plumas, llenas de ácaros y huevos de lombrices...

Orfeo soltó la cadena de Cerbero.

—¡Vamos, ve por él!

A Cerbero le gustaba cazar pájaros y de vez en cuando atrapaba alguno. Pero ahora metió el rabo entre las patas y retrocedió como si una serpiente se hubiera repanchigado en la escalera de Orfeo. ¿Qué demonios...?

El pájaro sacudió la cabeza y bajó un escalón de un salto.

Cerbero encogió la cabeza y el hombre de cristal se agarró, inquieto, al cuello de Orfeo.

—Es una Urraca, maestro —le cuchicheó al oído—. Des... —casi le falló la voz—, despedazan a los hombres de cristal y reúnen en sus nidos las esquirlas de colores. ¡Por favor, maestro, espantadla!

La Urraca, sacudiendo la cabeza, lo miró fijamente. Era un pájaro extraño, muy extraño.

Orfeo se agachó y le tiró una piedra. La Urraca abrió las alas y profirió un graznido ronco.

—¡Oh, maestro, maestro, me quiere despedazar! —Hematites temblaba agarrándose a su oreja—. Los hombres de cristal de miembros grises son muy escasos.

La Urraca soltó entonces un graznido parecido a una risotada.

—Sigues siendo muy estúpido, Orfeo.

El aludido reconoció la voz en el acto. La Urraca estiró el cuello. Tosió como si estuviera ahogándose con un grano picoteado con excesiva avidez. Después escupió uno, dos, tres granos sobre la escalera blanca de alabastro y comenzó a crecer.

Cerbero, gimiendo, se encogió detrás de sus piernas, y Hematites temblaba de una forma tan lamentable que sus miembros chocaban entre sí tintineando como la vajilla dentro de una cesta de picnic.

La Urraca siguió creciendo. Las plumas se convirtieron en ropas negras, en pelo gris, recogido muy tirante, en dedos que contaron deprisa los granos que había escupido en la escalera el pico del pájaro. Mortola parecía más vieja de lo que Orfeo la recordaba, mucho más vieja. Sus hombros permanecieron encorvados incluso cuando se irguió. Los dedos se curvaban cual garras de pájaro, tenía el rostro sumido bajo los salientes huesos de las mejillas, y la piel tenía el color del pergamino amarilleado por el tiempo. Sus ojos, sin embargo, todavía agudos, hicieron encoger la cabeza a Orfeo como un niño reprendido.

—¿Cómo… cómo va eso? —balbuceó—. El libro de Fenoglio no habla nada de seres capaces de transformarse. Sólo de íncub…

—¡Fenoglio! ¿Qué sabrá ése? —Mortola se quitó una pluma del vestido negro—. Todo se transforma en este mundo. Sólo que para ello la mayoría primero ha de morir. Pero hay medios —y al decir esas palabras dejó caer con cuidado en una bolsa de cuero los granos que había recogido— que te libran de tu propia figura sin necesidad de recurrir a las Mujeres Blancas.

—¿De veras? —Orfeo comenzó a meditar en el acto las posibilidades que eso abría para su historia, pero Mortola no le dio tiempo para reflexionar.

—¿Te has instalado muy bien en este mundo, verdad? —graznó ella mientras alzaba la vista hacia la casa—. Cuatrojos, el comerciante barbilampiño del otro lado del mar que comercia con unicornios y enanos y lee el deseo en los ojos del nuevo señor de Umbra… Bueno, si ése no es mi querido Orfeo…, me dije a mí misma, es evidente que ha logrado trasladarse a sí mismo hasta aquí mediante la lectura. ¡Y hasta te has traído al horrendo perro!

Cerbero enseñó los dientes, pero Hematites seguía temblando. Los hombres de cristal eran unas criaturas absurdas. ¡Y Fenoglio encima se sentía orgulloso de ellos!

—¿Qué quieres de mí? —Orfeo se esforzaba con toda su alma por parecer superior y frío y no el muchacho asustado en el que se convertía con demasiada facilidad en presencia de Mortola. Ella todavía le daba miedo, justo era reconocerlo.

Unos pasos resonaron en la noche, seguramente una de las patrullas que Pífano hacía recorrer Umbra por la preocupación de que el príncipe Negro pudiera hallar la manera de liberar a su noble compañero de lucha.

—¿Siempre recibes a tus invitados en la puerta? —siseó Mortola—. Venga, entremos de una vez.

Orfeo tuvo que golpear tres veces la madera con el aldabón de bronce antes de que Oss les abriera. Parpadeando para sacudirse el sueño, miró desde arriba a Mortola.

—¿Éste es el Armario del otro mundo o uno nuevo? —preguntó Mortola mientras se deslizaba junto a Oss con un frufrú de sus ropas.

—Uno nuevo —murmuró Orfeo, mientras su cabeza intentaba dilucidar si el regreso de Mortola era bueno o malo. ¿No dijeron que había muerto? Pero en ese mundo no podías fiarte de la muerte, según se ponía de manifiesto cada vez con más frecuencia. Era tranquilizador e inquietante al mismo tiempo.

No condujo a Mortola a su escritorio, sino a su recibidor. La vieja escudriñó en torno suyo como si todos los objetos le pertenecieran. No, seguramente su regreso no era bueno. Y ¿qué quería de él? Se lo imaginaba. A Mortimer. Seguro que aún deseaba matarlo. Mortola no renunciaba tan fácilmente a sus propósitos… sobre todo tratándose del asesino de su hijo. Pero en este caso seguro que otros se le anticiparían.

—¡Así que él es realmente Arrendajo! —exclamó Mortola como si Orfeo hubiera confesado sus pensamientos en voz alta—. ¿Cuántas ridículas canciones piensan cantar todavía sobre él? Lo celebran como su salvador… ¡Como si nosotros no lo hubiésemos traído a este mundo! Y Cabeza de Víbora, en lugar de darle caza, tras matar a sus mejores hombres en la Montaña de la Víbora, culpa a Mortola de su huida y de que la carne se le pudra sobre los huesos. Me di cuenta enseguida de que tenía que ser el Libro Vacío. Sí, Lengua de Brujo es taimado, pero su cara inocente engaña a todos, y la Víbora, en vez de entregarlo a los verdugos, me entregó a mí, para que me arrancaran a base de tormentos el nombre del veneno. Todavía siento los dolores, pero los engañé, conseguí que me trajeran granos y hierbas, supuestamente para elaborar un contraveneno para su señor, y en lugar de eso me procuré alas para alejarme de ellos volando. Espié al viento para encontrar al encuadernador, y por las charlas en los mercados me enteré de que ahora interpreta el papel de bandido y de que el príncipe Negro le buscó un escondite excelente, pero yo lo encontré —Mortola fruncía los labios al hablar, como si todavía sintiera el pico.

—¡Cuánto tuve que dominarme para no sacarle los ojos a picotazos cuando volví a verlo! No te apures, Mortola, me dije a mí misma. La prisa ya arruinó una vez tu hermosa venganza. Échale unas bayas venenosas en la comida, para que se retuerza como un gusano y muera con tal lentitud que te permita paladear tu venganza. Pero una estúpida corneja picoteó las bayas de su plato, y al siguiente intento el oso me lanzó un mordisco con su boca hedionda y me arrancó dos plumas de la cola. Lo intenté de nuevo en el campamento al que el príncipe Negro los llevó a él, a su hija y a la criada traidora, pero cogió la escudilla el hombre equivocado. «¡Setas venenosas!», balbucearon ellos. «Ha comido setas venenosas.»

Mortola se echó a reír, y Orfeo sintió escalofríos al observar que sus dedos se engarfiaban al mismo tiempo, como si aún se aferraran a una rama.

—¡Está embrujado! Nada puede matarlo, ni veneno ni bala… como si todo en este mundo lo protegiera, cada piedra, cada animal, incluso las sombras entre los árboles. ¡Arrendajo! Hasta la Muerte lo dejó marchar permitiéndole negociar la recuperación del Bailarín del Fuego. ¡Oh, impresionante, muy impresionante! Pero ¿a qué precio?

No se lo contó ni siquiera a su mujer, ¡sólo Mortola lo sabe! Nadie se fija en una Urraca posada en un árbol, pero ella lo oye todo… lo que susurran de noche los árboles y lo que escriben las arañas con hilos de plata en las ramas húmedas: que la Muerte se llevará a Arrendajo y a su hija si antes de terminar el invierno él no la entrega a Cabeza de Víbora. Y la propia hija de éste piensa ayudar a Arrendajo a escribir las tres palabras en el Libro Vacío.

—¿Qué?

Orfeo sólo había escuchado a medias. Conocía las peroratas empapadas en odio de Mortola, interminables y autolaudatorias, pero en su última frase aguzó el oído. ¿Violante aliada con Arrendajo? Sí, tenía sentido. ¡Claro! Por eso Mortimer se había puesto expresamente en sus manos. ¡Lo sabía! Ese dechado de virtudes no se había dejado atrapar sólo por nobleza. ¡Se proponía asesinar, el noble bandido!

Orfeo comenzó a deambular de un lado a otro mientras Mortola se desataba en improperios con voz tan ronca que las palabras apenas parecían humanas.

Violante… Nada más establecerse en Umbra, Orfeo le había ofrecido sus servicios, pero ella los había rechazado, notificándole que ya tenía un poeta… No se mostró muy amable.

—Sí, sí. Él quiere matar a la Víbora. Se ha introducido en el castillo como una marta en un gallinero. Hasta las hadas lo cantan en sus absurdas danzas, pero sólo la Urraca escucha —Mortola se encorvó. Hasta su tos se asemejaba ya a un graznido.

¡Estaba loca! Cómo lo miraba con sus pupilas tan negras e inmóviles que parecían más las de un pájaro que las de una persona. Orfeo se estremeció.

—¡Sí, yo sé lo que se propone! —susurró—. Y me digo: Mortola, déjalo vivir, aunque te cueste. Mata a su mujer o, mejor todavía, a su amada hija, y aletea hasta su hombro cuando reciba la noticia para escuchar cómo se le parte el corazón. Pero déjalo vivir hasta que

Cabeza de Víbora le entregue el Libro Vacío, por todos los dolores que ha ocasionado a la madre de Capricornio. Y si el Príncipe de la Plata fuera realmente tan estúpido como para confiar a su peor enemigo el libro que puede matarlo, tanto mejor. Entonces estará presente la Urraca, y no será Arrendajo sino Mortola la que escribirá las tres palabras. ¡Oh, sí, yo también las conozco! Y la Muerte se llevará a Arrendajo y a Cabeza de Víbora y en agradecimiento por tan rico botín me devolverá al fin lo que el maldito encuadernador me arrebató con su lengua de brujo... ¡mi hijo!

¡Demonios! Orfeo se atragantó con el vino que acababa de llevarse a la boca. ¡La vieja bruja seguía soñando con el regreso de Capricornio! Bueno, y ¿por qué no, después de haber regresado de entre los muertos primero Cósimo y después Dedo Polvoriento? Aunque él se imaginaba peripecias más interesantes para esa historia que el retorno del hijo incendiario de Mortola.

—¿Crees realmente que Cabeza de Víbora traerá consigo a Umbra el Libro Vacío? —oh, intuía que se avecinaban grandes acontecimientos, acontecimientos prometedores. A lo mejor no todo estaba perdido, aunque Dedo Polvoriento le hubiera robado el libro de Fenoglio. Había otros modos de jugar un papel importante en esa historia. ¡Cabeza de Víbora en Umbra! Qué posibilidades abría eso...

—¡Claro que vendrá! La Víbora es más necia de lo que la mayoría cree—Mortola se sentó en una de las sillas dispuestas para la elegante clientela de Orfeo. El viento entró por las ventanas sin cristales e hizo titilar las velas que las criadas habían traído, presurosas. Las sombras bailaban cual pájaros negros sobre las paredes pintadas de blanco.

—¿Así que el Príncipe de la Plata se dejará engañar por segunda vez por el encuadernador? —el propio Orfeo se sorprendió del odio que destilaba su voz. Constató, asombrado, que para entonces deseaba la muerte de Mortimer casi con tanta ansia como Mortola.

—Hasta Dedo Polvoriento lo sigue ahora. Es evidente que la Muerte le ha hecho olvidar lo que ese noble héroe le hizo —se quitó las gafas para frotarse los ojos, como si con ese gesto pudiera borrar también el recuerdo de la cara de rechazo de Dedo Polvoriento. ¡Sí, solamente por eso se había vuelto contra él! Porque Mortimer lo había embrujado con su maldita voz. Los embrujaba a todos. Ojalá Pífano le corte la lengua antes de que lo descuarticen. Quería contemplar cómo los perros de Pardillo lo despedazaban, cómo Pífano le arrancaba la piel a tiras y cortaba en trocitos su noble corazón... ¡Ay, si al menos pudiera escribir esa canción sobre Arrendajo!

La voz de Mortola arrancó a Orfeo de sus sueños sangrientos.

—Es muy fácil tragarse esos granos —jadeó ella, mientras se encorvaba, las manos como garras engarfiadas a los brazos de la silla—. Tienes que colocarlos bajo la lengua, pero son pequeños y resbaladizos, y si por equivocación van a parar en demasiada cantidad a tu estómago, el pájaro también volverá en momentos en los que no lo has llamado.

Ella enderezó de golpe la cabeza, igual que hacía la Urraca, abrió la boca como si fuera un pico y apretó los dedos contra los labios incoloros.

—¡Presta atención! —advirtió Mortola mientras volvía a agitarse—. Quiero que vayas al castillo en cuanto Cabeza de Víbora llegue a Umbra y lo prevengas contra su hija. Dile que pregunte a Balbulus, el iluminador, cuántos libros sobre Arrendajo le ha encargado ya Violante. Convéncelo de que su hija está poseída por su peor enemigo y de que hará todo lo posible por salvarlo. Díselo con las palabras más bellas que conozcas. Utiliza tu voz igual que intentará hacer Lengua de Brujo. Te gusta mucho fanfarronear diciendo que tu voz es mucho más impresionante que la suya. ¡Demuéstralo!

A Mortola le dio una arcada... y escupió otro grano en su mano extendida.

Oh, sí, era astuta aunque estuviera loca de remate, y seguro que lo mejor era dejarla creer que podía seguir presumiendo de ser su señora, aunque él sentía tal asco y tantas arcadas que habría escupido el vino a los pies. Orfeo se limpió unas motas de polvo de la manga con artísticos bordados. Sus ropas, su casa, las criadas... ¿Cómo podía estar la vieja tan ciega para creer que él volvería a ser su criado? ¡Ni que hubiera venido a ese mundo para ejecutar los planes de otros! ¡Oh, no, allí sólo se servía a sí mismo! Así se lo había jurado.

—No es mala idea —Orfeo se esforzó para que su voz pareciera servil, como de costumbre—. Pero ¿qué será de todos los nobles amigos de Arrendajo? Seguramente él no confía únicamente en el apoyo de Violante. ¿Qué hay del príncipe Negro...? —y de Dedo Polvoriento, añadió en su mente, aunque no pronunciase su nombre. De Dedo Polvoriento quería vengarse en persona.

—El príncipe Negro, ah, sí. Otro de esos nobles majaderos. Mi hijo ya se enfadó con él —Mortola guardó el grano que había escupido con los demás—. Me ocuparé de él. Y de la hija de Lengua de Brujo. La chica es casi tan peligrosa como su padre.

—¡Bobadas! —Orfeo se sirvió otro jarro de vino. El vino aumentaba su valor.

Mortola lo observaba despectiva. Sí, todavía lo consideraba un mentecato servil. Tanto mejor. Se frotó los escuálidos brazos y se estremeció como si las plumas quisieran volver a perforar su piel.

—¿Qué me dices del viejo? El que al parecer escribió a la hija de Dedo Polvoriento las palabras que le arrebaté en el Castillo de la Noche? ¿Escribe él el arrojo en el corazón del encuadernador de libros?

—No, Fenoglio ya no escribe. Pero a pesar de todo, si lo matas, no tendré nada que objetar. Muy al contrario... es un sabihondo insoportable.

Mortola asintió, aunque parecía distraída.

—He de irme —dijo, levantándose insegura de la silla—. Tu casa es sofocante como una mazmorra.

Oss yacía delante de la puerta cuando Mortola la abrió. Gruñó en sueños cuando ella pasó por encima de él.

—¿Es tu guardaespaldas? —preguntó—. No pareces tener muchos enemigos.

Aquella noche Orfeo tuvo un sueño inquieto. Soñó con pájaros, muchos pájaros, pero cuando alboreaba y el alba peló Umbra como una fruta pálida de las sombras de la noche, se acercó a la ventana de su dormitorio con renovada confianza.

—¡Buenos días, Arrendajo! —musitó, la vista clavada en las torres del castillo—. ¡Espero que hayas tenido una noche insomne! Seguramente aún crees que los papeles de esta historia están repartidos, pero basta ya de interpretar al héroe. Arriba el telón, acto segundo: Orfeo sale a escena. ¿En qué papel? En el del malvado, naturalmente. ¿Acaso no ha sido siempre el protagonista?

38

UN SALUDO A PÍFANO

Esa noche había un olor a *tiempo* en el aire. (…) ¿Cómo olía el tiempo? A polvo y a relojes y a gente. Y cuando uno se preguntaba qué ruido hacía el tiempo, sonaba como el agua fluyendo dentro de una oscura cueva, como voces llorosas y terrones de tierra cayendo sobre huecas tapas de ataúd, y como la lluvia.

Ray Bradbury, *Crónicas marcianas*

Farid no presenció la entrada de Arrendajo a caballo en el castillo de Umbra.

—Tú te quedas en el campamento.

Dedo Polvoriento no tuvo que decir más para que Farid notara el miedo como una mano en la garganta capaz de estrangularlo hasta la muerte. Recio esperó con él entre las tiendas vacías, porque el príncipe Negro no lo creía capaz de transformarse en una mujer. Pasaron allí muchas horas, pero cuando al fin Meggie y los demás regresaron, Dedo Polvoriento no venía con ellos ni tampoco Arrendajo.

—¿Dónde está? —el príncipe Negro era el único al que Farid se atrevía a preguntar, aunque su rostro oscuro estaba tan serio que ni siquiera el oso se atrevía a acercarse a él.

—En el mismo lugar que Arrendajo —contestó el Príncipe y, al ver la cara de consternación de Farid, añadió—: No, en el calabozo no, pero cerca. La Muerte los ha atado el uno al otro y solamente ella volverá a separarlos.

Cerca de él.

Farid miró la tienda en la que dormía Meggie. Creyó oírla llorar, pero no se atrevió a acercarse. Meggie todavía no le había perdonado que convenciera a su padre para aceptar el trato de Orfeo, y Doria estaba sentado ante su tienda. Para el gusto de Farid, éste se encontraba con excesiva frecuencia cerca de Meggie, pero por suerte entendía tan poco de chicas como su poderoso hermano.

Los recién llegados se sentaron cabizbajos alrededor del fuego. Algunos ni siquiera se quitaron los vestidos de mujer, pero el príncipe Negro no les dejó tiempo para ahogar en alcohol el miedo a lo que se avecinaba. Los mandó de caza. Al fin y al cabo, si querían esconder de Pífano a los niños de Umbra, necesitaban provisiones, carne seca y pieles que dieran calor.

Pero ¿qué le importaba eso a Farid? Él no pertenecía a los bandidos, ni a Orfeo, ni siquiera a Meggie. Sólo pertenecía a uno, y de ése tenía que mantenerse alejado, por miedo a provocar su muerte…

Estaba oscureciendo —los bandidos seguían ahumando carne y tensando pieles entre los árboles—, cuando Gwin llegó corriendo del bosque. Farid confundió a la marta con Furtivo, hasta que vio el hocico canoso. Sí, era Gwin. Desde la muerte de Dedo Polvoriento consideraba su enemigo a Farid, pero esa noche le mordió en las pantorrillas, como hacía antes cuando quería invitarlo a jugar, y gañó hasta que la siguió.

La marta era veloz, demasiado veloz incluso para los pies de Farid, que escapaba de cualquier persona, pero Gwin lo esperaba una y otra vez, con el rabo contrayéndose de impaciencia, y Farid corrió tras la marta tan deprisa como se lo permitía la oscuridad, sabedor de quién la había enviado.

Encontraron a Dedo Polvoriento donde los muros del castillo

limitaban la ciudad de Umbra, y la montaña, a cuyo flanco se situaba la ciudad, ascendía tan empinada que ninguna casa encontraba ya apoyo. Sólo arbustos espinosos cubrían la pendiente, y el muro del castillo, sin ventanas, surgía de ella, hostil como un puño de piedra, interrumpido sólo por un par de hendiduras enrejadas que permitían penetrar en las mazmorras justo el aire necesario para que los prisioneros no se asfixiasen antes de la ejecución. Nadie permanecía mucho tiempo en las mazmorras del castillo de Umbra. Las sentencias se dictaban deprisa y los castigos se ejecutaban a la misma velocidad. ¿Para qué mantener con vida a quien se quería ahorcar? Para Arrendajo vendría un juez ex profeso del otro lado del bosque. Cinco días, musitaban, cinco días precisaría Cabeza de Víbora para llegar a Umbra en su carruaje de cortinas negras… y nadie sabía si después de su llegada Arrendajo viviría siquiera un día más.

Dedo Polvoriento apoyaba los hombros contra el muro, la cabeza inclinada como si escuchase. Las profundas sombras que proyectaba el castillo lo hacían invisible a los ojos de los guardianes que recorrían las almenas de un lado a otro.

Dedo Polvoriento no se volvió hasta que Gwin saltó hacia él. Farid, preocupado, alzó la vista hacia los centinelas antes de correr hacia él, pero éstos no se fijaban en un chico o un hombre. Un hombre solo no podría liberar a Arrendajo. No. Los soldados de Pardillo se fijaban únicamente en grupos de hombres, que vendrían del bosque cercano o que se descolgarían con cuerdas por la pendiente encima del castillo… aunque Pífano debía saber que ni siquiera el príncipe Negro se atrevería a atacar el castillo de Umbra.

Por encima de las torres, el cielo brillaba verde negruzco debido al fuego de Pájaro Tiznado. Pardillo lo estaba celebrando. Con ese motivo Pífano había ordenado a todos los juglares que compusieran canciones sobre su astucia y la derrota de Arrendajo, pero pocos habían obedecido esa orden. La mayoría callaba y entonaba otra canción silenciosa sobre la tristeza en Umbra y las lágrimas de las mujeres que, aunque habían recuperado a sus hijos, habían perdido la esperanza.

—Dime, ¿qué te parece el fuego de Pájaro Tiznado? —susurró Dedo Polvoriento cuando Farid se apoyó a su lado contra el muro del castillo—. Nuestro amigo ha aprendido unas cuantas cosas, ¿no crees?

—Sigue siendo un chapucero —contestó Farid también en voz muy baja, y Dedo Polvoriento sonrió, aunque su rostro recobró la seriedad al levantar la vista hacia los muros sin ventanas.

—Pronto será medianoche —musitó—. A Pífano le encanta manifestar su hospitalidad a los prisioneros a esta hora. Con puños, palos y botas —colocó las manos junto al muro y lo acarició, deseando que las piedras le revelaran lo que sucedía en las celdas, al otro lado—. Todavía no está con él —susurró—. Pero no tardará mucho.

—¿Cómo lo sabes? —Farid pensaba a veces que había regresado de la muerte no el hombre que él había conocido sino otro.

—Lengua de Brujo, Arrendajo o como quieras llamarlo… —precisó en voz queda—, desde que su voz me trajo de vuelta, sé lo que siente como si la Muerte hubiera trasplantado su corazón en mi pecho. Y ahora cázame un hada. O Pífano lo dejará medio muerto a golpes antes de que salga el sol. Pero tráeme una de las multicolores. Orfeo, con mucho sentido práctico, las dotó de su propia vanidad, y por un par de cumplidos puedes convencerlas de cualquier cosa.

Encontró el hada con rapidez. Las hadas de Orfeo estaban por todas partes, y aunque el invierno no las adormilaba tanto como a las hadas azules de Fenoglio, a esa hora fue un juego de niños coger a una en su nido. Mordió a Farid, pero él le sopló en la cara, como Dedo Polvoriento le había enseñado, hasta que comenzó a respirar con dificultad y sus mordiscos cesaron. Dedo Polvoriento le susurró unas palabras y la diminuta criatura voló hacia una de las ranuras de ventilación enrejadas, desapareciendo en su interior.

—¿Qué le has dicho?

Encima de ellos el fuego verde cardenillo de Pájaro Tiznado seguía devorando la noche, el cielo, las estrellas y la luna, y en el aire flotaba un humo tan irritante que a Farid le lloraban los ojos.

—Oh, le he prometido a Arrendajo que le enviaría a su oscuro calabozo a la más hermosa de todas las hadas. En agradecimiento ella le susurrará que Cabeza de Víbora llegará a Umbra dentro de cinco días, aunque las mujercitas de musgo empedren su camino de maldiciones y nosotros intentemos dar trabajo a Pífano para que no le quede demasiado tiempo de torturar a sus prisioneros.

Dedo Polvoriento cerró el puño izquierdo.

—Todavía no me has preguntado por qué te he mandado llamar —dijo mientras soplaba el puño suavemente—. Pensé que te gustaría ver esto…

Colocó el puño cerrado contra el muro del castillo y de entre sus dedos brotaron arañas de fuego, que ascendieron veloces por las piedras cada vez más hacia arriba, tan numerosas como si nacieran dentro del puño de Dedo Polvoriento.

—Pífano teme a las arañas —susurró—. Las teme más que a las espadas y a los cuchillos, y cuando éstas se le metan por su elegante atuendo, acaso olvide durante un rato lo mucho que le gusta golpear por la noche a sus prisioneros.

—¿Cómo las haces? —preguntó Farid cerrando también el puño.

—No lo sé… lo cual significa que por desgracia no puedo enseñarte. Ni tampoco esto —Dedo Polvoriento unió las manos. Farid lo oyó susurrar, pero no entendía las palabras. La envidia lo picó como una avispa cuando un arrendajo de fuego escapó volando de las manos de Dedo Polvoriento y ascendió hacia el cielo nocturno con plumas de fuego blanco azuladas.

—¡Enséñame! —volvió a musitar—. ¡Por favor! ¡Déjame al menos intentarlo!

Dedo Polvoriento lo miró meditabundo. Encima de ellos uno de los centinelas dio la alarma. Las arañas de fuego habían alcanzado las almenas del castillo.

—Me lo enseñó la Muerte, Farid —repuso en voz baja.

—Bueno, ¿y qué? Yo estuve tan muerto como tú, aunque no mucho tiempo.

Dedo Polvoriento se echó a reír. Rió tan fuerte que uno de los centinelas miró hacia abajo y tuvo que arrastrar consigo a Farid hasta las sombras más negras.

—Tienes razón. ¡Lo había olvidado por completo! —musitó, mientras los centinelas en el muro gritaban todos a la vez, presos del nerviosismo, y disparaban contra el arrendajo de fuego flechas que se extinguían despacio entre sus plumas—. ¡De acuerdo, haz lo mismo que yo!

Farid dobló deprisa los dedos, excitado como siempre que se disponía a aprender algo nuevo sobre el fuego. No fue fácil imitar las extrañas palabras que susurraba Dedo Polvoriento, y el corazón de Farid se sobresaltó como si realmente sintiera un hormigueo de fuego entre los dedos. Al momento siguiente también pulularon de su mano al muro cuerpos ardientes que treparon deprisa por las piedras como un ejército de chispas. Dirigió una sonrisa orgullosa a Dedo Polvoriento, pero cuando lo intentó con el arrendajo, sólo salieron volando de sus manos unas cuantas polillas descoloridas.

—No pongas esa cara de desilusión —susurró Dedo Polvoriento mientras soltaba dos arrendajos más en la noche—. Tienes que aprender un montón de cosas. Pero ahora deberíamos escondernos de Nariz de Plata.

La piel del castillo de Umbra ardía cuando se apartaron entre los árboles, y el fuego de Pájaro Tiznado se había apagado. El cielo pertenecía al fuego de Dedo Polvoriento. Pífano envió patrullas, pero Dedo Polvoriento formó con las llamas gatos y lobos, serpientes que se retorcían en las ramas, y polillas de fuego que volaban a la cara de la Hueste de Hierro. El bosque al pie del castillo parecía en llamas, pero el fuego no mordía, y Farid y su maestro eran sombras en medio del resplandor rojizo, incólumes ante el miedo que sembraban.

Finalmente Pífano mandó arrojar desde las almenas agua, que se congeló en las ramas de los árboles, pero el fuego de Dedo Polvoriento siguió ardiendo, formando criaturas siempre nuevas y no se durmió hasta el amanecer, como un espectro de la noche. Sólo los arrendajos de fuego continuaron describiendo círculos sobre Umbra, y cuando Pardillo envió a sus perros al bosque apagado, liebres de fuego los desviaban de cualquier rastro que encontrasen. Farid, sentado con Dedo Polvoriento entre matorrales de estramonio y espino de duende, experimentaba una felicidad cálida en su corazón. Qué agradable volver a estar por fin cerca de Dedo Polvoriento, igual que antaño, en las noches en las que él le había velado o protegido de los malos sueños. Pero ahora ya no parecía necesitar protección. «Salvo de ti mismo, Farid», pensó el joven, y la felicidad se apagó como las criaturas de fuego con las que Dedo Polvoriento había protegido a Arrendajo.

—¿Qué sucede? —la mirada de Dedo Polvoriento parecía adivinar sus pensamientos con la misma facilidad que los de Lengua de Brujo.

Después cogió la mano de Farid y sopló suavemente dentro, hasta que entre sus dedos se alzó una Mujer Blanca de fuego.

—No son tan malas como piensas —le dijo Dedo Polvoriento en voz baja—, y si vuelven otra vez a buscarme, no será por tu causa. ¿Entendido?

—¿Qué quieres decir con eso? —a Farid le dio un vuelco el corazón—. ¿Qué volverán a buscarte? ¿Y eso por qué? ¿Pronto? —inquirió mientras la Mujer Blanca sobre su mano se convertía en una polilla que se alejó volando antes de disolverse en la luz grisácea de la mañana.

—Eso depende de Arrendajo.

—¿Qué?

Dedo Polvoriento le tapó la boca con la mano en un gesto de advertencia y separó las ramas espinosas. Debajo de las ventanas de los calabozos se habían apostado soldados que escudriñaban el bosque con los ojos dilatados por el pánico. Pájaro Tiznado los acompañaba. Inspeccionaba el muro del castillo como si pudiera leer en las piedras el método de Dedo Polvoriento para incendiar la noche.

—¡Fíjate en él! —susurró Dedo Polvoriento—. Odia el fuego, y el fuego le odia a él.

Pero Farid se negaba a hablar de Pájaro Tiznado y cogió por el brazo a Dedo Polvoriento.

—Ellas no pueden llevarte otra vez. ¡Por favor!

Dedo Polvoriento lo miró. Desde su regreso su mirada era distinta. Ya no había miedo en sus ojos, sólo la antigua precaución.

—Te lo repito. Todo depende de Arrendajo, de manera que ayúdame a protegerlo. Porque necesitará protección. Cinco días con sus noches en poder de Pífano son mucho tiempo. Nos alegraremos cuando por fin llegue Cabeza de Víbora.

Farid quería seguir preguntando, pero notó que Dedo Polvoriento no le respondería más.

—¿Y qué me dices de la Fea? ¿No crees que ella pueda protegerlo?

—¿Lo crees tú? —le preguntó Dedo Polvoriento a su vez.

Un hada se abrió paso entre los zarzales. Casi se desgarró las alas entre las ramas, pero al final se posó exhausta sobre la rodilla de Dedo Polvoriento. Era la que Dedo Polvoriento había enviado a buscar a Arrendajo. Lo había encontrado y le transmitió su agradecimiento, no sin precisar que él le había confirmado que era el hada más hermosa que jamás había visto.

341

NIÑOS ROBADOS

cuando yo era niño
era una ardilla una Urraca azul un zorro
y hablaba con ellos en su lengua
trepaba a sus árboles ahondaba en sus cuevas
y conocía el sabor
de cada hierba y cada piedra
y el augurio del sol
el mensaje de la noche.

Norman H. Russell, «The Message of the Rain»

Nevaba, diminutos copos gélidos, y Meggie se preguntó si su padre también los vería caer en el lugar donde lo mantenían encerrado. «No», se contestó a sí misma, «las mazmorras de Umbra están a demasiada profundidad debajo del castillo», y la idea de que Mo se perdiera las primeras nieves en el Mundo de Tinta la entristeció casi tanto como el hecho de que estuviera prisionero.

«Dedo Polvoriento lo protege.» Con cuánta frecuencia se lo había asegurado hasta entonces el príncipe Negro. También Baptista y Roxana se lo repetían sin cesar. «Dedo Polvoriento lo protege.» Pero Meggie sólo pensaba en Pífano y en lo frágil y joven que había parecido la Fea a su lado.

A Cabeza de Víbora ya sólo le faltaban dos jornadas, según había informado Ortiga el día anterior. Dos días, y todo se decidiría.

Dos días.

Recio atrajo a Meggie a su lado y señaló entre los árboles. Dos mujeres intentaban abrirse paso entre la espesura nevada.

Traían a dos niños y una niña. Desde que Arrendajo se había entregado prisionero, los niños de Umbra desaparecían uno tras otro. Sus madres se los llevaban consigo a los campos, al río a lavar la ropa, a buscar en el bosque leña para el fuego… y regresaban sin ellos. Había cuatro lugares en los que hombres del Príncipe esperaban a los niños, cuatro lugares que se transmitían de boca en boca, de oído en oído, y en cada uno de ellos esperaba un bandido y una mujer, para que a los niños no les costara demasiado soltar la mano de su madre.

Resa los recibía con Baptista y Ardacho en el Hospital de Incurables que dirigía Búho Sanador. Roxana esperaba con Espantaelfos donde las curanderas recogían corteza de roble. Otras dos mujeres se hacían cargo de los niños junto al río, y Meggie aguardaba con Doria y Recio en una choza de carboneros abandonada, no lejos del camino que conducía a Umbra.

Los niños vacilaron al ver a Recio, pero sus madres tiraron de ellos, y cuando Doria recogió unos copos de nieve con su lengua estirada, la más pequeña, una niña de unos cinco años, soltó una risita.

—¿Y qué pasará si escondiéndolos con vosotros enfurecemos a Pífano? —preguntó la madre de la pequeña—. ¿Y si él no se propone en modo alguno llevarse de nuevo a los niños, ahora que Arrendajo es su prisionero? ¡Porque el único que le ha importado siempre ha sido Arrendajo!

A Meggie le hubiera gustado golpearla por la frialdad que latía en su voz.

—Sí. Y ésta de aquí es su hija —informó Recio, mientras pasaba el brazo por los hombros de Meggie en ademán protector—. Así que no hables como si su destino te resultara indiferente. Sin su padre, jamás habrías recuperado a tu niña, ¿acaso ya lo has olvidado? Pero Cabeza de Víbora sigue necesitando niños para sus minas, y los vuestros son una presa fácil.

—¿Ésa es su hija? ¿La bruja?

La otra mujer abrazó a sus hijos, pero la niña miró a Meggie con curiosidad.

—Hablas como los hombres de la Víbora —Recio rodeó a Meggie aun más fuerte con su brazo, como si de ese modo pudiera protegerla de las palabras—. Pero ¿qué pasa? ¿Queréis que vuestros hijos estén a salvo o no? Porque podéis llevároslos de nuevo a Umbra y confiar en que Pífano no llame a vuestra puerta.

—Pero ¿adónde vais a llevarlos? —inquirió la mujer más joven con lágrimas en los ojos.

—Si os lo digo, podríais revelarlo —Recio alzó al chico más pequeño encima de sus hombros sin el menor esfuerzo, como si pesara menos que un hada.

—¿Podemos acompañarlos?

—No. No podemos alimentaros a todos. Bastante difícil será saciar a los niños.

—¿Y cuánto tiempo pensáis esconderlos? —qué desesperación se desprendía de cada palabra.

—Hasta que Arrendajo haya matado a Cabeza de Víbora.

Las mujeres miraron a Meggie.

—¿Es posible? —inquirió una en murmullos.

—Lo matará, ya lo veréis —contestó Recio, y su voz denotaba tanta confianza que por un instante delicioso hasta Meggie olvidó todo su miedo por Mo. Pero ese instante pasó, y ella volvió a sentir la nieve en la piel, tan fría como el final de todas las cosas.

Doria se subió a la niña a su espalda y sonrió a Meggie. Intentaba animarla sin descanso. Le traía las últimas bayas, duras por la helada, flores cubiertas de escarcha —las últimas de ese año—, y le hacía olvidar su pena preguntándole por el mundo del que procedía. Ella comenzó a echarle de menos cuando no se encontraba cerca.

Cuando las mujeres se marcharon, la niña lloró, pero Meggie, acariciándole el pelo, le contó lo que Baptista le había referido sobre la nieve: que algunos copos eran elfos diminutos que te besaban la cara con sus labios helados antes de derretirse sobre la piel caliente. La niña alzó la vista hacia la nieve remolineante y Meggie prosiguió su relato, consolándose con las palabras, mientras el mundo a su alrededor se tornaba blanco, devolviéndose a sí misma a los días en los que su padre le contaba historias… antes de que él mismo se convirtiera en parte de una historia de la que Meggie hacía mucho que era incapaz de decir si también era la suya.

No nevó durante mucho tiempo. Sólo un fino plumón claro quedó depositado sobre la tierra fría.

Otras doce mujeres llevaron a sus hijos a la choza de carboneros abandonada, con caras de miedo y de preocupación, asaltadas por la duda de si estaban haciendo lo correcto.

Algunos niños ni siquiera seguían con la vista a sus madres cuando éstas se marchaban. Otros corrían tras ellas, y dos lloraron tanto que sus madres se los llevaron de nuevo a Umbra, donde Pífano los esperaba como una araña de plata. Al anochecer, diecinueve niños se apiñaban entre los árboles todavía nevados como una bandada de polluelos. Recio a su lado parecía un gigante cuando les hizo seña de que lo siguieran. Doria les sacó bellotas de sus naricillas, y recogía monedas de su pelo cuando alguno empezaba a llorar. Recio les enseñaba el lenguaje de los pájaros, y montó sobre sus hombros a tres niños a la vez.

Meggie les contaba cuentos mientras la oscuridad se abatía sobre ellos, cuentos que Mo le había relatado tantas veces que a cada palabra que pronunciaba creía escuchar su voz. Todos estaban exhaustos cuando llegaron al campamento de los ladrones. Numerosos niños pululaban entre las tiendas. Meggie intentó contarlos, pero renunció enseguida. ¿Cómo alimentarían los bandidos a tantas bocas, si el príncipe Negro apenas lograba llenar los estómagos de sus propios hombres?

Los rostros de Birlabolsas y Ardacho revelaban con claridad meridiana lo que pensaban al respecto. ¡Niñeras!, susurraban todos en el campamento. ¿Para esto nos vinimos al bosque? Birlabolsas, Ardacho, Espantaelfos, Pata de Palo, Azotacalles, Barbanegra... Eran muchos los que se quejaban. Pero ¿quién era el hombre enjuto de expresión dulce situado junto a Birlabolsas que miraba a su alrededor como si nunca antes hubiera visto todo lo que le rodeaba? Parecía... No. No, eso era imposible.

Meggie se pasó la mano por los ojos. Al parecer el cansancio le hacía ver fantasmas. Pero de pronto dos brazos vigorosos la rodearon estrechándola con tanta fuerza que casi no podía respirar.

—¡Hay que ver! ¡Pero si ya estás casi tan alta como yo, desvergonzada!

Meggie se volvió.

Elinor.

¿Qué pasaba ahora? ¿Se estaba volviendo loca? ¿Acaso había sido todo un sueño y se estaba despertando? ¿Se disolverían los árboles al momento siguiente? ¿Desaparecería todo, los bandidos, los niños, y Mo estaría junto a su cama preguntando si de veras pretendía perderse el desayuno por dormilona?

Meggie apretó la cara contra el vestido de Elinor. Era de terciopelo y parecía de guardarropía. Sí, estaba soñando. Seguro. Pero entonces ¿qué era real? «¡Despierta, Meggie!», pensó. «¡Vamos, despierta de una vez!»

El desconocido enjuto que estaba junto a Birlabolsas le sonrió con timidez mientras sostenía ante sus ojos unas gafas rotas. Claro, era Darius.

Elinor volvió a estrecharla contra sí, y Meggie se echó a llorar. Derramó en el extraño vestido de Elinor todas las lágrimas que había contenido desde que Mo entró a caballo en el castillo de Umbra.

—Sí, sí, lo sé. Es espantoso —decía Elinor, mientras le acariciaba el pelo con torpeza—. Pobrecita. Ya le solté cuatro frescas a ese escritorzuelo. ¡Mentecato engreído! Pero ya lo verás, tu padre enseñará lo que es bueno a ese rascaviolines de nariz de plata.

—Es Pífano —Meggie no pudo contener la risa, a pesar de que las lágrimas seguían resbalando por su cara—. ¡Pífano, Elinor!

—¡Bueno, quien sea! ¿Cómo va a recordar una todos esos nombres extraños? —Elinor miró a su alrededor—. Y al tal Fenoglio habría que descuartizarlo por lo que sucede aquí, pero claro, él ve las cosas bajo un prisma muy diferente. Me alegro de que ahora podamos vigilarlo un poco. No quería que Minerva viniera sola, seguramente porque no soportaba la idea de que ella estaría un tiempo sin hacerle la comida o zurcirle los calcetines.

—¿También está aquí Fenoglio? —Meggie se secó las lágrimas.

—Sí. Pero ¿dónde se ha metido tu madre? No he logrado encontrarla por ninguna parte.

La expresión de Meggie revelaba que todavía estaba enfadada con Resa, pero antes de que Elinor pudiera preguntarle, Baptista se plantó entre ambas.

—Hija de Arrendajo, ¿quieres presentarme a esa amiga tuya tan elegante? —hizo una reverencia a Elinor—. ¿A qué gremio de titiriteros pertenecéis, señora mía? Dejadme adivinar. Sois una comedianta. Seguramente vuestra voz llenará la plaza de cualquier mercado.

Elinor lo miraba tan estupefacta, que Meggie intervino rápidamente en su ayuda.

—Baptista, ésta es Elinor, la tía de mi madre…

—Ah, una pariente de Arrendajo —Baptista se inclinó aún más si cabe—. Esta información seguro que hará desistir a Birlabolsas de retorceros el pescuezo. Precisamente ahora está intentando convencer al príncipe Negro de que vos y este desconocido —señaló a Darius, que se les aproximaba con una sonrisa tímida— sois espías de Pífano.

Elinor se volvió tan bruscamente que clavó a Darius el codo en el estómago.

—¿El príncipe Negro? —se sonrojó como una jovencita al verlo con su oso al lado de Birlabolsas—. ¡Oh, es magnífico! —dijo con un hilo de voz—. ¡Y también su oso es tal y como me lo imaginaba! ¡Oh, es todo tan maravilloso, tan increíblemente maravilloso!

Meggie notó cómo se secaban sus lágrimas. Qué contenta estaba de que Elinor estuviera allí. Qué contenta.

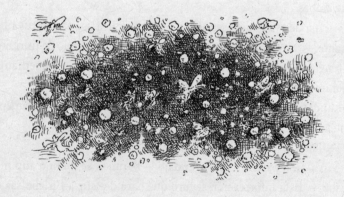

40

UNA NUEVA JAULA

Westley cerró los ojos. Se avecinaban los dolores y tenía que estar preparado. Tenía que adaptar su cerebro, dominar su espíritu para sustraerse a sus esfuerzos, pues de otro modo lo quebrarían.

William Goldman, *La princesa prometida*

Esta vez se presentaron antes que las noches pasadas. Fuera acababa de oscurecer. No es que nunca se hiciera de día en la celda de Mo, pero la noche traía otro tipo de oscuridad… y con ella venía Pífano. Mo se incorporó lo mejor que pudo teniendo en cuenta las cadenas, y se preparó para los golpes y patadas. Si al menos no se hubiera sentido tan estúpido, tan enormemente estúpido. Un idiota que se había metido en la red de sus enemigos por propia voluntad. Ya no era un bandido, ni un encuadernador, sino un idiota.

Las celdas de los calabozos de Umbra no eran más agradables que la torre del Castillo de la Noche. En los oscuros agujeros, de la altura justa para mantenerse en pie, acechaba el mismo miedo que en cualquier calabozo. Sí, el miedo había vuelto. Le esperaba en la puerta y casi lo asfixió cuando los hombres de Pardillo le ataron las manos.

Atrapado. Indefenso…

«¡Piensa en los niños, Mortimer!» Sólo el recuerdo de sus caras lo tranquilizaba cuando se maldecía a sí mismo por lo que había hecho y soportaba las patadas y golpes que traía la noche. Al menos el fuego de Dedo Polvoriento le procuraba de vez en cuando un descanso de Pífano, pero esto enfurecía más aún a Nariz de Plata. Todavía resonaba en el oído de Mo la voz del hada que se había posado en su hombro la primera noche. Veía aún las arañas de fuego que se le habían metido a Pífano entre sus ropas de terciopelo. Mo se había reído de él al ver el pánico en su rostro… y ya lo había pagado unas cuantas veces.

Dos días más, Mortimer, dos días y dos noches, al cabo de los cuales llegaría Cabeza de Víbora. Y entonces, ¿qué? Sí, la verdad, era un idiota por confiar todavía en que sería capaz de entregar a la Muerte y a sus pálidas hijas lo que exigían.

Cuando se lo llevasen las Mujeres Blancas, ¿comprendería Resa que él también había cabalgado al castillo por Meggie? ¿Entendería Resa que no le hubiera contado nada, para que el miedo por Meggie no royera su corazón?

Los dos soldados que irrumpieron en su celda tenían hollín en la cara y en las manos. Siempre venían de dos en dos; pero ¿dónde estaba su señor de la nariz de plata? Lo arrastraron en silencio y lo pusieron de pie. Las pesadas cadenas se le clavaban en la piel.

—Pífano te visitará hoy en otra celda —le dijeron en voz baja—. Una en la que el fuego de tu amigo no logrará encontrarte.

Descendieron cada vez más hondo, pasando junto a agujeros de los que brotaba un espantoso hedor a carne podrida.

En una ocasión, Mo creyó ver una serpiente de fuego reptando por la oscuridad, pero uno de sus guardianes le pegó cuando giró la cabeza para mirarla.

El agujero al que lo empujaron era mucho más grande que aquel en el que había estado hasta entonces. En las paredes había sangre seca y el aire era frío y sofocante a la vez.

Pífano se hizo esperar. Cuando al fin entró en la celda con otros dos soldados de escolta, también tenía hollín en la cara. Los dos que habían arrastrado a Mo hasta allí se apartaron, respetuosos, ante su señor, pero Mo vio que escudriñaban, preocupados, a su alrededor... como si sólo esperasen que las arañas de fuego de Dedo Polvoriento brotasen de las paredes. Mo notaba que Dedo Polvoriento lo buscaba. Era como si sus pensamientos tanteasen en pos de él, pero los calabozos de Umbra estaban a tanta profundidad como los del Castillo de la Noche.

Esa noche acaso necesitase el cuchillo que Baptista le había cosido en el dobladillo de su camisa, aunque le dolían tanto las manos que seguramente no sería capaz de sostenerlo, y menos aún de clavarlo. Pero reconfortaba llevarlo encima cuando el miedo se tornaba insoportable. El miedo y el odio.

—La osadía de tu amigo comefuego aumenta, pero esta noche no te servirá de nada, Arrendajo. ¡Estoy harto! —el rostro de Pífano estaba blanco debajo del hollín que ennegrecía incluso su nariz de plata. Uno de los soldados abofeteó a Mo. Dos días aún...

—Todo Umbra se burla de mí. «Mirad a Pífano», susurran. «El Bailarín del Fuego se burla de sus hombres y el príncipe Negro oculta a los niños! Arrendajo nos salvará.» ¡Se terminó! Cuando esta noche acabe contigo, ya no seguirán creyéndolo —dijo Pífano, contemplando asqueado sus guantes embadurnados de hollín—. ¿Qué pasa? —se acercó tanto a Mo que casi le clavó en la cara la nariz de plata—. ¿No quieres llamar en tu auxilio con tu voz prodigiosa a todos tus amigos harapientos, al Príncipe y su oso, al Bailarín del Fuego...? O ¿qué te parecería Violante? Su peludo criado me espía continuamente, y apenas transcurre una hora sin que ella me explique que sólo vivo tienes valor para su padre. Pero su padre hace mucho que ya no resulta tan aterrador como antes. De eso te encargaste tú mismo.

Violante. Mo sólo la había visto una vez, en el patio, cuando lo derribaron del caballo. ¿Cómo había podido ser tan tonto para creer que ella lo protegería? Estaba perdido. Y Meggie con él. La desesperación se adueñó de él, tan negra que sintió náuseas. Pífano rió.

—Vaya, vaya, tienes miedo. Eso me gusta. Debería escribir una canción sobre ello. Pero desde ahora sólo cantarán canciones sobre mí, tenebrosas claro, como a mí me gustan. Muy tenebrosas.

Con una sonrisa estúpida, uno de los soldados se aproximó a Mo sujetando un palo guarnecido de hierro en la mano.

—«¡Se les volverá a escapar!», dicen por ahí —Pífano retrocedió un paso—. Pero tú no volverás a escapar jamás. A partir de hoy te arrastrarás, Arrendajo. Te arrastrarás ante mí.

Los dos que lo habían traído hasta allí sujetaron a Mo. Lo aplastaron contra el muro ensangrentado, mientras el tercero alzaba el palo de hierro. Pífano se acarició la nariz de plata.

—Necesitas las manos para el libro, Arrendajo. Pero ¿qué puede objetar Víbora a que te parta las piernas? Es más… como ya he dicho, Cabeza de Víbora ya no es el que era…

Estaba perdido.

Oh, Dios, Meggie. ¿Le había contado alguna vez una historia tan terrible como ésta?

—No, Mo, nada de cuentos —decía ella siempre cuando era pequeña—. Son demasiado tristes.

No tanto como éste.

—Lástima que mi padre no haya podido escuchar con sus propios oídos tu pequeño parlamento, Pífano —Violante no habló muy alto, pero Pífano se volvió de golpe como si hubiera gritado.

El soldado de sonrisa estúpida abatió el palo, y los demás retrocedieron, como si quisieran dejar sitio a la hija de Cabeza de Víbora. Apenas se distinguía a Violante dentro del vestido negro que llevaba. ¿Cómo podían llamarla la Fea? En aquel momento a Mo le pareció que nunca había visto un rostro más bello. Ojalá no notase Pífano el temblor de sus piernas. No quería concederle a Nariz de Plata esa satisfacción.

Un pequeño rostro peludo apareció junto a Violante. Tullio. ¿La había traído él? A la Fea la acompañaban también media docena de sus soldados imberbes. Comparados con los hombres de Pífano, parecían jóvenes y vulnerables, pero sus manos juveniles empuñaban ballestas, armas que inspiraban respeto incluso a los miembros de la Hueste de Hierro.

Pero Pífano se rehizo enseguida.

—¿Qué buscáis aquí? —increpó a Violante—. Sólo me aseguro de que vuestro valioso prisionero no vuelva a escapar volando. Ya es bastante con que su fogoso amigo nos convierta a todos en objeto de burla. Eso no gustará nada a vuestro padre.

—Y a ti no te gustará lo que voy a hacer ahora —la voz de Violante sonaba totalmente inexpresiva—. ¡Atadlos a todos! —ordenó a sus soldados—. Y quitad las cadenas a Arrendajo y atadlo de manera que pueda cabalgar.

Pífano se llevó la mano a su espada, pero tres de los jóvenes de Violante lo tiraron al suelo. Mo creía sentir en la piel el odio que le tenían a Nariz de Plata. Les habría encantado matarlo, lo adivinaba en sus jóvenes rostros, y los hombres de Pífano debieron de percibirlo también, pues se dejaron atar sin oponer resistencia.

—¡Pequeña serpiente horrenda! —la voz sin nariz de Pífano aún sonaba más extraña cuando gritaba—. Así que tiene razón Pardillo. Estás conchabada con esta chusma de bandidos. ¿Qué quieres? ¿El trono de Umbra y quizá también el de tu padre?

El rostro de Violante permaneció tan hierático como si Balbulus lo hubiera pintado.

—Sólo quiero una cosa —replicó ella—. Entregar a Arrendajo a mi padre tan incólume que pueda serle útil. Y por ese servicio exigiré en efecto el trono de Umbra. ¿Por qué no? Me corresponde a mí diez veces más que a Pardillo.

El soldado que quitó las cadenas a Mo era el mismo que le había abierto el sarcófago en la cripta de Cósimo.

—Disculpad —murmuró al atarle las manos.

No ciñó la cuerda muy apretada alrededor de los brazos lastimados, pero a pesar de todo dolía. Durante todo el rato Mo no apartó los ojos de Violante. Aún tenía más que nítida en los oídos la voz ronca de Birlabolsas. *Ella te venderá a cambio del trono de Umbra.*

—¿Dónde piensas llevártelo? —Pífano escupió a la cara al soldado que lo ataba—. ¡Aunque lo ocultes con los gigantes… te encontraré!

—Oh, no tengo intención de esconderlo. —respondió Violante con voz de indiferencia—. Lo llevaré al castillo de mi madre..Mi padre conoce el camino. Si acepta mis condiciones, tendrá que ir allí. Estoy segura de que le darás el recado.

Ella te venderá.

Violante contempló a Mo con absoluto desinterés, como si no se hubieran visto jamás. Pífano le lanzó una patada con sus piernas atadas cuando los soldados de Violante pasaron a su lado para sacar a Mo fuera de la celda, pero ¿qué era una patada comparada con el palo de hierro con el pensaban pegarle?

—¡Estás muerto, Arrendajo! —vociferó Pífano antes de que uno de los soldados de Violante lo amordazase—. ¡Muerto!

Todavía no, quiso contestarle Mo. Todavía no.

Ante la puerta enrejada aguardaba una criada. Al pasar a su lado Mo se dio cuenta de que era Brianna. Así que Violante la había readmitido. Ella le saludó con una inclinación de cabeza antes de seguir a su señora. En el corredor yacían tres guardianes inconscientes. Violante pasó por encima de ellos y siguió el pasillo por el que habían bajado a Mo hasta llegar a un estrecho túnel que se bifurcaba hacia la izquierda. Tullio caminaba presuroso al frente, y los soldados seguían en silencio, manteniendo entre ellos a Mo.

El castillo de su madre…

Cualesquiera que fuesen las intenciones de Violante, le estaba muy agradecido por poder utilizar todavía sus piernas.

El túnel parecía interminable. ¿Cómo conocía tan bien la hija de Cabeza de Víbora los pasadizos secretos de ese castillo?

—Me enteré de la existencia de este túnel leyendo —Violante se volvió hacia él como si hubiera adivinado sus pensamientos. Aunque ¿no estaría también él hablando en voz alta consigo mismo después de tantas horas solo en la oscuridad?

—Por fortuna soy la única que utiliza la biblioteca de este castillo —añadió Violante.

Examinaba a Mo como si quisiera averiguar si seguía confiando en ella. Oh, sí, Violante se parecía a su padre. Amaba jugar con el miedo y el poder tanto como éste, ese eterno medir fuerzas hasta la muerte. ¿Por qué seguía confiando en ella a pesar de llevar las manos atadas?

Otros dos túneles tan angostos como el primero se bifurcaban en la oscuridad. Cuando Tullio la miró interrogante, Violante, sin vacilar, señaló el izquierdo. Era una mujer extraña, parecía mucho más vieja de lo que era, tanta frialdad, tanto autodominio. *Jamás olvides de quién es hija.* Cuántas veces se lo había encarecido el príncipe Negro, y Mo comprendía cada vez mejor de qué pretendía advertirle. A Violante la rodeaba la misma crueldad que él había percibido cerca de su padre, la misma impaciencia con los demás, la misma convicción de ser más inteligente que la mayoría, mejor... más importante.

—¿Alteza? —preguntó el soldado que iba detrás de Mo. Todos ellos trataban a su señora con respeto—. ¿Qué hay de vuestro hijo?

—Jacopo se queda aquí —contestó sin volverse—. Nos delataría —añadió con tono gélido. ¿Es que uno aprendía de los propios padres el amor por sus hijos? En caso afirmativo, no era de extrañar que la hija de Cabeza de Víbora no supiera mucho de eso.

Mo sintió el aire en la cara, un aire que no sólo olía a tierra.

El túnel se ensanchaba. Oyó rumor de agua, y cuando salieron al exterior vio Umbra muy alta por encima de ellos. La nieve caía del cielo negro, y el río brillaba tras los arbustos casi desnudos. En la orilla aguardaban los caballos, vigilados por un soldado, pero un joven le había puesto un cuchillo en el cuello. Farid. A su lado estaba Dedo Polvoriento, chispas en el pelo nevado, las dos martas a sus pies.

Cuando los soldados de Violante le apuntaron con sus ballestas, se limitó a sonreír.

—¿Adónde os dirigís con vuestro prisionero, hija de la Víbora? —inquirió—. Yo soy la sombra que él se trajo de entre los muertos, y la sombra lo sigue allá donde vaya.

Tullio se escondió tras la falda negra de Violante, como si tuviera miedo de que Dedo Polvoriento le prendiera fuego en cualquier momento. Violante, sin embargo, ordenó a sus soldados que bajaran las ballestas. Brianna sólo tenía ojos para su padre.

—No es mi prisionero —informó Violante—. Pero no quiero que mi padre se entere por alguno de sus innumerables enemigos. De ahí las ataduras. ¿Quieres que te las quite a pesar de todo, Arrendajo? —y sacó un cuchillo de debajo de su manto.

Mo cruzó una mirada con Dedo Polvoriento. Estaba contento de verlo, pero su corazón todavía precisaba acostumbrarse a esa sensación. El curso de los años, demasiados, había colmado de sentimientos muy diferentes la visión de Dedo Polvoriento. Pero desde que los dos habían tocado a la Muerte, parecían hechos de la misma carne. De la misma historia. ¿Y si solamente hubiera una sola?

¡No confíes en ella!, decía la mirada de Dedo Polvoriento. Y Mo supo que leería la respuesta en su mente sin necesidad de articular palabra. *He de hacerlo.*

—Conservaré las ligaduras —dijo él, y Violante volvió a ocultar el cuchillo entre los pliegues de su vestido. Los copos de nieve se adherían a la tela negra como plumas minúsculas.

—Traslado a Arrendajo al castillo donde nació mi madre —explicó ella—. Allí puedo protegerle. Aquí, no.

—¿Al Castillo del Lago? —Dedo Polvoriento soltó una bolsa de su cinturón y se la entregó a Farid—. Es un largo camino. Al menos cuatro días a caballo.

—¿Has oído hablar de él?

—¿Quién no? Pero lleva muchos años abandonado. ¿Habéis estado allí alguna vez?

—No, nunca, pero mi madre me habló de él, y he leído todo cuanto se ha escrito sobre ese castillo. Lo conozco mejor que si hubiera estado allí —Violante adelantó el mentón en un ademán de obstinación que a Mo le recordó a su hija Meggie.

Dedo Polvoriento se limitó a mirarla. Después se encogió de hombros.

—Si así os parece. Pífano no está allí... lo cual es una ventaja. Y dicen que es fácil de defender —observó a los soldados de Violante como si calculara sus años—. Sí, es probable que Arrendajo esté más seguro allí.

Los copos de nieve que se posaban sobre las manos atadas de Mo refrescaban su piel desollada. Pronto le costaría mucho utilizar las manos si no le permitían moverlas con libertad al menos durante la noche.

—¿Estáis segura de que vuestro padre nos seguirá a ese castillo? —preguntó a Violante. Su voz sonaba como si aún llevara adherida la oscuridad de la mazmorra.

—Oh, sí que lo hará —Violante sonrió—. Me seguirá a todas partes. Y traerá consigo el Libro Vacío.

El Libro Vacío. La nieve caía como si quisiera teñir el mundo entero con la blancura de sus páginas no escritas. Había llegado el invierno. «Tus días están contados, Mortimer. Y los de Meggie.» Los de Meggie... ¿Cómo podía ser que a pesar de todo él siguiera amando aún ese mundo? ¿Cómo podía ser que sus ojos no se saciasen de contemplar los árboles lejanos, más altos que aquellos a los que había subido de chico, y que buscasen hadas y hombres de cristal como si siempre hubieran formado parte de su mundo…? «¡Recuerda, Mortimer! Una vez hubo un mundo completamente distinto», susurró una voz en su interior. Pero quienquiera que susurrase ahí dentro, lo hacía en vano. Hasta su propio nombre se le antojaba ajeno y falso, y sabía que si una mano hubiera querido cerrar para siempre el libro de Fenoglio, él lo habría impedido.

—No tenemos caballo para ti, Bailarín del Fuego.

La voz de Violante traslucía hostilidad. No le gustaba Dedo Polvoriento. Bueno, lo mismo le había sucedido a él durante mucho tiempo, ¿no?

Dedo Polvoriento exhibió una sonrisa tan burlona que Violante lo contempló con más rechazo aún.

—Cabalgad. Yo os encontraré.

Cuando Mo subió a su montura él ya había desaparecido, igual que Farid. En la nieve resplandecían aún débilmente unas chispas en el lugar donde había estado. Mo vio el temor reflejado en los rostros de los soldados de Violante, como si hubieran visto un fantasma. Y quizá esa denominación no fuera errónea para un hombre que había regresado de entre los muertos.

En el castillo no se sentía la menor agitación. Ningún centinela dio la voz de alarma cuando el primer soldado guió a su caballo hasta el río. Nadie gritó desde las almenas que Arrendajo volvía a escaparse. Umbra dormía, y la nieve la cubría con un manto blanco, mientras encima de los tejados los arrendajos de fuego de Dedo Polvoriento continuaban describiendo círculos.

IMÁGENES
DE CENIZA

«Lo siento», murmuró Harry.

Dumbledore sacudió la cabeza.

«La curiosidad no es un pecado», dijo él. «Pero deberíamos
usarla con prudencia… sí, de hecho…»

J. K. Rowling, *Harry Potter y el cáliz de fuego*

La cueva que Mo y el príncipe Negro habían encontrado mucho
antes de que Pájaro Tiznado ofreciese su representación distaba dos
horas a pie al norte de Umbra. Era un largo trayecto para pies infantiles,
y en el Mundo de Tinta había entrado el invierno con una lluvia que se
convertía en nieve cada vez con más frecuencia, mariposas blancas que
colgaban de repente como hojas de hielo de las ramas desnudas, y búhos
de plumaje gris que cazaban a las hadas.

—Bueno, mis hadas duermen en esta época —se defendió Fenoglio
cuando Despina se echó a llorar porque un búho había destrozado ante
sus ojos nada menos que a dos de esas pequeñas criaturas—. Pero las
tontainas creadas por Orfeo revolotean como si nunca hubieran oído
hablar del invierno.

El príncipe Negro los conducía monte arriba monte abajo, entre la espesura y el guijo, por sendas tan intransitables que casi siempre tenían que llevar en brazos a los más pequeños. A Meggie pronto comenzó a dolerle la espalda, pero Elinor caminaba en cabeza, como si quisiera descubrir lo antes posible muchas cosas de ese mundo nuevo y maravilloso... aunque se esforzaba con toda su alma por ocultar su entusiasmo ante el creador de todo.

Fenoglio caminaba casi siempre detrás de ellas, con Resa y Darius. La niña que Resa llevaba en brazos la mayor parte del tiempo se parecía tanto a Meggie que cada vez que ésta se volvía a mirar a su madre, creía retroceder a una época que nunca había existido. Mo la había llevado en brazos de niña, siempre su padre, únicamente su padre. Pero cada vez que veía cómo Resa apretaba su rostro contra el pelo de la niña, Meggie deseaba que las cosas hubieran transcurrido de otra forma. A lo mejor entonces no le habría dolido tanto que Mo no estuviera allí.

Cuando a la mitad del camino Resa se sintió mal, Roxana le prohibió cargar con un niño.

—Ten cuidado —la oyó decir Meggie—. ¿No querrás contar a tu marido cuando regrese que has perdido el hijo, verdad?

Para entonces a Resa ya se le notaba el embarazo, y Meggie deseaba a veces colocar su mano donde crecía la otra criatura, pero no lo hizo. Los ojos de Darius se humedecieron al enterarse del embarazo, y Elinor exclamó:

—¡Ahora sí que tiene que salir bien todo! —y abrazó tan fuerte a Resa que seguramente faltó poco para que estrujase al futuro bebé.

Meggie siempre se sorprendía a sí misma pensando lo mismo: «No necesito una hermana. Ni un hermano. ¡Sólo quiero que regrese mi padre!». Pero cuando uno de los pequeños que había llevado todas esas horas a la espalda le estampó un fuerte beso de agradecimiento en la mejilla, una especie de alegría anticipada se agitó por vez primera y de forma totalmente inesperada en su interior, y comenzó a imaginarse qué se sentiría cuando su hermano o hermana deslizara los deditos entre los suyos.

Todos se alegraban de que Roxana los acompañase. Su hijo no figuraba entre los niños secuestrados por Pífano y Pájaro Tiznado, pero a pesar de todo llevaba con ella a Jehan.

Roxana se había dejado suelto el largo pelo negro, al estilo de las titiriteras. También sonreía más que antes, y cuando algunos de los niños empezaron a llorar durante el largo camino, Meggie la oyó cantar por primera vez, muy bajito, pero bastó para entender lo que había dicho Baptista en cierta ocasión: *Cuando Roxana canta te quita toda la tristeza del corazón y la convierte en música.*

¿Por qué Roxana se sentía tan feliz a pesar de que Dedo Polvoriento no estaba con ella?

—Porque ahora sabe que él siempre regresará a su lado —explicó Baptista.

¿Diría Resa lo mismo de Mo?

Meggie no vio la entrada de la cueva hasta estar apenas a un metro de ella. La ocultaban altos pinos, estramonio y arbustos de cuyas ramas colgaba un vello blanco, largo y suave como el cabello humano. Horas después de haber seguido a Doria por la maleza, a Meggie aún le picaba la piel.

La rendija que conducía al interior de la cueva era tan estrecha que Recio tenía que agachar la cabeza y caminar de lado, pero la cueva tenía la altura de una iglesia, y las voces infantiles resonaban tanto entre las paredes de piedra que a Meggie le parecía que llegarían a oírse incluso en Umbra.

El Príncipe apostó seis centinelas en el exterior, que treparon a las altas copas de los árboles circundantes. A otros cuatro hombres los mandó de vuelta, para borrar el rastro. Doria los acompañó, con Jaspe encima del hombro. Desde la marcha de Farid el hombre de cristal se había unido a él. Borrar las huellas de tantos piececitos sería una empresa casi desesperada, y Meggie leyó en el rostro del Príncipe lo mucho que habría deseado llevar a los niños a parajes más recónditos, lejos de Pífano y de los perros de Pardillo.

El príncipe Negro había permitido que media docena de madres acompañasen a sus hijos. Conocía lo suficiente a sus hombres para saber que como sustitutos maternos no valían gran cosa.

Roxana, Resa y Minerva las ayudaban a hacer la cueva más habitable. Tendieron mantas y telas entre las paredes rocosas, trajeron hojas secas para dormir mejor sobre el suelo abrupto, extendieron pieles y amontonaron piedras para formar nichos en los que durmieran los más pequeños. Prepararon un lugar para cocinar, revisaron las provisiones que habían reunido los bandidos… y aguzaban los oídos, temerosas de oír súbitos ladridos de perros o voces de soldados.

—¡Mirad con cuánta avidez atiborran sus boquitas! —gruñó Birlabolsas cuando el príncipe Negro mandó repartir por primera vez comida entre los niños—. Nuestras provisiones apenas durarán una semana. Y entonces ¿qué?

—Para entonces hará mucho que Cabeza de Víbora habrá muerto —respondió Recio con tono obstinado, pero Birlabolsas se limitó a sonreír despectivamente.

—¿Ah, sí? ¿Y a Pífano también lo matará Arrendajo al mismo tiempo? Pues para eso necesitará algo más que tres palabras. ¿Y qué me decís de Pardillo y de la Hueste de Hierro?

Nadie conocía la respuesta a ese interrogante.

—Violante los echará a todos cuando su padre haya muerto —aventuró Minerva, pero a Meggie aún le resultaba difícil confiar en la Fea.

—Él está bien, Meggie —repetía sin cesar Elinor—. No pongas esa cara tan triste. Si he entendido bien toda esta historia (lo que no es fácil, porque a nuestro querido autor le encanta complicarla un poco) —añadía ella lanzando a Fenoglio una mirada cargada de reproches—, no le tocarán ni un pelo a tu padre, pues tiene que curar ese libro para Cabeza de Víbora. Posiblemente no podrá hacerlo, pero ése es otro cantar. Sea como fuere, ya lo verás, Meggie. ¡Todo acabará bien!

Ojalá Meggie hubiera podido creerla, como antes creyó a Mo.

—¡Todo acabará bien, Meggie! —era todo cuanto tenía que decir su padre para que ella apoyase la cabeza en su hombro en la certidumbre de que él lo resolvería todo. Pero hacía tanto tiempo de eso. Tanto…

El príncipe Negro había enviado a Umbra a las cornejas amaestradas de Ardacho —a ver a Búho Sanador y a los espías que tenía en el castillo— y Resa se pasaba horas enteras en el exterior, delante de la cueva, examinando el cielo en busca de plumas negras. Pero el único pájaro que Ardacho llevó a la cueva el segundo día fue una Urraca desplumada. Finalmente no fue una de sus cornejas, sino Farid quien trajo noticias de Arrendajo.

Tiritaba de frío cuando uno de los guardianes lo condujo hasta el príncipe Negro, y su rostro tenía la expresión de pesadumbre que sólo mostraba cuando Dedo Polvoriento le ordenaba que se fuera. Meggie cogió la mano de Elinor mientras él balbuceaba las novedades: Violante se llevaba a Mo al castillo de su madre. Dedo Polvoriento los seguiría. Pífano había pegado a Mo, le había amenazado y Violante había tenido miedo de que lo matase. Resa enterró la cara en las manos, y Roxana la rodeó con su brazo.

—¿El castillo de su madre? ¡Pero si la madre de Violante está muerta! —para entonces Elinor conocía la historia de Fenoglio mejor aún que su propio creador. Se movía entre los bandidos como si siempre hubiera sido una de ellos, hacía que Baptista le cantase canciones de los juglares, que Recio le enseñase a hablar con los pájaros y Jaspe le explicase cuántas variedades de hombres de cristal había. Tropezaba continuamente con el dobladillo de su extraño vestido, tenía la frente manchada y arañas en el pelo, pero Elinor parecía tan dichosa como antes, cuando ojeaba un libro especialmente valioso… o en la época en que las hadas y los hombres de cristal moraban en su jardín.

—Es el castillo en el que se crió su madre. Dedo Polvoriento lo conoce —Farid tomó una bolsa de su cinturón y limpió del cuero vestigios de hollín. Después miró a Meggie.

—Hemos formado arañas y lobos de fuego para proteger a tu padre —era imposible pasar por alto el orgullo en su voz.

—A pesar de todo, Violante creía que él no estaba seguro en el castillo —la voz de Resa parecía una acusación. No podéis protegerlo, decía. Ninguno de vosotros. Está solo.

—El Castillo del Lago —el príncipe Negro pronunció el nombre como si la idea de Violante no le agradase mucho—. Existen numerosas canciones sobre ese castillo.

—Tenebrosas todas —precisó Ardacho.

La Urraca que había volado hasta él estaba posada sobre su hombro. Era un ave escuálida que miraba fijamente a Meggie, como si pretendiera sacarle los ojos.

—¿Qué canciones? —en la voz de Resa latía el miedo.

—Historias de fantasmas, nada más. ¡Disparates en verso! —Fenoglio se abrió paso junto a Resa. Despina se aferraba a su mano—. El Castillo del Lago lleva mucho tiempo abandonado, así que las gentes lo llenan de historias, pero son sólo eso: historias.

—¡Qué tranquilizador! —la mirada que le lanzó Elinor sonrojó a Fenoglio.

Éste estaba de un humor de perros. Desde que habían llegado a la cueva no cesaba de quejarse del frío, del llanto de los niños o del hedor del oso. La mayor parte del tiempo se sentaba detrás del muro de piedras que había levantado en el rincón más apartado de la cueva a discutir con Cuarzo Rosa. Los únicos que lograban arrancarle una sonrisa eran Ivo, Despina… y Darius. Éste se había unido al anciano inmediatamente después de su llegada, y mientras lo ayudaba a levantar el muro había comenzado a interrogarle con voz tímida sobre el mundo que había creado.

—¿Dónde viven los gigantes? ¿Viven más las ondinas que los humanos? ¿Qué territorios hay más allá de las montañas?

Era obvio que Darius hacía las preguntas correctas, pues Fenoglio no se impacientaba con él como con Orfeo.

El Castillo del Lago.

Fenoglio sacudió la cabeza cuando Meggie se presentó con la intención de averiguar más datos sobre el lugar al que la Fea conducía a su padre.

—Era un escenario secundario, Meggie —se limitó a decir, enfurruñado—. Uno de tantos lugares. ¡Un decorado! Relee mi libro si quieres saber más sobre el asunto… si es que Dedo Polvoriento vuelve a soltarlo alguna vez. Creo que en realidad hubiera debido entregármelo, pues aunque siga enfadado conmigo, al fin y al cabo soy el autor, pero en fin… ¡Al menos ya no lo tiene Orfeo!

El libro.

Dedo Polvoriento había entregado hacía mucho *Corazón de Tinta*, pero Meggie guardaba el secreto, ella misma ignoraba por qué. El libro estaba en poder de su madre.

Farid se lo había entregado a Resa tan deprisa como si Basta pudiera aparecer detrás de él y robárselo igual que antaño, en el otro mundo.

—Dedo Polvoriento asegura que con quien está más seguro es contigo, porque tú conoces el poder de las palabras que contiene —había murmurado él—. El príncipe Negro no lo comprende. Pero mantenlo oculto. Orfeo no debe recuperarlo. Aunque Dedo Polvoriento está bastante seguro de que no acudirá a ti.

Su madre recibió el libro con cierta indecisión y acabó ocultándolo en su lecho. El corazón de Meggie se aceleró al sacarlo de debajo de la manta de Resa. No había vuelto a sostener en sus manos el libro de Fenoglio desde que Mortola se lo había dado durante la fiesta de Capricornio en la plaza para que leyera las palabras contra la Sombra. Era una sensación extraña abrirlo en el mundo del que hablaba, y por un momento Meggie temió que las páginas absorbieran todo lo que la rodeaba: el fondo rocoso sobre el que se sentaba, la manta bajo la que dormía su madre, la blanca mariposa de hielo que se había perdido dentro de la cueva y los niños que la perseguían riendo…

¿Había nacido de verdad todo eso entre las tapas de ese libro? El ejemplar parecía insignificante comparado con las maravillas que describía, tan sólo unos cientos de páginas impresas, una docena de ilustraciones, ni la mitad de buenas que las que pintaba Balbulus, una encuadernación en tela verde plateada. Sin embargo, encontrar su propio nombre entre las páginas o el de su madre, el de Farid o el de Mo, no habría sorprendido a Meggie… No, en ese mundo su padre se llamaba de otra manera.

Meggie nunca había tenido ocasión de leer la historia de Fenoglio. ¿Por dónde debía comenzar ahora? ¿Existiría quizá algún dibujo del Castillo del Lago? Pasó apresuradamente las páginas, cuando de repente oyó a su espalda la voz de Farid.

—Meggie.

Cerró el libro, tan pillada en falta como si cada una de las palabras que contenía fuera un secreto. ¡Qué tontería por su parte! Ese libro no sabía nada de lo que la asustaba, ni de Arrendajo, ni siquiera de Farid…

Ella ya no pensaba en él tanto como antes. Daba la impresión de que el regreso de Dedo Polvoriento había cerrado el capítulo que trataba de ellos, de que la historia comenzaba de nuevo desde el principio y borraba con cada nueva palabra lo que ya había contado.

—Dedo Polvoriento me dio algo más

Farid contemplaba el libro en su regazo como si fuera una serpiente. Pero después se arrodilló a su lado y tomó de su cinturón la bolsa manchada de hollín que sus dedos habían acariciado con tanta frecuencia mientras informaba al Príncipe.

—Me la dio para Roxana —explicó en voz baja mientras esparcía un fino círculo de ceniza sobre el suelo rocoso—. Pero como parecías tan preocupada…

En lugar de finalizar la frase, cuchicheó palabras que sólo Dedo Polvoriento y él entendían… y un fuego repentino brotó de la ceniza como si hubiera estado dormido en su interior. Farid lo atrajo, lo alabó y sedujo, hasta que ardió tan caliente que los corazones de las llamas se tornaron blancos como el papel y apareció una imagen, al principio casi irreconocible, después cada vez más nítida.

Colinas densamente arboladas... soldados a caballo por una estrecha senda, muchos soldados... con dos mujeres cabalgando en medio de ellos. Meggie reconoció inmediatamente a Brianna por el pelo. La mujer que iba delante de ella tenía que ser la Fea, y allí —junto a Dedo Polvoriento— cabalgaba Mo. Meggie, sin querer, alargó la mano hacia él, pero Farid sujetó con fuerza sus dedos.

—Tiene sangre en la cara —musitó ella.

—Pífano.

Farid volvió a hablar con las llamas y la imagen se ensanchó, mostrando la senda que se dirigía hacia montañas que Meggie no había visto jamás, mucho más altas que las colinas de Umbra. La senda estaba cubierta de nieve, igual que en las laderas lejanas, y Meggie presenció cómo su padre se echaba aliento caliente en las manos.

Qué extraño le resultaba con el manto forrado de piel que llevaba, igual que un personaje de cuento. «Es el personaje de un cuento, Meggie», susurró una voz en su interior. Arrendajo... ¿Todavía era también su padre? ¿Había visto en Mo una mirada tan seria? La Fea se volvió hacia él; era la Fea, claro, ¿quién si no? Hablaron, pero el fuego sólo mostraba figuras mudas.

—¿Lo ves? Está bien. Gracias a Dedo Polvoriento —Farid contempló las llamas con nostalgia, como si de ese modo pudiera trasladarse junto a Dedo Polvoriento. Después suspiró y sopló con suavidad hasta que las llamas se tornaron tan oscuras como si se sonrojasen por los apelativos cariñosos que les daba.

—¿Piensas seguirlo?

Farid negó con la cabeza.

—Dedo Polvoriento quiere que vigile a Roxana —Meggie captó su amargura—. ¿Y tú qué vas a hacer? —añadió mirándola inquisitivo.

—¿Qué quieres que haga?

«Susurrar palabras. Eso es lo único que sé hacer», añadió ella en su mente. Todas las palabras que cantan los juglares sobre Arrendajo: que amansa a los lobos con su voz, que es invulnerable y veloz como el viento, que las hadas lo protegen y las Mujeres Blancas guardan su sueño. Palabras. Era lo único con lo que podía proteger a Mo, y las susurraba día y noche, cada minuto que no se sentía observada las mandaba en pos suyo igual que las cornejas que el príncipe Negro había enviado a Umbra.

Las llamas se habían extinguido y Farid juntaba con las manos la ceniza caliente cuando una sombra cayó sobre él. Doria estaba detrás de ellos, con un niño y una niña en cada mano.

—Meggie, la mujer de la voz chillona te busca.

Los bandidos tenían muchos nombres para Elinor. Meggie sonrió, pero Farid lanzó a Doria una mirada poco amistosa. Tras devolver con cuidado la ceniza a la bolsa, se levantó.

—Estaré con Roxana —informó, dando a Meggie un beso en la boca.

No lo había hecho desde hacía semanas. Después pasó junto a Doria y se alejó sin volverse siquiera.

—La ha besado —susurró la niña a Doria, lo bastante alto para que Meggie lo oyera. Cuando Meggie la miró, se puso colorada y ocultó deprisa la cara en el costado de Doria.

—Sí, lo ha hecho —le contestó Doria también en voz muy baja—. Pero ¿le ha devuelto ella el beso?

—¡No! —constató el niño que Doria llevaba a su derecha, y examinó a Meggie preguntándose si sería divertido besarla.

—Eso está bien —repuso Doria—. Muy requetebién.

42

AUDIENCIA CON CABEZA DE VÍBORA

No se puede leer de verdad un libro sin estar solo. Pero precisamente por esa soledad uno se relaciona de la manera más íntima con personas con las que quizá uno no se hubiera encontrado jamás, bien porque están muertas desde hace siglos o porque hablan idiomas que no entiendes. Y sin embargo se han convertido en tus más íntimos amigos, en tus más sabios consejeros, en los magos que te hipnotizan, las amantes con las que siempre has soñado.

Antonio Muñoz Molina, «El poder de la pluma»

El séquito de Cabeza de Víbora alcanzó Umbra poco después de la medianoche. Orfeo se enteró de la noticia tan deprisa como Pardillo, pues había mandado esperar a Oss tres noches bajo la horca emplazada junto a la puerta de la ciudad.

Todo estaba preparado para el Príncipe de la Plata. Pífano había ordenado cubrir con paños negros cada abertura del castillo, para convertir el día en noche con el fin de complacer a su señor, y en el patio yacían los árboles talados que Pardillo pensaba quemar en las chimeneas del castillo, a pesar de que todos sabían que ningún fuego lograba disipar el frío que Cabeza de Víbora tenía metido en la carne y en los huesos. El único hombre que quizá hubiera podido hacerlo se había escapado de las mazmorras del castillo y todo Umbra se preguntaba cómo acogería el Príncipe de la Plata esa noticia.

Orfeo envió a Oss al castillo antes del amanecer. Al fin y al cabo, nadie ignoraba que Cabeza de Víbora apenas dormía.

—Dile que tengo informaciones de gran importancia para él. Que se trata de Arrendajo y su hija.

Repitió las palabras media docena de veces, pues confiaba poco en las aptitudes intelectuales de su guardaespaldas, pero Oss desempeñó bien su misión. Al cabo de más de tres horas, que Orfeo pasó recorriendo sin descanso su escritorio de un lado a otro, regresó con la noticia de que la audiencia estaba concedida, aunque con la condición de que Orfeo se presentase en el castillo sin demora, pues Cabeza de Víbora tenía que descansar antes de su nueva partida.

«¿Nueva partida? Ajá. ¡Así que acepta el juego de su hija!», pensó Orfeo mientras se encaminaba al castillo a paso ligero. «Bien. Entonces depende de ti hacerle comprender que sólo con tu ayuda puede ganar ese juego.» Se chupó los labios de manera inconsciente, para tornarlos diplomáticos para la gran tarea. Nunca había maquinado para obtener un botín tan espléndido. «¡Arriba el telón!», se susurraba en voz baja una y otra vez. «¡Arriba el telón!»

El criado que lo condujo hasta el salón del trono por los corredores cubiertos de colgaduras negras no pronunció ni una sola palabra. El castillo estaba caliente y oscuro. «Como el infierno», pensó Orfeo. ¿Y no casaba todo eso de maravilla? ¿No se comparaba tanto a Cabeza de Víbora con el diablo? Sí, justo era reconcérselo a Fenoglio. Este malvado tenía fuste. Comparado con Cabeza de Víbora, Capricornio había sido un comicastro, un aficionado... aunque Mortola seguro que lo enjuiciaba de muy distinta manera (pero ¿a quién le importaba ya lo que ella pensase?).

Un agradable escalofrío recorrió los carnosos hombros de Orfeo. ¡Cabeza de Víbora! Vástago de un clan que cultivaba desde hacía generaciones el arte de la maldad. No había crueldad que no hubiera cometido alguno de sus antepasados. Hipocresía, afán de poder, carencia de escrúpulos, ésas eran las características familiares más destacadas. ¡Menuda combinación! Sí, Orfeo estaba sobre ascuas. Tenía las manos húmedas de sudor como un muchacho en su primera cita. Se pasaba una y otra vez la lengua por los dientes, como si intentase afilárselos, prepararlos para las palabras correctas.

—Creedme —se oía decir a sí mismo—. Puedo poner este mundo a vuestros pies, puedo hacerlo a vuestra medida, pero para ello debéis encontrar un libro. Es todavía más poderoso que el que os hizo inmortal, mucho más poderoso.

El libro… No, ahora no le apetecía pensar en la noche que lo había perdido, ¡y mucho menos en Dedo Polvoriento!

La sala del trono no estaba más iluminada que los corredores. Un par de velas perdidas ardían entre las columnas y alrededor del sillón del trono. En la última visita de Orfeo (según recordaba, por entonces había llevado el enano a Pardillo) el camino hacia el trono estaba flanqueado por animales disecados, osos, lobos, felinos moteados y, como es natural, el unicornio que había traído a Pardillo por medio de la escritura, pero éstos habían desaparecido. Hasta Pardillo era lo bastante listo para comprender que ese botín de caza apenas impresionaría a Cabeza de Víbora, vistos los escasos tributos que su cuñado enviaba al Castillo de la Noche. Ahora la oscuridad inundaba el vasto salón y hacía casi invisibles a los guardianes vestidos de negro apostados entre las columnas. Sólo sus armas relucían al reflejo palpitante del fuego que ardía detrás del sillón del trono. Orfeo se esforzó al máximo por pasar junto a ellos sin inmutarse, mas por desgracia tropezó dos veces con el dobladillo de su capa, y cuando al fin llegó ante el trono, en él se sentaba Pardillo y no su siniestro cuñado.

Una desilusión afilada como un cuchillo recorrió a Orfeo. Rápidamente inclinó la cabeza para ocultarla, y buscó las palabras adecuadas, no demasiado serviles aunque halagadoras. Hablar con los poderosos era un arte muy especial, pero era diestro en eso. En su vida siempre había habido personas con más poder que él. La primera su padre, siempre descontento con el hijo torpe que amaba los libros más que el trabajo en la tienda familiar, las horas interminables entre las estanterías polvorientas, la eterna sonrisa de amabilidad cuando tenía que despachar a los turistas que entraban sin ser llamados, en lugar de hojear un libro con dedos apresurados, buscando con avidez el pasaje en el que había tenido que abandonar por última vez el mundo impreso. Orfeo no podía contar las bofetadas que había recibido por practicar el placer prohibido de la lectura. Una por cada diez páginas seguramente, pero el precio nunca le había parecido demasiado alto. ¿Qué era una bofetada por diez páginas de evasión, diez páginas para huir muy lejos de todo lo que acarreaba infelicidad, diez páginas de verdadera vida en lugar de la monotonía que los demás llamaban realidad?

—Excelencia —Orfeo dobló un poco más la cerviz.

Qué ridículo parecía Pardillo con su peluca empolvada de plata y el cuello demasiado delgado asomando perdido en medio del pesado cuello de terciopelo. La cara pálida era insípida como siempre, como si su creador hubiera olvidado perfilar las cejas y se hubiera limitado a pergeñar un leve esbozo de ojos y labios.

—¿Quieres hablar con Cabeza de Víbora? —la voz de Pardillo impresionaba poco. Las malas lenguas se burlaban diciendo que no tenía que cambiarla mucho para utilizarla como señuelo para los patos a los que tanto le gustaba disparar en el cielo.

«¡Cómo suda ese majadero debilucho!», pensó Orfeo mientras le sonreía, servil. «Bueno, seguramente yo también sudaría si estuviese en su lugar.» Cabeza de Víbora había llegado a Umbra para matar a su peor enemigo, y en lugar de ello se había enterado de que su heraldo y su cuñado habían dejado escapar al valioso prisionero. A decir verdad era portentoso que ambos vivieran todavía.

—En efecto, Excelencia. Cuando lo tenga a bien el Príncipe de la Plata —Orfeo constató entusiasmado que en la sala vacía su voz aún impresionaba más de lo habitual—. Tengo informes para él que acaso sean de la máxima importancia.

—Sobre su hija y Arrendajo... —Pardillo, con marcada expresión de tedio, se dio unos tironcitos de las mangas. ¡Perfumado cabeza hueca!

—Así es —Orfeo carraspeó—. Como sabéis, tengo importantes clientes, amigos influyentes. A mis oídos llegan cuestiones que no se trasladan a un castillo, asuntos inquietantes de los que quiero asegurarme de que se entere vuestro cuñado.

—¿De qué se trata?

¡Cautela, Orfeo!

—Eso, Excelencia —se esmeró todo lo posible por aparentar pena—, desearía decírselo a Cabeza de Víbora en persona. Al fin y al cabo, está implicada su hija.

—De la que en estos momentos estará poco dispuesto a hablar —Pardillo se enderezó la peluca—. ¡Esa fea taimada! —exclamó—. Rapta a mi prisionero para robarme el trono de Umbra y amenaza con matarlo si su propio padre no la sigue a las montañas como un perro. Como si no hubiera sido bastante difícil capturar a ese hinchado Arrendajo. Pero ¿por qué te cuento todo esto? Seguramente porque me conseguiste el unicornio. La mejor pieza de mi vida —dirigió una mirada melancólica a Orfeo con sus ojos casi tan incoloros como su tez—. Cuanto más bella es la víctima, mayor placer causa matarla, ¿verdad?

—¡Sabias palabras, Alteza, sabias palabras! —nueva inclinación de Orfeo. A Pardillo le gustaban las reverencias.

Éste, lanzando una mirada nerviosa a los guardias, se inclinó hacia Orfeo.

—Me encantaría tener otro unicornio de esos —susurró—. Cosechó un gran éxito entre mis amigos. ¿Crees que podrías conseguirlo? ¿Quizá más grande todavía?

Orfeo dirigió a Pardillo una sonrisa optimista. Qué flojo y charlatán era, pero en fin, cualquier historia precisaba también esos personajes. Casi siempre morían muy pronto. Sólo cabía esperar que esa regla también se cumpliera en el caso del cuñado de Cabeza de Víbora.

—Por supuesto, Vuecencia. Eso no entraña la menor dificultad —murmuró Orfeo, seleccionando con cuidado cada palabra, aunque ese mentecato principesco seguramente no merecía el esfuerzo—. Antes, no obstante, debo hablar con el Príncipe de la Plata. Os aseguro que mis informes son realmente de la máxima relevancia. Y vos… —añadió dirigiendo a Pardillo una sonrisa taimada—, conservaréis el trono de Umbra. Procuradme una audiencia con vuestro inmortal cuñado, y Arrendajo encontrará el final que se merece. Violante será castigada por su perfidia y, para celebrar vuestro triunfo, os procuraré un pegaso que de seguro impresionará a vuestras amistades más que el unicornio. Podréis cazarlo con ballestas y con halcones.

Los pálidos ojos de Pardillo se dilataron de entusiasmo.

—¡Un pegaso! —musitó, mientras con un gesto de impaciencia hacía seña a uno de los guardianes para que se acercara—. Oh, es ciertamente fabuloso. Te conseguiré esa audiencia, pero te daré un consejo —bajó la voz hasta convertirla en un susurro—. No te acerques demasiado a mi cuñado. El olor que exhala ha matado ya a dos de mis perros.

Cabeza de Víbora lo obligó a aguardar una hora más, que transcurrió con una lentitud tan torturadora como pocas horas en la vida de Orfeo. Pardillo le preguntó por otras posibles presas de caza y él le prometió basiliscos y leones de seis patas, mientras su mente preparaba las palabras correctas para el Príncipe de la Plata. No podía cometer el menor error. Al fin y al cabo, el señor del Castillo de la Noche era tan famoso por su astucia como por su crueldad. Sí, tras la visita de Mortola, Orfeo había meditado mucho para llegar siempre a la misma conclusión: sólo al lado de Cabeza de Víbora podría hacer realidad sus sueños de influencia y riqueza. El Príncipe de la Plata seguía siendo el actor más poderoso de ese mundo, aunque estuviera pudriéndose en vida. Con su ayuda quizá lograse recuperar el libro que había convertido ese mundo en un juguete tan maravilloso, antes de que Dedo Polvoriento lo hubiera robado. Por no hablar del otro, el que permitía a su dueño jugar con ese mundo por toda la eternidad…

—¡Qué modesto eres, Orfeo! —había susurrado cuando la idea tomó cuerpo en su cabeza por primera vez—. Dos libros es todo cuanto deseas. ¡Solamente dos… y uno se compone exclusivamente de páginas en blanco y está en un pésimo estado!

Oh, menuda vida le esperaba. Orfeo el todopoderoso, Orfeo el inmortal, héroe del mundo que ya amaba de niño.

—¡Ya viene, inclínate! —Pardillo se levantó de un salto tan apresurado que la peluca se escurrió de su frente huidiza, y Orfeo despertó de repente de sus bellos sueños.

Un lector no ve de verdad a los personajes de una historia. Los siente. Orfeo lo comprobó por primera vez cuando, con once años apenas, había intentado describir o al menos dibujar a los personajes de sus libros predilectos. Cuando Cabeza de Víbora surgió de la oscuridad dirigiéndose hacia él, sintió exactamente lo mismo que el día en que lo encontró por vez primera en el libro de Fenoglio: miedo, admiración, la malignidad que rodeaba al Príncipe de la Plata como una luz negra, poder pleno que dificultaba la respiración. Orfeo, sin embargo, se había imaginado al Príncipe de la Plata mucho más alto. Y como es natural, las palabras de Fenoglio nada decían sobre el rostro devastado, la carne blancuzca hinchada y las manos esponjadas. Parecía dolerle incluso andar. Bajo los pesados párpados los ojos estaban inyectados en sangre. Incluso la escasa luz de las velas los hacía llorar, y el olor que despedía su cuerpo tumefacto provocó en Orfeo el deseo desesperado de taparse la boca y la nariz.

Cabeza de Víbora no le dedicó ni una mirada cuando pasó a su lado respirando fatigosamente. Sus ojos enrojecidos no se dirigieron a su visitante hasta que se hubo sentado en el sillón del trono. Ojos de reptil. Así los había descrito Fenoglio. Entretanto eran ranuras irritadas bajo los párpados hinchados, y las joyas rojas que Cabeza de Víbora llevaba en las dos aletas de la nariz estaban hundidas cual clavos en la carne blanca.

—¿Quieres informarme de algo referente a mi hija y Arrendajo? —jadeaba cada dos palabras, pero eso no hacía su voz menos ominosa—. ¿De qué se trata? ¿Que a Violante le gusta el poder tanto como a mí y por eso me lo ha robado? ¿Es eso lo que vas a contarme? Entonces despídete de tu lengua, pues haré que te la arranquen, ya que me sienta fatal que me hagan perder el tiempo... aunque por el momento dispongo de toda la eternidad.

Arrancarle la lengua... Orfeo tragó saliva. No, a decir verdad no era una idea agradable pero... aún la conservaba, aunque el hedor que bajaba flotando del trono casi le impedía articular palabra.

—Mi lengua podría serle de suma utilidad, Alteza —contestó, reprimiendo una arcada con esfuerzo—. Pero por supuesto es potestad vuestra hacérmela arrancar en cualquier momento.

Cabeza de Víbora torció la boca en una sonrisa malvada. El dolor dibujó sutiles líneas alrededor de sus labios.

—Qué oferta tan atractiva. Veo que tomas en serio mis palabras. Veamos, pues, ¿qué tienes que contarme?

¡Se levanta el telón, Orfeo! ¡Sal a escena!

—Vuestra hija Violante —Orfeo dejó que el eco del nombre se extinguiera de manera efectista antes de continuar— no sólo codicia el trono de Umbra. También quiere el vuestro. Por lo que planea mataros.

Pardillo se llevó la mano al pecho, como si quisiera desmentir a los que afirmaban que en lugar de corazón tenía una perdiz muerta. Pero Cabeza de Víbora se limitaba a clavar en Orfeo sus ojos inflamados.

—Tu lengua corre enorme peligro —advirtió—. Violante no puede matarme. ¿Lo has olvidado?

Orfeo notó el sudor deslizándose por su nariz. Detrás de Cabeza de Víbora chisporroteaba el fuego como si llamase a Dedo Polvoriento. ¡Demonios, qué miedo tenía! Pero ¿no lo tenía siempre? «¡Míralo a los ojos, Orfeo, y confía en tu voz!»

Unos ojos terroríficos. Le arrancaban la piel del rostro. Y los dedos hinchados reposaban como carne muerta en los brazos del sillón.

—Oh, claro que puede. Si Arrendajo le ha revelado las tres palabras —su voz traslucía una asombrosa serenidad. Bien, muy bien, Orfeo.

—Ah, las tres palabras… Así que tú también has oído hablar de ellas. Bueno, tienes razón. Ella podría arrancárselas bajo tortura. Aunque lo creo capaz de permanecer callado durante mucho tiempo… y en todo momento podría transmitirle las palabras equivocadas.

—Vuestra hija no tiene necesidad de torturar a Arrendajo. Está aliada con él.

¡Sí!

Orfeo adivinó en el rostro deforme que al Príncipe de la Plata no se le había ocurrido aún esa idea. Oh, qué divertida era esa obra. Era exactamente el papel que él ansiaba interpretar. Como moscas en la cola, pronto estarían todos pegados a su lengua astuta.

Cabeza de Víbora calló durante un tiempo de torturadora duración.

—Interesante —dijo al fin—. La madre de Violante tenía debilidad por los juglares. Seguramente también le habría gustado un bandido. Pero Violante no es como su madre, sino como yo. Aunque a ella no le guste reconocerlo.

—¡Oh, no lo pongo en duda, Alteza! —Orfeo hizo que su voz revelase la sumisión justa—. Pero ¿por qué desde hace más de un año el iluminador de libros de este castillo ilustra las canciones sobre Arrendajo? Vuestra hija ha vendido sus joyas para pagar los pigmentos. ¡Está poseída por ese bandido, él domina todos sus pensamientos! ¡Preguntad a Balbulus! Preguntadle con cuánta frecuencia se sienta ella en la biblioteca a contemplar los dibujos que él ha pintado. Y preguntaos vos mismo cómo es posible que el tal Arrendajo haya logrado fugarse de este castillo dos veces en las últimas semanas.

—No puedo preguntar nada a Balbulus —la voz de Cabeza de Víbora parecía hecha a propósito para la sala cubierta de colgaduras negras—. Pífano lo está expulsando ahora mismo de la ciudad, tras haberle cortado la mano derecha.

Por un instante, Orfeo se quedó sin habla. La mano derecha. Sin querer, se agarró la suya.

—¿Por qué… ejem… eso, si me permitís preguntaros? —balbuceó con escaso brío.

—¿Por qué? Porque a mi hija le encantaba su arte y espero que el muñón de su mano le haga comprender cuán grande es mi ira. Porque Balbulus, como es lógico, se refugiará con ella. ¿Dónde si no?

—Así es. Muy inteligente por vuestra parte —Orfeo movió los dedos sin querer, como si tuviera que asegurarse de que seguían ahí. Se le habían atragantado las palabras, su cerebro era una hoja de papel en blanco y su lengua un cañón de pluma reseco.

—¿Quieres que te haga una confidencia? —Cabeza de Víbora

se lamió los labios agrietados—. Me gusta lo que ha hecho mi hija. No puedo permitirlo, pero me gusta. A ella no le agrada que le den órdenes. Ni Pífano ni mi cuñado asesino de perdices —lanzó una mirada asqueada a Pardillo— lo comprendieron. Por lo que respecta a Arrendajo... es muy posible que Violante le haga creer que es su protectora. Es muy inteligente. Sabe tan bien como yo lo fácil que es burlar a los héroes. Sólo hay que hacerles creer que estás del lado de la verdad y de la justicia para que trastabillen detrás de ti como la oveja hacia el matadero. Pero al final Violante me venderá al noble bandido. Por la corona de Umbra. Y ¿quién sabe...? A lo mejor se la entrego de verdad.

Pardillo miraba al infinito como si no hubiera oído las últimas palabras de su cuñado y señor. Cabeza de Víbora, reclinándose en su asiento, se pasó las manos por los muslos hinchados.

—Creo que tu lengua es mía, Cuatrojos —añadió—. ¿Quieres pronunciar las últimas palabras antes de quedarte mudo como un pez?

Pardillo esbozó una sonrisa perversa y los labios de Orfeo comenzaron a temblar como si sintieran ya las tenazas. No, eso no podía suceder. No había encontrado el camino a esa historia para terminar como un mendigo sin lengua por las calles de Umbra.

Dirigió a Cabeza de Víbora una sonrisa, esperaba que enigmática, y cruzó las manos a la espalda. Orfeo sabía que esa postura le confería un porte grandioso, la había ensayado mucho delante del espejo, pero ahora necesitaba palabras, palabras que trazasen círculos en esa historia... como piedras arrojadas al agua mansa.

Cuando comenzó a hablar de nuevo, bajó la voz. Una palabra pesa más si se pronuncia en voz baja.

—De acuerdo, aquí van, pues, mis últimas palabras, Alteza, pero tened la seguridad de que serán también las últimas que recordéis cuando os agarren las Mujeres Blancas. Os juro por mi lengua que vuestra hija planea asesinaros. Os odia, y vos subestimáis su romántica debilidad por Arrendajo. Quiere el trono para ambos. Sólo por eso lo ha liberado. Bandidos y princesas han sido siempre una mezcla peligrosa.

Las palabras crecían en la sala oscura, como si tuvieran sombra. Y la mirada velada de Cabeza de Víbora reposaba sobre Orfeo como si quisiera envenenarlo con su maldad.

—¡Eso es ridículo! —la voz de Pardillo parecía la de un niño ofendido—. Violante apenas es una niña, y encima, fea. Jamás osaría volverse contra vos.

—¡Claro que lo haría! —Cabeza de Víbora alzó la voz por primera vez y Pardillo, asustado, apretó con fuerza sus labios delgados—. Violante, al contrario que el resto de mis hijas, no conoce el miedo. Es fea, pero valiente. Y muy inteligente… igual que ése —de nuevo dirigió hacia Orfeo la mirada velada por el dolor—. Eres una víbora como yo, ¿verdad? En lugar de sangre nos corre veneno por las venas. Un veneno que también nos devora a nosotros, pero sólo es mortal para los demás. Un veneno que fluye asimismo por las venas de Violante, y por eso ella traicionará a Arrendajo, se proponga lo que se proponga todavía… —Cabeza de Víbora rió, pero su risa se convirtió en tos. Luchó por respirar y jadeó, como si tuviera los pulmones llenos de agua, pero cuando Pardillo se inclinó, preocupado, sobre él, lo rechazó de un empujón brutal—. ¿Qué haces? —lo increpó—. Soy inmortal. ¿Acaso lo has olvidado? —y volvió a reír entre resuellos y jadeos. Después, sus ojos de lagarto se centraron de nuevo en Orfeo—. Me gustas, víbora de cara de leche. Me pareces un pariente mucho más cercano que ése —y con un movimiento impaciente de la mano, apartó a Pardillo—. Pero tiene una hermosa hermana, así que hay que aceptar también al hermano. ¿Tú también tienes una hermana? ¿O puedes serme de utilidad de algún otro modo?

«Oh, qué bien va todo, Orfeo. Marcha a la perfección. Muy pronto pasarás tu hilo por el entramado de esta historia. ¿Qué color elegirás? ¿Oro? ¿Negro? ¿O quizá rojo sangre?»

—Oh, yo… —observó sus uñas con aire aburrido. Ese gesto también era bueno, el espejo se lo había enseñado—. Puedo seros útil de diversas maneras. Preguntad a vuestro cuñado. Yo hago realidad los sueños y puedo adecuar las cosas a la medida de vuestros deseos.

«Cuidado Orfeo, todavía no has recuperado el libro. ¿Qué es lo que estás prometiendo?»

—Ah, ¿conque eres mago? —el desprecio de Cabeza de Víbora constituía una advertencia.

—No, yo no lo denominaría así —replicó a renglón seguido Orfeo—. Pero digamos que… mi arte es negro. Negro como la tinta.

¡Tinta! Por supuesto, Orfeo.

¿Por qué no se le había ocurrido antes? Dedo Polvoriento le había robado uno de los libros, pero Fenoglio había escrito otro. ¿Por qué no iban a surtir efecto las palabras del viejo, aunque no procediesen de *Corazón de Tinta*? ¿Dónde estaban las canciones de Arrendajo que al parecer había mandado recopilar Violante con sumo cuidado? ¿No decían que había hecho llenar a Balbulus muchos libros con ellas?

—¿Negro? Me gusta ese color —Cabeza de Víbora se levantó del trono jadeando—. Cuñado, entrega un caballo al viborezno. Lo llevaré conmigo. Hay un largo camino hasta el Castillo del Lago y quizá consiga entretenerme.

Orfeo hizo una reverencia tan profunda que estuvo a punto de tropezar.

—¡Cuánto honor! —balbuceó… siempre había que dar a los poderosos la impresión de que en su presencia se te paralizaba la lengua—. Mas, en ese caso, ¿me permitiría vuestra Alteza suplicarle humildemente un favor?

Pardillo le lanzó una mirada de desconfianza. ¿Qué pasaría si ese cretino hubiese cambiado hace mucho los libros con las canciones de bandidos de Fenoglio por unos barriles de vino? ¡Le haría contraer la peste!

—Soy un gran amigo del arte de los libros —continuó Orfeo sin quitar los ojos de encima a Pardillo—, y he oído cosas prodigiosas sobre la biblioteca de este castillo. Me encantaría echar un vistazo a los libros y quizá llevar al viaje algunos. Quién sabe, a lo mejor incluso logro distraeros con su contenido.

Cabeza de Víbora se encogió de hombros, aburrido.

—¿Por qué no? A condición de que me calcules cuánta plata valen los que mi cuñado aún no ha cambiado por vino.

Pardillo agachó la cabeza, pero Orfeo había visto su mirada rebosante de odio.

—Por supuesto —Orfeo se inclinó cuanto pudo.

Cabeza de Víbora descendió las escaleras del trono y se detuvo ante él, respirando fatigosamente.

—En tu estimación deberás tener en cuenta que los libros iluminados por Balbulus han aumentado su valor —resolló—. Al fin y al cabo, manco no podrá crear más obras, lo que sin duda aumentará el valor de las ya existentes, ¿me equivoco?

Orfeo volvió a reprimir una arcada cuando el aliento putrefacto le rozó la cara, pero a pesar de todo esbozó una sonrisa de admiración.

—¡Qué prodigiosa astucia, Alteza! —contestó—. Es el castigo perfecto. ¿Me permitís preguntar qué castigo habéis planeado para Arrendajo? Quizá sería apropiado arrancarle primero la lengua, ya que su voz encandila tanto a la gente.

Pero Cabeza de Víbora sacudió la cabeza.

—Oh, no. Con Arrendajo tengo mejores proyectos. Le arrancaré la piel en vida y haré pergamino con ella. Y mientras tanto deberá poder gritar, ¿no?

—Claro —musitó Orfeo—. Un castigo verdaderamente adecuado para un encuadernador de libros. ¿Puedo sugerir que ordenéis escribir en ese pergamino especialísimo una advertencia a vuestros enemigos y la colguéis en los mercados? Yo os proporcionaré gustoso las palabras adecuadas. Mi arte requiere un manejo muy habilidoso de las palabras.

—Caramba, al parecer eres hombre de variados talentos —Cabeza de Víbora lo examinaba casi divertido.

Ahora, Orfeo. Aunque encuentres en la biblioteca canciones de Fenoglio… ese libro concreto es insustituible. ¡Háblale de *Corazón de Tinta*!

—Os aseguro que todos mis talentos os pertenecen, Alteza —balbuceó—. Mas para practicarlos con la máxima perfección necesitaría recuperar algo que me fue robado.

—¿De veras? ¿De qué se trata?

—De un libro, Alteza. Me lo robó el Bailarín del Fuego, pero creo que fue por encargo de Arrendajo. Éste seguro que conoce su paradero actual. Si vos le interrogaseis al respecto, tan pronto esté en vuestro poder…

—¿Un libro? ¿Arrendajo también encuadernó uno para ti?

—Oh, no, no —Orfeo esbozó un gesto despectivo—. En ese libro no ha participado él. Ningún encuadernador ha encuadernado dentro su poder. Son las palabras que contiene las que lo hacen poderoso. Con sus palabras, Alteza, puede crearse de nuevo este mundo y someter a las propias intenciones a todos los seres vivientes.

—¿En serio? ¿Los árboles darían frutas de plata? Si se me antojara, ¿podría ser siempre de noche?

Lo miraba igual que una serpiente a un ratón. ¡Ni una palabra en falso, Orfeo!

—Oh, sí —Orfeo asintió, diligente—. Con ese libro le traje un unicornio a vuestro cuñado. Y un enano.

Cabeza de Víbora lanzó una mirada burlona a Pardillo.

—Sí, eso encaja en los deseos de mi estimado cuñado. Los míos serían algo distintos.

Examinó a Orfeo, complacido. Era evidente que Cabeza de Víbora se había percatado de que en el pecho les latía el mismo corazón, ennegrecido de sed por la venganza y la vanidad, enamorado de la propia astucia y lleno de desprecio hacia aquellos cuyos corazones los gobernaban otros sentimientos. Oh, sí, Orfeo conocía su propio corazón, y sólo temía que esos ojos inflamados descubrieran también lo que él se ocultaba incluso a sí mismo: la envidia de la inocencia ajena, la nostalgia de un corazón limpio.

—¿Y qué hay de mi carne corrompida? —Cabeza de Víbora se pasó por el rostro los dedos hinchados—. ¿También puedes curarlo con ese libro o seguiré precisando a Arrendajo para ello?

Orfeo vaciló.

—Ah, ya veo… de eso no estás seguro —Cabeza de Víbora torció el gesto, los oscuros ojos de reptil casi aplastados por su carne—. Y eres lo bastante listo para no prometer nada que no puedas cumplir. Bien, ya examinaré tus otras promesas, y te daré ocasión de preguntar a Arrendajo por el libro que te robaron.

Orfeo inclinó la cabeza.

—Os doy las gracias, Alteza.

Oh, la cosa marchaba. A las mil maravillas…

—Alteza —Pardillo bajaba a toda prisa la escalera del trono.

Su voz se asemejaba a la de un pato, y Orfeo se imaginó a Pardillo conducido en lugar de un jabalí o de su fabuloso unicornio como pieza de caza por las calles de Umbra, la peluca empolvada de plata llena de sangre y polvo. Comparado con el unicornio, ofrecería un aspecto de lo más lamentable.

Orfeo intercambió una rápida mirada con Cabeza de Víbora, y por un momento creyó que ambos veían la misma imagen.

—Ahora debéis descansar —dijo Pardillo con exagerada solicitud—. Ha sido un largo viaje, y os espera otro más largo aún.

—¿Descansar? ¿Cómo voy a descansar después de que Pífano y

tú hayáis dejado escapar al hombre que me convirtió en un pedazo de carne putrefacta? Tengo la piel en llamas. Mis huesos son de hielo. Siento punzadas en los ojos, como si cada rayo de luz me clavase agujas en ellos. No descansaré hasta que el maldito libro deje de envenenarme y su encuadernador haya muerto. Me lo imagino todas las noches, cuñado, pregunta a tu hermana, todas las noches paseo de un lado a otro imaginándome cómo se quejará y gritará y me suplicará una muerte rápida, pero yo le ocasionaré tantos tormentos como páginas tiene el libro asesino. Él lo maldecirá más que yo… y muy pronto comprenderá que las faldas de mi hija no constituyen una protección eficaz contra Cabeza de Víbora.

Una tos estertorosa lo estremeció de nuevo, y por un instante las manos hinchadas se aferraron al brazo de Orfeo. Tenía la carne pálida como la de un pescado muerto. «Y un olor similar», pensó Orfeo. «Y sin embargo todavía es el señor de la historia.»

—¡Abuelo! —el niño surgió de la oscuridad de improviso, como si hubiera permanecido todo el rato entre las sombras. En sus cortos brazos se apilaban libros.

—¡Jacopo! —Cabeza de Víbora se volvió tan bruscamente que su nieto se detuvo, petrificado—. ¿Cuántas veces he de decirte que ni siquiera un príncipe puede entrar en el salón del trono sin ser anunciado?

—¡Yo estaba aquí antes que vosotros! —Jacopo alzó el mentón y apretó los libros contra el pecho, como si pudieran protegerlo de la ira de su abuelo—. Leo aquí con frecuencia, ahí, detrás de la estatua de mi tatarabuelo —señaló una estatua de un hombre muy gordo emplazada entre las columnas.

—¿A oscuras?

—Las imágenes que te pintan las palabras en la cabeza se ven mejor a oscuras. Además, Pájaro Tiznado me ha dado esto —extendió la mano y mostró a su abuelo unas maderas secas para encender.

Cabeza de Víbora frunció el ceño y se inclinó hacia su nieto.

—Mientras yo esté aquí, no leerás en el salón del trono. Ni siquiera asomarás la cabeza por la puerta. Permanecerás en tus aposentos o haré que te encierren con los perros igual que a Tullio, ¿entendido? ¡Por el escudo de mi casa, cada vez te pareces más a tu padre! ¿No podrías al menos cortarte el pelo?

Jacopo sostuvo durante un buen rato la mirada de los ojos enrojecidos, pero al final agachó la cabeza, se volvió sin decir palabra y se alejó a grandes zancadas, los libros delante del pecho igual que un escudo.

—La verdad es que cada vez se parece más a Cósimo —afirmó Pardillo—. Pero el orgullo lo ha heredado de su madre.

—No, lo ha heredado de mí —sentenció Cabeza de Víbora—. Será un rasgo muy práctico cuando se siente en el trono.

Pardillo dirigió a Jacopo una mirada de preocupación. Pero Cabeza de Víbora le golpeó el pecho con su mano hinchada.

—¡Reúne a tus hombres! —rugió—. Tengo trabajo.

—¿Trabajo? —Pardilló enarcó las cejas, inquieto. Las había empolvado con plata igual que su peluca.

—Sí. Para variar no saldrás a cazar unicornios, sino niños. ¿O prefieres permitir que el príncipe Negro esconda en el bosque a los arrapiezos de Umbra, mientras Pífano y tú pasáis el rato permitiendo que mi hija os lleve por ahí cogidos por la nariz, como osos bailarines?

Pardillo torció su pálida boca, mortificado.

—Teníamos que preparar vuestra llegada, estimado cuñado, e intentamos capturar de nuevo a Arrendajo…

—Sin demasiado éxito —lo interrumpió Cabeza de Víbora con rudeza—. Por suerte mi hija nos ha dicho dónde podemos encontrarlo, y mientras vuelvo a capturar al pájaro que vosotros tan generosamente dejasteis emprender el vuelo, tú me traerás a los niños… junto con ese lanzador de cuchillos que se hace llamar Príncipe, para que pueda presenciar cómo le arranco la piel a tiras a Arrendajo. Su propia piel, me temo, es demasiado negra para pergamino, así que ya se me ocurrirá algo distinto para él. Por fortuna en tales asuntos soy bastante imaginativo. Aunque de ti también dicen algo parecido, ¿verdad?

Pardillo se ruborizó, visiblemente halagado, aunque era evidente que la perspectiva de perseguir niños por el bosque no le emocionaba ni la mitad que la caza del unicornio, quizá porque esas piezas no podría comérselas.

—Bien —Cabeza de Víbora dio la espalda a su cuñado y caminó con paso inseguro hacia la puerta de la sala—. ¡Mándame a Pájaro Tiznado y a Pífano! —gritó por encima del hombro—. Ya debería haber terminado de cortar manos. Y comunica a las criadas que Jacopo me acompañará al Castillo del Lago. Nadie espiará a su madre mejor que él, aunque ella no le tenga mucho cariño.

Pardillo lo siguió con ojos inexpresivos.

—Como ordenéis —murmuró con voz tenue.

Cuando los criados le abrían presurosos la pesada puerta, Cabeza de Víbora se volvió de nuevo.

—Por lo que a ti respecta, Cara de Leche —Orfeo no pudo evitar un sobresalto—, partiré a la puesta del sol. Mi cuñado te dirá dónde tendrás que presentarte. Deberás aportar tu propio criado y una tienda. Pero ay de ti si me aburres. Tu piel también puede convertirse en pergamino.

—Alteza —Orfeo hizo otra reverencia, a pesar de su temblor de piernas. ¿Había jugado alguna vez un juego más peligroso? «Bah, todo saldrá bien», pensó. «Ya lo verás, Orfeo, esta historia te pertenece. Fue escrita sólo para ti. Nadie la ama más, nadie la entiende mejor, y menos que nadie el viejo loco que es su autor.»

Mucho tiempo después de marcharse Cabeza de Víbora, Orfeo aún continuaba allí, embriagado por lo que le auguraba el futuro.

—Así que sois un mago… —Pardillo lo examinaba como si fuera

una oruga que se hubiera transformado ante sus ojos en una mariposa negra—. ¿Por eso fue tan sencillo cazar al unicornio? ¿Porque no era de verdad?

—Oh, sí que lo era —respondió Orfeo con una sonrisa condescendiente.

«Estaba creado de la misma materia que tú», añadió en su mente. El tal Pardillo era ciertamente un personaje demasiado ridículo. En cuanto las palabras despertaran a la vida, le escribiría una muerte a su medida, completamente ridícula. ¿Qué tal si hacía que lo despedazaran sus propios perros? No. Mejor aún. Haría que se asfixiara con un hueso de pollo en uno de sus banquetes, y lo haría caer con su cara empolvada de plata en una gran fuente de budín de sangre. Sí, Orfeo no pudo contener una sonrisa involuntaria.

—Pronto se te borrará la sonrisa —le siseó Pardillo—. A mi cuñado no le gusta nada que se frustren sus esperanzas.

—Oh, estoy seguro de que vos lo sabéis mejor que nadie —replicó Orfeo—. Y ahora, por favor, mostradme la biblioteca.

43

CUATRO BAYAS

En mi pared cuelga una obra de madera,
La máscara de un malvado demonio pintada con laca dorada.
Contemplo compasivo
Las venas hinchadas de su frente, que indican
Lo esforzado que es ser malvado.

Bertolt Brecht, «La máscara del mal»

L a marta era peor que el oso. Ella la observaba, parloteaba su nombre al oído del muchacho (que éste por fortuna no entendía) y la perseguía. Pero en cierto momento la marta siguió al chico al exterior, y el oso se limitó a levantar la pesada cabeza cuando, saltando, se acercó a la escudilla de sopa que una de las mujeres había servido a su señor. Nada era más fácil de envenenar que la sopa. El Príncipe Negro discutía de nuevo con Birlabolsas y daba la espalda a Mortola cuando ésta echó en la escudilla las bayas de color rojo oscuro. Cinco bayas diminutas, no se necesitaban más para enviar al rey de los bandidos a un reino al que su oso no podría seguirlo. Pero justo cuando dejaba caer del pico la quinta baya, la horrenda marta saltó disparada hacia ella, como si hubiera adivinado su propósito. La baya salió rodando y Mortola rogó a todos los demonios que

389

cuatro también fuesen letales.

El príncipe Negro. Otro de esos mentecatos caballerosos. Seguro que le dolía el corazón cada vez que veía un lisiado. Él nunca la ayudaría a conseguir el libro con el que se podía negociar con la muerte, no, él no. Pero por suerte los hombres como él eran más escasos que los cuervos blancos, y la mayoría morían jóvenes. Esos hombres no codiciaban nada de lo que aceleraba los latidos del corazón de otros: riquezas, poder, gloria... No, al príncipe Negro no le interesaba nada de eso. Era la justicia la que hacía latir más deprisa su corazón. La compasión. El amor. ¡Como si la vida no le hubiera tratado tan mal como a los demás! Patadas, golpes, dolores, hambre. Había probado todo eso en demasía. ¿De dónde había nacido, pues, la compasión que lo impulsaba? ¿De dónde venía la calidez de su tonto corazón, la risa de su rostro oscuro? Él simplemente no veía el mundo tal como era, ésa era la explicación, ni el mundo ni las personas a las que tanto compadecía. Porque si se las veía tal como eran, ¿qué le inducía a luchar o incluso a morir por ellas?

No. Si alguien podía ayudarla a apoderarse del Libro Vacío antes de que Arrendajo escribiera en él y se convirtiera en inmortal, era Birlabolsas, que respondía plenamente al gusto de Mortola. Birlabolsas veía a las personas tal como eran: codiciosas, cobardes, egoístas, traicioneras. A él lo había convertido en bandido una injusticia: la cometida contra él mismo. Mortola lo sabía todo sobre él. Un gobernador del príncipe Orondo le había arrebatado su granja, pues los gobernantes tomaban lo que les apetecía. Eso era lo que le había empujado a los bosques, nada más. Sí, con Birlabolsas se podía hablar.

Mortola sabía exactamente cómo utilizarlo para sus fines, aunque primero había que eliminar al príncipe Negro.

—¿Qué hacéis todos aquí, Birlabolsas? —le susurraría—. Hay

cosas más importantes que cuidar a unos cuantos mocosos. Arrendajo sabe por qué os los ha confiado. ¡Os venderá a todos! Tenéis que matarlo antes de que haga causa común con la hija de Cabeza de Víbora. ¿Os ha hecho creer... que sólo quiere escribir en el Libro Vacío para matar a Cabeza de Víbora? ¡Patrañas! ¡Hacerse inmortal a sí mismo, eso es lo que pretende! Y seguro que no os ha contado otra cosa más. El Libro Vacío no sólo mantiene alejada a la Muerte. ¡También convierte a su propietario en un hombre inmensamente rico!

Oh, sí. Mortola sabía de antemano cómo brillarían los ojos de Birlabolsas al escuchar esas palabras. Él no comprendía lo que impulsaba a Arrendajo. Tampoco comprendería que ella sólo codiciaba el libro para rescatar a su hijo de la Muerte. Pero se pondría en marcha inmediatamente por la perspectiva del oro y la plata. En cuanto el príncipe Negro no pudiera frenarlo. Por suerte las bayas surtían efecto enseguida.

Ardacho la llamó. Se había llenado la mano de migas de pan y la mantenía levantada, como si no hubiera nada más apetitoso en el mundo. ¡Qué necio! Creía entender algo de pájaros. Bueno, quizá entendiera. Al fin y al cabo, ella no era un pájaro corriente. Mortola soltó una risa ronca. Sonó extraña al brotar de su pico afilado, y Recio alzó la cabeza hacia el saliente rocoso donde se posaba. Éste sí que sabía de pájaros y de lo que decían. Con él tenía que andarse con cuidado.

—Qué va, kek kek, kra, krakhhh —dijo la Urraca en su interior, la Urraca que sólo pensaba en gusanos y objetos relucientes y en sus relucientes plumas negras—. Todos ellos son tontos, tontos, tontísimos. Pero yo soy lista. Vamos, anciana, volemos en pos de Arrendajo para sacarle los ojos. ¡Será muy divertido!

Cada día era más difícil mantener quietas las alas cuando la

Urraca quería extenderlas, y Mortola debía sacudir cada vez con más fuerza la cabeza de pájaro para tener ideas humanas. A veces ni siquiera ella sabía ya con exactitud cuáles eran.

Para entonces las plumas brotaban de su piel sin necesidad de ingerir granos. Se había tragado ya demasiados, y ahora el veneno recorría su cuerpo y sembraba el pájaro en su sangre. «No importa. Ya encontrarás el modo de expulsarlo, Mortola. Pero primero tiene que morir el encuadernador de libros y devolver la vida a tu hijo.» Su cara... ¿qué aspecto tenía? Apenas acertaba a recordarlo.

El príncipe Negro seguía discutiendo con Birlabolsas como tantas veces en los últimos tiempos. ¡Come! ¡Come de una vez, idiota! Otros dos bandidos se sumaron a ellos: el actor picado de viruelas que siempre estaba al lado del Príncipe, y Ardacho, que veía el mundo igual que Birlabolsas. Una de las mujeres se les acercó con una escudilla de sopa para el actor y señaló la que había servido al Príncipe.

¡Venga, atiéndela! ¡Siéntate! ¡Come! Mortola adelantó la cabeza. Notaba que su cuerpo humano deseaba sacudirse las plumas, esparrancarse y estirarse. El día anterior unos niños habían estado a punto de pillarla mientras se transformaba. ¡Recua de bobos alborotadores! Nunca le habían gustado los niños... excepto su propio hijo, pero ni siquiera a él le había confesado que lo amaba. El amor te trastornaba, volviéndote blando, confiado...

Ya. Estaba comiendo. Al fin. ¡Que te aproveche, Príncipe! El oso trotó al lado de su amo y olfateó la escudilla. Lárgate, bestia pesada. Déjalo comer. Cuatro bayas. Mejor habrían sido cinco, pero cuatro seguramente bastarían. Era muy práctico que los árboles donde crecían abundaran. Había nada menos que dos de ellos unos metros por debajo de la cueva. Resa siempre prevenía a los niños de sus bayas, pues había tenido que recolectarlas con mucha frecuencia para Mortola cuando el invierno aniquilaba a todas las demás plantas venenosas. El príncipe Negro se llevó la escudilla a la boca y la vació hasta el fondo. Bien. Muy pronto notaría cómo la Muerte le agarraba los intestinos.

Mortola profirió un graznido triunfal y extendió las alas. Ardacho alzó de nuevo la mano con las migas de pan cuando el ave pasó volando por encima de su cabeza. Cretino. Sí, el pájaro tenía razón. Eran todos unos cretinos, unos estúpidos. Pero estaba bien así.

Las mujeres comenzaron a servir la sopa a los niños, y la hija de Lengua de Brujo estaba muy atrás en la larga fila. Disponía de tiempo suficiente para recoger también unas bayas para ella. Más que suficiente.

LA MANO DE LA MUERTE

La muerte es grande.
Nosotros le pertenecemos,
risueños.
Cuando nos creemos en mitad de la vida
ella se atreve a llorar
entre nosotros.

Rainer Maria Rilke, «Conclusión»

Minerva preparaba una buena sopa. Mientras vivió en casa de Fenoglio, Meggie la tomaba a menudo, y el aroma que ascendía de su escudilla humeante era tan exquisito que la cueva, grande y fría, le pareció por un momento su verdadero hogar.

—¡Por favor, Meggie, come algo! —le había aconsejado Resa—. Tengo tan poco apetito como tú, pero seguro que a tu padre no le sirve de nada que nuestra preocupación por él nos haga morir de hambre.

No, seguro que no. Cuando por la mañana temprano pidió a Farid que convocara para ella a las imágenes de fuego, las llamas permanecieron sordas.

—¡No se las puede obligar! —murmuró Farid irritado, mientras devolvía la ceniza a la bolsa—. Las llamas quieren jugar, así que en realidad hay que simular que no se desea nada de ellas. Pero ¿cómo voy a conseguirlo, si tú clavas la vista en ellas como si fuera una cuestión de vida o muerte?

¿Y no lo era? Hasta el príncipe Negro estaba preocupado por Mo. Había decidido seguir a Violante hasta el Castillo del Lago con un par de hombres, pensaba partir al día siguiente, pero ni Resa ni Meggie lo acompañarían.

—Claro que no —susurró su madre con amargura—. Este mundo pertenece a los hombres.

Meggie tomó la cuchara de madera que le había tallado Doria (era excelente) y removió la sopa, sin ganas. Jaspe la observaba con avidez. Claro. A los hombres de cristal les gustaba la comida de los humanos, a pesar de que no les sentaba bien. Aunque Farid había regresado, Jaspe pasaba cada vez más tiempo con Doria. A Meggie no le extrañaba. Farid no se mostraba precisamente locuaz desde que Dedo Polvoriento había insistido en que se marchara. Dedicaba la mayor parte del tiempo a recorrer, incansable, las montañas circundantes o a intentar llamar a las imágenes del fuego.

Hasta entonces Roxana sólo había visto las llamas una sola vez.

—Te doy las gracias —dijo después a Farid con tono gélido—. Pero prefiero seguir escuchando a mi corazón, que suele decirme si se encuentra bien.

—¿Lo ves? ¡Ya se lo dije a Dedo Polvoriento! —comentó Farid enfadado—. ¿Por qué me envió con ella? No me necesita. ¡Si pudiera, me haría desaparecer por arte de magia!

Doria ofrecía su cuchara a Jaspe.

—¡No le des nada! —aconsejó Meggie—. No le sienta bien. Pregúntaselo —ella adoraba a Jaspe. Era mucho más amable que Cuarzo Rosa, que sólo disfrutaba despotricando y discutiendo con Fenoglio.

—Tiene razón —murmuró Jaspe, compungido, pero su nariz

afilada olfateó, como si quisiera llenar su cuerpo de cristal con el aroma de lo prohibido.

Los niños sentados alrededor de Meggie rieron. Todos querían al hombre de cristal. Muchas veces, Doria tenía que ponerlo a salvo de sus manitas. También le tenían cariño a la marta, pero Furtivo bufaba y lanzaba mordiscos cuando todo ese amor infantil le resultaba excesivo. El hombre de cristal, por el contrario, apenas podía defenderse de los dedos humanos.

La sopa olía muy bien. Meggie hundió la cuchara en la escudilla… y dio un respingo cuando la Urraca que había volado hacia Ardacho aleteó hasta posarse en su hombro. Para entonces el pájaro parecía formar parte de la cueva igual que Furtivo y el oso, pero a Resa no le gustaba.

—¡Fuera de ahí! —gritó enfurecida a la Urraca, espantándola del hombro de Meggie.

El pájaro graznó furioso y lanzó un picotazo a su madre. Meggie se asustó tanto que derramó la sopa caliente sobre sus manos.

—Perdona —Resa le limpió los dedos con la orla de su vestido—. No soporto a ese pájaro. Seguramente porque me recuerda a Mortola.

La Urraca… claro. Meggie llevaba mucho tiempo sin recordar a la madre de Capricornio, pero ella tampoco había estado presente cuando Mortola disparó a su padre.

—Es un simple pájaro —contestó, y sus pensamientos vagaban ya muy lejos de allí, en pos de su padre. En el libro de Fenoglio había encontrado muy pocas palabras sobre el Castillo del Lago, *en lo profundo de las montañas, en el centro de un lago… Un puente interminable sobre agua negra.* ¿Estaría en ese momento cruzándolo su padre a caballo? ¿Qué sucedería si Resa y ella se limitaban a seguir al príncipe Negro? *¿Me oyes, Meggie? Da igual lo que suceda, no debéis seguirme. ¡Prométemelo!*

Resa señaló la escudilla que tenía en su regazo.

—Come, Meggie, por favor.

Pero la chica se volvió hacia Roxana que se abría camino, presurosa, entre los niños que comían. Su hermoso rostro estaba muy pálido. Meggie no lo había visto tan pálido desde el regreso de Dedo Polvoriento.

Resa se incorporó, preocupada.

—¿Qué sucede? —cogió a Roxana del brazo—. ¿Hay novedades? ¿Habéis sabido algo de Mo? ¡Tienes que decírmelo!

Roxana sacudió la cabeza.

—El Príncipe… —era imposible no percibir el miedo que latía en su voz—. No se encuentra bien, e ignoro a qué se debe. Sufre unas convulsiones espantosas. Tengo unas raíces que quizá puedan ayudar —quiso seguir andando, pero Resa la retuvo.

—¿Convulsiones? ¿Dónde está?

Meggie oyó desde lejos los gemidos del oso. Recio miraba como un niño desesperado cuando se aproximaron. También estaban Baptista, Pata de Palo, Espantaelfos… El príncipe Negro yacía estirado en el suelo. Minerva, arrodillada a su lado, intentaba administrarle algo, pero él, encogiéndose de dolor, se apretaba el vientre con las manos y jadeaba. Tenía la frente cubierta de sudor.

—Cállate, oso —balbuceó.

Las palabras apenas afloraron a sus labios. Se los había mordido de dolor hasta hacerse sangre. Pero el oso continuó gimiendo y resoplando como si estuviera en juego su propia vida.

—Dejadme pasar —Resa apartó a todos, incluyendo a Minerva, y tomó el rostro del Príncipe entre sus manos.

—¡Mírame! —exclamó—. ¡Por favor, mírame!

Tras limpiarse el sudor de la frente con la mano, lo miró a los ojos. Roxana regresó con unos trozos de raíz en la mano, y la Urraca aleteó hasta el hombro de Ardacho.

Resa la miró fijamente.

—Recio —dijo en voz tan baja que sólo la oyó Meggie—. Atrapa a ese pájaro.

La Urraca sacudía la cabeza mientras el príncipe Negro se retorcía en los brazos de Minerva.

Recio miró a Resa con los ojos velados por las lágrimas... y asintió. Pero al dar un paso hacia Ardacho, la Urraca se alejó volando y se posó bajo el techo de la cueva, en un saliente de piedra muy alto.

Roxana se arrodilló junto a Resa.

—Está inconsciente —anunció Minerva—. Y ved qué débil es su respiración.

—Conozco esas convulsiones —la voz de Resa temblaba—. Las provocan unas bayas de color rojo oscuro y del tamaño de una cabeza de alfiler. A Mortola le gustaba utilizarlas porque se mezclan fácilmente con la comida y matan en medio de atroces dolores. Hay dos de los árboles que las producen más abajo de la cueva. Yo previne enseguida a los niños de esas bayas —y alzó de nuevo la cabeza hacia la Urraca.

—¿Existe un contraveneno? —Roxana se incorporó. El príncipe Negro yacía como muerto, y el oso le empujaba el costado con el hocico mientras gemía como una persona.

—Sí. Una planta de diminutas flores blancas que huele a carroña —Resa continuaba mirando al pájaro—. La raíz mitiga el efecto de las bayas.

—¿Qué le ocurre? —Fenoglio, consternado, se abrió paso junto a las mujeres. Elinor lo acompañaba. Ambos habían pasado toda la mañana discutiendo en el rincón de Fenoglio qué era bueno y menos bueno en su historia. En cuanto se acercaba alguien, bajaban la voz como si fuesen conspiradores. Sin embargo, ninguno de los niños o de los bandidos había logrado oír de qué charlaban.

Elinor, asustada, se tapó la boca con la mano al divisar al príncipe

Negro tumbado e inmóvil. Miraba con tanta incredulidad como si hubiera descubierto una página defectuosa en un libro.

—Envenenado —Recio se levantó apretando los puños. Tenía el rostro tan colorado como cuando se emborrachaba. Agarrando a Ardacho por su cuello delgado, lo sacudió como a una muñeca de trapo—. ¿Has sido tú? —balbuceó—. ¿O Birlabolsas? Vamos, suéltalo de una vez. ¡O te lo sacaré a golpes! Te romperé todos los huesos del cuerpo hasta que te retuerzas como él.

—¡Déjalo! —le ordenó Roxana, furiosa—. ¡Eso tampoco ayudará al Príncipe!

Recio soltó a Ardacho y comenzó a sollozar. Minerva lo rodeó con sus brazos. Resa continuaba mirando arriba, a la Urraca.

—La planta que describes parece el botón de los muertos —opinó Roxana, mientras Ardacho se frotaba el cuello, tosiendo, y cubría de horribles maldiciones a Recio—. Es muy rara. Aunque creciera en estos parajes, hace mucho que el frío la habría matado. ¿No existe otro remedio?

El príncipe Negro volvió en sí. Intentó incorporarse, pero cayó de nuevo hacia atrás, gimiendo. Baptista se arrodilló a su lado y miró a Roxana en demanda de ayuda. También Recio dirigía hacia ella sus ojos llorosos como un perro suplicante.

—¡No me miréis así! —gritó, y Meggie percibió la desesperación en su voz—. No puedo ayudarle. Intenta darle raíz de ipecacuana —dijo a Minerva—. Yo buscaré raíces de botón de los muertos, aunque sea inútil.

—La ipecacuana sólo empeorará su estado —advirtió Resa con voz inexpresiva—. Créeme. Lo he visto muchas veces.

El príncipe Negro jadeaba de dolor y hundió la cara en el costado de Baptista. Después, su cuerpo se relajó de repente, como si hubiera perdido la batalla contra el dolor. Roxana, arrodillándose a su lado, colocó el oído junto a su pecho y los dedos sobre su boca. Meggie probó las propias lágrimas en sus labios, y Recio rompió a sollozar como un niño.

—Todavía vive —informó Roxana—. Pero no le queda mucha vida.

Ardacho se marchó a hurtadillas, seguro que para informar a Birlabolsas. Elinor susurró algo a Fenoglio. Éste intentó apartarse, enojado, pero Elinor lo retuvo y siguió hablándole con insistencia.

—¡No te pongas así! —la oyó susurrar Meggie—. ¡Claro que puedes! ¿Es que vas a dejarlo morir?

No sólo Meggie había entendido las últimas palabras. Recio, desconcertado, se enjugó las lágrimas. El oso volvió a gemir y enterró su hocico en el costado de su amo. Fenoglio seguía allí plantado, con la vista clavada en el Príncipe inconsciente. Después dio un paso vacilante hacia Roxana.

—Ésa… ejem… planta, Roxana…

Elinor se situó muy cerca detrás de él, como si tuviera que asegurarse de que decía lo correcto. Fenoglio le dirigió una mirada furibunda.

—¿Qué? —inquirió Roxana.

—Háblame más de ella. ¿Dónde crece? ¿Qué altura tiene?

—Le gustan la humedad y la sombra, pero ¿a qué vienen esas preguntas? Ya he dicho que se habrá helado.

—Flores blancas, diminutas. Sombra y humedad —Fenoglio se pasó la mano por el rostro fatigado. Después giró bruscamente y agarró a Meggie por el brazo.

—Ven conmigo —le dijo en voz baja—. Hemos de apresurarnos. Sombra y humedad —murmuraba mientras arrastraba a Meggie—. Bien, si crecen a la entrada de una cueva de duendes, protegida por el vapor cálido que brota del interior porque unos duendes hibernan allí dentro… Sí, eso tiene sentido. ¡Sí!

La cueva estaba casi vacía. Las mujeres habían conducido a los niños al exterior para que no oyeran los gritos de dolor del Príncipe.

Sólo los bandidos permanecían allí, sentados, silenciosos, en grupitos, mirándose entre ellos, como si se preguntaran quién había intentado matar a su jefe. Birlabolsas, acomodado con Ardacho justo a la entrada, devolvió la mirada de Meggie con una expresión tan siniestra que ella miró deprisa en otra dirección.

Fenoglio, sin embargo, no esquivó su mirada.

—Me preguntó si fue Birlabolsas —susurró a Meggie—. Sí, no ceso de preguntármelo.

—Si alguien debiera saberlo, eres tú —cuchicheó Elinor, que los había seguido—. ¿Quién inventó si no a ese individuo horrendo?

Fenoglio se volvió de golpe, somo si lo hubieran pinchado.

—¡Escucha, Loredan! Hasta ahora he sido paciente contigo porque eres tía de Meggie…

—Tía abuela —corrigió Elinor, impasible.

—¡Lo que sea! No te he invitado a esta historia, así que a partir de ahora ahórrate los comentarios sobre mis personajes.

—¿Ah, sí? —la voz de Elinor subió tanto de tono que resonó por la vasta cueva—. ¿Y qué pasaría si te hubiera ahorrado mi comentario de hace un momento? A tu cerebro obnubilado por el vino nunca se le habría ocurrido traer esa planta…

Fenoglio le tapó la boca con la mano sin contemplaciones.

—¿Cuántas veces tendré que repetírtelo? —siseó—. Ni una palabra sobre la escritura, ¿entendido? No tengo ganas de que me descuarticen por brujo por culpa de una lerda.

—Fenoglio —Meggie tiró de él con fuerza apartándolo de Elinor—. ¡El príncipe Negro! Se muere.

Fenoglio la miró durante una fracción de segundo como si juzgase de muy mal gusto esa interrupción, pero después la condujo en silencio hasta el rincón donde él dormía. Con expresión hierática, apartó a un lado un odre de vino y de debajo de las ropas sacó unas hojas que, para asombro de Meggie, estaban escritas.

—¡Maldición! ¿Dónde está Cuarzo Rosa? —murmuró mientras sacaba una hoja en blanco de entre las escritas—. Seguramente, anda otra vez por ahí con Jaspe. En cuanto juntas a dos de ellos, se olvidan del trabajo y se dedican a perseguir a las mujeres de cristal salvajes. ¡Como si éstas fueran a desperdiciar una mirada en un inútil de color rosa!

Depositó con descuido a su lado las hojas escritas. Cuántas palabras. ¿Desde cuándo había vuelto a escribir? Meggie intentó leer las primeras.

—Sólo son unas ideas someras —gruñó Fenoglio al reparar en la mirada de Meggie—. Sobre el posible desenlace de todo esto. El papel que tu padre desempeña en ello…

A Meggie el corazón le dio un vuelco, pero Elinor se le adelantó.

—¡Ajajá! Así que fuiste tú el que escribió todo eso de Mortimer: que se entregó prisionero, que ahora cabalga hacia ese castillo, y que mi sobrina se pasa las noches llorando como una magdalena.

—¡No, no he sido yo! —bufó Fenoglio, irritado, mientras ocultaba deprisa debajo de sus ropas las hojas escritas—. Y tampoco hice que hablara con la Muerte… aunque esa parte de la historia me gusta de veras. ¡Ya lo he dicho, son simples ideas! Garabatos inútiles que a nada conducen. Y seguramente sucederá lo mismo con lo que escriba ahora. Pero lo intentaré. ¡Si se hace por fin el silencio! ¿O es que con tanta palabrería queréis llevar al príncipe Negro directo a la tumba?

Cuando Fenoglio hundió la pluma en la tinta, Meggie oyó un ligero rumor a su espalda. Cuarzo Rosa, visiblemente confundido, asomó de detrás de la piedra sobre la que reposaban los utensilios de escritura de Fenoglio. Tras él apareció la cara verde pálida de una mujer de cristal salvaje que se deslizó deprisa junto a Fenoglio y Meggie sin decir palabra.

—¡No puedo creerlo! —tronó el anciano tan fuerte que Cuarzo Rosa se tapó los oídos con las manos—. ¿El príncipe Negro se debate entre la vida y la muerte y tú te dedicas a refocilarte con una mujer de cristal salvaje?

—¿El Príncipe? —Cuarzo Rosa miró tan consternado a Fenoglio que éste se tranquilizó inmediatamente—. Pero, pero...

—Deja de balbucear y remueve la tinta —le increpó Fenoglio—. Y no se te ocurra chapurrear alto tan ingenioso como «¡Con lo bueno que es el Príncipe!»; en fin, creo que eso todavía no supone una protección contra la muerte en ningún mundo, ¿verdad? —hundió la pluma en la tinta, con tal fuerza que salpicó la cara rosada de Cuarzo Rosa. Meggie se dio cuenta de que al anciano le temblaban los dedos—. Ánimo, Fenoglio —musitó—. No es más que una flor. ¡Lo conseguirás!

Cuarzo Rosa lo miraba con gesto de preocupación, pero Fenoglio se limitaba a clavar la vista en la hoja vacía que tenía delante. La miraba igual que un torero al toro.

—La cueva de duendes a cuya entrada crecen está donde Espantaelfos tiende sus lazos —murmuró—. Y la verdad es que huelen que apestan, huelen tan mal que las hadas dan un amplio rodeo para evitarlas. Pero a las polillas les encantan, a esas polillas grises con dibujos en las alas, como si un hombre de cristal hubiera pintado encima diminutas calaveras. ¿Las ves, Fenoglio? ¡Sí!

Levantó la pluma, vaciló... y comenzó a escribir.

Palabras nuevas. Frescas. Meggie creía oír los profundos suspiros de la historia. ¡Al fin comida, después de tanto tiempo en el que Orfeo sólo la había alimentado con las viejas palabras de Fenoglio!

—Fíjate. No hay más que apremiarlo. ¡Es un viejo vago! —le susurró Elinor—. Por supuesto que es capaz, aunque se niegue a creerlo. Esas cosas no se olvidan. ¿Se te olvida a ti leer?

No lo sé, quiso responder Meggie. Pero calló. Su lengua esperaba las palabras de Fenoglio. Palabras que curaban. Igual que antaño, cuando había leído para Mo.

—¿Por qué llora así el oso? —Meggie notó las manos de Farid sobre sus hombros.

Debía de haber estado otra vez en algún sitio donde no pudieran encontrarlo los niños, para llamar al fuego, pero a juzgar por su cara de angustia las llamas habían permanecido ciegas de nuevo.

—¡Oh, no, el que faltaba! —exclamó Fenoglio, irritado—. ¿Para qué hemos apilado Darius y yo todas estas piedras? ¿Para que cualquiera irrumpa en mi dormitorio? ¡Necesito tranquilidad! ¡Es una cuestión de vida o muerte!

—¿Vida o muerte? —Farid, inquieto, miró a Meggie.

—El príncipe Negro… él… él… —Elinor intentó aparentar serenidad, pero su voz temblaba.

—Ni una palabra más —ordenó Fenoglio sin levantar la vista—. Cuarzo Rosa, ¡arena!

—¿Arena? ¿Y de dónde voy a sacarla? —replicó Cuarzo Rosa con voz estridente.

—¡Ay, pero qué inútil eres! ¿Para qué crees que te he traído a estos parajes despoblados? ¿Para que disfrutes de unas vacaciones y persigas a mujeres de cristal verde? —Fenoglio sopló sobre la tinta todavía húmeda y con gesto inseguro entregó a Meggie la hoja recién escrita.

—Hazlas crecer, Meggie —dijo—. Un puñado de las últimas hojas curativas, calentadas por el aliento de duendes dormidos, recogidas antes de que las hiele el invierno.

Meggie examinó el papel. Allí estaba de nuevo la melodía que había salido a su encuentro por última vez cuando había traído a Orfeo.

Sí, las palabras volvían a obedecer a Fenoglio. Y ella les enseñaría a respirar.

ESCRITO Y
NO ESCRITO

Los personajes tienen su propia vida y su propia lógica, y hay que
actuar de acuerdo con ello.

Isaac Bashevis Singer, *Advice to Writers*

Roxana encontró las plantas en el lugar exacto descrito por Fenoglio:
a la entrada de una cueva de duendes, donde Espantaelfos tendía
sus lazos. Meggie, con Despina cogida de la mano, volvió a comprobar
cómo las palabras que acababa de leer momentos antes se convertían en
realidad:

*Las hojas y flores resistían el viento frío, como si las hubieran plantado
las hadas para soñar con el verano al contemplarlas. Pero sus flores
exhalaban un aroma a putrefacción y muerte. De ahí su nombre: botones
de los muertos. Se las depositaba sobre las tumbas para granjearse las
simpatías de las Mujeres Blancas.*

*Roxana ahuyentó a las polillas posadas sobre las hojas, arrancó dos
plantas y dejó otras dos, para no enojar a los elfos. Luego regresó deprisa
a la cueva, en la que las Mujeres Blancas ya acompañaban al príncipe*

Negro, ralló las raíces, las hirvió, siguiendo las indicaciones de Resa, y administró al Príncipe la cocción caliente. Éste ya estaba débil, muy débil, y sin embargo sucedió lo que ninguno de ellos osaba esperar: la cocción mitigó el veneno, lo durmió con su canto y restituyó la fuerza vital.

Y las Mujeres Blancas desaparecieron como si la Muerte las hubiera llamado a otro lugar.

Había leído las últimas frases con enorme facilidad, y sin embargo transcurrieron muchas horas malas antes de que se convirtieran en realidad. Al veneno le costaba rendirse, y las Mujeres Blancas iban y venían. Roxana esparció hierbas que las ahuyentaban, como había aprendido de Ortiga, pero las caras pálidas aparecían una y otra vez, casi invisibles ante las grises paredes de la cueva, y en cierto momento a Meggie le asaltó la sensación de que no sólo miraban al príncipe Negro, sino también a ella.

¿No te conocemos?, parecían preguntar sus ojos. ¿No protegió tu voz al hombre que ya ha sido nuestro en dos ocasiones? Meggie les devolvió la mirada apenas durante una fracción de segundo, y sin embargo percibió en el acto la nostalgia de la que había hablado su padre: la nostalgia de un lugar situado mucho más allá de las palabras. Dio un paso hacia las Mujeres Blancas, deseosa de sentir sus manos frías sobre su corazón palpitante, para que eliminasen el miedo y el dolor, pero otras manos, manos firmes y cálidas, la sujetaron.

—¡Meggie, no las mires, por el amor de Dios! —le susurró Elinor—. Vamos, salgamos ahora mismo a tomar el aire. ¡Si estás ya tan pálida como esas criaturas!

Y sin tolerar una negativa, arrastró a la chica hacia el exterior, donde los bandidos secreteaban y los niños jugaban bajo los árboles, como si hubieran olvidado lo que sucedía en el interior de la cueva. La hierba estaba blanquecina por la escarcha, blanca como las mujeres que esperaban al Príncipe Negro, pero su embrujo se quebró en cuanto Meggie escuchó las risas de los niños, que se tiraban piñas y gritaban cuando la marta saltaba hacia ellos. La vida parecía mucho más poderosa que la muerte, la muerte mucho más poderosa que la vida. Como la pleamar y la bajamar...

También Resa estaba fuera de la cueva, rodeándose el cuerpo con los brazos, estremecida de frío, a pesar de que Recio le había echado sobre los hombros una capa de piel de conejo.

—¿Habéis visto a Birlabolsas? —preguntó a Elinor—. ¿Y a Ardacho con su Urraca?

Baptista se les acercó. Parecía extenuado. Era la primera vez que se alejaba del Príncipe.

—Se han ido —informó—. Birlabolsas, Ardacho y otros diez más. Salieron tras Arrendajo... en cuanto fue evidente que el Príncipe no podría seguirlo.

—Pero Birlabolsas odia a Mo —Resa alzó tanto la voz que algunos bandidos se volvieron hacia ella y hasta los niños interrumpieron sus juegos—. ¿Por qué iba a querer ayudarle?

—Me temo que no se propone ayudarle —explicó Baptista en voz baja—. Ha dicho a los demás que va porque Arrendajo nos ha traicionado y quiere firmar su propio acuerdo con Violante. Además ha dicho que tu marido no nos contó toda la verdad sobre el Libro Vacío.

—¿Qué verdad? —la voz de Resa perdió todo su vigor.

—Birlabolsas —susurró Baptista— afirma que el libro no sólo te hace inmortal sino también inmensamente rico. A la mayoría de nuestros hombres eso les atrae mucho más que la inmortalidad. Por un libro así, venderían a su propia madre. ¿Por qué, se dicen ellos, no pretendería hacer lo mismo con nosotros Arrendajo?

—Pero eso es mentira. El libro sólo te hace inmortal, nada más —a Meggie no le preocupó levantar la voz. Que lo oyeran todos esos que secreteaban sobre su padre con las cabezas juntas.

Espantaelfos se volvió hacia ella, esbozando una sonrisa perversa en su rostro delgado.

—¿Ah, sí? ¿Y tú por qué lo sabes, pequeña bruja? ¿No te ocultó también tu padre que el libro hace que a Cabeza de Víbora se le pudra la carne sobre los huesos?

—Bueno, ¿y qué? —exclamó Elinor enfurecida, mientras rodeaba a Meggie con su brazo en un ademán protector—. Por eso sigue sabiendo una cosa: que sin duda puede confiar más en su padre que en un envenenador. Porque ¿quién ha envenenado al Príncipe sino vuestro admirado Birlabolsas?

Entre los bandidos se alzó un murmullo escasamente amable, y Baptista atrajo a Elinor a su lado.

—¡Ten cuidado con lo que dices! —le susurró—. No todos los amigos de Birlabolsas se han ido con él. Y si queréis saber mi opinión, el veneno no es propio de Birlabolsas. Un cuchillo, sí, pero el veneno…

—¿Ah, no? ¿Entonces quién ha sido? —replicó Elinor.

Resa alzó la vista hacia el cielo gris, como si pudiera encontrar la respuesta allí.

—¿Se llevó Ardacho a su Urraca? —preguntó.

—Por fortuna —repuso Baptista—. Los niños le tienen miedo.

—No les faltan motivos —Resa escudriñó de nuevo el cielo, después miró a Baptista—. ¿Qué se propone Birlabolsas? —preguntó—. Responde.

—No lo sé —Baptista, fatigado, se limitó a encogerse de hombros—. A lo mejor intenta robar el libro a Cabeza de Víbora antes de que llegue al Castillo del Lago. Pero a lo mejor también va derecho hacia allí para apoderarse de él después de que Arrendajo haya escrito las tres palabras. Se proponga lo que se proponga, no podemos hacer nada. Los niños nos necesitan, y el Príncipe, mientras no mejore, también nos necesita. Piensa siempre que Dedo Polvoriento está con Arrendajo. ¡Birlabolsas no lo tendrá fácil con los dos! Y ahora, disculpa, he de regresar junto al Príncipe.

Birlabolsas no lo tendrá fácil con los dos. Sí, pero ¿qué sucedería si robaba el Libro Vacío a Cabeza de Víbora durante el trayecto, y éste llegaba al Castillo del Lago con la certeza de que tampoco Arrendajo podría ayudarlo? ¿No mataría entonces a Mo en el acto? Y aunque Mo tuviese ocasión de escribir las tres palabras en las páginas en blanco… ¿qué ocurriría si Birlabolsas lo envenenaba tan alevosamente como es probable que hubiera hecho con el Príncipe para apoderarse del libro?

¿Qué pasaría, sí, qué pasaría…? Las preguntas mantuvieron desvelada a Meggie cuando hacía rato que todos dormían a su alrededor, hasta que se levantó para comprobar el estado del príncipe Negro.

Dormía. Las Mujeres Blancas habían desaparecido, pero su rostro oscuro continuaba gris, como si las manos de éstas hubieran hecho palidecer su rostro. Minerva y Roxana se turnaban a su lado, y junto a ellas se sentaba Fenoglio, velando tal vez sus palabras para que no perdieran su eficacia.

Fenoglio… Fenoglio escribía nuevamente.

¿Qué decían las hojas que había ocultado debajo de sus ropas?

—¿Por qué inventaste a Arrendajo para tus canciones de bandidos en lugar de limitarte a escribir sobre el Príncipe? —le había preguntado Meggie tiempo atrás.

—Porque el Príncipe estaba cansado —le había contestado Fenoglio—. El príncipe Negro necesitaba a Arrendajo tanto como los pobres que, llenos de esperanza, susurran su nombre por la noche. Además, el Príncipe llevaba demasiado tiempo formando parte de este mundo para creer que se lo pueda cambiar de verdad. Sus hombres nunca dudaban de que era de carne y hueso, igual que ellos. Sin embargo, en el caso de tu padre no tienen la misma certidumbre. ¿Lo entiendes?

Oh, sí, Meggie lo entendía de sobra. Pero Mo era de carne y hueso, y a Birlabolsas seguro que no le cabía la menor duda al respecto. Cuando regresó junto a los durmientes, Darius, con dos niños en el regazo, les contaba con voz suave una historia. A menudo los pequeños lo despertaban en plena noche, porque él se daba muy buena maña en ahuyentar sus pesadillas con un cuento, y Darius aceptaba con paciencia su destino. Le gustaba el mundo de Fenoglio —aunque era probable que le diera aún más miedo que a Elinor—, pero ¿lo cambiaría también con su voz, si se lo pidiera Fenoglio? ¿Leería él lo que quizá se negaría a leer Meggie?

¿Qué decían las hojas que Fenoglio había escondido tan apresuradamente de ella y de Elinor?

¿Qué?

Echa un vistazo, Meggie. De todos modos no puedes dormir.

Cuando se puso detrás del muro tras el que se encontraba el rincón donde dormía Fenoglio, llegaron a sus oídos los suaves ronquidos de Cuarzo Rosa. Su señor estaba sentado junto al príncipe Negro, pero el hombre de cristal yacía justo sobre las ropas bajo las que Fenoglio había ocultado las hojas escritas. Meggie lo levantó con cuidado, asombrada como siempre por la frialdad de sus miembros transparentes, para depositarlo sobre la almohada que Fenoglio se había traído de Umbra. Sí. Las hojas continuaban en el mismo sitio donde Fenoglio las había escondido. Eran más de una docena, cubiertas de palabras escritas con premura —jirones de frases, preguntas, retazos de ideas que seguramente no tenían sentido para nadie salvo para su autor: *¿la pluma o la espada? ¿A quién ama Violante? Cuidado, Pífano… ¿Quién escribe las tres palabras?* Meggie no logró descifrar todo, pero en la primera página, en mayúsculas, figuraban las palabras que aceleraron los latidos de su corazón: *LA CANCIÓN DE ARRENDAJO.*

—Son simples ideas, Meggie, ya te lo dije. Sólo preguntas e ideas —la voz de Fenoglio la hizo volverse tan asustada que estuvo a punto de dejar caer las hojas sobre el dormido Cuarzo Rosa—. El Príncipe ha mejorado —añadió, como si ella hubiera acudido para escuchar la noticia—. Todo parece indicar que mis palabras, para variar, están manteniendo a alguien con vida en lugar de matarlo. Pero también es posible que viva únicamente porque esta historia crea que aún le será de utilidad. ¿Qué sé yo? —con un suspiro se sentó junto a Meggie y le quitó suavemente de las manos lo que él había escrito.

—Tus palabras ya salvaron a Mo —reconoció ella.

—Sí, quizá sí —Fenoglio deslizó la mano por la tinta seca, como si de ese modo pudiera erradicar de las palabras su carácter nocivo—. No obstante, ahora confías en ellas tan poco como yo, ¿verdad?

Tenía razón. Ella había aprendido a amar y a temer al mismo tiempo las palabras.

—¿Por qué *La canción de Arrendajo*? —inquirió en voz baja—. ¡No puedes seguir escribiendo canciones sobre él! Es mi padre. Inventa otro héroe. Seguro que se te ocurre alguno. Pero deja que Mo vuelva a ser Mo, simplemente Mo.

—¿Estás segura de que tu padre también lo desea? —preguntó Fenoglio con aire meditabundo—. ¿O eso te da igual?

—¡Claro que no! —la voz de Meggie se volvió tan cortante que Cuarzo Rosa se despertó, sobresaltado. Confundido, miró a su alrededor… y volvió a dormirse—. Pero seguro que Mo no quiere que lo envuelvas con tus palabras igual que una araña. ¡Lo estás cambiando!

—¡Qué disparate! Fue tu propio padre quien decidió convertirse en Arrendajo. Yo me limité a escribir unas canciones, y tú nunca has leído ninguna en voz alta. ¿Cómo pueden haber cambiado algo?

Meggie agachó la cabeza.

—¡Oh, no! —Fenoglio la miró, atónito—. ¿Las has leído?

—Después de que Mo cabalgara al castillo. Para protegerlo, para aumentar su fortaleza, su invulnerabilidad. Las leo todos los días.

—¡Lo que hay que ver! En fin, confiemos entonces en que esas palabras sean tan eficaces como las que he escrito para el príncipe Negro.

Fenoglio le pasó el brazo por los hombros, como solía hacer cuando ambos eran prisioneros de Capricornio… en otro mundo, en otra historia. ¿O era la misma?

—Meggie —añadió en voz baja—. Aunque sigas leyendo mis canciones doce veces al día... ambos sabemos que tu padre no es Arrendajo por su causa. Si lo hubiera elegido a él como modelo para Pífano, ¿crees que se habría convertido en un asesino? ¡Claro que no! Tu padre es igual que el príncipe Negro. Se identifica con los débiles. Eso no se lo escribí *yo* en el corazón, sino que siempre estuvo en él. Tu padre no cabalgó al castillo de Umbra por mis palabras, sino por los niños que duermen ahí fuera. Acaso tengas razón. A lo mejor esta historia lo está cambiando, pero él también cambia esta historia. Él continúa narrándola, Meggie, con sus acciones, no con mis escritos. Aunque quizá le ayuden las palabras adecuadas...

—¡Protégelo, Fenoglio! —susurró Meggie—. Birlabolsas lo persigue, y odia a Mo.

Fenoglio la miró sorprendido.

—Pero ¿qué significa eso? ¿No quieres que escriba sobre él? Cielos, ya era bastante complicado cuando tenía que ocuparme solamente de mis propios personajes.

«Que también dejabas morir sin vacilar», pensó Meggie, pero calló. Al fin y al cabo, Fenoglio había salvado ese día al príncipe Negro... y había sentido verdadero miedo por él. ¿Qué habría dicho Dedo Polvoriento por ese súbito asomo de compasión?

Cuarzo Rosa empezó a roncar.

—¿Lo oyes? —inquirió Fenoglio—. ¿Puedes decirme cómo una criatura tan ridículamente pequeña puede soltar ronquidos tan potentes? A veces me gustaría meterlo por las noches en el tintero para conseguir que reine la calma.

—¡Eres un viejo malísimo! —Meggie cogió las hojas y recorrió con el dedo las palabras escritas a vuelapluma—. ¿Qué significa todo esto? *¿Pluma o espada? ¿Quién escribe las tres palabras? ¿A quién ama Violante?*

—Bueno, son sólo algunas de las preguntas cuyas respuestas

determinarán el curso del relato. Toda buena historia se oculta tras una maraña de preguntas, y no es fácil descifrar sus secretos. A esto se añade que ésta tiene su propia cabeza, pero —Fenoglio bajó la voz, como si la historia lo escuchara— si le haces las preguntas correctas, ella te musita todos sus secretos. Una historia así es muy parlanchina.

Fenoglio leyó en voz alta lo que había escrito:

—*¿Pluma o espada?* Una pregunta decisiva. Pero aún desconozco la respuesta. Tal vez sea ambas cosas. Ya veremos… *¿Quién escribirá las tres palabras?* Eso, ¿quién? Tu padre se ha dejado apresar para hacerlo, pero quién sabe… ¿Se dejará burlar de verdad Cabeza de Víbora por su hija? ¿Es Violante tan lista como cree? Y: *¿A quién ama la Fea?* Bueno, me temo que está enamorada de tu padre. Desde hace mucho tiempo. Desde mucho antes de haberlo encontrado.

—¿Qué? —preguntó Meggie, asombrada—. Pero ¿qué dices? ¡Violante apenas es mayor que Brianna y yo!

—¡Bobadas! Acaso no lo sea en años, pero ha vivido tanto que es, al menos, tres veces mayor que tú. Además, como muchas princesas, tiene una idea muy romántica de los bandidos. ¿Por qué crees que mandó iluminar a Balbulus todas mis canciones sobre Arrendajo? Y ahora él cabalga a su lado en carne y hueso. ¡No me digas que no es romántico!

—¡Eres abominable! —la furia de Meggie volvió a arrancar bruscamente de su sueño a Cuarzo Rosa.

—¿Por qué? —sólo te cuento todo lo que hay que tener en cuenta si yo intentase realmente contribuir a que esta historia llegase a buen puerto, a pesar de que la historia parece haber elegido otros derroteros. ¿Qué sucederá si tengo razón? ¿Si Violante ama de verdad a Arrendajo y tu padre la rechaza? ¿Lo protegerá de Cabeza de Víbora a pesar de todo? ¿Qué papel desempeñará Dedo Polvoriento? ¿Descubrirá Pífano el juego de Violante? ¡Preguntas y más preguntas! Créeme: ¡Esta historia es un laberinto! Parece que existen numerosos caminos, pero sólo uno es el correcto, y por cada paso equivocado uno recibe el castigo de una sorpresa desagradable. Pero esta vez estaré preparado. Esta vez veré los lazos que me tiende, Meggie… y hallaré la salida correcta. Sin embargo, para eso necesito preguntar. Por ejemplo: ¿dónde está Mortola? Esta cuestión no me concede ni un momento de respiro. Y ¡por el demonio de la tinta!, ¿qué está haciendo Orfeo? Preguntas y más preguntas… ¡Pero Fenoglio participa de nuevo en el juego! ¡Y ha salvado al príncipe Negro!

Y las arrugas de su viejo rostro se llenaron de autocomplacencia.

¡Oh, en verdad era un viejo terrible!

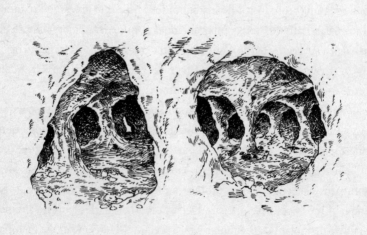

46

El Castillo
del Lago

Ella tiene algo que se sustrae a las palabras.

John Steinbeck, *Viaje con Charley:*
en busca de los Estados Unidos

Cabalgaban hacia el norte, alejándose cada vez más. En la mañana del segundo día Violante ordenó desatar las ligaduras a Mo, después de que uno de sus soldados le dijera en voz baja que de lo contrario Arrendajo no volvería a utilizar las manos. Más de cincuenta soldados los esperaban a una milla de Umbra. Ninguno de ellos era mayor que Farid, pero a juzgar por su expresión parecían decididos a seguir a Violante hasta el fin del mundo.

A cada milla recorrida los bosques se tornaban más oscuros y los valles más profundos. Las colinas se transformaron en montañas y en algunos desfiladeros se había acumulado tanta nieve que tenían que desmontar y llevar a sus caballos de las riendas. La cordillera que cruzaban parecía despoblada. Sólo rara vez descubría Mo un pueblo a lo lejos, una granja solitaria o la cabaña de un carbonero. Daba la impresión de que Fenoglio se había olvidado de poblar también esa parte de su mundo.

Dedo Polvoriento había dado con ellos la primera vez que hicieron un alto para descansar… con tal naturalidad como si no hubiera nada más sencillo que seguir el rastro que los soldados de Violante borraban con tanto esmero. Lo observaban con el mismo temor y respeto que a Mo. Arrendajo… El Bailarín del Fuego… Conocían las canciones, por supuesto, y sus ojos preguntaban: ¿Estáis hechos de la misma carne que nosotros?

Mo conocía la respuesta —aunque a veces se preguntase si en vez de sangre le corría tinta por las venas—, pero en el caso de Dedo Polvoriento no estaba tan seguro. Los caballos se espantaban al verlo, aunque conseguía calmarlos con un susurro. Dormía y comía poco, y tocaba el fuego como si fuese agua. Pero cuando hablaba de Roxana o Farid, sus palabras traslucían amor humano, y cuando seguía a su hija con los ojos, con disimulo, como si se avergonzase, su mirada era la de un padre mortal.

Hacía bien cabalgar, cabalgar sin más, mientras el Mundo de Tinta se desplegaba ante ellos como un papel artísticamente doblado. Y a cada milla Mo dudaba cada vez más de que todo eso hubiera surgido exclusivamente de las palabras de Fenoglio. ¿No era mucho más probable que el viejo sólo hubiera sido un narrador que había referido detalles minúsculos de ese mundo, una fracción que ya habían dejado atrás hacía mucho? Montañas desconocidas orlaban el horizonte y Umbra quedaba ya lejos. El Bosque Impenetrable parecía tan lejano como el jardín de Elinor, y el Castillo de la Noche era un sueño tenebroso…

—¿Has estado alguna vez en estas montañas? —preguntó a Dedo Polvoriento.

Éste cabalgaba silencioso a su lado la mayor parte del tiempo. A veces Mo creía oír sus pensamientos. *Roxana*, susurraban. Y los ojos de Dedo Polvoriento se dirigían una y otra vez hacia su hija, que cabalgaba al lado de Violante sin dignarse dirigir a su padre una simple ojeada.

—No, no lo creo —contestó Dedo Polvoriento, y como siempre que le hablaba, pareció que Mo lo rescataba del lugar para el que no había palabras.

Ni Dedo Polvoriento hablaba de ese sitio, ni Mo preguntaba. Sabían lo que sentía el otro. Las Mujeres Blancas los habían tocado a ambos, sembrando en sus corazones la nostalgia de ese lugar, una nostalgia persistente, muda, dulce y amarga a la vez.

Dedo Polvoriento inspeccionó en busca de algún paraje conocido.

—Antes nunca cabalgué hacia el norte. Las montañas me daban miedo —dijo risueño, como si sonriese a su viejo Yo, que sabía tan poco del mundo que unas cuantas montañas lo asustaban—. A mí siempre me atrajo el mar, el mar y el sur.

Luego enmudeció. Dedo Polvoriento nunca había sido muy parlanchín y su viaje al reino de la muerte no lo había cambiado. Así que Mo lo dejó sumirse en el silencio, preguntándose por enésima vez si el príncipe Negro se habría enterado ya por Farid de que había abandonado Umbra. ¿Cómo se habrían tomado la noticia Meggie y Resa? Cada vez le costaba más alejarse de ellas, aunque estuviera convencido de que sólo estarían seguras lejos de él. «¡No pienses en ellas!», se ordenó a sí mismo. «No te preguntes si las volverás a ver, ni cuándo. Convéncete de que Arrendajo nunca ha tenido mujer ni hija. Salvo por un corto espacio de tiempo…»

Violante se giró en la silla intentando asegurarse de que Arrendajo no se había perdido. Brianna le susurró algo y Violante sonrió. Aunque no la prodigaba mucho, la Fea tenía una bonita sonrisa, que revelaba su juventud.

Subían por una pendiente densamente arbolada. La luz del sol caía entre los árboles casi desnudos, y a pesar de la nieve que cubría musgo y raíces, aún olía a otoño, a hojas en putrefacción y a las últimas flores marchitándose. Las hadas revoloteaban por la hierba amarilla tiesa por la helada, adormiladas por la proximidad del invierno, las huellas de duendes cruzaban el camino, y debajo de los arbustos que crecían en la pendiente, Mo creyó oír los pasos leves de hombres de cristal salvajes. Uno de los soldados de Violante comenzó a canturrear en voz baja, y el sonido de su voz juvenil dio a Mo la sensación de que todo lo que había dejado atrás, su preocupación por Resa y Meggie, el príncipe Negro, los niños amenazados, incluso su trato con la Muerte, se desvanecía. Ya sólo existía el sendero, aquel sendero interminable que subía retorciéndose a montañas desconocidas, y el placer indomable en su corazón de seguir cabalgando, adentrándose cada vez más en ese mundo desconcertante. ¿Qué aspecto tenía el castillo al que los conducía Violante? ¿Había de verdad gigantes en las montañas? ¿Dónde terminaba esa senda? ¿Tenía fin? «No para Arrendajo», susurró una voz en su interior, y durante unos instantes su corazón latió libre de miedos y fresco como el de un chico de diez años...

Percibió la mirada de Dedo Polvoriento.

—Te gusta mi mundo.

—Sí, claro que sí —el propio Mo notó que su voz revelaba culpabilidad.

Dedo Polvoriento se echó a reír a carcajadas. Mo rara vez lo había visto reír así. Parecía tan distinto sin las cicatrices... como si las Mujeres Blancas, además de su cara, también hubiesen curado su corazón.

—Te avergüenzas por ello —dijo—. ¿Por qué? ¿Porque sigues creyendo que todo esto se compone de palabras? Es extraño. Viéndote, cualquiera podría pensar que formas parte de este mundo tanto como yo. ¿Estás seguro de que alguien no te ha traído con la lectura a este mundo?

—Estoy bastante seguro.

Pero Mo no sabía si esa idea le gustaba o no.

El viento arrastró una hoja hasta su pecho. Tenía miembros diminutos y cara asustada de color marrón claro como la propia hoja. Al parecer los hombres-hoja de Orfeo se habían extendido con rapidez. La extraña criatura mordió en el dedo a Mo cuando intentó cogerla, y el siguiente golpe de viento la arrastró lejos.

—¿Tú también las viste anoche? —Dedo Polvoriento se volvió en la silla.

El soldado que le seguía esquivó su mirada. No hay país más desconocido que el de la Muerte.

—¿A quién?

Dedo Polvoriento le contestó con una mirada burlona:

—Eran dos. Dos Mujeres Blancas. Estaban entre los árboles antes del amanecer.

—¿Por qué crees que nos siguen? ¿Para recordarnos que aún les pertenecemos?

Dedo Polvoriento se limitó a encogerse de hombros, como si la respuesta no fuese importante y la pregunta, equivocada.

—Las veo cada vez que cierro los ojos. «¡Dedo Polvoriento!», musitan ellas. «Te echamos de menos. ¿No te duele el corazón? ¿Percibes el peso del tiempo? ¿Quieres que te libremos de él? ¿Te apetece olvidar?» ¡No!, les respondo. Dejadme sentir todo eso un rato más. Quién sabe si a pesar de todo no me llevaréis pronto de vuelta. A mí... —miró a Mo—, y a Arrendajo.

Por encima de ellos pasaban nubes oscuras, que habían estado agazapadas quizá detrás de las montañas, y los caballos se inquietaron, pero Dedo Polvoriento los tranquilizó con unas palabras quedas.

—¿Qué te susurran a ti? —preguntó a Mo... mirándolo como si lo supiera.

—¡Oh! —era difícil hablar de las Mujeres Blancas. Muy difícil, parecía que ellas te sujetaban la lengua cuando lo intentabas—. Casi siempre se limitan a permanecer a la espera. Y si dicen algo, siempre es lo mismo: «Sólo la muerte te hace inmortal, Arrendajo».

Hasta entonces no le había contado eso a nadie, ni al príncipe Negro, ni a Resa, ni a Meggie. ¿Para qué? Se habrían asustado.

Pero Dedo Polvoriento conocía a las Mujeres Blancas... y a aquélla a quien ellas servían.

—Inmortal —repitió—. ¡Oh, sí, a ellas les gusta decir esas cosas, y seguramente será cierto. Pero ¿qué pasa contigo? ¿Tienes prisa con la inmortalidad?

Mo no llegó a contestarle.

Violante condujo su caballo hacia ellos. El sendero los había conducido a la cresta de una montaña. Muy abajo se vislumbraba un lago en cuyas aguas se reflejaba un castillo que flotaba sobre las olas como una fruta de piedra, lejos de la orilla… Sus muros eran más oscuros que los abetos que crecían en las laderas circundantes, y un puente interminable y angosto, sostenido por innumerables pilares, llegaba hasta la tierra, donde dos torres de vigilancia derruidas se erguían entre cabañas abandonadas.

—El Puente Inexpugnable —susurró uno de los soldados, y esas tres palabras compendiaban todas las historias que había escuchado sobre ese lugar.

Empezó a nevar de nuevo. Los diminutos copos desaparecían en el lago oscuro como si éste los devorara, y los jóvenes soldados de Violante contemplaron en medio de un silencio opresivo el poco invitador destino de su viaje. El rostro de su señora, empero, resplandecía como el de una jovencita.

—¿Qué dices, Arrendajo? —preguntó a Mo mientras se ponía en la nariz las gafas montadas en oro—. Mira. Mi madre me describió tantas veces este castillo que me da la impresión de haber crecido aquí. Sólo desearía que estos cristales fueran mejores —añadió, impaciente—. Pero incluso desde aquí percibo lo bonito que es.

¿Bonito? Mo habría calificado al castillo más bien de tenebroso, pero quizá eso fuera lo mismo para la hija de Cabeza de Víbora.

—¿Comprendes ahora por qué te he traído hasta aquí? —preguntó Violante—. Nadie puede conquistar este castillo. Ni siquiera pudieron los gigantes cuando aún acudían a este valle. El lago es demasiado profundo, y el puente tiene la anchura justa para un jinete.

La senda que descendía hasta la orilla era tan empinada que tenían que llevar por la rienda a sus caballos. Bajo los abetos tan tupidos reinaba tal oscuridad que parecía que sus agujas devoraban la luz del día y Mo sintió una nueva congoja. Pero Violante caminaba delante con tal impaciencia que les costaba seguirla entre la densa arboleda.

—¡Íncubos! —musitó Dedo Polvoriento cuando el silencio entre los árboles se volvió tan oscuro como las agujas que cubrían el suelo—. Súcubos negros, Gorros Rojos… Aquí hay todo lo que haría temblar a Farid. Confiemos en que ese castillo esté de veras deshabitado.

Cuando finalmente alcanzaron la orilla del lago, la niebla flotaba sobre el agua, y el castillo y el puente se elevaban sobre el vapor blanco como si acabaran de nacer de él, plantas de piedra de las profundidades del agua. Las cabañas de la orilla parecían mucho más reales, aunque también se notaba que llevaban mucho tiempo deshabitadas. Mo condujo su caballo hasta una de las torres de vigilancia. La puerta estaba quemada, el interior ennegrecido por el hollín.

Violante se situó a su lado.

—El último que intentó conquistar este castillo fue un sobrino de mi abuelo. No llegó a cruzar el lago. Mi abuelo crió peces voraces en él. Al parecer son mayores que los caballos y muy aficionados a la carne humana. El lago vigila este castillo mejor que cualquier ejército. Nunca hubo muchos soldados en el castillo, pero mi abuelo siempre se ocupó de que no faltaran provisiones para resistir un asedio. Había ganado, y en algunos de los patios interiores mandó cultivar verduras y plantar árboles frutales. A pesar de todo, mi madre me contaba que se veía obligado a comer pescado con frecuencia.

Violante rió. Mo contempló, desazonado, el agua oscura. Le parecía ver avanzar entre los cendales de niebla a todos los soldados muertos que habían intentado cruzar el Puente Inexpugnable. El lago parecía un reflejo del Mundo de Tinta, hermoso y terrible a la vez. La superficie era lisa como el cristal y las orillas pantanosas, y nubes de insectos a los que el invierno evidentemente no les afectaba zumbaban suspendidas entre los cañaverales blancos por la helada.

—¿Por qué vivía vuestro abuelo en un lugar tan retirado?

—Porque estaba harto de las personas. ¿Os asombra? —Violante contemplaba fascinada el increíble espectáculo que durante años sólo había conocido a través de la palabra. Con cuánta frecuencia nos hablan las palabras o imágenes de lo que añoramos.

—Mi madre tenía sus aposentos en la torre de la izquierda. Cuando mi abuelo mandó edificar el castillo, los gigantes aún venían aquí —por su tono de voz, Violante parecía hablar en sueños—. Este lago era entonces el único lugar fuera de las ciudades en el que se estaba a salvo, porque ni siquiera ellos eran capaces de cruzarlo. Sin embargo, les gustaba contemplarse en sus aguas, por lo que también lo denominaban el «Espejo de los Gigantes». Mi madre les tenía miedo. En cuanto oía sus pasos, se escondía debajo de la cama, pero a pesar de todo siempre se preguntó qué tamaño tendrían si estuviesen justo en su presencia y no en la orilla lejana, y una vez, cuando contaba unos cinco años y apareció en la orilla un gigante con su hijo, mi madre corrió hacia ellos, pero una de sus niñeras la alcanzó al principio del puente, y mi abuelo, como castigo, la mandó encerrar tres días y tres noches en esa torre —Violante señaló una torre que se alzaba como una aguja entre las demás—. Era el único lugar del castillo del que mi madre se negaba a hablar. Tenía en las paredes cuadros de íncubos, de monstruos marinos, de lobos, de serpientes, de bandidos matando a viajeros… Mi abuelo hizo pintar esos cuadros para mostrar a sus hijas lo peligroso que era el mundo más allá del lago. Los gigantes se llevaban con frecuencia a personas, sobre todo niños para que les sirvieran de juguetes. ¿Has oído hablar de eso?

—Lo he leído —contestó Mo.

La felicidad que latía en la voz de Violante lo emocionaba, y se preguntó cómo el mismo libro que le había revelado tantas cosas sobre los elfos de fuego y los gigantes hablaba tan poco de la hija de Cabeza de Víbora. Y es que para Fenoglio, Violante sólo había sido un personaje secundario, una joven fea y desdichada, nada más. A lo mejor se podía aprender algo de ella. Que uno podía convertir a personajes secundarios en protagonistas, si los interpretaba a su manera.

Violante parecía haber olvidado que Mo permanecía a su lado. Parecía haber olvidado todo, incluso que había viajado hasta allí para matar a su padre. Contemplaba con nostalgia el castillo, confiando tal vez en columbrar a su madre en las almenas. Pero finalmente se giró con brusquedad.

—Cuatro de vosotros se quedarán aquí, en las torres de vigilancia —ordenó a sus soldados—. El resto vendrá conmigo. Pero cabalgad despacio si no queréis que el golpeteo de las herraduras de vuestras monturas atraiga a los peces. Mi madre me contó que han arrebatado del puente a docenas de hombres.

Entre sus soldados se propagó un murmullo de inquietud. En verdad eran casi unos niños.

Violante no les prestó atención. Remangándose el vestido, negro como todo lo que se ponía, pidió a Brianna que la ayudase a montar.

—Ya veréis —dijo—. Conozco este castillo mejor que si hubiera vivido en él. He estudiado todos los libros que hablan de él. Conozco los planos y todos sus secretos.

—¿Ha estado alguna vez aquí vuestro padre? —Dedo Polvoriento planteó la pregunta en cuanto pasó por la mente de Mo.

Violante empuñó las riendas.

—Una sola vez —contestó sin mirar a Dedo Polvoriento—. Cuando pidió a mi madre en matrimonio. Pero de eso hace mucho tiempo. A pesar de todo, seguro que recuerda que este castillo es inexpugnable —hizo girar a su caballo—. ¡Vamos, Brianna! —exclamó dirigiéndose hacia el puente. Pero su caballo se asustó al ver el camino empedrado por encima del agua.

Dedo Polvoriento condujo su montura junto a la de ella sin decir palabra, le arrebató las riendas y condujo el caballo de Violante detrás del suyo por encima del puente. El eco de los cascos resonaba sobre el agua mientras los hombres de Violante lo seguían.

Mo fue el último en adentrarse en el puente. De repente el mundo entero pareció componerse de agua. La niebla le dio en la cara y ante sus ojos el castillo nadaba en el lago comó un sueño oscuro: torres, almenas, puentes, torreones, muros sin ventanas, corroídos por el viento y el agua. El puente era interminable y la puerta hacia la que conducía parecía inalcanzable, pero al final comenzó a engrandecerse a cada paso de su caballo. Las torres y muros llenaron el cielo como una canción ominosa, y Mo vislumbró sombras oscuras deslizándose por el agua como perros guardianes que hubiesen venteado su llegada.

«¿Cómo era el castillo, Mo?», oyó preguntar a Meggie. «¡Descríbemelo!»

¿Qué le respondería? Alzó los ojos hacia las torres, innumerables como si cada año creciera una nueva, al laberinto de torreones y puentes, y hacia el grifo de piedra situado encima de la puerta.

—No tiene pinta de tener un final feliz, Meggie —respondió—. Parece un lugar del que no se regresa.

EL PAPEL DE LAS MUJERES

¿Qué me importa un libro?
El viento hojea los árboles;
y yo sé qué palabras hay allí,
y a veces las repito en voz baja.
Y la muerte, que quiebra ojos como si fueran flores,
no encuentra los míos...

Rainer Maria Rilke, «La ciega»

Ropas de hombre. Resa se las había robado a Espantaelfos mientras dormía, unos pantalones y una camisa larga y abrigada. Seguro que se sentía orgulloso de ellas. Pocos bandidos poseían más de lo que llevaban puesto, pero en los próximos días ella necesitaría esas ropas con más urgencia que Espantaelfos.

Hacía mucho tiempo que el Mundo de Tinta había obligado a Resa a vestirse de hombre, y sin embargo en cuanto se puso los ásperos pantalones el recuerdo retornó tan nítido como si acabara de suceder. Recordó con cuánta frecuencia le había arañado el cuchillo la piel de la cabeza cuando se rapaba el pelo, y cómo le dolía la garganta por sus continuos intentos por hablar con voz más grave. Esta vez se limitaría a recogerse el pelo y seguramente no tendría que fingir que era un hombre, pero los pantalones eran mucho más prácticos que un vestido en los caminos salvajes que tendría que recorrer para seguir a Mo.

—¡Prométemelo! —él nunca le había pedido nada con tanta insistencia—. Prométeme que permaneceréis ocultas, pase lo que pase, oigáis lo que oigáis. Y si todo fracasa (qué hábil perífrasis para decir: si yo muero), Meggie debe intentar devolveros a vuestro mundo mediante la lectura.

Devolvernos, ¿adónde? ¿A casa de Elinor, donde cada rincón le recordaba a él y en cuyo jardín se ubicaba su taller? Aparte de que Elinor ahora también estaba a este lado de las letras. Mo, sin embargo, no se había enterado de esto, ni tampoco de que ella había quemado las palabras de Orfeo.

No. Sin él no había regreso. Si Mo moría en el Mundo de Tinta, ella moriría en él… confiando en que las Mujeres Blancas la llevasen al mismo lugar que a su marido.

«¡Olvida esos pensamientos sombríos, Resa!», se dijo, colocándose la mano sobre el vientre. Hacía una eternidad que Meggie había crecido allí, pero sus dedos aún lo recordaban… todos los días en que se había acariciado el vientre en vano, y el momento en que percibió de repente el cuerpecito debajo de su piel. Ningún otro momento igualaba a ése, y ella ansiaba volver a sentir cómo los pies diminutos la golpeaban por debajo de las costillas y el niño giraba y se estiraba en su seno. Ya no podía tardar mucho. Ojalá no temiera tanto por su padre.

—Venga. Vamos a buscarlo y a prevenirlo contra la Urraca y Birlabolsas —susurró a su hijo aún no nacido—. Ya hemos permanecido demasiado tiempo cruzados de brazos. A partir de ahora participaremos en la función, aunque Fenoglio no haya escrito nuestro papel.

Sólo Roxana sabía lo que se proponía, nadie más. Ni Elinor, ni Meggie. Las dos habrían querido acompañarla. Pero tenía que ir sola, aunque eso provocaría un nuevo enfado de Meggie. Su hija aún no le había perdonado del todo la visita a Orfeo, ni tampoco la noche en el cementerio. Meggie no perdonaba fácilmente, tratándose de su padre. Éste era el único al que perdonaba siempre.

Resa sacó el libro de Fenoglio de debajo de la manta bajo la que dormía. Le había pedido a Baptista que le cosiera una bolsa de cuero para guardarlo, como es lógico sin decirle que seguramente él mismo había nacido en las páginas de ese libro.

—Es un libro extraño —había dicho él—. ¿Qué escribiente traza unas letras tan feas como ésas? ¿Y qué encuadernación es ésta? ¿Se le acabó el cuero al encuadernador?

Resa no estaba segura de lo que habría comentado Dedo Polvoriento sobre sus planes. Todavía la emocionaba que le hubiera confiado el libro a ella. Pero ahora tenía que hacer lo que consideraba correcto.

Miró a su hija. Meggie dormía al lado de Farid, pero apenas un metro más allá se acostaba Doria, el rostro vuelto hacia Meggie. El antiguo hombre de cristal de Orfeo yacía a su lado, y la mano del joven lo cubría a modo de manta. Dormida, ¡qué joven parecía Meggie! Le habría gustado inclinarse sobre ella y apartarle el pelo de la frente. Le atormentaba recordar los años que había pasado lejos de ella, le resultaba muy doloroso. ¡Apresúrate, Resa! Fuera ya clarea. Pronto despertarían todos e impedirían su marcha.

Elinor murmuró algo en sueños cuando se deslizó a su lado, y el centinela situado a la entrada de la cueva miró en su dirección cuando Resa pasó detrás del muro levantado por Fenoglio, en un intento tal vez de mantener lejos al mundo que había creado. Él y su hombre de cristal roncaban a porfía, como un oso y un grillo. Los diminutos dedos de Cuarzo Rosa estaban negros de tinta, y la hoja junto a la que dormía, cubierta de palabras recién escritas, casi todas ellas tachadas.

Resa depositó la bolsa con el libro justo al lado del odre de vino al que Fenoglio aún recurría complacido, aunque Elinor aprovechaba cualquier ocasión para censurarlo por ello. Introdujo la carta que le había escrito entre las páginas de manera que asomase fuera de la bolsa como una mano blanca, imposible pasar desapercibida.

Fenoglio —había necesitado mucho tiempo para encontrar las palabras adecuadas, y todavía no estaba segura de haberlas hallado—, *devuelvo «Corazón de Tinta» a su autor. A lo mejor tu propio libro puede revelarte el desenlace de esta historia, y susurrarte palabras que protejan al padre de Meggie. Yo intentaré entretanto contribuir a mi manera a que la canción de Arrendajo no tenga un triste final. Resa*

El cielo se teñía de rojo cuando salió de la cueva. Fuera hacía un frío espantoso. Pata de Palo, que montaba guardia bajo los árboles, la siguió con la vista, desconfiado, cuando se dirigió al norte. Quizá ni siquiera la había reconocido vestida de hombre. Algo de pan y un pellejo de agua, un cuchillo y la brújula que Elinor había traído consigo a ese mundo… eso era cuanto llevaba. No era la primera vez que tenía que arreglárselas sola en ese mundo. No había llegado muy lejos, cuando escuchó unos pasos pesados detrás de ella.

—Resa —por el tono, Recio parecía afectado como el niño que ha sorprendido a su hermana escapando—, ¿adónde vas?

Como si tuviera que decírselo.

—No puedes seguirlo. Le prometí que os vigilaría a ti y a tu hija —la sujetó, y lo que Recio sujetaba no se soltaba.

—Déjame marchar —replicó furiosa—. Él no sabe nada de Birlabolsas. Tengo que seguirle. Tú puedes cuidar de Meggie.

—Doria la protegerá. Nunca había mirado a ninguna chica como a ella. Y también Baptista sigue allí —seguía sujetándola—. El camino al Castillo del Lago es largo. Muy largo y muy peligroso.

—Roxana me lo ha explicado.

—¿Y? ¿Te ha hablado también de los íncubos? ¿De los Gorros Rojos y los súcubos negros?

—También los había en la fortaleza de Capricornio. Pero cualquiera de sus hombres era peor. Así que vuelve. Puedo cuidar de mí misma.

—Seguro. Y enfrentarte a Birlabolsas y a Pífano —le arrebató la bolsa—. Arrendajo me matará cuando te vea.

Arrendajo. ¿Qué pasaría si en el castillo no se encontrase con su marido, sino con Arrendajo? Mo quizá comprendiera que lo hubiera seguido, pero no Arrendajo…

—Vamos.

Recio se alejó a grandes zancadas. Era tan testarudo como fuerte. Ni siquiera el príncipe Negro podía hacerle cambiar de opinión cuando se le metía algo en la cabeza, y Resa no lo intentó. Le sentaría muy bien su compañía, pero que muy bien. No había atravesado muchas veces sola los bosques del Mundo de Tinta, y no le gustaba recordarlo.

—Recio, ¿te gustaba la Urraca que voló con Ardacho? —le preguntó cuando ya habían dejado muy atrás la cueva en la que dormía su hija.

—No era una Urraca —contestó—. Tenía voz de mujer. Pero no dije nada porque los demás me habrían tomado por loco.

48

LA ESPERA

No cesaremos de explorar
y el fin de toda nuestra exploración
será llegar a donde arrancamos
y conocer el lugar por primera vez.

Thomas S. Eliot, «Little Gidding»

El Castillo del Lago era una ostra cerrada frente al mundo. Ni una sola ventana se abría a las montañas que lo rodeaban ni al lago que lamía los muros oscuros. Una vez que dejabas atrás la puerta, sólo existía el castillo: sus patios oscuros y angostos, los puentes techados que unían las torres, los muros pintados con mundos que no se parecían en nada al mundo que se desplegaba más allá de los muros sin ventanas. Allí se veían jardines y suaves colinas pobladas de unicornios, dragones y pavos reales, y sobre ellos un cielo eternamente azul en el que flotaban nubes blancas. Se veían pinturas por todas partes, en las habitaciones, en los corredores, en los muros de los patios. Se las veía desde cada ventana (y el interior del castillo contaba con numerosas ventanas). Panorámicas de un mundo inexistente. Pero el aliento húmedo del lago provocaba el desprendimiento de la pintura de los muros, de manera que en muchos sitios daba la impresión de que alguien había intentado borrar de las paredes las mentiras pintadas.

Sólo desde las torres se podía contemplar, sin que lo tapasen muros, puentes y tejados, el mundo real que rodeaba al castillo, el vasto lago y las montañas circundantes, y Mo sintió el súbito impulso de subir a las almenas, donde, con el cielo por encima de su cabeza, contemplaría el mundo que lo fascinaba tanto que sólo ansiaba sumergirse más profundamente en él, aunque quizá no fuera más real que las pinturas de las paredes. Violante, por el contrario, sólo deseaba ver las estancias en las que su madre había jugado un día.

Se movía por el Castillo del Lago como si fuese su hogar, acariciando con reverencia los muebles grises de polvo, examinando cada pieza de vajilla de barro cubierta por las telarañas, y contemplando las pinturas de las paredes con detenimiento, como si le hablasen de su madre.

—Ésta era la habitación en la que impartían clases a ella y a sus hermanas. ¿Lo ves? Ésos eran sus pupitres. ¡El maestro era horroroso! Aquí dormía mi abuela. Allí guardaban a los perros y allí a las palomas mensajeras.

Cuanto más tiempo la seguía, más le parecía a Mo que ese mundo pintado era justo lo que ansiaban ver los débiles ojos de Violante. A lo mejor se sentía más segura en un mundo que se asemejaba a los libros de Balbulus, inventado y dominable, intemporal e inalterable, familiar en cada rincón.

¿Le habría gustado a Meggie, se preguntaba, ver ante su ventana unicornios pintados, colinas de eterno verdor y siempre las mismas nubes? No, se contestó él mismo. Meggie habría hecho lo mismo que él: subir a las torres.

—¿Os contó vuestra madre si era feliz aquí? —Mo no pudo evitar que Violante percibiera la duda en su voz, y la femenil blandura que tanto transformaba su rostro desapareció en el acto para dejar paso a la hija de Cabeza de Víbora.

—¡Pues claro! Era muy feliz. Hasta que mi padre obligó a mi abuelo a que se la entregara como esposa y se la llevó al Castillo de la Noche —le dirigió una mirada desafiante, intentando obligarlo a creerla... y a amar ese castillo.

Había un lugar que no permitía olvidar el mundo exterior ni siquiera detrás de los muros. Mo no lo encontró hasta que vagó solo en busca de algún rincón en el que no le asaltara de nuevo la sensación de ser un prisionero, aunque en esta ocasión la mazmorra dispusiera de hermosas pinturas. La luz del día lo cegó cuando de repente entró en una sala del ala oeste del castillo con tantas ventanas que transformaban los muros en encaje de piedra. En el techo bailoteaba la luz que reflejaban las aguas del lago, y las montañas parecían alinearse fuera como si sólo desearan ser contempladas a través de todas esas ventanas. La belleza de la vista dejó sin aliento a Mo, a pesar de ser tenebrosa y, sin darse cuenta, sus ojos buscaron huellas de seres humanos en las oscuras laderas. Se llenó los pulmones con el aire frío y no reparó en que no estaba solo hasta que se volvió hacia el sur, donde, en algún lugar detrás de las montañas, se encontraba Umbra. Dedo Polvoriento estaba sentado en una de las ventanas, los cabellos al viento, el rostro orientado hacia el sol frío.

—Los juglares la llaman la sala de las Mil Ventanas —dijo sin volverse, y Mo se preguntó cuánto tiempo llevaría sentado allí—. Se dice que la madre de Violante y sus hermanas comenzaron a perder la vista porque su padre nunca les permitía mirar a lo lejos por miedo a lo que les esperaba. La luz del día comenzó a resultarles dolorosa. Ya no podían distinguir con claridad ni siquiera las pinturas de las paredes de sus habitaciones, y un curandero que acudió con unos juglares explicó al abuelo de Violante que sus hijas se quedarían ciegas si no les permitía de vez en cuando ver el mundo verdadero. Así que el Príncipe de la Sal —así lo llamaban por haberse enriquecido comerciando con sal— ordenó abrir en los muros estas ventanas y mandó que sus hijas miraran fuera una hora al día. Pero mientras lo hacían un juglar debía hablarles de los horrores del mundo, de la falta de corazón de las personas y de su crueldad, de las plagas y de los lobos hambrientos, para que nunca desearan salir, y así no abandonasen a su padre.

—Qué historia tan extraña —dijo Mo. Cuando se situaba al lado de Dedo Polvoriento percibía con tanta fuerza la nostalgia de éste por Roxana como si fuera la suya propia.

—Ahora es una historia más —contestó Dedo Polvoriento—. Pero todo sucedió de verdad, aquí, en este lugar —y soplando suavemente en el aire frío, formó tres jóvenes de fuego que, muy juntas unas de otras, escudriñaban a lo lejos, donde las montañas eran azules como la propia añoranza—. Dicen que intentaron escapar varias veces con los juglares que su padre toleraba en el castillo porque le traían novedades de otras Cortes. Pero ni las jóvenes ni los juglares llegaron nunca más allá de los primeros árboles. Su padre los capturaba y traía a su hijas de vuelta al castillo. A los juglares, sin embargo, los ataba allí —Dedo Polvoriento señaló una roca a la orilla del agua—, y las jóvenes tenían que permanecer junto a la ventana —las figuras de fuego obedecían al pie de la letra las indicaciones de Dedo Polvoriento—, tiritando y temblando de miedo hasta que los gigantes se los llevaban.

Mo no podía apartar la vista de las muchachas de fuego. Las llamas perfilaban su miedo y su soledad de manera tan impresionante como los pinceles de Balbulus. No, la madre de Violante no había sido feliz en ese castillo, contara lo que le contara a su hija.

—¿Qué está haciendo?

Violante apareció de repente detrás de ellos. Brianna y Tullio la acompañaban.

Dedo Polvoriento chasqueó los dedos y las llamas perdieron su figura humana y se enroscaron alrededor de las ventanas como una planta ígnea.

—No temáis. Sólo dejará un rastro de hollín sobre las piedras, y por el momento —añadió dirigiendo una mirada a Brianna, que contemplaba las llamas, encantada— es un espectáculo muy bello, ¿no?

Así era. El fuego cubrió las ventanas de hojas rojas y flores doradas. Tullio intentó acercarse, pero Violante lo detuvo con un brusco tirón.

—¡Apágalo, Bailarín del Fuego! —ordenó, enfurecida, a Dedo Polvoriento—. Ahora mismo.

Dedo Polvoriento obedeció con un encogimiento de hombros. Un susurro y el fuego se apagó. La ira de Violante no impresionaba a Dedo Polvoriento, y esto amedrentaba a la hija de Cabeza de Víbora. Mo lo leía en sus ojos.

—Era realmente hermoso, ¿no os parece? —preguntó pasando el dedo por la cornisa ennegrecida por el hollín. Le parecía seguir viendo a las tres jóvenes ante la ventana.

—El fuego nunca es hermoso —respondió Violante con desdén—. ¿Has visto alguna vez morir a una persona en la hoguera? Arden mucho tiempo.

Evidentemente sabía de lo que hablaba. ¿Qué edad tenía cuando presenció la primera pira, cuando vio al primer hombre ahorcado? ¿Cuánta negrura soportaba una niña antes de asimilar esa negrura para siempre?

—Ven conmigo, Arrendajo —Violante se volvió de repente—. Quiero enseñarte algo. ¡Sólo a ti! Brianna, trae agua y limpia el hollín.

Brianna se alejó sigilosa sin decir palabra, no sin dirigir a su padre una mirada fugaz. Pero Dedo Polvoriento retuvo a Mo cuando éste quiso seguir a la Fea.

—¡Guárdate de ella! —le susurró—. Las princesas sienten debilidad por juglares y bandidos.

—¡Arrendajo! —la impaciencia endureció la voz de Violante—. ¿Dónde estás?

Dedo Polvoriento dibujó sobre el suelo sucio un corazón de fuego.

Violante esperaba en la oscura escalera de la torre como si hubiera huido de las ventanas. A lo mejor amaba las sombras porque aún sentía en su mejilla la marca a la que debía su cruel apodo. Cuán distintos habían sido los apelativos cariñosos con los que había crecido Meggie: bonita, cielo, cariño... Meggie había crecido con la certeza de que su mera visión colmaba de amor. Seguramente la madre de Violante habría manifestado el mismo amor a su hija, pero todos los demás la habían mirado con horror o, en el mejor de los casos, con compasión. ¿Dónde se había ocultado la niña que fue de todas las miradas de desaprobación, dónde se había ocultado de tanto dolor? ¿Había enseñado a su corazón a despreciar a todos los que podían mostrar al mundo una cara bonita? «Pobre hija de la Víbora», pensó Mo al verla quieta en la oscura escalera, a solas con su sombrío corazón... No. Dedo Polvoriento se equivocaba. Violante no amaba a nada ni a nadie, ni siquiera a sí misma.

Ella descendió deprisa las escaleras, como si quisiera huir de su propia sombra. Caminaba siempre deprisa, llena de impaciencia, alzando los largos vestidos como si a cada paso maldijera las ropas que llevaban las mujeres en ese mundo.

—Ven, quiero mostrarte algo. Mi madre me contó siempre que la biblioteca de este castillo estaba en el ala norte, junto a las pinturas de los unicornios. No sé cuándo y por qué la trasladaron, pero compruébalo tú mismo... el cuarto de la guardia de la torre, la habitación del escribiente, la habitación de las mujeres —musitaba al andar—, el puente hacia la torre norte, el puente hacia la torre sur, el patio de los pájaros, el patio de los perros... —se movía en efecto por el castillo como si hubiera vivido toda la vida allí.

¿Con cuánta frecuencia había estudiado los libros que describían ese castillo? Mo escuchó el lago cuando ella lo condujo a través de un patio con jaulas vacías, gigantescas, de forja artística en las que los barrotes tuvieran que sustituir a los árboles para los pájaros. Oyó batir el agua contra las piedras, pero los muros que rodeaban el patio estaban cubiertos de pinturas de hayas y robles en cuyas ramas se posaban bandadas de pájaros: gorriones, alondras, palomas torcaces, ruiseñores, halcones, piquituertos y petirrojos, pájaros carpinteros y colibríes, hundiendo sus picos en flores rojas. Al lado de una golondrina se veía un arrendajo.

—A mi madre y a mis hermanas les gustaban los pájaros. Por eso mi abuelo, amén de pintarlos en los muros, los trajo vivos de los países más remotos y llenó con ellos estas jaulas. En invierno las cubría, pero mi madre se metía por debajo de las mantas. A veces se pasaba horas dentro de alguna jaula hasta que las niñeras la encontraban y le quitaban las plumas del pelo.

Siguió caminando deprisa. Atravesaron una puerta, otro patio. Perreras, escenas de caza en los muros y sobre todo el oleaje del lago, tan lejos y sin embargo tan cerca. Claro que le gustaban los pájaros a la madre de Violante, pensaba Mo. Deseaba tener alas igual que ellos. Seguro que ella y sus hermanas soñaban con escaparse volando cuando se metían dentro de las jaulas, confiando en que sus vestidos elegantes se cubriesen de plumas.

Sentía una opresión en el pecho al pensar en las tres jóvenes solitarias, y a pesar de todo le habría encantado enseñar a Meggie las jaulas y los pájaros pintados, los unicornios y dragones y la sala de las Mil Ventanas, incluso el Puente Inexpugnable, que cuando se miraba desde lo alto parecía flotar por encima del lago. «Le contarás a Meggie todo esto», se dijo a sí mismo, como si las palabras pudieran hacerse verdad con sólo pensarlas.

Una escalera más, otro puente cubierto, a modo de túnel flotando entre las torres. La puerta ante la que se detuvo Violante estaba pintada de negro igual que las demás del castillo. La madera se había hinchado, y tuvo que empujar con el hombro para abrirla.

—¡Es horrible! —exclamó ella, y tenía razón.

Mo no podía ver mucho en la estancia alargada. Sólo dos estrechas ventanas dejaban entrar la luz y el aire, pero aunque no hubiera podido ver, sí que habría olido. Los libros se apilaban igual que la leña ante las paredes húmedas y el aire frío olía tanto a moho que tuvo que taparse la boca y la nariz con la mano.

—Fíjate —Violante cogió el libro más próximo y se lo tendió con lágrimas en los ojos—. Así están todos.

Mo tomó el libro e intentó abrirlo, pero las páginas estaban pegadas formando una masa negruzca que olía a podrido. El moho que cubría el canto parecía espuma. Las tapas estaban corroídas. Ya no era un libro lo que sostenía... sino el cadáver de un libro, y por un momento Mo pensó con desagrado que había condenado al mismo destino al libro que había encuadernado para Cabeza de Víbora. ¿Tendría ya un aspecto tan espantoso como éste? Seguro que no, pues en ese caso habría matado hacía mucho a Cabeza de Víbora y las Mujeres Blancas no alargarían sus manos hacia Meggie.

—He examinado muchos y casi ninguno tiene mejor pinta. ¿Cómo es posible?

Mo devolvió el libro destruido con los demás.

—Bueno, fuera cual fuera la ubicación de la biblioteca original, me temo que en este castillo no existe un lugar seguro para los libros. Aunque vuestro abuelo intentase olvidarlo, el lago de fuera... sigue ahí. El aire es tan húmedo que los libros comenzaron a pudrirse, y como nadie sabía cómo salvarlos, debieron de traerlos a esta estancia confiando en que aquí se secarían antes que en la biblioteca. Un grave error. Debieron valer una fortuna.

Violante apretaba los labios y acariciaba con la mano las tapas corroídas como si acariciase por última vez la piel de un animal muerto.

—Mi madre me los describió con más claridad que todo lo demás de este castillo. Por fortuna se llevó algunos al Castillo de la Noche. La mayoría de ellos los trasladé después a Umbra. Nada más llegar rogué a mi suegro que trajera también los demás libros. Al fin y al cabo, por entonces este castillo llevaba años abandonado. Pero ¿quién atiende los ruegos de una niña de ocho años? «Olvida los libros y el castillo en el que están», repetía cada vez que se lo pedía. «No enviaré a mis hombres al Castillo del Lago, ni siquiera por los libros más bellos del mundo. ¿No has oído hablar de los peces que tu abuelo mandó criar en el lago y de las nieblas perpetuas? Por no mencionar a los gigantes.» ¡Como si los gigantes no llevasen entonces años desaparecidos de estas montañas! ¡Qué estúpido era! ¡Un estúpido glotón e inculto! —la ira difuminó la tristeza de su voz.

Mo miró a su alrededor. La idea de los tesoros que se habían ocultado antaño entre aquellas tapas destruidas le provocaba más náuseas que el olor a moho.

—Ya no puedes hacer nada por estos libros, ¿verdad?

—No —contestó meneando la cabeza—. No hay remedio contra el moho. A pesar de que vos decís que vuestro padre lo encontró. No sabéis cuál es, ¿verdad?

—Oh, sí que lo sé, pero no te gustará —Violante cogió uno de los libros destruidos. Consiguió abrirlo, pero las páginas se deshacían entre sus dedos—. Hizo sumergir el Libro Vacío en sangre de hada. Dicen que si eso no hubiera surtido efecto, lo habría intentado con sangre humana.

Mo creyó ver cómo las páginas vacías que él había cortado en el Castillo de la Noche absorbían la sangre.

—¡Espantoso! —exclamó.

A Violante le pareció a todas luces divertido que una crueldad tan ridícula pudiera trastornarlo.

—Por lo visto mi padre mezcló la sangre de hada con sangre de elfos de fuego para que se secase más deprisa —prosiguió, impasible—. Los elfos tienen la sangre muy caliente, ¿lo sabías? Como fuego líquido.

—¿De veras? —la voz de Mo sonó ronca de asco—. Confío en que no os propongáis probar la misma receta en estos libros. No serviría de nada, creedme.

—Si tú lo dices…

¿Le pareció percibir desilusión en la voz de ella?

Se volvió. No le apetecía seguir viendo los libros muertos. Tampoco quería pensar en páginas empapadas en sangre.

Al atravesar la puerta, Dedo Polvoriento se apartó de la pared pintada del corredor, dando la impresión de que acababa de salir de un libro.

—Hemos tenido visita, Lengua de Brujo —le advirtió—. Aunque no la que esperamos.

—¿Lengua de Brujo? —Violante apareció en la puerta abierta—. ¿Por qué le llamas así?

—Oh, es una larga historia —Dedo Polvoriento le dedicó una sonrisa que ella no devolvió—. Creedme, el nombre le pega por lo menos igual de bien que el que vos le dais. Y así lo conocen desde hace mucho tiempo.

—¿En serio? —Violante lo examinaba con disgusto apenas encubierto—. ¿También entre los muertos lo llamaban así?

Dedo Polvoriento se dio la vuelta y pasó el dedo por encima del zarcero dorado posado en las ramas pintadas de un rosal.

—No. Entre los muertos nadie ostenta nombre. Allí todos son iguales. Titiriteros y príncipes. Algún día también lo experimentaréis vos.

El rostro de Violante se petrificó, asemejándose al de su padre.

—Mi esposo también regresó un día de entre los muertos. Pero no contó que allí los titiriteros gozasen de tan alto honor.

—¿Pero os refirió algo? —replicó Dedo Polvoriento mirando a Violante tan fijamente que ésta palideció—. Podría relataros una larga historia sobre vuestro esposo. Podría deciros que lo vi nada menos que dos veces entre los muertos. Pero creo que ahora deberíais saludar a vuestro visitante. No se encuentra muy bien.

—¿De quién se trata?

Dedo Polvoriento creó un pincel de fuego en el aire.

—¿Balbulus? —Violante lo miró con incredulidad.

—Sí —respondió Dedo Polvoriento—. Y Pífano le ha escrito en el cuerpo la furia de vuestro padre.

NUEVOS Y VIEJOS SEÑORES

«¡No hay problema!», exclamó Aber, la abubilla. «Cualquier
historia que tenga algún valor puede soportar ciertos embates.»
Salman Rushdie, *Harún y el mar de las historias*

¡Ay, qué dolor de trasero! Como si nunca más pudiera volver a
sentarse sobre él. Maldita cabalgada. Una cosa era cabalgar por
las calles de Umbra, la cabeza muy alta cosechando miradas de envidia.
Pero, la verdad, no tenía ninguna gracia seguir durante horas en una
noche oscura como boca de lobo la carroza de Cabeza de Víbora por
senderos accidentados en los que uno podía partirse el cuello a cada momento.

Sí, el nuevo señor de Orfeo sólo viajaba de noche. En cuanto amanecía,
ordenaba montar la tienda negra en la que se ocultaba del día, y sólo
cuando se ponía el sol subía de nuevo su cuerpo putrefacto a la carroza.
Orfeo lanzó una mirada furtiva a su interior la primera vez que hicieron
un alto. Los cojines ostentaban el escudo de la Víbora bordado con hilo
de plata, y parecían mucho más blandos que la silla de montar en la
que se sentaba desde hacía días. Sí, a él también le habría gustado una
carroza parecida, pero tenía que cabalgar tras ella, junto con Jacopo, el

horrendo retoño de Violante que exigía continuamente comida o bebida y adoraba de un modo tan perruno a Pífano que llevaba una nariz de hojalata sobre la suya propia. A Orfeo le asombraba que Pífano no les hubiera acompañado. Pero, en fin, había dejado escapar a Arrendajo. Seguramente Cabeza de Víbora lo había enviado al Castillo de la Noche como castigo. Mas ¿por qué demonios su señor llevaba una escolta de cuatro docenas de caballeros de la Hueste de Hierro? Orfeo los había contado dos veces, pero no eran más. ¿Consideraba Cabeza de Víbora a ese puñado de hombres suficiente contra los soldados niño de Violante o es que seguía confiando en su hija? En caso afirmativo, el Príncipe de la Plata era o notablemente más estúpido que su fama o la putrefacción había afectado a su cerebro, lo cual bien podía significar que Mortimer fuera de nuevo el héroe y que él, Orfeo, hubiese apostado al caballo equivocado. Un pensamiento espantoso, por lo que se esforzaba en no evocarlo con demasiada frecuencia.

Por culpa de la pesada carroza avanzaban con torturadora lentitud, lo que permitía a Oss trotar junto a los caballos. A Cerbero habían tenido que dejarlo en Umbra. También Cabeza de Víbora consideraba a los perros un privilegio de la nobleza… ¡Sí, la verdad es que ya iba siendo hora de reescribir las reglas de ese mundo!

—¡Vamos a paso de tortuga! —gruñó tras él un miembro de la Hueste. ¡Demonios, esos tipos apestaban casi tanto como su señor!—. Ya veréis, cuando lleguemos a ese maldito castillo, Arrendajo habrá levantado el vuelo otra vez.

Cretinos acorazados. Todavía no habían comprendido que Arrendajo había cabalgado hasta el castillo de Umbra con un plan que aún no había puesto en práctica.

Vaya. Al fin se detenían. ¡Oh, qué alivio para sus pobres huesos! El cielo estaba negro como la pez, pero seguramente Pulgarcito había descubierto un hada que a pesar del frío anunciaba la mañana con su baile infatigable.

Pulgarcito…

El nuevo guardaespaldas de Cabeza de Víbora podía enseñarle a uno el miedo. Era tan delgado como si ya se lo hubiera llevado la Muerte, y sobre la nuez de Adán lucía tatuado el animal heráldico de su señor que, al hablar, se retorcía como si viviera encima de su piel. Una visión muy inquietante, mas por suerte Pulgarcito no hablaba mucho. No debía su apodo a la estatura. Pulgarcito era incluso algo más alto que Orfeo, pero en ese mundo seguro que nadie conocía el cuento del mismo nombre. No. Este Pulgarcito al parecer se había ganado el nombre por las crueldades que sabía hacer con sus pulgares.

Orfeo no había leído nada sobre él en el libro de Fenoglio, de modo que debía de ser uno de los personajes que, de creer a Fenoglio, incubaba la propia historia, como una charca pantanosa las larvas de mosquito. Pulgarcito se vestía de campesino, pero su espada era mejor que la de Pífano, y se decía que su olfato estaba tan muerto como el de Nariz de Plata, por lo que, al contrario que todos los demás, ambos resistían sin arcadas la cercanía de Cabeza de Víbora.

«¡Envidiable!», pensó Orfeo mientras bajaba del caballo con un ligero gemido.

—¡Sécalo bien! —ordenó malhumorado a Oss—. Y después monta mi tienda, pero deprisita —desde que había visto a Pulgarcito, a Orfeo su guardaespaldas le parecía de lo más torpe.

La tienda de Orfeo no era demasiado grande ni lo bastante alta como para estar de pie, y era tan estrecha que estaba a punto de volcarse cuando él se daba la vuelta en el interior, mas con la prisa no había conseguido con la lectura nada mejor, aunque había revisado todos sus libros en busca de una versión más lujosa. Sus libros… bueno, suyos desde hacía poco tiempo. Antes habían pertenecido a la biblioteca del castillo de Umbra, pero nadie había impedido que Orfeo se los llevara.

Libros.

Qué excitado se había sentido en la biblioteca del Príncipe Orondo.

Tenía la certeza de encontrar allí al menos un ejemplar con las palabras de Fenoglio. Ya en el primer atril había descubierto efectivamente un libro con canciones sobre Arrendajo. Cuando lo liberó de su cadena (las cerraduras habían sido fáciles de abrir, de eso entendía un poco) le temblaban los dedos. «¡Ya te tengo, Mortimer!», pensó. «Voy a enderezarte moldeándote igual que la masa de pan. En cuanto tenga sobre mi lengua tu nombre de bandido no sabrás quién eres ni dónde estás.» Pero tras leer las primeras líneas su desilusión fue tanto más dolorosa. ¡Oh, qué sonidos arcillosos, qué versos mal rimados! No, Fenoglio no había compuesto ni una de las canciones que figuraban en ese libro. ¿Dónde estaban sus canciones? «¡Se las ha llevado Violante, cretino!», se insultó a sí mismo. «¿No te lo imaginabas?»

La desilusión aún dolía. Pero ¿quién decía que en ese mundo sólo podían cobrar vida las palabras del viejo idiota? ¿No eran en última instancia parientes todos los libros? Al fin y al cabo, los llenaban las mismas letras, sólo que en distinta sucesión. Lo que significaba que, en cierto modo, cualquier libro estaba contenido en otro.

Bueno, fuera como fuese, lo que Orfeo había leído hasta entonces a lo largo de aquellas horas interminables en la silla de montar no era, por desgracia, muy prometedor. Por lo visto en ese mundo no había ni un solo narrador que entendiera algo de su arte, al menos en la biblioteca del príncipe Orondo. ¡Qué lamentable colección de escritos bonitos, pero tediosos, qué leñosa palabrería! ¡Y los personajes! Ni siquiera *su* voz conseguiría insuflarles vida.

En un principio Orfeo se había propuesto impresionar a Cabeza de Víbora en la próxima parada ofreciéndole una prueba de sus habilidades, pero a su lengua le sabía a papel reseco todo lo que había encontrado. ¡Maldición!

Como es natural, la tienda de Cabeza de Víbora ya estaba montada. Pulgarcito enviaba siempre a unos criados delante, para que a continuación su señor pudiera entrar a trompicones desde la carroza.

Era un palacio de tela, las franjas negras bordadas con serpientes de plata brillaban a la luz de la luna, como si miles de caracoles se arrastraran por encima de la tela.

¿Qué pasará si te llama enseguida, Orfeo? ¿No le prometiste distracción? Aún resonaban en sus oídos las taimadas palabras de Pardillo: *A mi cuñado no le gusta nada que se frustren sus esperanzas.*

Orfeo tiritaba. Malhumorado, se acuclilló debajo de un árbol y sacó otro libro de las alforjas mientras Oss seguía luchando con la tienda.

¡Cuentos para niños! Lo que faltaba. ¡Maldición, maldición, maldición! Pero… ¡un momento! Eso le resultaba familiar. El corazón de Orfeo se aceleró. ¡Fenoglio, sí! Ésas eran sus palabras, desde luego.

—Este libro me pertenece —unos dedos cortos arrancaron el libro de las manos de Orfeo.

Jacopo estaba ante él, los labios fruncidos, las cejas arrugadas encima de los ojos como seguramente había visto hacer a su abuelo. No se había puesto la nariz de hojalata. Debía de resultarle algo molesta.

Orfeo reprimió con esfuerzo el impulso de arrebatarle de las manos el libro. No era una medida inteligente. «¡Sé amable con este hijo de Satanás, Orfeo!»

—¡Jacopo! —le dirigió una sonrisa amplia, ligeramente servil, como sabe apreciar el hijo de un príncipe, aunque su padre esté muerto—. ¿Es vuestro este libro? Entonces sabréis sin duda quién escribió sus historias, ¿me equivoco?

—Cara de Tortuga —contestó Jacopo con una mirada sombría.

¿Cara de Tortuga? ¡Qué fabuloso nombre para Fenoglio!

—¿Os gustan sus narraciones?

—Prefiero las canciones de Arrendajo —Jacopo se encogió de hombros—, pero mi madre no me las deja.

—Ah, pues no es muy amable que digamos.

Orfeo contemplaba el libro que Jacopo apretaba tan posesivamente contra su pecho. Sintió que se le humedecían las manos de sudor por la avidez. Las palabras de Fenoglio… ¿y si resultaba que eran tan eficaces como las del propio *Corazón de Tinta*?

—¿Qué os parecería, príncipe… —ah, cuánto le habría gustado retorcer el pescuezo a ese estúpido crío principesco—, qué os parecería si os narro algunos cuentos de bandidos a cambio de que me prestéis el libro?

—¿Sabes contar historias? Yo creía que te dedicabas a vender unicornios y enanos.

—Eso también.

«Y como no me entregues ese libro en el acto, haré que te ensarte con el cuerno uno de esos unicornios», pensó Orfeo… ocultando sus siniestros pensamientos detrás de una sonrisa más amplia todavía.

—¿Para qué quieres el libro? Es para niños. Sólo para niños.

Maldito pequeño sabihondo.

—Deseo ver los dibujos.

—Son aburridos —Jacopo abrió el libro y hojeó las páginas de pergamino—. Sólo hay animales, y hadas, y duendes. No soporto los duendes. Apestan y se parecen a Tullio —miró a Orfeo—. ¿Qué me das si te lo presto? ¿Tienes plata?

Plata. De tal palo, tal astilla… aunque para entonces se parecía más a su difunto padre que a su abuelo.

—Claro —Orfeo cogió la bolsa que pendía de su cinturón.

«Espera y verás, principito», pensó. «Si este libro puede hacer lo que me figuro, pienso concebir un par de sorpresas desagradables para ti.»

Jacopo extendió la mano y Orfeo dejó caer dentro una moneda con la efigie de su abuelo.

La manita permaneció abierta.

—Quiero tres.

Orfeo soltó un gruñido de enfado y Jacopo apretó aún más fuerte el libro contra su pecho.

Pequeño bastardo codicioso. Orfeo dejó caer otras dos monedas en la mano infantil y Jacopo cerró apresuradamente los dedos.

—Esto es por un día.

—¿Por un día?

—Señor, vuestra tienda está preparada —Oss caminaba hacia ellos con los dedos gordos asomando por la puntera de sus botas. Sus pies de elefante necesitaban unas nuevas. ¡Bah! Que fuera descalzo una temporada.

Jacopo se guardó las monedas en la bolsa de su cinturón y tendió el libro a Orfeo con gesto de condescendencia.

—Tres monedas, tres días —precisó Orfeo mientras cogía el libro—. Y ahora lárgate antes de que cambie de idea.

Jacopo se encogió de hombros, pero al momento siguiente recordó de quién era nieto.

—¿Qué forma de hablarme es ésa, Cuatrojos? —gritó con voz estridente, y dio tal pisotón a Orfeo que éste soltó un alarido.

Los soldados, que se sentaban ateridos debajo de los árboles, soltaron una risita sarcástica, y Jacopo se alejó con paso solemne, como una copia a escala reducida de Cabeza de Víbora.

Orfeo se sintió enrojecer de vergüenza.

—¿Qué clase de guardaespaldas eres? —increpó a Oss—. ¿Es que ni siquiera puedes protegerme de un crío de seis años?

Después se dirigió cojeando a su tienda.

Oss había prendido una lámpara de aceite y extendido una piel de oso sobre el frío suelo del bosque, pero Orfeo añoró su casa en cuanto se deslizó por la estrecha entrada.

—¡Todo esto por culpa de Mortimer y sus necios juegos de bandidos! —rezongó mientras se acomodaba de muy mal humor encima de la piel—. Pienso escribir para mandarlo al infierno y de paso a Dedo Polvoriento con él. Últimamente esos dos parecen inseparables, según dicen. Y si en este mundo no hubiera infierno, créalo de paso con la escritura, Orfeo. ¡Ni siquiera Dedo Polvoriento hallará placer en un fuego semejante!

Escribir. Abrió con avidez el libro que había alquilado al pequeño diablo codicioso. Osos, duendes, hadas… El pequeño tenía razón, eran cuentos para niños. No sería fácil traer con la lectura algo atractivo para Cabeza de Víbora, y seguro que éste lo convocaría muy pronto a su presencia. ¿Quién si no iba a distraerlo durante sus noches insomnes?

Vaya, más duendes todavía. El viejo parecía sentir especial predilección por ellos. Una historia muy sentimental sobre una mujer de cristal enamorada… una ondina que se enamoraba de un príncipe; demonios, eso no debía de interesar ni siquiera a Jacopo. ¿Se hablaba alguna vez de un bandido? ¿Graznaba siquiera un arrendajo en algún pasaje? Sí, eso estaría bien: entrar en la tienda de Cabeza de Víbora y leyendo unas cuantas palabras traerle al enemigo al que llevaba tanto tiempo persiguiendo en vano. Pero en lugar de eso, pájaros carpinteros, ruiseñores, incluso un gorrión parlante, pero ningún arrendajo. ¡Maldita sea mi estampa, tres veces maldita! Ojalá las tres monedas de plata hubiesen sido una buena inversión. *Pellizcanarices*… Hmm, eso al menos sonaba a una criatura que le permitiría vengarse del chiquillo. Pero ¡un momento! *Allí donde el bosque era pura negrura*, Orfeo formaba las palabras con los labios sin pronunciarlas, *y donde ni siquiera los duendes se atrevían a buscar setas…*

—¡A decir verdad este campamento es un lugar poco agradable, maestro! —Hematites apareció de pronto a su lado, con expresión bastante sombría—. ¿Cuánto tiempo creéis que durará el viaje?

El hombre de cristal iba adquiriendo cada día una coloración más gris. A lo mejor echaba de menos las peleas con su hermano traidor. Pero a lo mejor también se debía a que cazaba continuamente cochinillas y gusanos y se los zampaba con visible placer.

—¡No me molestes! —le espetó Orfeo, grosero—. ¿No ves que estoy leyendo? ¿Y qué pata es ésa que vuelves a llevar pegada a la chaqueta? ¿No te he prohibido comer insectos? ¿Quieres que te expulse al bosque, con tus congéneres salvajes?

—No. No, de veras que no. Ni una palabra más asomará a mis labios, Excelencia... ¡ni insecto alguno! —Hematites hizo tres reverencias seguidas (a Orfeo le encantaba su servilismo)—. Sólo una pregunta más. ¿Es éste el libro que os robaron?

—No, por desgracia es sólo su hermano pequeño —contestó Orfeo sin levantar la vista—. Y ahora ¡cállate de una vez!

...y donde ni siquiera los duendes se atrevían a buscar setas —siguió leyendo—, *moraba la más negra de todas las sombras, el más indescriptible de todos los horrores. Los íncubos se decían sus iguales, pero él había llevado un día nombre de persona, pues los íncubos son almas humanas a las que las Mujeres Blancas no pudieron lavar la maldad de sus corazones, y en consecuencia las enviaron de vuelta...*

—¡Fíjate, qué historia tan siniestra! —murmuró Orfeo levantando la cabeza—. ¿Qué estaría pensando el viejo cuando la escribió? ¿Quizá lo había enfurecido tanto el pequeño demonio que pretendía cantarle una canción de cuna muy especial? Da la impresión de que también le gustaba al abuelo de Jacopo. ¡Sí! —volvió a inclinarse sobre las páginas en las que Balbulus había pintado una sombra que alargaba sus dedos negros entre las letras—. ¡Oh, esto es fabuloso! —susurró—. Hematites, tráeme papel y pluma, pero ligero, o te daré de pienso a uno de los caballos.

El hombre de cristal obedeció diligente, y Orfeo puso manos a la obra. Media frase robada por aquí, unas palabras por allá, un pedacito de frase espigado de la página siguiente como aglutinante... Palabras de Fenoglio. Escritas con más despreocupación que en *Corazón de Tinta* —uno casi creía oír la risa contenida del anciano—, pero la música era la misma, de modo que ¿por qué no iban a gustar esas palabras a su historia igual que las del otro libro, el ignominiosamente robado?

—Sí, sí, suena por entero a él —musitaba Orfeo mientras el papel absorbía la tinta. Pero todavía precisa algo más de color…

De nuevo pasaba las páginas iluminadas en busca de las palabras adecuadas, cuando el hombre de cristal, con un grito agudo, se escondió detrás de su mano.

Una Urraca se había posado a la entrada de la tienda.

Hematites, preocupado, hundió los dedos en la manga de Orfeo (la verdad es que sólo era valiente cuando tenía que vérselas con congéneres de menor tamaño), y la esperanza de Orfeo de que se tratase de una Urraca normal y corriente se hizo trizas en cuanto ésta abrió el pico.

—¡Fuera de aquí! —siseó el ave al hombre de cristal, y Hematites corrió fuera sobre sus patas de araña de cristal, aunque allí los hombres de Cabeza de Víbora le tirasen bellotas y nueces de hada.

Mortola. Era obvio que Orfeo sabía que volvería a aparecer tarde o temprano. Pero ¿no habría podido ser más tarde? «Una Urraca», pensó cuando se le acercó a saltitos. «Si pudiese transformarme en un animal, seguro que se me ocurriría algo más impresionante.» ¡Qué desgreñada parecía! Seguramente la había espantado una marta o un zorro. Lástima que no la hubiera devorado.

—¿Qué estás haciendo aquí? —le increpó ella—. ¿Te dije acaso que ofrecieras tus servicios a Cabeza de Víbora?

Estaba loca de remate, aparte de que su voz desabrida perdía todo su horror al salir de un pico amarillo. «Tu historia pasó, Mortola», pensó Orfeo. «Pasó. Mientras que la mía acaba de empezar…»

—¿Qué haces ahí sentado mirándome como un pasmarote? ¿Se ha creído lo que le contaste sobre su hija y Arrendajo? ¡Vamos, habla de una vez! —y, nerviosa, lanzó un picotazo a un escarabajo que había entrado en la tienda por equivocación y lo trituró tan ruidosamente que Orfeo sintió náuseas.

—Ah, ya. ¡Sí! —contestó con voz irritada—. Claro que lo creyó. Fui muy convincente.

—Bien —la Urraca aleteó hasta posarse sobre los libros que Orfeo había robado de la biblioteca del castillo, y desde lo alto de la pila atisbó las líneas escritas por Orfeo—. ¿Y eso qué es? ¿Acaso Cabeza de Víbora te ha encargado otro unicornio?

—Oh, no, no. Esto no es nada. Sólo una... ejem... historia que tengo que escribir para el descastado de su nieto —y, como por casualidad, Orfeo colocó su mano sobre las palabras.

—¿Qué hay del Libro Vacío? —Mortola se acarició con el pico su desgreñado plumaje—. ¿Has averiguado dónde lo oculta Cabeza de Víbora? Tiene que llevarlo consigo.

—¡Muerte y aniquilación, pues claro que no! ¿O crees que Cabeza de Víbora lo lleva encima? —esta vez Orfeo no intentó ocultar el desprecio de su voz, y Mortola le dio un picotazo tan fuerte en la mano que soltó un grito.

—¡No me gusta tu tono, Cara de Pan! En algún sitio lo guardará, así que búscalo, ya que estás aquí. Yo no puedo ocuparme de todo.

«¿Y de qué te has ocupado hasta ahora, si puede saberse? Retuércele ese pescuezo flaco, Orfeo», se decía mientras se limpiaba la sangre del dorso de la mano. «Igual que hacía tu padre con las gallinas y palomas.»

—¿Qué manera de hablarme es ésa? —la Urraca le lanzó otro picotazo, pero esta vez Orfeo retiró la mano a tiempo—. ¿Crees que he estado ociosa, posada en una rama? He eliminado al príncipe Negro y me he encargado de que de ahora en adelante sus hombres me ayuden a mí en lugar de a Arrendajo.

—¿No me digas? ¿Que el Príncipe ha muerto? —Orfeo se esforzó con toda su alma por aparentar indiferencia. Eso dolería a Fenoglio, era ridículo pero el viejo se enorgullecía de ese personaje—. ¿Y qué me dices de los niños que robó? ¿Dónde están?

—En una cueva, al noreste de Umbra. Las mujercitas de musgo la llaman la Cámara de los Gigantes. Todavía están con ellos algunos bandidos y un par de mujeres. Es un escondite ridículo, pero como

Cabeza de Víbora consideró oportuno enviar a su cuñado en su busca, a pesar de que dicen de él que le toman el pelo hasta los conejos, seguramente los niños estarán seguros allí durante un buen rato.

¡Interesante! ¡Si eso no era una novedad con la que convencer a Cabeza de Víbora de su utilidad…!

—¿Y la mujer y la hija de Arrendajo? ¿También están allí?

—Por supuesto —Mortola siseaba como si tuviera un grano metido en la garganta—. Intenté enviar a la pequeña bruja en pos del príncipe Negro, pero su madre me espantó. ¡Sabe demasiado de mí! ¡Demasiado!

La situación empeoraba.

Pero Mortola parecía leer sus pensamientos.

—No pongas esa cara estúpida, insolente y satisfecha. No contarás a Cabeza de Víbora ni una palabra de esto. Esas dos me pertenecen. No pienso confiárselas al Príncipe de la Plata, para que vuelva a dejarlas escapar. ¿Entendido?

—Por supuesto. Mis labios están sellados —Orfeo esbozó en el acto su expresión más inocente—. ¿Y qué hay de los demás, los bandidos que quieren ayudarte?

—Os siguen. Mañana mismo, por la noche, le tenderán una emboscada a la Víbora. Piensan que es idea suya, pero yo la he sembrado en sus estúpidas mentes. ¿Dónde puede caer el libro más fácilmente en sus manos que en pleno bosque? Birlabolsas ha efectuado ya cientos de ataques similares, y no tendrá que vérselas con Pífano. Víbora idiota, deja atrás a su mejor perro guardián, seguramente para castigarlo por haber dejado escapar a Arrendajo. Pero sólo consigue actuar contra sus propios inmundos intereses, y Mortola quizá mañana mismo liberará a su hijo de la muerte con su cadáver. Lo único que lamento es no ver cómo las Mujeres Blancas se llevan al impresor, pero ¿qué se le va a hacer? ¡El caso es que se lo llevarán y esta vez no lo dejarán marchar! ¿Quién sabe? A lo mejor la Muerte se alegra tanto de conseguir a Cabeza de Víbora y a Arrendajo que se olvida del Libro Vacío y Mortola puede anotar en su interior el nombre de su hijo para que nunca más vuelva a temblar por él.

Mortola hablaba como en un delirio febril, más deprisa a cada frase, como si fuera a asfixiarse con las palabras si no las expulsaba deprisa entre graznidos.

—Cuando os ataquen, escóndete entre los arbustos —le indicó—. No quiero que Birlabolsas te mate por descuido. Quizá aún te necesite si ese mentecato fracasa.

«¡Orfeo, ella aún confía en ti!» Estuvo a punto de echarse a reír a carcajadas. ¿Qué le había sucedido a la inteligente Mortola? ¿Acaso sólo pensaba en gusanos y escarabajos? «Malo para ti», pensó Orfeo, «y muy bueno para mí».

—Excelente. Magnífico —dijo él mientras su cerebro meditaba, febril, para rentabilizar todo ese cúmulo de informaciones.

Una cosa estaba meridianamente clara: si el Libro Vacío caía en manos de Mortola, habría perdido. La Muerte se llevaría a Cabeza de Víbora, Mortola escribiría el nombre de su hijo en el Libro Vacío y él mismo no recuperaría ni siquiera el libro que le había robado Dedo Polvoriento, por no hablar de la eternidad. Lo único que le quedaría serían las historias escritas por Fenoglio para un niño depravado. ¡No! No había nada que hacer. Tenía que seguir apostando por Cabeza de Víbora.

—¿Qué haces mirando embobado al vacío como un imbécil? —a cada palabra, la voz de Mortola se asemejaba más a un graznido.

—Señor —Oss, preocupado, introdujo la cabeza en la tienda—. Cabeza de Víbora desea veros. Al parecer está de pésimo humor.

—Ya voy —cuando salió tropezando de la tienda, Orfeo estuvo a punto de pisar las plumas de la cola a la Urraca, que saltó hacia un lado con un graznido furioso.

—¡Asqueroso animal! —gruñó Oss, lanzándole una patada—.

Tenéis que espantarla, señor. Mi madre dice que las Urracas son ladrones reencarnados.

—Sí, a mí tampoco me gustan —le susurró Orfeo—. ¿Sabes? Retuércele el pescuezo cuando me haya ido.

Oss torció los labios con una sonrisa malvada. Esos encargos le encantaban. Al final no era un guardaespaldas tan malo. No, desde luego que no.

Orfeo se pasó de nuevo la mano por el pelo (en Umbra lo llamaban pelo de anciano, pues allí nadie lo tenía tan rubio y tan claro como él) y se dirigió a la tienda de Cabeza de Víbora. No podría traerle leyendo a Arrendajo, y escondiera lo que escondiera el libro de Jacopo tendría que esperar a que finalizara su audiencia con el Príncipe de la Plata, pues gracias a Mortola ahora tenía otras cosas que ofrecerle.

La tienda de Cabeza de Víbora se agazapaba tan negra bajo los árboles que parecía un pedazo de la noche. ¿Y qué? «La noche siempre fue más amable contigo que el día, Orfeo», se dijo cuando Pulgarcito, con rostro inexpresivo, le abrió las oscuras bandas de tela. ¿No facilitaba la oscuridad y el silencio soñar el mundo adecuándolo a tu propio gusto? Sí. Quizá, una vez hubiese recuperado *Corazón de Tinta*, debería hacer que en ese mundo fuera siempre de noche…

—Alteza —Orfeo hizo una profunda reverencia cuando el rostro de Cabeza de Víbora surgió de la oscuridad como una luna desfigurada—. Traigo noticias frescas. Creo que os alegrarán…

50

VIEJO PEREZOSO

Un buen día Dios pensó que debería conceder a su taller una limpieza primaveral. (...) Era asombroso los restos inservibles que aparecieron debajo del banco de trabajo cuando barrió el suelo. Comienzos de criaturas; partes en apariencia útiles, aunque equivocadas; ideas que había extraviado y olvidado después. (...) Apareció incluso un trozo de sol.

Dios se rascó la cabeza. ¿Qué hacer con todos esos desperdicios?

Ted Hughes, «Leftovers»

¡Ahí venía otra vez Elinor Loredan! El nombre parecía casi inventado por él. Mascullando una maldición, Fenoglio se cubrió la cara con la manta. ¿No le bastaba con ser pedante, marisabidilla y tozuda como una mula? ¿Tenía que ser encima madrugadora? Seguro que estaba amaneciendo.

—Hmm, esto no parece muy inspirado —sus ojos se posaron en el papel vacío que yacía en el suelo.

Qué horriblemente animada parecía a esas horas.

—¿No dicen que las Musas dan los besos más dulces a primera hora de la mañana? Creo que una vez leí algo parecido.

Bah, como si ella entendiera algo de besos... y, ya que no había ningún vino decente en esa maldita cueva, ¿no se había ganado él un bien merecido sueño? ¿No había salvado la vida al príncipe Negro? De acuerdo, aún se sentía un poco débil y no comía mucho, según comentaba Minerva preocupada, pero vivía.

Incluso salía de caza, a pesar de que Roxana se lo había prohibido, pero al fin y al cabo los niños necesitaban alimento, lo que no era fácil en esa época del año, y los pequeños estaban continuamente hambrientos… cuando no suplicaban una historia a Darius y a él, a Farid algunos juegos con el fuego o a Meggie unas canciones sobre Arrendajo, que para entonces la chica cantaba mejor que Baptista.

«Sí, quizá debería hacer primero eso», pensaba Fenoglio mientras daba la espalda adrede a la señora Loredan. Traer con la escritura un poco más de caza, fácil de atrapar, carnosa y suculenta…

—¡Fenoglio! —se había atrevido a retirarle la manta. ¡Era algo inconcebible!

Cuarzo Rosa asomó la cabeza por el bolsillo en el que dormía y se frotó los ojos, adormilado.

—Buenos días, Cuarzo Rosa. Prepara papel y afila las plumas.

¡Ese tono! ¡Le recordaba tanto a las curanderas! Fenoglio se incorporó con un gemido. A decir verdad era demasiado viejo para dormir sobre el suelo húmedo de una cueva.

—¡Éste es *mi* hombre de cristal, y sólo hace lo que *yo* le digo! —gruñó, pero cuando menos se lo esperaba, Cuarzo Rosa pasó deprisa a su lado con una sonrisa más dulce que la miel en sus labios de color rosa pálido.

¡Por todos los tinteros del mundo! ¿Qué significaba eso? ¡Traidor de cabeza de cristal! Qué servicial para cumplir sus encargos. Por el contrario, cuando él le pedía algo, no era ni la mitad de rápido.

—¡Muy bien! —murmuró la señora Loredan—. Muchísimas gracias, Cuarzo Rosa.

Elinor. Hubiera debido bautizarla con otro nombre, pensaba Fenoglio tiritando de frío mientras se calzaba las botas con esfuerzo.

Un nombre belicoso... Pentesilea o Bodicea o comoquiera que se llamasen esas amazonas... ¡Cielos, qué frío hacía en esa cueva, encima eso! «¿No puedes cambiar un poco el tiempo, Fenoglio?» ¿Podía?

Cuando se echó el aliento en las manos frías, su visitante indeseada le ofreció un tazón humeante.

—Toma. No es muy apetitoso, pero está caliente. Café de corteza de árbol. ¡Ay, Cuarzo Rosa es realmente un hombre de cristal encantador! —le dijo en susurros con tono confidencial—. Jaspe también es muy simpático, pero tan tímido... ¡Y ese pelo de color rosa!

Cuarzo Rosa, halagado, se pasó la mano por la cabeza. Oh, sí, los oídos de los hombres de cristal eran finísimos como los de un búho (por esa razón eran tan adecuados para el espionaje, a pesar de la fragilidad de sus miembros), y a Fenoglio le habría gustado meter en su pellejo vacío a ese renacuajo presumido.

Dio un sorbo de la bebida caliente —puaj, tenía un sabor horrible—, se levantó y hundió la cara en la palangana de agua que le preparaba Minerva por la noche. ¿Fueron imaginaciones suyas o de verdad estaba cubierta por una fina capa de hielo?

—En verdad no entiendes ni pizca de escritura, Loredan —gruñó. Sí, Loredan, así la llamaría en adelante. Le pegaba mucho más que ese florido «Elinor»—. Primero: por la mañana temprano es el peor momento, pues el cerebro se parece a una esponja mojada. Y segundo: la verdadera escritura consiste en mirar abstraído y esperar a las ideas adecuadas.

—Bueno, eso seguro que lo haces con suma tranquilidad —oh, sí, era de lengua afilada—. Y lo siguiente que me vas a decir es que trasegar aguardiente e hidromiel favorece el flujo de las ideas.

¿No acababa de asentir Cuarzo Rosa con gesto de aprobación? Lo expulsaría al bosque, allí aprendería de sus primos salvajes a comer caracoles y escarabajos.

—En fin, Loredan, seguro que tú sabes desde hace mucho cómo debe terminar esta historia. Permíteme adivinarlo: seguramente ayer te graznó el desenlace un gorrión muerto de frío, mientras, sentada delante de la cueva, contemplabas embobada mi bosque y mis hadas —maldita sea, tenía otro roto en los pantalones y a Baptista casi no le quedaba hilo para remiendos.

—Tejedor de Tinta —Despina salió de detrás del muro que durante algunos instantes exquisitos le hacía olvidar dónde estaba—, ¿te apetece desayunar?

Ay, la buena de Minerva seguía cuidando de él, como si todavía estuvieran en Umbra. Fenoglio suspiró. Cualquiera tiempo pasado fue mejor…

—No, muchas gracias, Despina —contestó con una mirada de reojo a su otra visitante—. Comunica a tu madre que por desgracia me han quitado el apetito a hora muy temprana.

Despina cruzó una mirada con Elinor, que sólo podía interpretarse como un mudo, unánime escarnio hacia su persona. ¡Cielos! ¿Acaso los hijos de Minerva también se habían puesto de parte de Loredan?

—Resa lleva ya dos días ausente, y no digamos Birlabolsas, pero ¿para qué dejó aquí el libro si te pasas el día roncando o bebiendo vino peleón con Baptista?

«¡Dios, qué hermoso era este mundo cuando su voz no resonaba continuamente en mis oídos!»

—Tienes que echarle una mano a Mortimer con unas cuantas palabras. ¿Quién le ayudará si no? El príncipe Negro está demasiado débil, y la pobre hija de Mortimer sólo espera el momento en que por fin le des algo para leer. Pero no. *Hace mucho frío, el vino es malo, los niños escandalizan mucho, ¿cómo va a escribir uno así?* Cuando se trata de lamentarse, no te faltan palabras, que digamos.

¡Vaya! ¡Cuarzo Rosa había asentido de nuevo! «Le mezclaré sopa con su arena», pensó Fenoglio, «tanta que se retorcerá en medio de convulsiones como el príncipe Negro... mas a él no le escribiré ni una maldita palabra salvadora».

—¡Fenoglio! ¿Me estás oyendo? —cómo lo miraba, como la maestra que reprocha al alumno no haber hecho los deberes.

El libro, claro. Resa lo había dejado allí para él. ¿Y qué? ¿De qué le servía? Sólo le recordaba lo fácil que le había resultado narrar antes de trasladar cada palabra al papel con la certeza de que podía convertirse en realidad.

—No puede ser tan difícil. Mortimer ya te ha hecho casi todo el trabajo. Él hará creer a Cabeza de Víbora que puede curar el libro, Violante distraerá a su padre y Mortimer escribirá dentro las tres palabras. A lo mejor podrías incluir un duelo con Pífano —esos pasajes son siempre amenos de leer—, y también el Bailarín del Fuego debería salir a escena (a pesar de que sigue sin caerme bien) y, ¡sí!, podrías asimismo hacer que Resa desempeñara un papel. Podría detener a ese abominable Birlabolsas, no sé cómo, pero algo se te ocurrirá, vamos digo yo...

—¡Silencio! —tronó Fenoglio, tan fuerte que Cuarzo Rosa se acurrucó asustadísimo detrás del tintero—. ¿Qué barbaridades son ésas? Es lo típico, claro. ¡Los lectores y sus ideas! Oh, sí, el plan de Mortimer suena realmente bien, es escueto y fácil, y bueno. Engaña a Cabeza de Víbora con la ayuda de Violante, escribe las tres palabras, Cabeza de Víbora muere, Arrendajo se salva, Violante, dueña y señora de Umbra... maravilloso. Ayer por la noche intenté escribirlo. ¡No funciona! ¡Palabras muertas! A esta historia no le gustan los caminos trillados y se propone algo diferente, lo intuyo. Pero ¿qué? He incorporado a Pífano, he procurado que Dedo Polvoriento no se quede corto, pero después... ¡falta algo! ¡Falta alguien! Alguien que se infiltrará con malas intenciones en el bonito plan de Mortimer. ¿Birlabolsas? No, es demasiado estúpido. Pero entonces, ¿quién? ¿Pájaro Tiznado?

Qué asustada lo miraba ella. Menos mal. Al fin comprendía. Pero un instante después había vuelto la obstinación. Era un milagro que no diera patadas con el pie igual que un niño pequeño. Ella era una niña disfrazada de mujer de mediana edad un poco gorda.

—Todo eso son bobadas. Tú eres el escritor. ¡Nadie más!

—¿Ah, sí? ¿Y entonces por qué murió Cósimo? ¿Escribí yo que Mortimer encuadernase el libro para que hiciera pudrirse en vida a Cabeza de Víbora? No. ¿Fue idea mía que Birlabolsas sienta celos de él y que la Fea desee de pronto matar a su padre? En modo alguno. Yo sólo planté esta historia, pero ella crece a su antojo, y todos exigen que yo prevea qué flores echará.

Dios. Qué mirada más incrédula. Como si le hubiera hablado de Papá Noel. Finalmente ella adelantó el mentón (bastante notable, todo hay que decirlo), y eso no significaba nada bueno.

—¡Excusas y nada más que excusas! A ti no se te ocurre nada, y Resa va camino de ese castillo. ¿Qué ocurrirá si Cabeza de Víbora llega mucho antes que ella? ¿Si no confía en su hija y Mortimer muere antes de que…?

—¿Y qué sucederá si ha vuelto Mortola, según afirma Resa? —la interrumpió con aspereza Fenoglio—. ¿Y si Birlabolsas mata a Mortimer porque tiene celos de Arrendajo? ¿Y si Violante termina entregando a Mortimer a su padre porque no soporta otro rechazo de un hombre? ¿Y qué pasará con Pífano, y con el hijo malcriado de Violante, qué, qué, qué…? —su voz subió tanto de tono que Cuarzo Rosa se escondió debajo de su manta.

—Bueno, hombre, deja de gritar —la señora Loredan sonó de pronto inusualmente apocada—. Que al pobre Cuarzo Rosa acabará explotándole la cabeza.

—No, imposible, porque la tiene tan vacía como la concha de un caracol. La mía, por el contrario, debe ocuparse de cuestiones complejas, de cuestiones de las que dependen la vida y la muerte, pero mi hombre de cristal despierta compasión, y a mí me sacan de la cama a pesar de que me he pasado la mitad de la noche en vela reflexionando sobre esta historia para averiguar al fin adónde quiere ir a parar.

Ella callaba. Callaba de verdad. Se mordía su labio inferior asombrosamente femenino, sumida en sus pensamientos, y mientras despegaba unas bardanas del vestido que le había entregado Minerva. Su vestido estaba siempre lleno de hojas, bardanas y cagarrutas de conejo; no era extraño, paseaba sin cesar por el bosque. «Elinor Loredan ama tu mundo, Fenoglio, aunque evidentemente nunca lo admitirá… y lo entiende casi tan bien como tú.»

—¿Y… si al menos ganases un poco de tiempo para nosotros? —su voz denotaba más inseguridad de la habitual—. ¡Tiempo para pensar, tiempo para escribir! Tiempo en el que a Resa quizá se le ofrezca una buena oportunidad para prevenir a Mortimer de la Urraca y de Birlabolsas. A lo mejor podría rompérsele una rueda a la carroza de Cabeza de Víbora. Porque viaja en una carroza, ¿no?

Caramba. No era ninguna tontería. ¿Por qué no se le había ocurrido a él?

—Puedo intentarlo —gruñó Fenoglio.

—Estupendo —sonrió, aliviada… y su expresión recobró la seguridad—. Le pediré a Minerva que te prepare un té algo más rico —le dijo por encima del hombro—. Te aseguro que el té es mucho mejor que el vino para pensar. Y sé amable con Cuarzo Rosa.

El hombre de cristal la siguió con una sonrisa insoportable, y Fenoglio le dio un empujoncito con el pie que lo tiró de espaldas.

—¡Remueve la tinta, traidor de lengua viscosa! —le espetó mientras el hombre de cristal se incorporaba con expresión ultrajada.

Minerva trajo té. Le habían añadido un poco de limón, y delante de la cueva los niños reían como si todo en el mundo fuera de maravilla.

«¡Pon orden, Fenoglio!», se dijo. «Loredan tiene razón. Tú eres todavía el autor de esta historia. Cabeza de Víbora va camino del Castillo del Lago donde Mortimer lo aguarda. Arrendajo se prepara

para su mejor canción. ¡Escríbesela! Escribe a Mortimer hasta el final el papel que interpreta con absoluta convicción, como si hubiera nacido con el nombre que tú le has dado. Las palabras te pertenecen nuevamente. Tienes el libro. Orfeo está olvidado. Ésta sigue siendo tu historia. ¡Inventa un buen desenlace!»

Sí. Lo conseguiría. Y la señora Loredan se quedaría por fin sin habla y le tributaría el debido respeto. Pero primero había que detener a Cabeza de Víbora (y olvidar que eso se le había ocurrido a ella).

En el exterior alborotaban los niños. Cuarzo Rosa cuchicheaba con Jaspe que, sentado entre las plumas recién afiladas, le miraba con los ojos como platos. Minerva trajo sopa, y Elinor atisbaba por encima del muro, como si él no pudiera verla. Pero muy pronto Fenoglio dejó de reparar en todo eso. Las palabras lo arrastraron como antaño, lo auparon a su lomo negro como la tinta, lo volvieron ciego y sordo para lo que le rodeaba, hasta que sólo oyó el chirrido de ruedas de un carruaje sobre la tierra helada y el astillarse de la madera lacada en negro. Los dos hombres de cristal le mojaban la pluma en tinta, tan veloces afluían las palabras. Unas palabras magníficas. Las palabras de Fenoglio. Ay, había olvidado la fuerza con la que emborrachan las letras. No había vino que se les pudiera comparar…

—¡Tejedor de Tinta!

Fenoglio alzó la cabeza, irritado. Estaba ya en lo profundo de las montañas, camino del Castillo del Lago, sentía la carne hinchada de Cabeza de Víbora como si fuera la suya propia…

Baptista se presentó ante él con cara de preocupación, y las montañas desaparecieron. Fenoglio había regresado a la cueva, rodeado de bandidos y niños hambrientos. ¿Qué sucedía? ¿Había empeorado el príncipe Negro?

—Doria ha regresado de una de sus expediciones. El chico está medio muerto, ha tenido que eaminar casi toda la noche. Dice que Pardillo se dirige hacia aquí, que conoce la existencia de la cueva. Nadie puede decir quién se la ha revelado —Baptista se frotó las mejillas picadas de viruela—. Tienen perros. Doria afirma que llegarán aquí esta misma noche. Eso significa que hemos de irnos.

—¿Irnos? ¿Adónde?

¿Adónde irían con todos esos niños, algunos de los cuales estaban ya medio locos de añoranza? Al ver el rostro de Baptista, Fenoglio comprendió que tampoco los bandidos conocían la respuesta.

¡Vaya! ¿Qué diría ahora la listísima madame Loredan? ¿Cómo escribir en semejantes circunstancias?

—Comunica al Príncipe que me reuniré con él enseguida.

Baptista asintió. Cuando se volvió, Despina se deslizó a su lado con cara de preocupación. Los niños saben en el acto cuándo algo va mal. Están acostumbrados a adivinar lo que no se les dice.

—¡Ven aquí! —Fenoglio le indicó con una seña que se acercara, mientras Cuarzo Rosa abanicaba las palabras recién escritas con una hoja de arce. Fenoglio subió a Despina a su regazo y le acarició sus claros cabellos. Niños… Perdonaba alguna que otra cosa a sus malvados, pero desde que Pífano cazaba niños sólo deseaba escribir un final, un final sangriento. ¡Ojalá lo hubiera escrito ya! Pero eso ahora tendría que esperar, igual que la canción de Arrendajo. ¿Adónde ir con los niños? «Piensa, Fenoglio. ¡Piensa!»

Desesperado, se frotó la frente arrugada. Cielos, no era de extrañar que pensar le excavara tales surcos en la cara.

—¡Cuarzo Rosa! Trae a Meggie —ordenó con brusquedad al hombre de cristal—. Dile que tiene que leer lo que he escrito, aunque no esté completamente terminado. ¡Debe ser suficiente!

El hombre de cristal salió tan deprisa que volcó el vino que había traído Baptista, y la manta de la cama de Fenoglio se tiñó como si se empapase de sangre. ¡El libro! Preocupado, lo sacó de debajo de la manta mojada. *Corazón de Tinta*. El título todavía le gustaba. ¿Qué pasaría si se mojaban esas páginas? ¿Comenzaría a pudrirse todo su mundo? Pero el papel estaba seco. Sólo una esquina de la tapa se había humedecido ligeramente. Fenoglio la frotó con la manga.

—¿Qué es esto? —Despina le arrebató el libro.

Claro. Seguro que nunca había visto un libro. Ella no había crecido en un castillo o en la casa de un comerciante opulento.

—Un objeto que sirve para guardar historias —respondió Fenoglio.

El anciano oyó cómo Espantaelfos reunía a los niños, oyó las voces alteradas de las mujeres, los primeros llantos. Despina escuchaba preocupada, pero después examinó el libro.

—¿Historias? —la niña pasó las páginas como si esperase que cayeran fuera las palabras—. ¿Cuáles? ¿Nos las has contado ya?

—Ésta no —Fenoglio le quitó con suavidad el libro de las manos y miró la página que la niña había abierto. Lo miraron sus propias palabras, escritas hacía tanto tiempo que se le antojaban ajenas.

—¿Qué historia es ésta? ¿Me la cuentas?

Fenoglio miraba sus viejas palabras, escritas por el Fenoglio que ya no era, un Fenoglio cuyo corazón era muchísimo más joven, muchísimo más despreocupado... y menos vanidoso, añadiría seguramente la señora Loredan: *Acontecían grandes prodigios al norte de Umbra. Casi ninguno de sus habitantes los había visto jamás, pero las canciones de los juglares hablaban de ellos, y cuando los campesinos querían escapar por unos preciosos instantes de las fatigosas labores de los campos, imaginaban estar a la orilla del lago del que se decía que los gigantes lo utilizaban como espejo, y se imaginaban cómo las ondinas que al parecer vivían en él salían del agua y se los llevaban con ellas, a palacios hechos de perlas y nácar. Cuando el sudor corría por su rostro, cantaban en voz baja las canciones que hablaban de montañas blancas de nieve y de los nidos que los humanos habían construido en un árbol descomunal, cuando los gigantes comenzaron a robar a sus hijos.*

Nidos... árbol descomunal... robar a sus hijos... ¡Cielos, eso era!

Fenoglio cogió a Jaspe y lo colocó encima del hombro de Despina.

—Jaspe te llevará con tu madre —informó antes de pasar a su lado—. Yo he de ver al Príncipe.

«¡La señora Loredan tiene razón, Fenoglio!», pensó mientras se abría paso entre niños agitados, madres llorosas y bandidos indecisos. «Eres un viejo necio con el cerebro nublado por el vino que ya no conoce ni sus propias historias. Seguramente Orfeo sabe ahora de tu mundo más que tú…»

Pero su propio yo vanidoso, que moraba en algún lugar entre su frente y su esternón, lo contradijo en el acto. «¿Y cómo quieres recordar todas las historias, Fenoglio?», le susurró. «¡Son demasiadas! Tienes una imaginación inagotable.»

Sí. Era cierto. Era un viejo presumido. Lo reconocía. Pero le sobraban motivos para serlo.

51

LOS AYUDANTES
EQUIVOCADOS

Nunca sabemos que nos vamos
Bromeamos y cerramos la puerta;
El destino echa el cerrojo
Nos hundimos en el silencio

Emily Dickinson, «XCIX»

Mortola estaba posada en un tejo venenoso, rodeada por hojas casi tan negras como su plumaje. Le dolía el ala izquierda. Los dedos carnosos del criado de Orfeo habían estado a punto de rompérsela, pero la había salvado su pico. Había picoteado su fea nariz hasta hacerle sangre, pero no sabía cómo había logrado salir aleteando de la tienda. Desde entonces sólo podía volar trechos cortos, y lo que era todavía peor: ya no conseguía desprenderse del pájaro, a pesar de que hacía mucho tiempo que no había ingerido ningún grano más. ¿Cuánto hacía que había sido un ser humano? ¿Dos, tres días? La Urraca no contaba los días, sólo pensaba en escarabajos y gusanos (¡oh, pálidos gusanos carnosos!), en el invierno, en el viento y en las pulgas de su plumaje.

El último que la había visto con forma humana fue Birlabolsas. Y, sí, haría lo que ella le había susurrado, y asaltaría en el bosque a Cabeza de Víbora. Pero en agradecimiento por el buen consejo la había llamado maldita bruja y había intentado agarrarla para que sus hombres la mataran a golpes. Ella le había mordido la mano, les había hablado echando chispas hasta que retrocedieron a trompicones, y en la maleza había vuelto a tragar los granos para volar hasta Orfeo... sólo para que su criado casi le rompiera el ala. ¡Sácale los ojos de un picotazo! ¡Sácaselos a todos ellos! ¡Clava las garras en sus estúpidos rostros!

Mortola profirió un quejido lastimero, y los bandidos alzaron la vista como si el ave estuviera anunciando su muerte. No comprendían que la Urraca era la vieja que habían intentado matar unos días antes. No comprendían nada. ¿Qué querían hacer con el libro sin su ayuda, si éste caía de verdad en sus sucias manos? Eran tan estúpidos como los gusanos pálidos que ella picoteaba en la tierra. ¿Creían que bastaba con sacudir el libro o golpear sus páginas pútridas para que lloviera el oro que ella les había prometido? No. Seguramente no pensaban nada de eso mientras permanecían ahí abajo sentados entre los árboles, esperando a que oscureciera para emboscarse junto al sendero por el que bajaría la carroza negra. Faltaban unas horas nada más para enfrentarse a la Víbora, y ¿qué hacían? Beber aguardiente casero que habían robado a algún carbonero, soñar con un futuro de riquezas y jactarse de cómo matarían primero a la Víbora y después a Arrendajo. ¿Qué hay de las tres palabras?, le habría gustado graznarles a la Urraca. ¿Quién de vosotros, majaderos, puede escribirlas en el Libro Vacío?

Birlabolsas, al menos, había meditado sobre el asunto.

—Y cuando tengamos el libro —balbuceaba debajo de ella—, atraparemos a Arrendajo y lo obligaremos a escribir las tres palabras, y cuando la Víbora esté muerta y nosotros bañados en oro, lo mataremos, porque estoy más que harto de escuchar las estúpidas canciones sobre él.

—¡Sí, en el futuro nos cantarán a nosotros! —farfulló Ardacho, metiendo en el pico de la corneja posada en su hombro un trozo de pan empapado en aguardiente. La corneja era la única que alzaba sin cesar la vista hacia Mortola—. ¡Seremos más famosos que todos ellos! Más famosos que Arrendajo, más famosos que el príncipe Negro, más famosos que Zorro Incendiario y sus incendiarios. Más famosos que... ¿cómo se llamaba su antiguo jefe?

—Capricornio.

El nombre se clavó como una aguja en el corazón de Mortola, y se encogió en la rama donde estaba posada, mientras la nostalgia de su hijo la estremecía. Ver de nuevo su cara, volver a llevarle la comida, cortar su pelo pálido...

Profirió otro grito estridente, y su dolor y su odio resonaron por el valle oscuro en el que los bandidos pretendían asaltar al señor del Castillo de la Noche.

Su hijo. Su hijo. Su hijo maravilloso y cruel. Mortola se arrancó las plumas del pecho, como si eso pudiera mitigar el dolor de su corazón.

Muerto. Perdido. Y su asesino jugaba a ser el bandido generoso, ensalzado por esa recua de imbéciles que antes había temblado delante de su hijo. En aquella ocasión su camisa se había teñido de rojo y la vida se le escapaba, pero la pequeña bruja lo había salvado. ¿Volvería a susurrar ahora en alguna parte? Les destrozaré la cara a picotazos a ambos, hasta que la criada traidora sea incapaz de reconocerlos... Resa... Ella te vio, Mortola, claro, claro, pero ¿qué puede hacer? Él se fue solo, y ella juega al mismo juego que todas las mujeres en este mundo, a esperar... ¡Oruga!

Picoteó deprisa el cuerpo peludo. Oruga, oruga, gritaba en su interior. Maldito cerebro de pájaro. ¿En qué estaba pensando un momento antes? En matar. Sí. En vengarse. El pájaro también conocía esa sensación. Notó que el plumaje se le erizaba y el pico se hundía en la madera donde estaba posada como si se tratase de la carne de Arrendajo.

Un viento frío atravesó el árbol y sacudió las ramas siempre verdes. La lluvia cayó sobre las plumas de Mortola. Era hora de bajar volando hasta los tejos negros que la ocultarían de los bandidos para intentar librarse de nuevo del pájaro y volver a sentir por fin la carne humana.

Pero el pájaro pensó: ¡No! Es hora de meter el pico entre las plumas y dejar que el rumor de las ramas te acune hasta dormirte. ¡Qué disparate! Se esponjó, sacudió la cabecita estúpida, recordó su nombre. Mortola. Mortola. La madre de Capricornio...

Pero ¿qué era eso? La corneja posada en el hombro de Ardacho sacudió la cabeza y aleteó. Birlabolsas se puso en pie, vacilante, desenfundó su espada y gritó a los demás que lo imitasen. Pero los hombres de la Víbora estaban ya entre los árboles. Su jefe, un hombre delgado con rostro de azor, los ojos inexpresivos de un muerto, hundió la espada en el pecho del primer bandido. Nada menos que tres soldados atacaron a Birlabolsas. Éste los rajó, a pesar de que su mano aún le dolía por el picotazo de Mortola, pero a su alrededor sus hombres caían como moscas.

Oh, claro que cantarían canciones sobre ellos, pero serían canciones de burla sobre los mentecatos que habían osado tender una trampa a Cabeza de Víbora como si fuese un rico comerciante.

Mortola profirió un graznido plañidero mientras debajo de ella las espadas penetraban en los cuerpos. No, esos ayudantes no habían servido para nada. Ahora ya sólo le quedaba Orfeo con su magia de tinta y su voz aterciopelada.

Cara de Azor limpió su espada en la capa de un muerto y miró a su alrededor.

Mortola se encogió involuntariamente, pero la Urraca espiaba ansiosa hacia abajo, a las armas fulgurantes. A los anillos y las hebillas de los cinturones. Qué bien adornarían su nido, trayéndole de noche con su brillo las estrellas del cielo.

No quedaba ni un solo bandido en pie. Hasta Birlabolsas estaba de rodillas. Cara de Azor hizo una seña a sus hombres, que se arrastraron hacia él. «¡Vas a morir, imbécil!», pensó con amargura Mortola. «Y la vieja a la que quisiste matar, presenciará tu muerte.»

Cara de Azor preguntó algo a Birlabolsas, golpeó su rostro, lo interrogó de nuevo. Mortola ladeó la cabeza para escuchar mejor, aleteó hasta dos ramas más abajo, protegida por las hojas.

—Estaba moribundo cuando nos fuimos —la voz de Birlabolsas traslucía obstinación, pero también miedo.

El príncipe Negro. Estaban hablando de él. «Fui yo», quiso graznar Mortola. «Yo, Mortola, lo envenené. Preguntad a Cabeza de Víbora si todavía se acuerda de mí.»

Voló un poco más abajo. ¿No hablaba de niños ese asesino escuálido? ¿Conocía, pues, la existencia de la cueva? ¿Cómo? ¡Ay, ojalá su tonta cabeza fuese capaz de pensar!

Uno de los soldados desenfundó la espada, pero el Azor, con tono rudo, le ordenó que la guardara. Retrocedió, e indicó a sus hombres que lo imitaran. Birlabolsas, todavía de rodillas entre sus hombres muertos, alzó la cabeza, sorprendido. Pero la Urraca que momentos antes había querido bajar aleteando para arrancar anillos de dedos exánimes y picotear botones de plata, quedó petrificada en su rama y se estremeció de miedo mientras en el interior de su estúpida cabeza de pájaro una voz gritaba: ¡Muerte, muerte, muerte! Y entonces llegó él, negrura mohosa entre los árboles, su aliento jadeante como el de un perro grande e informe, y sin embargo igual que una persona… un íncubo. Y Birlabolsas suplicó en vez de maldecir, y Cara de Azor lo observó con sus ojos de muerto mientras sus hombres retrocedían, internándose profundamente entre los árboles. El íncubo se abalanzó sobre Birlabolsas como si la noche abriera una boca con mil dientes y le deparó la peor de las muertes.

«¿Qué importa? ¡Fuera con él!», pensó Mortola mientras su cuerpo emplumado temblaba como las hojas del álamo. «¡Fuera con ese idiota!

¡No me ha servido para nada! Ahora tiene que ayudarme Orfeo. Sí. Orfeo...»

Orfeo... Parecía que el nombre tomaba forma en cuanto pensó en él.

No, no podía ser Orfeo el que había aparecido de repente bajo los árboles y ante cuya estúpida sonrisa el íncubo se encogió como un perro.

¿Quién le contó a Cabeza de Víbora lo de los bandidos, Mortola? ¿Quién?

Orfeo observaba los árboles con sus ojos de cristal. Luego alzó la mano, pálida y regordeta, señalando a la Urraca, que se encogió cuando su dedo la apuntó.

¡Vuela, Mortola, vuela! La flecha la alcanzó en el aire, y el dolor expulsó al pájaro. Ya no tenía alas cuando comenzó a caer atravesando el aire frío. Fueron huesos humanos los que se rompieron al chocar contra el suelo. Y lo último que vio Mortola fue la sonrisa de Orfeo.

LOS MUERTOS
DEL BOSQUE

Toda la tarde era crepúsculo,
Nevaba
Y también nevaría.
El mirlo se posó
En las ramas de un cedro.

Wallace Stevens,
«Trece maneras de mirar un mirlo»

A delante, adelante, siempre adelante. Resa se sentía mal, pero no dijo nada. Y cada vez que Recio se volvía preocupado, ella sonreía para que no aminorase el paso por su causa. Birlabolsas llevaba más de medio día de ventaja, e intentaba no pensar en la Urraca.

Corre, Resa, corre. Sólo es un ligero malestar. Mastica las hojas que te dio Roxana, y corre. El bosque que llevaban días atravesando era más oscuro que el Bosque Impenetrable. Ella todavía no había estado en esa parte del Mundo de Tinta. Parecía como si acabara de abrir un capítulo inédito, jamás leído antes.

—Los titiriteros lo llaman el Bosque en el que Duerme la Noche —le había explicado Recio cuando cruzaban una garganta que incluso de día era tan oscura que apenas veía su mano delante de los ojos—. Pero las mujercitas de musgo lo bautizaron como el Bosque Barbudo, por la cantidad de líquenes curativos que crecen en los árboles.

Si, a ella le gustaba más este nombre. La verdad es que por la helada muchos árboles parecían gigantes de edad avanzada.

Recio era un buen rastreador, pero hasta Resa habría podido seguir el rastro que dejaban Birlabolsas y sus hombres. En algunos lugares las huellas de los pies estaban heladas, como si el tiempo se hubiera detenido; en otros, borradas por la lluvia, como si ésta junto con las huellas hubiera arrastrado también a los hombres que las habían dejado. Los bandidos no se habían esforzado por no ser descubiertos. ¿Además, por qué? Los perseguidores eran ellos.

Llovía mucho. Por la noche muchas veces se convertía en granizo, pero por fortuna había siempre bastantes árboles de hojas perennes cuyas ramas los cobijaban de la lluvia. Cuando se ponía el sol, el frío se incrementaba, y Resa se sintió muy agradecida por la capa forrada de piel que le había cedido Recio. A él le debía que pudiese dormir de noche a pesar del frío, a la capa y a las mantas de musgo que Recio cortaba de los árboles para ambos.

Adelante, Resa, siempre adelante. La Urraca vuela deprisa y Birlabolsas es veloz con el cuchillo. Un pájaro chilló ronco entre los árboles y ella alzó la mirada inquieta hacia arriba, pero era una simple corneja, no una Urraca, la que la miraba desde lo alto.

—¡Jarc! —Recio contestó al pájaro negro con un graznido (hasta los búhos conversaban con él) y se detuvo bruscamente—. ¿Qué demonios significa esto? —murmuró rascándose su pelo cortado al rape.

Resa, inquieta, se quedó parada a su lado.

—¿Qué pasa? ¿Te has perdido?

—¿Yo? ¡No me perdería en mil años en ningún bosque del mundo! Y menos todavía en éste —Recio, agachándose, examinó las huellas en la hojarasca tiesa por el hielo—. Mi primo me enseñó a practicar la caza furtiva aquí. De él aprendí a hablar con los pájaros y a hacer mantas con las barbas de los árboles. Él me enseñó también el Castillo del Lago. Es Birlabolsas quien se desvía del camino, no yo. Va demasiado lejos hacia el oeste.

—¿Tu primo? —Resa lo miró con curiosidad—. ¿También está con los bandidos?

Recio negó con la cabeza.

—Se marchó con los incendiarios —contestó sin mirar a Resa—. Desapareció junto con Capricornio, y nunca regresó. Era un tipo grande y feo, pero yo siempre fui más fuerte, incluso cuando los dos éramos pequeños. Me pregunto a menudo dónde andará. Era un maldito incendiario, pero también mi primo, si entiendes lo que quiero decir.

Grande y feo… Resa evocó a los hombres de Capricornio. ¿Nariz Chata? «La voz de Mo le ocasionó la muerte, Recio», pensó ella. «¿Seguirías protegiendo a Mo si lo supieras?» Sí, seguramente lo haría.

—Comprobemos por qué se desvía del camino —dijo ella—. Sigamos a Birlabolsas.

No tardaron en encontrarlo junto con sus hombres: en un claro, pardo de la hojarasca mustia. Los muertos que yacían allí daban la impresión de haberse caído de los árboles igual que las hojas, y los cuervos picoteaban ya su carne.

Resa los espantó… y retrocedió asustada al ver el cadáver de Birlabolsas.

—¿Qué fue eso?

—Un íncubo —musitó Recio.

—¿Un íncubo? Pero ésos matan de miedo, nada más. ¡Yo lo he visto!

—Sólo cuando se les molesta. Cuando se les permite, también comen.

Mo le había regalado una vez la envoltura de la que había salido una libélula. Bajo la piel vacía aún se dibujaba cada miembro. De Birlabolsas no había quedado mucho más que eso, y Resa vomitó al lado del fallecido.

—Esto no me gusta —Recio examinaba atento la hojarasca empapada de sangre—. Parece que los hombres que los mataron contemplaron al íncubo mientras comía... como si los hubiera acompañado igual que el oso al Príncipe —miró a su alrededor, pero nada se movía. Sólo los cuervos esperaban en los árboles.

Recio estiró a Ardacho la capa por encima del rostro muerto.

—Seguiré las huellas. Averiguaré de dónde venían los homicidas.

—No es preciso —Resa se inclinó sobre uno de los bandidos muertos y levantó su mano izquierda. Faltaba el pulgar—. Tu hermano pequeño me contó que Cabeza de Víbora tiene un nuevo guardaespaldas llamado Pulgarcito. Por lo visto era uno de los torturadores del Castillo de la Noche hasta que su señor lo ascendió. Doria dice que debe su fama siniestra a que corta el pulgar a cada hombre que mata y manda que le fabriquen pequeños pitos con los huesos, para burlarse así de Pífano... Al parecer posee una colección enorme —Resa empezó a temblar a pesar de no tener que preocuparse ya de Birlabolsas—. Ella no podrá protegerlo —musitó—. No, Violante no puede proteger a Mo. ¡Ellos lo matarán!

Recio la levantó y la estrechó torpemente entre sus brazos.

—¿Qué hacemos? —preguntó—. ¿Regresar?

Resa negó con la cabeza. Ellos contaban con un íncubo. Con un íncubo...

—La Urraca —añadió acechando a su alrededor—. ¿Dónde está la Urraca? ¡Llámala!

—Ya te lo he dicho: ¡no habla como un pájaro! —respondió Recio; no obstante imitó el canto de la Urraca.

No obtuvo respuesta, pero justo cuando Recio lo intentaba de nuevo, Resa vio a la muerta.

Mortola yacía algo apartada de los demás. Una flecha asomaba por su pecho. Cuántas veces se había imaginado Resa lo que sentiría cuando viera muerta a la mujer a la que había tenido que servir durante tanto tiempo. Cuántas veces había deseado matar a Mortola con sus propias manos, y ahora, sin embargo, no sintió nada. Unas plumas negras yacían junto a la muerta sobre la nieve, y las uñas de los dedos de la mano izquierda aún se asemejaban a garras de ave. Resa se agachó y cogió la bolsa que colgaba del cinturón de Mortola. Contenía unos granitos negros, los mismos granos que Mortola todavía llevaba adheridos a los labios exangües.

—¿Quién es? —Recio miraba desde arriba incrédulo a la anciana.

—La envenenadora de Capricornio. Seguro que has oído hablar de ella, ¿no?

Recio asintió e, involuntariamente, retrocedió un paso.

Resa se ató al cinturón la bolsa de Mortola.

—Cuando yo era una de sus criadas —sonrió al ver la mirada atónita de Recio—, cuando yo era su criada, decían que Mortola había descubierto una planta cuyas semillas eran capaces de transformar la figura. Las otras criadas la llamaban la «Muerte Pequeña», y decían en voz baja que si se utilizaba con excesiva frecuencia acababa volviéndote loco. Ellas me enseñaron la planta; también se la puede utilizar para matar, pero el otro efecto lo consideré siempre habladurías. Es evidente que estaba equivocada —Resa recogió una de las plumas negras y la depositó sobre el pecho de Mortola destrozado por el disparo—. Entonces se dijo que Mortola había renunciado a utilizar la «Muerte Pequeña» porque estando transformada en pájaro un zorro estuvo a punto de matarla. Cuando vi a la Urraca en la cueva, pensé enseguida que era ella.

Se incorporó.

Recio señaló la bolsa que colgaba del cinturón de la mujer.

—Creo que sería mejor que dejaras esos granos aquí.

—¿Mejor? —contestó Resa—. Sí, quizá. Venga, vámonos. Pronto oscurecerá.

NIDOS HUMANOS

Presta atención:
Libres de melodía y de sentido
Huyeron las palabras a la noche.
Todavía húmedas y adormiladas,
Nadan en un torrente difícil
Y se trocan en desprecio.

Carlos Drummond de Andrade,
Búsqueda de la poesía

Los pies de Meggie estaban tan fríos que apenas sentía los dedos, a pesar de que llevaba las botas del otro mundo. Durante la marcha interminable de los últimos días todos ellos habían comprendido lo bien que los había cobijado la cueva del cercano invierno... y lo finas que eran sus ropas. La lluvia era peor aún que el frío. Goteaba de los árboles y transformaba la tierra en barro que por la noche se helaba. Ya se había torcido el pie una niña y ahora la llevaba Elinor en brazos. Todos ellos cargaban con alguno de los niños más pequeños, pero no eran suficientes. Birlabolsas se había llevado a muchos hombres, y encima faltaban Resa y Recio.

El príncipe Negro transportaba a tres niños nada menos, uno en cada brazo y otro a la espalda, a pesar de que apenas comía y Roxana lo obligaba a menudo a detenerse para descansar. Meggie apretó la cara contra el pelo del niño que se aferraba a su cuello. Beppo. Le recordaba al nieto de Fenoglio. Beppo no pesaba mucho. Los niños no comían lo necesario desde hacía días, pero después de las horas que Meggie había caminado cargando con el pequeño a través del cenagal, el niño parecía tan pesado como un adulto.

—Meggie, canta otra canción —rogaba una y otra vez, y ella cantaba en voz baja, debilitada por el cansancio, sobre las hazañas de Arrendajo, claro.

Para entonces a veces se le olvidaba que también era su padre. Al cerrar de vez en cuando los ojos por puro agotamiento, veía el castillo que Farid le había enseñado con el fuego: una sombría excrecencia pétrea en medio de un agua espejeante. Con qué desesperación había intentado descubrir a su padre entre aquellos muros oscuros… pero no lo había visto.

Estaba sola y, desde que Resa se había marchado, su soledad había aumentado. A pesar de Elinor, de Fenoglio, de los niños y con toda seguridad a pesar de Farid. Pero esa sensación de desamparo que sólo Doria disipaba en ocasiones había originado otra: la sensación de tener que proteger a los que estaban tan desvalidos como ella, sin padre, sin madre, huyendo de un mundo que les resultaba tan ajeno como a ella, a pesar de que los niños nunca habían conocido otro.

También Fenoglio había escrito sobre ese mundo, y sus palabras eran ahora sus únicas guías.

El anciano caminaba en cabeza en compañía del príncipe Negro, con Despina a la espalda, aunque ella era mayor que algunos de los niños que tenían que caminar solos. Su hermano iba delante con los niños más mayores, saltando entre los árboles, como si sus miembros no sintieran el menor cansancio. El príncipe Negro les ordenaba una y otra vez regresar y llevar en brazos a los más pequeños, como hacían las niñas más mayores. Farid se había adelantado tanto con Doria que Meggie llevaba casi una hora sin verlos; buscaban el árbol que Fenoglio había descrito con tanta insistencia al príncipe Negro que éste había dado la orden de partir. Mas por otra parte… ¿qué otra esperanza les quedaba si no?

—¿Cuánto falta? —oyó Meggie preguntar a Despina.

—Ya no está lejos, de veras —contestó Fenoglio; pero ¿era cierto?

Meggie había estado presente cuando le habló al príncipe Negro de los nidos. *¡Parecen enormes nidos de hada, pero dentro vivieron personas, Príncipe! Muchas personas. Construyeron los nidos cuando los gigantes comenzaron a llevarse a sus hijos, en un árbol tan alto que ni siquiera los gigantes más grandes lo alcanzaban.*

—Lo que demuestra que es muy práctico no crear gigantes demasiado altos en tu propia historia —había susurrado a Meggie.

—¿Nidos humanos? —le había contestado ella también en susurros—. ¿No te lo acabarás de inventar, verdad?

—¡Qué tontería! ¿Cómo iba a hacerlo? —replicó Fenoglio con tono ofendido—. ¿Te he pedido acaso que los traigas leyendo? No. Este mundo está tan bien equipado que uno se las arregla muy bien en él sin necesidad de continuos inventos adicionales… aunque Orfeo, ese mentecato, es de otra opinión. Espero que esté mendigando ahora por las calles de Umbra en castigo por haber teñido de colores a mis hadas.

—Beppo, ahora camina tú un poquito, ¿vale? —Meggie dejó en el suelo al niño que se resistía y cogió en brazos a una niña que apenas podía tenerse en pie por el cansancio.

—¿Falta mucho? —cuántas veces le había preguntado lo mismo a su padre durante los interminables viajes en coche, al final de los cuales esperaban algunos libros enfermos.

—No, Meggie —creyó oírle decir, y por un momento el cansancio la indujo a creer que él iba a ponerle su chaqueta alrededor de sus hombros fríos, pero sólo fue una rama que rozó su espalda. Resbaló en las hojas mojadas que cubrían el suelo como una alfombra, pero la mano de Roxana impidió su caída.

—Ten cuidado, Meggie —le aconsejó, y por un instante su rostro pareció más preocupado que el de su madre.

—¡Hemos encontrado el árbol! —Doria surgió tan de sopetón ante ellos que algunos niños se asustaron. Estaba empapado y temblaba de frío, pero parecía feliz, más feliz que hacía muchos días.

—Farid se ha quedado allí. Quiere trepar hasta arriba para comprobar si los nidos aún son habitables —Doria abrió los brazos—. ¡Son gigantescos! Tendremos que construir algo para izar a los niños, pero ya se me ha ocurrido una idea.

Meggie nunca lo había oído hablar tan deprisa, ni tanto. Una de las niñas corrió hacia él, y Doria la cogió en brazos riendo y giró en círculo con ella.

—Pardillo nunca nos encontrará ahí arriba —gritó—. Ahora basta con aprender a volar y ser libres como los pájaros.

Los niños comenzaron a hablar entre ellos muy excitados hasta que el príncipe Negro levantó la mano.

—¿Dónde está el árbol? —preguntó.

Su voz denotaba cansancio. A veces Meggie temía que el veneno hubiera quebrado algo en su interior, proyectando una sombra sobre la luz que siempre le había caracterizado.

—Justo ahí delante —Doria señaló los árboles mojados por la lluvia. De pronto hasta los pies más cansados fueron capaces de caminar de nuevo.

—¡Silencio! —advirtió el príncipe Negro cuando los niños comenzaron a alborotar cada vez más ruidosamente, pero estaban demasiado nerviosos para obedecer y el bosque se llenó con sus voces agudas.

—¿No te lo había dicho? —Fenoglio caminaba al lado de Meggie, henchido de orgullo por el mundo que había creado.

—Sí, lo dijiste —Elinor se anticipó a Meggie con la respuesta, visiblemente malhumorada por sus ropas mojadas—. Pero yo aún no he visto esos nidos fabulosos, y he de reconoceros que la perspectiva de estar sentada en la copa de un árbol con este tiempo no me resulta precisamente atractiva.

Fenoglio castigó a Elinor con su desprecio.

—Meggie —dijo a la niña en voz baja—. ¿Cómo se llama ese chico? Ya sabes, el hermano de Recio.

—Doria.

El aludido se volvió cuando ella pronunció su nombre, y Meggie le sonrió. Le gustaba la forma en que él la miraba. Sus ojos enardecían su corazón, de manera muy distinta a los de Farid. Muy distinta…

—Doria —murmuró Fenoglio—. Doria. No sé, me resulta conocido.

—Bueno, no me extraña —comentó Elinor, sagaz—. Los Doria eran una famosa familia de la nobleza italiana.

Fenoglio le lanzó una mirada no precisamente amable, pero no llegó a expresar la respuesta que a buen seguro tenía ya en la punta de la lengua.

—¡Ahí están! —la voz de Ivo resonó tanto en la incipiente penumbra que Minerva, sin darse cuenta, le tapó la boca con la mano.

Y allí estaban, en efecto.

Eran exactos a la descripción que Fenoglio ofrecía en su libro. Éste había leído esas líneas a Meggie. *Nidos gigantescos en la copa de un árbol formidable, cuyas ramas siempre verdes se alzaban tan altas hacia el cielo que las puntas parecían perderse entre las nubes.* Los nidos eran redondos como los de las hadas, pero Meggie creyó distinguir entre ellos puentes, redes hechas con lianas, escaleras. Los niños, apiñados alrededor del príncipe Negro, miraron hacia arriba subyugados, como si acabara de conducirlos hasta un castillo entre las nubes. Pero era Fenoglio quien aparentaba mayor felicidad.

—¡Son fabulosos! —exclamó.

—Lo único seguro es que están a demasiada altura —por el tono de voz Elinor no parecía muy entusiasmada.

—Bueno, es que de eso se trata —replicó Fenoglio con tono rudo.

Pero tampoco Minerva y las demás mujeres parecían sentirse muy contentas.

—¿Dónde están los que vivieron antes ahí arriba? —quiso saber Despina—. ¿Se cayeron?

—¡Claro que no! —contestó a renglón seguido Fenoglio, pero al mirarlo Meggie se dio cuenta de que no tenía la menor idea de lo que había sucedido a los pobladores originales.

—Oh, no, supongo que se apoderó de ellos la nostalgia de la tierra —aventuró la voz de Jaspe, fina como el cristal.

Los dos hombres de cristal estaban en los profundos bolsillos del abrigo de Darius. Éste era el único que iba medianamente vestido para soportar el invierno, pero se mostraba generoso y siempre compartía su abrigo con algunos niños. Los dejaba cobijarse bajo la tela abrigada igual que los polluelos bajo las alas de la gallina.

El príncipe Negro examinó las extrañas moradas, el árbol que había que escalar... pero nada dijo.

—Podemos subir a los niños en redes —sugirió Doria— y utilizar como cuerdas esas lianas de ahí. Farid y yo las hemos probado. Resistirán.

—Éste es el mejor de todos los escondites —desde arriba les llegó la voz de Farid que, raudo como una ardilla, descendía por el tronco... como si antes no hubiera vivido en el desierto, sino en los árboles—. Aunque los perros de Pardillo nos encuentren aquí, desde ahí arriba podemos defendernos.

—Bueno, espero que no lleguen a encontrarnos —dijo el príncipe Negro—. Pero no queda tiempo para construir algo bajo tierra, y allí arriba podremos mantenernos hasta que...

Cómo lo miraban todos. Sí... ¿hasta cuándo?

—Hasta que Arrendajo mate a Cabeza de Víbora —dijo uno de los niños con tal convicción que el Príncipe no pudo reprimir una sonrisa.

—Exacto. Hasta que Arrendajo mate a Cabeza de Víbora.

—Y a Pífano —añadió otro niño.

—Claro que sí, a ése también —en la mirada que cruzó Baptista con el príncipe Negro se mezclaban la esperanza y la preocupación a partes iguales.

—Sí, matará a ambos y después se casará con la Fea y reinarán felices hasta el fin de sus días —Despina sonrió, contenta de presenciar ya la boda.

—¡Oh, no, no! —Fenoglio la miró consternado temiendo que sus palabras pudieran hacerse realidad momentos después—. Arrendajo ya tiene una esposa, Despina. ¿Has olvidado a la madre de Meggie?

Despina, asustada, miró a la chica y se tapó la boca con la mano, pero Meggie se limitó a acariciar su pelo liso.

—A pesar de todo me parece una historia estupenda —le dijo en voz baja.

—Empezad a tensar cuerdas ahí arriba —encargó el príncipe Negro a Baptista— y preguntad a Doria cómo quiere izar las redes. Los demás, trepad hasta la copa y comprobad si los nidos están podridos.

Meggie alzó la vista hacia el espeso ramaje. Nunca había visto un árbol como ése. La corteza era pardo rojiza, pero mellada como la de un roble, y el tronco no se ramificaba hasta muy arriba, pero crecía tan abultado hacia lo alto que ofrecía apoyo por doquier a pies y manos. En algunos lugares las setas de árbol formaban plataformas gigantescas. En el tronco de altura interminable se abrían cuevas, grietas tapadas con plumas, que mostraban que en ese árbol no sólo habían anidado personas. «A lo mejor debería preguntar a Doria si de verdad puede construirme unas alas», pensó Meggie, y de pronto le vino a la memoria la Urraca que tanto había atemorizado a su madre.

¿Por qué no la había llevado Resa consigo? «Porque todavía te considera una niña pequeña, Meggie», se respondió.

—Meggie…

Una de los niñas deslizó en su mano los dedos fríos. Elinor la había bautizado con el nombre de Elfa de Fuego, por sus cabellos rojizos como si Dedo Polvoriento hubiera sembrado chispas en ellos. ¿Cuántos años tendría: cuatro, cinco? Muchos de los niños ignoraban su edad.

—Dice Beppo que ahí arriba hay pájaros que se comen a los niños.

—¡Qué tontería! ¿Cómo lo sabe? ¿Crees que Beppo ha estado ahí arriba?

Elfa de Fuego sonrió, aliviada, y dirigió a Beppo una mirada severa. Pero su expresión se trocó de nuevo en preocupación cuando, aferrando sus dedos con fuerza alrededor de la mano de Meggie, escuchó el informe que Farid transmitía al príncipe Negro.

—Los nidos son tan grandes que en cada uno de ellos dormirán sin problemas cinco o seis de nosotros —estaba tan excitado que parecía haber olvidado que Dedo Polvoriento había regresado, aunque él seguía estando solo—. Muchos de los puentes están podridos, pero ahí arriba contamos con lianas y madera suficiente para repararlos.

—Apenas disponemos de herramientas —adujo Doria—. Es lo primero que debemos fabricar con nuestros cuchillos y espadas.

Los bandidos miraron preocupados sus cinturones de armas.

—La copa es tan frondosa que nos protege del viento, pero en algunas zonas se han abierto brechas —continuó Farid—, seguramente puntos de observación para los centinelas. Tendremos que acolchar los nidos como las hadas.

—Quizá sería mejor que algunos de nosotros permaneciéramos aquí abajo —propuso Espantaelfos—. Tenemos que cazar y…

—Podéis cazar arriba —le interrumpió Farid—. Hay bandadas de pájaros, y grandes ardillas y animales con dedos prensiles similares a conejos. Aunque, dicho sea de paso, también hay gatos salvajes…

Las mujeres se miraron angustiadas.

—…y murciélagos y duendes de colas larguísimas —prosiguió Farid—. ¡Ahí arriba es otro mundo! Hay cuevas y ramas tan anchas que se puede deambular por ellas. Encima crecen flores y setas. Es fabuloso. ¡Una maravilla!

El rostro arrugado de Fenoglio exhibía una sonrisa de oreja a oreja, igual que el rey cuyo reino recibe alabanzas, y hasta Elinor alzó por primera vez la vista añorando el tronco corcovado. Algunos niños quisieron subir en el acto, pero las mujeres los detuvieron.

—Vosotros, a recoger hojas —les ordenaron—, y musgo y plumas de pájaro… todo lo que sirva de colchón.

El sol ya estaba bajo cuando los bandidos comenzaron a tensar cuerdas, a tejer redes y a construir plataformas de madera que se pudieran izar por el alto tronco.

Baptista retrocedió con unos hombres para borrar sus huellas, y Meggie observó cómo el príncipe Negro miraba, indeciso, a su oso. ¿Cómo subirlo al árbol? ¿Y qué pasaría con los caballos de carga? Demasiadas preguntas, y ni siquiera era seguro todavía que con su rápida partida hubieran logrado quitarse de encima a Pardillo.

—Meggie —estaba ayudando a Minerva a anudar una red de lianas para las provisiones cuando Fenoglio la arrastró con aire de conspirador—. ¡No lo vas a creer! —le dijo en voz baja cuando se detuvieron entre las enormes raíces del árbol—. Pero, no se te ocurra comentárselo a Loredan. ¡Volvería a tacharme en el acto de megalómano!

—¿Qué es lo que no debo comentar? —Meggie lo miró sin entender.

—Bueno, ese chico, ya sabes, el que te mira y te trae flores y pone a Farid negro de celos. Doria…

Encima de ellos la copa del árbol se teñía de rojo a la luz del sol poniente y los nidos colgaban entre las ramas como frutas negras.

Meggie apartó la cara, confundida.

—¿Qué pasa con él?

Fenoglio miró a su alrededor, temiendo tal vez que Elinor apareciese en cualquier momento a su espalda.

—Meggie, creo —dijo bajando la voz—, creo que lo he inventado, igual que a Dedo Polvoriento y al príncipe Negro.

—Qué disparate. Pero ¿qué cosas dices? —contestó Meggie también en susurros—. Seguramente Doria ni siquiera había nacido cuando tú escribiste el libro.

—Sí, sí, lo sé. Eso es precisamente lo desconcertante. Todos estos niños —Fenoglio, con un gesto ampuloso, señaló a los niños que buscaban, afanosos, musgo y plumas bajo los árboles—, mi historia los pone como si fueran huevos, sin mi ayuda. Es fértil. Pero ese chico —Fenoglio bajó la voz como si Doria pudiera escucharle, a pesar de que se encontraba muy lejos, arrodillado en el suelo del bosque con Baptista, convirtiendo cuchillos en machetes y sierras—, Meggie, ahora viene lo más enloquecedor: he escrito una historia sobre él, pero el personaje así llamado era adulto. Y lo que es aún más raro: ¡esa historia jamás fue impresa! Seguramente continúa en algún cajón de mi viejo escritorio, o mis nietos la habrán convertido en pelotillas de papel para bombardear a los gatos.

—Eso es imposible. Entonces no puede ser el mismo —repuso Meggie mirando a Doria con disimulo. Le gustaba mucho mirarlo, muchísimo—. ¿De qué trata esa historia? —preguntó—. ¿A qué se dedica ese Doria adulto?

—Construye castillos y murallas de ciudades. Incluso inventa un aparato volador, un reloj que mide el tiempo y —miró a Meggie— una máquina de imprimir para un famoso encuadernador.

—¿De veras? —Meggie se volvió cálida de repente, como antes, cuando Mo le había contado una historia especialmente bonita. Para un famoso encuadernador. Por un momento había olvidado a Doria y sólo pensaba en su padre. A lo mejor Fenoglio había escrito hacía mucho tiempo las palabras que mantendrían con vida a Mo. Oh, por favor, imploró a la historia de Fenoglio, deja que el encuadernador de libros sea Mo.

—Yo lo llamé Doria el mago —musitó Fenoglio—. Pero hace magia con las manos, igual que tu padre. Y ahora, presta atención, porque viene lo mejor. El tal Doria tiene una mujer de la que se dice que procede de un país lejano y que muchas veces le sugirió las ideas. ¿No es extraño?

—¿Qué hay de extraño en ello? —Meggie notó que se ruborizaba. Y en ese preciso momento la miró Farid—. ¿Le diste un nombre a ella? —preguntó.

—Bueno, ya sabes que a veces soy un poco negligente con mis personajes femeninos —Fenoglio carraspeó, turbado—, y es que simplemente no encontraba el nombre adecuado para ella. Así que la llamé su mujer, sin más.

Meggie no pudo evitar la risa. Sí, eso le pegaba mucho a Fenoglio.

—Doria tiene dos dedos de la mano izquierda paralizados. ¿Cómo podrá hacer lo que dices?

—¡Pero los dedos rígidos se los prescribí yo! —exclamó Fenoglio, olvidando toda cautela. Doria alzó la cabeza y los miró, mas por fortuna en ese momento se acercó a él el príncipe Negro.

—Se los rompió su padre —prosiguió Fenoglio en voz baja—, estando borracho. Quiso pegar a la hermana de Doria, y éste intentó protegerla.

Meggie apoyó la espalda contra el tronco del árbol. Le parecía oír latir detrás de ella el corazón del árbol, un gigantesco corazón de madera. Todo era un sueño, sólo un sueño.

—¿Cómo se llamaba esa hermana? —preguntó—. ¿Susa?

—¡Qué sé yo! —contestó Fenoglio—. No puedo acordarme de todo, a lo mejor ella tampoco tenía nombre, igual que la mujer. A pesar de todo, más tarde su fama se verá acrecentada por el hecho de construir tales maravillas a pesar de sus dedos rígidos.

—Ya entiendo —murmuró Meggie, y se sorprendió intentando imaginarse qué aspecto tendría Doria de adulto—. Es una historia preciosa —añadió.

—Lo sé —dijo Fenoglio, apoyándose con un suspiro de autosatisfacción en el tronco del árbol que había descrito tantos años antes en un libro—. Pero, como es lógico, no debes contar al muchacho ni una palabra de todo esto.

—Claro que no. ¿Tienes más historias de ésas en tus cajones? ¿Sabes también qué será de los hijos de Minerva o de Beppo y la Elfa de Fuego?

Fenoglio no tuvo tiempo de responder.

—¡Vaya, magnífico! —Elinor apareció ante ellos, los brazos llenos de musgo—. Dilo tú misma, Meggie. ¿No es ese hombre que está a tu lado el más vago de este mundo y de cualquier otro? Todo el mundo trabajando, y él aquí, pensando en las musarañas.

—¿Ah, sí? Y Meggie, ¿qué? —replicó furioso Fenoglio—. Aparte de que ninguno de vosotros tendría nada que hacer si el más vago de todos los hombres no hubiera inventado este árbol y los nidos de su copa.

A Elinor no le impresionó lo más mínimo este argumento.

—En esos malditos nidos seguramente nos romperemos todos la crisma —se limitó a decir—. Y no estoy convencida de que sea mucho mejor que las minas.

—Vamos, cálmate, Loredan. De todos modos Pífano jamás te llevaría a las minas —contestó Fenoglio—. ¡Porque te quedarías atascada en el primer túnel!

Meggie dejó a ambos discutiendo. Unas luces comenzaban a bailar entre los árboles. Al principio las tomó por luciérnagas, pero cuando algunas se posaron en su manga, vio que eran diminutas mariposas que brillaban como si la luz de la luna se hubiera adherido a ellas.

«Un nuevo capítulo», pensó alzando los ojos hacia los nidos. «Un nuevo lugar. Y Fenoglio puede contarme algo sobre el futuro de Doria, pero no sabe lo que su historia está relatando ahora mismo sobre mi padre.» ¿Por qué demonios no se la había llevado consigo Resa?

«Porque tu madre es inteligente», le había respondido Fenoglio. «¿Quién aparte de ti leería entonces mis palabras, suponiendo que encuentre las correctas? ¿Darius? No, Meggie, tú eres la narradora de esta historia. Si de verdad quieres ayudar a tu padre, aquí, a mi lado, estás en el sitio correcto. ¡Y sin duda Mortimer sería de la misma opinión!»

Sí, seguramente sí.

Una de las polillas se posó en su mano, brillante como un anillo en su dedo. *El tal Doria tiene una mujer de la que se dice que procede de un país lejano y que muchas veces le sugirió las ideas.* Sí. Era raro, muy raro.

54

EL SUSURRO BLANCO

Si tuviera las ropas bordadas del cielo,
Entretejidas de luz dorada y plateada,
Los vestidos azules, opacos y oscuros
De la noche, del día y de media luz,
Los extendería a tus pies:
Pero soy pobre, sólo poseo mis sueños,
Que desplegué a tus pies,
Pisa con suavidad, porque pisas mis sueños.

William Butler Yeats,
«Él desea las ropas del cielo»

Dedo Polvoriento contempló desde lo alto de las almenas de la torre el negro lago nocturno, donde flotaba el reflejo del castillo entre las estrellas. Debido a las montañas circundantes, soplaba un viento frío que acariciaba su rostro sin cicatrices, y Dedo Polvoriento saboreó la vida como si la probase por primera vez. La nostalgia que entrañaba, y el placer. Lo amargo, lo dulce, todo, aunque sólo fuera durante un tiempo limitado, siempre sólo durante un tiempo limitado, ganado y perdido, perdido y hallado.

Incluso la negrura de los árboles lo embriagaba de felicidad. La noche los teñía de negro como si quisiera demostrar de una vez por todas que ese mundo se componía exclusivamente de tinta. ¿No parecía papel la nieve sobre las cimas de las montañas?

Qué importaba…

Encima de él la luna quemaba en la noche un agujero de plata y las estrellas lo rodeaban como elfos de fuego. Dedo Polvoriento intentó recordar si también había visto la luna en el reino de los muertos. Quizá. ¿Por qué gracias a la muerte sabía más dulce la vida? ¿Por qué el corazón sólo podía amar lo que perdía? ¿Por qué? ¿Por qué…?

Las Mujeres Blancas conocían algunas respuestas, pero no se las habían revelado todas. «Más tarde», susurraron cuando lo dejaron marchar. «En otro momento. Tú volverás con frecuencia. Y te irás con frecuencia.»

Gwin, sentada en las almenas a su lado, escuchaba intranquilo los lametones y chupadas del agua. A la marta no le gustaba el castillo. Detrás de ellos, Lengua de Brujo se agitó en sueños. Los dos habían decidido dormir allí arriba entre las almenas de la torre, aunque hiciera frío. A Dedo Polvoriento no le gustaba dormir en habitaciones cerradas, y a Lengua de Brujo parecía sucederle lo mismo. Pero a lo mejor dormía allí arriba porque Violante recorría día y noche las estancias pintadas… con afán incansable, como si buscase a su madre muerta o acelerase así la llegada de su padre. ¿Había esperado nunca una hija con tanta impaciencia matar a su padre?

Violante no era la única incapaz de conciliar el sueño. El iluminador de libros estaba en la cámara de los libros muertos e intentaba enseñar a su mano izquierda lo que su diestra había dominado con tanta maestría. Se pasaba las horas allí, sentado a un pupitre que Brianna había limpiado de polvo, obligando a los dedos inexpertos a dibujar hojas y pámpanos, pájaros y caras diminutas, mientras el muñón inútil del otro brazo sujetaba el pergamino que había llevado consigo por precaución.

—¿Quieres que te busque en el bosque un hombre de cristal? —le había preguntado Dedo Polvoriento, pero Balbulus se había limitado a negar con un movimiento de cabeza.

—Yo no trabajo con hombres de cristal —replicó, irritado—. Les gusta demasiado dejar las huellas de sus pies en mis dibujos.

Lengua de Brujo tenía un sueño inquieto. El sueño no le traía ninguna paz, y esa noche parecía peor que las precedentes. Seguramente volvían a estar con él. Cuando las Mujeres Blancas se deslizaban dentro de los sueños, no se las veía. Acudían con más frecuencia junto a Lengua de Brujo que con él, como si quisieran asegurarse de que Arrendajo no las olvidaba, ni a ellas ni el trato que había cerrado con su señora, la Gran Transformadora, que hacía marchitar y florecer, desarrollarse y perecer.

Oh, sí, ellas lo acosaban, acariciaban su corazón con sus dedos gélidos. Dedo Polvoriento lo percibía como si fuera el suyo propio. ¡Arrendajo!, creía oírlas susurrar, y sentía al mismo tiempo temblor y añoranza. «Dejadlo dormir», se dijo. «Dejadlo descansar del miedo que provoca el día. El miedo de sí mismo, el miedo por su hija, el miedo a no haber hecho lo correcto… Dejadlo.»

Se acercó a Lengua de Brujo y le colocó la mano sobre el corazón. Con el semblante pálido, se despertó, sobresaltado, del sueño. Sí, habían estado con él.

Dedo Polvoriento hizo bailar el fuego sobre sus dedos. Conocía el frío que dejaban esas visitantes. Era fresco y claro, puro como la nieve, pero el corazón se helaba. Y ardía a la vez.

—¿Qué han susurrado en esta ocasión? Arrendajo, ¿la inmortalidad está muy cerca?

Lengua de Brujo apartó la piel bajo la que dormía. Sus manos temblaban, como si las hubiera sumergido mucho rato en agua helada.

Dedo Polvoriento hizo crecer el fuego y volvió a presionar suavemente encima del corazón.

—¿Mejor?

Lengua de Brujo asintió. No apartó su mano de un empujón, a pesar de que estaba más caliente que la piel humana.

—¿Te vertieron fuego en las venas para devolverte a la vida? —había preguntado Farid a Dedo Polvoriento.

—Quizá —había contestado éste. El pensamiento le complacía.

—Cielos, deben quererte de veras —dijo cuando Lengua de Brujo se puso de pie, borracho de sueño—. Por desgracia olvidan a veces que su amor conduce inevitablemente a la muerte.

—Oh, sí. Lo olvidan. Gracias por despertarme —Lengua de Brujo se acercó a las almenas y contempló la noche—. «Él se acerca, Arrendajo.» Eso es lo que han susurrado esta vez. «Él se acerca.» Pero —se giró y miró a Dedo Polvoriento— Pífano le allana el camino. ¿Qué habrán querido decir con eso?

—Bueno, lo mismo da —Dedo Polvoriento apagó el fuego y se aproximó más—, Pífano tiene que cruzar el puente igual que su señor, así que los veremos llegar a tiempo —a Dedo Polvoriento todavía le extrañaba su capacidad de pronunciar el nombre de Pífano sin sentir temor. Pero, en efecto, debía de haberlo dejado para siempre con los muertos.

El viento rizó el agua del lago. Los soldados de Violante recorrían el puente de acá para allá, y Dedo Polvoriento creía oír los pasos incansables de su señora hasta las almenas. Los pasos de Violante… y el rasguño de la pluma de Balbulus.

Lengua de Brujo lo miró.

—Muéstrame a Resa. Igual que has hecho salir del fuego a la madre de Violante y a sus hermanas.

Dedo Polvoriento vaciló.

—Vamos —insistió Lengua de Brujo—. Ya sé que su rostro es casi tan familiar para ti como para mí.

Se lo he contado todo a Mo, le había susurrado Resa en las mazmorras del Castillo de la Noche. Al parecer no había mentido. Claro que no,

Dedo Polvoriento. Ella entiende de mentiras tan poco como el hombre que ama.

Dibujó una figura en la noche y dejó que las llamas acabasen de perfilarla.

Dedo Polvoriento alargó la mano sin darse cuenta, pero sus dedos retrocedieron de golpe cuando el fuego los mordió.

—¿Y qué hay de Meggie? —con qué claridad se dibujaba el amor en su rostro. No, por mucho que insistieran los demás, él no había cambiado. Era como un libro abierto, con un corazón apasionado y capaz de traer lo que quisiera con su voz… igual que hacía Dedo Polvoriento con el fuego.

Las llamas dibujaron a Meggie en la noche llenándola de vida cálida, tan real que su padre se volvió bruscamente, pues sus manos cogieron de nuevo el fuego.

—Y ahora, tú —Dedo Polvoriento dejó a las figuras de fuego detrás de las almenas.

—¿Yo?

—Sí. Háblame de Roxana. Haz honor a tu nombre, Lengua de Brujo.

Arrendajo, sonriendo, apoyó la espalda contra las almenas.

—¿Roxana? Es muy fácil —musitó—. Fenoglio ha escrito pasajes maravillosos sobre ella.

Cuando comenzó a hablar, su voz atrapó a Dedo Polvoriento como una mano en el corazón. Él sentía las palabras en la piel, como si fueran las manos de Roxana. *Nunca antes había visto Dedo Polvoriento mujer más hermosa. Su pelo era negro como la noche que él amaba. Sus ojos atesoraban la oscuridad bajo los árboles, el plumaje de los cuervos, el aliento del fuego. Su piel le recordó la luz de la luna en las alas de las hadas…*

Dedo Polvoriento cerró los ojos y oyó respirar a Roxana a su lado. Quería que Lengua de Brujo continuara hablando hasta que las palabras se convirtieran en carne y sangre, pero las palabras de Fenoglio pronto se gastaron y Roxana desapareció.

—¿Qué me dices de Brianna? —Lengua de Brujo pronunció su nombre y Dedo Polvoriento creyó ver a su hija en la noche, la cara vuelta, como solía hacer cuando estaba cerca de él—. Tu hija está aquí, pero casi no te atreves a mirarla. ¿Quieres que también te muestre a Brianna?

—Sí —respondió Dedo Polvoriento con voz queda—. Sí, por favor.

Lengua de Brujo carraspeó como si quisiera asegurarse de que su voz desplegaba todo su poder.

—Sobre tu hija no figura en el libro de Fenoglio nada excepto su nombre y un par de palabras sobre una niña pequeña que ella hace mucho que no es. Así que sólo puedo decirte de ella lo que todo el mundo ve.

El corazón de Dedo Polvoriento se encogió, como si se asustara de las palabras que se avecinaban. Su hija, su desconocida hija.

—Brianna ha heredado la belleza de su madre, pero todo el que la ve piensa inmediatamente en ti —Lengua de Brujo pronunciaba con cuidado las palabras, como si las sacara de la noche y compusiera con estrellas el rostro de Brianna—. El fuego está en su pelo y en su corazón, y cuando se mira al espejo, ve a su padre…

«Al que reprocha que haya regresado de entre los muertos sin traer consigo a Cósimo», pensó Dedo Polvoriento. «Calla», quiso decir a Lengua de Brujo, «olvida a mi hija. Es mejor que hables de Roxana». Pero guardó silencio, y Lengua de Brujo siguió hablando.

—Brianna es mucho más adulta que Meggie, pero a veces parece una niña perdida a la que le inquieta su propia belleza. Tiene el donaire de su madre y su hermosa voz (hasta el oso del Príncipe escucha cuando Brianna canta), pero todas sus canciones son tristes y hablan de la pérdida de aquellos a los que se ama.

Dedo Polvoriento sintió lágrimas en la cara. Había olvidado esa sensación de frescura sobre la propia piel. Se las limpió con sus dedos calientes.

Lengua de Brujo continuó, la voz tan suave como si se refiriese a su propia hija.

—Ella te mira cuando cree que no lo notas. Te sigue con los ojos como si se buscara a sí misma en tu rostro. Y seguramente quiere que nosotros dos le contemos cómo es estar entre los muertos y si hemos visto a Cósimo allí.

—Yo lo vi dos veces, nada menos —musitó Dedo Polvoriento—. Y seguro que a ella le encantaría cambiarme por cada una de ellas —de pronto, se volvió y miró abajo, hacia el lago.

—¿Qué ocurre? —preguntó Lengua de Brujo.

Dedo Polvoriento señaló hacia abajo en silencio. Una serpiente de fuego se arrastraba a través de la noche. Antorchas.

La espera había llegado a su fin.

Los guardianes que estaban en el puente se pusieron en movimiento. Uno corrió de regreso al castillo para llevar la noticia a Violante.

Venía Cabeza de Víbora.

A LA HORA EQUIVOCADA

«¿Es ésta tu creación más reciente?», preguntó el Hombre.

«Es difícil de decir», contestó Dios mirando los ojos de la salamandra. «Podría llevar ya un rato aquí. Algunas cosas necesitan muchísimo tiempo. Pero otras… parecen surgir en cierto modo por las buenas. En un santiamén. Muy curioso.»

Ted Hughes, «The Playmate»

Dedo Polvoriento vio las antorchas abajo, en el bosque. Claro. Cabeza de Víbora temía al día. Maldición, la tinta estaba de nuevo demasiado espesa.

—¡Cuarzo Rosa! —Fenoglio frotó la pluma en su manga y miró en derredor.

Paredes de ramas artísticamente entretejidas, su tablero para escribir hecho a la medida por Doria, su cama de hojas y musgo, la vela que Farid siempre le encendía de nuevo cuando la apagaba el viento… pero ni rastro de Cuarzo Rosa.

Seguramente Jaspe y él no habían perdido la esperanza de encontrar allí arriba mujeres de cristal. Al fin y al cabo, Farid fue tan tonto como para contarles que había visto por lo menos a dos. «Hermosas como las hadas», había añadido encima el cabeza de chorlito. Desde entonces los hombres de cristal trepaban por las ramas con tanto ahínco que sólo era cuestión de tiempo que se rompieran sus finos cuellos. Criaturas estúpidas.

Bueno, daba igual. Fenoglio volvió a mojar la pluma en la tinta demasiado espesa. Tendría que salir bien. Le gustaba su nuevo lugar para escribir, a tanta altura que cabía decir sin faltar a la verdad que tenía el mundo a sus pies, aunque allí se le extraviase continuamente el hombre de cristal y por la noche hiciera un frío terrible. Nunca antes le había embargado la sensación tan intensa de que las palabras brotaban espontáneamente de su pluma.

Sí. Allí arriba escribiría la mejor canción de Arrendajo, justo allí, en la copa de un árbol. ¿Podía haber un lugar más adecuado? La última imagen que habían mostrado las llamas de Farid había sido tranquilizadora: Dedo Polvoriento tras las almenas del castillo y Mortimer durmiendo... Eso significaba que Cabeza de Víbora aún no había llegado al castillo. «¿Cómo iba a hacerlo, Fenoglio?», pensó satisfecho. «Hiciste que se le rompiera una rueda en lo más intrincado del bosque. Eso debería detener al Príncipe de la Plata al menos durante dos días, puede que más.» Tiempo suficiente para escribir, ahora que las palabras lo amaban de nuevo.

—¡Cuarzo Rosa!

«Como tenga que volver a llamarlo», se dijo Fenoglio, «lo tiraré en persona de este árbol».

—No soy duro de oído, al contrario, lo tengo más fino que tú —el hombre de cristal surgió tan repentinamente de la oscuridad que Fenoglio hizo un borrón gordísimo en el papel, justo encima de la cabeza de Cabeza de Víbora. Bueno, ojalá fuera una buena señal. Cuarzo Rosa sumergió una ramita en la tinta y comenzó a remover, sin disculparse ni explicar dónde había estado. «Concéntrate, Fenoglio. Olvida al hombre de cristal. Escribe.»

Y las palabras llegaron. Con asombrosa facilidad. Cabeza de Víbora regresaba al castillo donde había desposado a la madre de Violante, y su inmortalidad era un tremendo lastre para él. Sostenía en sus manos hinchadas el Libro Vacío, que lo torturaba mejor que cualquier verdugo. Pero eso pronto terminaría, porque su hija le entregaría al hombre que le había causado todo eso. Ah, qué dulce sería el sabor de la venganza cuando Arrendajo hubiera curado el libro y su carne putrefacta… «¡Sí, sueña con tu venganza, Príncipe de la Plata!», pensó Fenoglio mientras describía los siniestros pensamientos de Cabeza de Víbora. «Piensa sólo en tu venganza y no en que nunca te has fiado de tu hija.»

—Bueno, al menos escribe —las palabras sólo fueron susurradas, pero la cara de Cabeza de Víbora, tan nítida momentos antes que Fenoglio habría podido tocarla, se esfumó para transformarse en el rostro de la señora Loredan. Meggie la acompañaba. ¿Por qué no dormía? A Fenoglio no le sorprendía que la loca de su tía se pasara las noches trepando por las ramas, persiguiendo a toda polilla brillante, pero Meggie… estaba agotada de cansancio después de haberse empeñado en subir trepando por el tronco con Doria, en lugar de dejarse izar como los niños pequeños.

—Sí, escribe —gruñó él—. Y seguramente habría terminado hace mucho si no me molestaran de continuo.

—¿Cómo que de continuo? —replicó Loredan.

Qué belicosa sonaba de nuevo su voz y qué aspecto tan ridículo tenía con los tres vestidos que llevaba puestos uno encima de otro. Un milagro que se hubieran encontrado tantos de su considerable tamaño. Con el vestido monstruoso con el que había entrado a trompicones en su mundo, Baptista había confeccionado entretanto chaquetas para los niños.

—Elinor —Meggie intentó interrumpirla, pero nadie lograba cerrarle la boca. Para entonces, eso ya lo sabía Fenoglio.

—¡Dice que de continuo!

¡Y ahora ella encima le estaba manchando el papel con gotas de cera de su vela!

—¿Acaso se encarga él día y noche de que los niños no se caigan de estos malditos nidos? ¿Trepa arriba y abajo por este maldito árbol para subir algo de comida? —prosiguió Elinor—. ¿Repara las paredes para que no nos mate a todos el viento? ¿Monta guardia? Pero da igual, lo molestan *de continuo*.

Plas. Otra gota de cera. ¡Con cuánta desenvoltura se inclinaba ella sobre sus palabras recién escritas!

—Esto no suena nada mal —dijo Elinor a Meggie, como si él se hubiera disuelto ante sus ojos en medio del fresco aire del bosque—. De veras que no.

Era inconcebible.

Cuarzo Rosa se inclinó también sobre sus líneas, frunciendo tanto su frente de cristal que parecía que el agua había tallado arrugas en ella.

—¡Vaya! ¿Quieres quizá emitir también tu veredicto antes de que siga escribiendo? —bramó Fenoglio—. ¿Desea algo más el señor? Que haga aparecer a un heroico hombre de cristal o a una mujer gorda y sabihonda que enloquezca de tal modo a Cabeza de Víbora que se entregue voluntariamente a las Mujeres Blancas? No sería mala solución.

Meggie se puso a su lado y apoyó la mano en su hombro.

—No sabes cuánto tiempo necesitarás todavía, ¿verdad? —su voz sonaba tan desalentada. Verdaderamente no parecía la voz que ya había cambiado ese mundo en un par de ocasiones.

—No tardaré mucho —Fenoglio se esforzó por sonar convincente—. Las palabras vienen, ellas...

Enmudeció de repente.

Del exterior llegó el grito ronco y prolongado de un halcón. Una y otra vez. Era la señal de alarma de los centinelas. ¡Oh, no!

El nido en que se había instalado Fenoglio estaba encima de una rama más ancha que todas las calles de Umbra. A pesar de eso, cada vez que bajaba por la escalera que le había construido Doria para que no tuviera que descolgarse por una de las cuerdas que se balanceaban, se mareaba. El príncipe Negro había hecho tensar cuerdas por todas partes, tejidas por los bandidos con lianas y corteza. Además, del árbol mismo colgaban tantas raíces aéreas y ramas que las manos siempre encontraban algún asidero. Pero todo ello no podía hacer olvidar el abismo que se abría bajo las ramas resbaladizas. «¡Y tú no eres una ardilla, Fenoglio!», pensó mientras se agarraba a unas lianas leñosas y miraba hacia abajo. «No obstante, para ser un viejo no te estás comportando nada mal aquí arriba.»

—¡Están recogiendo las cuerdas! —al contrario que él, la señora Loredan se movía con una agilidad pasmosa sobre los caminos aéreos de madera.

—Ya lo veo —gruñó Fenoglio. Estaban recogiendo todas las cuerdas que bajaban hasta el suelo. Eso no podía significar nada bueno.

Farid se descolgó hasta donde ellos se encontraban. Solía sentarse con los centinelas que el Príncipe había apostado en las ramas más altas del árbol. ¡Cielos! ¿Cómo era posible que un ser humano trepase con tal agilidad? El joven era casi tan experto como su marta.

—¡Antorchas! Y se aproximan cada vez más —balbuceó sin aliento—. ¿Escucháis los ladridos de los perros? —miró acusador a Fenoglio—. ¿No decías que nadie conocía este árbol? ¿Que el árbol y los nidos estaban olvidados?

Reproches. Era de esperar. ¡Si algo va mal, echad la culpa a Fenoglio!

—¿Y qué? Los perros también encuentran lugares olvidados —replicó, furioso, al chico—. Pregunta mejor quién borró nuestras huellas. ¿Dónde está el príncipe Negro?

—Abajo. Con su oso. Esa bestia idiota se niega a dejarse izar.

Fenoglio escuchó. En efecto. Oyó el ladrido de los perros. ¡Maldición y condenación!

—¿Y qué más da? —la señora Loredan, como no podía ser menos, daba la impresión de que todo eso no la afectaba—. No pueden bajarnos, ¿verdad? Un árbol así es fácil de defender, creo yo.

—Pero pueden rendirnos por hambre.

Farid conocía otras situaciones similares, y de pronto Elinor Loredan pareció algo inquieta. Y ¿a quién miró?

—Vaya, vaya, de manera que ahora vuelvo a ser la última salvación, ¿verdad? —Fenoglio imitó la voz de la mujer—: ¡Vamos, Fenoglio, escribe algo! ¡No puede ser tan difícil!

Los niños salían de los nidos donde dormían, corrían por las ramas como si fueran senderos y atisbaban, asustados, hacia abajo. En aquel árbol gigantesco parecían bonitos escarabajos. Pobres pequeñuelos.

Despina corrió hacia Fenoglio.

—No pueden subir, ¿verdad?

Su hermano se limitó a mirarlo.

—Claro que no —contestó Fenoglio, aunque los ojos de Ivo revelaban que se había percatado de su mentira.

Ivo cada vez pasaba más tiempo en compañía de Jehan, el hijo de Roxana. Los dos se llevaban bien. Ambos sabían demasiado del mundo para su edad.

Farid tomó a Meggie del brazo.

—Dice Baptista que traslademos a los niños a los nidos más altos. ¿Me ayudas?

Como es natural, asintió con una inclinación de cabeza, todavía quería mucho al muchacho, pero Fenoglio la retuvo.

—Meggie se queda aquí. Acaso la necesite.

Farid supo en el acto qué quería decir. Fenoglio vio en sus ojos negros a Cósimo resucitado cabalgando por las calles de Umbra y a los muertos que yacían entre los árboles del Bosque Impenetrable.

—¡No necesitamos tus palabras! —exclamó el chico—. Si intentan subir, haré llover fuego sobre ellos.

¿Fuego? Era una palabra muy inquietante en un bosque.

—Bueno, a mí quizá se me ocurra una idea algo mejor —repuso Fenoglio... notando la mirada desesperada de Meggie. «¿Qué hay de mi padre?», preguntaban sus ojos. Eso, ¿qué? ¿Qué palabras eran más urgentes, por los clavos de Cristo?

Unos niños se echaron a llorar, y Fenoglio vio abajo las antorchas a las que se había referido Farid. Brillaban en la noche como elfos de fuego, sólo que mucho más amenazadoras.

Farid se llevó con él a Despina y a Ivo. Los demás niños lo siguieron. Darius corrió hacia ellos, el pelo fino revuelto por el sueño, y cogió las manitas que se alargaban hacia él en busca de ayuda. Miró preocupado a Elinor, pero ésta contemplaba inmóvil la espesura con expresión sombría y los puños apretados.

—¡Que vengan! —balbuceó con voz temblorosa—. Espero que el oso los devore a todos. Espero que hagan pedazos a esos cazadores de niños.

¡Qué mujer tan loca! Sin embargo, decía justo lo que pensaba Fenoglio.

Meggie aún lo miraba.

—¿Por qué me miras así? ¿Qué quieres que haga, Meggie? —preguntó él—. La historia se cuenta a sí misma en dos lugares. ¿Quién necesita con más urgencia las palabras? ¿He de hacer que me crezca una segunda cabeza...? —enmudeció de repente.

La señora Loredan enviaba hacia abajo un torrente de imprecaciones.

—¡Torturadores de niños! ¡Sabandijas! ¡Cucarachas con coraza! ¡Habría que pisotearos a todos!

—¿Qué es lo que acabas de decir? —Fenoglio habló con más brusquedad de la que pretendía.

Elinor lo miró sin comprender.

Pisotearos... Fenoglio clavó los ojos en las antorchas del suelo.

—Sí —musitó—. Sí. Es un poco peligroso, pero qué importa... —y dándose la vuelta ascendió a toda prisa por la escalera que conducía a su nido. El nido del que brotaban las palabras. Sí, ése era ahora su hogar.

Pero, claro, Loredan lo siguió.

—¿Has tenido una idea?

Sí. Y no tenía intención de revelarle que una vez más se la había proporcionado ella.

—Así es. Meggie, estate preparada.

Cuarzo Rosa le entregó la pluma. Tenía miedo. Fenoglio lo vio en su rostro de cristal, más rojizo de lo habitual. ¿Habría estado otra vez bebiéndose su vino? Por entonces, los dos hombres de cristal se alimentaban de corteza de árbol rallada, igual que sus congéneres salvajes, y por eso la suavidad rosada de Cuarzo Rosa se mezclaba ya con algo de verde. No era una combinación muy favorecedora.

Fenoglio colocó otra hoja en blanco sobre la tabla que tan magistralmente le había tallado Doria. ¡Demonios, nunca le había gustado escribir dos historias a la vez!

—Fenoglio, ¿qué me dices de mi padre? —Meggie se arrodilló a su lado. ¡Qué desesperada parecía!

—Todavía tiene tiempo —Fenoglio mojó la pluma—. Que Farid pregunte al fuego, si te preocupa, pero créeme: no es fácil reparar una rueda de carroza como ésa. En el mejor de los casos Cabeza de Víbora no llegará al castillo antes de uno o dos días. Te prometo que en cuanto acabe todo esto me pondré de nuevo con las palabras para Arrendajo. ¡Vamos, mujer, no pongas esa cara de angustia! ¿Cómo quieres ayudarle si Pardillo nos baja a todos a tiros de este árbol? Y ahora, dame el libro, ya sabes cuál.

Fenoglio sabía exactamente dónde buscar las palabras que había descrito justo al principio. En el tercer o cuarto capítulo.

—¡Venga, suelta de una vez esas palabras! —Loredan temblaba de impaciencia—. ¿Qué te propones? —se acercó más para echar una ojeada al libro, pero Fenoglio lo cerró delante de sus narices.

—¡Silencio! —vociferó, aunque eso no mitigó un ápice el estruendo que llegaba del exterior. ¿Había llegado ya Pardillo?

Escribe, Fenoglio.

Cerró los ojos. Ya lo veía ante él. Con claridad meridiana. Qué emocionante. Con semejante tarea, escribir hacía el doble de gracia.

—Pero qué…

—¡Cállate, Elinor! —oyó decir a Meggie.

Y después llegaron las palabras. Oh, sí, ese nido era un sitio excelente para escribir.

FUEGO Y OSCURIDAD

¿Qué era justo, qué injusto? ¿Qué diferencia la acción de la inacción? Si volviera a vivir, pensó el viejo rey, ingresaría en un convento, por miedo a desarrollar una actividad que pudiera conducir al sufrimiento y al dolor.

T. H. White, *Camelot*, libro cuarto

—¿Cuántos habéis contado?

—Apenas cincuenta —se esforzaban por aparentar indiferencia, pero los soldados niño de Violante tenían miedo, y Mo se preguntó si de verdad habían luchado antes o sólo conocían la guerra por la muerte de sus padres y hermanos.

—¿Sólo cincuenta? ¡Entonces es que confía en mí! —era imposible no percibir el tono triunfal de Violante. La hija de Cabeza de Víbora despreciaba el miedo. Era uno de los sentimientos que ocultaba con maestría, y Mo vio el desprecio en sus ojos al descubrir el miedo de sus jóvenes soldados. Pero también lo veía reflejado en el rostro de Brianna, incluso en los rasgos peludos de Tullio.

—¿Está Pardillo con él?

Los niños negaron con la cabeza. Mo todavía no podía llamarlos de otro modo.

—¿Y Pífano? A él seguro que lo habrá traído, ¿no?

Insistentes negaciones con la cabeza. Mo cruzó con Dedo Polvoriento una mirada de sorpresa.

—¡A vuestros puestos! —ordenó Violante—. Lo hemos hablado muchas veces. A mi padre no le permitiréis ni siquiera pisar el puente. Puede enviar un emisario, pero nada más. Lo mantendremos a la espera dos, quizá tres días. Es la misma táctica que él utiliza con sus enemigos.

—¡Eso no le gustará! —Dedo Polvoriento habló en voz baja, con tono casi de indiferencia.

—Ni tiene por qué. Ahora, marchaos todos. Quiero hablar a solas con Arrendajo —Violante lanzó una mirada intimidatoria a Dedo Polvoriento—. Completamente a solas.

Dedo Polvoriento no se movió.

Cuando Mo le hizo una inclinación de cabeza, se marchó con tanto sigilo como si fuera su sombra.

Violante se aproximó a la ventana. Estaban en la estancia donde había vivido su madre. En las paredes los unicornios pastaban apaciblemente entre los gatos moteados que Mo había visto a menudo en el Bosque Salvaje, y por la ventana se divisaba el patio de los pájaros, las jaulas vacías y los ruiseñores pintados, descoloridos por la luz diurna. Cabeza de Víbora parecía lejos, muy lejos, en otro mundo.

—Así que no se ha traído a Pífano —dijo Violante—. Bueno, tanto mejor. Seguro que lo ha enviado de vuelta al Castillo de la Noche como castigo por haberte permitido escapar.

—¿Lo creéis de verdad? —Mo observaba los unicornios que pastaban tranquilos en las paredes. Le recordaron otras imágenes, unas escenas de caza con su piel blanca atravesada por las lanzas—. Las Mujeres Blancas me han contado otra cosa.

Todavía las oía susurrar: *Pífano le allana el camino*.

—¿De veras? Bueno, da igual… Ojalá estuviera aquí, también

tenemos que matarlo. A los demás podemos dejarlos marchar, pero no a Pífano.

¿Tan segura estaba de su plan?

Violante todavía le daba la espalda.

—Tendré que mandar que te aten, o mi padre no se creerá que eres mi prisionero.

—Lo sé. Encárgaselo a Dedo Polvoriento. Sabe hacerlo de modo que uno pueda librarse con facilidad de las ataduras.

«Lo aprendió de un muchacho del que está enamorada mi hija», añadió Mo en su mente. ¿Dónde estaría Meggie ahora? «Con su madre», se respondió a sí mismo. Y con el príncipe Negro. A salvo.

—Cuando mi padre haya muerto —Violante pronunció la palabra con cautela, a lo mejor no estaba tan segura como aparentaba—, Pardillo no me cederá el trono de Umbra sin lucha. Preveo que buscará el apoyo de su hermana en el Castillo de la Noche. Confío en que también seremos aliados en esa eventualidad, ¿no? —ella lo miró por primera vez.

¿Qué debía contestarle? «No. Cuando vuestro padre esté muerto, me iré.» ¿Se iría?

Violante le dio de nuevo la espalda antes de plantear la próxima pregunta:

—¿Tienes mujer?

—Sí.

Las princesas sienten debilidad por los bandidos y los titiriteros.

—Repúdiala. Yo te convertiré en príncipe de Umbra.

Mo creyó oír la risa de Dedo Polvoriento.

—No soy un príncipe, Alteza —contestó—, sino un bandido… y un encuadernador de libros. Dos papeles son más que suficientes para un hombre.

Ella se volvió y lo observó como si no acertara a creer que estuviera hablando en serio. Ojalá hubiera podido Mo descifrar la expresión de ella. Pero la máscara que llevaba Violante era más impenetrable que las que fabricaba Baptista para sus bufonadas.

—¿Ni siquiera deseas meditar mi oferta?

—Lo repito, dos papeles son más que suficientes —insistió Mo, y por un momento el rostro de Violante se pareció tanto al de su padre que a él se le encogió el corazón.

—De acuerdo. Como desees —accedió ella—. Pero volveré a preguntártelo. Cuando todo esto haya pasado.

Violante volvió a mirar por la ventana.

—He ordenado a mis soldados que te encierren en la torre llamada la Aguja. No quiero imponerte los agujeros que mi abuelo utilizaba como mazmorras. Están construidos de tal forma que el lago los llena de agua lo justo para que el prisionero no se ahogue —lo miró como si quisiera comprobar si la idea lo atemorizaba.

«Me atemoriza», pensó Mo. ¿Y?

—Recibiré a mi padre en la Sala de las Mil Ventanas —añadió Violante—. Allí pidió en matrimonio a mi madre. Haré que te traigan a mi presencia en cuanto esté segura de que lleva consigo el Libro Vacío.

Cómo juntaba las manos. Parecía una escolar recitando un texto. Todavía le gustaba. Lo conmovía. Quería protegerla de todo el dolor pasado y de la oscuridad de su corazón, aunque también sabía que nadie podía hacerlo. El corazón de Violante era una cámara cerrada a cal y canto con cuadros sombríos en las paredes.

—Tú alegarás que puedes curar el Libro Vacío, como ya hemos hablado. Lo dispondré todo para ello, Balbulus me ha revelado lo que necesitas, y cuando aparentes trabajar en ello, yo distraeré a mi padre para que puedas escribir las tres palabras. Lo cabrearé. Normalmente es la mejor distracción. Él tiene mal temperamento. Con un poco de suerte, ni siquiera reparará en que apoyas la pluma en el papel. Dicen que tiene un nuevo guardaespaldas, eso podría constituir un problema. Pero mis hombres se ocuparán de él.

Mis hombres. «Si son niños», pensó Mo, pero por suerte también estaba allí Dedo Polvoriento. Apenas había pensado su nombre cuando Dedo Polvoriento apareció en la puerta.

—¿Qué quieres? —inquirió Violante con tono desabrido.

Dedo Polvoriento hizo caso omiso.

—Fuera reina un gran silencio —le susurró a Mo—. Cabeza de Víbora recibe la noticia de que lo obligan a esperar con asombrosa indiferencia. Esto no me gusta —retrocedió hasta la puerta y atisbó por el corredor—. ¿Dónde se han metido los centinelas? —preguntó a Violante.

—¿Dónde van a estar? Los he mandado bajar al puente. Dos de mis hombres están abajo, en el patio. Ya va siendo hora de que interpretes el papel de prisionero, Arrendajo. Otro papel más, ¿lo ves? A veces con dos no basta —se acercó a la ventana y llamó a los centinelas, pero le respondió el silencio.

Mo se dio cuenta en el acto. Notó cómo la historia cambiaba de rumbo. De repente el tiempo pareció más oneroso y lo acometió una extraña inquietud. Como si estuviera en un teatro y se le hubiera pasado su salida a escena.

—¿Dónde están? —Violante se volvió y por un instante pareció casi tan joven y asustada como sus soldados. Corrió a la puerta y los llamó de nuevo. Pero nadie contestó, sólo el silencio.

—¡No te separes de mí! —dijo en voz baja Dedo Polvoriento a Mo—. Pase lo que pase. El fuego es a veces mejor protector que la espada.

Violante seguía aguzando los oídos. Se acercaron pasos, a trompicones, irregulares. Violante se apartó de la puerta, como si temiera lo que se aproximaba. El soldado que se desplomó a sus pies estaba cubierto de sangre, de su propia sangre. Era el chico que había sacado a Mo del sarcófago. ¿Había aprendido ahora algo de la muerte?

Balbuceó unas palabras que Mo no entendió hasta que se agachó sobre el cuerpo.

—Pífano… están por todas partes —el chico susurró algo más que

Mo no entendió. Murió, las incomprensibles palabras todavía en sus labios, mezcladas con su propia sangre.

—¿Hay otra entrada de la que no nos hayáis hablado? —Dedo Polvoriento agarró a Violante del brazo con gesto rudo.

—¡No! —balbuceó ella—. ¡No! —y se soltó de él, como si hubiera sido el autor de la muerte del chico que yacía a sus pies.

Mo la cogió de la mano y la arrastró hacia el corredor, lejos de las voces que de repente resonaban por doquier en el silencioso castillo. Pero su huida terminó en la escalera siguiente. Dedo Polvoriento espantó a la marta cuando los soldados se interpusieron en su camino, cubiertos de sangre, ya ni con mucho niños. Tras apuntarles con sus ballestas, los condujeron a la sala en la que la madre de Violante y sus hermanas habían aprendido a bailar delante de doce espejos de plata. Ahora era Pífano el que se reflejaba en ellos.

—Caramba, ¿el prisionero no lleva cadenas? ¡Qué ligereza por parte de Su Fealdad!

Nariz de Plata, como de costumbre, se mantenía tieso como un gallo. Pero su presencia sorprendió mucho menos a Mo que la del hombre que estaba a su lado: Orfeo. No contaba con su presencia allí. Lo había olvidado desde que Dedo Polvoriento le contara que le había arrebatado el libro y con ello todas sus palabras. «Eres un imbécil, Mortimer.» Su rostro, como tantas veces, revelaba abiertamente sus pensamientos, y Orfeo disfrutaba al ver su sorpresa.

—¿Cómo has entrado en el castillo? —Violante apartó de un empujón a los hombres que la sujetaban y se dirigió hacia Pífano como si fuera un invitado indeseado. Los soldados de éste retrocedieron ante ella, como si hubieran olvidado quién era su señor. La hija de Cabeza de Víbora… un título poderoso, aunque fuese la hija fea.

Pero esto no impresionaba a Pífano.

—Vuestro padre conocía un camino más cómodo que ese puente

tan expuesto a las corrientes de aire —respondió con voz de tedio—. Pensó que vos no lo conoceríais y en consecuencia no estaría vigilado. Al parecer era el secreto mejor guardado de vuestro abuelo, pero vuestra madre se lo enseñó a vuestro padre cuando abandonó con él este castillo en secreto. Una historia romántica, ¿verdad?

—¡Mientes! —Violante acechó a su alrededor como un animal acosado, pero sólo vio su propio reflejo junto al de Pífano.

—¿De veras? Vuestros hombres lo saben mejor. No los he matado a todos. Los jóvenes como ellos son excelentes soldados, pues todavía se consideran inmortales —explicó mientras daba un paso hacia Mo—. No esperaba volver a verte, Arrendajo. «Dejad que os preceda», rogué a Cabeza de Víbora. «Para que pueda cazar al pájaro que se me escapó. Me deslizaré hasta él como un gato, por senderos ocultos, lo agarraré mientras él os espera a vos.»

Mo no le escuchaba. Leía los pensamientos de Dedo Polvoriento en su mente. «¡Ahora, Arrendajo!», le susurraban, y cuando una serpiente de fuego ascendió por las piernas del soldado que tenía a su derecha, le propinó un codazo en el pecho al que tenía a su espalda. El fuego, que emergía del suelo, lamiéndolo, enseñó sus dientes flamígeros e incendió las ropas de sus guardianes. Éstos retrocedieron a trompicones, gritando, mientras el fuego trazaba un anillo protector en torno a los dos prisioneros. Dos soldados alzaron sus ballestas, pero Pífano se lo impidió. Sabía que su señor no perdonaría jamás que le llevase muerto a Arrendajo. Había palidecido de ira. Orfeo, sin embargo, reía.

—¡Muy impresionante! ¡Sí, de veras! —se acercó al fuego y contempló las llamas con detenimiento intentando tal vez averiguar el nombre con el que las convocaba Dedo Polvoriento. Pero después su mirada se posó en Dedo Polvoriento mismo.

—Es posible que consigas salvar al encuadernador tú solo —dijo con voz meliflua—. Pero para desgracia suya, te has convertido en mi enemigo. Qué tremendo error. No he venido aquí con Pífano. Ahora sirvo a su señor, que espera que caiga la noche para presentar sus respetos a Arrendajo, y me ha enviado a prepararlo todo para su llegada. De esto forma parte, entre otras cosas, la triste tarea de mandar definitivamente al Bailarín del Fuego al reino de los muertos.

La tristeza de su voz casi parecía auténtica, y Mo recordó el día en la biblioteca de Elinor en el que Orfeo había regateado con Mortola por la vida de Dedo Polvoriento.

—¡No hables y elimínalo, Cuatrojos! —exclamó Pífano, impaciente, mientras sus hombres seguían arrancándose del cuerpo las ropas en llamas—. Quiero atrapar de una vez a Arrendajo.

—Sí, sí, ya lo atraparás —contestó Orfeo, irritado—. Pero primero quiero mi parte —se acercó tanto al fuego que su resplandor enrojeció su pálido semblante—. ¿A quién le diste el libro de Fenoglio? —preguntó a Dedo Polvoriento a través de las llamas—. ¿A él? —preguntó con un ligero movimiento de cabeza en dirección a Mo.

—Quizá —contestó Dedo Polvoriento con una sonrisa.

Orfeo se mordió los labios como un niño que se ve obligado a contener las lágrimas.

—¡Sí, sonríe! —exclamó con voz empañada—. ¡Búrlate de mí! Pero muy pronto lamentarás lo que me hiciste.

—¿Cómo? —replicó Dedo Polvoriento tan impávido como si hubieran desaparecido los soldados que seguían apuntándoles con sus ballestas—. ¿Cómo piensas asustar a un hombre que ya ha estado muerto?

Esta vez fue Orfeo quien sonrió, y Mo deseó tener una espada, aunque sabía que no le serviría de nada.

—Pífano, ¿qué hace aquí este hombre? ¿Desde cuándo sirve a mi pa…? —la voz de Violante se extinguió cuando la sombra de Orfeo se movió como un animal que se despertaba.

De ella brotó una figura jadeante como un perro de gran tamaño. No se distinguía rostro alguno en la negrura que palpitaba y se difuminaba, sólo ojos, insensibles e iracundos. Mo captó el miedo de Dedo Polvoriento, y el fuego se extinguió, como si la figura oscura le arrebatara el aliento.

—No creo que necesite explicarte lo que es un íncubo —dijo Orfeo con voz aterciopelada—. Los juglares dicen que son muertos que las Mujeres Blancas envían de vuelta porque no pueden lavar de su alma las manchas oscuras, de modo que los condenan a vagar sin cuerpo, impulsados por su propia oscuridad, en un mundo que ya no es el suyo, hasta que al final se extinguen, devorados por un aire irrespirable, abrasados por el sol del que ningún cuerpo los protege. Pero hasta que eso sucede están hambrientos, muy hambrientos —Orfeo dio un paso atrás—. ¡Cógelo! —ordenó a la sombra—. Agárralo, mi perro fiel. Agarra al Bailarín del Fuego por haberme partido el corazón.

Mo se acercó a Dedo Polvoriento, pero éste lo apartó de un empujón.

—¡Largo, Arrendajo! —le espetó, enfurecido—. Esto de aquí es peor que la muerte.

Las llamas que los rodeaban se extinguieron, y el íncubo, respirando pesadamente, entró en el círculo de hollín. Dedo Polvoriento no lo esquivó. Permaneció simplemente quieto, cuando las manos informes lo agarraron y se extinguió. Igual que las llamas.

Mo creyó que se le paralizaba el corazón cuando el otro cayó. Pero el íncubo se inclinó olfateando como un perro decepcionado sobre el cuerpo inmóvil de Dedo Polvoriento, y Mo recordó lo que le había contado una vez Baptista: que los íncubos sólo se interesan por la carne viva y evitan a los muertos porque temen que se los lleven consigo al reino del que se han librado por poco tiempo.

—¿Oh, qué ha sido eso? —gritó Orfeo. Su voz parecía la de un niño decepcionado—. ¿Cómo ha podido suceder tan deprisa? ¡Deseaba presenciar su agonía!

—¡Sujetad a Arrendajo! —oyó Mo gritar a Pífano—. ¡Vamos, deprisa! —pero sus soldados se limitaban a mirar al íncubo, que se había volteado y dirigía su mirada insensible hacia Mo.

—¡Orfeo, dile que se aparte! —a Pífano casi se le quebró la voz—. ¡Todavía necesitamos a Arrendajo!

El íncubo gimió, como si su boca buscase palabras… suponiendo que tuviese boca. Por un instante, Mo creyó reconocer un rostro en la negrura. La maldad atravesó su piel y cubrió su corazón como el moho. Sus piernas flaquearon y luchó desesperadamente por respirar. Sí, Dedo Polvoriento tenía razón, esto era peor que la muerte.

—¡Atrás, perro! —la voz de Orfeo paralizó al íncubo—. De ése te apoderarás más tarde.

Mo cayó de rodillas, junto al cuerpo inmóvil de Dedo Polvoriento. Quiso tumbarse a su lado, dejar de respirar como él, y de sentir, pero los soldados lo levantaron y lo maniataron. Apenas lo notó. Casi no podía respirar aún.

Cuando Pífano se le acercó, Mo lo veía como a través de una niebla.

—En algún lugar de este castillo tiene que haber un patio con jaulas de pájaros. Encerradlo en una de ellas —le propinó un codazo en el estómago, pero Mo sólo sentía una cosa: que respiraba de nuevo cuando el íncubo se fundió con la sombra de Orfeo.

—¡Alto! Arrendajo todavía es mi prisionero —Violante se interpuso en el camino de los soldados que se llevaban a Mo.

Pífano la apartó con rudeza.

—Jamás fue vuestro prisionero —dijo—. ¿Acaso tomáis a vuestro padre por tonto?

—Conducidla a su habitación —ordenó a uno de los soldados—. Y al Bailarín del Fuego tiradlo delante de la jaula en la que encerréis a Arrendajo. Al fin y al cabo no se debe separar a la sombra de su señor, ¿no?

Delante de la puerta yacía otro de los soldados de Violante, el rostro juvenil aterrado por la presencia de la muerte. Yacían por todas partes. El Castillo del Lago pertenecía a Cabeza de Víbora y, con él, Arrendajo. Así que de ese modo terminaba la canción.

—¡Qué horrible final! —creyó Mo oír decir a Meggie—. No me gusta este libro, Mo. ¿No tienes otro?

57

¿DEMASIADO TARDE?

«Por mi parte», protestó el topo, «no puedo ahora irme a dormir
sin hacer nada, a pesar de que no sé qué hay que hacer».

Kenneth Grahame, *El viento en los sauces*

El lago. Cuando vio brillar el agua entre los árboles al pie de la ladera,
Resa quiso echar a correr, pero Recio la detuvo y señaló en silencio
las tiendas que bordeaban la orilla. La negra sólo podía pertenecer
a uno, y Resa, apoyándose en uno de los árboles que poblaban las
empinadas laderas, notó un desfallecimiento. Habían llegado tarde.
Cabeza de Víbora había sido más rápido. Y ahora ¿qué?

Miró hacia el castillo, que se alzaba en medio del lago como una
fruta negra al alcance del Príncipe de la Plata. Los muros oscuros
parecían ominosos... e inalcanzables. ¿Estaba Mo realmente allí?
Aunque así fuera... también estaba Cabeza de Víbora. Y una docena
de hombres vigilaban el puente que atravesaba el lago. Y ahora ¿qué,
Resa?

—No podemos cruzar el puente, es obvio —le dijo en voz baja
Recio—. Iré a echar un vistazo. Tú espera aquí. A lo mejor encuentro
una barca en alguna parte.

Pero Resa no había ido allí para esperar. Costó hallar un camino por las empinadas pendientes de la orilla, y por todas partes había soldados entre los árboles, pero vigilaban el castillo. Recio la condujo lejos de las tiendas, a la orilla oriental del lago donde los árboles crecían hasta el borde del agua. ¿Y si intentaban cruzar el lago a nado al amparo de la oscuridad? Pero sus aguas estarían frías, muy frías, y correrían historias siniestras sobre las aguas de ese lago y sus moradores. La mano de Resa tanteó su vientre mientras seguía a Recio. Tenía la impresión de que se había escondido muy hondo dentro de ella.

De repente, Recio, agarrándola del brazo, señaló unas rocas que sobresalían del lago. Dos soldados aparecieron tan repentinamente entre ellas como si hubieran brotado del agua. Cuando llegaron a la orilla, Resa vio que unos cuantos caballos esperaban a unos pasos de las rocas bajo los abetos.

—¿Qué significa eso? —susurró Recio cuando salieron más soldados de entre las rocas—. ¿Que existe otro camino al castillo? Voy a comprobarlo. Pero esta vez no vendrás conmigo. Te lo ruego. Se lo prometí a Arrendajo. Me molería a golpes si supiera que estás aquí.

—No, no lo haría —contestó Resa en voz baja, pero se quedó, y Recio se alejó sigiloso mientras ella aguardaba bajo los árboles y lo seguía con la vista, tiritando.

El agua del lago le salpicaba las botas, y bajo la superficie espejeante creyó vislumbrar rostros aplastados como los dibujos en el lomo de una raya. Estremeciéndose, retrocedió… y oyó pasos a su espalda.

—Eh, tú.

Se volvió deprisa. Un soldado apareció entre los árboles, espada en mano. ¡Corre, Resa!

Ella era más rápida que él, con sus armas y la pesada cota de malla, pero llamó a otro soldado, que disponía de una ballesta. ¡Más deprisa, Resa! De árbol en árbol, esconderse y correr, como hacen los niños. Así habría jugado con Meggie si ésta hubiera estado con ella cuando era pequeña. Cuántos años perdidos…

Una flecha se clavó en el árbol que estaba a su lado. Otra, delante de ella, en el suelo. *No me sigas, Resa, por favor. Tengo que saber que estarás allí cuando regrese.* Ay, Mo. Esperar siempre es mucho más difícil.

Se agachó detrás de un árbol y sacó su cuchillo. ¿Se acercaban o no? «Sigue corriendo, Resa.» Pero las piernas le fallaron, de miedo. Respirando pesadamente, se ocultó tambaleándose detrás del árbol más cercano… y sintió que una mano enorme le tapaba la boca.

—Diles que te rindes —susurró Recio—. Pero no camines hacia ellos, deja que se acerquen.

Resa asintió y guardó el cuchillo. Los dos soldados se gritaron algo entre ellos. Se sentía aterrorizada cuando asomó el brazo detrás del árbol y con voz temblorosa les rogó que no disparasen. Esperó hasta que Recio se hubo alejado furtivamente —con increíble celeridad para su tamaño— antes de salir de detrás del árbol, los brazos levantados. Los ojos se dilataron bajo los cascos por la sorpresa al darse cuenta de que era una mujer. Su sonrisa no auguraba nada bueno, aunque depusieron las armas, pero antes de que cualquiera de ellos pudiera agarrarla, Recio apareció a sus espaldas rodeando a cada uno el cuello con un brazo. Resa se volvió mientras los mataba y vomitó en la hierba húmeda, la mano apretada sobre el vientre, aterrada de que el niño hubiera captado su pavor.

—¡Están por todas partes! —Recio la ayudó a incorporarse. Sangraba por el hombro, tanto que su camisa se tiñó de rojo—. Uno tenía un cuchillo. «Si llevan cuchillo, ten cuidado, Lázaro», dice siempre Doria. El pequeño es mucho más listo que yo —se tambaleaba tanto que Resa tuvo que sujetarlo. Juntos, continuaron andando a trompicones y se internaron entre los árboles.

—Pífano también está aquí —susurró Recio—. Los que acabamos de ver en las rocas son secuaces suyos. Al parecer, allí hay un pasadizo que conduce hasta el castillo por debajo del lago. Mas por desgracia, aún hay noticias peores.

Miró en derredor. De la orilla del lago subían voces. ¿Qué pasaría si se topaban con los muertos? Recio la arrastró hasta un agujero en el suelo que olía a duende.

Resa oyó los sollozos nada más entrar. Recio jadeaba al seguirla. Algo peludo se acurrucaba en la oscuridad. En un principio Resa pensó que era un duende, pero después recordó la descripción que Meggie le había hecho del sirviente de Violante. ¿Cuál era su nombre? Ah, sí, Tullio.

Agarró la mano peluda. El criado de Violante la miró con los ojos dilatados por el pánico.

—¿Qué ha sucedido? ¡Soy la mujer de Arrendajo! Respóndeme, por favor, ¿vive todavía?

Él clavó en ella sus ojos negros, redondos como los de un animal.

—Están todos muertos —susurró. El corazón de Resa comenzó a atropellarse, como si hubiera olvidado latir con regularidad—. Está todo cubierto de sangre. Han encerrado a Violante en una habitación y a Arrendajo...

¿Qué pasa con él? No, Resa no quería oírlo. Cerró los ojos como si de ese modo pudiera regresar a casa de Elinor, al jardín apacible, cruzar hasta el taller de Mo...

—Pífano lo ha encerrado en una jaula.

—¿Quieres decir que aún vive?

Las apresuradas inclinaciones de cabeza hicieron que se aquietaran los latidos de su corazón.

—Todavía lo necesitan.

Pues claro. ¿Cómo había podido olvidarlo?

—Pero al Bailarín del Fuego se lo ha comido el íncubo.

No, eso no podía ser verdad. Resa se cubrió el rostro con las manos.

—¿Está ya en el castillo Cabeza de Víbora? —preguntó Recio.

Tullio negó con la cabeza y comenzó a sollozar de nuevo.

Recio miró a Resa.

—Entonces entrará a caballo esta noche. Y Arrendajo lo matará —dijo a modo de conjuro.

—¿Cómo? —Resa cortó con el cuchillo una banda de tela de su falda y vendó la herida, que aún sangraba mucho—. ¿Cómo va a escribir las palabras si Violante ya no puede ayudarlo y Dedo Polvoriento está...? —evitó pronunciar la palabra «muerto», deseando quizás que no fuese real.

Fuera se oyeron pasos, pero volvieron a alejarse. Resa soltó la bolsa de Mortola de su cinturón.

—Arrendajo no matará a Cabeza de Víbora. Ellos lo matarán a *él* en cuanto Cabeza de Víbora averigüe que Mo no puede curar el Libro Vacío. Y eso acontecerá muy pronto.

Resa vertió en su mano algunas de las semillas diminutas. Granos que vaciaban el alma, lo que sólo podía hacer la muerte, para adoptar otra figura.

—Pero ¿qué haces? —Recio intentó arrebatarle la bolsa, pero Resa la rodeaba con firmeza con las manos.

—Hay que ponérselas debajo de la lengua —susurró— y tener cuidado de no tragarlas. Si se hace con excesiva frecuencia, el animal se vuelve demasiado poderoso y el ser humano olvida lo que fue antes. Capricornio tenía un perro del que se decía que fue uno de sus hombres hasta que Mortola ensayó con él el efecto de estas semillas. En cierta ocasión el perro la atacó, y lo mataron. Entonces pensé que era una historia más para asustar a las criadas.

Devolvió las semillas a la bolsa, excepto cuatro. Cuatro cuerpos diminutos, casi redondos, como semillas de amapola, pero más claras.

—Coge a Tullio y regresad a la cueva —le dijo a Recio—. Informa al príncipe Negro de lo que hemos visto. Háblale también de Birlabolsas. ¡Y cuida de Meggie!

Con qué tristeza la miraba él.

—Aquí no puedes ayudarme, Lázaro —musitó ella—. Ni a mí, ni a Arrendajo. Ve y protege a nuestra hija. Y consuela a Roxana. Bueno, no, quizá sea mejor que no le digas nada todavía. Yo me encargaré de eso.

Lamió los granos de su mano.

—Nunca se sabe en qué animal vas a convertirte —susurró Resa—. Pero confío en que tenga alas.

AYUDA DESDE UNAS
MONTAÑAS LEJANAS

Piensa en los viejos tiempos, cuando todo fue creado. ¡Hace ya una eternidad! Entonces él y sus hermanos mataron al enorme gigante Ymer y crearon el mundo entero a partir de su cadáver. De su sangre surgió el mar, de su carne la tierra, de sus huesos montañas y arrecifes, y de su pelo los árboles y la hierba.

Tor Age Bringsværd, *Los dioses salvajes*

Meggie aguardó... Mientras, los gritos inundaban sus oídos. Mientras, Farid apagaba con llamas blancas el fuego negro de Pájaro Tiznado. Mientras, Darius tranquilizaba a los niños con historias, la voz suave más alta de lo habitual para tapar el estruendo de la lucha, y Elinor ayudaba a cortar las cuerdas que, atadas a una flecha, Pardillo ordenaba disparar al árbol.

Sí, Meggie aguardó y cantó en voz baja las canciones que le había enseñado Baptista, rebosantes todas ellas de esperanza y de luz, de resistencia y valor, mientras al pie del árbol los bandidos luchaban por su vida y la de los niños y cada grito le recordaba el combate en el bosque en el que había muerto Farid. Pero esta vez temía por dos jóvenes.

Sus ojos no sabían a quién buscar primero, si a Farid o a Doria, si unos cabellos negros o castaños. A veces no encontraba a ninguno de los dos, tan deprisa se movían entre las ramas, ambos siguiendo el fuego que Pájaro Tiznado escupía como brea ardiendo al árbol gigantesco. Doria lo apagaba golpeándolo con paños y esteras, mientras Farid se burlaba desde arriba de Pájaro Tiznado y hacía anidar a sus llamas sobre el fuego asesino hasta que lo asfixiaban con su plumaje ígneo. Cuánto había aprendido de Dedo Polvoriento. Hacía tiempo que Farid había dejado de ser un aprendiz, y Meggie vio cómo los celos deformaban la cara seca de Pájaro Tiznado, mientras Pardillo, montado en su caballo entre los árboles, observaba a los que luchaban con semblante inexpresivo, como si contemplara a dos perros desgarrando un ciervo.

Los bandidos aún defendían el árbol, a pesar de su desesperada inferioridad. ¿Cuánto tiempo más resistirían?

Pero ¿dónde estaba? ¿Dónde estaba aquél al que ella y Fenoglio habían pedido ayuda? ¡Con Cósimo todo había sucedido tan deprisa!

Nadie sabía lo que Meggie había leído unas horas antes, excepto Fenoglio y los dos hombres de cristal que la habían escuchado con la boca abierta. Ni siquiera habían tenido ocasión de contárselo a Elinor, tan violento había sido el ataque de Pardillo.

—¡Tienes que darle algo de tiempo! —le había dicho Fenoglio a Meggie cuando la chica dejó a un lado la hoja con las palabras del anciano—. Viene de muy lejos. ¡No se podía hacer de otro modo!

Bueno, mientras no llegara cuando todos ellos estuviesen muertos...

El príncipe Negro sangraba ya por un hombro. Para entonces casi todos los bandidos estaban heridos. Sería tarde. Demasiado tarde.

Meggie presenció cómo Doria esquivaba por los pelos una flecha, cómo Roxana consolaba a los niños que lloraban y cómo Elinor, con ayuda de Minerva, intentaba desesperadamente cortar otra cuerda antes de que los hombres de Pardillo treparan por ella. ¿Cuándo llegaría, cuándo?

Y de repente lo sintió, justo como lo había descrito Fenoglio: un temblor, perceptible hasta las ramas más altas del árbol. Todos lo sintieron. Los combatientes se detuvieron y giraron la cabeza, asustados. *La tierra temblaba bajo sus pies*, había escrito Fenoglio.

—¿Estás realmente seguro de que será pacífico? —había preguntado Meggie, preocupada.

—¡Pues claro! —le había contestado Fenoglio, irritado.

Pero Meggie había recordado a Cósimo, que tampoco había salido como se lo había imaginado Fenoglio. ¿O sí? ¿Quién podía decir lo que le pasaba al anciano por la cabeza? Tal vez quien mejor lo adivinaba era Elinor.

El temblor aumentó. Se rompían ramas, leña, árboles jóvenes. Bandadas de pájaros levantaron el vuelo desde la espesura, y los gritos a los pies del árbol se convirtieron en alaridos de pavor cuando el gigante salió de la maleza.

No, no era tan alto como el árbol.

—Claro que no —había dicho Fenoglio—. Por supuesto que no son del mismo tamaño. Eso sería ridículo. Además, ¿no os he dicho ya que estos nidos sólo se construyeron para proteger de los gigantes a sus moradores? ¡Por favor! Él no alcanzará a ninguno de ellos, pero Pardillo echará a correr en cuanto lo vea, te lo garantizo. ¡A toda la velocidad que le permitan sus escuálidas piernas!

Sí, Pardillo así lo hizo, aunque encomendó la tarea de correr a su caballo. Pardillo fue el primero en huir. Pájaro Tiznado, del susto, se quemó con sus propias llamas, y los bandidos sólo permanecieron quietos porque así se lo ordenó el príncipe Negro. Fue Elinor la que lanzó la primera cuerda y gritó furiosa a las otras mujeres que, paralizadas, miraban al gigante.

—¡Arrojad cuerdas! —la oyó gritar Meggie—. Vamos, deprisa. ¿O queréis que los pisotee?

Valerosa Elinor.

Los bandidos empezaron a trepar mientras los alaridos de los soldados resonaban por el bosque a mayor distancia cada vez. Pero el gigante se había detenido y miraba fijamente hacia arriba, a los niños que lo contemplaban, entusiasmados y espantados a partes iguales.

—Les gustan los niños humanos, he ahí el problema —había dicho Fenoglio en voz baja a Meggie, antes de que ésta iniciara la lectura—. En cierto momento comenzaron a capturarlos como si fueran mariposas o hamsters. Pero con mi escritura he intentado traer uno que es demasiado perezoso para hacer algo así. Aunque por esa razón tampoco creo que sea un ejemplar muy listo.

¿Parecía listo el gigante? Meggie no acertaba a precisarlo. Se lo había imaginado tan distinto. Sus miembros formidables no eran en modo alguno pesados. No, se movía apenas más despacio que Recio, y por un momento, cuando estuvo entre los árboles, a Meggie le pareció que era él quien tenía el tamaño adecuado para ese bosque, y no los bandidos. Poseía unos ojos inquietantes. Más redondos que los humanos, se asemejaban a los de un camaleón. Lo mismo cabía decir de su piel. El gigante iba desnudo como las hadas y los elfos, y su piel cambiaba de color con cada uno de sus movimientos. En un principio era pardo pálida, igual que la corteza de árbol, pero ahora estaba moteada de rojo como las últimas bayas que, a la altura de sus rodillas, pendían de un acerolo de flores encarnadas casi desnudo. Hasta su pelo cambiaba: a veces era verde, luego de repente pálido como el cielo. De esa manera era casi invisible entre los árboles. Como si se moviese el aire. Como si el viento o el espíritu de ese bosque hubiera tomado forma.

—¡Aaah, ahí está por fin! ¡Es fabuloso! —Fenoglio surgió tan de improviso detrás de Meggie que ésta estuvo a punto de caerse de la rama en la que se apoyaba—. Sí, nosotros dos conocemos bien nuestro oficio! No tengo nada contra tu padre, pero ¡creo que la verdadera maestra eres tú! Todavía eres lo bastante niña para ver las imágenes detrás de las palabras con tanta claridad como los adultos. Ésa es seguramente la razón de que este gigante tenga un aspecto muy distinto a como me lo había imaginado.

—También yo me lo figuraba diferente —susurró Meggie, como si cualquier palabra en voz alta pudiera atraer la atención del gigante sobre ellos.

—¿De veras? Hmm… —Fenoglio dio un paso cauteloso hacia delante—. Bueno, qué más da. Ardo en deseos de escuchar qué opina de él la signora Loredan. Sí, de veras.

Meggie veía lo que Doria pensaba del gigante. Acurrucado en la copa del árbol, era incapaz de apartar los ojos de él. Farid lo contemplaba con la misma fascinación que cuando Dedo Polvoriento le enseñaba un nuevo truco, con Furtivo sentado en su regazo enseñando los dientes preocupado.

—¿Has terminado ya las palabras para mi padre?

«Lo he vuelto a hacer», pensó Meggie. Con su voz y las palabras de Fenoglio había continuado la narración de la historia. Y como todas las demás veces se sentía agotada y orgullosa a la vez… y la atemorizaba lo que había convocado.

—¿Las palabras para tu padre? No. Estoy trabajando en ellas —Fenoglio se frotó la frente arrugada como si primero tuviera que despertar a algunos pensamientos—. Por desgracia, un gigante apenas ayudaría a tu padre. Sin embargo, confía en mí. Esta noche acabaré también esa tarea. Cuando Cabeza de Víbora llegue al castillo, Violante lo recibirá con mis palabras y nosotros dos daremos un final feliz a esta historia. ¡Ah, es una criatura espléndida! —Fenoglio se inclinó hacia adelante para observar mejor al gigante—. Sin embargo, me pregunto por qué tendrá esos ojos de camaleón. La verdad es que no escribí ni una palabra al respecto. Pero, en fin... Parece interesante, lo reconozco. Quizá debería escribir para traer a unos cuantos más de sus congéneres. Es una vergüenza que se oculten en las montañas.

Los bandidos no parecían compartir su opinión. Todavía trepaban por las cuerdas a toda velocidad como si los persiguieran los hombres de Pardillo. Sólo el príncipe Negro seguía con su oso al pie del árbol.

—¿Pero qué hace el Príncipe ahí abajo? —Fenoglio se inclinó tanto hacia delante que Meggie, sin darse cuenta, alargó la mano hacia su blusón—. ¡Por los clavos de Cristo, que deje ahí solo al maldito oso! Esos gigantes no gozan de muy buena vista. Como dé un tropezón, lo aplastará.

Meggie intentó tirar del anciano hacia atrás.

—El príncipe Negro nunca dejaría solo al oso. Lo sabes de sobra, Fenoglio.

—Pues tiene que hacerlo —pocas veces lo había visto tan preocupado. Por lo visto amaba de verdad al Príncipe, más que a la mayoría de sus personajes.

—¡Vamos, sube de una vez, Príncipe! —le gritaba.

Pero el príncipe Negro seguía hablando a su oso con insistencia, como si fuera un niño testarudo, mientras el gigante permanecía inmóvil con la vista levantada hacia los niños. Cuando alargó la mano, algunas mujeres gritaron y retiraron a los niños, pero los dedos formidables no alcanzaron los nidos, como había predicho Fenoglio, por más que se estiró el gigante.

—¡Calculado al milímetro! —susurró Fenoglio—. ¿Lo ves, Meggie? —sí, en esta ocasión había pensado realmente en todo.

El gigante pareció decepcionado. Volvió a estirarse y dio un paso a un lado. Su talón no alcanzó al Príncipe por el ancho de una rama. El oso dio un rugido y se irguió sobre su patas traseras, y el gigante, sorprendido, dirigió deprisa los ojos sobre lo que se movía entre sus pies.

—¡Oh, no! —balbuceó Fenoglio—. ¡No, no, no! —gritó a su criatura—. ¡A ése, no! Deja en paz al Príncipe. No estás aquí para eso. Corre detrás de Pardillo. Atrapa a sus hombres. ¡Vamos, vete!

El gigante levantó la cabeza y buscó al causante del griterío, pero luego se agachó y agarró al Príncipe y al oso con la misma rudeza que Elinor a las orugas que se comían sus rosales.

—¡No! —masculló Fenoglio—. ¿Pero qué ocurre ahora? ¿Qué ha sucedido esta vez? ¡Le romperá todos los huesos!

Los bandidos colgaban de sus cuerdas como petrificados. Uno lanzó su cuchillo a la mano del gigante. Éste se lo sacó con los labios, como si fuera una espina, y dejó caer al Príncipe como un juguete desechado. Meggie se sobresaltó cuando golpeó contra el suelo y se quedó tendido e inmóvil. Oyó gritar a Elinor. Pero el gigante golpeaba a los hombres en las cuerdas como si fueran avispas deseosas de picarle.

Todos empezaron a gritar. Baptista corrió a una de las cuerdas para acudir en ayuda del Príncipe. Farid y Doria lo siguieron, hasta Elinor corrió tras él, mientras Roxana permanecía quieta con expresión de horror, rodeando con sus brazos a dos niños que lloraban. Fenoglio sacudía con rabia desvalida las cuerdas de sujeción.

—¡No! —volvió a gritar hacia lo profundo—. ¡No, eso no puede suceder!

Y de pronto una de las cuerdas se rompió, precipitándose hacia el abismo. Meggie intentó sujetarlo, pero no llegó a tiempo. Fenoglio cayó, con el asombro reflejado en su rostro, y el gigante lo atrapó en el aire igual que a una fruta madura.

Los niños habían dejado de chillar. Tampoco las mujeres y los bandidos proferían sonido alguno cuando el gigante, sentándose al pie del árbol, contempló lo que había atrapado. Con gesto despreocupado dejó al oso en el suelo, pero cuando su mirada reparó en el Príncipe inconsciente, volvió a cogerlo. El oso, rugiendo, acudió en ayuda de su amo, pero el gigante se limitó a apartarlo de un empujón. Después se levantó, alzó la vista hacia los niños por última vez y se alejó a grandes zancadas, con Fenoglio en la mano derecha y el príncipe Negro en la izquierda.

59

LOS ÁNGELES
DE ARRENDAJO

Te pregunto: ¿qué harías si estuvieras en mi lugar? Dímelo, te lo
ruego.
Pero tú estás muy lejos de todo eso. Tus dedos pasan una tras otra
las páginas que vinculan de algún modo tu vida a la mía. Tus ojos
están a salvo. Esta historia es tan sólo otro capítulo en tu cerebro.
Para mí, sin embargo, es el aquí y el ahora.

Markus Zusak, *El comodín*

Desde que Orfeo había visto a Violante por primera vez en una fiesta
de Pardillo, se imaginaba lo que sería reinar en Umbra a su lado.
Todas sus criadas eran más bellas que la hija de Cabeza de Víbora, pero
Violante poseía algo de lo que ellas carecían: orgullo, ambición, ansia
de poder. Todo eso le encantaba a Orfeo, y cuando Pífano la condujo a
la sala de las Mil Ventanas, su forma de caminar con la cabeza bien alta
aceleró el corazón de Orfeo… a pesar de que ella se lo había jugado todo
a una carta y había perdido.

Los miró a todos de refilón, como si fueran los perdedores…
a su padre, a Pulgarcito, a Pífano. A Orfeo sólo le dedicó una

mirada fugaz. ¿Cómo iba a conocer el papel tan destacado que él desempeñaba? Cabeza de Víbora seguiría hundido en el fango con una rueda rota si él no lo hubiera traído con la lectura cuatro ruedas nuevas. Cómo lo habían mirado todos. Su gesta había merecido el respeto incluso de Pulgarcito.

La sala de las Mil Ventanas ya no tenía ninguna. Pulgarcito había ordenado cubrirlas con paños negros y sólo media docena de antorchas iluminaban la oscuridad, lo justo para mostrarle el rostro de su peor enemigo.

Cuando introdujeron a Mortimer, la orgullosa máscara de Violante se resquebrajó, aunque la joven recuperó enseguida el control. Orfeo comprobó con satisfacción que no habían tratado muy bien a Arrendajo, aunque todavía lograba mantenerse en pie, y Pífano sin duda se había asegurado de que sus manos estuvieran incólumes. «Podían haberle cortado la lengua», pensó Orfeo, «para que cesaran para siempre esos cantos de alabanza a su voz». Hasta que cayó en la cuenta de que Mortimer aún tenía que revelarle dónde estaba el libro de Fenoglio, pues Dedo Polvoriento no lo había hecho.

—Bien, Arrendajo. ¿Te describió de otro modo mi hija nuestro segundo encuentro? Así lo creo —Cabeza de Víbora resollaba como un anciano—. Me alegré mucho cuando Violante me propuso este castillo como punto de encuentro, a pesar de que el camino hasta aquí ha sido muy fatigoso. Este castillo ya me trajo suerte una vez, aunque durante un periodo limitado. Además estaba seguro de que su madre no le había revelado nada del pasadizo secreto. Ella le contó muchas cosas de este castillo, pero casi ninguna guardaba relación con la realidad.

El rostro de Violante continuaba inexpresivo.

—No sé de qué estás hablando, padre —repuso.

Cuánto se esforzaba por no mirar a Mortimer. Conmovedor.

—No, tú no sabes nada. De eso se trata, precisamente —Cabeza de Víbora rió—. Espié muchas veces lo que te contaba tu madre en la antigua habitación. Todas esas historias de sus felices días de infancia, todas esas dulces mentiras para que su fea hija pequeña soñase con un lugar tan distinto al castillo en el que de verdad se criaba. La realidad se diferencia casi siempre de lo que referimos sobre ella, pero tú siempre confundiste las palabras con el mundo real. Al igual que tu madre, tú nunca has conseguido diferenciar tus deseos de la realidad, ¿me equivoco?

Violante no contestó. Se limitaba a permanecer tiesa como siempre, escudriñando la oscuridad en la que se ocultaba su padre.

—Cuando encontré a tu madre por vez primera en esta sala —prosiguió Cabeza de Víbora con voz ronca—, ella sólo ansiaba marcharse de aquí. Habría intentado volar si su padre le hubiera dado ocasión para ello. ¿Te contó que una de sus hermanas se mató al precipitarse por una de estas ventanas? ¿No? ¿O que ella misma casi fue ahogada por las ondinas cuando intentó cruzar este lago a nado? Seguro que no. En lugar de eso te hizo creer que yo obligué a su padre a entregármela por esposa y que la llevé lejos de aquí en contra de su voluntad. Quién sabe, quizá al final ella misma acabó creyéndose esa historia.

—Mientes —Violante luchaba con todas sus fuerzas para no perder el control—. No quiero escuchar una palabra más.

—Pues las escucharás —replicó Cabeza de Víbora sin alterarse—. Ya va siendo hora de que dejes de esconderte de la realidad detrás de historias bonitas. A tu abuelo le gustaba en demasía hacer desaparecer a los admiradores de tu madre. Por eso me enseñó tu madre el túnel por el que Pífano ha logrado entrar en secreto en el castillo. Entonces estaba muy enamorada de mí, aunque luego te dijese lo contrario.

—¿Por qué me cuentas tales mentiras? —Violante seguía

manteniendo erguida la cabeza, pero su voz temblaba—. No fue mi madre quien te enseñó el túnel. Debió de ser alguno de tus espías. Ella no te amó jamás.

—Cree lo que te apetezca. Supongo que no sabes demasiado del amor —Cabeza de Víbora tosió y se levantó resollando de la silla en la que se sentaba. Violante retrocedió cuando él se expuso a la luz de las antorchas.

—Sí, mira lo que me ha hecho tu noble bandido —dijo Cabeza de Víbora mientras se dirigía despacio hacia Mortimer. Cada vez le dolía más caminar. Orfeo lo había comprobado de sobra durante el viaje interminable a ese infortunado castillo, pero el Príncipe de la Plata se mantenía tan erguido como su hija—. Mas no hablemos del pasado —dijo él, cuando estuvo tan cerca de Mortimer que su prisionero pudo disfrutar plenamente de sus emanaciones—, o de cómo se imaginaba mi hija este trato. Convénceme de que vale la pena no mandar que te arranquen la piel a tiras y hacer lo mismo con tu mujer y tu hija. Finalmente las dejaste con el príncipe Negro, pero conozco la cueva en la que se mantienen ocultos. El inútil de mi cuñado los habrá capturado ya y los estará trasladando a Umbra.

Oh, sí, la noticia afectó a Mortimer. «Adivina quién le habló de la cueva a Cabeza de Víbora, noble bandido», pensó Orfeo torciendo la boca en una amplia sonrisa cuando Mortimer lo miró.

—Entonces —Cabeza de Víbora golpeó a su prisionero en el pecho con el puño enguantado, justo donde lo había herido Mortola—, ¿qué me dices? ¿Puedes anular tu propia traición? ¿Puedes curar el libro con el que me engañaste tan alevosamente?

Mortimer sólo vaciló un momento.

—Sin duda —afirmó—. Si me lo das.

Bien. Su voz impresionaba incluso en una situación tan desesperada, Orfeo tuvo que reconocerlo (aun cuando la suya sonase claramente mejor). Pero Cabeza de Víbora no se dejó engañar otra vez. Le dio tal puñetazo en la cara a Mortimer, que éste cayó de rodillas.

—¡Así que efectivamente te crees capaz de volver a burlarte de mí! —exclamó, enfurecido—. ¿Me tomas por tonto? ¡Nadie puede curar ese libro! Por esta información han muerto docenas de compañeros de gremio tuyos. Está perdido, lo que significa que mi carne se pudrirá durante toda la eternidad y yo mismo sentiré a diario la tentación de escribir las tres palabras que pondrán fin a todo. Pero se me ha ocurrido una solución mejor, una solución que exige de nuevo tus servicios, por lo que estaré realmente agradecido a mi hija por haber velado por ti con tan extraordinaria solicitud. Al fin y al cabo, conozco de sobra —añadió lanzando una ojeada a Pífano— la sangre tan caliente que corre por las venas de mi heraldo.

Pífano quiso replicar, pero Cabeza de Víbora se limitó a levantar la mano con impaciencia y se giró de nuevo hacia Mortimer.

—¿Qué solución?

La famosa voz sonó ronca. ¿Se estaba enfrentando Arrendajo al miedo? Orfeo se sintió como el joven que lee con extremado placer el pasaje más emocionante de un libro. «Confío en que esté aterrorizado», pensó. «Y en que éste sea uno de los últimos capítulos donde aparece.»

Mortimer torció el gesto cuando Pífano apretó el cuchillo contra su costado. «Sí, es evidente que en ésta historia has hecho los enemigos equivocados», pensó Orfeo. Y los amigos equivocados. Pero así eran los héroes buenos. Estúpidos.

—¿Qué solución? —Cabeza de Víbora se rascó su carne tumefacta—. Encuadernarme un nuevo libro, ¿qué si no? Pero esta vez no pasarás un solo instante sin vigilancia. Y cuando este libro vuelva a protegerme de la muerte con sus páginas de inmaculada blancura, escribiremos tu nombre en el otro... para que percibas durante un rato qué se experimenta al pudrirse en vida. Después lo haré pedazos, página a página, contemplaré cómo sientes que tu carne se desgarra mientras suplicas a las Mujeres Blancas que se te lleven. ¿No crees que es una solución muy satisfactoria para todos?

«Ajá. Un nuevo libro. No es ninguna bobada», pensó Orfeo. «¡Pero mi nombre quedaría mucho mejor en sus páginas vacías y nuevas! ¡Deja de soñar, Orfeo!»

Pífano acercó el cuchillo a la garganta de Mortimer.

—Bueno, Arrendajo, ¿cuál es tu respuesta? ¿Debo arrancártela con el cuchillo?

Mortimer calló.

—¡Contesta! —rugió Pífano—. ¿O he de hacerlo yo por ti? Además, sólo hay una.

Mortimer siguió callado, pero Violante se convirtió en su voz.

—¿Por qué va a ayudarte si de todos modos pretendes matarlo? —preguntó a su padre.

Cabeza de Víbora se encogió de hombros.

—Podría matarlo menos dolorosamente o limitarme a enviar a las minas a su mujer y a su hija en lugar de quitarles la vida. Al fin y al cabo, ya negociamos una vez por las dos.

—Pero esta vez no las tenéis en vuestro poder —la voz de Mortimer sonó como si estuviera lejos, muy lejos.

«¡Va a decir que no!», pensó Orfeo, sorprendido. «¡Menudo payaso!»

—Todavía no, pero lo estarán pronto —Pífano deslizó el cuchillo hasta el pecho de Mortimer y dibujó con la punta de la hoja un corazón donde se percibían los latidos—. La verdad es que Orfeo nos ha descrito su escondrijo con mucha precisión. Ya lo has oído. Seguramente Pardillo las conduce en este mismo momento hacia Umbra.

Era la segunda vez que Mortimer miraba a Orfeo, y el odio en sus ojos tenía un sabor más dulce que los pequeños bollos que Oss le compraba todos los viernes en el mercado de Umbra. Bueno, en el futuro ya no lo haría Oss. A éste, lamentablemente, lo había devorado el íncubo, nada más salir de las palabras de Fenoglio —le costó un rato controlarlo—, pero ya encontraría un nuevo guardaespaldas.

—Puedes ponerte a trabajar enseguida. Tu noble protectora ya ha traído prácticamente todo lo que necesitas —siseó Pífano, y esta vez, cuando apretó su cuchillo contra el cuello de Mortimer, fluyó sangre—. Al parecer ella pretendía representar para nosotros hasta el menor detalle que la única razón por la que permaneces vivo es para curar el libro. ¡Menuda broma! En fin, ella siempre ha sentido debilidad por los juglares.

Mortimer ignoró a Pífano, como si fuera invisible. Sólo tenía ojos para Cabeza de Víbora.

—No —dijo, y su voz resonó con tono grave en la sala oscura—. No te encuadernaré ningún libro más. Esta vez la Muerte no me lo perdonaría.

Violante, sin querer, dio un paso hacia Mortimer, pero él no le prestaba atención.

—¡No le hagas caso! —advirtió a su padre—. ¡Lo hará! Dale un poco de tiempo.

Oh, así que ella sentía verdadero apego por Arrendajo. Orfeo frunció el ceño. Otro motivo más para desear que éste se fuera al diablo.

Cabeza de Víbora miró a su hija, meditabundo.

—¿Y a ti qué te importa lo que yo haga?

—Bueno… —por primera vez el tono de Violante reveló inseguridad—. Te curará.

—¿Y? —la respiración del Príncipe de la Plata era pesada—. Tú deseas verme muerto. No lo discutas. ¡Me gusta! Demuestra que mi sangre corre por tus venas. A veces creo que debería sentarte a ti en el trono de Umbra. Seguro que lo harías mejor que mi cuñado empolvado con plata.

—¡Por supuesto que lo haría mejor! Yo te enviaría al Castillo de la Noche seis veces más plata, porque no la dilapidaría en fiestas y partidas de caza. Pero a cambio me cederás a Arrendajo… después de que haya hecho lo que le exiges.

Impresionante. Ella seguía poniendo condiciones. «¡Oh, sí, me gusta!», pensó Orfeo. «Me encanta. Sólo hay que quitarle su predilección por los encuadernadores anárquicos. Pero después… ¡qué posibilidades!»

También a Cabeza de Víbora le gustaba cada vez más la actitud de su hija. Soltó una imponente carcajada que Orfeo no había oído nunca.

—¡Miradla! —exclamó—. Negocia conmigo a pesar de tener las manos vacías. Conducidla a sus aposentos —ordenó a uno de sus soldados—. Pero vigiladla bien. Y enviad a Jacopo con ella. Un hijo debe estar con su madre. Y tú —se dirigió a Mortimer— aceptarás mi trato o mandaré a mi guardaespaldas que te lo arranque mediante tortura.

Pífano, irritado, abatió el cuchillo cuando Pulgarcito salió de la oscuridad. Violante le lanzó una mirada de inquietud y cuando el soldado tiró de ella se resistió… pero Mortimer continuó callado.

—Excelencia —Orfeo dio un respetuoso paso adelante (al menos confiaba en que lo pareciera)—, permitidme arrancarle una respuesta afirmativa.

Un susurro, un nombre (basta llamarlos por el nombre correcto, igual que a un perro), y el íncubo se separó de la sombra de Orfeo.

—¡Qué disparate! —le gritó Pífano—. ¿Para que pronto esté Arrendajo tan muerto como el Bailarín del Fuego? No —e hizo que volvieran a poner en pie a Arrendajo.

—¿Es que no has oído? Yo me encargo de eso, Pífano —Pulgarcito se quitó los guantes negros.

La decepción dejó en la lengua de Orfeo un sabor a almendras amargas. Qué ocasión para demostrar su utilidad a Cabeza de Víbora. Si al menos hubiera dispuesto del libro para escribir y expulsar a Pífano fuera de este mundo. Y de paso, al tal Pulgarcito.

—Señor, os lo ruego, escuchadme —se interpuso en el camino de Cabeza de Víbora—. ¿Podría solicitar que al prisionero se le sonsaque otra respuesta más en el transcurso de este procedimiento sin duda nada agradable para él? ¿Recordáis el libro del que os hablé, el libro que puede transformar este mundo a vuestro antojo? Os ruego que averigüéis su paradero.

Cabeza de Víbora le dio la espalda.

—Más tarde —contestó, y con un gemido volvió a dejarse caer en la silla oculta en las sombras—. Ahora solamente importa un libro, y tiene las páginas en blanco. ¡Empieza ya, Pulgarcito! —su voz llegó jadeante desde la oscuridad—. Pero ten cuidado con sus manos.

Cuando Orfeo sintió en la cara el frío repentino, pensó primero que el viento nocturno entraba por las ventanas cubiertas. Pero ellas estaban ya junto a Arrendajo, tan blancas y pavorosas como en el cementerio de los titiriteros. Rodearon a Mortimer como ángeles sin alas, los miembros de niebla, los semblantes blancos como huesos descoloridos. Pífano retrocedió a trompicones, de forma que se cayó y se cortó con su propio cuchillo. Hasta el rostro de Pulgarcito perdió su indiferencia. Y los soldados que permanecían al lado de Mortimer retrocedieron como niños asustados.

¡Era imposible! ¿Por qué lo protegían? ¿En agradecimiento por haberlas burlado ya varias veces? ¿Por haberles arrebatado a Dedo Polvoriento? Orfeo sintió que el íncubo se encogía detrás de él como un perro apaleado. ¿Cómo? ¿Él también les temía? No, maldita sea.

¡Verdaderamente tenía que reescribir este mundo! Y lo haría. Vaya que sí. Ya encontraría el modo.

¿Qué susurraban ellas?

La luz pálida que irradiaban las hijas de la Muerte disipó las sombras en las que se ocultaba Cabeza de Víbora, y Orfeo vio al Príncipe de la Plata en su oscuro rincón, respirando con dificultad y tapándose los ojos con manos temblorosas. Así que aún temía a las Mujeres Blancas, a pesar de haber matado en el Castillo de la Noche a tantos hombres para demostrar lo contrario. Todo era mentira. Cabeza de Víbora jadeaba de miedo en su carne inmortal.

Pero Mortimer estaba en medio de los ángeles de la Muerte de Fenoglio como si formaran parte de él… y sonreía.

MADRE E HIJO

El olor a tierra húmeda y nueva vegetación me sepulta, acuoso, resbaladizo, con un sabor que recuerda al ácido, a corteza de árbol. Huele a juventud, a corazón dolorido.

Margaret Atwood, *El asesino ciego*

Como es natural, Cabeza de Víbora mandó encerrar a Violante en la antigua estancia de su madre. Sabía de sobra que allí oiría mucho más claramente todas las mentiras que su madre le había contado. No podía ser. Su madre nunca había mentido. Madre y padre... eso siempre había significado bien y mal, verdad y mentira, amor y odio. ¡Era tan fácil! Pero ahora su padre también le había arrebatado eso. Violante buscó en su interior su orgullo y la fuerza que siempre la habían mantenido erguida, pero todo lo que encontró fue una niña pequeña y fea, sentada en el polvo de sus esperanzas, con la imagen rota de su madre en el corazón.

Apoyó la frente en la puerta atrancada y aguzó el oído esperando oír los gritos de Arrendajo, pero sólo escuchó las voces de los centinelas apostados ante su puerta. ¿Por qué no había accedido él? ¿Porque pensaba que ella aún podría protegerlo? Pulgarcito le abriría los ojos. No pudo evitar pensar en el juglar que su padre ordenó descuartizar por haber cantado para su madre, en el criado que les traía libros y que por ello murió de hambre en una jaula situada delante de su ventana. Le dieron de comer pergamino. ¿Cómo había osado siquiera prometer protección a Arrendajo si hasta ahora había provocado la muerte de todo el que había estado de su parte?

—Pulgarcito le arrancará la piel a tiras —la voz de Jacopo apenas llegaba hasta ella—. Dicen que es tan hábil haciéndolo que no te mueres. Al parecer lo ensayó con cadáveres.

—¡Cállate! —quiso pegarle un bofetón en su pálido semblante. Cada día se parecía más a Cósimo. Y sin embargo el niño habría preferido mucho más parecerse a su abuelo.

—No puedes oír nada desde aquí. Lo llevarán abajo, al sótano, a los agujeros. He estado allí. Está todo completamente oxidado, pero en buen uso: cadenas, cuchillos, tornillos, púas de hierro…

Al mirarlo Violante, enmudeció. Ella se aproximó a la ventana, pero la jaula en la que habían encerrado a Arrendajo estaba vacía. Sólo el Bailarín del Fuego yacía muerto delante. Qué extraño que no lo tocasen los cuervos. Como si lo temieran.

Jacopo cogió el plato que le había traído una de las criadas y hurgó en él, enfurruñado. ¿Qué edad tenía? Violante lo había olvidado. Al menos ya no llevaba la nariz de hojalata desde que Pífano se había reído de él.

—Lo amas.

—¿A quién?

—A Arrendajo.

—Es mejor que todos ellos —escuchó de nuevo junto a la puerta. ¿Por qué no respondió que sí? En ese caso a lo mejor hubiera podido salvarle todavía.

—Si Arrendajo confecciona otro libro… ¿seguirá soltando el abuelo un pestazo tan horroroso? Yo creo que sí. Creo que tarde o temprano caerá muerto. En realidad parece que está con un pie en la tumba —con qué indiferencia hablaba. Unos meses antes Jacopo adoraba a su abuelo.

¿Eran todos los niños así? ¿Cómo iba a averiguar Violante la respuesta? Sólo tenía ése. Niños… Violante los veía aún salir corriendo por la puerta del castillo de Umbra hacia los brazos de sus madres. ¿Se merecían de verdad que Arrendajo muriese por ellos?

—¡No quiero ver al abuelo nunca más! —Jacopo, estremeciéndose, se tapó los ojos con las manos—. Si se muere, reinaré, ¿verdad? —la frialdad de su voz aguda impresionó a Violante… y la asustó al mismo tiempo.

—No, no reinarás. No después de que tu padre le atacase. Su propio hijo será rey. Rey del Castillo de la Noche y de Umbra.

—Pero si no es más que un bebé.

—¿Y qué? Entonces gobernará su madre por él. Y Pardillo —«además tu abuelo sigue siendo inmortal», añadió Violante en su mente, «y nadie cambiará ese hecho. Ni toda la eternidad».

Jacopo apartó el plato y caminó despacio hacia Brianna. Ésta bordaba la imagen de un jinete que tenía un sospechoso parecido con Cósimo, aunque ella afirmaba que era el héroe de un antiguo cuento. Era bueno volver a tenerla a su lado, aunque desde que el íncubo matara a su padre se había vuelto más silenciosa de lo habitual. A lo mejor sí que lo quería. La mayoría de las hijas aman a sus padres.

—Brianna —Jacopo la agarró por su hermosísimo cabello—. Léeme algo, vamos. Me aburro.

—Tú lees de maravilla —Brianna soltó los dedos de su pelo y siguió bordando.

—Traeré al íncubo —la voz de Jacopo se tornó estridente, como siempre que algo lo contrariaba—. Para que te devore, igual que a tu padre. Ah, no, a él no lo devoró. Está muerto en el patio y se lo están comiendo los cuervos.

Brianna ni siquiera levantó la cabeza, pero Violante vio que le temblaban tanto las manos que se pinchó en el dedo.

—¡Jacopo!

Su hijo se volvió hacia ella, y durante unos instantes Violante creyó que sus ojos la suplicaban que dijera algo más. «¡Sacúdeme! ¡Pégame! ¡Castígame!», decían. «O cógeme en brazos. Tengo miedo. Odio este castillo. Quiero irme.»

Ella no quería hijos. No sabía bien qué hacer con ellos. Pero el padre de Cósimo exigía un nieto. ¿Qué iba a hacer con un niño? Bastante tenía con mantener cohesionado su corazón doliente. Si al menos hubiera sido niña… Arrendajo tenía una hija. Todos decían que la adoraba. Por ella quizá cediera y le encuadernara otro libro a su padre. Suponiendo que Pardillo atrapase de veras a su hija. ¿Y después? No quería pensar en su mujer. Tal vez muriese. A Pardillo le gustaba ser cruel con lo que cazaba.

—¡Lee! ¡Que me leas algo! —Jacopo seguía plantado delante de Brianna. Con un gesto rápido le arrebató el bordado del regazo tan bruscamente que ella se pinchó de nuevo.

—Éste se parece a mi padre.

—No es verdad —Brianna lanzó una rápida mirada a Violante.

—Sí que se parece. ¿Por qué no le pides a Arrendajo que lo rescate de entre los muertos igual que hizo con tu padre?

Antes Brianna le hubiera pegado, pero la muerte de Cósimo había quebrado algo en su interior. Se había vuelto blanda como el interior de un molusco, blanda y llena de dolor. A pesar de todo, su compañía era mejor que ninguna, y Violante se dormía con mucha más facilidad si Brianna cantaba para ella.

Fuera, alguien corrió el cerrojo.

¿Qué significaba eso? ¿Venían a anunciarle que Pífano había matado por fin a Arrendajo? ¿Que Pulgarcito lo había quebrado igual que a tantos hombres antes que él? «¿Y si así fuese, Violante?», pensó, «¿qué importa? De todos modos, tienes el corazón hecho añicos…».

Pero fue Cuatrojos el que entró. Orfeo o Cara de Luna, como lo llamaba Pífano con desprecio. Violante aún no acertaba a comprender lo deprisa que había logrado acercarse a su padre mediante lisonjas. Quizá fuese su voz. Era casi tan bonita como la de Arrendajo, pero algo en ella le producía escalofríos.

—Alteza —su visitante hizo una reverencia tan profunda que rayaba en la burla.

—¿Es que Arrendajo ha terminado dando la respuesta correcta a mi padre?

—No, por desgracia, no. Pero aún vive, si es lo que deseabais saber —sus ojos miraban inocentes a través de los cristales redondos, unos cristales que ella le había copiado, aunque Violante, al contrario que él, no los portaba siempre. A veces prefería ver el mundo a través de una niebla.

—¿Dónde está?

—Ah, ya, habéis visto la jaula vacía. Bueno, he propuesto a Cabeza de Víbora otro alojamiento para Arrendajo. Sin duda conoceréis la existencia de los agujeros a los que vuestro abuelo solía arrojar a sus prisioneros. Estoy seguro de que allí nuestro noble bandido satisfará muy pronto los deseos de vuestro padre. Mas pasemos al objeto de mi visita.

Su sonrisa era dulce como la miel. ¿Qué esperaba de ella?

—Alteza —su voz acarició la piel de Violante como una de las patas de conejo con las que Balbulus alisaba el pergamino—. Al igual que vos, soy un gran amante de los libros. Por desgracia, he sabido que la biblioteca de este castillo está en un estado lamentable, pero ha llegado a mis oídos que siempre lleváis algunos libros con vos. ¿Sería posible que me prestaseis uno o dos? Como es natural, demostraría mi agradecimiento de la mejor manera posible.

—¿Qué hay de mi libro? —Jacopo avanzó hasta situarse delante de Violante, los brazos cruzados como solía hacer su abuelo antes de que sus brazos hinchados ya no fueran capaces ni siquiera de ese gesto sin un dolor insoportable—. Todavía no me lo has devuelto. Me debes —contó con sus cortos dedos— doce monedas de plata.

La mirada que Orfeo lanzó a Jacopo no era ni cálida ni dulce. Pero su voz sí.

—Por supuesto, me alegro de que me lo hayáis recordado, príncipe. Venid a mi habitación y os entregaré las monedas y el libro. Pero ahora dejadme hablar con vuestra madre —y con una sonrisa de disculpa, se giró de nuevo hacia Violante.

—¿Qué me decís? —preguntó bajando la voz en tono confidencial—. ¿Me prestaríais uno, Alteza? He oído maravillas de vuestros libros y, creedme, los trataré con exquisito cuidado.

—Ella sólo tiene dos —Jacopo señaló el cofre situado junto a la cama—. Y los dos tratan de Arrend...

Violante le tapó la boca con la mano, pero Orfeo ya se acercaba al cofre.

—Lo siento mucho —se disculpó ella cerrándole el paso—. Siento un gran apego por estos libros y no deseo desprenderme de ellos. Sin duda ya sabréis que mi padre se ha encargado de que Balbulus ya no pueda hacerme ninguno más.

Orfeo, en lugar de escucharla, clavaba los ojos en el cofre, como fascinado.

—¿Puedo al menos echarles un somero vistazo?

—¡No se los deis!

Era obvio que Orfeo no había reparado todavía en Brianna. Su rostro se petrificó al escuchar su voz tras él, y sus dedos gruesos se cerraron formando un puño.

Brianna se incorporó y respondió a su mirada de hostilidad con indiferencia.

—Hace cosas extrañas con los libros —advirtió ella—. Con los libros y con las palabras que contienen. Y odia a Arrendajo. Mi padre contó que quiso vendérselo a la Muerte.

—¡Lianta! —balbuceó Orfeo mientras, visiblemente nervioso, se enderezaba las gafas—. Era mi criada, como sin duda sabréis, y la sorprendí robando. Seguramente por eso propaga tales infundios sobre mí.

Brianna se puso tan colorada como si acabara de arrojarle agua caliente a la cara, pero Violante se situó a su lado con gesto protector.

—Brianna no robaría jamás —aseveró—. Y ahora, marchaos. No puedo entregaros los libros.

—Ah, ¿así que no robaría jamás? —Orfeo se esforzaba claramente por imprimir a su voz el antiguo tono aterciopelado—. Pues por lo que sé a vos os robó el marido, ¿no?

—¡Toma!

Antes de que Violante pudiera reaccionar, Jacopo se plantó delante de Orfeo con los libros en la mano.

—¿Cuál quieres? Este gordo es el que más le gusta a ella. Pero esta vez tendrás que pagarme más que por mi libro.

Violante intentó arrebatarle los libros, pero Jacopo tenía una fuerza asombrosa, y Orfeo abrió, raudo, la puerta.

—Deprisa. Incauta estos libros —ordenó al soldado que montaba guardia fuera.

El soldado no tuvo que esforzarse para arrebatarle los libros a Jacopo. Orfeo los abrió, leyó unas líneas, primero en uno, después en el otro… y dirigió una sonrisa triunfal a Violante.

—Sí. Ésta es exactamente la lectura que preciso —anunció—. Os devolveré los libros en cuanto hayan cumplido su misión. Pero éstos —dijo en un murmullo a Jacopo dándole un fuerte pellizco en la mejilla— son completamente gratis, retoño avariento de un príncipe difunto. Y también será mejor que olvidemos el pago por tu otro libro, ¿o queréis trabar relación con mi íncubo? Seguro que habéis oído hablar de él.

Jacopo se limitaba a mirarlo de hito en hito, con una mezcla de miedo y odio en su delgado rostro.

Orfeo, con una reverencia, salió por la puerta.

—Nunca os lo agradeceré lo suficiente, Alteza —dijo a guisa de despedida—. No imagináis lo feliz que me hacen estos libros. Seguro que ahora Arrendajo no tardará en dar a vuestro padre la respuesta correcta.

Jacopo se mordía, nervioso, los labios, como siempre que algo no salía a su antojo, cuando el centinela volvió a correr por fuera el cerrojo. Violante le dio un golpe tan fuerte en la cara que tropezó contra la cama y cayó. Se echó a llorar en silencio, los ojos dirigidos hacia ella como un perro apaleado.

Brianna lo ayudó a levantarse y le enjugó las lágrimas con su vestido.

—¿Qué se propone Cuatrojos con los libros? —Violante temblaba. Todo su cuerpo temblaba. Se había ganado un nuevo enemigo.

—Lo ignoro —contestó Brianna—. Sólo sé que mi padre le quitó uno porque había ocasionado grandes males con él.

Grandes males.

Seguro que ahora Arrendajo no tardará en dar a vuestro padre la respuesta correcta.

ROPA VIEJA

Arquímedes se comió su gorrión, se limpió el pico educadamente en el ramaje y dirigió sus ojos a Wart. Esos enormes ojos redondos tenían, según expresión de un famoso escritor, una flor luminosa, una mancha brillante, parecido al hálito púrpura sobre la uva.

«Ahora que has aprendido a volar», dijo él, «Merlín cree que deberías probar con los gansos salvajes».

T. H. White, *Camelot,* libro primero

Era fácil volar, muy fácil. El conocimiento vino con el cuerpo, con cada pluma y cada huesecillo. Sí, tras unas dolorosas convulsiones que habían dado un susto de muerte a Recio, los granos habían transformado a Resa en un pájaro, pero no se había convertido en una Urraca, como Mortola.

—Una golondrina —musitó Lázaro cuando voló hasta su mano, mareada por el hecho de que todo se hubiera agrandado de repente—. Las golondrinas son unos pájaros simpáticos, muy simpáticos. Te pega.

Él le había acariciado muy suavemente las alas con el índice, y a ella le había parecido muy raro no poder seguir sonriéndole con el pico. Pero podía hablar con voz humana, lo que había asustado aún más al pobre Tullio.

Las plumas calentaban bien, y los centinelas situados a la orilla del lago ni siquiera alzaron la vista cuando voló por encima de sus cabezas. Era evidente que aún no habían encontrado a los hombres que había matado Lázaro. El escudo que lucían sus capas grises recordó a Resa los calabozos del Castillo de la Noche. «Olvídalos», pensó batiendo sus alas al viento. «Pertenecen al pasado. Pero acaso logres cambiar el futuro.» ¿O es que al final la vida no era más que una red hecha de hilos fatales de la que no había escapatoria? «¡No pienses, Resa, vuela!»

¿Dónde estaba él? ¿Dónde estaba Mo?

Pífano lo ha encerrado en una jaula. Tullio no había podido describirle dónde se encontraba esa jaula. En un patio, había tartamudeado, en un patio con pájaros pintados. Resa había oído hablar de los muros pintados del castillo. Desde fuera, por el contrario, eran casi negros, ensamblados con la piedra oscura que abundaba en la orilla. Se alegró de no tener que cruzar el puente. Era un hervidero de soldados. Llovía, y bajo ella las gotas dibujaban círculos interminables en el agua. Pero su cuerpo era liviano, y volar era una sensación maravillosa. Veía debajo su reflejo, raudo como una flecha sobre las olas, y al final se alzaron hacia ella las torres, los muros reforzados, los tejados de un gris apizarrado y entre ellos los patios, oscuros como agujeros abiertos en el dibujo de piedra. Árboles desnudos, perreras, un pozo, un jardín helado y soldados por todas partes. Jaulas...

No tardó en encontrarlas. Pero antes vio a Dedo Polvoriento, tirado sobre el empedrado gris como un hatillo de ropa vieja. Oh, Dios. Nunca habría querido volver a verlo así. Un niño, a su lado, contemplaba el cuerpo inmóvil como si esperase a que se moviera de nuevo… como ya había acontecido una vez si las canciones de los juglares no mentían. «No mienten», quiso gritarle ella desde arriba. «Yo he sentido sus manos cálidas. Lo he visto sonreír de nuevo y besar a su mujer.» Pero al verlo tendido, le pareció que no se había movido desde que falleció en la mina. No vio las jaulas hasta que descendió hasta uno de los tejados cubiertos con pizarra. Estaban todas vacías. Ni rastro de Mo. Jaulas vacías y un cuerpo vacío… Quiso dejarse caer como una piedra, estrellarse contra el suelo empedrado y quedarse tendida e inmóvil como Dedo Polvoriento.

El niño se volvió. Era el mismo que había visto erguido entre las almenas de Umbra. El hijo de Violante. Hasta Meggie, que siempre atraía a su regazo con enorme ternura a cualquier niño, hablaba con aversión de Jacopo. Por un momento éste alzó la vista hacia Resa, como si captara a la mujer que se ocultaba tras las plumas, pero después volvió a inclinarse sobre el muerto, rozó el semblante rígido… y se incorporó cuando alguien gritó su nombre.

Esa voz ahogada era inconfundible.

Pífano.

Resa aleteó hasta una cumbrera.

—Ven ahora mismo, tu abuelo quiere verte —Pífano agarró al niño por el pescuezo y lo empujó con rudeza hacia la escalera más próxima.

—¿Para qué? —la voz de Jacopo parecía una ridícula copia de la de su abuelo, pero también era la voz de un niño pequeño, perdido en el mundo de los mayores, sin padre… y sin madre, a juzgar por lo que Roxana había contado del desamor de Violante.

—¿Para qué va a ser? Desde luego no se muere de ganas de disfrutar de tu quejumbrosa compañía —Pífano hundió el puño en la espalda de Jacopo—. Quiere saber lo que te cuenta tu madre cuando te quedas a solas con ella en sus aposentos.

—Ella no me habla.

—Oh, pues eso no es bueno. ¿Qué vamos a hacer contigo si no vales como espía? A lo mejor tendríamos que entregarte al íncubo. Lleva mucho tiempo sin comer y si dependiera de tu abuelo, tardaría mucho en hincarle el diente a Arrendajo.

El íncubo.

Así que Tullio no había mentido. En cuanto las voces se extinguieron, Resa descendió hasta Dedo Polvoriento. Pero la golondrina no pudo reír ni llorar. «Vuela tras Pífano, Resa», se dijo mientras se posaba sobre las piedras mojadas por la lluvia, «busca a Mo. Ya no puedes hacer nada por el Bailarín del Fuego, igual que entonces...». Ella agradeció que el íncubo no lo hubiera devorado como a Birlabolsas. Tenía la mejilla yerta cuando apretó contra ella su cabeza cubierta de plumas.

—¿Cómo has conseguido ese bonito vestido de plumas, Resa?

El susurro brotó de la nada, de la lluvia, del aire húmedo, de la piedra pintada, no de los labios fríos. Pero era la voz de Dedo Polvoriento, áspera y suave a la vez, tan familiar. Resa giró rauda su cabeza de pájaro... y le oyó reír en voz baja.

—¿No volviste la cabeza igual, en las mazmorras del Castillo de la Noche? Entonces también era invisible, según recuerdo, pero sin cuerpo es muchísimo más divertido. Aunque no se puede disfrutar mucho tiempo de la diversión. Me temo que si lo dejo mucho más ahí tirado sin habitarlo, pronto dejará de sentarme bien, y entonces ni siquiera la voz de tu marido podrá traerme de vuelta. Amén de que sin la ayuda de la carne uno olvida pronto quién es. Reconozco que yo casi lo había olvidado... hasta que te he visto.

Cuando el muerto se movió, pareció como si se despertara de un sueño. Dedo Polvoriento se apartó el pelo mojado de la cara y se miró como si tuviera que convencerse de que todavía le sentaba bien su cuerpo. Justo eso había soñado Resa la noche después de su muerte, pero entonces él no había vuelto a abrir los ojos. Hasta que Mo lo despertó.

Mo. Aleteó hasta posarse en el brazo de Dedo Polvoriento, pero cuando ella abrió el pico él se llevó el dedo a los labios en un gesto de advertencia. Con un ligero silbido llamó a Gwin a su lado, luego columbró la escalera por la que había subido Pífano con Jacopo, las ventanas que tenían a la izquierda y la torre del mirador que proyectaba su sombra sobre ellos.

—Las hadas hablan de una planta que convierte a las personas en animales y a los animales en personas —susurró él—. Pero dicen también que es muy peligroso utilizarla. ¿Cuánto tiempo llevas con las plumas?

—Unas dos horas.

—Entonces ha llegado el momento de despojarte de ellas. Por suerte este castillo dispone de numerosas estancias olvidadas, y yo las he inspeccionado todas antes de la llegada de Pífano —alargó la mano, y Resa clavó las patas en su piel, de nuevo caliente. ¡Vivía! ¿O no?—. He traído conmigo desde el reino de la muerte algunas cualidades muy útiles —susurró Dedo Polvoriento mientras bajaba por un corredor decorado con pinturas de peces y ondinas, como si el lago se los hubiera tragado a los dos—. Puedo desprenderme de este cuerpo como si fuera un vestido, insuflar alma al fuego y leer el corazón de tu marido mejor que las letras que me enseñaste con tanto esfuerzo.

Abrió una puerta. La estancia no disponía de ventanas, pero Dedo Polvoriento susurró y las paredes se cubrieron de chispas, como si les creciera una piel de fuego.

Cuando Resa escupió las semillas que se había metido debajo de la lengua, faltaban dos, y por un terrible momento temió haberse convertido en un pájaro para siempre, pero aún recordaba su cuerpo.

Cuando recuperó la figura humana, se acarició el vientre sin querer y pensó si el niño que llevaba en su seno se transformaría también con las semillas. La idea le produjo tal pánico que estuvo a punto de vomitar.

Dedo Polvoriento alzó una pluma de golondrina que estaba a sus pies, y la contempló meditabundo.

—Roxana está bien —le informó Resa.

—Lo sé —repuso risueño.

Parecía saberlo todo, así que no le habló de Birlabolsas ni de Mortola, ni le contó que el príncipe Negro había estado al borde de la muerte. Y Dedo Polvoriento tampoco le preguntó por qué había seguido a Mo.

—¿Qué pasa con el íncubo? —la mera mención de la palabra la aterrorizaba.

—Me escapé justo a tiempo de entre sus dedos negros —se pasó la mano por la cara como si quisiera limpiarse una sombra—. Por fortuna a los de su especie no les interesan los muertos.

—¿De dónde ha salido?

—Lo ha traído Orfeo. Le sigue como un perro.

—¿Orfeo? —pero ¡eso era imposible! Orfeo estaba en Umbra, emborrachándose de vino y autocompasión desde que Dedo Polvoriento le arrebató el libro.

—Sí, Orfeo. No sé cómo lo ha hecho, pero ahora sirve a la Víbora. Y acaba de conseguir que arrojen a tu marido a una de las mazmorras, a uno de los agujeros ubicados debajo del castillo.

Por encima de ellos resonaron unos pasos, pero se extinguieron de nuevo.

—Llévame a su lado.

—No puedes ir con él. Los agujeros son profundos y están bien vigilados. A lo mejor lo consigo solo, los dos llamaríamos demasiado la atención. En cuanto descubran que el Bailarín del Fuego ha regresado nuevamente de entre los muertos, el castillo será un hervidero de soldados.

No puedes ir con él... Espera aquí, Resa... Es demasiado peligroso. Ella no podía seguir escuchándolo.

—¿Cómo se encuentra? —le preguntó—. Has dicho que puedes leer su corazón.

Ella leyó la respuesta en los ojos de Dedo Polvoriento.

—Un pájaro llamará la atención menos que tú —dijo Resa, y antes de que pudiera detenerla, se introdujo las semillas en la boca.

62

NEGRURA

Tú eres el pájaro cuyas alas vinieron
al despertarme en la noche, y te llamé
sólo con los brazos, pues tu nombre
es una sima honda cual mil noches.

Rainer Maria Rilke, «El ángel custodio»

El agujero al que arrojaron a Mo era mucho peor que la torre del Castillo de la Noche y que el calabozo de Umbra. Lo habían bajado mediante una cadena, las manos atadas, cada vez más hondo hasta que la oscuridad cegó sus ojos. Pífano, desde arriba, le describía con su voz nasal cómo traería a Meggie y a Resa y las mataría ante sus ojos. Como si eso significara algo. Meggie estaba perdida. La Muerte se la llevaría igual que a él. Pero a lo mejor la Gran Transformadora perdonaba la vida al menos a Resa y a la criatura nonata, si se negaba a encuadernar otro libro a Cabeza de Víbora. «Tinta, Mortimer, tinta negra, eso es lo que te rodea.» Le costaba respirar en esa húmeda nada. Sin embargo, la inundaba una extraña serenidad al pensar que ya no dependía de él seguir siendo el narrador de esa historia. Estaba tan harto de eso…

Se dejó caer sobre las rodillas. La piedra húmeda parecía el fondo de un pozo. De pequeño siempre lo había aterrorizado caer a un pozo y luego morir de hambre allí, indefenso y solo. Se estremeció y deseó el fuego de Dedo Polvoriento, su luz y su calor. Pero Dedo Polvoriento había muerto. Eliminado por el íncubo de Orfeo. Mo creyó oírlo respirar a su lado, con tal claridad que buscó los ojos rojos en medio de aquella negrura. Pero allí no había nada, ¿verdad?

Oyó pasos y miró hacia arriba.

—¿Qué, te gusta estar ahí abajo?

Orfeo apareció en el borde del agujero. La luz de su antorcha no alumbraba hasta el fondo, el agujero era demasiado profundo, y Mo retrocedió sin darse cuenta para que lo amparase la oscuridad. Como un animal enjaulado, Mortimer.

—Oh, ¿así que ya no hablas conmigo? Es natural —Orfeo sonrió, muy satisfecho de sí mismo, y la mano de Mo se deslizó hacia donde tenía oculto el cuchillo que Baptista había escondido con tanto esmero y que Pulgarcito, no obstante, había encontrado.

Se imaginó clavándoselo a Orfeo en su vientre fofo. Una y otra vez. Las imágenes que evocaba su odio indefenso eran tan sangrientas que sintió náuseas.

—Estoy aquí para relatarte la continuación de esta historia. Porque quizá sigues creyendo que interpretas en ella el papel protagonista.

Mo cerró los ojos y apoyó la espalda en la pared húmeda. «Déjalo hablar, Mortimer. Piensa en Resa, y en Meggie...» O ¿mejor no? ¿Cómo había llegado a enterarse Orfeo de la existencia de la cueva?

«Todo está perdido», musitó una voz en su interior. «Todo.» La serenidad que lo había invadido desde la aparición de las Mujeres Blancas se había desvanecido. «¡Volved!», quiso susurrar. «¡Por favor, protegedme!» Pero no vinieron. En lugar de eso las palabras le roían el corazón como gusanos pálidos. ¿De dónde venían?

«Todo está perdido. ¡Ríndete, Mortimer!» Pero las palabras seguían alimentándose y él se encorvó como si estuviera aquejado de un dolor físico.

—¡Qué callado estás! ¿Las sientes ya? —Orfeo se echó a reír, satisfecho como un niño—. Sabía que surtiría efecto. Lo supe nada más leer la primera canción. Sí, vuelvo a tener un libro, Mortimer. Tengo tres, nada menos, llenos a rebosar con las palabras de Fenoglio, y dos tratan únicamente de Arrendajo. Violante los trajo con ella a este castillo. Es muy amable, ¿no te parece? Como es lógico, he tenido que hacer algunos cambios, unas palabras por aquí, otras por allá. Fenoglio trata con mucha amabilidad a Arrendajo, pero he logrado corregirlo.

Las canciones de Fenoglio sobre Arrendajo. Todas pulcramente copiadas por Balbulus. Mo cerró los ojos.

—Dicho sea de paso, no soy responsable del agua —gritó Orfeo desde arriba—. Cabeza de Víbora ha mandado abrir las esclusas del lago. No te ahogarás, no subirá tanto, pero desde luego no te resultará muy agradable.

En ese mismo momento Mo notó el agua. Subía por sus piernas como si la oscuridad se hubiera fluidificado, tan fría y negra que casi le cortaba la respiración.

—No, el agua no es idea mía —prosiguió Orfeo con voz de tedio—. Te conozco demasiado bien para creer que este tipo de miedo te hará cambiar de opinión. Seguramente confías en aplacar a la Muerte, aunque no has cumplido tu trato con ella. Sí, conozco lo del trato, lo sé todo… Sea como fuere… yo te quitaré esa testarudez. Te haré olvidar tu nobleza y tu virtud. Te haré olvidar todo excepto el miedo, pues las Mujeres Blancas no conseguirán protegerte de mis palabras.

A Mo le habría gustado matarlo. Con sus manos desnudas. «Pero tus manos están atadas, Mortimer.»

—Primero pensé escribir algo sobre tu mujer y tu hija, pero después me dije: No, Orfeo, así no sentirá las palabras él mismo.

Cómo disfrutaba Cara de Luna con cada palabra. Como si hubiese soñado con ese momento. «Él allí arriba y yo en un agujero negro», pensó Mo, indefenso como una rata que ha caído en la trampa.

—No —prosiguió Orfeo—. No, me dije a mí mismo. Haz que sienta en su propio cuerpo el poder de tus palabras. Demuéstrale que a partir de ahora puedes jugar con Arrendajo igual que el gato con el ratón. ¡Sólo que tus garras están hechas de letras!

Y Mo las notó. Fue como si de pronto el agua se le filtrase a través de la piel y acudiese directa a su corazón. Tan negra. Y después vino el dolor. Tan intenso como si Mortola hubiese disparado una segunda vez, tan real que se apretó el pecho con ambas manos creyendo percibir su sangre entre los dedos. La veía, a pesar de que lo cegaba la oscuridad, tan roja sobre su camisa y sus manos, y percibía cómo le abandonaban las fuerzas, igual que antaño. Apenas acertaba a mantenerse erguido y tuvo que apoyar la espalda contra el muro para no hundirse en el agua. «Resa, Dios mío, Resa, ayúdame…»

La desesperación lo estremecía como si fuera un niño. La desesperación, la rabia y la impotencia.

—Al principio no estaba seguro de qué surtiría más efecto —la voz de Orfeo atravesaba el dolor como un cuchillo sin filo—. ¿Debía enviarte algunos visitantes desagradables del agua? Pues dispongo del libro que Fenoglio escribió para Jacopo. En él aparecen un par de criaturas bastante horrendas. Sin embargo, opté por otra vía, infinitamente más interesante. Decidí conducirte a la locura, con visiones procedentes de tu propia cabeza, con el viejo miedo, la vieja furia y el viejo dolor almacenados en tu corazón heroico, encerrados lejos, pero no olvidados. ¡Haz que regrese todo, Orfeo!, me dije a mí mismo, enriquecido por las imágenes que él siempre ha temido: una mujer muerta, un niño muerto. Haz que experimente todo eso ahí abajo, en medio de la oscuridad y del silencio. Haz que experimente la cólera, haz que sueñe con muertos, que se ahogue en su propia rabia. ¿Cómo se siente un héroe que tiembla de miedo, sabiendo que ese miedo procede de su interior? ¿Cómo se siente Arrendajo soñando con batallas sangrientas? ¿Qué se siente cuando uno duda de su propia razón? Sí, Orfeo, me dije, si quieres quebrarlo, hazlo así. Deja que se pierda a sí mismo, haz que Arrendajo llore como un perro rabioso, haz que lo atrape su propio miedo. Suelta a las furias que lo convierten en un asesino magistral.

Mo sentía lo que describía Orfeo mientras éste hablaba, y comprendió que la lengua de Orfeo, tan poderosa como la suya, había leído hacía mucho todas esas palabras.

Oh, sí, había una nueva canción sobre Arrendajo: cómo perdió la razón en un agujero húmedo y negro. Cómo casi se ahogó en su desesperación, y cómo finalmente imploró clemencia y volvió a encuadernar un libro vacío para Cabeza de Víbora, las manos todavía temblorosas por las horas transcurridas en la oscuridad.

El agua ya no subía más, pero Mo sintió que algo rozaba sus piernas. «Respira, Mortimer, respira muy tranquilo. Cierra la puerta a las palabras, no las dejes entrar. Puedes hacerlo.» ¿Pero cómo, si su pecho estaba de nuevo herido por un disparo, su sangre se mezclaba con el agua y todo en él clamaba pidiendo venganza? Sintió calor, como antaño, calor y mucho frío. Se mordió los labios para que Orfeo no lo oyera gemir, se apretó la mano contra el corazón. «Siéntelo, ahí no hay sangre. Y Meggie no está muerta aunque tú lo veas con la misma claridad con que Orfeo lo escribió. ¡No, no y no!» Pero las palabras susurraban: «¡Sí!». Y se sintió como si se rompiera en mil pedazos.

—Centinela, tírame tu antorcha. Quiero verlo.

La antorcha cayó, deslumbrando a Mo, y flotó unos instantes delante de él, sobre el agua oscura, antes de apagarse.

—Las estás sintiendo. Sientes cada una de las palabras, ¿me equivoco? —Orfeo lo miraba desde arriba, igual que un niño a un gusano ensartado en un gancho, observando cómo se retorcía. Oh, quiso meter su cabeza en el agua hasta dejar de respirar. «¡Basta, Mortimer! ¿Qué está haciendo contigo? Defiéndete.» Pero ¿cómo? Quiso hundirse en el agua para escapar de las palabras, pero sabía que incluso allí lo estaban esperando.

—Volveré dentro de una hora —le gritó Orfeo—. Como puedes suponer, no he podido resistir la tentación de leer para traer en el agua a unos seres completamente espantosos, mas no te matarán, no te preocupes. Quién sabe, quizá los consideres incluso una agradable distracción de lo que tu razón te hará creer falsamente. Arrendajo... Sí, uno debería escoger con sumo cuidado el papel que interpreta. Avísame en cuanto comprendas que tu nobleza está fuera de lugar. Entonces escribiré en el acto algunas palabras redentoras. Algo como ...*pero llegó la mañana y la locura se alejó de Arrendajo*...

Orfeo rió y se marchó, dejándolo solo con el agua, la oscuridad y las palabras.

«Encuaderna el libro para Cabeza de Víbora.» La frase se formó en la cabeza de Mo como escrita con caligrafía. «Encuadérnale otro Libro Vacío y todo se arreglará.»

El dolor desgarró de nuevo su pecho, un dolor tan intenso que soltó un alarido. Vio a Pulgarcito aplicando tenazas a sus dedos, a Pardillo sacando por los pelos a Meggie de una cueva, a los perros soltando mordiscos a Resa, tiritaba por la fiebre... ¿o por el frío? «¡Todo está únicamente en tu propia cabeza, Mortimer!» Se golpeó la frente contra la piedra. Si al menos hubiera podido ver algo, cualquier cosa, excepto las imágenes de Orfeo. Ojalá hubiera podido sentir cualquier cosa, salvo las palabras. «Aprieta las manos contra la piedra, vamos, sumerge el rostro en el agua, golpea tu propia carne con los puños, eso es lo único real, nada más.» ¿Ah, sí?

Mo sollozó y se apretó la frente con las manos atadas. Oyó un aleteo encima de él. Unas chispas se avivaron en la negrura. La oscuridad cedió como si alguien le hubiera quitado una venda de los ojos. ¿Dedo Polvoriento? No. Dedo Polvoriento estaba muerto. Aunque su corazón se negara a creerlo, lo estaba.

«Arrendajo se muere», susurró una voz en su interior. «Arrendajo está enloqueciendo.» Oyó otro aleteo. Claro. La Muerte venía a visitarlo, y esta vez no enviaba a las Mujeres Blancas para protegerlo. Esta vez acudía ella misma en persona para llevárselo, porque había fracasado. Primero a él y después a Meggie... Pero quizá incluso eso era preferible a las palabras de Orfeo.

Todo era negro, negrísimo pese a las chispas. Sí, aún las veía. ¿De dónde procedían? Volvió a escuchar el aleteo, y de repente sintió a alguien a su lado. Una mano se posó en su frente y le acarició el semblante. Una mano muy familiar.

—¿Qué te sucede? ¡Mo!

Resa. No podía ser verdad. ¿Estaría Orfeo evocando por arte de magia ante él su rostro, para después ahogarla ante sus ojos? Sin embargo, parecía tan real. No sabía que Orfeo escribiese tan bien. Y qué cálidas eran sus manos.

—¿Qué le pasa?

La voz de Dedo Polvoriento. Mo miró hacia arriba y lo vio en el mismo lugar que había ocupado Orfeo. Una locura. Estaba atrapado en un sueño hasta que Orfeo le permitiera salir.

—Mo —Resa tomó su cara entre las manos.

Sólo era un sueño, pero ¿qué importaba? Cómo le reconfortaba verla. Sollozó de alivio y ella lo sostuvo.

—Tienes que salir de aquí.

No podía ser real.

—Mo, escúchame. Tienes que salir de aquí.

—No puedes estar aquí —qué pesada sentía la lengua, igual que antaño, durante la fiebre.

—Claro que puedo.

—Dedo Polvoriento ha muerto —qué distinta parecía Resa con el pelo recogido.

Algo pasó nadando entre ellos. Unas espinas asomaron sobre el agua, y Resa retrocedió asustada. Él la atrajo hacia sí y golpeó a lo que nadaba. Como en un sueño. Dedo Polvoriento lanzó una cuerda. No llegaba hasta abajo del todo, pero a un susurro suyo comenzó a crecer, anudada con hebras de fuego.

Mo la agarró y volvió a soltarla.

—No puedo irme —el agua que llenaba el agujero parecía roja como la sangre desde que las chispas se reflejaban en ella—. No puedo.

—Pero ¿qué estás diciendo? —Resa le puso la cuerda de fuego en las manos mojadas.

—La Muerte. Meggie… —también había perdido las palabras en esa oscuridad—. Tengo que encontrar el libro, Resa.

Ella volvió a entregarle la cuerda. Estaba caliente. Tendrían que trepar deprisa para no quemarse la piel. Empezó a trepar, pero parecía como si la oscuridad se adhiriese a él como un paño negro. Dedo Polvoriento le ayudó a superar el borde. Dos guardianes yacían junto al agujero, muertos o inconscientes.

Dedo Polvoriento lo miró. Llegó a su corazón y vio todo lo que contenía.

—Malas imágenes —precisó.

—Negras como la tinta —qué ronca sonaba su voz—. Saludos de Orfeo.

Las palabras aún seguían allí. Dolor, desesperación, odio, ira. Su corazón parecía atiborrarse de ellas a cada respiración. Como si ahora llevase ese agujero oscuro en su interior.

Cogió la espada de uno de los centinelas y atrajo a Resa hacia él. Notó cómo tiritaba bajo las ropas desconocidas. A lo mejor había venido de verdad. Pero ¿cómo? ¿Y por qué Dedo Polvoriento ya no yacía muerto delante de las jaulas? «¿Y si de verdad no son más que las imágenes de Orfeo?», pensó mientras seguía a Dedo Polvoriento. «¿Si sólo me está engañando con ellas, para después arrastrarme a una oscuridad mucho más profunda? Orfeo. Mátalo, Mortimer, a él y a sus palabras.» Su propio odio lo asustaba más aún que la negrura, tan indomeñable llegaba, tan sangriento.

Dedo Polvoriento los precedía a buen paso, como si los condujera por vericuetos conocidos. Escaleras, portones, pasillos interminables, sin una vacilación, como si las piedras le revelasen el camino, y por donde él iba brotaban chispas que lamían los muros, se extendían y teñían de oro la oscuridad. Se toparon con soldados en tres ocasiones. Mo los mató con tanto placer como si matase a Orfeo. Dedo Polvoriento tuvo que obligarlo a seguir, y él vio el miedo en el rostro de Resa. Alargó su mano hacia ella como si se estuviese ahogando. Y notó la oscuridad en su interior.

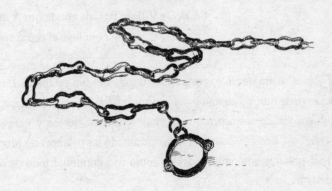

¡AY, FENOGLIO!

Aquí concluye el testamento del poeta,
y al igual que él se aparta del mundo, apartaos
vosotros de él dando gracias a Dios, ya nos hemos
librado de él, el siguiente, por favor,
para que vuelva a completarse la docena en el banco
según la costumbre ancestral.
Indiferente en la vida y en la muerte;
Un inútil no provoca escándalo alguno.

François Villon, Balada con la que Villon
concluye el testamento

En la mano de un gigante. ¡De su gigante! No estaba mal, no. No existía motivo alguno para sentirse infeliz. ¡Ojalá el príncipe Negro hubiera tenido un aspecto más vital! «¡Deseos, deseos y más deseos, Fenoglio!», pensó. «Ojalá hubieras terminado las palabras de Mortimer. Ojalá tuvieras una remota idea de cómo va a continuar todo de aquí en adelante...»

Los gigantescos dedos lo sujetaban con fuerza a la par que lo protegían, como si estuvieran acostumbrados a transportar hombrecillos. No era un pensamiento muy tranquilizador. La verdad es que Fenoglio no deseaba acabar siendo el juguete de algún niño gigante. Sin la menor duda, ese desenlace era, por descontado, uno de los peores. Pero ¿le pediría alguien su opinión al respecto? No.

«Con lo que retornaríamos a la única pregunta», se dijo Fenoglio mientras su estómago, lento pero seguro, a causa de tanto balanceo, se sentía como si se hubiera empachado con las manitas de cerdo rellenas que preparaba Minerva. Sí, a la única pregunta.

¿Había alguien más escribiendo esa historia?

¿Se sentaba en algún lugar de las colinas que él había descrito tan gráficamente un escritorzuelo que lo había arrojado en manos de ese gigante? ¿O acaso estaba el malhechor en el otro mundo, como él mismo había hecho antaño, cuando trasladó *Corazón de Tinta* al papel?

«¡Bah! ¿En qué te convertiría eso, Fenoglio?», pensó irritado y con una profunda sensación de inseguridad a la vez, como siempre que reflexionaba sobre esa cuestión. No, él no pendía de hilos como esa marioneta tonta con la que Baptista actuaba a veces en los mercados (aunque se parecía un poco a él). No, qué va. Nada de hilos para Fenoglio, ya fuesen de palabras o del destino. Le gustaba disponer de su propia vida y se precavía contra cualquier intromisión... aunque reconocía que le encantaba ser titiritero. Lo dicho: su historia simplemente se le había ido un poco de las manos. Nadie la escribía. ¡Se escribía ella sola! ¡Y ahora había ideado esa tontería del gigante!

Fenoglio lanzó otra ojeada hacia abajo, aunque su estómago se resistía. Se encontraba efectivamente a enorme altura, pero ¿cómo podía asustarlo eso después de haberse caído del árbol como una fruta madura? La visión del Príncipe ofrecía muchos más motivos de preocupación. La verdad es que por la postura en que colgaba de la otra mano del gigante parecía exánime.

Qué ignominia. Todo el esfuerzo que se había tomado por

mantenerlo con vida, las palabras, las hierbas en la nieve, los cuidados de Roxana, ¡todo en vano! ¡Maldita sea! La maldición brotó con tal fuerza de los labios de Fenoglio que el gigante lo levantó a la altura de sus ojos. ¡Lo que faltaba!

¿Serviría de algo sonreírle? ¿Sería posible hablar con él? «Bueno, si tú no sabes la respuesta, Fenoglio, ¿quién la va a conocer, viejo cabeza hueca?»

El gigante se detuvo, sin dejar de mirarlo fijamente. Había entreabierto un poco los dedos, y Fenoglio aprovechó la ocasión para estirar sus viejos miembros.

Palabras, necesitaba de nuevo palabras, y como siempre, justo las indicadas. A lo mejor resultaba que era una bendición ser simplemente mudo y no confiar en la palabra.

—Ejem… —qué lastimoso comienzo, Fenoglio—. Ejem, ¿cómo te llamas? —¡cielo santo, Fenoglio!

El gigante le sopló en la cara y farfulló algo. Sí, eran palabras sin duda lo que brotaba de sus labios, pero Fenoglio no las entendía. ¿Cómo era posible?

¡De qué forma lo miraba! Con la expresión que puso el nieto mayor de Fenoglio cuando encontró en la cocina aquel escarabajo negro tan grande. De fascinación e inquietud a la vez. Y después el escarabajo había empezado a patalear, y Pippo, asustado, lo había dejado caer para aplastarlo de un pisotón. «Así que mantén inmóviles tus miembros, Fenoglio. Ni un meneo, ni el más insignificante, por mucho que te duelan tus viejos huesos.» Dios, qué dedos. Cada uno de ellos tenía la longitud de su brazo.

Mas por lo visto el gigante había perdido de momento el interés por él y estudiaba con visible preocupación a su otra presa. Al fin sacudió al príncipe Negro como a un reloj parado y suspiró cuando éste siguió sin moverse. Con un profundo suspiro se dejó caer de rodillas —hecho portentoso, teniendo en cuenta su tamaño—, contempló con expresión apenada el semblante negro y depositó con cuidado al Príncipe sobre el espeso musgo que crecía debajo de los árboles. Los nietos de Fenoglio hacían lo mismo con los pájaros muertos que le quitaban al gato y tendían los cuerpecillos entre sus rosas con idéntica expresión en la cara.

El gigante no confeccionó una cruz de ramas para el Príncipe, como Pippo hacía para cada animal muerto. Tampoco lo enterró. Se limitó a cubrirlo de hojas secas con sumo cuidado, como si no quisiera perturbar su sueño. Después, incorporándose de nuevo, contempló a Fenoglio como si quisiera cerciorarse de que al menos él todavía respiraba, y continuó su marcha, cada paso suyo equivalía a docenas de pasos humanos. ¿Adónde? Lejos de todos, Fenoglio, muy lejos.

Sintió cómo aquellos dedos formidables volvían a cerrarse con más fuerza, y después —¡Fenoglio no daba crédito a sus oídos!— el gigante comenzó a tararear la misma canción que Roxana cantaba por la noche a los niños. ¿Cantaban los gigantes melodías humanas? Lo mismo daba... Al parecer se sentía muy satisfecho de sí mismo y del mundo, a pesar del juguete roto de tez negra. Seguro que se imaginaba entregando a su hijo la extraña criatura que había caído tan inesperadamente en sus manos. Ay, Fenoglio sintió escalofríos. ¿Qué pasaría si el pequeño lo desmembraba, como en ocasiones hacen los niños con los insectos?

«¡Idiota!», pensó. «¡Maldito idiota! Loredan tiene razón. La megalomanía es tu rasgo de carácter más destacado. ¿Cómo pudiste creer en la existencia de palabras capaces de controlar a un gigante? Un paso y otro, y otro... Adiós, Umbra. Seguramente nunca conoceré el destino de los niños... ni de Mortimer.»

Fenoglio cerró los ojos. De pronto creyó oír las voces finas, pero insistentes, de sus nietos: «Abuelo, hazte el muerto, venga.» ¡Claro! Era muy sencillo. Cuántas veces se había tumbado en el sofá sin moverse aunque ellos clavasen los deditos en su tripa y en sus mejillas arrugadas. «Hazte el muerto.»

Fenoglio dejó escapar un leve gemido, relajó sus miembros y fingió tener la mirada perdida.

Bien. El gigante se detuvo y lo miró, consternado. «Respira muy tenuemente, Fenoglio o, mejor aún, no respires. ¡Pero entonces seguro que explotaría tu tonta y vieja cabeza!»

El gigante le sopló en la cara. Estuvo a punto de estornudar. Pero también sus nietos le soplaban en la cara, aunque sus bocas eran mucho más pequeñas y su aliento menos maloliente. ¡Quieto, Fenoglio!

Quieto.

La enorme cara se convirtió en una máscara de la desilusión. Otro suspiro brotó del vasto pecho. Un cauteloso empujón con el dedo índice, unas palabras incomprensibles, y el gigante se arrodilló. Fenoglio sintió vértigo al descender de las alturas, pero siguió interpretando a un muerto. El gigante miró en derredor en demanda de ayuda, como si alguien pudiera bajar volando de un árbol para devolver la vida a su juguete roto. Unos copos de nieve descendieron flotando del cielo gris —el frío se intensificaba— depositándose en los brazos formidables. Eran verdes como el musgo que crecía alrededor, grises como la corteza de los árboles y blancos cuando la nieve comenzó a espesarse. El gigante, suspirando, murmuró unas palabras. Parecía de veras muy desilusionado. Después depositó a Fenoglio con idéntico cuidado que al príncipe Negro, le dio un último empujón de prueba con el dedo —¡ni un movimiento, Fenoglio!— y esparció sobre su rostro un puñado de hojas secas de roble, mezcladas con cochinillas de la humedad y otros moradores de muchas patas del bosque que, muy asustados, buscaron un nuevo escondite entre las ropas de Fenoglio. «¡Hazte el muerto, Fenoglio!

¿No te puso también Pippo una vez una oruga encima de la cara, y a pesar de todo no te moviste… para gran decepción suya?»

No, no se movió, ni siquiera cuando algo peludo se introdujo en su nariz. Esperó a que se alejasen los pasos, a que la tierra dejase de temblar como un tambor. El auxiliador que había llamado… ya se iba, dejándolos de nuevo solos con las demás criaturas. Y ahora, ¿qué?

Reinó el silencio. El temblor se había convertido en un presentimiento lejano, y Fenoglio, apartándose las hojas marchitas de la cara y del pecho, se sentó suspirando. Sentía las piernas como si alguien se hubiera sentado encima de ellas, pero aún lo mantenían en pie. ¿Adónde ir? «¡No lo dudes, sigue los pasos del gigante, Fenoglio! Ellos te conducirán de regreso a los nidos. No creo que te cueste trabajo seguir el rastro.»

Ahí. Ahí estaba la última huella del pie. ¡Cómo le dolían las costillas! ¿Se habría roto alguna? Bueno, en ese caso también él requeriría los cuidados de Roxana. En su opinión no era una mala perspectiva.

Sin embargo, a su regreso le aguardaba algo más. La lengua afilada de la señora Loredan. Oh, sí, seguro que tendría algo que decir de su experimento con el gigante. Y Pardillo…

Fenoglio, inconscientemente, aceleró el paso a pesar de sus costillas doloridas. ¿Qué pasaría si habían regresado y habían bajado del árbol a Loredan, a los niños, a Meggie y a Minerva, a Roxana y a todos los demás…? Ay, ¿por qué no había escrito que Pardillo y sus hombres contraían la peste? Ésa era la cruz de la escritura, los infinitos caminos. ¿Cómo podía saber uno cuál era el correcto? «¡Bueno, reconócelo, Fenoglio, un gigante era muchísimo más grandioso! Aparte de que la peste no se habría detenido al pie del árbol.»

Se detuvo un instante, esperando aterrorizado el posible regreso del monstruo. «¿Monstruo, Fenoglio? ¿Qué había hecho de malo ese gigante? ¿Separarte la cabeza del tronco de un mordisco, arrancarte una pierna? ¡Por favor...!»

Incluso lo sucedido al príncipe Negro había sido un simple accidente. ¿Dónde demonios estaba el lugar en que lo había depositado? Todo parecía igual bajo los árboles, y los pasos del gigante eran tan largos que uno se perdía entre las huellas de sus pies. Fenoglio miró al cielo.

Unos copos de nieve se posaron sobre su frente. Anochecía. ¡Lo que le faltaba! Pensó en el acto en todas las criaturas con las que había poblado las noches de ese mundo. No quería tropezarse con ninguna.

¡Ahí! ¿Qué era eso? ¡Pasos! Retrocedió a trompicones hasta el árbol más próximo.

—¡Tejedor de Tinta!

Un hombre venía hacia él. ¿Baptista? Fenoglio se sintió dichoso al divisar su rostro picado de viruela. No parecía haber otro más bello en todo el mundo.

—¡Vives! —le gritó Baptista—. Todos creíamos que el gigante te habría devorado.

—El príncipe Negro... —Fenoglio estaba realmente sorprendido de lo mucho que le dolía el corazón por su causa.

Baptista lo estrechó contra sí.

—Lo sé. El oso lo encontró.

—¿Está...?

—No, está tan vivo como tú. A pesar de que no estoy seguro de que tenga todos los huesos intactos —Baptista sonrió—. Por lo visto no le gusta a la Muerte, así de sencillo. Primero el veneno, ahora un gigante... a lo mejor su faz les parece demasiado negra a las Mujeres Blancas. Pero ahora debemos apresurarnos a retornar a los nidos.

Temo que Pardillo regrese. ¡Seguro que tiene más miedo a su cuñado que al gigante!

El príncipe Negro estaba sentado debajo del árbol entre cuyas raíces lo había enterrado el gigante, la espalda apoyada contra el tronco, mientras el osó le lamía con ternura la cara. Las hojas con las que el gigante lo había tapado, tan solícito, seguían pegadas a sus ropas y a sus cabellos. ¡Vivía! Fenoglio notó irritado que una lágrima corría por su nariz. ¡La verdad es que no se abrazó a su cuello de milagro!

—Tejedor de Tinta, ¿cómo lograste escapar? —su voz denotaba dolor, y Baptista, con un gesto suave, lo mantuvo tumbado cuando intentó incorporarse.

—Oh, tú me enseñaste el modo, Príncipe —contestó Fenoglio con voz ronca—. Es evidente que a ese gigante sólo le interesaban los juguetes vivos.

—Una cosa espléndida para nosotros, ¿verdad? —contestó el Príncipe cerrando los ojos.

«Merece algo mejor», pensó Fenoglio, «mucho mejor que tanto dolor y tantas luchas...».

Se oyó un chasquido entre la maleza. Fenoglio se volvió, asustado, pero eran otros dos bandidos y Farid con unas parihuelas fabricadas con ramas. El chico lo saludó con una inclinación de cabeza, pero evidentemente no se alegraba de verle ni la mitad que los demás. Cómo lo examinaban los ojos negros. Sí, Farid sabía demasiadas cosas sobre Fenoglio y sobre el papel que desempeñaba en ese mundo. «No me mires con tanto reproche», quiso decirle furioso. «¿Qué querías que hiciéramos? A Meggie también le pareció buena idea», en fin, para ser sincero... ella también había manifestado ciertas dudas.

—No entiendo de dónde salió tan de improviso ese gigante —dijo Baptista—. En mi infancia los gigantes eran cosa de los cuentos. No conozco ningún titiritero que haya visto uno jamás, excepto Dedo Polvoriento, y él siempre se atrevió a adentrarse más que nosotros en las montañas.

Farid dio la espalda en silencio a Fenoglio y cortó más ramas para las parihuelas. Al oso seguro que le habría encantado llevar a su amo sobre su lomo peludo. Baptista sólo lograba convencerlo a duras penas de que se apartara del camino cuando levantaron al Príncipe en las parihuelas, y sólo cuando su amo le habló persuasivo en voz baja, se tranquilizó y trotó, afligido, junto a él.

«Bueno, ¿qué esperas, Fenoglio? ¡Síguelos!», pensó mientras salía tras Baptista con las piernas doloridas. «A ti no te llevará nadie. Y reza, a quienquiera que sea, para que Pardillo no haya regresado.»

64

LUZ

Pero todo eso era el espanto de la noche,
fantasmas del espíritu que caminan en la oscuridad.

Washington Irving, *La leyenda de Sleepy Hollow*

El fuego se propagaba por doquier, extendiéndose, voraz, por las paredes, goteando del techo, brotando de la piedra y trayendo tanta luz que el propio sol parecía alumbrar el interior del castillo con las ventanas tapadas para abrasar la carne hinchada.

Cabeza de Víbora gritó a Pífano hasta enronquecer. Golpeó con los puños el pecho huesudo y quiso hundirle la nariz de plata en la cara, muy hondo en su carne sana que tanto envidiaba.

El Bailarín del Fuego había regresado por segunda vez de entre los muertos, y Arrendajo se había escapado de uno de los agujeros de los que su suegro siempre había afirmado que ningún prisionero los abandonaba con vida.

—¡Ha volado! —susurraban sus soldados—. ¡Se ha escapado volando, y ahora recorre el castillo como un lobo hambriento deseando matarnos a todos!

En castigo había entregado a Pulgarcito a los dos que vigilaban el agujero, pero Arrendajo ya había matado a otros seis, y los cuchicheos subían de tono con cada muerto adicional. Sus soldados escapaban corriendo, por el puente, por el pasadizo bajo el lago, con el único pensamiento de alejarse del castillo embrujado que ahora pertenecía a Arrendajo y al Bailarín del Fuego. Algunos incluso habían saltado al lago, pero no habían vuelto a salir a la superficie. El resto temblaba como una bandada de niños atemorizados, mientras las paredes pintadas ardían y la luz achicharraba el cerebro y la piel de Cabeza de Víbora.

—¡Traedme a Cuatrojos! —gritó, y Pulgarcito arrastró a Orfeo a su presencia. Jacopo se coló también por la puerta como un gusano que hubiera salido de la tierra húmeda excavando.

—¡Apaga el fuego! —la garganta le dolía como si las chispas se hubieran aposentado allí—. Apágalo en el acto y tráeme de nuevo a Arrendajo o te arrancaré tu lengua babosa. ¿Para eso me convenciste de arrojarlo al agujero? ¿Para que escapara volando?

Los ojos azules claros nadaban detrás de los cristales —unos cristales idénticos a los que ahora llevaba su hija— y la voz halagadora sonó como si estuviese bañada en valioso aceite, aunque era imposible pasar por alto el miedo que traslucía.

—Dije a Pífano que pusiera más de dos centinelas junto al agujero —pequeña serpiente taimada, era mucho más lista que Nariz de Plata, tanta inocencia fingida, indetectable incluso para él—. Unas horas más y Arrendajo os habría suplicado que le permitierais encuadernar el libro. Preguntad a los centinelas. Ellos oyeron cómo se retorcía allí abajo como un gusano ensartado, gimiendo y suspirando…

—Los centinelas están muertos. Los entregué a Pulgarcito y le dije que quería que sus gritos resonaran por todo el castillo.

Pulgarcito se enderezó sus guantes negros con unos pequeños tirones.

—Cuatrojos dice la verdad. Los centinelas no se hartaron de balbucear que Arrendajo no se sintió precisamente a gusto en el agujero. Lo oyeron gritar y gemir, y en un par de ocasiones se cercioraron de que seguía con vida. Me gustaría saber cómo lo hiciste —por un instante su mirada de azor se posó en Orfeo—. Sea como fuere, parece que Arrendajo musitaba un nombre sin cesar…

Cabeza de Víbora se apretó las manos ante los ojos ardientes.

—¿Qué nombre? ¿El de mi hija?

—No. Otro —contestó Pulgarcito.

—Resa. El nombre de su esposa, Alteza —contestó Orfeo con una sonrisa. Cabeza de Víbora no estaba seguro de si fue de sumisión o de autocomplacencia.

—Mis hombres pronto capturarán a su mujer. Y también a su hija —anunció Pífano dedicando a Orfeo una mirada de odio.

—¿Y de qué me servirá eso ahora?

Cabeza de Víbora se apretaba los ojos con los puños, pero a pesar de todo continuaba viendo el fuego. El dolor lo cortaba en rodajas, en rodajas hediondas, y aquel al que le debía todo eso le había tomado por tonto otra vez. ¡Necesitaba el libro! Un libro nuevo que curase su carne, que colgaba como fango de sus huesos, un fango espeso, húmedo, maloliente.

Arrendajo.

—Llevad al puente a dos de los que han intentado huir, donde todos puedan verlos —balbuceó—. Y tú, ¡saca a tu perro! —rugió a Orfeo—. Estará hambriento.

Los hombres gritaron como animales cuando la sombra negra los devoró, y Cabeza de Víbora se imaginó que los gritos que resonaban en sus aposentos eran los de Arrendajo. Éste le debía muchos alaridos.

Orfeo escuchó sonriente, y el íncubo, después de alimentarse, regresó junto a él como un perro fiel. Jadeando, se fundió con la sombra de Orfeo y su oscuridad hizo estremecerse incluso a Cabeza de Víbora. Orfeo sin embargo se enderezó las gafas, contento de sí mismo. Los cristales redondos relucían amarillos a la luz de las chispas. Cuatrojos.

—Os devolveré a Arrendajo —anunció, y Cabeza de Víbora percibió cómo la confianza que latía en la voz aterciopelada lo aplacaba de nuevo en contra de su voluntad—. No se os ha escapado, aunque lo parezca. Yo lo he atado con cadenas invisibles, forjadas con mis artes nigrománticas, y se esconda donde se esconda, esas cadenas tiran de él y le acarrean viejos dolores. Sabe que el autor de sus dolores soy yo, y que éstos no acabarán mientras yo viva, de modo que intentará matarme. Ordenad a Pulgarcito que vigile mi habitación, y Arrendajo caerá a trompicones en sus brazos. Él ya no constituye un problema para nosotros. ¡Nuestro problema es el Bailarín del Fuego!

A Cabeza de Víbora le sorprendió el odio que traslucía su pálido semblante. Un odio tan poderoso como el que por regla general sólo sigue al amor.

—Bien. Ha regresado de nuevo de entre los muertos —cada palabra de Orfeo destilaba odio, entorpeciendo su lengua dúctil—. Y se comporta como el señor de este castillo, pero seguid mi consejo y su fuego pronto se extinguirá.

—¿Qué consejo?

Cabeza de Víbora percibió en su cara la mirada de los ojos acristalados.

—Enviad a Pulgarcito con vuestra hija. Haced que la arrojen a uno de los agujeros y difundid que ella ayudó a Arrendajo a escapar, para que dejen de contar todos esos disparates sobre él que aterrorizan a vuestros soldados. Pero a su hermosa sirvienta encerradla en la jaula en la que estuvo Arrendajo. Decid a Pulgarcito que no la trate con demasiada delicadeza.

El fuego se reflejaba en los cristales delante de los ojos de Orfeo y durante un instante Cabeza de Víbora sintió una sensación inédita, miedo de otro hombre. Fue una sensación interesante. Como un cosquilleo en la nuca, una ligera presión en el estómago…

—Es justo lo que me proponía —dijo… y en los ojos pálidos leyó que Orfeo sabía que mentía.

«Tendré que matarlo», pensó Cabeza de Víbora. «En cuanto haya encuadernado el nuevo libro.» Ningún hombre podía ser más listo que su señor. Y menos, si le obedecía un perro tan peligroso.

VISIBLE

Era inútil. El cerebro tenía su propio alimento del que se nutría, y la fantasía, grotescamente deformada por el horror, se retorcía y encogía de dolor como un ser vivo, bailaba como una marioneta antipática y sonreía a través de máscaras cambiantes.

Oscar Wilde, *El retrato de Dorian Gray*

—¡Tienes que marcharte! En ningún sitio de este castillo estás seguro —Dedo Polvoriento se lo repetía una y otra vez, pero Mo siempre negaba con la cabeza.

—Tengo que encontrar el Libro Vacío.

—Deja que yo lo busque. Escribiré en él las tres palabras. Para eso me sobran conocimientos de escritura.

—No. No fue ése el trato. ¿Qué pasará si ella se lleva a Meggie a pesar de todo? Yo encuaderné el libro, así que también he de destruirlo. Además, la Víbora quiere verte tan muerto como a mí.

—Pues volveré a salir fuera de mi cuerpo.

—La última vez estuviste a punto de no hallar el camino de vuelta.

Qué intimidad había surgido entre ambos. Eran como las dos caras de una moneda, dos rostros del mismo hombre.

—¿De qué trato habláis?

Miraron a Resa como si ambos desearan que estuviese lejos, muy lejos de allí. Mo estaba muy pálido, pero la furia velaba sus ojos y no paraba de llevarse la mano a la vieja herida. ¿Qué le habían hecho allí abajo, en ese agujero horrible?

El polvo se había depositado en la cámara dònde se ocultaban igual que la nieve. El enfoscado del techo estaba tan húmedo que en algunos lugares se había desprendido. El Castillo del Lago estaba enfermo. A lo mejor agonizaba, pero, en las paredes, los corderos seguían durmiendo al lado de los lobos, soñando con un mundo inexistente. La estancia disponía de dos ventanas estrechas. En el patio de abajo se alzaba un árbol muerto.

Muros, adarves, torres con saledizos, puentes... una trampa de piedra... y Resa deseaba recuperar sus alas. La piel le picaba como si los cañones de las plumas esperasen el momento de atravesarla.

—¿Qué trato, Mo? —se interpuso entre los dos hombres, pidiendo entrada a su intimidad.

Se echó a llorar cuando él se lo dijo. En ese momento Resa comprendió. Él le pertenecía a la Muerte, se quedase o huyese. Había caído prisionero en una trampa de piedra y de tinta. Y a su hija le acontecía lo mismo.

Mo la tomó en sus brazos, pero su mente vagaba muy lejos de allí. Continuaba en el agujero, ahogándose en el odio y en el miedo. Su corazón latía tan fuerte que ella temió que le estallara dentro del pecho.

—Lo mataré —le oyó decir mientras lloraba apoyada en su hombro—. Debí matarlo hace mucho tiempo. Y después buscaré el libro.

Demasiado bien sabía a quién se refería su marido. A Orfeo. Él la apartó de su lado y tomó su espada. Estaba cubierta de sangre, pero limpió la hoja con la manga. Todavía llevaba puestas las ropas negras de encuadernador, aunque hacía mucho tiempo que ése ya no era su oficio. Se dirigió a la puerta con paso decidido, pero Dedo Polvoriento se interpuso en su camino.

—¿Qué significa esto? —inquirió—. Bien. Orfeo ha leído las

palabras, pero tú las conviertes en realidad —alzó las manos y el fuego escribió las palabras en el aire, unas palabras atroces que sólo hablaban de una persona: Arrendajo.

Mo alargó la mano como si pretendiera borrarlas, pero le quemaron los dedos con el mismo ardor con que abrasaban su corazón.

—Orfeo espera que vayas por él —dijo Dedo Polvoriento—. Quiere servirte a Cabeza de Víbora sobre una bandeja de tinta. ¡Defiéndete! No es muy agradable leer las palabras que te dirigen. Nadie lo sabe mejor que yo, pero en mi caso tampoco se hicieron realidad. Sólo tienen el poder que tú les des. Yo iré a ver a Orfeo en tu lugar. No entiendo nada de matar, ni siquiera la muerte me ha enseñado eso, pero puedo robar los libros de los que él extrae las palabras. Y cuando seas capaz de pensar con claridad, buscaremos juntos el Libro Vacío.

—¿Qué sucederá si los soldados encuentran antes a Mo? —Resa continuaba mirando, fascinada, las palabras ardientes. Las leía una y otra vez.

Dedo Polvoriento acarició la pintura que se decoloraba en las paredes de la estancia y el lobo pintado comenzó a moverse.

—Os dejaré aquí un perro guardián, no tan salvaje como el de Orfeo, pero, cuando vengan los soldados, confío en que los detenga lo suficiente para permitiros buscar un nuevo escondite. El fuego enseñará a los secuaces de la Víbora a temer cualquier sombra.

El lobo saltó de la pared con el pelaje ardiendo y siguió fuera a Dedo Polvoriento. Las palabras, sin embargo, se quedaron, y Resa las leyó de nuevo:

Y cuando Arrendajo se negó a doblegarse ante Cabeza de Víbora, sólo uno supo qué hacer, un extranjero venido de muy lejos. Él comprendió que Arrendajo sólo podía ser vencido por un hombre, él mismo. Así que despertó lo que Arrendajo se ocultaba a sí mismo: el miedo, que lo convertía en un hombre impávido, y la ira, que lo hacía invencible. Hizo que lo arrojaran a la oscuridad y que luchara allí consigo mismo, con el dolor que aún vivía

en su interior, no olvidado ni curado, con el miedo que habían producido en
él las ataduras y cadenas, y la ira sembrada por el miedo. Pintó espantosas
imágenes en su corazón, imágenes de...

Resa dejó de leer. Las palabras la aterraban. Pero las últimas frases las
había grabado a fuego en su memoria:

Y Arrendajo se quebró por la propia oscuridad e imploró a Cabeza de
Víbora que le permitiera encuadernar un segundo libro, más bello aún que el
primero. Pero tan pronto tuvo el libro en sus manos, el Príncipe de la Plata
le provocó la más lenta de las muertes, y los titiriteros entonaron la última
canción de Arrendajo.

Mo había vuelto la espalda a las palabras. Estaba allí, el polvo de
innumerables años a su alrededor como nieve gris, y mirándose las
manos como si no estuviera seguro de si todavía obedecían sus órdenes o
las palabras que ardían detrás de él.

—¿Mo? —Resa le dio un beso. Ella sabía que no le gustaría lo que
iba a hacer. Él la miró ausente, los ojos abarrotados de oscuridad—. Voy
a buscar el Libro Vacío. Lo encontraré y escribiré en él las tres palabras
—«para que Cabeza de Víbora muera», añadió en su mente, «antes de que
se hagan realidad las palabras de Orfeo y te mate el nombre que te dio
Fenoglio».

Cuando comprendió lo que su mujer había dicho, Resa se estaba
introduciendo los granos en la boca. Mo quiso quitárselos de la mano de
un golpe, pero ya los tenía debajo de la lengua.

—Resa, ¡no!

Ella voló atravesando las letras de fuego. El calor le chamuscó el
pecho.

—¡Resa!

No. Esta vez sería él quien tendría que esperar. «Quédate donde
estás», pensó ella. «Por favor, Mo...»

AMOR VESTIDO DE ODIO

¿De dónde procede este amor? No lo sé. Vino a mí de noche, como un ladrón (...) yo sólo podía esperar que mis crímenes fueran tan horrendos que el amor permaneciera oculto en su sombra cual grano de mostaza. Deseé haber cometido crímenes aún peores que ocultaran mejor mi amor. Pero el grano de mostaza echó raíces y creció y el brote verde partió mi corazón en dos.

Philip Pullman, *El catalejo lacado*

Cabeza de Víbora quería sangre de hada, una bañera llena para meterse en ella y mitigar los picores de su piel. Orfeo estaba escribiendo los nidos de hada en los desnudos cerezos que crecían bajo su ventana, cuando escuchó pasos sigilosos a su espalda. Dejó la pluma con tal brusquedad que empapó de tinta los pies grises de Hematites. ¡Arrendajo!

Orfeo creía percibir ya la espada entre los omóplatos: al fin y al cabo, él mismo había atizado su sed de sangre, impregnándolo de cólera, rabia e impotencia. ¿Cómo había logrado pasar junto a los centinelas? Había tres delante de la puerta y al lado acechaba

Pulgarcito... Pero Orfeo, al girarse, no se topó con Mortimer, sino con Dedo Polvoriento.

¿Qué hacía ése aquí? ¿Por qué no estaba delante de la jaula donde se encontraba su hija lloriqueante, y se dejaba devorar por el íncubo?

Dedo Polvoriento.

Un año antes, el mero pensamiento de tenerlo ante sus ojos lo habría embriagado de felicidad... en la habitación desconsoladora en la que moraba entonces, rodeado de libros que hablaban de la nostalgia de su corazón, sin lograr mitigarla, la nostalgia de un mundo que inclinase la cerviz ante él, la nostalgia de librarse de una vez de la vida falsa, gris, de ser el Orfeo que dormía en su interior, el que no veían los que se burlaban de él... Seguramente nostalgia no era la palabra correcta. Era demasiado mansa, demasiado suave y resignada. La avidez era lo que lo impulsaba, la avidez de todo aquello que no poseía.

Oh, sí. Entonces ver a Dedo Polvoriento lo habría colmado de felicidad. Pero ahora su corazón se aceleró por otros motivos. El odio que experimentaba aún sabía a amor, pero eso no lo hacía más dócil. De pronto, Orfeo vio en ese libro la ocasión para tramar una venganza tan completa que sonrió sin darse cuenta.

—Mira quién está aquí, mi amigo de la infancia. Mi amigo desleal —Orfeo deslizó el libro de Violante debajo del pergamino en el que escribía. Hematites, asustado, se encogió detrás del tintero. Miedo. No era una sensación necesariamente mala. A veces podía resultar muy estimulante—. Supongo que estás aquí para robarme algunos libros más, ¿verdad? —prosiguió—. Eso no servirá de nada a Arrendajo, las palabras han sido leídas y él las obedecerá. Es el precio que se paga cuando uno hace suya una historia. Pero ¿qué tal estás? ¿Has visto últimamente a tu hija?

¡Aún no se había enterado! Ah, el amor. Sí, contra él era impotente incluso el corazón carente de miedo que Dedo Polvoriento se había traído de entre los muertos.

—La verdad, creo que deberías ir a verla. Su llanto te parte el corazón y desgreña sus hermosos cabellos.

¡Cómo lo miraba él! «Sí, ya te tengo», pensó Orfeo. «Os he atrapado a los dos, a ti y a Arrendajo.»

—Mi perro negro vigila a tu hija —añadió, y cada palabra sabía a vino especiado—. Seguramente eso la aterrará. Pero le he ordenado que de momento no se sacie con su dulce carne ni con su alma.

Ahí estaba... así que el miedo aún podía morder a Dedo Polvoriento. Qué palidez había adquirido de repente su rostro sin cicatrices. Miraba la sombra de Orfeo, pero el íncubo no surgió de ella. No, estaba delante de la jaula en la que Brianna, llorando, llamaba a su padre.

—Si tan siquiera la roza, te mataré. No entiendo nada de matar, pero por ti aprendería —sin las cicatrices, el rostro de Dedo Polvoriento parecía mucho más vulnerable. Las chispas cubrían sus ropas y su pelo.

A Orfeo no le quedó más remedio que admitirlo... seguía siendo aún su personaje predilecto. Le hiciera lo que le hiciera, por mucho que lo traicionara, nada cambiaría. Su corazón lo amaba como un perro. Mayor razón para eliminar de una vez de esa historia al Bailarín del Fuego... aunque fuera una verdadera lástima. Era increíble que sólo hubiera acudido a verlo para proteger a Arrendajo. ¡Tanta nobleza no le pegaba en absoluto! Qué va. Ya iba siendo hora de que el Bailarín del Fuego interpretara otro papel más acorde con su naturaleza.

—Puedes rescatar a tu hija —Orfeo dejó deshacerse las palabras en su lengua.

Oh, dulce venganza. La marta sobre el hombro de Dedo Polvoriento enseñó los dientes. Qué animal horrendo.

Dedo Polvoriento acarició su pelaje pardo.

—¿Cómo?

—Bueno, primeramente apagarás la iluminación tan artística que has creado para este castillo, y ¡sin tardanza!

Las chispas de las paredes se inflamaron como si quisieran agarrarlo, pero después se apagaron. Sólo continuaron brillando en el pelo y en las ropas de Dedo Polvoriento. Qué arma tan terrible podía ser el amor. ¿Había cuchillo más afilado? Ya era hora de hundirlo un poco más en su corazón desleal.

—Tu hija llora en la misma jaula que ocupó Arrendajo —continuó Orfeo—. Como es natural, ahí dentro está mucho más bella que él, con su pelo de fuego. Como un pájaro espléndido...

Las chispas envolvían a Dedo Polvoriento igual que una neblina roja.

—Tráenos al pájaro que en realidad pertenece a esa jaula. Tráenos a Arrendajo y tu hermosa hija quedará libre. Si no lo haces, alimentaré a mi perro negro con su carne y con su alma. ¡No me mires así! Por lo que sé, ya interpretaste un día el papel de traidor. Intenté escribir para ti un papel mejor, pero no quisiste saber nada del asunto.

Dedo Polvoriento se limitaba a mirarlo en silencio.

—¡Me robaste el libro! —a Orfeo casi le falló la voz, sus palabras aún destilaban amargura—. Te pusiste de parte del encuadernador de libros, a pesar de que te arrancó de tu historia, en lugar de optar por el hombre que te trajo de vuelta a casa. Eso fue cruel, muy cruel —los ojos se le llenaron de lágrimas—. ¿Qué creías? ¿Que iba a aceptar sin más ese engaño? No. En realidad sólo me proponía enviarte de vuelta con los muertos, sin alma, hueco como un insecto chupado, pero esta venganza me gusta todavía más. Volveré a convertirte en un traidor. ¡Cómo desgarrará esto el noble corazón del encuadernador!

Las llamas que salían de las paredes se avivaron, brotando del suelo, y chamuscaron las botas de Orfeo. Hematites gemía de miedo y se cubría la cabeza con sus brazos de cristal. La furia de Dedo Polvoriento se transmitía a las llamas, ardía sobre su rostro y llovía del techo en forma de chispas.

—Mantén tu fuego alejado de mí —rugió Orfeo—. Soy el único al que obedece el íncubo, y tu hija será lo primero que coma cuando esté hambriento, y eso ocurrirá pronto. Quiero un rastro de fuego hasta el lugar donde se esconde Arrendajo, y yo seré el hombre que se lo enseñe a Cabeza de Víbora. ¿Entendido?

Las llamas de las paredes se extinguieron por segunda vez. Incluso las velas del pupitre se apagaron, y la estancia de Orfeo se oscureció. Sólo el mismo Dedo Polvoriento seguía envuelto en chispas, como si el fuego surgiera de su interior.

¿Por qué su mirada lo avergonzaba tanto? ¿Por qué su corazón seguía albergando amor? Orfeo cerró los ojos y, al abrirlos, Dedo Polvoriento había desaparecido.

Cuando Orfeo salió por su puerta, los guardianes que debían vigilar su habitación llegaban andando a trompicones por el corredor, con las caras deformadas por el pánico.

—¡Arrendajo ha estado aquí! —balbucearon—. Pero era de fuego, y de pronto se convirtió en humo. Pulgarcito ha ido a comunicárselo a Cabeza de Víbora.

Estúpidos. Serían todos pasto del íncubo.

«No te enfades, Orfeo. Pronto entregarás el verdadero Arrendajo a Cabeza de Víbora. Y tu íncubo también devorará al Bailarín del Fuego.»

—Decid al Príncipe de la Plata que envíe algunos hombres al patio bajo mi ventana —dijo, rabioso, a los centinelas—. Allí encontrarán nidos de hada suficientes para llenar una bañera con sangre.

Después regresó a su habitación y trajo los nidos con la lectura. Pero desde las letras le miraba el rostro de Dedo Polvoriento, como si viviera detrás de todas ellas. Como si todas las letras hablaran únicamente de él.

EL OTRO NOMBRE

Escribo tu nombre. Dos sílabas. Dos vocales. Tu nombre te hace crecer, es más grande que tú. Tú descansas en un rincón, duermes. Tu nombre te despierta. Lo escribo. No podrías llamarte de otro modo. Tu nombre es todo tú, así sabes, así hueles. Llamado con otro nombre, te desvaneces. Yo escribo tu nombre.

Susan Sontag, «La escena de la carta»

El Castillo del Lago se construyó para proteger del mundo a unas niñas desdichadas, pero cuanto más vagaba Mo por sus corredores, más le parecía que había esperado para ahogarlo a él en la propia oscuridad entre sus paredes decoradas con pinturas. El lobo de fuego de Dedo Polvoriento caminaba delante, como si conociera el camino, y Mo lo seguía. Mató a cuatro soldados más. El Castillo pertenecía al Bailarín del Fuego y a Arrendajo, lo leía en sus caras, y la furia que Orfeo atizaba en su interior lo impulsaba a atacar tantas veces que la sangre empapaba sus ropas de color negro. Negro. Las palabras de Orfeo habían tornado negro su corazón.

«¡Habrías debido preguntarles el camino en lugar de matarlos!», pensó con amargura cuando se agachó para pasar debajo de una puerta en arco. Una bandada de palomas alzó el vuelo entre aleteos. Ninguna golondrina. Ni una sola. ¿Dónde estaba Resa? Bueno, ¿dónde iba a estar? En la estancia de Cabeza de Víbora, buscando el libro que él había encuadernado una vez para salvarla. Una golondrina volaba veloz, muy veloz, mientras que sus pasos pesaban como el plomo debido a las palabras de Orfeo.

Allí. ¿Era ésa la torre en la que se había ocultado la Víbora? Dedo Polvoriento se la había descrito así. Otros dos soldados... Horrorizados, retrocedieron trastabillando al verlo. «Mátalos deprisa, Mo, antes de que griten.» Sangre. Sangre roja como el fuego. ¿No había sido antes el rojo su color favorito? Ahora su visión lo enfermaba. Pasó por encima de los muertos, le quitó a uno la capa de color gris plata y se puso el casco del otro. A lo mejor así evitaba matar si se topaba con otros.

El siguiente corredor parecía conocido, pero no se veían centinelas. El lobo siguió corriendo, pero Mo se detuvo delante de una puerta y la abrió de un empujón.

Los libros muertos. La Biblioteca Perdida.

Abatió la espada y entró. También allí fosforecían las chispas de Dedo Polvoriento, que habían eliminado del aire el olor a moho y putrefacción.

Libros. Apoyó la espada sangrienta en la pared, acarició los lomos manchados y percibió cómo el peso de las palabras sobre sus hombros se tornaba más liviano. Ni Arrendajo ni Lengua de Brujo, sólo Mortimer. Orfeo no había escrito nada sobre Mortimer Folchart, encuadernador de libros.

Mo tomó un libro en la mano. Pobrecillo. Estaba perdido. Y luego otro, y otro... y oyó un crujido. Rápidamente su mano buscó la espada, y las palabras de Orfeo se apoderaron nuevamente de su corazón.

Se derrumbaron unas pilas de libros y un brazo asomó entre todos aquellos cadáveres impresos. Y luego el otro, éste sin mano. Balbulus.

—¡Ah, vaya, es a ti a quien buscan! —se levantó con los dedos de la mano izquierda manchados de tinta—. Desde que me oculté aquí de Pífano, ningún soldado ha cruzado esa puerta. Seguramente el hedor los mantiene a raya. Pero hoy ya han sido dos. ¿Cómo escapaste de ellos? Seguro que a ti te vigilaban mejor que a mí.

—Con fuego y plumas —contestó Mo apoyando la espada en la pared.

No quería recordarlo. Quería olvidarse de Arrendajo, aunque fuera durante un ratito, y encontrar felicidad en lugar de desdicha entre el pergamino y las tapas forradas de piel.

Balbulus siguió su mirada. Seguramente reparó en la nostalgia que contenía.

—He encontrado unos libros que todavía sirven. ¿Te apetece echarles un vistazo?

Mo aguzó los oídos. El lobo permanecía callado, pero creyó oír voces. No. Volvieron a extinguirse.

Sólo unos instantes.

Balbulus le entregó un libro apenas mayor que su mano. Tenía algunos agujeros de insectos, pero el moho no le había afectado. Las tapas estaban muy bien confeccionadas. Cuánto habían añorado sus dedos hojear páginas escritas. Qué hambre tenían sus ojos de palabras que lo transportaran lejos, en lugar de atraparlo y controlarlo. Cuánto añoraban sus manos un cuchillo que cortara papel en lugar de carne.

—¿Qué es eso? —susurró Balbulus.

Había oscurecido. El fuego en las paredes se había apagado y Mo ya no veía el libro en sus manos.

—¿Lengua de Brujo?

Se volvió. Dedo Polvoriento estaba en la puerta, una sombra orlada de fuego.

—He estado con Orfeo —su voz sonaba distinta. Había desaparecido la indiferencia que la Muerte había impreso en ella. Había recuperado la antigua desesperación, que ambos casi habían olvidado. Dedo Polvoriento, el perdido...

—¿Qué ha pasado?

Dedo Polvoriento rescató al fuego de la oscuridad y lo obligó a formar una jaula entre los libros, una jaula con una joven llorando.

Brianna. Mo vio en el rostro de Dedo Polvoriento el mismo miedo que tantas veces había experimentado él. Carne de su carne. Su hija. Una palabra muy poderosa. La más poderosa de todas.

A Dedo Polvoriento le bastó con mirarlo para que Mo leyera en sus ojos lo referente al íncubo que vigilaba a su hija y el precio al que podría rescatarla.

—¿Y? —Mo aguzó los oídos—. ¿Ya han llegado los soldados?

—Todavía no he trazado el rastro.

Mo percibía el miedo de Dedo Polvoriento, como si Meggie estuviera en la jaula y fuera su llanto el que salía del fuego.

—¿A qué esperas? ¡Condúcelos hasta aquí! —le espetó—. Ya va siendo hora de que mis manos vuelvan a encuadernar un libro... aunque nunca debe concluirse. Haz que atrapen al encuadernador, no a Arrendajo. Ellos no notarán la diferencia. Y yo enviaré lejos a Arrendajo, muy lejos, lo haré dormir con las palabras de Orfeo en lo más hondo del agujero del calabozo.

Dedo Polvoriento sopló en la oscuridad, y en lugar de la jaula, el fuego formó el signo que Mo había grabado en las cubiertas de tantos libros: la cabeza de un unicornio.

—Sí tal es tu deseo —musitó—. Pero si vuelves a interpretar el papel de encuadernador, ¿cuál será el mío?

—El de salvador de tu hija —contestó Mo—. El protector de mi esposa. Resa ha ido a buscar el Libro Vacío. Ayúdala a encontrarlo y tráemelo.

«Para que pueda escribir el final en él», pensó. Sólo tres palabras se precisaban para ello. Y de pronto le asaltó un pensamiento que le hizo sonreír en medio de tanta oscuridad. Orfeo no había escrito nada sobre Resa, ni una sola palabra que la obligara. ¿A quién más había olvidado?

68

ATRÁS

Quienquiera que seas, por solo que estés,
el mundo se ofrece a tu fantasía
y te llama con el grito del ganso salvaje,
excitante y estridente,
que proclama una y otra vez tu sitio
en la familia de las cosas.

Mary Oliver, «Wild Geese»

Roxana volvió a cantar. Para los niños a los que el miedo a Pardillo impedía dormir. Y todo lo que Meggie había oído decir de su voz, era cierto. Hasta el árbol parecía escucharla con atención, los pájaros en sus ramas más distantes, los animales que moraban entre sus raíces y las estrellas en el cielo oscuro. Cuánto consuelo generaba la voz de Roxana, aunque sus cantos solían ser tristes, y Meggie percibía en cada palabra la nostalgia de Dedo Polvoriento.

Consuela oír hablar de nostalgia cuando ésta llena tu corazón hasta los topes. Una nostalgia de sueños libres de temores, de días despreocupados, de tierra firme bajo los pies, de un estómago lleno, de las calles de Umbra, con madres… y padres.

Meggie se sentaba muy arriba, delante del nido donde había escrito

Fenoglio, y no sabía de quién preocuparse primero: si de Fenoglio, del príncipe Negro, de Farid, que había seguido con Baptista al gigante, o de Doria, que había vuelto a descender, a pesar de que los bandidos se lo habían prohibido, para averiguar si Pardillo se había ido de verdad. Intentaba no pensar en sus padres, pero de pronto Roxana entonó la canción sobre Arrendajo que más le gustaba a Meggie, porque hablaba de cómo había estado prisionero con su hija en el Castillo de la Noche. Había canciones más heroicas, pero sólo ésta hablaba también de su padre, y Meggie lo echaba de menos. «Mo», le habría gustado decir apoyando la cabeza en su hombro, «¿crees que ese gigante entregará a Fenoglio a sus hijos? ¿Crees que pisoteará a Farid y a Baptista si intentan salvar al Príncipe? ¿Crees que se puede amar de corazón a dos chicos? ¿Has visto a Resa? ¿Cómo estás, Mo, qué tal te encuentras?».

—¿Ha matado ya Arrendajo a Cabeza de Víbora? —había preguntado el día anterior uno de los niños a Elinor—. ¿Vendrá pronto a salvarnos de Pardillo?

—Seguro —había contestado Elinor lanzando al mismo tiempo una mirada rápida a Meggie. Seguro…

—El chico aún no ha regresado —oyó que Espantaelfos decía a Pata de Palo, debajo de ella—. ¿Quieres que me entere de dónde se encuentra?

—¿Para qué? —contestó Pata de Palo en voz baja—. Si puede volver, lo hará. De lo contrario es que lo han apresado. Estoy seguro de que están en algún lugar ahí abajo. Confío en que Baptista tenga cuidado con ellos cuando regrese.

—¿Cómo va a tener cuidado? —preguntó a su vez Espantaelfos, riendo malhumorado—. Tiene a su espalda al gigante, a Pardillo frente a él y el Príncipe seguramente ha muerto. Pronto entonaremos nuestra última canción y no sonará ni la mitad de bonita que la que canta Roxana.

Meggie ocultó el rostro entre los brazos. «No pienses, Meggie.

Sencillamente, no pienses. Atiende a Roxana. Sueña que todo se arregla. Que todos, Mo, Resa, Fenoglio, el príncipe Negro, Farid... y Doria retornan sanos y salvos. ¿Qué solía hacer Pardillo con los prisioneros? No, Meggie, no pienses, no preguntes.»

Subieron voces de abajo. Se inclinó hacia delante e intentó distinguir algo en la oscuridad. ¿No era la voz de Baptista? Vio fuego, apenas una llamita, aunque muy luminosa. ¡Allí estaba Fenoglio! Y a su lado el príncipe Negro, sobre unas parihuelas.

—¿Farid? —gritó.

—Silencio —siseó Espantaelfos, y Meggie se tapó la boca con la mano. Los bandidos bajaron cuerdas y una red para el Príncipe.

—¡Deprisa, Baptista! —la voz de Roxana sonaba tan distinta cuando no cantaba—. ¡Que vienen!

No necesitó añadir nada más. Los caballos resollaron entre los árboles, las ramas se partieron bajo numerosas botas. Los bandidos lanzaron más cuerdas y algunos se deslizaron por el tronco. Las flechas llovieron desde la oscuridad. Los hombres surgieron de entre los árboles, pululando como escarabajos plateados.

—Ya lo veréis, están esperando a que regrese Baptista. ¡Con el Príncipe!

¿No se lo había dicho así Doria? ¿No había vuelto a descender por eso? Y no había regresado.

Farid hizo llamear el fuego. Él y Baptista se situaron delante del príncipe Negro, protegiéndolo. El oso también estaba con él.

—¿Qué ocurre? ¿Qué está pasando otra vez? —Elinor se arrodilló junto a Meggie, el pelo revuelto, como si se hubiera atemorizado—. Me he quedado dormida. No me cabe en la cabeza.

Meggie no contestó. ¿Qué podía hacer? Se levantó y, manteniendo el equilibrio, se acercó hasta la bifurcación de la rama sobre la que Roxana y las demás mujeres se arrodillaban. Sólo dos de los bandidos las acompañaban. Todos los demás descendían ya por el tronco, pero el tronco era alto, muy alto, y desde abajo llovían las flechas. Dos hombres se precipitaron al abismo, gritando, y las mujeres taparon los ojos y los oídos a los niños.

—¿Dónde está? —Elinor se inclinó tanto hacia delante que Roxana la hizo retroceder sin contemplaciones—. ¿Dónde está? —gritó de nuevo—. Respóndeme de una vez. ¿Vive todavía ese viejo loco?

Fenoglio las miraba desde abajo, como si hubiera escuchado su voz, el rostro arrugado y medroso, mientras los hombres luchaban a su alrededor. Un muerto cayó a sus pies y él tomó su espada.

—¡Pero mira eso! —gritó Elinor—. ¿Qué se figura? ¿Que puede jugar al héroe en una de sus malditas historias?

«Tengo que bajar», pensó Meggie, «ayudar a Farid y buscar a Doria». ¿Dónde estaría? ¿Yacería muerto en algún lugar entre los árboles? «No, Meggie. Fenoglio escribió sobre él cosas maravillosas. No puede estar muerto.» A pesar de todo, corrió hacia las cuerdas, pero Espantaelfos la detuvo.

—¡Arriba ahora mismo! —le espetó con tono brusco—. Todas las mujeres y niños, arriba, lo más arriba que podáis.

—¿Ah, sí? ¿Y qué vamos a hacer a tanta altura? —le bufó Elinor—. ¿Esperar a que nos hagan caer?

No hubo respuesta a esa pregunta.

—¡Tienen al Príncipe! —la voz de Minerva revelaba tal desesperación que todos se volvieron. Algunas mujeres empezaron a sollozar. Sí, tenían al príncipe Negro. Lo sacaron fuera de las parihuelas en las que yacía. El oso permanecía inmóvil a su lado, una flecha clavada en su pelaje. Baptista había sido hecho prisionero. ¿Dónde estaba Farid?

Donde estaba el fuego.

Farid lo dejó morder y arder, pero Pájaro Tiznado también estaba presente, su rostro seco una mancha clara sobre las ropas rojas y negras. El fuego devoraba al fuego, las llamas lamieron el tronco ascendiendo por él. Unos árboles más pequeños ya se habían incendiado. Los niños lloraban tan fuerte que te partían el corazón.

«Ay, Fenoglio», pensó Meggie, «no tenemos suerte con nuestros salvadores. Primero Cósimo y ahora el gigante».

El gigante.

Su rostro apareció bruscamente entre los árboles, como si esa palabra lo hubiera convocado. Su piel se había teñido de la oscuridad de la noche, y en la frente se reflejaban las estrellas. Apagó de un pisotón el fuego que incendiaba las raíces del árbol de los nidos. El otro erró a Farid y a Pájaro Tiznado por tan poco que Meggie oyó resonar en sus oídos su propio grito.

—¡Sí, sí, ha vuelto! —oyó gritar a Fenoglio. Tropezó contra los enormes pies y trepó a uno de los dedos gordos como si fuese un bote salvavidas.

Pero el gigante alzó la mirada hacia los niños que lloraban, como si buscase algo que no acertaba a encontrar.

Los hombres de Pardillo dejaron atrás a sus prisioneros y echaron a correr como conejos, encabezados por su señor que montaba un caballo blanco como la nieve. Sólo Pájaro Tiznado se quedó parado con un grupito y dirigió su fuego hacia el gigante. Éste miró las llamas aturullado y retrocedió tropezando cuando éstas le mordieron los dedos de los pies.

—¡No, por favor! —gritó Meggie—. Por favor, no vuelvas a irte. ¡Ayúdanos!

De repente Farid apareció sobre el hombro del gigante e hizo llover copos de fuego en la noche que se depositaron sobre las ropas de Pájaro Tiznado y sus hombres como bardanas ardientes, hasta que éstos se tiraron al suelo del bosque revolcándose sobre la hojarasca. El gigante lanzó a Farid una mirada de asombro, lo tomó de su hombro como si fuera una mariposa y se lo colocó sobre la mano levantada. Qué grandes eran sus dedos. Qué terroríficamente grandes. Y qué pequeño parecía Farid entre ellos.

Pájaro Tiznado y sus hombres seguían sacudiéndose sus ropas en llamas. El gigante los contemplaba irritado desde arriba. Se frotó un oído, como si le dolieran sus gritos, cerró la mano alrededor de Farid como si fuera un precioso botín, y con la otra barrió a los hombres vociferantes hacia el bosque, igual que el niño pequeño que se quita una araña de la ropa. A continuación acercó de nuevo la mano al oído y alzó la vista hacia el árbol, buscando, como si de repente hubiera recordado los motivos de su regreso.

—¡Roxana! —era la voz de Darius la que Meggie oyó resonar por el árbol, vacilante y decidida a la vez—. ¡Roxana, creo que ha vuelto por tu causa! ¡Canta!

69

En la estancia de Cabeza de Víbora

Y hay tantas historias que contar, tantas, tal exceso de vidas,
estrechamente unidas entre sí, acontecimientos, prodigios,
lugares, olores, tal mezcla inextricable de lo improbable y lo
cotidiano.

Salman Rushdie, *Hijos de la medianoche*

Resa voló en pos de los criados que transportaban los cubos de agua
sangrienta a la estancia de Cabeza de Víbora. Allí estaba él, rojo
hasta el cuello, en una bañera de plata, jadeando y maldiciendo, con un
aspecto tan terrorífico que el miedo de Resa por Mo se incrementó. ¿Qué
venganza compensaba un sufrimiento semejante?

Pulgarcito miró a su alrededor cuando la golondrina volaba hacia el
armario situado junto a la puerta, pero se agachó a tiempo. Ser pequeña
tenía su lado práctico. Las chispas de Dedo Polvoriento ardían en las
paredes. Tres soldados las golpeaban con paños mojados mientras
Cabeza de Víbora se tapaba los ojos doloridos con la mano manchada
de sangre. Al lado de la bañera estaba su nieto, con los brazos cruzados
delante del pecho, intentando quizá con ese gesto protegerse del mal

humor de su abuelo. Era un hombrecito delgado y menudo, con la belleza de su padre y la delicadeza de su madre. Pero al contrario que Violante, Jacopo no mostraba el menor parecido con su abuelo, a pesar de que imitaba todos sus gestos.

—Ella no ha sido —avanzó el mentón, un gesto copiado de su madre, aunque seguramente él ignoraba.

—¿Ah, sí? ¿Y quién ha ayudado entonces a Arrendajo si no ha sido tu madre? —un criado vertió un cubo sobre la espalda de Cabeza de Víbora.

Al ver correr la sangre sobre la nuca pálida, Resa sintió náuseas. También Jacopo contemplaba a su abuelo con una mezcla de espanto y asco… y desvió enseguida la mirada cuando Cabeza de Víbora lo sorprendió.

—¡Mírame, sí! —rugió a su nieto—. Tu madre ha ayudado al hombre que me hizo esto.

—No, qué va. Arrendajo se fue volando. Todos dicen que sabe volar. Y que es invulnerable.

Cabeza de Víbora rió. Su aliento era sibilante.

—¿Invulnerable? Ya te enseñaré lo invulnerable que es cuando lo atrape. Te daré un cuchillo para que hagas la prueba tú mismo.

—Pero no lo atraparás.

Cabeza de Víbora golpeó con la mano el baño sangriento, y el jubón claro de Jacopo se tiñó de rojo.

—Ten cuidado. Cada vez te pareces más a tu madre.

Jacopo pareció meditar si la advertencia era buena o mala.

¿Dónde estaba el Libro Vacío? Resa miró en derredor. Arcones, ropa tirada de cualquier manera encima de una silla, la cama revuelta. Cabeza de Víbora dormía mal. ¿Dónde lo escondía? Su vida, su inmortalidad, dependían del libro. Resa buscó un cofre, un paño valioso capaz de envolverlo, aunque apestara y se pudriera… Pero de repente la estancia quedó a oscuras, tan negra que sólo quedaron los sonidos: el chapoteo del agua ensangrentada, la respiración de los soldados, la voz asustada de Jacopo.

—¿Qué pasa?

Las chispas de Dedo Polvoriento se habían apagado con la misma celeridad con que habían brotado de las paredes cuando él había conducido lejos de los agujeros de las mazmorras a ella y a Mo. Resa sintió cómo su corazón de pájaro latía más deprisa de lo normal dentro de su pecho. ¿Qué había sucedido? Tenía que haber ocurrido algo, y no podía ser nada bueno.

Uno de los soldados prendió una antorcha y sostuvo la mano protectora delante de la llama para que no deslumbrara a su señor.

—Vaya, por fin —la voz de Cabeza de Víbora traslucía alivio y sorpresa al mismo tiempo. Hizo una seña a los criados y éstos volvieron a regar su piel escocida. ¿Dónde habían capturado todas esas hadas? Si estaban durmiendo…

Como si la propia historia quisiera responder, se abrió la puerta y entró Orfeo.

—¿Y bien, Alteza? —inquirió con una profunda reverencia—. ¿Han sido suficientes las hadas o debo procuraros más?

—Por el momento bastan —Cabeza de Víbora se llenó las manos de agua roja y hundió la cara en ellas—. ¿Tienes algo que ver con la extinción del fuego?

—¿Que si tengo algo que ver? —Orfeo sonrió tan satisfecho de sí mismo que Resa habría bajado volando para destrozar a picotazos su pálido semblante—. Por supuesto —continuó—. He convencido a Dedo Polvoriento para que cambie de bando.

No. Eso era imposible. Mentía.

El pájaro que llevaba en su interior intentó cazar una mosca, y Jacopo alzó la vista hacia la golondrina. «Encoge la cabeza, Resa, aunque esté oscuro. ¡Ojalá las plumas de tu pecho y de tu garganta no fueran tan blancas!»

—Bien. Pero confío en que no le habrás prometido recompensa alguna por ello —Cabeza de Víbora se sumergió en el agua sangrienta—. Me ha puesto en ridículo ante mis hombres. Quiero verlo muerto, y esta vez sin remedio. Pero para eso hay tiempo. ¿Qué hay de Arrendajo?

—El Bailarín del Fuego nos conducirá hasta él. Sin recompensa alguna —las palabras eran de por sí bastante espantosas, pero la belleza de la voz de Orfeo aumentaba ese espanto—. Trazará un rastro de llamas. Tus soldados no necesitarán seguirlo.

No. No. Resa empezó a temblar. Él no había vuelto a traicionarlo. No.

Un grito contenido escapó de su pecho de pájaro, y Jacopo volvió a alzar la vista hacia ella. Pero aunque la viera… sólo distinguiría una golondrina temblorosa que se había perdido en el oscuro mundo de los humanos.

—¿Está todo preparado para que Arrendajo comience inmediatamente el trabajo? —preguntó Orfeo—. Cuanto antes lo termine, antes podréis matarlo vos.

«Oh, Meggie, ¿a quién trajiste leyendo?», se preguntó Resa presa de la desesperación. Orfeo le parecía un demonio a pesar de los cristales brillantes de sus gafas y su voz hermosa y halagadora.

Cabeza de Víbora salió jadeando del baño. Apareció ensangrentado como un niño después de nacer. Jacopo retrocedió sin querer, pero su abuelo le hizo señas para que se acercara.

—Señor, debéis bañaros más tiempo para que la sangre surta efecto —advirtió uno de los criados.

—¡Más tarde! —replicó Cabeza de Víbora, impaciente—. ¿Crees que voy a estar sentado en la bañera cuando me traigan a mi peor enemigo? ¡Tráeme esos paños! —ordenó con rudeza a Jacopo—. Date prisa, o te arrojaré con tu madre al agujero oscuro. ¿Te he dicho que cada día te pareces más a ella? No. Es a tu padre al que te vas asemejando con el transcurso del tiempo.

Jacopo le entregó los paños preparados junto a la bañera con una mirada sombría.

—¡Mis ropas!

Los criados se acercaron presurosos a los arcones, y Resa volvió a ocultarse en la oscuridad, pero la voz de Orfeo la siguió como un perfume letal.

—Alteza, yo… ejem… —carraspeó—, yo he mantenido mi promesa. Arrendajo volverá a ser muy pronto vuestro prisionero y os confeccionará un libro nuevo. Creo que me he ganado una recompensa.

—¿Sí? —los criados colocaban a Cabeza de Víbora ropas negras sobre la piel todavía enrojecida por la sangre—. ¿Y en qué has pensado?

—Bien. ¿Recordáis el libro del que os hablé? Deseo recuperarlo y estoy seguro de que lograréis encontrarlo para mí. Pero si eso no fuera posible —con qué narcisismo se acariciaba el pelo rubio pálido—, bien, en ese caso también aceptaría como recompensa la mano de vuestra hija.

Orfeo.

Resa recordó el día que lo vio por primera vez, en casa de Elinor, con Mortola y Basta. Entonces únicamente le había llamado la atención lo diferente que era de los hombres que rodeaban a Mortola. Extrañamente inofensivo, casi inocente con su rostro infantil. Qué tonta había sido. Era peor que todos ellos, mucho peor.

—Alteza, hemos capturado al encuadernador —dijo Pífano, aunque Resa no lo había oído entrar—. Y al iluminador de libros. ¿Debemos traeros sin demora a Arrendajo?

—¿No quieres contarnos cómo lo has atrapado? —ronroneó Orfeo—. ¿Lo olfateaste con tu nariz de plata?

—El Bailarín del Fuego lo ha delatado. Con un rastro de llamas —contestó Pífano con voz entrecortada, como si las palabras le mordieran la lengua.

Resa quiso escupir los granos para que sus ojos fuesen capaces de llorar. Pero Orfeo se echó a reír con el regocijo de un niño.

—¿Y quién te ha hablado de ese rastro? ¡Vamos, confiésalo!

Pífano necesitó un buen rato para contestar.

—Tú, ¿quién si no? —reconoció al fin con voz ronca—. Y en algún momento averiguaré con qué métodos diabólicos lo has conseguido.

—El caso es que lo ha conseguido —intervino Cabeza de Víbora—, después de que tú lo dejaras escapar en dos ocasiones. Condúcelo a la sala de las Mil Ventanas. Que lo encadenen a la mesa donde ha de encuadernar el libro y que vigilen todos sus movimientos. Como este libro también me enferme, te arrancaré el corazón con mis propias manos, Pífano. Y, créeme, ese órgano no es tan fácil de sustituir como la nariz.

Ideas de pájaro nublaban la razón a Resa. Le dio miedo, pero ¿cómo llegar hasta Mo sin alas? «Y aunque vueles hasta él, Resa, ¿qué pasará entonces? ¿Quieres sacarle los ojos a Pífano a picotazos para que no vea huir a Arrendajo? Márchate volando, Resa, todo está perdido. Salva a tu hijo nonato ya que no puedes salvar a su padre. Regresa con Meggie...» La invadió el miedo del pájaro y el dolor humano... ¿o era al revés? ¿Se estaba volviendo loca? ¿Igual que Mortola?

Se quedó allí acurrucada, temblando, aguardando a que se vaciara la habitación, a que Cabeza de Víbora se marchara a ver a su prisionero. «¿Por qué lo había traicionado?», se preguntaba Resa. ¿Por qué? ¿Qué le había prometido Orfeo? ¿Qué podía ser más valioso que la vida que le había devuelto Mo?

Cabeza de Víbora, Orfeo, Pífano, los soldados, dos criados con los cojines que protegían la carne dolorida de su señor... Resa los vio salir a todos, pero cuando asomó la cabeza por encima del borde del armario creyendo estar sola, se percató de que Jacopo clavaba los ojos en ella.

Uno de los criados regresó a buscar la capa de Cabeza de Víbora.

—¿Ves ese pájaro ahí arriba? —preguntó Jacopo—. ¡Cógemelo!

Pero el criado lo arrastró sin miramientos hacia la puerta.

—¡Tú no mandas aquí! Ve a visitar a tu madre. Seguro que necesita tu compañía.

Jacopo se resistió, pero el criado lo empujó con rudeza fuera de la estancia. Luego cerró la puerta… y se dirigió al armario. Resa retrocedió. Oyó cómo empujaba algo delante del armario. ¡Sal volando hacia su cara, Resa! Y después, ¿qué? La puerta estaba cerrada, las ventanas tapadas. El criado le arrojó la capa negra. Ella aleteó contra la puerta, contra las paredes. Lo oyó maldecir. ¿Adónde ir? Voló hacia el candelabro que pendía del techo, pero algo la alcanzó en el ala. Un zapato, que le hizo daño, muchísimo daño. Y se precipitó hacia el suelo.

—¡Espera y verás, voy a retorcerte el pescuezo! Quién sabe, puede que no tengas mal sabor. Seguro que mejor que lo que nos da de comer nuestro buen señor —unas manos la agarraron. Ella intentó alejarse volando, pero le dolía el ala y los dedos la sujetaban. Desesperada, lanzó unos picotazos.

—Suéltala.

El criado se giró, desconcertado. Dedo Polvoriento lo tiró al suelo de un golpe, un rastro de fuego tras él. Un fuego delator. Gwin miraba hambrienta a la golondrina, pero Dedo Polvoriento la espantó. Resa quiso darle picotazos en las manos cuando la cogió, pero ya no le quedaban fuerzas. Dedo Polvoriento, recogiéndola del suelo con cuidado, le acarició las alas.

—¿Qué tal el ala? ¿Puedes moverla?

El pájaro, al igual que todas las criaturas salvajes, confiaba en él, pero su corazón humano recordaba las palabras de Pífano.

—¿Por qué has traicionado a Mo?

—Porque él lo quiso así. Escupe los granos, Resa. ¿O has olvidado ya que eres humana?

«A lo mejor deseo olvidarlo», pensó ella, pero obedeció y escupió las semillas en la mano. Esta vez no faltaba ninguna, pero a pesar de todo se daba cuenta de que el pájaro cobraba cada vez mayor poder dentro de ella. Pequeño y grande, grande y pequeño, piel y plumas, piel sin plumas… Se acarició los brazos, volvió a sentir sus dedos, sin garras, lágrimas en los ojos, lágrimas humanas.

—¿Has descubierto el escondite del Libro Vacío?

Ella negó con la cabeza. Su corazón se alegraba de seguir queriéndolo.

—Tenemos que encontrarlo, Resa —susurró Dedo Polvoriento—. Tu marido encuadernará un nuevo libro para la Víbora, para olvidarse mientras tanto de Arrendajo y que las palabras de Orfeo ya no puedan afectarlo, pero ese libro no debe concluirse jamás, ¿lo entiendes?

Claro que lo entendía. Buscaron por todas partes, a la luz del fuego; palparon paños húmedos, ropas y botas, espadas, vasos, platos de plata y cojines bordados. Hasta metieron la mano en el agua sangrienta. Cuando escucharon pasos fuera, Dedo Polvoriento tiró del criado inconsciente y se ocultaron detrás del armario en el que se había posado Resa. Para el pájaro la estancia era todo un mundo, pero ahora le parecía demasiado estrecha para respirar. Dedo Polvoriento se situó delante de Resa en ademán protector, pero los criados que entraron sólo se preocuparon de vaciar el baño sangriento de su señor. Mientras se llevaban los paños mojados, maldecían y ahogaban en burlas el asco que la carne putrefacta de la Víbora despertaba en ellos. Después sacaron la bañera, dejándolos solos.

Tenían que buscar… En cualquier rincón, en los arcones, en la cama revuelta, debajo de ella. Tenían que buscar.

70

PALABRAS ARDIENTES

Hervía de furia mientras contemplaba las páginas,
rebosantes de párrafos y palabras.
Cerdos, pensó ella.
Queridos cerdos.
No me hagáis feliz. Por favor no me satisfagáis.
No me dejéis creer que todo esto puede
originar algo bueno.

Markus Zusak, *La ladrona de libros*

Farid encontró a Doria. Cuando lo subieron al árbol, Meggie pensó primero que el gigante lo había pisoteado, igual que a los hombres de Pardillo que yacían como muñecos rotos sobre la hierba rígida por la helada.

—No, no ha sido el gigante —opinó Roxana cuando depositaron a Doria junto a los demás heridos, el príncipe Negro, Pata de Palo, Gusano de Seda y Erizo—. Esto es obra del hombre.

Roxana había convertido en hospital uno de los nidos más inferiores. Por suerte sólo habían muerto dos de los bandidos. Pardillo, por el contrario, había perdido muchos hombres. Ahora ni siquiera el miedo a su cuñado lo haría volver por segunda vez.

Pájaro Tiznado también había muerto. Yacía desnucado abajo, en la hierba, mirando al cielo con la mirada perdida. Entre los árboles acechaban los lobos, atraídos por el olor de la sangre. Pero no se atrevían a acercarse porque el gigante, enroscado como un niño, dormía debajo del árbol de los nidos, con un sueño tan profundo como si el canto de Roxana lo hubiera enviado para siempre al reino de los sueños.

Doria no volvió en sí cuando Minerva le vendó la cabeza ensangrentada, y Meggie se sentó a su lado mientras Roxana se ocupaba del resto de los heridos. Erizo estaba muy grave, pero las heridas de los demás sanarían. El príncipe Negro, por fortuna, sólo tenía unas costillas rotas. Quería bajar junto a su oso, pero Roxana se lo había prohibido y Baptista tenía que asegurarle una y otra vez que el animal ya perseguía de nuevo a las liebres de las nieves, después de que Roxana le hubiera sacado la flecha que había atravesado su hombro peludo. Doria, sin embargo, permanecía inmóvil con el pelo castaño ensangrentado.

—¿Qué opinas? ¿Despertará? —preguntó Meggie cuando Roxana se inclinó sobre él.

—No lo sé —contestó Roxana—. Habla con él. A veces eso los hace volver.

Habla con él. ¿Qué le podía contar? *Farid dice que allí hay carruajes que viajan sin caballos y música que sale de una diminuta caja negra.* Él siempre le preguntaba por el otro mundo, de manera que Meggie comenzó a hablar en voz baja de carruajes sin caballos y máquinas voladoras, de barcos sin velas y de aparatos que llevaban la voz de una región del mundo a otra. Elinor fue a verla, Fenoglio se sentó un rato a su lado, hasta Farid se presentó y le tomó la mano mientras ella sujetaba la de Doria, y por primera vez Meggie volvió a verlo tan cercano como entonces, cuando habían seguido a sus padres prisioneros en compañía de Dedo Polvoriento. ¿Puede el corazón amar a dos chicos a la vez?

—Farid —dijo en cierto momento Fenoglio—, vamos a ver qué nos cuenta el fuego de Arrendajo, y entonces concluiremos esta historia con un buen desenlace.

—A lo mejor deberíamos enviar al gigante con Arrendajo —dijo Gusano de Seda.

Roxana le había sacado una flecha del brazo y tenía la lengua pesada por el vino que ella le había obligado a beber para mitigar el dolor. Pardillo había abandonado unos cuantos odres de vino, provisiones, mantas, armas y caballos sin jinete.

—¿Has olvidado dónde está Arrendajo? —preguntó el príncipe Negro; Meggie se alegraba de que estuviera con vida—. Ningún gigante es capaz de vadear el Lago Negro, aunque antaño les gustaba reflejarse en él.

No, no sería tan sencillo.

—Ven, Meggie, vamos a preguntar al fuego —dijo Farid, pero Meggie vaciló al soltar la mano de Doria.

—Id vosotros. Yo me quedaré con él —dijo Minerva.

—No pongas esa cara de preocupación —musitó Fenoglio—. ¡Claro que el muchacho despertará! ¿Has olvidado lo que te conté? Su historia está empezando ahora.

Pero el rostro pálido de Doria no abonaba precisamente esa creencia.

La rama en la que se arrodilló Farid para invocar al fuego era tan ancha como la carretera de delante del jardín de Elinor. Mientras Meggie se acuclillaba a su lado, Fenoglio lanzó una mirada de desconfianza hacia los niños que, sentados en las ramas por encima de ellos, observaban al gigante dormido.

—¡Atreveos! —gritó señalando las piñas que sostenían en sus manitas—. El primero que le arroje una piña al gigante, volará tras ella. ¡Os lo juro!

—Tarde o temprano se la tirarán, ¿y qué sucederá entonces? —preguntó Farid mientras esparcía un poco de ceniza sobre la piel leñosa del árbol. Ya no le quedaba mucha, por más cuidado que ponía a la hora de recogerla—. ¿Qué hará el gigante cuando se despierte?

—¡Yo qué sé! —rezongó Fenoglio lanzando una mirada de inquietud hacia abajo—. Espero que la pobre Roxana no tenga que pasar el resto de su vida cantándole para que se duerma.

El príncipe Negro también se les acercó, apoyándose en Baptista. Se sentaron en silencio al lado de Meggie. Aquel día el fuego parecía somnoliento. Por mucho que Farid lo llamó y lo halagó, las llamas tardaron una eternidad en alzarse de la ceniza. El gigante empezó a tararear en sueños. Furtivo saltó sobre las rodillas de Farid con un pájaro muerto en las fauces y de pronto llegaron las imágenes: Dedo Polvoriento en un patio, rodeado de jaulas enormes. En una de ellas sollozaba una joven. Brianna. Una figura negra se interponía entre ella y su padre.

—¡Un íncubo! —susurró Baptista.

Meggie lo miró, asustada. La imagen se desvaneció en humo grisáceo y surgió otra en el corazón de las llamas. Farid tomó la mano de Meggie y Baptista profirió un denuesto en voz baja. Mo. Estaba encadenado a una mesa. Con Pífano a su lado. Y Cabeza de Víbora. Su cara hinchada tenía un aspecto aún más terrible de lo que Meggie había imaginado en sus peores pesadillas. Sobre la mesa se veía cuero y papel en blanco.

—¡Va a encuadernar para él otro Libro Vacío! —susurró Meggie—. ¿Qué significa eso? —y miró a Fenoglio asustada.

—Meggie —Farid volvió a centrar su atención en el fuego.

De las llamas ascendían letras, letras de fuego que formaban palabras.

—¿Qué demonios es eso? —balbuceó Fenoglio—. ¿Quién las ha escrito?

Las palabras se alejaron flotando y se apagaron entre las ramas antes de que ninguno de ellos pudiera leerlas. Pero el fuego respondió a la pregunta de Fenoglio. Una cara pálida, redonda, surgió entre las llamas, los cristales de las gafas redondos como un segundo par de ojos.

—Orfeo —musitó Farid.

Las llamas se desplomaron, hundiéndose en la ceniza, como si ésta fuese su nido, pero unas cuantas palabras de fuego seguían flotando todavía en el aire. *Arrendajo… miedo… quebró… morir…*

—¿Qué significa eso? —preguntó el príncipe Negro.

—Es una larga historia, Príncipe —contestó Fenoglio con voz cansada—. Y me temo que el desenlace lo ha escrito el hombre equivocado.

EL ENCUADERNADOR
DE LIBROS

Ninguna de nosotras era la verdadera autora: un puño es más que
la suma de los dedos.

Margaret Atwood, *El asesino ciego*

Plegar. Cortar. El papel era bueno, mejor que la última vez.
Las puntas de los dedos de Mo palpaban las fibras en la
descolorida blancura, recorrían los bordes en busca de recuerdos. Y
éstos llegaban, llenando su corazón y su cerebro con mil imágenes,
miles de días olvidados. El olor de la cola lo retrotrajo a todos
los lugares donde había estado a solas con un libro enfermo, y
aquellas manipulaciones tan familiares le devolvieron el placer
que lo colmaba cada vez que insuflaba nueva vida a un libro,
salvando su belleza al menos durante un instante de los incisivos
dientes del tiempo. La verdad es que había olvidado la paz que le
aportaba aquel trabajo manual. Plegar, cortar, pasar el hilo a través
del papel. Mortimer había vuelto. Mortimer, el encuadernador,
para el que un cuchillo no debía estar afilado para matar mejor, y

al que no amenazaban las palabras porque tan sólo se dedicaba a confeccionarles vestidos nuevos.

—Te tomas tiempo, Arrendajo —la voz de Pífano lo devolvió a la Sala de las Mil Ventanas.

«No lo permitas, Mortimer. Imagínate que Nariz de Plata continúa metido en su libro, que no es más que una voz que brota de las letras. Arrendajo no está aquí. Las palabras de Orfeo deben buscarlo en otro lugar.»

—Sabes que cuando termines, morirás. Por eso trabajas con tanta lentitud, ¿verdad?

Pífano le golpeó tan fuerte en la espalda con su puño enguantado que estuvo a punto de cortarse, y Arrendajo retornó imaginando qué se sentiría al clavar a Pífano en el pecho la cuchilla que cortaba el papel.

Mo la apartó y tomó otro pliego de papel, buscando la paz en medio de esa blancura encolada.

Pífano tenía razón. Se tomaba tiempo, pero no porque tuviera miedo a morir, sino porque ese libro no debería acabarse jamás y cada manipulación sólo servía para traer de regreso a aquel al que no podían atar las palabras de Orfeo. Mo apenas las percibía ya. Toda la desesperación que se había instilado en su corazón en el agujero oscuro, toda la rabia y desesperanza… habían palidecido, como si sus manos las hubieran erradicado de su corazón.

Pero ¿qué ocurriría si Dedo Polvoriento y Resa no encontraban el otro Libro Vacío? ¿Si el íncubo devoraba a Brianna y a su padre? ¿Tendría que permanecer toda la eternidad en esa sala, encuadernando páginas en blanco? «Toda la eternidad, no, Mo. No eres inmortal. Por fortuna.»

Lo mataría Pífano. Lo esperaba desde que se habían encontrado por vez primera en el Castillo de la Noche. Y los titiriteros cantarían la muerte de Arrendajo, no la de Mortimer Folchart. Mas ¿que sería de Resa y del niño nonato? ¿Y de Meggie? «No pienses, Mortimer. Corta, pliega, encuaderna, gana tiempo… aunque todavía no sepas para qué, te servirá para algo. Resa puede escapar volando cuando hayas muerto, y encontrar a Meggie. Meggie…»

«¡Por favor! Dejad vivir a mi hija», imploraba su corazón a las Mujeres Blancas. «Yo iré con vosotras, pero dejad aquí a Meggie. Su vida está empezando ahora, aunque ella todavía no sepa en qué mundo la quiere vivir.»

Cortar, plegar, encuadernar… creía divisar el rostro de Meggie en el papel blanco. Casi creía sentirla a su lado, como antaño en la cámara del Castillo de la Noche, la misma cámara donde había vivido la madre de Violante. Violante… La habían arrojado a uno de los agujeros. Mo sabía de sobra lo que más la atemorizaría allí abajo: que la oscuridad le arrebatase lo poco que aún podía ver. La hija de la Víbora aún lo conmovía, y le habría encantado ayudarla, pero Arrendajo tenía que dormir.

Habían encendido cuatro antorchas. No iluminaban mucho, pero era mejor que nada. Las cadenas no le facilitaban precisamente el trabajo. Su tintineo le recordaba a cada movimiento que no estaba en su taller del jardín de Elinor.

Se abrió la puerta.

—¡Caramba! —la voz de Orfeo resonó por la sala vacía—. Este papel te sienta muchísimo mejor. ¿Cómo se le ocurriría a ese idiota de Fenoglio convertir a un encuadernador de libros en bandido?

Se detuvo ante él con una sonrisa triunfal, a la distancia justa para que no le alcanzase el cuchillo. Oh, sí, Orfeo pensaba en esas cosas. Su aliento, como de costumbre, desprendía un olor dulzón.

—Tendrías que haber sabido que Dedo Polvoriento acabaría traicionándote. Traiciona a todos. Créeme, sé de lo que hablo. Es el papel que mejor interpreta. Pero seguramente no pudiste elegir a tus ayudantes.

Mo tomó el cuero destinado a las tapas. Tenía un leve tono rojizo, como el del primer libro.

—¡Oh, ya no hablas conmigo! Bueno, es comprensible —Orfeo nunca había parecido más feliz.

—Déjalo trabajar, Cuatrojos. ¿O he de contar a Cabeza de Víbora que tiene que estar un poco más de tiempo metido en su escocida piel porque a ti te apetece echar una parrafadita? —la voz de Pífano denotaba más tensión de la habitual. Orfeo no hacía amigos.

—No olvides que tu señor está en deuda conmigo porque no tardará en librarse de esa piel, Pífano —contestó Orfeo con tono aburrido—. Tus artes de persuasión impresionaron poco a nuestro amigo encuadernador, si no recuerdo mal.

Ah, de manera que los dos peleaban por el puesto más prominente al lado de la Víbora. De momento Orfeo tenía mejores cartas, pero eso podía cambiar.

—Pero ¿qué tonterías dices, Orfeo? —repuso Mo sin levantar la vista del trabajo, paladeando ya el dulce sabor de la venganza—. Cabeza de Víbora debe estar agradecido a Pífano. Fueron sus hombres los que me capturaron. Por descuido. Caí directamente en sus manos. Tú no tuviste nada que ver con el asunto.

—¿Qué? —Orfeo, irritado, se llevó la mano a las gafas.

—Exactamente así se lo contaré a Cabeza de Víbora. En cuanto haya descansado —Mo cortó el cuero, imaginando que cortaba la red que Orfeo había tejido a su alrededor.

Pífano entornó los ojos, en un intento de averiguar con más claridad lo que Arrendajo se traía entre manos. «Arrendajo no está aquí, Pífano», pensó Mo. «Pero, claro, tú no lo entiendes.»

—¡Ten cuidado, encuadernador! —Orfeo dio un paso torpe hacia él. Casi se le quebró la voz—. Como utilices tu lengua de brujo para difundir mentiras sobre mí, ordenaré que te la corten en el acto.

—¿Ah, sí? ¿Quién lo hará?

Mo miró a Pífano.

—No quiero ver a mi hija en este castillo —dijo en voz baja—. No quiero que nadie la busque cuando Arrendajo haya muerto.

Pífano le devolvió la mirada… y sonrió.

—Arrendajo no tiene ninguna hija —repuso—. Y también conservará la lengua. Mientras diga las palabras correctas…

Orfeo se mordió los labios con tanta fuerza que adoptaron el mismo tono pálido de su piel. Después se acercó mucho a Mo.

—¡Escribiré otras palabras! —le siseó al oído—. Unas palabras con las que te retorcerás como el gusano ensartado en un anzuelo.

—¡Escribe lo que se te antoje! —replicó Mo, volviendo a cortar el cuero.

El encuadernador no sentiría esas palabras.

72

TANTAS LÁGRIMAS

(…) desde comienzos del tiempo,
siendo niña, pensaba
que el dolor significaba
desamor.
El dolor significaba que yo amaba.

Louise Glück, «First Memory»

¡Lloraba! Jacopo nunca había oído llorar a su madre. Ni siquiera cuando habían traído del bosque a su padre muerto. Él tampoco había llorado entonces, pero ahora era diferente.

¿Debía llamarla? Arrodillado al borde del agujero, escudriñó la oscuridad bajo él. No podía verla, sólo oírla. Su llanto le daba miedo. Su madre no lloraba. Su madre siempre había sido fuerte. Y orgullosa. Ella no lo cogía en brazos, como Brianna, que lo abrazaba incluso cuando se había mostrado cruel con ella.

—Porque te pareces a tu padre —decían las criadas en la cocina—. Brianna estaba enamorada de tu padre.

Y seguía enamorada de él. Llevaba una moneda con su efigie en la bolsa que colgaba de su cinturón, y a veces la besaba a escondidas, y escribía su nombre en los muros, en el aire y en el polvo. Qué estúpida.

En las profundidades se intensificaron los sollozos, y Jacopo se tapó los oídos con las manos. Daba la impresión de que allí abajo su madre estaba rompiéndose en trocitos tan diminutos que nunca podrían recomponerla. ¡Pero él deseaba conservarla!

—Tu abuelo te llevará con él —decían los criados—. Al Castillo de la Noche. Para que puedas jugar allí con su hijo.

Pero Jacopo se negaba a ir al Castillo de la Noche. Prefería regresar a Umbra. Allí estaba su castillo. Además, su abuelo le daba miedo. Hedía y jadeaba y su piel era tan fofa que temía agujerearla al tocarla con los dedos.

Seguro que allí abajo estaba ya todo mojado de lágrimas. Su madre parecía a punto de ahogarse en ellas. No era extraño que estuviera tan triste. Su madre no podía leer libros en la oscuridad, y sin libros era desdichada. Nada amaba más. Los amaba mucho más que a él, pero eso no le importaba. A pesar de todo, Cuatrojos no podía casarse con ella. Jacopo odiaba a Cuatrojos. Su voz era como azúcar derretido sobre la piel.

A él le gustaba Arrendajo. Y el Bailarín del Fuego. Pero pronto morirían ambos. Orfeo daría al Bailarín del Fuego como alimento para el íncubo, y a Arrendajo le arrancarían la piel en cuanto hubiera terminado el nuevo libro. Su abuelo le había obligado a presenciar un día cómo despellejaban a un hombre. Jacopo se había escondido de sus alaridos en el rincón más oculto de su corazón, pero incluso allí los había oído.

Reinaba el silencio. Su madre ya no lloraba. ¿Se habría muerto de tanto llanto?

Los centinelas no le prestaron atención cuando se asomó al oscuro agujero.

—¿Madre? —la palabra no brotó con facilidad de sus labios. En realidad nunca la llamaba así, sino la Fea. Pero ahora ella había llorado.

—¿Jacopo?

Aún vivía.

—¿Ha muerto Arrendajo?

—Todavía no. Está encuadernando el libro.

—¿Y Brianna?

—En una jaula.

Sentía celos de Brianna. Su madre la quería más que a él. Brianna podía dormir con su madre y ella le hablaba mucho más que a él. Pero Brianna también le consolaba cuando se hacía daño o cuando los hombres de Pardillo se burlaban a costa de su padre muerto. Además, era muy guapa.

—¿Sabes lo que quieren hacer conmigo? —la voz de su madre sonaba distinta. ¡Tenía miedo! Él jamás había notado que ella tuviese miedo.

Ojalá pudiera subirla, como había hecho el Bailarín del Fuego con Arrendajo.

—Orfeo… —empezó a decir, pero uno de los guardianes lo agarró por el pescuezo y lo levantó de un tirón.

—Se acabó la conversación —dijo—. ¡Lárgate!

Jacopo intentó liberarse, pero en vano.

—¡Dejadla salir! —gritó al soldado, mientras golpeaba con los puños su pecho acorazado—. ¡Dejadla salir! ¡Ahora mismo!

El soldado se limitó a reír.

—¡Mira lo que dice éste! —le dijo al otro centinela—. Ándate con cuidado, no sea que acabes metido en el mismo agujero, enano. Ahora tu abuelo tiene un hijo. Y el nieto cuenta poco, más bien nada si es el retoño de Cósimo y tu madre se ha puesto de acuerdo con Arrendajo —y apartó a Jacopo de un empujón tan fuerte que éste cayó al suelo.

Jacopo deseó poder hacer brotar llamas de sus manos, como el Bailarín del Fuego, o matarlos a todos con una espada, igual que había hecho Arrendajo con muchos de ellos.

—¿Jacopo? —oyó llamar a su madre desde la profundidad, pero cuando quiso regresar corriendo al borde del agujero, los soldados se interpusieron en su camino.

—¡Lárgate de una vez! —le espetó uno de ellos furioso—. O diré a Cuatrojos que te eche de comida al íncubo. Seguro que no eres ni la mitad de correoso que el iluminador de libros que tienen reservado para él.

Jacopo le atizó una patada en la rodilla con toda su fuerza, y se escapó antes de que el otro guardián consiguiese agarrarlo.

Los corredores que recorrió a trompicones estaban tan oscuros que veía mil monstruos entre las sombras. Había sido mejor, mucho mejor cuando el fuego ardía en todas las paredes. ¿Adónde ir? ¿A la cámara donde lo habían encerrado con su madre? No, allí estaban los escarabajos que se te metían por las narices y las orejas. Se los había enviado Orfeo. Jacopo se había cambiado de ropa tres veces para librarse de ellos, pero aún los notaba por todo el cuerpo.

¿Debía acudir a la jaula de Brianna? De ninguna manera, allí delante estaba el íncubo. Jacopo se sentó en el suelo de piedra y hundió el rostro entre las manos, deseando que todos, Orfeo, Pífano y su abuelo, se fueran al diablo. Él quería ser como Arrendajo y el príncipe Negro, y matarlos a todos. Para que dejaran de reír. Entonces se sentaría en el trono de Umbra y atacaría el Castillo de la Noche, igual que había hecho su padre. Pero él lo conquistaría y trasladaría toda la plata a Umbra, y los juglares entonarían canciones sobre él. Y mandaría que representasen sus habilidades todos los días en el castillo para él solo, y el Bailarín del Fuego escribiría su nombre en el cielo, y su madre se inclinaría en su presencia, y se casaría con una mujer tan hermosa como Brianna…

Mientras permanecía sentado en la oscuridad que protegía los ojos de su abuelo, veía dibujarse ese futuro ante él con la misma claridad que los dibujos que Balbulus le pintaba.

Un libro sobre él, sobre Jacopo. Un libro tan suntuoso como el referido a Arrendajo. No vacío y podrido como…

Jacopo alzó la cabeza.

…el Libro Vacío.

Claro, ¿por qué no? Seguro que así dejaban de reír.

Se levantó. Sería facilísimo. Sólo que su abuelo no debía descubrir enseguida su desaparición. Mejor sería cambiarlo por otro. Pero ¿por cuál?

Se apretó las manos sobre las rodillas temblorosas.

Orfeo había ordenado que le quitasen sus libros, y también habían desaparecido todos los de su madre. Pero aún quedaban otros en ese castillo, libros enfermos como el de su abuelo por ejemplo, en la estancia donde habían capturado a Arrendajo.

Había un largo camino hasta allí, y Jacopo se perdió en un par de ocasiones, pero al final el olor a moho lo guió. El mismo olor que rodeaba a su abuelo… y el rastro de hollín, apenas visible a la luz de su antorcha, con el que el Bailarín del Fuego había delatado a Arrendajo. ¿Por qué lo habría hecho? ¿Por plata, como Pájaro Tiznado? ¿Qué pretendía comprarse a cambio? ¿Un palacio? ¿Una mujer? ¿Un caballo?

—Confía en tus amigos menos aún que en tus enemigos, Jacopo —le había inculcado su abuelo—. Los amigos no existen. Y menos para un príncipe —antes su abuelo solía hablar a menudo con él, pero de eso hacía mucho tiempo. *Ahora tiene un hijo, Jacopo.*

Cogió un libro no demasiado grande —el Libro Vacío tampoco era muy voluminoso—, y lo guardó bajo su jubón.

Dos centinelas montaban guardia ante la estancia de su abuelo. Así que había vuelto de visitar a Arrendajo. ¿Lo habría matado ya? No. Seguro que el libro nuevo aún no estaba terminado. Eso exigía mucho trabajo, lo sabía por Balbulus. Pero cuando estuviera acabado, su abuelo torturaría a Arrendajo y casaría a su madre con Cuatrojos o la dejaría en el agujero hasta quedar reducida a pedacitos. Y a él se lo llevarían al Castillo de la Noche.

Jacopo puso en orden sus ropas y se limpió las lágrimas de los ojos. No se había fijado en ellas. Lo difuminaban todo, los guardianes y el fuego de sus antorchas. Qué estupidez. Las lágrimas eran una estupidez.

—¡Quiero ver a mi abuelo!

Con qué sarcasmo se sonrieron. Arrendajo los mataría a todos. A todos.

—Duerme. Lárgate.

—¡No puede dormir, estúpido! —repuso Jacopo con voz estridente. Hacía tan sólo unos meses habría pateado el suelo, pero había aprendido que eso no era muy eficaz—. Me envía Pulgarcito. Tengo que entregarle su medicina para dormir.

Los guardianes cruzaron una mirada de preocupación. Por suerte era más listo que ellos. Mucho más listo.

—¡De acuerdo, puedes pasar! —gruñó uno—. Pero ay de ti si pretendes llenarle los oídos llorando por tu madre. Entonces te arrojaré con mis propias manos al agujero, con ella, ¿entendido?

«Estás muerto», pensó Jacopo al pasar junto a él. «Muerto, muerto, muerto. ¿Todavía no lo sabes?» Oh, sí. Eso le reconfortaba.

—¿Qué quieres?

Su abuelo estaba sentado en la cama, con dos criados a su lado limpiándole de las piernas la sangre de hada. Sus párpados se cerraban por el opio que tomaba para dormir. Y ¿por qué no iba a dormir? Arrendajo era su prisionero y estaba encuadernando a la Muerte en un libro.

—¿Qué harás con Arrendajo cuando haya concluido su labor? —Jacopo conocía de sobra las historias que gustaba de narrar su abuelo.

Cabeza de Víbora rió y con un gesto de impaciencia ordenó retirarse a los criados. Éstos, entre mil reverencias, recorrieron el camino hasta la puerta agachados.

—A lo mejor acabas saliendo a mí, a pesar del parecido a tu padre —Cabeza de Víbora se dejó caer de lado, gimiendo—. ¿Y tú qué harías primero con él? —tenía la lengua tan pesada como los párpados.

—No sé. ¿Arrancarle las uñas?

Jacopo se acercó a la cama. Ahí estaba el cojín que Cabeza de

Víbora siempre llevaba consigo. Para apoyar su carne enferma, decían. Pero Jacopo lo sabía mejor. Había visto muchas veces cómo su abuelo introducía la mano bajo la pesada tela para acariciar el cuero con los dedos. Una vez, incluso había logrado echar una ojeada rápida a la tapa empapada de sangre. Nadie se fijaba en lo que veía un niño. Ni siquiera Cabeza de Víbora, que no se fiaba de nadie salvo de sí mismo.

—¿Las uñas? Oh, eso es doloroso, lo reconozco. Espero que a mi hijo se le ocurran ideas parecidas cuando alcance tu edad. Aunque ¿para qué se necesita un hijo cuando uno es inmortal? Me lo pregunto cada vez con más frecuencia. ¿Para qué se necesita una esposa? O hijas…

Las últimas palabras apenas fueron comprensibles. Cabeza de Víbora abrió la boca y exhaló un leve ronquido. Los párpados de reptil se cerraron y la mano izquierda aferró el cojín donde guardaba su propia muerte. Jacopo, sin embargo, tenía manos pequeñas y delgadas. No se parecían nada a las manos de su abuelo. Abrió las cintas que cerraban la tela con suma cautela, deslizó los dedos dentro del cojín y extrajo el libro, el Libro Vacío, aunque en realidad debería llamarse el Libro Rojo. Su abuelo giró la cabeza y resolló en sueños. Jacopo se sacó de debajo del jubón el libro que había traído de la cámara de los libros enfermos y lo cambió por su hermano rojo.

—Mi abuelo duerme —advirtió a los guardianes al abandonar la habitación—. Y ay de vosotros si lo despertáis, pues mandará que os arranquen las uñas.

EL ÍNCUBO

73

¿Qué puede temer el que no teme a la muerte?

Friedrich Schiller, *Los bandidos*

R esa había volado a la Sala de las Mil Ventanas, hasta Lengua de
Brujo.

—Resá, el pájaro no volverá a abandonarte nunca—la había advertido
Dedo Polvoriento, y a pesar de todo se había metido las semillas en la
boca.

A él le había costado trabajo sacarla de la habitación antes de que
regresase el Príncipe de la Plata. La desesperación que vislumbró en el
rostro de la mujer le había partido el corazón. No habían encontrado el
Libro Vacío, y ambos sabían lo que eso significaba: no moriría Cabeza
de Víbora, sino Arrendajo, a manos de Pífano, de Pulgarcito o de las
Mujeres Blancas, pues no habría podido pagar el precio que la Muerte
exigía a cambio de su vida.

Resa había volado junto a él, para no dejarlo solo al morir. ¿Confiando
quizás en que se salvara por un milagro? Es posible. Dedo Polvoriento no
le había contado que la Muerte también volvería a llevárselo a él… y
después a su hija.

—Si no encuentras el libro —le había susurrado Lengua de Brujo antes de enviarlo a dejar el rastro de fuego para Pífano—, intentemos al menos salvar a nuestras hijas.

Nuestras hijas... Dedo Polvoriento conocía el paradero de Brianna, pero ¿cómo iba a proteger a Meggie de Pífano o de las Mujeres Blancas?

Como es lógico, los secuaces de Pífano habían intentado sujetarlo después de que los condujera hasta Arrendajo, pero fue fácil escapar de ellos. Todavía lo estaban buscando, pero la oscuridad del castillo, además de ser adecuada para los ojos de Cabeza de Víbora, también ocultaba a sus enemigos.

Orfeo parecía estar muy seguro de que su perro negro bastaba para guardar a Brianna. Dos antorchas ardían al lado de la jaula en la que estaba encerrada, tan acurrucada que se asemejaba de verdad a un pájaro cautivo. Ningún soldado la vigilaba. El verdadero guardián acechaba en algún lugar entre las sombras, allí donde no penetraba la luz de las antorchas.

¿Cómo había conseguido domeñarlo Orfeo?

—No olvides que lo sacó de un libro con la lectura —le había contado Lengua de Brujo—. Uno para niños, pero no estoy seguro de que Fenoglio hiciera por ello más inofensivo al íncubo. Pero está hecho de palabras y estoy seguro de que Orfeo también ha utilizado palabras para domesticarlo. Sólo unas palabras permutadas, un par de frases retorcidas bastan para convertir el horror de la noche en un perro obediente.

«Pero, Lengua de Brujo», había pensado Dedo Polvoriento, «¿has olvidado que por lo visto en este mundo todo se compone de palabras?». Él sólo sabía una cosa: este íncubo no era más inofensivo, sino más tenebroso que los del Bosque Impenetrable. No lo ahuyentarían, como a sus congéneres, el polvo de hada y el fuego. El perro de Orfeo había sido creado con una materia más oscura. «¡Lástima que no les preguntases su nombre a las Mujeres Blancas, Dedo Polvoriento!», le pasó por la mente mientras se acercaba a las jaulas furtivamente y muy despacio. ¿No dicen las canciones que ése es el único modo de matar a un íncubo? Porque eso era lo que tenía que hacer: borrarlo para que Orfeo no pudiera volver a llamarlo. «Olvida las canciones, Dedo Polvoriento», pensó mientras acechaba en derredor. «Escribe la tuya, como ahora tiene que hacer también Arrendajo.»

Sus susurros avivaron las antorchas, como si intentaran saludarlo, cansadas de la oscuridad que las rodeaba. Y Brianna alzó la cabeza.

Qué hermosa era, tan hermosa como su madre.

Dedo Polvoriento miró de nuevo a su alrededor, esperando que la oscuridad comenzara a moverse. ¿Dónde estaba?

Oyó un resoplido y captó un aliento gélido y jadeante como el de un perro descomunal. A su izquierda las sombras crecieron haciéndose más negras que la oscuridad. Su corazón comenzó a latir con dolorosa rapidez. Vaya, de modo que el miedo seguía allí, aunque le asaltara pocas veces.

Brianna se levantó y, al retroceder, tropezó hasta que su espalda golpeó contra los barrotes. Tras ella, un pavo pintado desplegaba su cola en el muro gris.

—¡Vete! —susurró ella—. ¡Por favor! ¡Te devorará!

Vete. Un pensamiento tentador. Pero él había tenido dos hijas, y ahora sólo le quedaba una y la conservaría, no para siempre, pero quizá sí un par de años más. Un tiempo valioso. Tiempo… al fin y al cabo.

A su espalda notó frío, un frío terrible. Dedo Polvoriento invocó a las llamas y se envolvió en su calor, pero el fuego se encogió aterido y se apagó, dejándolo a solas con la sombra.

—¡Por favor, por favor, vete! —le apremiaba la voz de Brianna, y el amor que contenía y que ella siempre ocultaba tan bien caldeó su corazón mejor que el fuego.

Volvió a invocar a las llamas, con más severidad de la habitual, recordándoles que eran hermanos inseparables, y las llamas brotaron vacilantes del suelo, temblorosas, como si llegase hasta ellas un viento helado, pero ardieron, y el íncubo retrocedió, mirándolas fijamente.

Sí, lo que contaban las canciones sobre él y sus congéneres era cierto. Tenía que serlo. Que se componían exclusivamente de lo más negro del alma, de maldad, y que no había olvido ni perdón, hasta que se extinguían, devorándose a sí mismos, llevándose consigo lo que fueron.

Los ojos se clavaron en dedo Polvoriento, unos ojos rojos en medio de tanta negrura, salvajes e insensibles a la vez, perdidos en sí mismos, sin ayer ni mañana, sin luz ni calor, presos en su propio frío, maldad gélida.

Dedo Polvoriento sentía el fuego que lo rodeaba como una envoltura caliente. Casi le quemaba la piel, pero era su única protección frente a los ojos sombríos y la boca hambrienta, que se abría y chillaba de tal modo que Brianna cayó de rodillas, tapándose los oídos con las manos.

El íncubo alargó una mano negra hacia el fuego, la introdujo en él hasta que siseó, y Dedo Polvoriento creyó reconocer un rostro en medio de aquella negrura. Una cara que jamás había olvidado.

¿Era posible? ¿La había visto Orfeo también y había domado a su perro siniestro llamándolo por su nombre olvidado? ¿O le había dado ese nombre, había traído con el íncubo a aquel al que Lengua de Brujo había enviado a reunirse con los muertos?

Brianna lloraba detrás de él. Dedo Polvoriento percibía su temblor a través de los barrotes, pero su miedo se había desvanecido. Sólo sentía agradecimiento. Gratitud por ese instante. Gratitud por ese renovado encuentro. Ojalá fuera el último.

—¡Vaya, vaya! Pero ¿a quién tenemos aquí? —dijo en voz baja mientras detrás de él cesaba el llanto de Brianna—. ¿Te acuerdas de ti mismo en tu oscuridad? ¿Recuerdas el cuchillo y la espalda del chico, tan delgada, tan desprotegida? ¿Recuerdas el sonido que produjo mi corazón al romperse?

El íncubo lo miraba fijamente, y Dedo Polvoriento dio un paso hacia él, todavía envuelto en llamas, unas llamas que quemaban, cada vez más, alimentadas por el dolor y la desesperación que Dedo Polvoriento evocaba.

—¡Largo de aquí, Basta! —dijo, pronunciando el nombre tan alto que penetró hasta el corazón de la oscuridad—. ¡Desaparece por toda la eternidad!

El rostro se tornó más nítido —la delgada cara de zorro que él tanto había temido— y Dedo Polvoriento hizo que las llamas mordieran el frío, las hizo atravesar la negrura cual espadas que escribían el nombre de Basta, y el íncubo volvió a gritar, los ojos abarrotados de repente por los recuerdos. Gritó y gritó mientras su figura se disolvía igual que la tinta.

Se desvaneció en las sombras, disipándose como el humo. Sólo quedó el frío, pero también lo devoró el fuego, y Dedo Polvoriento cayó de rodillas y notó cómo lo abandonaba el dolor, un dolor que había sobrevivido incluso a la muerte, y deseó tener a Farid a su lado. Lo deseó tanto que durante unos instantes olvidó dónde se encontraba.

—¿Padre? —el susurro de Brianna llegó hasta él a través del fuego.

¿Lo había llamado así alguna vez? Sí, en el pasado. Pero ¿era el mismo en aquel entonces?

Los barrotes de la jaula se doblaron bajo sus manos calientes. No se atrevió a rozar a Brianna, consciente del fuego que ardía en su interior. Se aproximaron unos pasos, pesados y presurosos. Los alaridos del íncubo los habían atraído. Pero la oscuridad se tragó a Dedo Polvoriento y Brianna antes de que los soldados alcanzaran las jaulas... en una búsqueda infructuosa del guardián negro.

LA OTRA PÁGINA

Ella arrancó una página del libro y la partió en dos.
Después un capítulo.
Muy pronto alrededor de sus piernas
yacieron jirones de palabras… ¿Para qué servían las palabras?
Después lo anunció en voz alta, en la estancia de color
naranja que ardía. «¿Para que servían las palabras?»

Markus Zusak, *La ladrona de libros*

El príncipe Negro seguía con Roxana. Ésta tuvo que entablillarle la pierna para que pudiera andar. Hasta el Castillo del Lago.

—Tenemos tiempo —le había dicho Meggie, aunque su corazón tenía prisa. Seguro que Mo necesitaría para ese Libro Vacío tanto tiempo como en el Castillo de la Noche.

El príncipe Negro ansiaba partir con casi todos sus hombres para ayudar a Arrendajo. Pero sin Elinor ni Meggie.

—Prometí a tu padre que tú y tu madre permaneceríais en un lugar seguro —le dijo a la joven—. En el caso de tu madre no pude cumplir mi palabra, así que al menos quiero hacerlo contigo. ¿No le hiciste tú la misma promesa?

No. No lo hizo. Y por eso iría. Sin embargo, le partía el corazón dejar solo a Doria. Todavía no había despertado, pero Darius hablaría con él. Y Elinor. Y ella volvería. ¿O no?

Farid la acompañaría y podría invocar al fuego cuando hiciera demasiado frío durante el camino. Meggie había robado algo de cecina y había llenado de agua uno de los pellejos de Baptista. ¿Cómo podía creer el príncipe Negro que ella se quedaría después de haber visto las palabras de fuego? ¿Cómo se le había ocurrido pensar que ella dejaría morir a su padre como si ésa fuera otra historia, una historia completamente distinta?

—¡Pero Meggie! El príncipe Negro no sabe nada de las palabras —le había advertido Fenoglio—. Y tampoco conoce las actividades de Orfeo —pero Fenoglio sí las conocía y, a pesar de todo, igual que el Príncipe, deseaba que ella no fuera—. ¿Quieres que te ocurra lo mismo que a tu madre? Nadie sabe dónde está. No, debes quedarte. Ayudaremos a tu padre a nuestro modo. Yo escribiré día y noche, te lo prometo. Pero si no te quedas aquí para leer, ¿de qué serviría?

Quedarse. Esperar. No, estaba harta. Se marcharía a escondidas, como Resa, y no se perdería... Había esperado ya demasiado tiempo. Si a Fenoglio se le ocurría algo, lo leería Darius —seguro que él también habría podido traer al gigante con la lectura—, y los niños contaban con Baptista, Elinor, Roxana y Fenoglio para vigilarlos. Mo, sin embargo, estaba solo, tan solo... Y la necesitaba, siempre la había necesitado.

Elinor roncaba suavemente. Darius dormía a su lado, entre los hijos de Minerva. Meggie se movió con todo el sigilo que permitía el entramado del nido y recogió su chaqueta, sus zapatos y su mochila, que aún le recordaba al otro mundo.

—¿Estás lista? —Farid apareció en la puerta redonda—. Pronto amanecerá.

Meggie asintió y se volvió cuando la mirada de Farid se clavó en algún lugar detrás de ella, los ojos tan abiertos como los de un niño.

Una Mujer Blanca, situada junto a los durmientes, miraba a Meggie.

Llevaba un lápiz en la mano, un corto y gastado pizarrín, y con gesto invitador tendió a Farid una de las velas que Elinor había traído de Umbra. Farid se aproximó como un sonámbulo y encendió la mecha con un susurro. La Mujer Blanca hundió el pizarrín en la llama y comenzó a escribir sobre una hoja de papel en la que Meggie, después de que el gigante se hubiera llevado a Fenoglio, había intentado en vano redactar un buen final para su padre... La Mujer Blanca escribió de un tirón. Mientras tanto, Minerva susurraba en sueños el nombre de su marido y Elinor cambiaba de postura, Despina rodeaba a su hermano con el brazo, y el viento, que entraba a través del entramado del nido, estuvo a punto de apagar la vela. Después se incorporó, miró de nuevo a Meggie y desapareció como si se la hubiera llevado el viento.

Farid soltó un suspiro de alivio cuando se marchó y apretó su rostro contra el pelo de Meggie. Pero ésta lo apartó con suavidad y se inclinó sobre la hoja escrita por la Mujer Blanca.

—¿Puedes leerlo? —susurró Farid.

Meggie asintió.

—Ve a ver al Príncipe Negro y dile que cuide su pierna —musitó—. Nos quedaremos todos aquí. La canción de Arrendajo ya ha sido escrita.

EL LIBRO

> «De acuerdo», dijo milady volviéndose a Abby.
> «Mañana traerás el libro.»
> «¿Cuál?»
> «Pero ¿cómo? ¿Acaso hay más de uno?»
>
> **Alan Armstrong, «Whittington»**

No era fácil ordenar a las propias manos que trabajasen despacio cuando amaban tanto lo que hacían. A Mo le escocían los ojos por la falta de luz. Tenía los tobillos heridos por las pesadas cadenas, y sin embargo era extrañamente feliz, como si, en vez de la muerte de Cabeza de Víbora, estuviera encerrando dentro de un libro al tiempo mismo, y con él las preocupaciones por el futuro y el dolor por el pasado, hasta que ya sólo quedaba el presente, ese momento en el que sus manos acariciaban el papel y el cuero.

—En cuanto libere a Brianna acudiré en tu ayuda con el fuego —le había prometido Dedo Polvoriento antes de dejarlo solo para volver a interpretar el papel de traidor—. Y también traeré —había añadido— el Libro Vacío.

Pero no había acudido Dedo Polvoriento, sino Resa. A Mo por poco se le paró el corazón al ver a la golondrina cruzar la puerta volando. Uno de los guardianes apuntó la ballesta hacia ella, pero el pájaro escapó de la flecha aleteando y Mo recogió de su hombro una pluma parda. «No han encontrado el libro», fue su primer pensamiento cuando la golondrina se posó en una viga, encima de su cabeza. Fuera como fuese… se alegraba de que estuviera allí.

Pífano, apoyado en una columna, seguía con los ojos todos los movimientos de sus manos. ¿Pretendía pasar dos semanas sin dormir? ¿O creía que podría encuadernar ese libro en un día?

Mo apartó el cuchillo y se frotó los ojos fatigados. La golondrina batió las alas como si le saludara y Mo agachó deprisa la cabeza para no llamar la atención de Pífano sobre el ave. Pero volvió a alzar la vista cuando Nariz de Plata masculló un juramento.

De las paredes brotaba fuego.

Eso sólo podía significar una cosa: Brianna estaba libre.

—¿A qué viene esa sonrisa, Lengua de Brujo?

Pífano se le acercó y le hundió el puño en el estómago. Mo se dobló y la golondrina pió.

—¿Crees que tu amigo de fuego vendrá a reparar su traición? —dijo en voz baja Nariz de Plata—. Tu alegría es prematura. Esta vez le cortaré la cabeza. Ya veremos si también regresa de entre los muertos sin ella.

Arrendajo ansiaba hundirle el cuchillo de encuadernador en el pecho sin corazón, pero Mo lo expulsó por segunda vez. «¿A qué estás esperando?», preguntó Arrendajo. «¿Al Libro Vacío? ¡Jamás lo encontraréis!» «Bueno, en ese caso, ¿para qué luchar?», replicó Mo a su vez. «Sin el libro estoy muerto y mi hija conmigo.»

Meggie. El encuadernador y Arrendajo sólo coincidían en que ambos temían por ella. La puerta se abrió y una figura delgada se deslizó en la sala iluminada por el fuego. Jacopo.

Se acercó a Mo, pasito a pasito. ¿Quería informar a Arrendajo acerca de su madre? ¿O venía por encargo de su abuelo a comprobar si prosperaba el nuevo libro?

El hijo de Violante se detuvo muy cerca de Mo, pero miró a Pífano.

—¿Terminará pronto? —inquirió.

—Si no lo distraes del trabajo… —contestó Nariz de Plata, y con paso cansino se dirigió hacia la mesa en la que las criadas le habían servido una bandeja con carne fría y vino.

Jacopo introdujo la mano bajo su jubón y sacó un libro envuelto en un paño de colores.

—Quiero que Arrendajo me cure este libro. Es mi libro favorito —lo abrió y a Mo se le cortó la respiración. Páginas empapadas en sangre.

Jacopo le miraba.

—¿Tu libro favorito? Él únicamente ha de ocuparse de un libro. Y ahora, fuera de aquí —Pífano llenó una jarra de vino—. Avisa en la cocina para que me envíen más carne y vino.

—Sólo tiene que echarle un vistazo —la voz de Jacopo sonaba tan obstinada como siempre—. Mi abuelo me ha dado permiso. Pregúntaselo si quieres —le pasó a Mo un pizarrín, corto y desgastado, que podía ocultarse fácilmente en la mano. Eso era mejor que el cuchillo, mucho mejor.

Pífano se metió en la boca un trozo de carne y lo engulló con un trago de vino.

—Mientes —replicó—. ¿Te ha contado tu abuelo lo que hago con los mentirosos?

—No, ¿qué? —Jacopo adelantó el mentón, como hacía su madre, y dio un paso hacia Pífano.

Éste se limpió con un paño blanco como la nieve la grasa de las manos y sonrió.

Mo rodeó con los dedos el pizarrín y abrió el Libro Vacío.

—Primero les corto la lengua —contestó Pífano.

—¿Ah, sí? —Jacopo dio otro paso hacia él.

Corazón.

Los dedos de Mo temblaban a cada letra.

—Sí, sin lengua resulta difícil mentir —anunció Pífano—. A pesar de que… espera, una vez conocí a un mendigo mudo que me mintió con gran insolencia. Hablaba con los dedos.

—¿Y?

—Se los corté todos, uno tras otro —Pífano rió.

«Alza la vista, Mo, o notará que estás escribiendo.»

Sangre.

Una palabra más. Una sola.

Pífano miró hacia él y vio el libro abierto. Mo ocultó el pizarrín en su mano cerrada.

La golondrina abrió las alas. Quería ayudarle. ¡No, Resa! Pero el pájaro alzó el vuelo y pasó por encima de la cabeza de Pífano.

—Ya he visto antes a ese pájaro —dijo Jacopo—. En la habitación de mi abuelo.

—¿De veras? —Pífano miró hacia la cornisa en la que se había posado la golondrina, y arrebató la ballesta a uno de los soldados.

¡No, Resa! ¡Vuela!

Una palabra nada más, pero Mo sólo tenía ojos para el pajarillo.

Pífano disparó y la golondrina emprendió el vuelo. La flecha no la alcanzó, y el ave voló derecha hacia la cara de Pífano.

¡Escribe, Mo! Apretó el pizarrín contra el papel empapado en sangre. Pífano intentó golpear a la golondrina y la nariz de plata se le resbaló.

Muerte.

NOCHE BLANCA

El pobre emperador apenas podía respirar, era como si algo oprimiera su pecho; abrió los ojos y vio que era la muerte. Y alrededor de los pliegues de las cortinas de la cama asomaron cabezas extravagantes, algunas espantosas, otras muy agradables y dulces: eran todas las acciones buenas y malas del emperador las que lo contemplaban, ahora que la muerte se aposentaba sobre su corazón.

Hans Christian Andersen, «El ruiseñor»

Cabeza de Víbora tenía frío incluso cuando dormía, aunque se apretaba el cojín con fuerza contra el pecho herido, el cojín que contenía el libro que lo protegía del frío eterno. Ni siquiera su sueño profundo del opio lograba calentarlo ya, los sueños de los tormentos que infligiría a Arrendajo. Antaño en ese castillo sólo había soñado con el amor. Pero ¿no casaba todo eso de maravilla? ¿El amor que había encontrado en ese castillo no acabó torturándolo como su carne putrefacta?

Oh, qué frío tenía. Hasta sus sueños parecían cubiertos de escarcha. Sueños de torturas. Sueños de amor. Abrió los ojos: las paredes pintadas lo miraban con los ojos de la madre de Violante.

Maldito opio. Maldito castillo. ¿Por qué había regresado el fuego? Cabeza de Víbora soltó un gemido y se tapó los ojos con las manos, pero las chispas parecían arder incluso debajo de sus párpados.

Rojo. Rojo y oro. Luz afilada como los cuchillos, y los susurros, los susurros que había temido desde que los oyó por primera vez al lado de un hombre agonizante salían del fuego. Temblando, atisbó a través de sus dedos hinchados. No. No, eso era imposible. Era el opio el que provocaba el espejismo de su presencia. Vio nada menos que cuatro alrededor de su cama, blancas como la nieve, no, más blancas aún, que susurraban el nombre con el que había nacido. Una y otra vez, como si quisieran recordarle que siempre había llevado puesta la piel de una serpiente.

Era el opio, sólo el opio.

Cabeza de Víbora deslizó en el cojín una mano temblorosa, quiso sacar el libro para defenderse, pero ellas ya tocaban su pecho con sus dedos blancos.

¡Cómo lo miraban! Con los ojos de todos los muertos que había enviado a su reino.

Y entonces ellas susurraron de nuevo su nombre.

Y su corazón se detuvo.

77

FINAL

«¡Lo conseguí!», exclamó Dios. Y mirando hacia el gorrión,
señaló con el dedo al milagro que desaparecía. «¡Lo conseguí!
¡He creado una golondrina!»

Ted Hughes, «How Sparrow saved the Birds»

La Mujer Blanca apareció en cuanto Mo cerró el libro empapado
en sangre. Al verla, Pífano se olvidó de la golondrina, y el hijo de
Violante se metió debajo de la mesa a la que Mo estaba encadenado.
Pero esa hija de la Muerte no había venido a llevarse a Arrendajo, sino a
liberarlo. Resa vio el alivio reflejado en el rostro de Mo.

En ese momento, éste olvidó todo. También Resa se percató de
eso. A lo mejor esperó durante un instante que la historia se terminase
de relatar. Pero Pífano no había muerto con su señor. Durante unos
momentos maravillosos, el miedo lo atenazó, pero cuando la Mujer
Blanca desapareció se llevó el miedo consigo, y Resa, extendiendo las alas
de nuevo, escupió los granos mientras volaba hacia Pífano para recuperar
unas manos que pudieran ayudar, unos pies capaces de correr. Pero el
pájaro se negó a retirarse, y aterrizó con sus garras sobre las baldosas de
piedra, justo al lado de los dos hombres.

Mo bajó los ojos hacia ella, asustado, y antes de que ella comprendiera en qué peligro lo ponía, Pífano ya se había enrollado alrededor de la mano las cadenas que ataban a Mo a la mesa. Éste cayó de rodillas cuando Pífano tiró de ellas, en la mano el cuchillo con el que había cortado el papel. Pero ¿qué podía hacer el cuchillo de un encuadernador contra una espada o una ballesta?

Resa aleteó sobre la mesa, desesperada. Le dieron arcadas, confiando en que quizá llevara un grano debajo de la lengua, pero su prisión de plumas no la liberó y Pífano tiró por segunda vez de las cadenas de Mo.

—Esta vez tu ángel pálido se ha despedido muy deprisa —se burló—. ¿Por qué no te soltó las cadenas? Pero no te preocupes. Te dejaremos tanto tiempo para morir que tus pálidas amigas regresarán pronto. ¡Y ahora, pon de nuevo manos a la obra!

Mo se levantó con esfuerzo.

—Y eso ¿por qué? —preguntó, tendiéndole a Pífano el Libro Vacío—. Tu señor no necesitará otro libro. La Mujer Blanca ha venido por eso. He escrito dentro las tres palabras. Compruébalo tú mismo. Cabeza de Víbora ha muerto.

Pífano clavó los ojos en la tapa sangrienta. Luego lanzó una ojeada debajo de la mesa, donde se acurrucaba Jacopo como un animalito asustado.

—¿De veras? —dijo mientras desenfundaba su espada—. Bueno, siendo así… A mí tampoco me disgusta la inmortalidad. Así que, como ya te he dicho: ¡A trabajar!

Sus soldados empezaron a cuchichear.

—¡Silencio! —les ordenó Pífano, señalando con la mano enguantada a uno de ellos—. Tú ve a los aposentos de Cabeza de Víbora y dile que Arrendajo afirma que está muerto.

El soldado se marchó a toda prisa. Los demás lo siguieron con la vista, atemorizados. Pífano apoyó en el pecho de Mo la punta de su espada.

—Todavía no estás trabajando.

Mo retrocedió todo lo que le permitieron sus cadenas, empuñando el cuchillo.

—No habrá un segundo libro. Y menos con páginas vacías. ¡Jacopo, largo de aquí! Reúnete con tu madre. Dile que todo se arreglará.

Jacopo salió de debajo de la mesa y se marchó corriendo. Pífano ni siquiera lo miró.

—Cuando Cabeza de Víbora tuvo a su hijo, le aconsejé que matase al pequeño bastardo de Cósimo —informó mirando el Libro Vacío—. Pero no quiso saber nada de eso. Idiota.

El soldado que había enviado a ver a Cabeza de Víbora entró sin aliento y a trompicones en la oscura sala.

—¡Arrendajo dice la verdad! —jadeó—. Cabeza de Víbora ha muerto. Las Mujeres Blancas están por todas partes.

Los otros soldados abatieron sus ballestas.

—Permitidnos regresar a Umbra, señor —balbuceó uno de ellos—. Este castillo está embrujado. ¡Podemos llevarnos a Arrendajo!

—Buena idea —aprobó Pífano, sonriendo.

No.

Resa volvió a aletear hacia su cara y de un picotazo borró la sonrisa de sus labios. ¿Lo hizo el pájaro… o fue ella? Oyó el grito de Mo cuando Pífano la acometió con la espada. La hoja le hizo un profundo corte en el ala. Cayó al suelo, y de pronto recuperó sus miembros humanos, como si Pífano hubiera segregado de ella al pájaro. Pífano la miró, incrédulo, pero cuando levantó su espada, Mo le hundió el cuchillo en el pecho, muy hondo, a través de la valiosa tela con la que le complacía vestirse a Nariz de Plata. Con qué asombro miró a Mo mientras agonizaba.

Sin embargo, sus soldados aún seguían allí. Mo arrebató la espada a Pífano y los mantuvo lejos de la golondrina. Pero eran muchos, y Mo seguía encadenado a la mesa. Pronto hubo sangre por todas partes, en su pecho, en sus manos y brazos. ¿Era la suya?

Lo matarían, y ella tendría que limitarse a mirar de nuevo, sólo mirar, como había hecho tantas veces a lo largo de esa historia. Pero de pronto el fuego devoró las cadenas y Dedo Polvoriento se alzó, protector, sobre ella, con la marta encima del hombro. Tenía a su lado a Jacopo, cuyo rostro tanto se parecía a las estatuas de su difunto padre.

—¿Está muerta? —lo oyó preguntar mientras los soldados huían gritando de las llamas.

—No —respondió Dedo Polvoriento—. Sólo tiene un brazo herido.

—¡Pero era un pájaro! —exclamó Jacopo.

—Sí —ésa era la voz de Mo—. ¿No es acaso una historia emocionante?

Y de pronto reinó el silencio en la gran sala. Ni luchas, ni gritos, sólo el chisporroteo del fuego que hablaba con Dedo Polvoriento.

Mo se arrodilló a su lado, cubierto de sangre pero vivo, y ella tenía de nuevo una mano para estrechar la suya. Todo iba bien.

LA CARTA
EQUIVOCADA

Al igual que Orfeo,
toco la muerte en las cuerdas de la vida.

Ingeborg Bachmann, «Decir cosas sombrías»

Orfeo leía de manera febril. Él mismo lo percibía. Leía demasiado
alto y demasiado rápido. Como si su lengua quisiera hundir
las palabras como espadas en el cuerpo del encuadernador. Le había
escrito tormentos infernales, en venganza por la sonrisa burlona de
Pífano, que aún lo perseguía. Qué pequeño le había hecho, justo
cuando se sentía tan grande. Pero a Arrendajo al menos no tardaría en
borrársele la sonrisa.

Hematites, mientras removía la tinta, lo miraba preocupado.
Saltaba a la vista que llevaba la furia escrita en la frente, en pequeñas
gotas de sudor.

¡Concéntrate, Orfeo! Volvió a intentarlo. Algunas palabras eran
casi indescifrables, tanto se tambaleaban las letras, embriagadas de ira.
¿Por qué le daba la sensación de estar pronunciando las palabras a la
nada? ¿Por qué sabían como guijarros que tiraba a un pozo en el que

su eco se perdía en la oscuridad? Algo iba mal. Nunca se había sentido así leyendo.

—¡Hematites! —ordenó rudamente al hombre de cristal—. Corre a la Sala de las Mil Ventanas y comprueba cómo está Arrendajo. Debería estar ya retorciéndose como un perro envenenado.

El hombre de cristal dejó caer la rama con la que removía la tinta y lo miró asustado.

—Pero… pero, maestro. No sé el camino.

—No te hagas el tonto, ¿o prefieres que le pregunte al íncubo si quiere comerse a un hombre de cristal para variar? Primero doblas a la derecha, y después siempre en línea recta. Pregunta a los centinelas por el camino.

Hematites se alejó con expresión desdichada. ¡Criatura ridícula! La verdad es que a Fenoglio se le podían haber ocurrido unos ayudantes menos ridículos para los que escriben. Pero ¡he ahí el problema de ese mundo!, que en el fondo era infantil. ¿Por qué le había gustado tanto ese libro cuando era pequeño? ¡Precisamente por eso! Pero ahora era adulto, y ya iba siendo hora de que ese mundo también creciera.

Una frase más… y de nuevo esa sensación extraña de que las palabras se extinguían antes de haberlas pronunciado. ¡Maldición!

Mareado de rabia, agarró el tintero para lanzarlo contra la pared pintada cuando de repente una terrible algarabía llegó a su habitación desde el exterior. Orfeo volvió a depositar el tintero sobre la mesa y aguzó el oído. ¿Qué era eso? Abrió la puerta y miró por el corredor. Delante de la cámara de Cabeza de Víbora ya no había centinelas, y dos criados pasaron a su lado corriendo tan agitados como gallinas sin cabeza. Por todos los diablos, ¿qué significaba eso? ¿Y por qué volvía a arder en las paredes el fuego de Dedo Polvoriento?

Orfeo salió a toda prisa al corredor y se detuvo ante la estancia de Cabeza de Víbora.

La puerta estaba abierta y el Príncipe de la Plata yacía muerto sobre su lecho, los ojos tan abiertos que era fácil adivinar a quién había visto en último lugar.

Orfeo, involuntariamente, miró a su alrededor antes de acercarse a la cama, pero las Mujeres Blancas se habían marchado hacía mucho rato. Habían obtenido lo que habían esperado durante tanto tiempo. Pero ¿cómo? ¿Cómo?

—Sí, tienes que buscarte un nuevo señor, Cuatrojos —Pulgarcito, saliendo de detrás de las cortinas de la cama, le dedicó una sonrisa de azor. En su mano descarnada Orfeo vio el anillo con el que Cabeza de Víbora sellaba sus condenas de muerte. Pulgarcito también portaba su espada.

—¡Espero que el hedor desaparezca al lavarlo! —musitó a Orfeo con familiaridad mientras se echaba sobre los hombros el pesado manto de terciopelo de su señor. Después se alejó a grandes zancadas por el corredor en cuyas paredes susurraba el fuego de Dedo Polvoriento.

Orfeo se quedó allí parado, sintiendo cómo las lágrimas corrían por su nariz. ¡Todo estaba perdido! ¡Había apostado a la carta equivocada, había soportado la pestilencia del príncipe putrefacto para nada, había inclinado el lomo ante él y dilapidado su tiempo en ese castillo sombrío para nada! No había sido él, sino Fenoglio el que había escrito la última canción. ¿Quién podía haberlo hecho si no? Y seguramente Arrendajo volvía a ser el héroe y él, el canalla. No, aún peor. ¡Era el perdedor, el personaje ridículo!

Escupió a la cara rígida de Cabeza de Víbora y regresó tropezando a su habitación, donde todavía estaban sobre la mesa las palabras inútiles. Temblando de furia, agarró el tintero y derramó su contenido sobre lo que había escrito.

—¡Maestro, maestro! ¿Lo habéis oído ya? —el hombre de cristal estaba junto a la puerta, sin aliento. Era rápido con sus piernas de araña, justo era reconocérselo.

—Sí, Cabeza de Víbora ha muerto, lo sé. ¿Qué hay de Arrendajo?

—Están luchando, Pífano y él.

—Ajá. Bueno, a lo mejor todavía lo ensarta Nariz de Plata. Eso al menos sería algo —Orfeo recogió sus cosas y las metió en las finas bolsas de piel que se había traído de Umbra: plumas, pergamino, incluso el tintero vacío, el candelabro de plata que le había dado Cabeza de Víbora y, por supuesto, los tres libros. El de Jacopo y los dos sobre Arrendajo. Él no se rendía aún. Oh, no.

Agarró al hombre de cristal y lo introdujo en la bolsa que llevaba al cinto.

—¿Qué os proponéis, maestro? —preguntó Hematites, preocupado.

—Llamaremos al íncubo y desapareceremos de este castillo.

—El íncubo se ha ido, maestro. Dicen que el Bailarín del Fuego lo convirtió en humo.

¡Maldición, truenos y centellas! Claro, por eso volvía a arder el fuego en las paredes. Dedo Polvoriento había reconocido al íncubo. Había descubierto quién respiraba en el corazón de la oscuridad. «Bah, ¿y qué, Orfeo? Sacarás leyendo otro íncubo del libro de Jacopo. No te costó demasiado hacerlo. Pero esta vez sólo debes darle un nombre que no conozca Dedo Polvoriento.»

Escuchó atentamente en el corredor. Nada. Las ratas abandonaban el barco que se hundía. Cabeza de Víbora estaba a solas con la muerte. Orfeo corrió de nuevo a la estancia donde yacía el hinchado cadáver y robó toda la plata que encontró, aunque Pulgarcito no había dejado mucha. Después corrió con el quejumbroso hombre de cristal al túnel por el que Pífano había entrado en el castillo. El agua corría por muros de piedra, como si el pasadizo fuera una espina en la carne mojada del lago.

Los centinelas que vigilaban la salida en la orilla del lago habían desaparecido, pero entre las rocas yacían unos soldados muertos. Al parecer, finalmente, impulsados por el pánico, se habían matado entre sí.

Orfeo le quitó la espada a uno de los muertos, pero al comprobar su peso, volvió a arrojarla. En lugar de eso sacó el cuchillo del cinto a uno de los cadáveres y se cubrió los hombros con su tosco manto. Era una prenda horrible, pero daba calor.

—¿Adónde queréis ir ahora, maestro? —preguntó Hematites desalentado—. ¿A Umbra?

—¿Y qué vamos a hacer allí? —se limitó a contestar Orfeo mientras alzaba los ojos, contemplando las oscuras laderas que cerraban el camino del norte.

El norte… No tenía ni idea de lo que le esperaba allí. Fenoglio había guardado silencio al respecto, como sobre tantas otras cosas de su mundo, y precisamente por eso se dirigiría al norte. Las montañas con sus cimas nevadas y sus laderas despobladas parecían poco atractivas. Pero era el mejor camino, ahora que Umbra pertenecería muy pronto a Violante y a Arrendajo. ¡Al infierno con el maldito encuadernador, al infierno más ardiente que pudiera imaginar una persona! Y que Dedo Polvoriento se congelase en los hielos eternos hasta que se le quebraran sus dedos traidores!

Orfeo miró por última vez el puente antes de dirigirse hacia los árboles. Por allí corrían los soldados del Príncipe de la Plata. ¿De qué huían? De dos hombres y sus blancos ángeles custodios. Y del cadáver hinchado de su señor.

—Maestro, maestro, ¿no podéis colocarme sobre vuestro hombro? ¿Qué pasará si me caigo de la bolsa? —inquirió, temblando, el hombre de cristal.

—Que necesitaré otro hombre de cristal —replicó Orfeo.

«¡Rumbo al norte! Al país no descrito. ¡Sí!», pensaba mientras sus pies buscaban con esfuerzo un sendero por la empinada pendiente. «A lo mejor ése es el lugar de este mundo que obedecerá mis palabras.»

79

LA PARTIDA

«Cuéntame un cuento», dice Alba que se me pega como una montaña de pasta fría.

La rodeo con mi brazo. «¿Qué tipo de cuento?»

«Uno bonito. Un cuento tuyo y de mamá, cuando ella aún era pequeña.»

«Hmm. Bien. Érase una vez…»

«¿Cuándo fue eso?»

«En todos los momentos a la vez. Hace mucho tiempo y en este preciso instante.»

Audrey Niffenegger, *La mujer del viajero del tiempo*

La espada de Pífano había causado un profundo corte en el brazo de Resa, pero Brianna había aprendido mucho de su madre, aunque prefiriera cantar para la Fea en lugar de cultivar plantas medicinales en campos pedregosos.

—El brazo sanará —dijo mientras vendaba la herida. Pero el pájaro ya nunca abandonaría a Resa. Tanto Lengua de Brujo como Dedo Polvoriento lo sabían.

Pífano había hecho todo lo posible por enviar a Arrendajo a la muerte detrás de su señor. Le había herido en el hombro y en el brazo izquierdo, pero al final sólo él mismo siguió a Cabeza de Víbora, y Dedo Polvoriento hizo que el fuego devorase su cadáver igual que el de su señor.

Violante permanecía con la cara pálida al lado de Lengua de Brujo cuando Cabeza de Víbora y Pífano se convirtieron en ceniza. Parecía tan joven como si hubiera retrocedido unos años en el agujero al que había mandado arrojarla su padre, todavía perdida igual que una niña, y cuando al fin volvió la espalda al fuego que devoraba a su padre, Dedo Polvoriento la vio por primera vez rodear con el brazo a su hijo, su extraño hijo al que nadie quería a pesar de que los había salvado a todos. Incluso a Lengua de Brujo, de corazón tan blando, le sucedía eso (Dedo Polvoriento se lo adivinaba en la cara), aunque se avergonzaba por ello.

De los niños soldado de Violante había sobrevivido una docena. Los encontraron en los agujeros de las mazmorras; en cambio, todos los soldados de Cabeza de Víbora se habían marchado, igual que las Mujeres Blancas. Las tiendas abandonadas, el carruaje negro y algunos caballos sin jinete estaban todavía en la orilla del lago. Jacopo aseguró que los peces devoradores de hombres de su bisabuelo habían surgido del lago y engullido a algunos de los hombres que huían por el puente. Ni Lengua de Brujo ni Violante le creyeron, pero Dedo Polvoriento salió al puente y sobre las piedras mojadas encontró unas escamas brillantes grandes como hojas de tilo. Así que abandonaron el Castillo del Lago por el túnel por el que había entrado Pífano.

Cuando salieron al aire libre en la orilla del lago, nevaba y a sus espaldas el castillo desapareció entre los copos remolineantes, como si se disolviera en la blancura. El mundo a su alrededor estaba tan silencioso como si hubiera agotado las palabras y concluido el relato de todo lo que había que contar en ese mundo. Dedo Polvoriento encontró las huellas de Orfeo en el barro helado de la orilla, y Lengua de Brujo miró hacia los árboles entre los que se perdían, como si aún escuchara en su interior la voz de Orfeo.

—Ojalá hubiera muerto —dijo en voz baja.

—Un deseo juicioso —repuso Dedo Polvoriento—. Pero por desgracia ya es demasiado tarde para hacerlo realidad.

Cuando Pífano murió, él había buscado a Orfeo, pero su habitación estaba vacía, igual que la de Pulgarcito. Qué luminoso parecía el mundo aquella fría mañana. Qué liviano el corazón de todos ellos. Pero la oscuridad permanecía y seguiría contando su parte de la historia.

Capturaron algunos caballos que los hombres de Cabeza de Víbora habían dejado atrás. Lengua de Brujo tenía prisa, aunque estaba debilitado por sus heridas. *Intentemos al menos salvar a nuestras hijas.*

—El príncipe Negro habrá cuidado de Meggie —le advirtió Dedo Polvoriento, pero la preocupación no desaparecía de su rostro mientras cabalgaban hacia el sur.

Eran un grupo taciturno, todos presos de sus pensamientos y recuerdos. Sólo Jacopo alzaba a veces su voz aguda, exigente como siempre:

—Tengo hambre.

—Tengo sed.

—¿Cuándo llegaremos?

—¿Crees que Pardillo habrá matado a los niños y los bandidos?

Su madre le respondía cada vez, aunque casi siempre con voz ausente. El Castillo del Lago había tejido un lazo entre los dos, de miedo común y oscuros recuerdos, y el vínculo más fuerte era quizá que Jacopo había hecho aquello por lo que su madre había cabalgado hasta allí. Cabeza de Víbora había muerto. Pero Dedo Polvoriento estaba seguro de que Violante, a pesar de todo, sentiría hasta el fin de su días a su padre como una sombra a su espalda… y seguramente la Fea ya lo sabía para entonces.

También Lengua de Brujo llevaba consigo a Arrendajo. Parecía como si cabalgara a su lado, y Dedo Polvoriento se preguntó si no serían ambos más que dos caras del mismo hombre. Fuera cual fuese la respuesta, el encuadernador amaba ese mundo tanto como el bandido.

La primera noche que hicieron un alto, debajo de un árbol que hacía llover peludas flores amarillas desde sus ramas desnudas, regresó la golondrina, a pesar de que Resa había esparcido los últimos granos en el lago. Se transformó mientras dormía y voló hasta las ramas floridas, donde la luz de la luna tiñó de plata sus plumas. Dedo Polvoriento despertó a Lengua de Brujo cuando la vio posada allí arriba, y esperaron juntos debajo del árbol hasta que con la llegada del día la golondrina descendió volando y se transformó entre ellos en una mujer.

—¿Qué será del niño? —preguntó, muy asustada.

—Soñará con volar —contestó Lengua de Brujo.

Al igual que el encuadernador seguiría soñando con el bandido, y el bandido con el encuadernador, y el Bailarín del Fuego con las llamas y la juglaresa que bailaba como ellas. A lo mejor al final ese mundo estaba hecho de sueños, y un anciano se había limitado a encontrar las palabras para ellos.

Cuando llegaron a la cueva y la encontraron vacía, Resa lloró pero Dedo Polvoriento descubrió fuera ante la entrada el signo de Recio, un pájaro, dibujado con hollín en las rocas, y debajo una nota escondida que evidentemente Doria había dejado para su hermano mayor. Dedo Polvoriento ya había oído hablar del árbol de los nidos que describía Doria en su nota, pero nunca lo había visto con sus propios ojos.

Necesitaron dos días para encontrarlo, y Dedo Polvoriento fue el primero en divisar al gigante. Sujetó las riendas de Lengua de Brujo y Resa, asustada, se tapó la boca con la mano. Violante, sin embargo, contemplaba al gigante, fascinada.

Éste sostenía a Roxana en la mano como si ella se hubiera convertido también en un pájaro. Brianna palideció cuando descubrió a su madre entre esos dedos enormes, pero Dedo Polvoriento desmontó del caballo y se dirigió hacia el gigante.

El príncipe Negro estaba entre las poderosas piernas, con el oso a su lado. Cojeaba cuando se aproximó hacia Dedo Polvoriento, pero parecía tan feliz como no lo era desde hacía mucho.

—¿Dónde está Meggie? —preguntó Lengua de Brujo cuando el Príncipe lo abrazó, y Baptista señaló hacia la copa del árbol.

Dedo Polvoriento no había visto jamás un árbol igual, ni siquiera en el corazón salvaje del Bosque Impenetrable, y quiso en el acto trepar a los nidos y a las ramas cubiertas de escarcha en las que se sentaban como pájaros mujeres y niños.

La voz de Meggie gritó el nombre de su padre, y Lengua de Brujo corrió hacia ella cuando se deslizó tronco abajo por una cuerda, con la misma naturalidad que si hubiera vivido toda su vida en los árboles. Pero Dedo Polvoriento se volvió y alzó la vista hacia Roxana. Ésta susurró algo al gigante, que la depositó en el suelo con tanto cuidado como si pudiera romperse. Él no quería volver a olvidar nunca su nombre. Le pediría al fuego que le marcase al rojo vivo las letras en el corazón para que ni siquiera las Mujeres Blancas pudieran borrarlas. Roxana. Dedo Polvoriento la sujetó y el gigante los miraba desde lo alto con ojos que parecían reflejar todos los colores del mundo.

—Mira a tu alrededor —le susurró Roxana, y Dedo Polvoriento vio a Lengua de Brujo abrazando a su hija y enjugando sus lágrimas. Vio a la devoradora de libros corriendo hacia Resa… —por los nombres de todas las hadas, ¿cómo había llegado hasta allí?—, a Tullio enterrando su cara peluda en la falda de Violante, a Recio que por poco asfixia con su abrazo a Lengua de Brujo y a…

Farid.

Allí estaba él, enterrando los dedos de los pies en la nieve recién caída. Aún iba descalzo pero había crecido, ¿verdad?

Dedo Polvoriento se aproximó a él.

—Veo que has cuidado bien de Roxana —dijo—. ¿Te ha obedecido el fuego durante mi ausencia?

—Siempre me obedece —oh, sí, vaya si había crecido—. Luché con Pájaro Tiznado.

—Caramba.

—Mi fuego devoró al suyo.

—¿De veras?

—¡Sí! Me subí al gigante y desde allí hice llover al fuego sobre él. Y después el gigante le partió el cuello.

Dedo Polvoriento no pudo evitar la risa y Farid sonrió a su vez.

—¿Tienes… tienes que volver a marcharte? —miraba en torno suyo tan preocupado como si temiera que lo estuvieran esperando las Mujeres Blancas.

—No —contestó Dedo Polvoriento con una nueva sonrisa—. No, durante una temporada.

Farid. Le pediría al fuego que también grabase su nombre en su corazón. Roxana. Brianna. Farid. Y Gwin, por supuesto.

80

UMBRA

¿Qué pasaría si el camino que no deparó sorpresa alguna
Durante tantos años, en lugar de
Conducir hasta casa discurriera en zigzag
Como la cola de una cometa, tan sencillo?
¡Y sin ceremonias! ¿Si su piel de alquitrán
Fuera tan sólo una larga bala de tela,
Que se desenrolla y se adapta a la forma
De lo que está enterrado bajo ella?
¿Si él mismo tomara nuevos caminos,
Alrededor de rincones desconocidos, por montañas
Que después se escalan al azar?
¿Quién no añoraría ir allí a cualquier precio?
¿Quién no querría saber cómo termina un cuento
O adónde se dirige al final el camino?

Sheenagh Pugh, «What If This Road»

Cuando el príncipe Negro regresó con los niños a Umbra, las almenas de la muralla de la ciudad estaban nevadas, pero las mujeres le tiraron flores que habían confeccionado con la tela de vestidos viejos. El escudo del león volvía a ondear desde las torres de la ciudad, pero ahora lucía una zarpa sobre un libro de páginas en blanco y su melena era de fuego. Pardillo se había marchado. No había huido del gigante hacia Umbra, sino derechito al Castillo de la Noche, a los brazos de su hermana, y Violante había regresado a Umbra amparada por la noche para tomar posesión de la ciudad y prepararla para el regreso de sus niños.

Meggie estaba con Elinor, Darius y Fenoglio en la plaza situada ante las puertas de la ciudad, cuando las madres estrecharon entre sus brazos a sus hijas e hijos y Violante, desde las almenas, dio las gracias al príncipe Negro y a Arrendajo por haberlos salvado.

—¿Sabes una cosa, Meggie? —le susurró Fenoglio mientras Violante mandaba que se repartieran entre las mujeres las provisiones de la cocina del castillo—. A lo mejor la Fea acaba enamorándose del príncipe Negro. Al fin y al cabo, él era Arrendajo antes que tu padre, y Violante estaba mucho más enamorada del personaje que del hombre.

¡Ay! Fenoglio volvía a ser el mismo de siempre. El gigante, aun cuando hacía mucho que había regresado a sus montañas, había restablecido por completo la confianza del anciano en sí mismo.

Arrendajo no les había acompañado a Umbra. Mo se había quedado con Resa en la granja donde vivían antes.

—Arrendajo regresa al lugar del que procede —había informado al Príncipe—, a las canciones de los juglares.

Éstos las cantaban ya por todas partes: cómo Arrendajo y el Bailarín del Fuego habían vencido completamente solos a Cabeza de Víbora y a Pífano con todos sus hombres…

—Por favor, Baptista —había dicho Mo—, escribe al menos una canción que cuente la verdadera historia. Una que hable de los ayudantes que tuvieron Arrendajo y el Bailarín del Fuego. La golondrina… y el niño.

Baptista prometió a Mo que la escribiría, pero Fenoglio se limitó a menear la cabeza:

—No, Meggie, nadie cantaría esa canción. A las personas no les gusta que sus héroes necesiten ayuda, y las mujeres y los niños no gustan nada en ese papel.

Puede que no le faltara razón. Quizá por eso tampoco lo tuviera fácil Violante en el trono de Umbra, a pesar de que ese día la vitoreaban todos los habitantes. Jacopo estaba junto a su madre. Cada día que pasaba el parecido con una copia a escala reducida de su padre se acrecentaba, pero a pesar de todo a Meggie seguía recordándole más a su tenebroso abuelo. Su corazón se estremecía al pensar con cuánta complacencia lo había entregado a la muerte... aunque eso supusiera la salvación de Mo.

Ahora al otro lado del bosque también reinaba una viuda, y ella tenía asimismo un hijo para el que guardaba el trono. Meggie sabía que a Violante le esperaba una guerra, pero entonces nadie quería pensar en eso. Ese día pertenecía a los niños recién recuperados. No faltaba ninguno, y los juglares cantaban al fuego de Farid, al árbol de los nidos y al gigante que de un modo tan enigmático llegó de las montañas justo en el momento más oportuno.

—Lo echaré de menos —había musitado Elinor cuando desapareció entre los árboles, y a Meggie le sucedía lo mismo. Nunca olvidaría cómo se había reflejado en su piel el Mundo de Tinta y con cuánta ligereza se había marchado, tanta suavidad en un cuerpo tan grande.

—¡Meggie! —Farid se abrió paso entre las mujeres y los niños—. ¿Dónde está Lengua de Brujo?

—Con mi madre —contestó ella, y percibió, asombrada, que su corazón no latía más deprisa al verle. ¿Cuándo había sucedido eso?

—Ya, ya —dijo Farid frunciendo el ceño—. Dedo Polvoriento también vuelve a estar con su juglaresa. La besa tanto que uno pensaría que sus labios le saben a miel.

¡Oh, Farid, todavía estaba celoso de Roxana!

—Creo que me marcharé por un tiempo —anunció.

—¿Marcharte? ¿Adónde?

Detrás de Meggie comenzaron a discutir Elinor y Fenoglio, por alguna cosa que Elinor había criticado acerca del aspecto del castillo. A los dos les gustaba discutir, y ocasiones para ello no les faltaban, pues se habían convertido en vecinos. La bolsa en la que Elinor había empaquetado todo tipo de cosas útiles para el Mundo de Tinta, entre ellas sus cubiertos de plata, seguía en su casa del otro mundo («¡Caramba, es que estaba nerviosísima, y entonces te olvidas de una cosa así!»), pero por suerte, cuando Darius leyó para trasladarlos a ambos hasta el otro lado, ella llevaba las joyas de la familia Loredan, y Cuarzo Rosa las había vendido por ella con enorme habilidad («Meggie, no te figuras qué experto comerciante es ese hombre de cristal»), de manera que ahora era la orgullosa propietaria de una casa en la misma calle en que vivía Minerva.

—¿Adónde? —Farid hizo crecer una flor de fuego entre sus dedos y se la puso a Meggie en el vestido—. Creo que iré de pueblo en pueblo, como hacía antaño Dedo Polvoriento.

Meggie observó la flor de fuego. Las llamas se marchitaron como si fueran pétalos de verdad, y en su vestido sólo quedó una pequeña mancha de ceniza. Farid. Su nombre había acelerado los latidos de su corazón, pero ahora apenas lo escuchaba mientras él le contaba sus planes, hablándole de las plazas mayores donde pensaba actuar, de los pueblos de las montañas y de las tierras situadas más allá del Bosque Impenetrable. El corazón de Meggie no dio un brinco hasta que de repente divisó a Recio plantado entre las mujeres. Unos niños se habían subido a sus hombros, como solían hacer en la cueva, pero ella no pudo descubrir a su lado el rostro que buscaba. Desilusionada, dejó alejarse su mirada y se ruborizó cuando Doria apareció de pronto justo delante de ella. Farid enmudeció bruscamente y examinó al otro chico del mismo modo que miraba a Roxana.

La cicatriz de la frente de Doria era tan larga como el dedo corazón de Meggie.

—Un golpe con un mangual, asestado con no muy buena puntería —había explicado Roxana—. Como las heridas en la cabeza sangran mucho, ellos debieron de pensar que estaba muerto —Roxana lo había cuidado durante muchas noches, pero Fenoglio seguía pensando que Doria vivía gracias a la historia sobre su futuro que él había escrito hacía mucho tiempo.

—Y aparte de eso, aunque te empeñases en atribuir su curación a Roxana, ¿quién la inventó a ella, eh? —había añadido Fenoglio. Sí, a decir verdad, volvía a ser el de siempre.

—Hola, Doria. ¿Qué tal estás? —Meggie alargó la mano sin querer y le acarició la cicatriz de su frente. Farid le lanzó una extraña mirada.

—Bien. Tengo la cabeza como nueva —Doria sacó algo de detrás de su espalda—. ¿Tienen este aspecto? —Meggie clavó los ojos en el diminuto avión de madera que él había construido—. Así las describiste tú, ¿me equivoco? A las máquinas voladoras.

—¡Pero si estabas inconsciente!

Él sonrió y se llevó la mano a la frente.

—Pero a pesar de eso, todas las palabras están aquí. Todavía puedo oírlas. Aunque no sé cómo funcionará lo de la música. Ya sabes, esa cajita de la que brota música…

—Oh, sí, una radio —dijo Meggie sin poder reprimir una sonrisa—. No, eso no puede funcionar aquí. No sé cómo explicártelo…

Farid seguía mirándola. De repente la tomó de la mano.

—Enseguida volvemos —le dijo a Doria, y arrastró a Meggie hasta la entrada de la casa más próxima—. ¿Sabe Lengua de Brujo cómo le miras?

—¿A quién?

—¿A quién? —él se pasó un dedo por la frente, como si dibujase la cicatriz de Doria—. ¡Escucha! —dijo echándole el pelo hacia atrás—. ¿Qué te parecería venirte conmigo? Podríamos recorrer juntos los pueblos. Igual que entonces, cuando seguimos a tu padre y a tu madre con Dedo Polvoriento. ¿Lo recuerdas todavía?

¿Cómo podía preguntarle eso?

Meggie miró por encima de su hombro. Doria estaba junto a Fenoglio y Elinor. Fenoglio contemplaba el avión.

—Lo siento, Farid —dijo ella, apartando con suavidad de su hombro la mano del joven—. Pero no me apetece irme.

—¿Cómo que no? —él intentó besarla, pero Meggie apartó la cara, aunque notó que al hacerlo se le llenaron los ojos de lágrimas. *¿Lo recuerdas todavía?*

—Te deseo suerte —dijo ella, besándolo en la mejilla. Farid seguía teniendo los ojos más bonitos que había visto nunca en un chico. Pero su corazón latía mucho más deprisa por otro.

81

MÁS ADELANTE

Casi cinco meses después nacerá un niño en la granja solitaria en la que el príncipe Negro ocultó un día a Arrendajo. Será un chico, de cabellos oscuros como su padre, pero con los ojos de su madre y de su hermana. Creerá que todos los bosques están llenos de hadas, que encima de cada mesa duerme un hombre de cristal —sólo con que haya encima un poco de pergamino—, que los libros se escriben a mano y que el iluminador de libros más famoso pinta sus dibujos con la mano izquierda porque su diestra es de cuero. Creerá que en cada plaza de mercado hay titiriteros que escupen fuego y hacen bromas pesadas, que las mujeres visten vestidos largos y que delante de cualquier puerta de una ciudad hay soldados.

Y tendrá una tía llamada Elinor que le contará que hay un mundo donde eso no es así. Un mundo en el que no hay ni hadas ni hombres de cristal, pero sí animales que llevan a sus crías en una bolsa delante de la barriga, y pájaros cuyas alas baten tan deprisa que parece el zumbido de un abejorro, carruajes que se mueven sin necesidad de caballos, y cuadros que se mueven. Elinor le contará cómo hace mucho tiempo un hombre terrible llamado Orfeo trajo por arte de magia a sus padres desde allí hasta este mundo, y que el tal Orfeo terminó huyendo de su padre y del Bailarín del Fuego a las montañas del norte, donde ojalá se haya congelado. Ella le contará que en el otro mundo ni siquiera los hombres más poderosos llevan espada, aunque disponen todavía de muchas, de muchísimas armas espantosas (su padre posee una espada preciosa en su taller, envuelta en un paño. La esconde de él, pero a veces el niño la desenvuelve en secreto y acaricia con sus dedos la hoja brillante). Sí, Elinor le contará cosas increíbles de ese otro mundo, afirmará incluso que las personas que viven allí han construido carruajes capaces de volar, aunque él no acaba de creérselo del todo, a pesar de que Doria le ha construido a su hermana unas alas con las que Meggie realmente bajó volando desde las murallas de la ciudad hasta el río.

Pero a pesar de todo él se rió de ella, porque de volar entiende más que Meggie. Porque de noche a veces le crecen alas y sale volando con su madre hasta lo alto de los árboles. Pero a lo mejor es sólo un sueño. Lo sueña casi todas las noches, pero no obstante le encantaría ver carruajes voladores y también esos animales con las bolsas, las imágenes en movimiento y la casa de la que siempre habla Elinor, repleta de libros que no fueron escritos a mano y que están tristes porque la esperan.

—Algún día lo visitaremos juntos —suele decir Elinor, y Darius asiente; Darius, que también sabe contar historias maravillosas de alfombras voladoras y genios metidos dentro de botellas—. Algún día volveremos los tres y yo os lo enseñaré todo.

Y el niño corre por el taller en el que su padre corta trajes de cuero para los libros, unos libros para los que tantas veces ha dibujado las ilustraciones el famoso Balbulus en persona, y dice:

—¡Mo! —él siempre llama Mo a su padre, no sabe por qué, quizá porque su hermana lo llama igual—. ¿Cuándo iremos al otro mundo, del que tú viniste?

Y su padre lo sienta en su regazo, y le pasa la mano por el pelo oscuro, y dice, igual que Elinor:

—Algún día, seguro. Pero necesitamos palabras para ello, justo las palabras correctas, porque sólo las palabras correctas abren las puertas entre los mundos, y aquel que podría escribirlas es un hombre viejo y perezoso. Y por desgracia cada día más olvidadizo.

Y después le habla del príncipe Negro y de su oso, del gigante al que quieren ver, y de las nuevas habilidades que el Bailarín del Fuego ha enseñado a las llamas. Y el niño leerá en los ojos de su padre que es muy feliz y que no siente nostalgia del otro mundo. Menos que su hermana. Y que su madre.

Y pensará que algún día quizá tenga que ir solo, si quiere ver ese otro mundo. O con Elinor. Y que ha de averiguar a qué anciano se refiere su padre, porque en Umbra hay varios. A lo mejor se refiere al que posee dos hombres de cristal y escribe canciones para los juglares y para Violante, a la que todos llaman la Buena y quieren mucho más que a su hijo. Baptista lo llama Tejedor de Tinta, y Meggie acude a veces a visitarlo. A lo mejor la próxima vez la acompaña, para poder preguntarle por las palabras que abren las puertas. Porque ese otro mundo debe de ser emocionante, mucho más emocionante que el suyo…

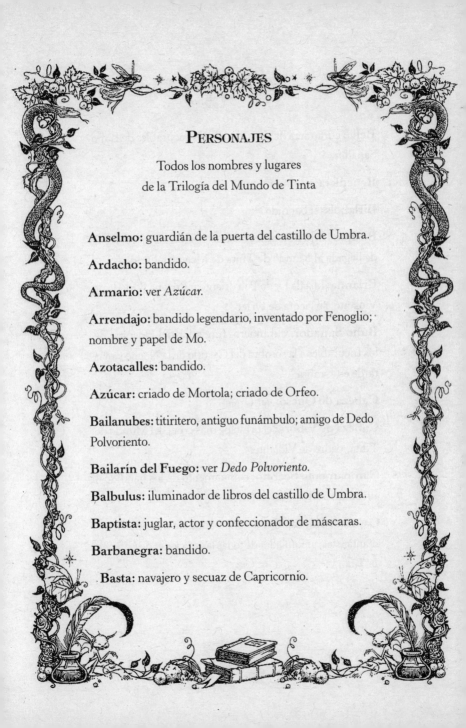

PERSONAJES

Todos los nombres y lugares
de la Trilogía del Mundo de Tinta

Anselmo: guardián de la puerta del castillo de Umbra.

Ardacho: bandido.

Armario: ver *Azúcar*.

Arrendajo: bandido legendario, inventado por Fenoglio; nombre y papel de Mo.

Azotacalles: bandido.

Azúcar: criado de Mortola; criado de Orfeo.

Bailanubes: titiritero, antiguo funámbulo; amigo de Dedo Polvoriento.

Bailarín del Fuego: ver *Dedo Polvoriento*.

Balbulus: iluminador de libros del castillo de Umbra.

Baptista: juglar, actor y confeccionador de máscaras.

Barbanegra: bandido.

Basta: navajero y secuaz de Capricornio.

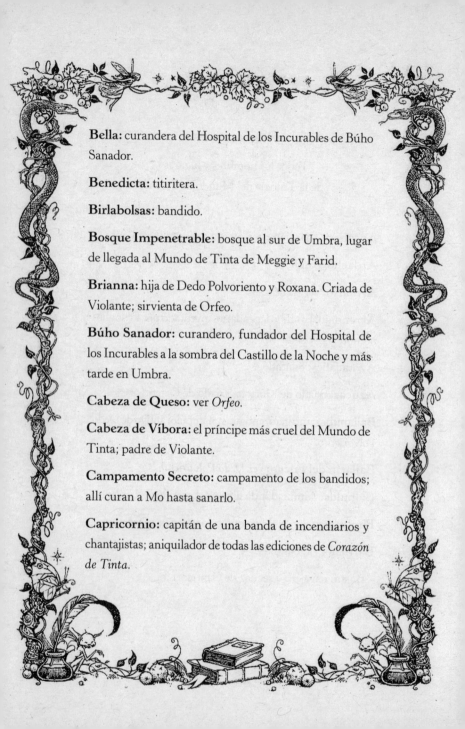

Bella: curandera del Hospital de los Incurables de Búho Sanador.

Benedicta: titiritera.

Birlabolsas: bandido.

Bosque Impenetrable: bosque al sur de Umbra, lugar de llegada al Mundo de Tinta de Meggie y Farid.

Brianna: hija de Dedo Polvoriento y Roxana. Criada de Violante; sirvienta de Orfeo.

Búho Sanador: curandero, fundador del Hospital de los Incurables a la sombra del Castillo de la Noche y más tarde en Umbra.

Cabeza de Queso: ver *Orfeo*.

Cabeza de Víbora: el príncipe más cruel del Mundo de Tinta; padre de Violante.

Campamento Secreto: campamento de los bandidos; allí curan a Mo hasta sanarlo.

Capricornio: capitán de una banda de incendiarios y chantajistas; aniquilador de todas las ediciones de *Corazón de Tinta*.

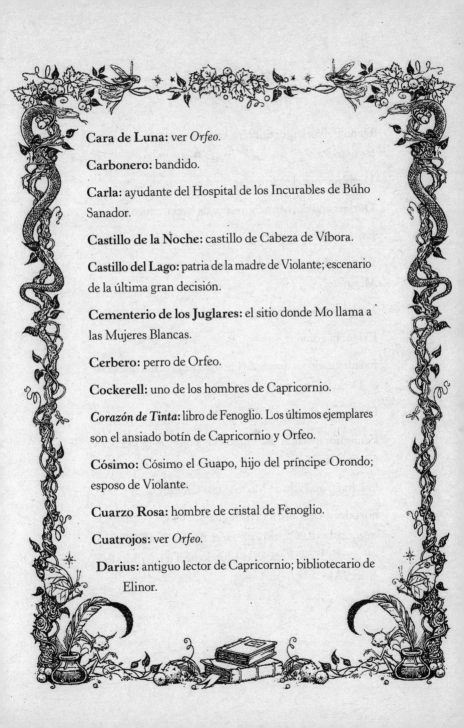

Cara de Luna: ver *Orfeo*.

Carbonero: bandido.

Carla: ayudante del Hospital de los Incurables de Búho Sanador.

Castillo de la Noche: castillo de Cabeza de Víbora.

Castillo del Lago: patria de la madre de Violante; escenario de la última gran decisión.

Cementerio de los Juglares: el sitio donde Mo llama a las Mujeres Blancas.

Cerbero: perro de Orfeo.

Cockerell: uno de los hombres de Capricornio.

Corazón de Tinta: libro de Fenoglio. Los últimos ejemplares son el ansiado botín de Capricornio y Orfeo.

Cósimo: Cósimo el Guapo, hijo del príncipe Orondo; esposo de Violante.

Cuarzo Rosa: hombre de cristal de Fenoglio.

Cuatrojos: ver *Orfeo*.

Darius: antiguo lector de Capricornio; bibliotecario de Elinor.

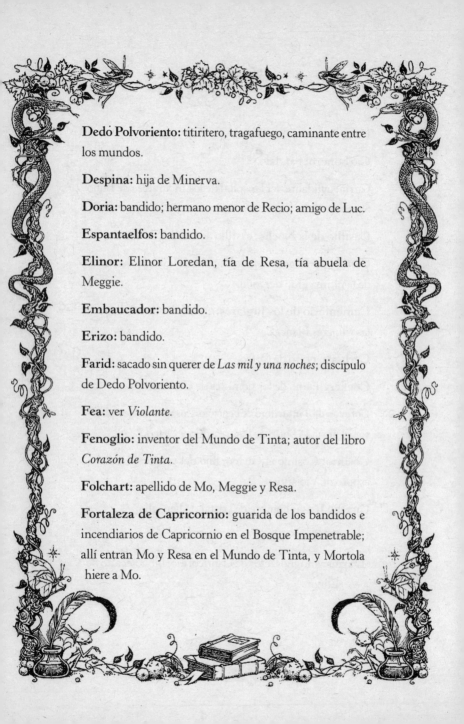

Dedo Polvoriento: titiritero, tragafuego, caminante entre los mundos.

Despina: hija de Minerva.

Doria: bandido; hermano menor de Recio; amigo de Luc.

Espantaelfos: bandido.

Elinor: Elinor Loredan, tía de Resa, tía abuela de Meggie.

Embaucador: bandido.

Erizo: bandido.

Farid: sacado sin querer de *Las mil y una noches*; discípulo de Dedo Polvoriento.

Fea: ver *Violante*.

Fenoglio: inventor del Mundo de Tinta; autor del libro *Corazón de Tinta*.

Folchart: apellido de Mo, Meggie y Resa.

Fortaleza de Capricornio: guarida de los bandidos e incendiarios de Capricornio en el Bosque Impenetrable; allí entran Mo y Resa en el Mundo de Tinta, y Mortola hiere a Mo.

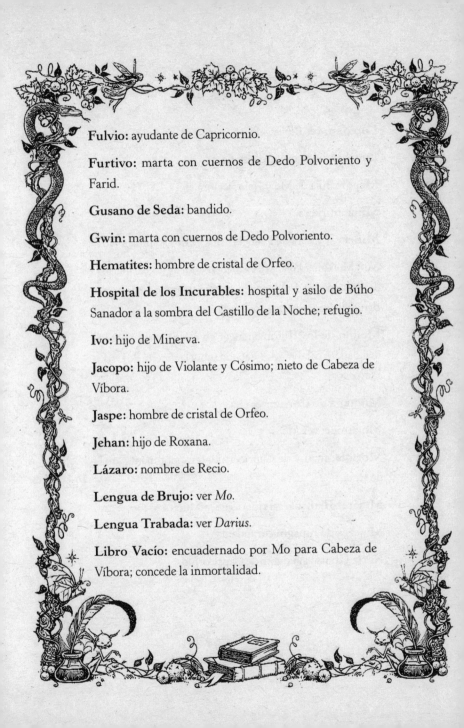

Fulvio: ayudante de Capricornio.

Furtivo: marta con cuernos de Dedo Polvoriento y Farid.

Gusano de Seda: bandido.

Gwin: marta con cuernos de Dedo Polvoriento.

Hematites: hombre de cristal de Orfeo.

Hospital de los Incurables: hospital y asilo de Búho Sanador a la sombra del Castillo de la Noche; refugio.

Ivo: hijo de Minerva.

Jacopo: hijo de Violante y Cósimo; nieto de Cabeza de Víbora.

Jaspe: hombre de cristal de Orfeo.

Jehan: hijo de Roxana.

Lázaro: nombre de Recio.

Lengua de Brujo: ver *Mo*.

Lengua Trabada: ver *Darius*.

Libro Vacío: encuadernado por Mo para Cabeza de Víbora; concede la inmortalidad.

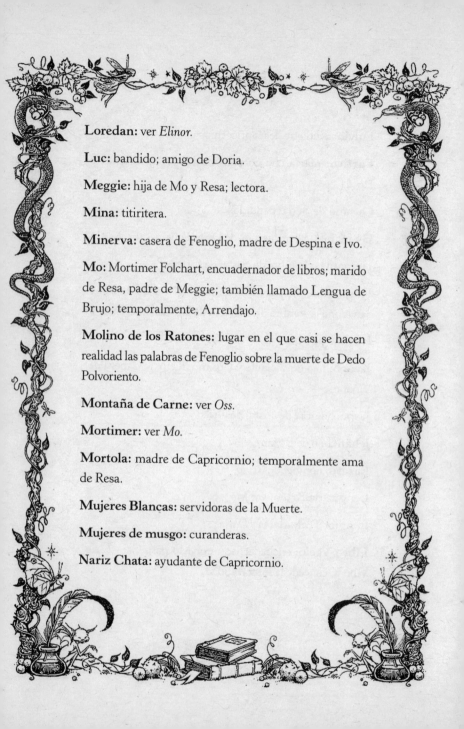

Loredan: ver *Elinor*.

Luc: bandido; amigo de Doria.

Meggie: hija de Mo y Resa; lectora.

Mina: titiritera.

Minerva: casera de Fenoglio, madre de Despina e Ivo.

Mo: Mortimer Folchart, encuadernador de libros; marido de Resa, padre de Meggie; también llamado Lengua de Brujo; temporalmente, Arrendajo.

Molino de los Ratones: lugar en el que casi se hacen realidad las palabras de Fenoglio sobre la muerte de Dedo Polvoriento.

Montaña de Carne: ver *Oss*.

Mortimer: ver *Mo*.

Mortola: madre de Capricornio; temporalmente ama de Resa.

Mujeres Blancas: servidoras de la Muerte.

Mujeres de musgo: curanderas.

Nariz Chata: ayudante de Capricornio.

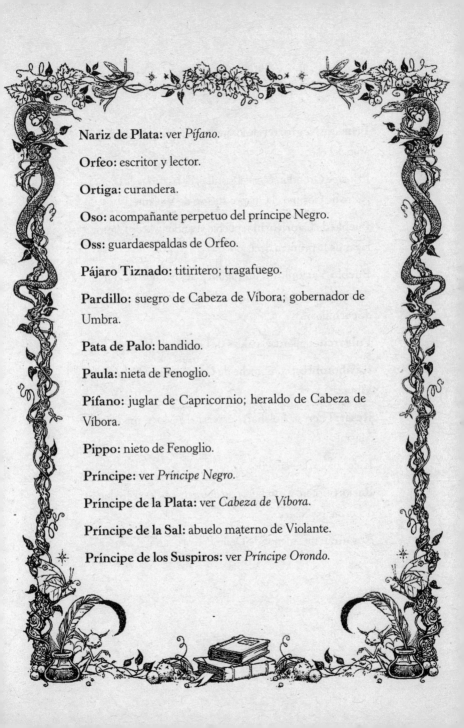

Nariz de Plata: ver *Pífano*.

Orfeo: escritor y lector.

Ortiga: curandera.

Oso: acompañante perpetuo del príncipe Negro.

Oss: guardaespaldas de Orfeo.

Pájaro Tiznado: titiritero; tragafuego.

Pardillo: suegro de Cabeza de Víbora; gobernador de Umbra.

Pata de Palo: bandido.

Paula: nieta de Fenoglio.

Pífano: juglar de Capricornio; heraldo de Cabeza de Víbora.

Pippo: nieto de Fenoglio.

Príncipe: ver *Príncipe Negro*.

Príncipe de la Plata: ver *Cabeza de Víbora*.

Príncipe de la Sal: abuelo materno de Violante.

Príncipe de los Suspiros: ver *Príncipe Orondo*.

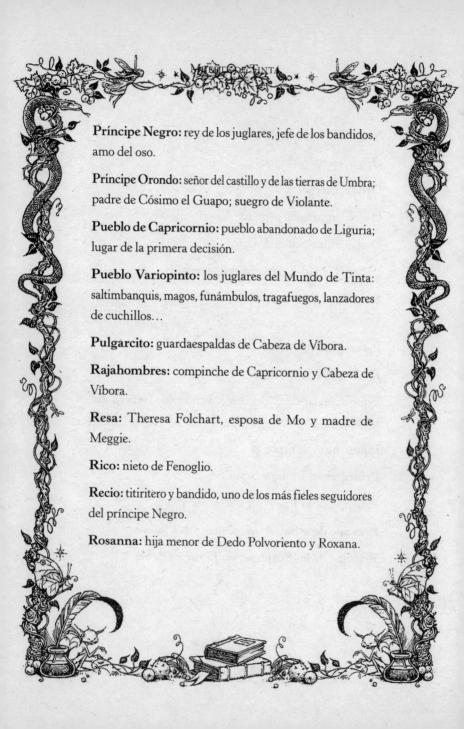

Príncipe Negro: rey de los juglares, jefe de los bandidos, amo del oso.

Príncipe Orondo: señor del castillo y de las tierras de Umbra; padre de Cósimo el Guapo; suegro de Violante.

Pueblo de Capricornio: pueblo abandonado de Liguria; lugar de la primera decisión.

Pueblo Variopinto: los juglares del Mundo de Tinta: saltimbanquis, magos, funámbulos, tragafuegos, lanzadores de cuchillos…

Pulgarcito: guardaespaldas de Cabeza de Víbora.

Rajahombres: compinche de Capricornio y Cabeza de Víbora.

Resa: Theresa Folchart, esposa de Mo y madre de Meggie.

Rico: nieto de Fenoglio.

Recio: titiritero y bandido, uno de los más fieles seguidores del príncipe Negro.

Rosanna: hija menor de Dedo Polvoriento y Roxana.

Roxana: esposa de Dedo Polvoriento; antes juglaresa; curandera.

Tadeo: bibliotecario del Castillo de la Noche.

Tejedor de Tinta: ver *Fenoglio*.

Tejonera: refugio de los bandidos.

Theresa: ver *Resa*.

Tullio: paje del príncipe Orondo y de Violante.

Umbra: castillo y ciudad de Umbra, uno de los lugares principales de la acción.

Urraca: ver *Mortola*.

Víbora: ver *Cabeza de Víbora*.

Vito: uno de los soldados de Violante.

Violante: Violante la Fea, hija de Cabeza de Víbora; viuda de Cósimo y madre de Jacopo.

Zorro Incendiario: uno de los hombres de Capricornio; sucesor de Capricornio; heraldo de Cabeza de Víbora.

Notas bibliográficas

ANDRADE, CARLOS DRUMMOND DE: «Auf der Suche nach der Poesie», en: *Gedichte. Portugiesisch und Deutsch*, ed. de Curt Meyer-Clason, Suhrkamp, Frankfurt a. M. 1982.

ANÓNIMO: «I Shall Not Pass This Way Again», en: *A Child's Anthology of Poetry*, Nueva York 1995.

ARMSTRONG, ALAN: «Whittington», en: ibid., *Whittington*, Random House, Nueva York 2005.

ATWOOD, MARGARET: *El asesino ciego*, trad. de Dolors Udina, Suma de Letras, Madrid 2002.

BACHMANN, INGEBORG: «Dunkles zu sagen», en: ibid., *Dass noch tausend und ein Morgen wird*, Piper Verlag, Múnich 1983.

BELLOW, SAUL: *El rey de la lluvia*, trad. de Raquel Albornoz, Debolsillo, Barcelona 2004.

BERRY, WENDELL: «The Peace of Wild Things», en: *The Selected Poems of Wendell Berry*, Counterpoint, USA 1998. Citado de: *Being Alive*, Nueva York 2004.

BRADBURY, RAY: *Crónicas marcianas*, trad. de Francisco Abelenda, Minotauro, Barcelona 1993.

BRECHT, BERTOLT: «Die Maske des Bösen», en: ibid., *Werke*, Suhrkamp, Frankfurt a. M. 1988.

BRINGSVÆRD, TOR AGE: *Die wilden Götter*, Eichborn AG, Frankfurt a. M. 2001.

CAUSLEY, CHARLES: «I Am The Song», en: ibid., *Collected Poems 1951-2000*. Citado de: *Staying Alive — Real Poems for Unreal Times*, Nueva York 2003.

CHAUCER, GEOFFREY: *Cuentos de Canterbury*, trad. de Josefina Ferrer, Círculo de Lectores, Barcelona 1972.

COLLINS, BILLY: «On Turning Ten», en: ibid., *The Art of Drowning*, University of Pittsburgh Press, 1995.

DICKINSON, EMILY: «Lost» y «XCIX», en: ibid., *Collected Poems*, Nueva York 1982.

ELIOT, THOMAS S.: «Little Gidding», en: *Poesías reunidas (1909-1962)*, trad. de José María Valverde, Alianza, Madrid 1978.

ENDE, MICHAEL: *Jim Botón y los Trece Salvajes*, trad. de Humbert Romá, Bruguera, Barcelona 1983.

FENOGLIO: «Las canciones de Arrendajo», págs. 271 y 338 ss., en: ibid., *Las canciones de Arrendajo*, il. de Balbulus, Umbra 2007, tradùcido al alemán por Cornelia Funke, Los Ángeles 2007.

GLÜCK, LOUISE: «Lament», en: ibid., *Vita Nova*, Nueva York 2001.

—: «Child Crying Out» y «First Memory», en: ibid., *Ararat*, Nueva York 1992.

GOLDMANN, WILLIAM: *La princesa prometida*, trad. de Celia Filipetto, Martínez Roca, Barcelona 1990.

GOWDY, BARBARA: *El tesoro blanco*, trad. de Alejandro Paraja, Maeva, Madrid 2000.

GRAHAME, KENNETH: *El viento en los sauces*, trad. de Juan Antonio Santos, Valdemar, Madrid 2003.

GREENE, GRAHAM: *Advice to Writers*, ed. de Jon Winokur, Nueva York 1999.

HAAVIKKO, PAAVO: *Nur leicht atmen die Bäume*, Volk & Welt, Berlín 1991.

HUGHES, TED: «The Secret of Man's Wife» / «Leftovers», «The Playmate» / «How Sparrow saved the Birds», en: ibid., *Dreamfighter*, Faber & Faber, Londres 2003.

IRVING, JOHN: *Gottes Rat und Teufels Beitrag*, Diogenes Verlag, Zúrich 1998.

IRVING, WASHINGTON: *La leyenda de Sleepy Hollow*, trad. de Ernesto Pérez Zúñiga, Celeste, Madrid 1999.

LALIC, IVAN V.: «Places We Love», en: *Staying Alive — Real Poems for Unreal Times*, Nueva York 2003.

LANAGAN, MARGO: *Black Juice*, trad. al alemán de Cornelia Funke, Los Ángeles 2007. La editorial Heyne de Múnich permitió traducir la cita antes de la aparición de la ed. alemana del libro de Margo Lanagan, prevista para 2008.

MAHON, DEREK: *Lives,* en: ibid., *Collected Poems*, 1999, cit. de *Being Alive*, Nueva York 2004.

MUÑOZ MOLINA, ANTONIO: «El poder de la pluma», en: *PEN America — World Voices*, Nueva York 2006.

NIFFENEGGER, AUDREY: *La mujer del viajero en el tiempo*, trad. de Silvia Alemany, Grijalbo, Barcelona 2005.

NIX, GARTH: *Sabriel*, trad. de Celia Filipetto, RBA, Barcelona 2004.

NOYCE, ALFRED: «The Highwayman», en: *Once upon a Poem,* Frome, Somerset 2004.

OLIVER, MARY: «Wild Geese», en: *Staying Alive — Real Poems for Unreal Times*, Nueva York 2003.

PEAKE, MERVIN: *Gormenghast. Erstes Buch. Der junge Titus*, Verlag Klett-Cotta, Stuttgart 1982.

PUGH, SHEENAGH: «What If This Road», en: ibid., *Id's Hospit*, Bridgend, Wales 1997. Citado de: *Being Alive*, Nueva York 2004.

PULLMAN, PHILIP: *El catalejo lacado*, trad. de Dolors Gallart y Camila Batlles, Ediciones B, Barcelona 2001.

RILKE, RAINER MARIA: «Larenopfer», en: *Erste Gedichte (Vigilien III)*, Frankfurt a. M. 1955.

—: «Improvisationen aus dem Capreser Winter (III)», en: *Werke in drei Bänden, Band II: Gedichte, Übertragungen*, Frankfurt a. M. 1966.

—: «Schluszstück» / «Die Blinde», en: *Das Buch der Bilder / Des zweiten Buches zweiter Teil*. Citado de: *Werke in drei Bänden, Band I: Gedicht — Zyklen*, Frankfurt a. M. 1966.

—: «Der Schutzengel», en: *Das Buch der Bilder / Des ersten Buches erster Teil*. Citado de: *Werke in drei Bänden, Band I: Gedicht — Zyklen*, Frankfurt a. M. 1966.

RIMBAUD, ARTHUR: «Los poetas de siete años», en: *Poesías*, trad. de Juan Abeleira, Hiperión, Madrid 1995.

ROWLING, J. K.: *Harry Potter y el cáliz de fuego*, trad. de Adolfo Muñoz García y Nieves Martín Azofra, Salamandra, Madrid 2003.

RUSHDIE, SALMAN: *Harún y el mar de las historias*, trad. de F. Roldán, Seix Barral, Barcelona 1991.

—: *Hijos de la medianoche*, trad. de Miguel Sáenz, Plaza & Janés, Barcelona 1997.

RUSSEL, NORMAN H.: «The Message of the Rain», en: *A Child's Anthology of Poetry*, trad. del inglés de Andreas Steinhöfel, Berlín 2007.

SINGER, ISAAC BASHEVIS: *Advice to Writers*, ed. de Jon Winokur, Nueva York 1999.

SONTAG, SUSAN: «La escena de la carta», en: *Letra Internacional*, núm. 7, 1987.

STEINBECK, JOHN: *Viajes con Charley: en busca de los Estados Unidos*, trad. de José Manuel Álvarez Flórez, Península, Barcelona 1998.

STEVENS, WALLACE: «Trece maneras de mirar un mirlo», en: *De la simple existencia. Antología poética*, trad. de Andrés Sánchez Robayna, Galaxia Gutenberg-Círculo de Lectores, Barcelona 2003.

STEVENSON, ROBERT LOUIS: «The Land of Story Books», en: *A Child's Anthology of Poetry*, Nueva York 1995.

STEWART, PAUL: *El cazatormentas*, trad. de Isabel Margelí, Roca, Barcelona 2007.

VILLON, FRANÇOIS: *Baladas completas*, trad. de Alberto de la Guerra Navares, Alberto Corazón, Madrid 1972.

WERFEL, FRANZ: *Beschwörungen 1918-1921*, en: ibid., *Gedichte aus den Jahren 1918-1945*, S. Fischer Verlag, Frankfurt a. M. 1953.

White, T. H.: *Camelot / El libro de Merlín*, trad. de la primera obra, Fernando Corripio, y de la segunda, Enrique Hegenwicz, Círculo de Lectores, Barcelona 1993.

Yeats, William Butler: «Er wünscht sich die Kleider des Himmels» [He Wishes for the Cloths of Heaven], en: *Die Gedichte*, ed. de Norbert Hummelt, Múnich 2006.

Zusak, Markus: *La ladrona de libros*, trad. de Laura Martín de Dios, Lumen, Barcelona 2007.

—: *Der Joker*, Bertelsmann, Múnich 2006.

Cornelia Funke se ha convertido en una de las autoras de historias fantásticas más queridas por chicos y chicas. Sus grandes éxitos de ventas incluyen las novelas *El Señor de los Ladrones, El jinete del dragón* y *Corazón de Tinta.* Ella vive en California.